Sam Sykes

ZEHN EISERNE PFEILE

Sam Sykes

ZEHN EISERNE PFEILE

Roman

Aus dem Amerikanischen
von Wolfgang Thon

Mit einer Karte

PIPER

Von Sam Sykes liegen im Piper Verlag vor:
Sieben schwarze Klingen. Die Chroniken von Scar 1
Zehn eiserne Pfeile. Die Chroniken von Scar 2

FSC
www.fsc.org
MIX
Papier aus verantwortungsvollen Quellen
FSC® C083411

Deutsche Erstausgabe
ISBN 978-3-492-70572-1

Titel der amerikanischen Originalausgabe:
»Ten Arrows of Iron. The Grave of Empires 2«
bei Orbit, New York 2020

Karten: Tim Paul
Satz: Satz für Satz, Wangen im Allgäu
Gesetzt aus der Arno Pro
Druck und Bindung: CPI books GmbH, Leck
Printed in the EU

Für alle Leserinnen und Leser, die ihre Narben tragen.

FÜR ALL JENE,
DIE IN DIE SCAR ZURÜCKKEHREN …

Vielleicht habt ihr ja die Geschichten von Sal Kakophonie gehört, jene Vagrantin mit der magischen Pistole, die nur Ruinen und Schlacke hinterlässt, Zerstörerin von ZwieLicht, Rächerin von Starks Murmeln, Mörderin von Vraki dem Tor. Vielleicht auch nicht. Oder ihr erinnert euch einfach nicht daran, was man euch nicht verübeln könnte.

Aber habt Nachsicht mit mir. Ich war meistens betrunken.

Alles fing an, als ich von einer gewissen Milizgouverneurin namens Tretta Stern »gefangen genommen« wurde. Eine Nervensäge von Frau im Dienst der Glorreichen Revolution der Faust und der Flamme. Im Auftrag der Revolutionäre wollte sie wissen, wieso ich in der Scar so gewütet hatte. Vermutlich ging es ihr aber nur darum, etwas über das Schicksal eines bestimmten Soldaten zu erfahren, den sie retten wollte.

Ich war auf der Jagd nach Leuten, die allesamt den Tod verdient hatten. Vagranten, die das Imperium verraten hatten und es zerstören wollten. Das genau so brutal war wie die Revolution, nur dass hier Magie statt Kanonen herrschten. Und beide wollten sich gegenseitig vernichten. Angeführt wurden diese Vagranten von Vraki dem Tor.

Bei der Verfolgung landete ich im Haus meiner früheren Geliebten Liette, die Grund hatte, böse auf mich zu sein, und noch mehr Gründe, mir nicht zu helfen. Was soll ich sagen? Ich bin wahrscheinlich einfach zu charmant.

Jedenfalls folgten wir diesen bösartigen Leuten zusammen in eine Siedlung namens Starks Murmeln, wo wir einer Horde Fanatiker aus Eden entkamen und herausfanden, dass die Vagranten ein Scrath beschworen und sofort wieder verloren hatten. Um eine solche Bestie zu beschwören, entführten sie Kinder aus Starks Murmeln. Ich heftete mich an ihre Fersen.

Dabei lief mir Cavric Stolz über den Weg, ein Soldat der Revolution. Ich würde ihn entführen – darum ging es bei Tretta Sterns Verhör. Nachdem ich mir sein Fahrzeug und ihn selbst ausgeborgt hatte (ich hatte es eilig, konnte aber diesen blöden »Eiserner Keiler« genannten Panzer nicht fahren), folgten wir der Spur der Vagranten zur ÜBERDRÜSSIGE MUTTER*, einem Schiff und einer mobilen Festung der Aschmäuler, dem größten Verbrechersyndikat der Scar.*

Nach einer aufregenden Schlacht erfuhren wir, dass Vraki die Kinder an einen machtvollen Ort gebracht hatte, zu den Karkassen*. Dieses Schlachtfeld war von Magie aus den Kämpfen zwischen Revolution und Imperium so verseucht, dass Vraki dort genug Energie vorfand, um ein weiteres Scrath zu beschwören. Wir stießen auf die ehemalige Garnisonsstadt Vigil. Sie war von einem Wunderkind des Imperiums namens Rote Wolke zerstört worden. Wunderkinder sind Magier, die für ihre Magie keinen Tribut an die Lady Merchant zahlen müssen.*

Ich kannte sie gut. Denn ich war einst die Rote Wolke.

Obwohl ich Tretta meine frühere Identität als gefeierte Heldin des Imperiums verriet, erschoss sie mich nicht sofort, weil sie aus reiner Neugier wissen wollte, was passiert war.

Vraki und ich gehörten zur Kronenverschwörung, die die Imperatrix und ihren mit keinerlei magischen Fähigkeiten begabten Sohn stürzen und beide durch einen wahren Thronfolger ersetzen wollte. Nur planten meine »Freunde«, mich zu verraten und mir meine Magie zu stehlen. Auch mein früherer Geliebter war unter ihnen, Jindu die Klinge.

Ich brannte darauf, es ihnen heimzuzahlen.

Jedenfalls stritten Liette und ich uns, und sie verließ mich in Vigil. Von dort erreichte ich mit Cavric die Freistatt ZwieLicht, die von einem bemerkenswerten Freimacher errichtet worden war, Zwei-Einsame-Alte-Männer. Es war eine wunderschöne Stadt, ein Triumph der Bannschreiberei und der Ingenieurskunst, und selbst das Imperium und die Revolution kämpften innerhalb der Mauern nicht gegeneinander.

Vielleicht hätte ich sie lieber nicht zerstören sollen.

Habe ich aber. Um Vrakis Kumpane aufzuscheuchen. Und es funktionierte. Ich folgte ihnen zum Kastell Hundszahn, einer zerstörten imperialen Festung. Sie verdankt ihre Berühmtheit der Tatsache*, dass dort*

Imperiale Magier residierten, sich gegen die Imperatrix auflehnten und zu Vagranten wurden, als sie erfuhren, dass ihr Sohn keine magische Gabe besaß.

Was dann passierte, war unglaublich. Ich kämpfte gegen Vraki und seine Anhänger, rettete die Kinder aus Starks Murmeln, verhinderte, dass Vraki eine nichtmenschliche Monstrosität beschwor, und kam knapp mit dem Leben davon: Und flüchtete mithilfe von Cavric und Liette, die gerade rechtzeitig zurückkehrte, nach Lohstaff.

Allerdings wurde ich von Vraki und Jindu verfolgt, die sich an mir rächen wollten. Sie kamen zurück und zerstörten die Stadt … und ich machte mit. Ich erschütterte die ganze Region in ihren Grundfesten, erledigte Vraki, doch Jindu, der Mann, der mich verraten, der mein Herz mit einem Dolch durchbohrt hatte … den ließ ich entkommen.

Bis heute weiß ich nicht, warum. Liette verließ mich, wieder einmal. Ich folgte ihr nicht. Was ich ZwieLicht und Lohstaff angetan hatte, wollte ich nicht auch ihr antun.

Tretta Stern wollte mich exekutieren, nachdem sie meine Geschichte gehört hatte, aber Cavric, der mir seine Entführung verzieh, ermöglichte mir die Flucht.

Dann verschwand auch er.

Mir blieb nur mein Namensvetter – der Kakophon. Die Waffe, die Magie verschießt, brennt, wenn sie wütend ist und manchmal mit mir spricht. Und obwohl Vraki und seine Handlanger tot waren, waren das nur sieben Namen auf der Liste derer, die mich verraten hatten. Also zog ich weiter, auf der Suche nach den anderen. Und dann ging alles erst so richtig *den Bach runter …*

1. KAPITEL
JAMMERTAL

Der Tag, an dem es Feuer vom Himmel regnete, begann wie jeder andere.
Meret erwachte wie immer vor Sonnenaufgang und machte sich daran, die Kräuter zu zerreiben, die er getrocknet hatte, und sie in Salben und Tinkturen zu mischen. Er packte die Arznei, die er brauchte – einen Balsam für Rodics Verbrennungen, die er sich in der Schmiede geholt hatte, eine Salbe für das schlimme Knie des alten Erton und wie immer eine Flasche Avonin-Whiskey für unvorhergesehene Ereignisse des Tages, in seinen Beutel und machte seine Runde, wie immer seit seiner Ankunft in Jammertal vor drei Monaten.

Der Name war etwas ungerecht, fand er. Immerhin war es schon sehr lange her, dass eine Frau eine Scheune neben dem Grabhügel ihres einzigen Kindes errichtet hatte, um darin zu leben. Seitdem waren viele Menschen in das fruchtbare Tal gekommen und hatten sich hier niedergelassen, sodass Jammertal zu einer blühenden Siedlung angewachsen war, die einen würdigeren Namen verdient gehabt hätte.

Es war nicht so groß wie Terassus oder die größeren Städte im Tal, aber Jammertal war einer der besseren Orte, in die sein Beruf ihn geführt hatte. Die Menschen waren nett, die Winter milde und der Wald um die Siedlung herum lieferte Wildbret, war aber nicht so groß, dass größere Bestien hier herumschnüffelten. Jammertal war insgesamt ganz nett. Und Meret sagte sich gern, dass er dazu beigetragen hatte.

»Verdammich, Junge, du hast deine wahre Berufung als Folterknecht verpasst!«

Einige waren da freilich anderer Ansicht.

Er blickte von dem frischen, antiseptischen Verband um Sindras Knie zu ihrem schmerzverzerrten Gesicht hoch und hoffte nur, sie sah, wie satt er diesen Scherz hatte.

»Und ich hätte gedacht«, sagte er zu seiner neuesten Patientin, »Soldaten wären aus härterem Holz geschnitzt.«

»Wäre mein Name Sindra Hart, würde ich dir zustimmen«, knurrte die Frau. »Da der Große General aber geruhte, mich Sindra Ehrlich zu nennen, erkläre ich dir, dass das hier …«, sie deutete auf den Verband, »verflucht wehtut.«

»Er schmerzt erheblich weniger, als es die Infektion tun würde, die diese Salbe verhindert.« Meret befestigte den Verband und wagte es, die Frau spöttisch anzugrinsen. »Ich hatte dir eingeschärft, wie wichtig es ist, die Wunde sauber zu halten, also darf ich sagen: Ich habe es dir gesagt.«

Sindras Blick haftete eine unbehagliche Sekunde auf ihm, bevor sie ihr Knie ansah. Und als er dann über ihr Bein glitt, verfinsterte sich ihre ohnehin schon gereizte Miene.

Der Verband markierte die Stelle, wo ihr Bein endete und die Prothese aus Metall und Holz begann, die man ihr vor Monaten angepasst hatte. Sie bewegte den Fuß, als wäre sie immer noch nicht überzeugt, dass die Prothese tatsächlich real sein könnte. Eine kleine Reihe von Sigillen glühte schwach auf.

»Verfluchte Magie!« Sie schnaubte verächtlich. »Ich bin nicht sicher, ob ich mit nur einem Bein nicht besser dran wäre.«

»Ich bin sicher, dass du ohne die Prothese nicht so vielen Menschen helfen könntest«, erwiderte Meret. »Und genau genommen handelt es sich bei Bannschrieb nicht um Magie.«

»Ich war Revolutionärin, Junge.« Sindra zog verächtlich das Hosenbein über die Prothese. »Ich erkenne beschissene Magie, wenn ich sie sehe!«

»Ich dachte, die Soldaten der *Grandiosen Revolution von Faust und Flamme* – so heißt sie doch, oder? – wären so rein und idealistisch, dass ihnen keine vulgären Ausdrücke über die Lippen kämen.«

Sindras dunkelhäutiges und vorzeitig gealtertes Gesicht verzog sich zu einer säuerlichen Grimasse. Es passte jedoch zum Rest ihres

Körpers. Breite Schultern und kräftige muskulöse Arme zeichneten sich unter ihrem alten Militärhemd deutlich ab. Sie zeugten von harter Arbeit, harten Kämpfen und noch härteren Feinden. Ihr Haar war vorzeitig ergraut, ihr Stiefel vorzeitig durchgelaufen – und ihr Herz war vorzeitig desillusioniert. Der einzige Teil an ihr, der nicht vorzeitig auseinanderfiel, war das Schwert an ihrer Hüfte. Das musste ebenso scharf sein wie ihre Zunge.

»Es heißt *Die Glorreiche Revolution der Faust und der Flamme,* du kleiner Scheißkerl«, murmelte sie. »Und es ist nur gut, dass ich nicht mehr dabei bin, stimmt's?«

»Wahrlich«, brummte Meret. »Sonst könnte ich dich kaum behandeln.«

»Ja, ich beschissener Glückspilz«, knurrte Sindra. »Ich hätte nichts gegen ein bisschen Alchemie von unseren Kader-Heilern. Eine Dosis, und ich könnte die ganze Nacht kämpfen.«

»Ich bin nur ein bescheidener Apotheker, Madame«, gab er zurück. »Und obwohl Kräuter und Bandagen länger brauchen, heilen sie genauso gut.«

Sindra stand seufzend auf. Ihre Prothese knarrte. »Du hast Glück, dass die Alternative lautet, dich um mich zu haben oder Soldaten. Hätte ich die Wahl zwischen einem vorlauten Apotheker, der kein bisschen heilen kann, und einem Hornschädel, der schon seit Tagen nicht gefressen hat, würde ich mich freiwillig in Soße wälzen und eigenhändig sein Maul aufsperren.«

Er stimmte ihr zu, behielt es aber für sich.

Jammertal hatte das Glück gehabt, von den Kämpfen zwischen der Revolution und seinem hasserfüllten Feind, dem Imperium, der den Rest des Tales verwüstet hatte, bislang verschont geblieben zu sein. Die Wildnis um die Siedlung herum war angeblich hart umkämpft und die Scheune von Bauer Renson von einem verirrten Kanonenschuss zerschmettert worden. Aber im Großen und Ganzen kämpften die beiden Fraktionen hauptsächlich um Städte und Ressourcen. Eine Siedlung wie Jammertal war höchstens ein paar Scharmützel zwischen Angehörigen eines Revolutionskaders und ein paar Magiern des Imperiums wert.

Und ein solches Scharmützel hatte Sindra vor zwei Jahren hierhergeführt. Bei einem Kampf mit einem imperialen Greifmagus war sie schwer verletzt und von Kameraden und Feinden als tot zurückgelassen worden. Die Bewohner der Siedlung hatten sie gerettet, sie aufgepäppelt und sie angefleht, ihr Schwert und ihre Kraft zur Verteidigung ihrer Siedlung einzusetzen. Auch wenn sie innerlich nach Genugtuung lechzte, hatte sie schließlich zögernd eingewilligt.

Meret vermutete, dass die Geschichte weit weniger dramatisch gewesen war, erwähnte es jedoch nicht. Sollte der Krieg jedoch jemals in dieses Tal kommen, würde eine mittelalte Frau mit einem Schwert ihn schwerlich aufhalten können. Das vermochten nicht mal hundert Kämpfer.

Er war im Tal gewesen und hatte die durch Magie zerschmetterten Panzer gesehen, die durch Kanonenbeschuss zerstörten Ruinen von Städten und Ortschaften, all die Friedhöfe und die Leichen auf den Straßen.

Aber das hatte ihn nicht abhalten können. Wegen all der Verletzten war er in das Tal gekommen, nachdem das Imperium wieder angefangen hatte, es zu besiedeln. Er fragte sich, ob er nur deshalb so lange in Jammertal blieb, weil er nie wieder die Chance bekam, so viele Verletzungen zu heilen.

»Ich kann dich nicht bezahlen, ist dir das klar?«

Sindra riss ihn aus seiner Träumerei. Die Frau beugte sich über den kleinen Tisch, der mit dem kleinen Stuhl, der kleinen Kommode und einem kleinen Bett die ganze Möblierung in ihrem kleinen Haus war. Sie starrte mit gesenktem Kopf auf ihre Hände, aber er sah die Scham in ihrem Gesicht.

»Das hier ist nicht Terassus«, sagte sie leise. »Hier gibt es keine Reichtümer, und auch wenn du mehr für diese Siedlung getan hast, als wir verdient haben …«

Sie konnte den Satz nicht beenden, und er drängte sie nicht. Er hatte gelernt, dass es zwei Arten von Wunden gab. Verletzungen, die Kräuter und Verbände und Tinkturen heilen konnten, wenn man Glück hatte. Wenn nicht, musste man Wunden heilen, wie Sindra sie hatte, und alle Soldaten.

Überall im Tal fand man sie: Soldaten, die miterlebt hatten, wie ihren Freunden die Gesichter vom Kopf schmolzen, die nachts von den Geistern all jener verfolgt wurden, die sie getötet hatten, und keinen Grund mehr sahen, aufzustehen.

Sindra war eine starke Frau, eine der stärksten, wenn nur die Hälfte ihrer Geschichten zutraf. Trotzdem hatte man sie, das Schwert der Revolution, zurückgelassen, weil sie ihren Kameraden nicht mehr helfen konnte.

Wie heilte man ein Schwert, das nicht mehr töten konnte?

Meret wusste es nicht. Er wusste nur, was sein Meister ihn gelehrt hatte: Wie man verhinderte, dass sich Wunden entzündeten, wie man Knochen zusammenfügte und vor allem eine Kur anzuwenden, die fast nie ihre Wirkung verfehlte.

»Hast du Becher?«

Sindra blickte ihn verwirrt an. »Was?«

»Becher, Gläser. Von mir aus auch Näpfe, wenn du sonst nichts anderes in dieser Bruchbude hast.« Er holte den Whiskey aus seiner Tasche und schwenkte die Flasche. »Du willst mich bezahlen? Ich habe gerade meine Runde beendet, und ich trinke nicht gern allein.«

Sindra grinste. »Mach die Scheißtür zu. Es schneit bald.«

Er lächelte, ging zur Tür und blickte zu den Wolken hoch. Sie hatte recht. Der Winter hielt wie jedes Jahr früh Einzug im Tal. Es schneite sacht, und eine Schicht aus kalten schwarzen Flocken viel sanft auf die Dächer der Siedlung …

»Moment mal!« Meret kniff die Augen zusammen. »Schwarz?«

Irgendwo weit entfernt in dem dichten, erdrückenden Grau des Himmels hörte er Lärm. Wie von einem Voccaphon, dachte er. Dieses sonderbare, knisternde, maschinenartige Gemurmel, das nie ganz menschlich klang. Es war ein Lied, das lauter wurde, eines, das er schon einmal gehört hatte.

»Ist das …« Sindra warf einen Blick aus dem Fenster. »Ist das nicht die Hymne der Revolutionäre?«

Im nächsten Moment explodierte der Himmel.

Zuerst kamen die Geräusche. Dröhnen, Ächzen von splitterndem Holz und schrilles Kreischen von zerberstendem Metall. Die Wolken flammten plötzlich rot, als hätte jemand mit einem Messer einen langen Schlitz hindurchgezogen.

Dann kam das Feuer.

Glutregen zunächst, dann fielen faustgroße Bruchstücke und schließlich Brocken herab, so groß wie Meret. Ein zerborstenes Stück Holz landete krachend auf Rodics Feld und loderte auf wie ein Scheiterhaufen. Ein Stück Metall, so lang wie ein Rothac, durchbohrte das Dach eines Hauses, das sofort Feuer fing. Überall über der Siedlung loderten Flammen, und das in nur einem von Asche und Rauch erstickten Atemzug.

Dann kam das Schiff.

Sein Bug bohrte sich durch die grauen Wolken, die von der gewaltigen eisernen Galionsfigur eines streng dreinblickenden Mannes mit ausgestrecktem Arm geteilt wurden. Ihm folgte der von schwarzen und roten Wunden übersäte Rumpf, aus dessen Planken Feuer loderte. Die Propeller an Deck und Bug kreischten gequält, als sie überhitzt auseinanderbrachen. Einen glorreichen Augenblick lang wurde der Himmel von dem wunderschönen Anblick dieses Schiffes illuminiert, wundervoll wie kein anderes Schiff, das er in den reichsten Häfen in der Scar gesehen hatte, und so hell brannte wie eine kleine Sonne.

Dann zerbarst es.

Meret besaß noch so viel Geistesgegenwart, zu schreien, als es sich in die Erde bohrte. Offenbar hatten die Götter ihn gehört, denn das Schiff schwenkte von der Siedlung weg, rodete eine rußgeschwärzte Schneise durch den Wald und schlug auf den Feldern daneben auf. Eine Rauchwolke blähte sich auf, rollte durch die Stadt und hüllte alles in Dunkelheit.

»Oh, Kacke!«

Er hatte nicht bemerkt, dass Sindra neben ihm stand und mit offenem Mund in die brennenden Wolken starrte, während die Asche auf ihre Lippen rieselte.

»Das war ein verdammtes Luftschiff von der Flotte des Großen Generals«, flüsterte sie ehrfürchtig. »Ich erinnere mich an die Propaganda und die Gemälde. Diesen Schatz der Revolution werden sie nicht einfach hier zurücklassen. Wir müssen die Siedlung räumen, bevor sie hierherkommen.«

Hätte Meret diesen ausgezeichneten Ratschlag auch ganz gehört, hätte er vermutlich zugestimmt. So jedoch schnappte er nur die Hälfte ihres Satzes auf, bevor er wie ein von der Tarantel gestochener Idiot zur Absturzstelle rannte.

Er wusste selbst, wie dumm das war. Aber es war schon dumm, den Leuten aus dem Tal helfen zu wollen, und noch dümmer, überhaupt Apotheker zu werden. Also gab es keinen Grund, jetzt mit den Dummheiten aufzuhören. Er lief nur langsamer, wenn er den neugierigen Zuschauern Warnungen zuschrie. Erst bei der ersten Leiche blieb er stehen.

Genau genommen stolperte er darüber und landete mit dem Gesicht im Dreck. Als er zurücksah, verzog er beim Anblick eines mit Orden übersäten blauen Mantels das Gesicht. Es war immer etwas riskant, Revolutionäre zu behandeln, weil sie dazu neigten, einen anschließend zum Dienst in ihrer Armee zu zwingen. Glücklicherweise war dieser Kerl tot.

Nicht ganz so glücklich war, dass er von Magie getötet worden war. Aus seiner Brust ragte ein Eiszapfen heraus, und so etwas machten nur Magier des Imperiums. Das bedeutete, der Krieg hatte dieses Schiff hierhergebracht. Und umgekehrt.

Er rappelte sich auf und betrachtete die verbrannten und zerschmetterten Leichen rund um das Schiff. Er hatte noch nie so viele Leichen an einem Ort gesehen.

»Du verdammter Blödmann!«

Eine Hand packte ihn unsanft an der Schulter, und er wirbelte erschreckt herum. Aber es war nicht die Revolution, die ihn in ihre Kriegsmaschinerie einsaugen wollte, und auch keine magisch zum Leben erweckte Leiche. Als er in Sindras wütendes Gesicht sah, hätte er jedoch beides vorgezogen.

»Ist dir nicht klar, was hier vorgeht?«, fuhr sie ihn wütend an. »Alle im ganzen Tal haben den Absturz des Luftschiffes mitgekriegt. Entweder kommt die Revolution, um die Trümmer zu bergen, oder das Imperium, um die Sache zu Ende zu bringen. Beides endet damit, dass Jammertal und alle, die darin leben, vernichtet werden.«

»Aber ich muss helfen …«, begann Meret kläglich.

»Wem willst du helfen?«

Gute Frage. Selbst wenn er Überlebende fand, würden Kräuter und Salben wohl kaum Leuten helfen, die von einem riesigen Luftschiff zerschmettert oder von Blitzen oder anderen magischen Waffen getroffen worden waren.

Aber er konnte immer noch den Menschen von Jammertal helfen. Und sie brauchten Hilfe. Denn was auch immer ihnen bevorstand, es würde kein gutes Ende nehmen.

Er seufzte, drehte sich um und nickte Sindra zu. Sie gab ihm eine Kopfnuss. Dann gingen sie beide los.

In dem Moment bewegten sich die Trümmer.

Er hörte das Ächzen von Holz, fuhr herum und folgte dem Geräusch. Als wollte sie ihn begrüßen, tauchte eine Hand auf.

Sie steckte in einem schmutzigen blutverschmierten Lederhandschuh. Blau-weiße Tätowierungen von Wolken und Flügeln überzogen einen Arm vom Handgelenk bis zum Ellbogen. Die Finger der Hand zuckten.

Jemand lebte. Und brauchte Hilfe.

Jedenfalls ging Meret davon aus, als er darauf zulief. Dann bewegte sich der Trümmerhaufen, und ein Balken wurde von einer Gestalt zur Seite geschoben, die in der Aschewolke nur undeutlich zu erkennen war.

Doch der Rauch verzog sich, und die Feuer erloschen allmählich. Meret hatte eine Frau vor sich.

Sie war groß, schlank, muskulös, mit Tätowierungen auf beiden Armen, und sie zitterte, während sie angestrengt atmete. Ihre schmutzige Lederkleidung verbarg die alten Narben und frischen Verletzungen kaum. An ihrer Hüfte hing eine leere Schwertscheide. Ihr Haar war imperialweiß, kurz geschoren und von einer schwarzen Ascheschicht überzogen. Ihre blassblauen Augen starrten blicklos über das Feld.

Er wollte zu ihr gehen, aber Sindra hielt ihn zurück.

»Nein.« Ihre Stimme klang nicht ärgerlich, sondern furchtsam. »Nicht, Meret. Der kannst du nicht helfen.«

»Warum nicht?«

»Siehst du die Tätowierungen nicht?«

Er musterte ihre Unterarme. »Das sind Vagranten-Tätowierungen. Sie ist demnach eine rebellische Magierin?«

»Nicht irgendeine, du Narr!«, flüsterte Sindra. »Hast du die Geschichten und Warnungen nicht gehört? Das ist keine einfache Gesetzlose.« Sie deutete drohend mit einem Finger auf sie. »Das ist Sal Kakophonie.«

Es lief ihm eiskalt über den Rücken. Natürlich hatte er von ihr gehört, wie jeder in der Scar. Sal Kakophonie, die Frau, die nur Elend und Zerstörung zurückließ. Die mehr Menschen getötet und mehr

Siedlungen dem Erdboden gleichgemacht hatte als selbst die wildesten Bestien oder die grausamsten Gesetzlosen. Sie war die Frau, die die Überreste ihrer Feinde in der ganzen Scar hinterließ – Vaganten, Imperiale, Revolutionäre …

Angeblich tötete Sal Kakophonie alles und jeden, der über die Erde wandelte. Vielleicht stimmte es, vielleicht hatte sie Schlimmeres getan als das, was die Geschichten behaupten. Aber in diesem Moment auf dem von Asche bedeckten Feld dachte Meret nicht an irgendein Vielleicht, sondern nur an zwei Dinge, die wirklich wahr waren. Erstens, dass er sich umdrehen und davonlaufen sollte, bis er den Namen von Jammertal vergessen hatte. Und zweitens, dass er das niemals tun würde.

»Meret!«

Sindra hatte einmal das ganze Dorf zusammengeschrien, als sie glaubte, jemand würde ihr Schwert anfassen. Als sie jetzt seinen Namen flüsterte, weil er auf die weißhaarige Frau zuging, klang das sonderbar. Sie folgte ihm nicht, sondern streckte nur die Hand nach seiner Schulter aus. Sie schien Angst zu haben, die Aufmerksamkeit dieser Frau zu erregen.

Vielleicht hatte er das ja auch. Vielleicht glaubte er, die Katastrophe von Jammertal fernhalten zu können, wenn er sich ihr näherte, oder seine morbide Neugier, die ihn in dieses vom Krieg gebeutelte Land geführt hatte, zwang ihn, endlich einmal in die Augen einer Mörderin zu blicken statt immer nur in die von Toten.

Aber nicht das Vielleicht zählte, sondern die Wahrheit. Jemand war verletzt, und er konnte helfen.

»Madame?«

Seine Stimme war so zaghaft, dass er selbst sie im Fauchen des Feuers und dem Knarren des zerschmetterten Luftschiffes kaum hören konnte. Sal Kakophonie keuchte, starrte in die Ferne und schien sie nicht wahrzunehmen. Er trat einen Schritt näher und sprach lauter.

»Bist du verletzt?«

Sie sah ihn nicht an und schien auch nicht zu bemerken, dass alles um sie herum brannte. Vielleicht war es ein Trauma. So etwas hatte er schon erlebt.

»Wir haben gesehen, wie das Schiff abstürzte …« Er warf einen

Blick auf das zerstörte Luftschiff, aus dem immer noch Flammen schlugen. »Ich meine, alle haben es gesehen. Was ist … « Er richtete seinen Blick wieder auf Sal. » … passiert … ?«

Statt in ihre Augen blickte er in eine Pistolenmündung. Aus poliertem Messing und geformt wie ein grinsendes Drachenmaul. Sie starrte ihn mit ihren Metallaugen an. Um den Zylinder kräuselte sich Dampf, als würde das Ding atmen. Ein glänzender Griff aus schwarzem Holz schmiegte sich in ihre Hand, oder vielleicht klammerte sie sich auch daran fest, als sie die Waffe auf sein Gesicht richtete, den Finger am Abzug. Sie spannte den Hahn mit einem höllisch lauten Klicken.

Das fast so laut war wie das Klatschen, mit dem ihm das Herz in die Magengrube rutschte.

Meret starrte in das schwarze grinsende Loch zwischen den Kiefern der Waffe. Jede Geschichte über die Frau ging mit einer Geschichte über diese Waffe einher. Der Kakophon entzündete Feuer, die niemals erloschen. Der Kakophon verbog Metall und zertrümmerte Steine. Der Kakophon sang ein so wildes Lied, dass es jeden tötete, der es hörte.

Er hatte nicht allzu viele Geschichten über diese Waffe gehört, aber selbst wenn er keine einzige gehört hätte, hätte er sie geglaubt. Waffen sollten Menschen nicht ansehen können. Jedenfalls nicht so.

»Imperial?«

Beim Klang der rauen Stimme hob er den Blick über den Lauf und begegnete ihren blauen Augen, die nicht mehr in die Ferne blickten, sondern auf ihn gerichtet waren. Über die rechte Seite ihres Gesichts zog sich eine lange Narbe, und ihr kalter Blick war genauso durchdringend wie die Messingaugen der Pistole.

»W … was?«, stammelte er.

»Bist du ein Imperialer?« Die unmerkliche Veränderung im Tonfall von Sal Kakophonies Stimme deutete an, dass sie die Frage beim dritten Mal seiner Leiche stellen würde.

Er schüttelte den Kopf. »Ne … nein.«

»Revolutionär?«

»Nein. Ich bin einfach nur … « Ohne den Blick von ihren Augen und der Waffe zu nehmen, deutete er in Richtung Jammertal. »Ich komme aus dem Dorf da. Wir sind neutral.«

Sie musterte ihn lange, bis ihr Blick dann erwartungsvoll auf die Pistole glitt, als würde sie darauf warten, dass die Waffe entschied, ob er log oder nicht.

Konnte die Pistole das? Er war sich nicht sicher, ob er nicht irgendwo darüber eine Geschichte gehört hatte.

»Du kennst diese Waffe?«, erkundigte sie sich.

Er nickte.

»Du weißt, wozu sie imstande ist?«

Er nickte.

»Und, muss ich sie benutzen?«

Er schüttelte den Kopf.

Entweder glaubte sie ihm, oder ihr war klar, dass sie ihm genauso gut den Hals umdrehen konnte, statt eine Patrone zu verschwenden. Jedenfalls verschwand die Pistole mit einem Zischen in einem Futteral an ihrer Hüfte.

Ohne die unmittelbare Bedrohung durch ihre Feuerwaffe konnte er sie endlich eingehender mustern. Sie atmete ruhiger, und die Wunden schienen ihr nichts auszumachen. Gehörte das zu ihrer Legende? Fühlte Sal Kakophonie keinen Schmerz?

»Du bist ein Heiler?«

Offenkundig doch! Er bemerkte, wie sie seinen Arztbeutel betrachtete. »Ja.« Er öffnete die Klappe. »Ich habe Salben und … alles mögliche Zeug.« Er schluckte und betrachtete ihre Wunden. »Welche Schmerzen spürst du denn, und …?«

»Es geht nicht um mich.« Sie trat zur Seite und zeigte nach unten. »Sondern um sie.«

Zwischen den Trümmern lag eine Frau. Sie war bleich und schlank, trug schlichte Kleidung. Ihr strähniges, schwarzes Haar umrahmte ein von Schnittwunden und Kratzern übersätes Gesicht. Ihr Rock war zerrissen und ihre Bluse von Blut und Ruß beschmutzt. Eine Brille mit gesprungenen Gläsern lag auf ihrer Brust.

Sie sah nicht wie eine Vagrantin aus oder wie irgendjemand, an dem Sal Kakophonie interessiert sein könnte. Sie war eine ganz gewöhnliche Frau, wie man sie auch an gewöhnlichen Orten wie Jammertal finden konnte.

Warum sollte ein Monster wie Sal Kakophonie sich wohl mit ihr abgeben?, fragte Meret sich im Stillen.

»Hilf ihr.«

Meret verschob die Suche nach der Antwort auf diese Frage auf später. Zuerst musste er dieser Frau helfen.

Er kniete sich neben die blasse junge Frau und untersuchte sie, so gut er konnte, bewegte behutsam ihre Gliedmaßen und lauschte ihrer Atmung. Er sah Sal Kakophonie dabei kein einziges Mal an und machte ihr damit keine allzu große Hoffnung. Sie mochte ein Monster sein, aber jetzt war sie nur ein Mensch, der sich Sorgen um eine verletzte Freundin machte. Sie brauchte keine Hoffnung, sie brauchte Informationen.

Und die konnte er ihr geben.

»Das Atmen fällt ihr schwer«, murmelte er. »Angesichts des Sturzes nicht weiter verwunderlich. Aber ich kann keine inneren Blutungen feststellen.« Er sah auf ihr Bein. »Sie hat sich den Oberschenkel und den linken Arm gebrochen. Es würde mich sehr erstaunen, wenn das alles wäre.« Als er aufstand, klopfte er sich Asche von seiner Kleidung. »Von den Schnittwunden und Prellungen ganz zu schweigen.«

»Kannst du ihr helfen?«

Als er sich zu ihr umdrehte, stellte er fest, dass sie nicht mehr kalt und abweisend wirkte, sondern weich, fast zärtlich. Das passte so gar nicht zu einem Monster.

»Vielleicht. Aber sag mir erst, was hier passiert ist«, antwortete er.

Ihr Blick wurde härter, und ihrer Stimme hörte man an, dass sie sich nicht wiederholte, ohne blankzuziehen.

»Das brauchst du nicht zu wissen. Hilf ihr, dann hilfst du dir selbst.«

Trotz der Flammen fröstelte ihn. Seine Knie wurden weich, und es verschlug ihm den Atem. Eine solche Kälte hatte er nicht gefühlt, seit er ins Tal gekommen war und die Leichen gesehen hatte. Aber auch damals war er nicht zurückgezuckt.

»Nein«, krächzte er.

»Was?«

»Nein.« Er antwortete entschlossen, straffte sich und sah sie an. »Was auch immer hier passiert ist, es betrifft diese Siedlung. Und damit auch mich.« Er schluckte schwer. »Ich werde ihr helfen. Aber du musst es mir erzählen.«

Sie starrte ihn an. Hatten die Geschichten geschildert, dass sie nie blinzelte, oder hatte er das gerade erfunden?

Sie hob die Hand, und er zwang sich, den Blick nicht von ihren Augen zu nehmen.

Ihre Hand zuckte zu seiner Taille. Seine Angst lag wie ein Eisblock in seinem Magen, und er fürchtete, ein Messer in seinem Bauch zu sehen, wenn er den Blick senkte. Er keuchte, als sie langsam die Hand zurückzog. Sie hielt die Whiskeyflasche in der Hand, die er eingepackt hatte.

»Avonin.« Ihre Pupillen weiteten sich kurz. »Verdammt, Kerl! Wofür brauchst du den?«

»Um Wunden zu desinfizieren.«

Sie sah ihn an, als hätte er gerade ihre Mutter beleidigt. Dann deutete sie mit dem Kinn auf die bewusstlose Frau. »Wie viel davon brauchst du für ihre Behandlung?«

»Ich … Ich weiß es nicht. Die Hälfte vielleicht?«

»Sicher?«

»Nein.«

»Denk nach.«

Er warf einen Blick auf die Frau am Boden und nickte. »Die Hälfte.«

Sal Kakophonie erwiderte das Nicken, zog den Korken mit den Zähnen aus der Flasche, spuckte ihn aus, setzte die Flasche an und trank, ohne Luft zu holen, bis sie genau die Hälfte der Flasche geleert hatte. Dann gab sie sie ihm zurück, leckte sich die Lippen und spuckte aus.

»Ich erzähle es dir«, sagte sie. »Aber du musst mir etwas versprechen.«

Er musterte sie, während sie ihren Blick über das Wrack des Luftschiffes gleiten ließ. »Einverstanden.«

»Du brauchst mir nicht zu versprechen, dass du mir verzeihst«, sagte sie. »Aber wenn ich zu Ende erzählt habe …«

Sie schloss die Augen, als eine Brise schwarze Asche über sie wehte. »Versprich mir, dass du es zumindest versuchst.«

2. KAPITEL
DAS TAL

Also, worüber sprach ich gerade?

Ach ja, richtig. Das Massaker.

Das Blut sickerte mir ins Auge, deshalb brauchte ich eine Sekunde, bis ich es bemerkte, aber seine Deckung war offen. Sein Arm war müde, er konnte seine Klinge nicht mehr ganz so hoch halten, und die Spitze schleifte über die Erde, als er eine Staubwolke aufwirbelte und mich angriff.

»Stirb, Kakophonie!«, kreischte er.

Er brüllte und schwang sein Schwert, als er in Reichweite kam. Ich wich dem Schlag aus und riss meine eigene Klinge hoch. Blut spritzte durch die Luft. Sein Schwert streifte meine Wange und hinterließ einen blutigen Schnitt.

Mein Schwert dagegen …

Er versteifte sich, seine Augen waren vor Entsetzen starr, sodass er die zehn Zentimeter Eisen in seinem Bauch nicht sehen konnte. Seine Lippen bewegten sich, als er irgendwelche bedeutungsvollen letzten Worte suchte, aber es kam nur ein blubbernder Sturzbach aus Blut aus seinem Mund, der auf die Erde klatschte. Wo er drei Sekunden später ebenfalls landete, als ich meine Klinge aus seinem Bauch zog.

Er lag regungslos da, ein weiterer dunkler Fleck auf einem anderen dunklen Fleck Erde. Genau wie die anderen vier.

Als das Geschrei und das Klirren aufhörten, ließ ich meine Klinge sinken. Mein Atem brannte in meiner Lunge, und mein Speichel schäumte rot. Er tropfte und landete auf der Wange einer weiblichen Leiche. Der war es bestimmt egal, denn es war längst nicht das Schlimmste, was ich ihr und den anderen angetan hatte.

Dabei hatte ich ihnen genug Möglichkeiten eingeräumt. Ich war in ihr Tal spaziert, die Klinge in der Hand, die Arme weit ausgebreitet. Ich hatte meinen eigenen Namen geschrien und ihre verflucht. Ich hatte auf Geheimniskrämerei, Überraschungsmoment und jede Art von Subtilität verzichtet und mich auf ein Schwert und dreckige Ausdrücke verlassen. Und jetzt waren sie tot. Und ich lebte noch.

Arschlöcher.

Immerhin, sie hatten ihr Bestes gegeben. Ich war von zumeist oberflächlichen Schnittwunden übersät; eine Stichwunde hätte mich allerdings fast erledigt. Aber das Blut, das in der kalten Bergluft auf meiner Brust trocknete, war zum größten Teil nicht mein eigenes. Ich atmete angestrengt, meine Narben schmerzten, mir taten alle Knochen weh, mein ganzer Körper litt. Trotzdem war ich noch nicht am Ende.

Soll heißen, ich musste noch einen Magus töten.

Ein Abzug klickte, eine Armbrustsehne knallte, und ein Bolzen flog kreischend durch die Luft. Ich hob den Kopf. Der Bolzen war so lang wie mein Arm, streifte meine Wange und grub sich drei Schritt von mir entfernt in einen verkrüppelten Baum.

Der Junge mir gegenüber hielt eine für seine Hände viel zu große Armbrust. Er erwiderte verdattert meinen Blick. Ich schniefte und wischte mir das frische Blut von der Wange.

»Verdammt, Junge! Ich habe mich nicht bewegt und dich nicht einmal gesehen. Und du hast mich trotzdem verfehlt.« Ich deutete auf das Blut seiner Kameraden auf meinem Körper. »Muss ich wirklich noch näher herankommen?«

Ich ging mit dem Schwert in der Hand langsam auf ihn zu, dann trabte ich. Als er nach einem Bolzen griff, rannte ich.

Im selben Moment reduzierte er sich von einer Person auf jemanden, der vergeblich nach Worten suchte und Mühe hatte, die Armbrust zu spannen. Hätte ich noch länger gewartet, hätte er mich vielleicht tatsächlich getötet.

Aber niemand sollte Sal Kakophonie nachsagen, dass sie von einem Schwachkopf zur Strecke gebracht worden war, der nicht mal richtig zielen konnte. Mein Schwert sang, und alle Schmerzen waren vergessen, als ich weiterstürmte.

Er schoss erneut und verfehlte mich noch deutlicher als zuvor. Dann gab er auf, ließ die Armbrust fallen und griff mit zitternden Fingern nach seinem Gürtel. Ich dachte, er wollte das viel zu große Schwert an seiner Hüfte zücken. Stattdessen nahm er ein verbeultes Signalhorn und setzte es an die Lippen.

Er stieß zweieinhalb Töne aus, die laut durch das Tal hallten. Der dritte wurde abgeschnitten, als ihm das Horn aus den Händen fiel, weil sich mein Schwert in seine Brust grub. Ich beobachtete, wie er zusammenbrach und mit dem Gesicht in den Staub sank. Wieder jemand, der mich nicht hatte töten können. Einen Moment drängte es mich, ihn umzudrehen und ihn würdevoll mit dem Gesicht zum Himmel sterben zu lassen.

Aber das konnte ich nicht. Ich wollte nicht wissen, wie jung er war. Wahrscheinlich viel zu jung und nicht für das Banditenleben geeignet. Ich hätte ihn auch entwaffnen, ihn verprügeln und nach Hause schicken können.

Andererseits hätte er mich töten können.

So betrachtet war es seine Schuld.

Ein kalter Wind fegte durch das Tal und wehte mir den Schal ins Gesicht. Ich zog ihn fester um den Kopf und überlegte, ob er diesen Tod vorausgesehen hatte, als Cassa die Traurige ihn in ihre Bande aufgenommen hatte.

Mein Blick wurde von dem prachtvollen Herrenhaus angezogen, das majestätisch über dieses Tal aus rissiger Erde und vertrockneten Bäumen herrschte. Jedenfalls war es einmal prachtvoll gewesen. Vor langer Zeit hatte irgendein aristokratischer imperialer Dandy dieses Haus zwischen den murmelnden Bächen und wogenden Wäldern zu seinem Feriendomizil gemacht. Der Krieg hatte den Weg hierher gefunden, die Bäche ausgetrocknet, die Wälder in Brand gesetzt, und das verfallene Anwesen war den menschlichen Aasgeiern überlassen worden.

Derzeit war dieser Aasgeier eine Vagrantin, deren Namen ich vor langer Zeit auf eine Liste geschrieben hatte.

Ich ließ die Leichen im Dreck liegen, während ich zu dem Herrenhaus ging. Mein Blick glitt über die vernagelten Fenster und suchte nach Armbrustspitzen zwischen den Spalten. Aber mich begrüßten nur Schatten und eine riesige zweiflüglige Tür.

Ich betrachtete das Portal, zog die Whiskeyflasche aus meinem Gürtel und nahm einen Schluck.

»Keine Heckenschützen«, stellte ich fest. »Aber sie müssen das Signal gehört haben. Also hat Cassa nicht genug Leute, weil sie keine Zeit gehabt hat, neue zu rekrutieren. Sie ist Hals über Kopf hierher geflüchtet.« Ich warf einen Blick auf das verfallene Anwesen. »Sie hat Schiss.«

In der Kälte fühlte ich seine Hitze an meiner Hüfte noch deutlicher als sonst. Mit einem rasselnden, lachenden Unterton redete mein ständiger Begleiter mit mir.

»Das sollte sie auch.«

»Richtig.« Ich schnaubte. »Trotzdem, sie hat uns kommen hören. Also wartet sie ganz bestimmt mit allem, was sie hat, hinter diesen Türen auf uns.«

Ich zog den Kakophon aus dem Futteral, und er starrte mich mit seinen Messingaugen an.

»Was hältst du davon, anzuklopfen?«

Wer ihn ansah und ihn nicht kannte, mochte ihn für eine Pistole halten. Schwarzer Griff, eine messingfarbene Trommel, Hahn und Abzug, und ein Lauf, der die Form eines grinsenden Drachen hatte. Er hatte jedoch nicht die geringste Ähnlichkeit mit den primitiven Handkanonen und Bajonettgewehren in den Händen von Soldaten, die zu viel nachdachten, und von Gesetzlosen, die es zu wenig taten.

Der Kakophon war mehr als eine Waffe – vor allem, was seinen erlesenen Geschmack anging, sein feines Empfindungsvermögen und seine hemmungslose Zerstörungswut.

»Klopfen wir«, zischte er.

Außerdem konnte er sprechen. Und das ist merkwürdig.

Ich nickte, öffnete die Trommel und griff in meinen Beutel. Mein Finger fuhr über die Inschrift auf einer Patrone. *Diskordanz.*

Schlampig. Laut. Perfekt.

Ich schob die Patrone in die Kammer und klappte die Trommel zu. Der Kakophon brannte in meiner Faust, als ich mit ihm auf die Tür zielte und abdrückte.

Jeder hat Geschichten über ihn gehört, über die Waffe dieser einsamen Vagrantin, die Magie verschießt. Viele wissen, dass seine Patronen verzaubert sind, verhext, banngeschrieben. Und einige wenige wissen, was passiert, wenn diese einsame Vagrantin abdrückt. Lachendes Feuer am Himmel, Eisflächen am Boden, Mauern aus Lärm, die die Schreie der Menschen übertönen und mit jedem Schuss des Kakophon diesen menschlichen Abschaum hinwegfegen. Gute Geschichten. Aber nichts im Vergleich dazu, ihn in Aktion zu sehen.

Die Patrone traf die Türen, und einen Augenblick später explodierte Diskordanz. Die Luft heulte nach einem ohrenbetäubenden Knall, und mein Schal peitschte mir ums Gesicht. Diskordanz zertrümmerte das Holz, hinterließ jede Menge Splitter und ein riesiges Loch in den Türen.

Aber so laut der Knall auch war, ich konnte die Schreie immer noch hören.

Die Mauer aus Lärm verebbte nach einem Moment. Sie hinterließ ein leises Klingeln in meinen Ohren – und zerschmetterte Bretter fielen aus der zertrümmerten Tür. Ich wartete einen Moment, ob Gesetzlose säbelschwingend herauskämen oder mir eine Salve von Armbrustbolzen entgegenschlagen würde. Schließlich war ich überzeugt, dass keiner in dem Haus mich noch töten konnte.

Ich zog die Nase hoch, öffnete erneut die Trommel und schob drei neue Patronen in die Kammer: Raureif, Höllenfeuer und … Stahlpython? Nein, nicht Stahlpython. Nur weil wir uns gegenseitig umzubringen versuchten, musste man nicht gleich zum Schlimmsten greifen.

Schlussendlich nahm ich eine Sonnenblitz-Patrone, schloss die Trommel und schob den Kakophon wieder in das Futteral. Mit dem Schwert in der Hand trat ich durch einen Staubschleier durch das Loch in der Tür in das zu einer Festung verwandelte Herrenhaus.

Ein Trümmerfeld aus uralter Pracht begrüßte mich: gepolsterte und zu Feuerholz zerkleinerte Stühle, Bankett-Tische, die zu Barrikaden umfunktioniert worden waren, Porträts verschiedener imperialer Vorfahren, die zu Bettgestellen entfremdet worden waren. Auf beiden Seiten des geräumigen Wohnzimmers führten Treppen zu einer Galerie über mir. Bevor Alter und Not ihren Tribut gefordert hatten, musste das Anwesen recht stattlich gewesen sein.

Und natürlich bevor es von Leichen übersät war.

Cassas Jungen und Mädchen lagen überall auf dem Boden verstreut. Diskordanz hatte sie mitsamt ihren Waffen und ihren improvisierten Barrikaden im ganzen Zimmer verteilt. Einige stöhnten und zuckten noch, tastete nach ihren Waffen, andere schrien und umklammerten Holztrümmer, die sich in Beine oder Rippen gebohrt hatten. Andere rührten sich nicht.

Ich widmete ihnen nur so viel Aufmerksamkeit, wie ich brauchte, um den am wenigsten Verletzten unter ihnen zu finden. Ich war nicht ihretwegen hier.

Schließlich fand ich ihn, einen grauhaarigen älteren Kerl, der sich mit seinem Arm – dem einzigen Glied, das er noch gebrauchen konnte – über den Boden schleppte und nach einer schweren Arbalest griff, um mich zu erschießen. Er schrie, als ich ihm die Spitze meines Schwertes in die Hand bohrte.

Ich wartete, bis seine Schreie zu einem Wimmern verklangen, bevor ich mich neben ihn hockte. Er hob den Kopf. Sein Gesicht war faltig und vernarbt. Das hier war kein naiver Jugendlicher, der der Romantik des Banditenlebens erlegen war. Ich hatte es mit einem Veteranen zu tun, und das erleichterte die ganze Sache hoffentlich.

»Wo ist Cassa die Traurige?«, fragte ich ihn.

»Fick … dich … !«

Was sagt man über die Hoffnung in der Scar? Sie wäre ebenso nützlich wie eine von einem Schwert durchbohrte Hand.

»Er ist aufsässig, was?« Der Kakophon kicherte in seinem Futteral. *»Hol mich raus und zeig ihm unser Verhandlungsgeschick.«*

Seine Auffassung von Diplomatie bestand für den Kakophon darin, so lange Leute zu erschießen, bis die Überlebenden ihm verrieten, was er wissen wollte. Das war zwar verlockend, aber ich wusste etwas Besseres.

Ich seufzte, stützte mich auf den Schwertgriff und beugte mich zu ihm hinunter. Er zuckte zurück, weil er einen Schlag ins Gesicht oder Schlimmeres erwartete.

»Wie heißt du?«

Das hatte er nicht erwartet. »Wa … was?«

»Dein Name«, sagte ich. »Entweder der, mit dem du geboren wurdest, oder der, den du angenommen hast, als du dich ihr angeschlossen hast. Ich weiß, dass auch die Handlager von Vagranten auf blumige Namen stehen.«

»Rishas«, erwiderte er.

Ich sah ihm in die Augen, während ich langsam nickte.

»Wie alt bist du, Rishas?«

»Fick d …!«

Meine Faust auf seinem Kinn überraschte ihn.

»Wir müssen diese Sache nicht unzivilisiert erledigen.« Meine Stimme war ebenso samtig, wie mein Schlag hart gewesen war. Ich warf einen Blick auf mein Schwert. »Ich meine damit noch unzivilisierter, als wir uns bereits benommen haben. Ich möchte nicht, dass dein letzter Eindruck von mir der einer gnadenlosen Person ist, also erleichtern wir uns die Sache, einverstanden? Wie alt bist du?«

Er zögerte, keine Ahnung, ob aus Stolz oder vor Schmerz. Aber am Ende antwortete er.

»Vierundvierzig«, knurrte er.

»Vierundvierzig. Alt für einen Gesetzlosen. Du bist doch nicht so alt geworden, weil du dumm bist, oder?«

Er antwortete nicht. Das Schweigen zwischen uns dauerte an, bis ich es brach.

»Du kennst meinen Namen?«

Er starrte mich an und öffnete den Mund, als wollte er mich verfluchen. Stattdessen lief ihm ein blutiges Rinnsal über die Lippen, und er nickte.

»Sie hat ihn dir gesagt?«, erkundigte ich mich.

Er nickte wieder.

»Du weißt also, wer ich bin«, stellte ich fest. »Also weißt du, dass ich nicht den ganzen Weg in dieses Tal gekommen bin, um alte Gesetzlose umzubringen.« Ich warf einen vielsagenden Blick auf seine Gefährten. »Deine Freunde dachten, dass ihre Loyalität sich auszahlt und sie reichlich belohnt werden, wenn sie weiterkämpfen. Aber das heilt ihre zerbrochenen Knochen nicht, richtig?« Ich sah ihn wieder an.

Er kniff die Augen zusammen.

»Ich wette, dass Cassa nicht die erste Vagrantin ist, für die du kämpfst«, fuhr ich fort. »Du hast wahrscheinlich schon unter einem Dutzend abtrünniger Magier gedient, hab ich recht? Also weißt du, wie sie sind – sie betrachten dich als ein Werkzeug, genauso wie ihre Magie, nur sehr viel entbehrlicher. Du weißt genau, dass sie für eine Null wie dich niemals sterben würden.«

Ungeduldig trommelte ich mit den Fingern auf den Schwertgriff.

»Ich bin bereit, dich zu töten, um an sie heranzukommen, Rishas«, gestand ich ihm. »Bist du bereit zu sterben, um sie vor mir zu schützen?«

Rishas holte tief Luft und hielt sie an. Er hatte sichtlich Schmerzen und warf einen Blick auf das Blut, das sich unter seiner Hand gebildet hatte.

»Ich habe mich ihr vor sechs Tagen angeschlossen«, presste er heraus. »Sie sagte mir, sie würde von einer Vagrantin verfolgt. Als ich hörte, dass es sich um dich handelte, hätte ich fast auf der Stelle kehrtgemacht. Ich dachte mir, dass es keinen Sinn hätte, gegen eine Legende zu kämpfen, nach all dem, was du und deine beschissene Knarre den Erzählungen zufolge in ZwieLicht angerichtet haben.«

Ich war froh, dass mein Gesicht von meinem Schal verdeckt wurde. Nachdem ich seine Hand mit meinem Schwert durchbohrt hatte, wäre es seelisch grausam gewesen, ihm jetzt auch noch mein breites Grinsen zu zeigen.

»Natürlich siehst du jetzt verdammt abgerissen aus«, knurrte er und musterte mich. »Also kannst du unmöglich so legendär sein, wie sie es von dir glaubt.«

Jetzt ärgerte ich mich über den Schal, denn er hätte an meinem Gesicht sicher gesehen, was ich als Nächstes vorhatte.

Ich verdrehte das Schwert, und er schrie. Folter führt nur dazu, dass einem der Gefolterte einen ganzen Haufen von Lügen auf die Nase bindet, die man hören will. Ich machte es nur aus Bosheit.

»Scheiße!«, kreischte er.

»Hat sie dir auch erzählt, dass ich so etwas machen würde?«, erkundigte ich mich. »Hat sie dir erzählt, was ich noch mit dir anstelle, wenn du mir nicht sagst, wo verflucht sie ist? So viel kann sie nicht wert sein, Rishas.«

»Ja … dachte ich auch …«, rasselte er. »Dachte schon, dass ich für dich nur ein unbedeutendes Ärgernis wäre.«

»Du hättest auf dich hören sollen.«

»Wie sich herausstellt«, er sah mich an und grinste mit seinem blutigen Mund, »genügt das manchmal.«

Ich brauchte nicht zu fragen, was er damit meinte, denn ich hörte das Lied der Lady Merchant.

Ein einzelner Ton wie zerberstendes Glas. Das atemlose Flüstern einer sterbenden Frau tausend Meilen entfernt. Die Sprache des Windes, der Klang sich beschleunigender Zeit, das letzte Wort, das du hörst, bevor du dich auf den Weg zum schwarzen Tisch machst. Jeder beschreibt auf seine Weise, wie die Stimme klingt, die Magie ankündigt.

Für mich hörte es sich an wie knisternde Flammen und zischender Rauch.

Was? Nein, Moment. Das war das Geräusch des Feuers.

In meinem Augenwinkel flammte etwas Helles auf, und meine Füße bewegten sich, bevor mein Gehirn kapierte, was da passierte. Ein Vorhang aus Feuer fraß sich durch die verfaulten Planken und den uralten Dunst und verschluckte Rishas Schreie, als er unter den Flammen verschwand.

Ich hoffte für ihn, dass sich sein letztes Lachen gelohnt hatte.

Hitze fegte über meine Haut, und rußige Flecken bildeten sich wie Tintenflecke auf Pergament. Der Schmerz in meinen Narben verriet mir, dass ich eigentlich hätte sterben müssen.

Der Schal um meinen Hals summte, und winzige Sigillen auf dem Stoff leuchteten violett auf, bevor sie erloschen, als ihre Magie verbraucht war. Glücksschrieb-Tuch war sehr selten, sehr kostspielig und sehr nützlich, um mir den Arsch zu retten, wenn ich unachtsam geworden war. Es war das erste Geschenk, was sie mir gemacht hatte, und ihm verdankte ich es, dass ich noch am Leben war.

Er hatte jedenfalls kein bisschen dabei geholfen.

Ich zog den Kakophon und starrte böse in seine grinsende Mündung. »Das hätte mich fast umgebracht. Du bist nicht auf die Idee gekommen, mich zu warnen?«

»Also bitte!«, rasselte er metallisch. *»Wenn du von so etwas Primitivem wie gewöhnlichem Feuer zur Strecke gebracht würdest, wärst du es nicht wert, mich zu tragen.«*

Bevor ich antworten konnte, unterbrach mich ein sehr unhöflicher lauter Schrei.

»Nein!«

Die Flammen teilten sich und enthüllten die rußigen Überreste von Rishas Leichnam neben meinem Schwert. Mein Blick richtete sich auf die Galerie über dem Wohnzimmer und auf die hagere Gestalt, die dort stand.

Cassa die Traurige hatte schon besser ausgesehen.

Ihre Eltern waren Bauern gewesen, und auch wenn ihre Manifestation als Glutmagierin sie von der Plackerei auf den Feldern bewahrt hatte, hatte sie doch die roten Wangen, die dicken Arme und die pummelige Gestalt einer Bäuerin. Sie bot wirklich keinen besonders beeindruckenden Anblick. Andererseits, wenn man Feuer aus allen Poren schießen kann, spielt das wohl auch keine große Rolle.

»Verdammt!« Unter Cassas dichten Brauen glühten ihre Augen violett mit Magie. Flammen liefen knisternd von ihren Schultern zu ihren vor Wut geballten Fäusten. »Warum zum Teufel musstest du dich bewegen, Sal?«

»Klar«, gab ich zurück. »Der Fehler liegt natürlich bei mir und nicht bei dir feuerspuckendem magischem Miststück!«

»Er war ein guter Mann!«, fauchte sie. »Das waren sie alle, und keiner hat verdient, was du ihnen angetan hast.«

»Dann hättest du ihn vielleicht nicht umbringen sollen.« Ich durchbohrte sie mit meinem Blick. »Du hättest es einfach machen können, Cassa. Du weißt, warum ich hier bin.«

Cassa musterte von der Empore herab die vernarbte Frau unter ihr. Die versengte Haut, der unter den rasselnden Atemzügen zitternde Körper, die von drei Nächten ohne Schlaf blutunterlaufenen Augen, deren Blick auf sie gerichtet war.

»Ich habe gehört, man könnte dich nicht umbringen«, sagte sie. »Aber du siehst aus, als könntest du dich kaum auf den Beinen halten. War das auch nur eine Lüge?« Sie schnaubte. »Die Geschichten behaupten, Sal Kakophonie käme, um zu töten, zu vernichten, zu …«

»Sie sucht jemanden, der weniger geschwätzig ist und besser riecht als du. Deine Jungs und Mädchen haben sich mir in den Weg gestellt«, sagte ich mit einem kurzen Blick über die Schulter auf die Reste ihrer Gesetzlosen. »Aber ich habe nicht vor, sie alle umzubringen. Wir können die Sache schnell oder langsam erledigen. Schnell heißt, wir reden wie Magier miteinander, von Angesicht zu Angesicht und ohne Tricks oder Drohungen. Langsam bedeutet, dass ich am Ende doch von dir oder von ihnen erfahre, was ich wissen will.«

Ich zog den Schal zur Seite und zeigte ihr die Narbe über meinem rechten Auge. »Dann überlebt das niemand von euch.«

Das Lied der Lady Merchant verstummte, und das Licht in Cassas Augen erlosch, während die Flammen auf ihrer Haut zu einem schwachen Glühen herabsanken. Jetzt konnte ich die Frau etwas besser sehen. Sie war korpulent, aber ihre Schultern hingen herab, und sie hatte dunkle Ringe um die Augen. Ihre alte imperiale Uniform schlackerte um ihren Körper. Sie war zerrissen, sodass ich die Flammen-Tätowierungen an ihren Schlüsselbeinen sehen konnte. Allesamt waren sie frisch, nicht verblasst wie die Sturmwolken auf meinen Armen.

Als sie noch als imperiale Magierin gedient hatte, hatte Cassanara yu Althama den Ruf, vernünftig zu sein. Trotz ihrer vernichtenden Gabe zögerte sie, blindlings zu kämpfen. Ihre Wertschätzung für ihre Untergebenen hatten sie zu einer sehr beliebten Anführerin der Streitkräfte des Imperiums gemacht.

Deshalb hatten sich alle gewundert, warum sie zur Vagrantin geworden war.

Aber diese stolze imperiale Magierin war verschwunden. Cassa die Traurige, die Vagrantin, die Gesetzlose, die Flüchtige, war eine erschöpfte, zerlumpte und gebrochene Frau, die sich mit Leuten abgab, die sie nicht mochte, eine Arbeit erledigte, die sie nicht interessierte – und das in einer Welt, die sie nicht verstand.

Vielleicht glaubte ich deshalb, ich könnte, ohne zu kämpfen, bekommen, was ich wollte. Vielleicht war ich auch nur dumm. Ich war müde, deshalb war das schwer zu sagen.

Immerhin machte sie keine Anstalten anzugreifen. »Rede.«

Ich hob langsam eine Hand, schob sie in meinen Schal und nahm einen dünnen Fetzen Papier aus einer Innentasche. Dann faltete ich das zerknitterte Blatt langsam auseinander.

»Du hast die Geschichten über mich gehört«, sagte ich. »Du weißt also, was das hier ist?«

Cassa nickte. »Eine Liste mit Namen. Lauter Vagranten. Die dir alle Unrecht angetan haben … jedenfalls behauptest du das.«

Bei ihren Worten schmerzte die Narbe, die von meinem Schlüsselbein bis zu meinem Bauch führte. Ich verbarg meine Grimasse hinter meinem Schal, als ich den Zettel wieder zurückschob.

»Richtig, lauter Namen«, bestätigte ich. »Neun sind durchgestrichen. Und du stehst nicht auf dieser Liste, ebenso wenig wie einer deiner Leute hier. Wenn du mir eine Frage beantwortest, können wir es dabei belassen.«

Cassa warf mir einen hochmütigen Blick zu. »Dann frage.«

Ich blickte zu ihr hoch, und der Geruch von Asche drang mir in die Nase. Meine Narbe juckte dermaßen, wie sie es nur tat, wenn irgendetwas schrecklich schiefzugehen drohte.

»Wo ist Darrish die Steinerne?«

Dann versuchte sie ernsthaft, mich umzubringen.

Das Lied der Lady ertönte in meinen Ohren, wurde aber von dem Geräusch von auflodernden Flammen verschluckt, die wiederum von dem wütenden Schrei aus Cassas Kehle übertönt wurden. Flammen loderten von ihren Händen auf, liefen über ihre Arme, ihre Schulter und ihren Hals, bis sie eine Löwenmähne aus Feuer trug.

Sie streckte die Hände in meine Richtung aus. Wellen aus Flammen strömten aus ihren Fingerspitzen, über die Balustrade der Galerie auf mich zu.

»Jetzt aber zur Sache, Schätzchen.«

Der Kakophon sprang mir förmlich in die Hand. Ich richtete ihn nach oben und drückte ab.

Die Raureifpatrone schoss aus seinem Maul, und eine Wolke aus bläulichem Eis breitete sich aus, um die Flammen zu verschlucken. Als sie aufeinanderprallten, wurde aus dem Frost Wasser. Vorhänge aus weißem Dampf waberten durch den Raum und behinderten meine Sicht.

Ich hörte ihren Schrei durch den Nebel, spürte durch die Erschütterung der Dielenbretter, wie sie von der Galerie sprang und auf dem Boden landete, und sah sie wie ein fernes Licht durch den Dunst. Dann spürte ich ihre Hitze.

In einem Moment versuchte ich noch, meine Waffe zu heben,

aber ihr Feuer war schneller, als ich schießen konnte. Glut flog von ihren Fingerspitzen, und wo sie mich traf, brannte meine Haut, und der Gestank von versengtem Fleisch stieg mir in die Nase. Ich sprang fauchend zurück, um Platz zu gewinnen. Aber sie kannte mich und meine Waffe und gab uns nicht den Raum, den wir brauchten.

Der Dampf umwaberte mich und gab mir Deckung. Ich konnte sie sehen, aber da ich kein Feuer ausstrahlte, bezweifelte ich, dass sie mich sehen konnte. Ich musste versuchen, sie in dem Dampf abzuschütteln, musste so lange rückwärtsgehen, bis ich einen Fluchtweg fand.

Es wäre ein großartiger Plan gewesen, wäre ich nicht in dem Moment gegen einen ihrer Jungs gestoßen. Er reagierte schneller als ich, schlang seinen Arm um meinen Hals und hielt mich fest. Mir war nicht ganz klar, ob er seinen Plan wirklich durchdacht hatte, weil sie uns ohne Zögern beide verbrennen würde. Aber ich hatte keine Zeit, ihm das zu erklären. Oder für irgendwelche Experimente. Ich stemmte mich einfach gegen ihn und drängte ihn zurück. Er war nicht sehr viel größer als ich und nicht von der Angst getrieben, bei lebendigem Leib verbrannt zu werden.

Cassa stürmte kreischend aus dem Dampf auf mich zu und griff nach mir. Ich wehrte mich nach Kräften gegen meinen Häscher, aber er hielt mich weiterhin fest, während sie näher kam. Hätte das Feuer in ihren Händen, das den Dampf durchdrang wie ein Leuchtturm den Nebel, mich nicht umbringen sollen, hätte ich es fast schön gefunden.

Stattdessen holte ich mit dem Kakophon aus und schwang ihn an meinem Bein vorbei zwischen die meines Angreifers. Ich weiß nicht, ob ich die gewünschte Stelle traf, aber sein gellender Schrei verriet mir, dass es nah genug gewesen war.

Er verlor die Balance, ich packte ihn und schwang ihn vor mich wie einen Mantel aus Fleisch und Leder. Im gleichen Moment erreichte das Lied der Lady ein Crescendo. Das Feuer schwoll zu einem tosenden Inferno an.

Die Flammen schlugen über ihm zusammen und erstickten seine Schreie. Ich ließ ihn los, flüchtete in den Dampf und blieb erst stehen, als die Hitze nicht mehr quälend, sondern nur noch schmerzhaft war.

Ich wirbelte herum. Cassa strahlte wie ein Leuchtfeuer in weißen Schleiern. Aber sie suchte nicht nach mir, sondern hatte nur Augen für den Körper ihres Handlangers, der regungslos dalag und vom Feuer verschlungen wurde.

»Nein!« Cassa fiel auf die Knie, während sie den am Boden liegenden Mann mit demselben Entsetzen anstarrte, mit dem sie einen gefallenen Geliebten angesehen haben mochte. Vielleicht war er das ja. Aber dann hätte sie ihn halt nicht umbringen sollen.

»Es tut mir leid!«, schrie sie, obwohl er sie nicht hören konnte. »Es tut mir leid! Ich musste … Ich konnte nicht …«

Sie streckte die Hand aus und zog sie dann wieder zurück, als hätte sie Angst, dass er zu Asche zerfiel. Ihr Feuer erlosch flackernd und zischend.

Ich muss zugeben, dass ich bei diesem Anblick innehielt. Es gibt Legenden über jeden Vagranten, auch über Cassa die Traurige. Sie diente dem Imperium pflichtbewusst und überlegt. Als Vagrantin verlangte sie den höchsten Respekt von ihren Jungen und erwies ihnen denselben auch.

Wenn man das Imperium abschüttelt, verändert einen das, sicher, aber ich hatte nicht erwartet, dass sie so rücksichtslos und emotional reagieren würde. Was bedeutete dieser Name auf der Liste für sie, dass sie dafür so kämpfte? Warum opferte sie alle Vernunft und Logik dafür?

Und warum hörte ich das Lied der Lady anschwellen, während ihr Feuer erlosch?

»Wenn noch jemand lebt, lauft!«, rief sie in den Dampf. »Wenn keiner mehr laufen kann, verzeiht!«

Etwas loderte in den Dampfschleiern auf. Das Feuer wurde heller.

»Aber ich kann sie nicht gehen lassen.«

Und heißer.

»Vergebt mir.«

Und riesig.

Es loderte misstönend auf, ebenso wie das wütende Heulen, das sie ausstieß, und das wilde Lied der Lady. Das alles erfüllte meine Ohren. Und das Feuer füllte alles andere.

Ich hob den Kakophon, aber es war zu spät. Flammen fauchten

von ihrem Körper in alle Richtungen und verzehrten den Dampf. Ich sank auf den Boden und versuchte verzweifelt, wegzukrabbeln, geblendet von den hellen Flammen, erstickt von der brennenden Luft, und kämpfte gegen den Schmerz an, als Blut und Asche auf meine Haut fielen.

Das Feuer umhüllte mich, verzehrte alles Fleisch, totes oder lebendiges. Es jagte mich auf allen vieren über den Boden und ich dachte nur noch an Flucht. Nur wusste ich in der Hitze und dem Rauch nicht, wohin ich kroch. Bis ich auf eine rußige Leiche und ein Stück Stahl im Boden stieß.

»Sal.«

Ihre Stimme hinter mir war leise, und ihre Schritte waren gelassen. Sie wusste, dass es vor ihr und ihren Flammen kein Entkommen gab. Und obwohl ich mich nicht umdrehte, spürte ich das Bedauern in ihrem Blick, der auf meinen Rücken gerichtet war, als sie die Hand hob. Und ihr Feuer brannte.

»Es hat nicht so kommen müssen«, flüsterte sie.

»Doch«, antwortete ich, streckte die Hand aus und packte den Griff eines Schwertes. »Musste es.«

Das erhitzte Metall brannte durch das Leder meines Handschuhs, aber es war längst nicht der schlimmste Schmerz, den ich je gefühlt hatte. Nicht einmal die schlimmste Brandwunde. Ich orientierte mich an ihrer Stimme, die Richtung, aus der sie gekommen war, riss mein Schwert aus der Hand der Leiche, und die rot glühende Klinge fuhr fauchend durch die Luft.

Es klatschte. Und dann zischte es, als etwas auf den Boden spritzte.

Mit einem enttäuschten Seufzen erloschen Tausende magischer Flammen in Rauch und ersterbender Glut, und auch das Lied der Lady erstarb.

In der Mitte der schwarzen Ruine stand Cassa die Traurige. Blut troff aus dem roten Schlitz an ihrer Kehle. Sie sank auf die Knie, als ich aufstand. Cassa griff an ihre Kehle, als wollte sie die Wunde versiegeln, aber sie wusste, dass es vorbei war.

Vielleicht hatte ihr Zögern ihre Niederlage besiegelt. Oder meine Gerissenheit. Oder ich hatte nur Glück gehabt.

»Ich werde dir nicht sagen, dass du die Sache bereinigen kannst, wenn du mir sagst, was ich wissen will«, sagte ich. »Ich will nur wissen, ob es die Sache wert war.« Ich starrte sie an, die Glutmagierin, die so viele Schlachten für das Imperium gewonnen hatte und jetzt vor mir kniete und starb. »War Darrish die Steinerne dieses Opfer wert?«

Cassa sah mich an. Das violette Leuchten in ihren Augen erlosch. »Ja.« Ihre Stimme klang rasselnd.

»Wenn du wüsstest, warum ich sie gejagt habe, dann wüsstest du, wie dumm dein Versuch war, sie zu retten.«

»Das weiß ich«, gurgelte sie. »Du jagst sie, weil du ein Monster bist. Du tötest, weil du ein Killer bist. Ich habe nur versucht … zu retten …« Sie sah mich scharf an. »Weil Soldaten … Monster … töten.«

Ihre Worte verletzten mich nicht. Das hier war die Scar. Ich war Sal Kakophonie. Niemand stellte sich mir in den Weg.

»Du irrst dich.« Ich hockte mich neben sie und sah sie an. »Ich jage sie«, flüsterte ich, »weil ich vergeblich versucht habe zu verstehen, warum sie mich nicht retten wollte, als ich sie brauchte.«

Cassas Kiefer hing schlaff herunter, ihre Augen weiteten sich. Plötzlich zuckte sie heftig zusammen. »Ja, genau.« Ich stand auf, als sie umkippte und beobachtete, wie ihr Blut aus der Kehle in der Asche versickerte. »Genau so.«

3. KAPITEL
DAS TAL

Letztlich unterscheiden sich Menschen gar nicht so sehr von Narben.

Man geht durchs Leben und sammelt sie. Fängt man sich neue ein, spürt man sie. Der Schmerz ist zuerst so heftig, dass man ihn bei jedem Schritt spürt, den man mit ihnen tut. Aber dann fallen Worte, die nie hätten fallen sollen, Entschuldigungen bleiben ungesagt, und im Laufe der Jahre schwächt sich der Schmerz zu einem dumpfen Pochen ab.

Und eines Tages wacht man unversehens auf und hat nur ein taubes Gefühl, wo einmal etwas anderes war. Nur vergisst man nie, dass es dort gewesen ist. Niemals.

Ich schreckte aus einem schlaflosen Traum hoch. Mein ganzer Körper schmerzte, und der Geruch von geronnenem Blut und kalter Asche hing mir in der Nase.

Auf mir lag eine Frau.

Ihr strähniges, schwarzes Haar strich mir über das Gesicht. Ich blickte in zwei braune Augen, in denen sich Ekel spiegelte. Ihre Stimme krächzte zischend und klang hässlich, höhnisch.

»Du hast mich verlassen.«

Sie legte mir ihre Hände um den Hals, und ich bekam keine Luft mehr, als sie ihre Finger in mein Fleisch grub.

»Du hast mich betrogen.«

Etwas Heißes landete auf meiner Wange und lief über meine Narbe. Sie weinte. Vielleicht waren es auch meine Tränen.

»Ich habe dich geliebt.«

Ich konnte mich nicht rühren.

»Ich hasse dich.«

Ich konnte nicht atmen.

»Sie ist nicht real.«

Mir wurde warm, als hätte jemand ein kleines Feuer entzündet. Die Wärme drang in meine taube Haut und gab meinen Fingern genug Gefühl, dass ich sie bewegen konnte. Sie krochen über den Boden, auf die Wärmequelle zu und umfassten einen schwarzen Holzgriff.

»Du träumst.«

Die Hitze strömte durch meinen Körper und machte mir jede Schnittwunde, jede Prellung und jede Brandwunde bewusst. Die Betäubung ließ nach, und jedes Mal, wenn ich blinzelte, wurde die Frau auf mir etwas durchsichtiger, bis ich die Augen schloss.

»Wach auf.«

Ich öffnete die Augen. Sie war weg.

Stöhnend setzte ich mich auf, gepeinigt von den zahllosen Verletzungen. Ich war erledigt und fast gekocht worden. Aber ich war noch am Leben. Und ich war allein.

Nachdem ich das brennende Lohstaff verlassen und Vrakis Leichnam auf dem Boden eines schmutzigen Untergeschosses hatte liegen lassen, habe ich etwas verloren. Ich habe meine Schritte zurückverfolgt, mich an die Quellen meiner Verletzungen erinnert, daran, wen ich nicht getötet habe, und versucht, etwas zu finden, dabei weiß ich nicht einmal sicher, worum es sich handelt. Es ist fast so, als … wäre ich durchbohrt worden, und zwar tiefer, als mir bewusst war, und als wäre etwas aus mir in den Staub gesprudelt. Was zurückblieb, war riesig und hohl … Leer.

Und Geister krochen daraus hervor.

Keine echten Geister. Aber ich wusste nicht, wie ich sie nennen sollte. Ich habe angefangen, Dinge zu sehen. Leute.

Manchmal haben Bilder von Vraki mich geweckt, mit seiner von Wunden übersäten Brust, der meinen Namen verfluchte, während Blut aus seinem Mund quoll. Dann wiederum war es Jindu, der in einer Ecke weinte, während ich zu schlafen versuchte. Manchmal waren es Menschen, die ich getötet hatte oder die ich noch töten würde oder auch Leute, die mich eines Tages umbringen würden.

An besonders düsteren Tagen wurde ich von ihr geweckt.

Und manchmal wünschte ich mir fast, sie wäre wirklich hier.

Ich warf einen Blick auf die leere Stelle neben mir. Meine Bettrolle war nicht gerade luxuriös. Sie bestand aus einer dicken Decke, einem dünnen Laken und einem schmutzigen Kissen. Sie reichte knapp für mich, also kaum für zwei Personen. Aber für uns beide war sie immer genug gewesen.

Natürlich hatte sie sich ständig beschwert, es wäre zu kalt, ich würde zu laut schnarchen, oder hatte lamentiert, dass sie eingewilligt habe, mit mir draußen zu schlafen, statt in ihrem weichen Bett in ihrem hübschen Haus zu bleiben. Sie hatte sich beschwert und mich auch manchmal verflucht. Aber sie hatte mich nie verlassen.

Wenn ich aufwachte, lag Liette immer neben mir.

Sie roch immer gut, selbst wenn sie nach demselben Schweiß und dem Staub der Straße stank wie ich. Sie war immer schön, selbst wenn ihr Haar steif vor Dreck und durcheinander war. Und wenn sie aufwachte, öffnete sie langsam ihre Augen und lächelte träge, was alle Schmerzen ein wenig linderte.

Doch heute war sie nicht da, wie schon in den letzten drei Monaten nicht.

Als ich heute aufwachte, war es bitterkalt. Heute tat alles weh. Heute wartete niemand auf mich. Bis auf ihn.

Der Abend hatte sich über das Tal gesenkt. Die Dunkelheit sickerte durch die zertrümmerten Mauern und zerschmetterten Fenster herein, durch die ein kalter Wind pfiff. Oben im Haus vertrieb kein einziges Licht die Dämmerung. Und doch spürte ich seinen starren Blick.

»Oh, gut.« Seine Stimme unter meinen Fingern hallte metallisch durch die Dunkelheit. *»Du bist noch am Leben.«*

Er hielt mich davon ab, in diesen dunklen Ort in mir zu verschwinden. Er vertrieb die Geister und rief mich immer wieder zurück. Irgendwann hatte er aufgehört, eine Waffe zu sein, und war zum Gefährten geworden. Ich hasste das.

»Mach kein Drama daraus. Ich habe mich nur einen Moment ausgeruht.« Ich rieb mir den schmerzenden Hals. »Vergessen wir nicht, wer von uns beiden eine Vagrantin töten musste.«

»Hättest du sie erschossen, statt dich der Selbsttäuschung hinzuge-

ben, wärst du ein anständiges menschliches Wesen, würdest du dich frischer fühlen.«

»Ich denke darüber nach, wenn ich so weit sinke, dass ich Ratschläge von Feuerwaffen brauche.« Ich winkte ab. »Der Vagranten-Kodex verlangt von mir, solche Angelegenheiten …«

Meine Worte verwandelten sich in ein Zischen. Die Hitze auf meiner Handfläche war schlimmer und grausamer als das, was Cassa getan hatte. Der Kakophon brannte in der Dunkelheit.

»Vergiss unsere Abmachung nicht«, zischte er hitzig. *»Vergiss nicht, was ich dir gegeben habe. Und vergiss ja nicht, wer ich bin!«*

Ich unterdrückte einen Schmerzensschrei. Diese Genugtuung wollte ich ihm nicht geben. Es wimmelte in der Scar von Leuten wie ihm – Leuten, die sich von Schmerzen nährten, die Schreie aufsogen und die fett vom Leiden anderer wurden. Mit ihnen wusste ich umzugehen – meistens jedenfalls.

Diese Leute versuchten einen Hunger zu befriedigen, der nie zu stillen war. Der Kakophon tat das wohl auch, aber er fraß auch noch aus einem anderen Grund – um zu wachsen.

Der Schmerz ließ nach, als die Hitze verging, und erneut legte sich die Kälte des Abends über mich. Seine Stimme jedoch hallte mir noch in den Ohren.

»Ich fühle, wie sie vergeht«, flüsterte er. *»Bring mich zu ihrer Leiche.«*

Ich zuckte zusammen, aber nicht vor Schmerz.

Ich hatte alle möglichen Gräuel gesehen, seit ich in der Scar war, und ich stumpfte ihnen gegenüber allmählich ab. Was jetzt gleich kam, gehörte nicht dazu.

Ich fühlte einen schwachen Puls in seinem schwarzen Griff, der im Messing widerhallte, im Rhythmus meiner Schritte, als ich, den Griff in der Hand, durch die Eingangshalle zu einer schwarzen Tür ging. Es fühlte sich an wie das Schlagen eines brennenden Messing-Herzens. Ich öffnete die Tür.

Cassas noch warmer Leichnam lag auf dem Tisch, wo ich sie in ihre hübschen Kleider gewickelt hatte, die ich im Untergeschoss gefunden hatte. Die Kerze, die ich entzündet hatte, brannte immer noch neben ihr.

Eine erbärmliche Totenwache, erbärmlicher, als jemand wie sie verdient hätte. Vor allem hatte sie etwas weit Besseres verdient als das, was ich jetzt gleich mit ihr tun würde.

»Ja. Ja!« Der Kakophon quietschte fast vor Erregung, und sein Puls beschleunigte sich, als er ihre Leiche betrachtete. *»Ich fühle ihre Stärke, ihre Magie. Lady im Himmel, sie brennt so hell. Lass mich sie schmecken. Lass mich davon trinken. Lass mich fressen!«*

Das hasste ich an ihm. Man sollte annehmen, eine sprechende Pistole wäre schon unheimlich genug, aber der Kakophon steigerte das noch. Ich hielt ihn hoch, und er schwebte plötzlich über der Leiche. Sein Messing glühte und vibrierte. Dann begann Cassas Leichnam ebenfalls zu glühen.

Ich wandte den Blick ab, aber das half nicht.

Helles violettes Licht drang in kleinen Rauchfähnchen aus ihren Augen, ihrem Mund, ihrer Haut und aus der Schwertwunde, die ich ihr zugefügt hatte. Die Fähnchen tanzten über ihren Körper und schwebten dort ziellos, aber nur für einen Moment.

Dann fraß der Kakophon.

Das Licht verschwand in seinem Messing, und er glühte immer heller, während er es lautlos verzehrte.

Ich wusste nicht genau, wie lange es dauerte, aber schließlich hörte es auf, wie die vielen Male zuvor. Sein Glühen dämpfte sich, und Dunkelheit breitete sich im Raum aus. Und er fiel mit einem lauten Knall auf den Boden.

Ich ging zu ihm. »Und?«

Sein Messing begann zu zittern und kräuselte sich, als wäre es flüssig. Ich spürte, wie irgendetwas sich von innen gegen das Metall presste und es ausbeulte, an fünf Stellen. Am Schaft seiner Mündung.

Fünf Fingerspitzen, die versuchten, herauszukommen.

Ein wütendes Knurren ertönte, und die Fingerspitzen verschwanden. Erneut war der Kakophon nur eine Pistole.

»Verflucht!«

Aber eine, die sprechen konnte.

»Es reicht nicht, es reicht nicht! Ich war sicher, dass es diesmal genug wäre. Ich spürte schon die Luft an meinen Fingern. Ich … Ich brauche mehr!«

»Es gibt keine mehr«, antwortete ich gleichgültig. »Jedenfalls keine Magier. Ich kann natürlich Cassas Leute hierherschleppen, und du kannst versuchen, ob du etwas aus ihnen herausziehen kannst.«

»Mehr!«

Seine Stimme schien meinen ganzen Körper zu entflammen, meinen Atem zu ersticken und mein Herz stillstehen zu lassen. Ich konnte nur noch einen Gedanken denken.

Scheiße! Diesmal bringt er mich wirklich um.

Dann – wie lange es dauerte, wusste ich nicht – ließ das Gefühl nach, und die Hitze wich der Kälte. Ich keuchte.

»Meine Güte, das war ziemlich unhöflich von mir, stimmt's? Nimm meine Entschuldigung an, Schätzchen.«

Er ist eine Pistole, das habe ich wirklich gemeint, als ich es sagte. Eine Vernichtungswaffe. Die ich nicht verstand, als sie zum ersten Mal mit mir sprach und ich den Deal mit ihr machte. Ich verstehe sie immer noch nicht, selbst nach all den Jahren. Aber den Deal, o ja, den verstehe ich.

Der Kakophon ist, was immer er auch sein mag, an diese Gestalt gefesselt. Und er will raus. Jedes Mal, wenn er frisst, kommt er diesem Ziel etwas näher. Ich weiß nicht, was am Ende herauskommen wird und was dann passiert. Aber im Austausch dafür bringt er mich zu jeder Person auf meiner Liste, die mich hintergangen hat.

Meine ehemaligen Verbündeten, denen ich diese brennende Narbe auf meiner Brust verdanke.

An diesen Deal erinnere ich mich, wenn er frisst. Oder wenn ich aufwache. Etwas anderes ist mir nicht geblieben.

Nur sein brennendes Lächeln und seine Stimme im Dunkeln.

»Also, wollen wir?«

Ich seufzte, hob ihn auf und schob ihn in das Futteral an meiner Hüfte, rollte meine Bettrolle zusammen und legte sie mit dem Schwert über meine Schulter. Dann gingen wir durch die Halle in das Wohnzimmer des Herrenhauses, das zu einem Friedhof geworden war.

Irgendwie fühlte er sich schwerer an als bei unserem Eintreten.

»Schade, dass unsere Freundin Cassa so wenig entgegenkommend war. Ich nehme an, dass unsere nächste Spur uns deiner ersehnten Beute näher bringt.«

Der Kakophon unterstrich seine Worte mit einem zischenden Kichern. So bewundernswert eine sprechende Pistole auch sein mag, der Effekt nutzt sich ab, wenn sie geschwätzig wird.

»Aber vielleicht bist du dann schon tot? Ich habe gesehen, wie achtlos du dich in diesen Kampf gestürzt hast. Wären deine Feinde nicht so unfähig, wärst du längst Futter für die Krähen. Andererseits ... Das ist vielleicht deine Absicht, stimmt's?«

Ich ging nicht auf sein Geplauder ein. Ich spürte jeden Schritt die Treppe hinab schmerzhaft in meinem Körper. Es tat schon weh genug, einfach nur geradeaus zu gehen, auch ohne mich mit einer Pistole zu unterhalten.

Trotz der Schmerzen spürte ich jedoch, dass da jemand hinter mir stand.

Ich war in der Mitte des Wohnzimmers angekommen, als ich die Blicke in meinem Rücken spürte, scharf wie ein Messer. Ein kaltes Schweigen breitete sich aus, und ich hörte einen tiefen Atemzug.

Ganz ruhig, sagte ich mir. *Das ist nur ein Geist, eine andere Vision. Sie ist nicht real ... Oder doch?*

Ich warf einen Blick auf den Kakophon. Er steckte kalt und still in seinem Futteral. Was bedeutete ...

Scheiße.

»Ich weiß nicht, worauf du scharf bist«, sagte ich, ohne mich umzudrehen. »Wenn du Gold willst, bin ich nicht dein Mädchen. Willst du Ruhm, dann überlege es dir lieber anders. Falls du Rache suchst ...« Ich machte eine Pause. »... kannst du's gern versuchen. Zieh dein Eisen, ich ziehe meins, und wir finden raus, was passiert.«

Ich bekam keine Antwort, weder aus Eisen noch aus Worten.

»Wenn du mich jagst, weißt du, wer ich bin«, fuhr ich fort. »Und dann weißt du auch, was passiert, sobald ich blankziehe. Es wird nicht gut enden, für keinen von uns. Also darfst du jetzt die klügste Entscheidung deines Lebens treffen und dein Eisen stecken lassen. Ich tue dasselbe ...«

Meine Hand lag auf dem Schwertgriff.

»Aber wenn du es wirklich willst«, sagte ich, »dann spuck es einfach aus.«

Ich wusste, dass die Person noch da war. Ich spürte ihren Atem, hörte, wie sie von einem Fuß auf den anderen trat. Und eine endlose Zeit lang schien es so, als wären ihr Atem und das Schlurfen das Einzige, was sie mir geben wollte.

Dann hörte ich, wie sie einen Schritt vortrat.

Ich hörte das Knarren von Leder.

Meine Hand umklammerte den Schwertgriff fester, und ich hätte alles Mögliche spüren sollen, Furcht, Wut, Verzweiflung – alles, nur nicht die Gier, blankzuziehen.

Und doch wollte ich es tun, als sie endlich sprach.

»Wirklich? Scheiße!«

Vielmehr *er* sagte endlich etwas.

»Ich hatte mir etwas echt Dramatisches zurechtgelegt, was ich sagen wollte, sobald du endlich die Stufen herunterkamst, aber allmählich glaube ich, nach deinem Sermon würde das etwas erbärmlich klingen.«

Kein Eisen. Keine Klinge. Dafür spürte ich deutlich sein Grinsen. Als ich mich umdrehte, sah ich als Erstes sein messerscharfes Lächeln, das weiß in der Dunkelheit blitzte.

»Andererseits, was sollte ich von Sal Kakophonie anderes erwarten?«

Er war lang, dünn und sehnig, ein Mann, der weit herumgekommen war. Eine unordentliche braune Mähne bedeckte Gesicht und Hals, trotz des tapferen Versuchs seines Zopfes, sie zu bändigen. Er stand für seinen Militärmantel viel zu lässig und mit zu provozierend verschränkten Armen da. Und auch wenn die dunklen Ringe unter seinen Augen und der Dreitagebart versuchten, es zu kaschieren, erkannte ich, dass er gut aussah.

Allerdings wusste ich nicht, ob er ruppig gut aussah oder die Art von Attraktivität hatte, die dafür sorgen würde, dass ich ihm eins auf die Nase geben wollte, sobald er den Mund aufmachte.

Manchmal ist es nur ein schmerzhaft feiner Unterschied.

»Ich kenne dich nicht.« Das galt mehr mir als ihm.

»Ich wäre auch ziemlich mies in meinem Beruf, wenn das anders wäre«, gab er zurück. »Ich bin darauf spezialisiert, nicht bemerkt zu werden, ganz gleich in welcher beruflichen Hinsicht.« Seine dunklen Augen leuchteten im Dämmerlicht. »Manchmal bin ich ein Schatten, manchmal ein Dieb, und manchmal treibe ich einfach nur zwischen den Namen umher und nenne die Schatten ›Freund‹.«

Also dann.

Eindeutig Typ »Fausthieb auf die Nase«.

Aber entweder konnte ich meine Verachtung nicht sehr gut kaschieren, oder man hatte ihm schon öfter auf die Nase gehauen, jedenfalls hob er beschwichtigend die Hand.

»Aber heute bin ich nur ein einfacher Kurier mit einer einfachen Botschaft«, fuhr er fort. »Ich kenne dich. Und mein Auftraggeber ebenfalls. Um unsere Kommunikation zu vereinfachen ...«

Er trat näher, und sein Gesicht war im Mondlicht deutlicher zu erkennen. Seine Augen waren viel zu jung für den Mann, in dessen Kopf sie steckten.

»... darfst du mich gern Jero nennen.«

In meinem Gewerbe, wenn man es so nennen kann, sieht ein vertrauenswürdiges Gesicht anders aus, als ihr vielleicht glaubt. Jemand, der sich duckt, wenn man an ihn herantritt, der zusammenzuckt, wenn man seine Hand hebt, der schnarcht, wenn man spricht – das sind die Leute, denen man vertrauen kann. Sie wissen nicht, wie sie ihre Probleme hinter einem Grinsen und einer netten Stimme verbergen können.

Jeros Stimme war verdammt nett. Also verzichtete ich darauf, ihm die Hand zu schütteln, als er seine ausstreckte.

»Klar.« Er ließ sie sinken und zuckte mit einer Achsel. »Du wärst nicht die Frau aus den Geschichten, wenn du schnell Vertrauen fassen würdest, stimmt's?«

»Wahrscheinlich nicht«, gab ich zurück. »Aber die Geschichten halten es auch nicht für eine gute Idee, wenn fremde Männer mitten in der Nacht aus dem Nichts auftauchen.« Ich sah ihn herablassend an, was nicht einfach war, weil er etwa genauso groß war wie ich. »Wie hast du mich gefunden?«

Er blinzelte und ließ seinen Blick dann über die verkohlten Überreste im Wohnzimmer gleiten, bevor er mich wieder ansah.

»Meinst du das ernst?«, erkundigte er sich. »Du hast in deinem Kielwasser sechs Siedlungen von mittelmäßig bis vollkommen zerstört zurückgelassen. Ich bin den Trümmern einfach nur hierhergefolgt. Davor bin ich den Gerüchten über einen Mann gefolgt, einem Deserteur der Revolutionäre namens Cavric Stolz.«

Ich kniff die Augen zusammen, und die Hitze des Kakophon zog meine Hand zu seinem Griff.

»Den Namen Cavric sollten wir wohl beide tunlichst vermeiden«, sagte ich scharf. »Er hat die Revolution für etwas Besseres verlassen, und wenn du ihm irgendetwas angetan hast ...«

Ich brauchte die Drohung nicht zu beenden. Jeros erschütterte Miene sagte mir genug. Auch wenn es mir nicht schmeichelte, lächelte ich zufrieden, dass ich Leute immer noch mit meinen Worten bis ins Mark treffen konnte.

»Ich versichere dir, dass der Mann nicht einmal meiner Existenz gewahr geworden ist«, antwortete Jero. »Nicht ihn sollte ich finden, sondern dich. Und zugegeben, ich habe deine Spur in ZwieLicht kurz verloren.« Er verzog das Gesicht noch mehr, und mein Blut gefror. »Aber in dieser Stadt sind viele Dinge verschüttgegangen, richtig?«

O ja. Sehr viele. Waren, Spielzeuge, Menschen, Häuser, die von Kanonen zerfetzt wurden, von Magie, von Kämpfen ...

Deutlich spürte ich die Hitze der Waffe und nahm mein eisiges Blut noch deutlicher wahr. Das passierte mir manchmal, wenn ich an ZwieLicht dachte oder Geschichten darüber hörte. Es gab viele Geschichten über diese blühende Handelsfreistatt, ihren wohlwollenden Freiherrn und ihre glücklichen Bewohner.

Aber keine Geschichte war berühmter als die von Sal Kakophonie, die durch die Tore geschritten war und die Stadt innerhalb eines Tages in Schutt und Asche gelegt hatte.

Ich konzentrierte mich auf die Hitze an meiner Hüfte, die die Finger an meiner Hand zu versengen drohte. Das machte er manchmal, wenn er spürte, wie mir kalt wurde und ich drohte, an diesen dunklen Ort in meinem Innersten zu versinken. Und manchmal, wenn die Dunkelheit dunkel und kalt genug war, hatte ich Lust, seinen Griff nach mir zu erwidern.

Natürlich tat ich das nicht. Er war eine Waffe. Es war schon abartig genug, dass er ein Geschlecht hatte.

»Er gibt dir keine Schuld.«

Ich erkannte den Mann kaum noch, als ich ihn ansah. Sein Lächeln war verschwunden, sein Gesicht eingefallen, und er wirkte vollkommen erschöpft.

»Wenn das ein Trost ist«, sagte Jero.

»Wer gibt mir keine Schuld?«

»Zwei-Einsame-Alte-Männer«, antwortete er. »Er war zwar über deine Beteiligung an der Zerstörung seiner Freistatt nicht gerade begeistert, aber ihm ist klar, dass eine Frau allein keine ganze Freistatt vernichten kann.« Das Grinsen kehrte zurück. »Wie legendär sie auch sein mag.«

»Jetzt hast du mich aber in eine verzwickte Situation gebracht, *Ser*«, gab ich zurück. »Da du den ganzen weiten Weg gekommen bist, um mir das mitzuteilen, sollte ich eigentlich ein ganz kleines bisschen gerührt sein. Aber wie du sehen kannst«, ich deutete in das dunkle Wohnzimmer, »stehe ich gerade bis zu den Knöcheln in Leichen.«

Ich zog den Schal etwas fester um mein Gesicht. »Bitte sei so nett und überbring Zwei-Einsame-Alte-Männer meinen Gruß und meine Entschuldigung.« Ich drehte mich um und ging weiter. »Wenn ihm beides am Arsch vorbeigeht, darf er gerne die netteste Stelle auf meinem Arsch küssen.«

Das war vielleicht ein bisschen unhöflich und möglicherweise auch etwas voreilig. Immerhin nähern sich mir nicht häufig fremde Männer an dunklen Orten, die nicht versuchen, mich umzubringen. Aber in diesem Moment hatte ich andere Dinge im Kopf. Cassa war meine beste Spur gewesen. Sie hatte gewusst, wo Darrish die Steinerne steckte, und dieses Wissen hatte sie mit sich an den schwarzen Tisch genommen. Jetzt hatte ich keine Spuren und keine Hinweise mehr, nichts als ein …

»Sie hat dir nicht verraten, wo Darrish ist, stimmt's?«

Ich erstarrte und drehte mich um. Jero reinigte mit einem breiten Dolch seine Fingernägel.

»Was?«

»Wie?« Er blickte scheinbar uninteressiert hoch. »Oh, möchtest du meinem Auftraggeber noch etwas anbieten? Vielleicht einen anderen Teil deines Körpers?«

»Was verflucht hast du gerade über Darrish gesagt?«

»Ich habe nicht den Schimmer einer Ahnung, was ich über eine

Vagrantin wie Darrish die Steinerne zu sagen hätte.« Er tippte sich mit der Spitze des Messers an die Wange. »Ich weiß wohl genauso wenig über sie wie alle anderen. Eine vielversprechende Heilmagierin wurde dem Imperium abtrünnig und zur Vagrantin, wird zurzeit von einer Frau mit einer riesigen Kanone aus Messing gejagt, die zuletzt in Gesellschaft von Cassa die Traurige gesehen wurde, die wiederum starb, ohne dir zu sagen, wo Erstere sich aufhält.« Er blinzelte. »Trifft das in etwa zu?«

»Deine Klinge ist zu klein, um schüchtern zu sein, mein Freund«, drohte ich. »Wenn du etwas über sie weißt …«

»Ich darf in aller Aufrichtigkeit behaupten, dass ich nichts weiß.« Er wirbelte die Klinge geschickt durch die Luft und schob sie dann in eine versteckte Scheide in seinen Mantel zurück. »Jedenfalls nicht mehr, als ich dir gerade gesagt habe.« Er schlug sich gegen die Stirn. »Na ja, bis auf eins, natürlich …«

Sein Grinsen wurde schärfer und so strahlend, dass es fast das Wohnzimmer erhellt hätte.

»Zwei-Einsame-Alte-Männer weiß, wo sie ist«, fuhr er fort. »Er kann es dir sogar genau sagen. Er kann ihren Aufenthaltsort präzise festlegen, bis hin zum letzten Schritt, den sie getan hat. Und er wird dir diese Information auch gerne geben.«

Jero schob seine Hand in seinen Mantel. Als er sie wieder herauszog, hielt er ein paar Blätter Papier zwischen den Fingern, die mit einem eleganten Seidenband zusammengebunden waren.

»Und noch viel mehr.«

Er näherte sich mir zögernd und hielt mir die Papiere hin. Ich blickte von seiner Hand zu seinen Augen. Er warf mir einen auffordernden Blick zu, und ich nahm ihm zögernd die Papiere ab. In dem gedämpften Licht konnte ich die Einzelheiten erkennen. Sie waren in makelloser Schrift mit Tinte geschrieben. Komplizierte Karten, lange Tabellen, die Bewegungen und Orte enthielten, ein paar Profile. Ich wurde nicht daraus schlau, bis ich einen Namen in Druckbuchstaben auf dem oberen Rand einer Seite entdeckte.

Darrish die Steinerne.

Ich blätterte zum nächsten Blatt. Ein anderer Name sprang mir ins Auge.

Yugol das Omen.

Noch mehr Karten, noch mehr Tabellen, noch mehr Seiten. Und noch mehr Namen.

»Das ist …« Mein Mund wusste keine Worte für das, was sich da vor den Augen hatte.

»Eine Geste guten Willens«, beendete Jero den Satz für mich. »Du wirst auf diesen Seiten Informationen über drei Individuen finden, die nach unserem Dafürhalten von gewissem Interesse für dich sind, einschließlich ihrer letzten bekannten Wohnorte, ihrer Decknamen und ihrer Bekannten. Ich bezeichne es als eine Geste guten Willens. Mein Auftraggeber betrachtet es als Machbarkeitsnachweis.«

Ich sah Jero an. »Ein Nachweis welcher Machbarkeit?«

Er lächelte mich schwach an. »Ein Nachweis dafür, dass niemand außerhalb der Reichweite von Zwei-Einsame-Alte-Männer ist. Er war der mächtigste Freiherr der mächtigsten Freistatt in der östlichen Scar. Jetzt ist er einfach nur noch ein Greis mit viel Geld, viel Zeit und einem brennenden Bedürfnis. Du kannst diese Papiere behalten, wenn du willst, und sie nutzen, wie es dir beliebt.« Jero deutete auf die Papiere in meiner Hand. »Allerdings musst du bedenken, dass diese Informationen nur bis zu einem Zeitpunkt vor zwei Monaten korrekt sind. Mein Auftraggeber hielt es für unklug, dir alles auszuhändigen. Allerdings sollte es für das, was du vorhast, genügen. Du kannst diese Papiere nehmen, die Namen auf deiner Liste suchen und sie umbringen, und das ziemlich schnell.« Er zog kurz die Luft durch die Nase. »Oder aber …«

Das Wort hing in der Dunkelheit zwischen uns, und in der folgenden Stille hörte ich das Blut in meinen Adern. Mein Herz hämmerte, als mir klar wurde, was ich da in den Händen hielt. Ob Jero es hörte? Sein Lächeln war so scharf wie eine Rasierklinge.

»Oder … was?« Meine Stimme war atemlos und kalt.

»Oder du bekommst mehr.«

Er kam langsam auf mich zu. Seine Stiefel knirschten auf dem verbrannten Holz, bis er schließlich so dicht vor mir stand, dass ich ihn in der Dunkelheit gut erkennen konnte. »Du könntest jeden der auf deiner Liste Genannten bekommen. Er findet alle. Ganz gleich, wo sie sich verstecken, wer sie beschützt oder wie weit sie weglaufen, Zwei-Einsame-Alte-Männer findet sie alle. Und liefert sie dir aus.«

Er hielt die Hand vor mein Gesicht und streckte zwei Finger aus. Ich hinderte ihn nicht daran.

»Du kannst die Leute aufspüren, die dir das angetan haben.«

Seine Finger strichen über die Narbe, die über mein rechtes Auge lief. Ich spürte, wie sie brannte.

»Und du kannst ihnen Schlimmeres antun«, flüsterte er. »Viel Schlimmeres.«

Jetzt wusste ich, was für ein Mann Jero war.

Er hatte ein hübsches Gesicht, war beredt und hatte ein strahlendes Lächeln – aber das war nicht wirklich er. Von Nahem sah ich die Falten in seinem Gesicht, auf der Stirn, die zu oft gerunzelt worden war, an dem Mund, der zu oft finster verzogen war, an den Augen, die mehr gesehen hatten, als sie sollten.

Es klingt wahrscheinlich wie ein Klischee, wenn ich sage, dass ich einen Killer erkenne, wenn ich ihn sehe, aber es stimmt. Ich wollte es ihm auch nicht ankreiden. Es gab viele Killer in der Scar, und einige waren gute Freunde von mir.

Nicht das Töten macht einen Mann böse oder gut. Sondern wie er diese Morde bewerkstelligt. Es ist eine grausame Tatsache in einer grausamen Welt, dass die übelsten und widerlichsten Menschen fest schlafen und freundlich lächeln. Jeros Falten sagten mir, dass er schon sehr lange nicht mehr fest geschlafen hatte. Welche Morde er auch begangen hatte, sie setzten ihm zu. Vielleicht würden sie das immer tun.

Es klingt vermutlich verrückt, wenn ich sage, dass ich ihm deshalb noch mehr vertraute, aber auch das trifft zu. Also erwiderte ich seinen müden Blick, als ich die Frage stellte.

»Welche Gegenleistung verlangt er?«

Sein Lächeln verblasste, und er schloss die Augen. Die ganze Last all jener Morde legte sich wie Mühlsteine auf ihn, und als er antwortete, drang seine Stimme aus einem tief vergrabenen Ort in seinem Inneren.

»Dasselbe wie du«, sagte Jero. »Vergeltung.«

4. KAPITEL

JAMMERTAL

»Heilige Eier!«

Sal blickte Meret an, als sie seinen atemlosen Fluch hörte. Sie saß auf der Fensterbank, wo sie seit ihrer Ankunft gehockt hatte, und ließ ihren Blick über die Siedlung schweifen. Unter ihrem rußigen Gesicht wirkte ihr Lächeln wie eine breite weiße Narbe zwischen den anderen auf ihrem Gesicht.

»Heilige Eier?« Sie lachte. »Ich hätte dich nicht für religiös gehalten.« Sie warf ihm einen Seitenblick zu. »Und erst recht nicht für einen Imperialen.«

Er war weder religiös noch ein Imperialer! Er hatte lediglich in beiläufigem Geplauder mit den wenigen imperialen Patienten, mit denen er in Kontakt gekommen war, so viel Wissen über die Heiligkeiten gesammelt, wie er konnte. So nannte man sie, wenn man ihre Namen nicht als Fluch benutzte. Jene fabelhaften ersten Magier, die ihre Künste gegründet und unsterbliche Ehrerbietung im Imperium genossen hatten.

Aber die Geschichte, die diese Frau ihm erzählt hatte, verlangte eine Reaktion. Als sie schließlich eine Pause machte, um Luft zu holen, hatte er allerdings längst alle Schimpfwörter benutzt, die er kannte.

Vagranten waren gefährlich, das wussten alle in der Scar. Wenn ein Vagrant auch nur in die Nähe einer Siedlung kam, sollte man schleunigst verschwinden und erst in die Ruinen zurückkehren, wenn sie gelangweilt abzogen.

Lange Zeit hatte Meret sich mit dieser Beschreibung von Vagranten als eine Mischung aus wilden Bestien und Buhmännern für Kinder zufriedengegeben. Ihm war nie der Gedanke gekommen, dass sie dieselben Narben haben könnten, denselben Schmerz empfanden, unter denselben Traumata litten …

»Trauma …«, flüsterte er.

»Was?«

»Ich meine die Geister, die du beschrieben hast.« Er räusperte sich und hob den Blick. »Verletzungen fordern manchmal auch einen Tribut vom Verstand. Dann sehen die Leute Manifestationen oder haben Halluzinationen von anderen Menschen, die sich vertraut oder ungewöhnlich verhalten.« Er spürte ihren Blick sehr deutlich und lachte nervös. »Ich habe einmal eine Frau mit einer kaputten Hüfte behandelt, die behauptete, sie sähe häufig ihren Ehemann in einer Ecke stehen. Wie sich herausstellte, hatte der Unfall, bei dem sie sich die Hüfte verletzt hatte, ihren Ehemann das Leben gekostet, und sie fühlte sich irgendwie … schuldig.«

Sal Kakophonie nahm ihren Fuß vom Fensterbrett und pflanzte ihn mit einem Knall auf den Holzboden. Dann hakte sie ihre Daumen in den Gürtel, hob ihr Kinn und warf ihm einen langen, kalten Blick zu.

»Sehe ich aus, als hätte ich Gewissensbisse?«

Meret betrachtete die Vagrantin argwöhnisch. Groß und schlank, ähnelte sie einer Klinge, die zu viele Schlachten erlebt und nicht genug Pflege erfahren hatte. Ihre Lederkleidung war von der Jacke bis zu den Stiefeln mit getrocknetem Blut und Dreck verklebt, jedenfalls da, wo sie nicht zerfetzt war. Und die sichtbaren Hautstellen waren von Verletzungen und Blut überzogen, ihrem oder dem anderer.

Aber darunter waren auch die älteren Narben sichtbar.

Sie hatte gelernt, sich damit zu bewegen. Jemand anders als er hätte vielleicht nicht bemerkt, dass sie ihr Gewicht stärker auf den einen Fuß verlagerte, dass ihr rechter Arm mehr Spannung hatte als ihr linker oder dass ihr rechtes Auge zuckte. Die Narben überzogen ihren Körper wie eine Landkarte, die ihm zwar nicht sagte, wo sie gewesen war, ihm aber alles über die Schmerzen verriet, die sie bei jedem Schritt spürte.

Nein, schuldbewusst sah sie nicht aus. Sondern wie jemand, der auf gutem Fuß mit Reue stand.

Allerdings war es eine ausgesprochen dumme Idee, einer Vagrantin mit einer riesigen Kanone so etwas zu erzählen.

»Nein. Aber es kann auf verschiedene Arten passieren. Selbst kleine Kratzer hinterlassen manchmal große Wunden im Herzen der Personen. Oder in der Seele, dem Verstand, wie auch immer du es nennen willst.«

Ihr Blick wurde etwas weicher, ebenso wie ihre Stimme.

»Und wie heilst du das?«

Er sah sie stirnrunzelnd an. Die Kälte, mit der sie ihn behandelt hatte, schmolz wie Eis in der Sonne. In ihren blauen Augen glaubte er denselben Ausdruck zu erkennen, den er bei Patienten sah, die unter Qualen litten, die sie nicht verstanden – einer Sehnsucht, einem so starken Bedürfnis, dass sie sich fürchteten, ihm auch nur einen Namen zu geben.

Aber … er musste es sich eingebildet haben. In den Geschichten über Sal Kakophonie wurde nie erwähnt, dass sie einen solchen Blick haben konnte.

»Darauf gibt es keine einfache Antwort. Schmerz geht weit tiefer als eine Fleischwunde. Und die Heilung muss tiefer gehen als der Schmerz.«

Ihr Gesicht zuckte, und die Narbe über ihrem Auge kräuselte sich. Ärger über seine Antwort flammte auf ihrem schmutzigen Gesicht auf, und er erwartete fast, dass sie diese Knarre zog und ihm etwas in den Schädel schoss.

Ihr Blick glitt jedoch von ihm fort zu dem Bett, neben dem sie saß, und der Ärger wurde durch etwas weit Schmerzlicheres ersetzt.

»Was ist mit ihr?«

Meret blickte auf seine Patientin. Das Mädchen war gewaschen und trug jetzt frische Kleidung, die die Tochter des alten Erton großzügig gespendet hatte. Er hatte ihren gebrochenen Arm und ihr Bein gerichtet, die Wunden desinfiziert, mit Salben eingeschmiert und verbunden, aber …

»Sie ist nicht aufgewacht«, murmelte Sal.

»Nein«, bestätigte er. »Aber sie atmet normal. Eigentlich sollte sie sich erholen …«

In dem folgenden Schweigen betete er darum, dass sie ihn nicht schlug.

»Aber?«, fragte sie schließlich.

»Aber sie ist aus dem Scheißhimmel gefallen!«, fuhr er sie an. »Ich untersuche sie erst seit einer Stunde. Sie könnte innere Verletzungen haben, die ich noch nicht gefunden habe, einen Bruch, den ich nicht entdecken konnte, irgendetwas … ich weiß nicht.«

»Kann man sie bewegen?«

»Nein!« Er räusperte sich. »Ich meine, das ist …« Er seufzte und schüttelte den Kopf. »Ich weiß nicht, wie stark sie verletzt wurde, aber ihre Verletzungen sind so schlimm, dass ich sie nicht behandeln kann. Und sie jetzt zu bewegen, na ja, das wäre eine wirklich miese Idee.«

Sal seufzte und nickte. Dann ging sie zu ihm und setzte sich ihm gegenüber an das Bett. Ihr Blick war auf das Mädchen gerichtet, als suchte sie nach einem Weg, es zu berühren und einfach nur gesund zu machen.

»Wer war … ich meine, wer ist sie?«

Sal hob den Kopf und starrte Meret aus Augenschlitzen an. »Brauchst du einen Namen, um sie zu heilen?«

»Nein. Aber …«

Dann blickte Sal wieder zu dem Mädchen, und plötzlich wirkte sie schrecklich erschöpft.

»Sie …« Sie schien etwas Bitteres zu schlucken. »Sie ist mir wichtig. Und sie hat Besseres verdient als das hier.«

Meret hätte sie gebeten, das zu erklären, aber er spürte plötzlich den forschenden Blick ihrer Waffe auf sich.

Sei nicht dumm!, schalt er sich. *Es ist nur eine Pistole.* Er starrte auf den glänzenden schwarzen Griff. *Eine magische Pistole!* Er schluckte, aber sein Mund war trocken. *Nur eine magische, lebende Pistole, die Menschen frisst und das schon wer weiß wie lange tut und … Gut, ja, vielleicht starre ich sie einfach nicht mehr an.*

Sal sah hoch, als Meret aufstand und zur Tür ging.

»Stimmt was nicht?«

Allerdings.

»Nein«, antwortete er laut. »Ich … Ich hole nur … es gibt da einen Kräutertrank, der Muskeln entspannt. Einer meiner Patienten stellt ihn her.« Er deutete auf die Tür.

»Wird es ihr gut gehen?«

Nein.

»Was?«

»Während du weg bist«, präzisierte Sal.

»Wenn sich etwas ändert, hole mich«, erwiderte er. »Ansonsten ... Ich bin gleich wieder da, gut?«

Sie nickte und blickte wieder auf das Mädchen.

Er ging hinaus und schloss die Tür hinter sich. Inzwischen hatte es richtig angefangen zu schneien. Der Schnee versuchte, das glühende, qualmende Wrack eine Meile entfernt zu bedecken. Der Wind heulte, und die Kälte brannte auf seiner Haut. Trotzdem war ihm warm.

Vor allem deshalb, weil Sindras mürrische Blicke Löcher in sein Gesicht zu bohren schienen.

»Ist sie immer noch da drin?«, knurrte die Frau.

Meret lag eine Bestätigung und die Frage auf der Zunge, ob sie die ganze Zeit vor seiner Tür gelauert hatte. Das Schwert in Sindras Hand riet ihm, keins von beidem zu tun.

»Was willst du mit dem Schwert, Sindra?«

»Zerbrich du dir darüber nicht den Kopf, Apotheker!«

Ihre Leg-dich-ja-nicht-mit-mir-an-ich-habe-ein-Schwert-Stimme. Diesen autoritären militärischen Ton kannte er bei ihr nur, wenn sie Schlägereien in der Schenke unterband oder Leute davor warnte, Ärger zu machen. Offensichtlich nutzte sie ihn auch, wenn Leute dumme Entscheidungen trafen.

»Ich zerbreche mir über alle meine Patienten den Kopf, Madame«, gab er kühl zurück.

»Sie ist nicht deine Patientin.«

»Sie ist auch keine Kriminelle.«

»Natürlich ist sie keine Kriminelle ... Sie ist eine verdammte Vagrantin!«, fuhr Sindra ihn an. Das Metall ihrer Prothese knallte auf den Boden, als sie drohend einen Schritt vortrat. »Gib hundert Kriminellen hundert Schwerter und hundert Bajonettgewehre, und trotzdem sind sie alle zusammen nicht so gefährlich wie eine Vagrantin. Sie kommt aus dem Imperium, sie ist eine Konquistadorin, eine ... eine ...«

»Eine Feindin?«, erkundigte sich Meret. »Wie die, gegen die du als Soldatin der Revolution gekämpft hast?«

Sie starrte ihn böse an. »Sprich nicht so mit mir, Meret. Ich habe mein Treuegelübde an den Großen General gebrochen, aber ich habe ein neues abgelegt, als ich in diese Siedlung gekommen bin.« Sie deutete auf die Häuser ringsum. »Diese Leute sind Bauern. Händler. Ich bin die Einzige in diesem ganzen Hühnerhaufen, die kämpfen kann.«

»Zu deinem Glück«, gab Meret zurück, »will sie nicht kämpfen. Also werden deine Dienste nicht benötigt.«

»Ach nein?« Sindra trat drohend noch einen Schritt vor. »Siehst du, dass es angefangen hat zu schneien?«

Er nickte.

»Siehst du den Rauch dort über dem Kamm?«

Er warf einen Blick über ihre Schulter und nickte erneut.

»Den sehen alle in einem Umkreis von hundert Meilen.« Sindras leise Stimme klang gefährlich. »Revolutionäre werden kommen und nach ihrem Luftschiff suchen. Imperiale werden kommen und nach den Revolutionären suchen. Und Gesetzlose werden kommen, um in den Resten herumzuwühlen.« Sie hob einen Finger. »Wir haben eine Chance, das hier heil zu überstehen.« Sie griff in ihren Mantel und holte einen Orden heraus. Einen Orden mit den gekreuzten Säbeln und den Zahnrädern der Revolution. »Ich habe noch diese hier. Wenn die Revolutionäre kommen, sehen sie, dass eine von ihnen die Siedlung bewacht. Also werden sie helfen.«

»Du bist eine Deserteurin, Sindra.«

»Das kann ich erklären.« Sie deutete mit einem Finger auf seine Tür. »Aber ich kann nicht erklären, dass sich hier eine verdammte Vagrantin verschanzt.«

Seufzer. »Und deshalb willst du sie töten?«

Er sah an ihrem zusammengebissenen Kiefer, dass sie daran gedacht hatte. Und an ihrer finsteren Miene erkannte er auch: Ihr war bewusst, dass sie als Blutfleck an der Wand enden würde, wenn auch nur ein Bruchteil der Geschichten über Sal Kakophonie stimmte.

»Ich werde sie … überreden, von hier zu verschwinden«, erwiderte sie knapp. »Sie ist verletzt. Sie will sicherlich keinen Kampf riskieren.«

»Sie ist verletzt, ja«, stimmte Meret ihr zu. »Was bedeutet, ich kann dich das nicht tun lassen.«

»Sei pragmatisch, Apotheker!«

»Das bin ich immer. Und ich bin auch immer Apotheker. Und wenn diese beiden Dinge miteinander kollidieren, dann …« Er schüttelte den Kopf. »Die Frau bei ihr ist verletzt. Ich kann sie nicht …«

»Du wirst noch einen ganzen Haufen mehr Verletzter bekommen, wenn du es nicht zulässt!«, fuhr Sindra ihn an. »Du hast all diesen Leuten, allen, geschworen, ihnen zu helfen, stimmt doch, oder? Wie willst du ihnen helfen, wenn Soldaten kommen? Sie können nicht kämpfen, nicht organisieren, sie können …«

»Können sie von hier verschwinden?«

Schlagartig wurde es erheblich kälter.

Meret wirbelte herum und folgte Sindras entsetztem Blick zu der Frau, die in seiner Tür stand. Sal Kakophonie lehnte lässig am Türrahmen und kratzte sich den Bauch, während sie Sindra kalt und gleichgültig ansah.

»Können sie die Siedlung verlassen?«, wiederholte Sal ihre Frage. »Haben sie Reitvögel?«

Sindra runzelte die Stirn und griff nach ihrem Schwert. »Sie haben Vögel. Aber sie gehen nirgendwo hin.«

»Ach nein?«, fragte Sal. Dann trat sie einen Schritt aus dem Haus, während Sindra einen Schritt zurückwich und ihr Schwert ein Stück aus der Scheide zog. Meret schluckte, als Furcht ihn durchströmte. »Warum nicht?«

»Weil das hier ihr Land ist«, knurrte Sindra. »Sie haben es im Schweiße ihres Angesichts bestellt. Sie haben zu hart geschuftet, um es wegen einer Vagrantin aufzugeben. Sie würden eher sterben, bevor sie zuließen, dass du …«

»Schon kapiert.«

Leder zischte, und Schneeflocken verdampften auf dem Lauf. Meret hielt den Atem an.

Sindra fluchte, zog ihr Schwert und nahm Angriffsposition ein. Aber sie rührte sich nicht. Entweder weil sie darauf wartete, dass Sal zuerst angriff, oder weil sie zu viel Angst beim Anblick dieses grinsenden Drachen hatte.

Sal rührte sich ebenfalls nicht.

»Apotheker.« Sie nahm etwas aus ihrem Beutel und schnippte

die Trommel ihrer Pistole auf. »Wer lebt in dem großen Haus gegenüber?«

Meret kniff die Augen zusammen. Lady Kalavins Anwesen thronte, größer und schöner als die übrigen schäbigen Hütten und Katen, wie ein Bauer über seiner Krume. Sie war mit viel Geld hierhergekommen, nachdem ihr Ehemann in der imperialen Armee gefallen war, und hatte ein hübsches Haus bauen lassen. Es war zwar nicht imperial, aber schöner als alle anderen Häuser in Jammertal. Es hatte zwei Stockwerke.

»Lady Kalavin«, antwortete er.

»Lebt sie allein?« Sal ließ die Trommel zuschnappen.

»Sie hat eine Dienerin«, erwiderte Meret. »Aber sie sind beide heute Morgen zum Markt nach Eulenstadt gefahren.«

»Haustiere?« Sie spannte den Hahn.

»Eine Katze. Aber sie nimmt sie immer mit, ganz gleich, wo sie hingeht.«

»Liegen die Schlafzimmer und die Küche im ersten Stock?«

»Nein.« Meret runzelte die Stirn. »Sie sagt, ihre Hüfte täte ihr weh, wenn sie Treppen steigen müsste, also …«

»Gut.« Sal hob den Kakophon und feuerte.

Es knallte, und das Geschoss schlug ein gezacktes Loch in ein Fenster im Obergeschoss. Einen Atemzug lang passierte gar nichts.

Dann ertönte Diskordanz.

Das Haus explodierte mit einem lauten Knall, und Fetzen von Kleidung, Teile von Möbeln sowie Glassplitter regneten auf die verschneite Straße herunter. Fetzen von Porträts wurden vom Wind verweht, und aus zerschmetterten Flaschen ergoss sich Wein wie Blut in den Schnee.

Merets Schrei war von dem Knall übertönt worden. Noch nie hatte er eine solche mühelose Verheerung gesehen. Er konnte den Blick nicht von dem zertrümmerten ersten Stock des Hauses abwenden. Und doch …

Offensichtlich war niemand verletzt worden. Denn es war niemand auf der Straße gewesen. Selbst die Häuser in der Nähe hatten im schlimmsten Fall nur Holzsplitter im Dach abbekommen. Sal Kakophonie, die schlimmste Killerin von Menschen und Bestien, hatte niemanden umgebracht.

»Alle, die ihr euch hier draußen rumdrückt, hört mir zu!« In der Stille nach dem Lärm trug Sals Stimme weit.

»Dieses Drecksloch von Siedlung gehört jetzt Sal Kakophonie!«, schrie sie. »Ich will weder euer Geld noch euer Zeug! Aber ich will euer Land. Und wenn ihr in …«

Sie blickte Meret an. »Wie viele Menschen leben hier?«

Er drehte sich verdattert zu ihr herum. »Was?«

»Jammertal! Bewohner! Wie viele?«

»Sieb…zig«, stotterte er. »Warte, halt. Neunundsechzig. Bennerus ist letzte Woche in die Stadt …«

»Schön für ihn«, knurrte sie und drehte sich dann wieder herum. »Wenn ihr in drei Stunden noch hier seid«, schrie sie, »nehme ich euch alles!« Sie schnaubte und spuckte in den Schnee. »Wer das nicht kapiert, kann gern zu mir kommen. Ich erkläre es euch, nachdem ich euch, euren Gefährten und eurem Leben ins Gesicht gefickt habe! Drei Stunden!«

Sie lauschte einen Moment dem Schweigen, während sich der Schnee auf die Ruinen des Hauses legte, das sie gerade zerstört hatte, und nickte. Dann schob sie die Waffe wieder ins Futteral und schnallte sie fest.

»Solange sie hier ist«, Sal deutete auf Merets Haus, »bin ich hier. Ich will keinen Ärger und mache keinen. Aber wenn jemand will, dass ich verschwinde, bevor sie bereit ist …«

Sie hob den Blick und starrte Sindra in die Augen. »Schätzchen, für den Fall solltest du einen ganzen Haufen mehr Schwerter anschleppen als dieses eine Eisen.«

Mit diesen Worten verschwand sie im Haus.

Sindra stand wie angewurzelt da. Meret schluckte trocken und betrachtete das Werk der Zerstörung, während in der Ferne Rauch in den Himmel emporquoll.

5. KAPITEL

DAS TAL

Wir waren schon Stunden unterwegs, als ich es spürte. Kälte legte sich auf meine Stirn und sickerte in meine Haut. Ich strich mit zwei Fingern darüber. Sie waren feucht. Ich hob den Blick. Es schneite.

Der Wald erhob sich majestätisch um mich. Die uralten Fichten und Kiefern hatten Kronen aus kahlen Zweigen und thronten auf knorrigen Wurzeln. Als es stärker schneite, seufzten sie müde und schienen tiefer auf ihre Wurzeln zu sinken, als hätte der ganze Wald den Atem bis zum Winter angehalten.

Ich zog mir den Schal vom Hals und schüttelte ihn zu einem ausgewachsenen Umhang aus. Den legte ich um meine Schultern und schlug die Kapuze hoch. Dieser verzauberte Schal mochte nicht elegant sein, aber er war verflucht nützlich.

Eine dünne Schneedecke bedeckte die alte Straße durch den Wald. Wir sahen Spuren von Karawanen oder die Pfade von Tieren. Die wenigen Weiden, die noch störrisch an ihren Blättern festhielten, beugten sich weit vor, damit sich der Schnee auf ihren Zweigen sammeln konnte. Etwas weiter entfernt zwitscherte ein Vogel ein einsames Lied, der letzte Nachzügler, der zugab, dass der Herbst vorbei war.

Ich schloss die Augen und atmete die Kälte ein. Das bewaldete Borrustal erstreckte sich eine stumme schwarz-weiße Ewigkeit weit. Und wenn man die wenigen Stellen ignorierte, wo Leute in Stücke gerissen worden waren, war die ganze Szenerie wirklich pittoresk.

Ab und zu erhaschte man zwischen den Bäumen einen Blick auf

hastig errichtete Friedhöfe mit hölzernen Zeichen für die Toten, die man nicht hatte zurückschleppen können. Sie übersäten den Waldboden wie Pilze. Neben der Straße kauerte ein rostender Turmpanzer der Revolution unter dem Schnee. Seine Hülle aus Stein und Metall war von Magie zerfetzt worden, und er wirkte zwischen den Bäumen wie ein Bauer unter Königen. Ab und zu stießen wir auf Spuren, wo Magier ihre Wut entfesselt hatten. Steinerne Statuen von Soldaten, deren Gesichter vor Entsetzen erstarrt waren, unmittelbar bevor der Bann sie getroffen hatte. Bäume und Erde waren zerstört, wo große Eiszapfen aus dem Boden gebrochen waren. Ab und zu bildete sich sogar das Echo einer Person, ein Windweh, in den wirbelnden Winden, riss den Mund zu einem lautlosen Schrei auf und verschwand.

In der Scar bestand der Unterschied zwischen einem netten Stück Land und einem üblen Stück Land darin, ob dein Leben ständig von Bestien und Gesetzlosen oder regelmäßig von kämpfenden Armeen bedroht wurde.

Das Borrustal war eines der nettesten Stücke Land in dieser ganzen verfluchten Gegend.

Allein schon seine kühlen Sommer und milden Winter waren verlockend. Aber sein Reichtum an Erzen, Holz, Wild und Fisch hatte die *Glorreiche Revolution der Faust und der Flamme* hierhergeführt, nachdem sie gerade die Herrschaft des Imperiums abgeschüttelt hatte. Genau die gleichen Eigenschaften sowie die Tatsache, dass sich ihre ehemaligen Untertanen jetzt auf diesem Fleckchen Erde angesiedelt hatten, genügten, um die Legionen des Imperiums und ihre Magier anzuziehen und einen Kampf darum zu entfesseln.

Die folgenden Schlachten waren erbittert gewesen, wie jede Schlacht zwischen einer Nation aus maschinenbesessenen Fanatikern mit großen Kanonen und einer Nation aus magiewirkenden Wahnsinnigen, die Feuer scheißen konnten. Am Ende errang das Imperium einen blutigen und kostspieligen Sieg, bis sich schließlich nach etlichen blutigen Aufständen ein zerbrechlicher Friede eingestellt hatte.

Ein Friede, den ich im Augenblick nur zu gerne genoss.

»Squawrk!«

Offenbar war ich die Einzige. Mein Reittier schüttelte sich unbehaglich unter mir und sträubte ihre schwarzen Federn. Der lange nackte Hals, der in einem kahlen Vogelkopf mit einem gefährlichen scharfen Schnabel und zwei durchdringenden Augen endete, zuckte und schüttelte den Schnee ab, der sich auf ihrem Schädel gesammelt hatte. Seelenverwandte stieß erneut einen gereizten Schrei aus und trat von einem mit kräftigen Krallen bewehrten Fuß auf den anderen. Ganz offensichtlich ärgerte es sie, dass dieses nasse weiße Zeug ihr entzückendes schwarzes Gefieder durchnässte. Für ein Vieh, das für gewöhnlich Aas fraß, bis es kotzte, war Seelenverwandte ungewöhnlich sensibel.

»Ganz ruhig, Madame.« Ich strich ihr beruhigend über den Hals und drückte sanft meine Hacken gegen ihre Flanken, damit sie weiterging. »Ich habe gesehen, wie du Kriegsherren mit deinen Klauen zerfetzt hast. Was sollen die Nachbarn denken, wenn du Angst vor ein bisschen Schnee zeigst?«

Seelenverwandte zwitscherte aufsässig. Ich seufzte, griff in die Satteltaschen und kramte nach irgendetwas Pelzigem und Totem. Ich zog einen Maulwurf heraus. Mit etwas Größerem wollte ich ihr aufsässiges Verhalten nicht belohnen.

Ihr Schnabel zuckte vor und schnappte ihn sich, wobei sie meine Hand knapp verfehlte. Dann warf sie den Kopf zurück, und das Ding verschwand in ihrem Schlund, als sie es ganz schluckte.

»Wirklich, Madame«, tadelte ich sie. »Nur weil wir unterwegs sind, musst du deine Manieren nicht vergessen.«

»Gibt's Ärger dahinten?«

Jero hatte vor uns auf der Straße angehalten. Sein Vogel war ein schäbig wirkender imperialer Buschnester mit so dünnen Beinen, dass er neben den stämmigen Schenkeln von Seelenverwandte eigentlich hätte im Boden versinken müssen.

»Sie ist dieses nur bedingt kalte Wetter nicht gewöhnt.« Ich tätschelte ihren Hals und trieb sie weiter. »Ödländer wie sie bevorzugen ein härteres Klima.«

»Ah. Ich würde es zutiefst bedauern, eine so empfindliche Lady mehr als unbedingt notwendig zu behelligen.« Jero lachte und trieb seinen Vogel zu einem schnellen Lauf an, als ich sie eingeholt hatte. »Terassus liegt direkt vor uns. Jeder erdenkliche Luxus und alle Annehmlichkeiten, die sich eine Handvoll reicher, gelangweilter alter

Wichser kaufen können, warten auf uns. Schon bald werdet ihr alles haben, was ihr braucht. Einen netten, warmen Stall, jede Menge Futter …«

»Und hoffentlich auch ein Bad«, murmelte ich.

»Selbstverständlich«, gab Jero zurück. »Es wird auch wahrlich Zeit. Der Gestank wird allmählich unerträglich.«

»Ich meinte für mich.«

Er zwinkerte mir zu. »Ich auch.«

Er vermied es nachdrücklich, mich anzusehen, als wir weiterritten. Dafür war ich dankbar. Der Mann hatte mich wegen meines Rufs als rücksichtslose Killerin aufgesucht. Es ging gar nicht, dass er mein idiotisches Grinsen sah.

Aber ich konnte nichts dagegen tun, weil ich mich nicht einmal mehr erinnern konnte, wie lange ich schon nicht mehr mit jemandem gesprochen hatte, der mich nicht umbringen oder mir nicht helfen wollte, jemanden zu finden, den ich umbringen wollte. Zugegeben, Jero fiel vermutlich auch in die letzte Kategorie, aber er redete mit mir, als wäre ich keine gedungene Killerin. Für einen unbeteiligten Beobachter müssen wir wie zwei normale Leute gewirkt haben, die durch den Wald ritten.

So seltsam es klingt, aber in meiner Profession gibt es zwischen all den Tragödien manchmal Momente des Glücks. Und ich war damit zufrieden, diesen Moment festzuhalten, während ich von einem Massaker zum anderen marschierte. Denn solche Augenblicke gab es in der Scar nicht allzu oft. Und nach diesem hier würden sie vielleicht noch seltener werden.

»Wie sieht es denn zurzeit in Terassus so aus?«, erkundigte ich mich. »Das Letzte, was ich hörte, war, dass alle darum kämpfen.«

»So war es auch. Aber dann hat das Imperium den Krieg gewonnen und ist draufgekommen, dass ihm Gold lieber ist als Blut. Jetzt ist Terassus ein sicherer Ort. Meistens.«

Ich warf Jero einen Seitenblick zu. »Soll heißen?«

»Soll heißen …« Er kratzte sich nachdenklich das Kinn. »Bist du jemals in einer intimen Situation mit einer Frau zusammen gewesen und hast sie gefragt, ob du eine bestimmte Stellung ausprobieren kannst, und sie sagt, ja klar, aber du weißt, schon weil du fragen musstest, dass gleich etwas wirklich Übles passieren wird?«

Ich runzelte die Stirn. »Ich weiß nicht … Moment mal, was für eine Stellung?«

»Spielt das eine Rolle?«

»Selbstverständlich.«

»Na gut, ich weiß nicht, sagen wir … Die Öligen Scheren.«

»Östlich oder westlich?«

»Westlich.«

»Oh. *Oh!*« Ich zuckte zusammen. »So mies sieht es aus?«

»Ich will dich nicht in die Irre führen.« Er winkte abfällig mit der Hand. »Abgesehen von gelegentlichen Attentaten ist die Lage dort meistens entspannt. Das Imperium hat keine Zeit verschwendet und die Ordnung wiederhergestellt, nachdem es den Krieg gewonnen hat.«

»Soll heißen, sie haben alle umgebracht, die auch nur im Entferntesten nach Revolutionär aussahen, und sämtliche Nullen versklavt?«

»Fast. Von der Versklavung haben sie noch Abstand genommen, weil sie sich stattdessen lieber darauf verlassen, dass die Ökonomie das für sie erledigt. Die Ressourcen des Tales hatten sie so reich gemacht, dass sie etwas Entscheidendes begriffen haben. Leute mit ein paar Brocken Metall zur Arbeit zu verführen, während sie selber den riesigen Teil einkassierten, war einfacher, als sie mit der Peitsche zur Arbeit zu zwingen.«

Er schnalzte mit der Zunge und ließ seinen Vogel langsamer gehen. »Aber was das Morden angeht, hast du ins Schwarze getroffen. Sie wollten einfach nicht zugeben, dass sie hier nicht genug Macht besitzen, jene, die der Magie ablehnend gegenüberstehen, zum Gehorsam zu zwingen. Also hoffen sie, dass der Friede am Ende gefestigt wird, wenn nur genug Geld durch Terassus läuft.«

Ich schnupperte. Es roch nach Rauch. »Glaubst du, dass es so kommt?«

»Ich hoffe nicht«, gab Jero zurück. »Friede würde das, wovon wir leben, ausgesprochen erschweren.«

Gern hätte ich ihn gefragt, wovon er lebte, aber in diesem Moment steigerte sich der Geruch von Rauch zu einem ekligen Gestank. Die Bäume wichen Türmen und Dächern. Und mein Grinsen wich einer finsteren Miene.

Die Stadt Terassus tauchte vor mir auf. Ihre Türme waren bereits mit Schnee bedeckt, und Rauchsäulen aus den Schornsteinen kämpften sich durch den weißen Nebel. Die Stille des Waldes wurde von dem zunehmenden Lärm der Zivilisation gestört. Von Schmiedehämmern, von klappernden Karren, kreischenden Zugvögeln, vom Lärmen der Menschen, die schrien, lachten, weinten und fluchten.

Ich weiß nicht, wann ich Seelenverwandte angehalten hatte, ganz zu schweigen, warum. Aber als ich in diesem Moment an Terassus' Tortürmen hinaufblickte, beschlich mich das üble Gefühl, als würde ich gleich nackt zu einer Beerdigung gehen.

»Stimmt was nicht?«

Jero war vorgeritten und blickte jetzt zu mir zurück. Ein gelangweilter Wächter in der aufgeputzten violetten Uniform eines imperialen Bürokraten winkte die wenigen Reisenden durch. Er warf der Frau, die plötzlich auf die Idee gekommen war, die Reihe aufzuhalten, einen gereizten Blick zu und wollte etwas sagen. Jero brachte ihn mit einer erhobenen Hand zum Schweigen. Dabei sah er mich unverwandt an.

Das Gefühl verschwand nicht, aber ich schüttelte trotzdem den Kopf. Jeros Blick ruhte noch einen Moment auf mir, bevor er seinen Vogel durch die Tore trieb. Ich folgte ihm.

Jero und sein Auftraggeber sollten nicht glauben, dass Sal Kakophonie Unbehagen wegen einer Stadt empfand. Schließlich sollte ich Leute für sie umbringen.

Terassus verfügte über die besondere Ehre, die einzige imperiale Stadt im Tal zu sein, die ihr Leben nicht als Festung begonnen hatte. Sobald das Imperium festen Fuß in der Gegend gefasst hatte, fand der Adel die Stoßtrupps ihrem Geschmack nach einfach zu … barbarisch. Magier wurden herangeschafft, Bannwirker und Bannschreiber folgten, und mit ungeheuren Kosten wurde die Stadt Terassus aus dem Boden gestampft. Ich wette, sie war vor dem Krieg wunderschön.

Was nicht heißen soll, dass sie nicht auch jetzt wunderschön gewesen wäre. Aber ebenso wenig, wie die schönsten Kleider eine entstellende Narbe verbergen können, konnten die Schönheiten von Terassus die Wunden verbergen, die nicht geheilt waren. Ausgebrannte Hausruinen duckten sich hinter eleganteren Nachbarhäusern. Hier und da hatte man es noch nicht geschafft, einen von revolutionären Kanonen ausgeworfenen Krater zu füllen. Und wenn man wusste, worauf man achten musste, drängte sich die Frage auf, warum eine so schöne Stadt wie Terassus so viele Friedhöfe hatte.

Aber der Zweck von hübschen Kleidern besteht darin, das Auge von den Narben abzulenken. Und niemand machte hübschere Dinge als das Imperium. Während die gemütlichen Häuser und Geschäfte der Stadt von den Händen ehrlicher Arbeiter errichtet worden waren, waren die großen Türme und Klippen, die darüber hinausblickten, unmöglich steil und elegant, durch Magie geschaffen worden.

Die Anwesen, die über der Stadt thronten, waren massiv und protzig – eine Handvoll Prachtvillen in einem goldenen Nest. Funkelnde Tore aus Elfenbein und Marmor umgaben abgeschlossene Gärten mit sich bewegenden Hecken und lebendem Wasser. Belebte Figuren in Buntglasfenstern blickten verächtlich auf den Pöbel herab, der den Appetit der Herren über ihnen stillte. Der Schein von Zauberlichtern drang durch den Schnee und beleuchtete geisterhafte Skulpturen, die in endlosen Phantomdarstellungen zeigten, wie mächtige Helden schreckliche Bestien töteten oder opernhafte Liebende sich umarmten.

Die hohen Imperialen hatten ihre dekadenten Darstellungen so entworfen, dass sie über die Stadt blickten und von der Bevölkerung gesehen werden konnten. Vielleicht, um ihnen ihren Wohlstand zu zeigen oder die Gemeinen daran zu erinnern, dass man sie jederzeit kaufen oder verkaufen konnte. Von den Straßen von Terassus aus sah man jede Opulenz, jede protzige Zurschaustellung von Wohlstand … außer den Weg für einen einfachen Bürger, dorthin aufzusteigen.

Ein plötzlicher Vogelschrei erregte meine Aufmerksamkeit. Einen Moment später hätte mir eine Klaue fast den Kopf abgerissen.

Ich duckte mich, und der Luftzug peitschte mir den Schal um das Gesicht. Seelenverwandte kreischte wütend. Durch ihren Zorn hörte ich das unverkennbare Gelächter von Arschlöchern vom verschneiten Himmel. Ich blickte hoch. Geisterhafte Schatten mit elfenbeinfarbenen und schwarzen Federn zischten durch den Schnee.

Oyakai. Schwarz-weiße Vögel, groß genug für die bunt gekleideten Reiter auf ihrem Rücken, wirbelten durch den Himmel. Sie fegten dicht über Dächer hinweg und über die Avenues, auf denen die Gemeinen in Deckung gingen, bevor sie in die Schneewolken emporstiegen und auf den luftigen Türmen auf den Klippen verschwanden.

Ich sah ihnen nach, wie sie in den Anwesen aus Zauberlichtern und von Magie aufgeschichteten Steinen verschwanden. Dann trottete ich hinter Jero über die Straßen der Stadt, bis diese Besitzungen ebenfalls im Schnee verschwanden. Und während sich der Schnee auf meine Schultern legte, machte sich eine größere Kälte in mir breit, als selbst der Wind hätte verursachen können.

Nicht wegen dem, was ich gerade gesehen hatte. Wahrscheinlich fanden viele Leute diese Opulenz über ihren Köpfen unbehaglich. Niemand möchte gern daran erinnert werden, dass es Leute gibt, die einen wie Fleisch kaufen und verkaufen können. Aber ich? Ich hatte eine ganze Menge reicher Arschlöcher getroffen und ihnen gedient, als ich noch in der Imperialen Garde war. Dann habe ich sie ausgeraubt, als ich Vagrantin wurde. Ich kannte sie gut genug, um zu wissen, dass sie schreiend und in ihrer eigenen Pisse verreckten wie jeder andere auch.

Nein, was ich sah, als ich den Blick senkte, ging mir auf die Nerven.

Die Leute halfen sich gegenseitig auf die Füße, sammelten ihre Bündel und Körbe ein, die von den Wagen gerissen worden waren, als die Oyakai durch die Straßen gefegt waren. Sie machten Witze über die reichen Arschlöcher, die goldene Scheiße abdrückten, und lachten. Schmiede hämmerten auf Stahl herum, während ihre Lehrlinge ihnen fehlerhafte Arbeit zur Inspektion vorlegten. Junge Männer und Frauen sangen unmusikalisch Arbeiterlieder, als sie Karren durch die Straßen zogen. Mütter sprachen mit Vätern, während sie ihre Kinder im Auge behielten, die sich gegenseitig mit Schneebällen bewarfen.

Die Leute redeten, lachten, kauften und verkauften, scherzten, beschwerten sich … Und ich hatte keine Ahnung, wie sie das machten.

Ich wusste nicht, wie sie sich voreinander verbeugen konnten, ohne sich vorher zu überzeugen, dass die andere Person sie nicht erstechen würde, sobald sie den Kopf gesenkt hatten. Ich verstand nicht, wieso sie ohne ein Eisen über die Straße gingen und aussahen, als wäre das völlig in Ordnung. Ich starrte sie an, als sie sich umarmten und lachten und alles so einfach aussah, und fragte mich, was verflucht ich falsch machte, weil das so … unnatürlich auf mich wirkte.

Wie lange war ich schon draußen in der Wildnis?

»Verdammnis harret eurer, ihr Sünder!«

Es klingt vielleicht sonderbar, aber als jemand Todesdrohungen ausstieß, fühlte ich mich tatsächlich etwas wohler im Sattel. Meine Aufmerksamkeit richtete sich auf einen winzigen Platz und die leuchtend rot gekleidete Gestalt in der Mitte. Ihre roten Roben hingen locker und zerfetzt um ihre hagere Figur, was den Eindruck verstärkte, dass da jemand auf der Straße verblutete. Ihr Stab war genauso knorrig und runzlig wie die Hand, die ihn hielt. Sie schwang ihn verächtlich über die Menge, die sich um sie geschart hatte. Die Kapuze hatte sie tief in die Stirn gezogen, auf der ein einzelnes von Flammen umhülltes Auge eingebrannt war.

Man hätte ihr Aussehen vielleicht merkwürdig nennen können. Bis man die Augenhöhlen sah, in denen statt Augen blasse Flammen brannten.

Danach belegte man sie wahrscheinlich mit anderen Ausdrücken – sobald man aufgehört hatte zu schreien.

Diese Wirkung hatten Blinde Schwestern auf Menschen.

»Der Sehende Gott verurteilt euch und eure verdorbenen Sitten!«, schrie sie kreischend der kleinen aufmerksamen Menge zu. »Er sieht euren Überfluss! Er sieht euren Hochmut! Er wird euch beides nehmen, bevor er euch eine Gnadenfrist setzt! Eure Welt wird in Flammen enden! Ein reinigendes Fegefeuer wird über das Land fegen, und ihr werdet über der Asche weinen, die zurückbleibt!«

»Du gaffst.«

Ich blickte hoch und gewahrte Jero, der mich anlächelte.

»Ich kann mir einfach nicht vorstellen, dass eine Frau, über die ein Lied geschrieben wurde, als sie am selben Tag einen Trinkwettbewerb, einen Schießwettbewerb und einen Reitwettbewerb gewonnen hat, noch nie eine Predigerin aus Eden gesehen hat.«

»*Die Ballade der Zweihundert Biere* ist in einigen Gegenden der Scar sogar ein Klassiker, du Ignorant«, antwortete ich. Ich warf einen Blick zurück auf die Schwester. »Ich habe Edener gesehen, mit ihnen gekämpft und wäre fast von ihnen getötet worden. Ich habe nicht erwartet, dass sie hier so …«

»… unbehelligt herumlaufen?« Jero lachte. »Sie sind vor ein paar Monaten in die Stadt gekommen, wenige, und haben Häuser besetzt, die vom Krieg zerstört wurden. Die Wachen nennen es *Das Kleine Paradies.* Terassus' Oberschicht hielt es für charmant und exzentrisch und hat ihnen erlaubt, zu bleiben.«

Exzentrisch war ein ziemlich sonderbares Wort, um jemanden zu beschreiben, der dazu neigte, Ungläubigen in einem von Drogen angestachelten, fanatischen Wahn ein Glied nach dem anderen herauszureißen. Aber was wusste ich schon? Ich hatte ja nur gesehen, wie sie knapp siebenhundert Menschen in einer wahnsinnigen Orgie des Blutvergießens abgeschlachtet hatten. Wie sollte ich da mitreden können?

Und die Menge, die sich um die predigende Schwester scharte, war so klein, dass man sich einreden konnte, es handelte sich um ganz normale Menschen, die einfach nur neugierig waren.

Sofern man ihnen nicht in die Augen blickte. Wenn man sah, was ich darin gesehen hatte – die Leere, die Gier, die fanatische Verzückung, die Leute ergreift, die so viel Elend erlebt haben, dass selbst der verrückteste Mist Sinn ergibt, solange er nur verspricht, diesem Elend ein Ende zu machen …

Dann wäre man vielleicht ebenso besorgt gewesen wie ich.

»Wir sind nicht weit von der Grenze zu Eden entfernt«, fuhr Jero fort. Offenbar teilte er meine Besorgnis nicht. »Man stolpert überall im Tal über diese Kreaturen.«

»Schon richtig, aber ich habe erwartet, dass ich sie nur in den Hügeln und den Wäldern zu Gesicht bekomme, oder unter welchen Steinen auch immer ihr religiöse Fanatiker wohnen lasst, die sich ihre eigenen Augen ausstechen. Nicht in ehrbaren Städten.«

»Das machen wir auch nicht. Solange sie hier unten bleiben, beim gemeinen Volk, das mehr damit beschäftigt ist, in der Gegenwart der Fanatiker des Sehenden Gottes über die eigene Schulter zu blicken, als an die reichen Nachbarn zu denken, die sie hier unten halten, sind die Imperialen in Terassus ganz zufrieden mit ihrer Anwesenheit.«

»Gerade hast du noch gesagt, Edener wären in ehrbaren Städten nicht willkommen.«

»Das habe ich auch so gemeint.« Jero warf einen Blick auf eine Gasse vor uns. »Aber habe ich etwas gesagt, das Terassus wie eine ehrbare Stadt erscheinen ließe?«

Jetzt sah ich es auch. Eine Vogelscheuche von einem Mann, abgemagert und in Lumpen gehüllt, lag zusammengekauert am Fuß eines heruntergekommenen Gebäudes. Vor ihm stand eine Bettlerschüssel, leer bis auf ein paar gebogene Metallstücke. Was auch immer er gemacht hatte, bevor er so endete, er musste noch mieser darin gewesen sein, als er es jetzt als Vogelscheuche war. Denn auf seinem Kopf hockte eine fette schwarze Krähe und krächzte jeden an, der vorüberging.

Wahrscheinlich hätte man ihn auf den ersten Blick für irgendein mittelloses Relikt aus dem Krieg gehalten. Genau so wollte er wohl auch wirken. Der finstere Blick, den er mir zuwarf, sprach allerdings eine ganz andere Sprache. Mir war sofort klar, wodurch die Krähe so fett geworden war.

»Ah.« Jeros Stimme lenkte meine Aufmerksamkeit ab. »Wir sind da.«

Der Schnee dämpfte die Geräusche, als wir auf einen kleinen Platz traten, der von einigen pittoresken Häusern umgeben war. In der Mitte stand ein abgestorbener Baum wie ein alter Mann, der sich weigerte, den unebenen Pflastersteinen um ihn herum zu weichen. Die Häuser, die sich aneinanderschmiegten, ignorierten uns. Die Fensterläden waren geschlossen, und auf ihren Veranden lag dicker Schnee.

Fühlte sich Terassus an wie eine herzliche Familie, die sich zum Abendessen zusammensetzte, war dieser Platz der alte Verwandte, der auf dem Dachboden auf den Tod wartete. Es herrschte eine tiefe Stille; und selbst das Knirschen des Schnees unter Seelenverwandtes Klauen war kaum zu hören. Es fühlte sich an, als hätten wir einen Friedhof betreten. Perverserweise fing ich jetzt erst an, mich zu entspannen.

Das einzige Lebenszeichen kam aus einem gedrungenen zweistöckigen Gebäude am Ende des Platzes. Aus dem dicken Schornstein quoll Rauch, hinter den mit Eis überzogenen Scheiben der Fenster brannte Licht, und unter einem sanft knarrenden Holzschild, das eine Kröte zeigte, die verprügelt wurde und es offenbar genoss, stand eine strenge Frau in einer verblassten purpurfarbenen Robe. Sie wischte sorgfältig den Schnee von den Stufen vor einer offenen Tür.

»Oh, ich glaube, ich sterbe!«, rief Jero plötzlich. »Denn ich sehe vor mir eine himmlische Kreatur, die mir meine endgültige Belohnung verheißt.«

Ich würde den Blick, den die Frau ihm zuwarf, nicht unbedingt widerwillig nennen. Man entwickelt, sagen wir mal, Widerwillen gegen schmatzende Esser oder schlechten Wein. Der Blick aus ihrem Gesicht, dessen Falten wie Narben wirkten, schien vom Kampf gegen den Drang zu künden, ihm auf die Schuhe zu kotzen.

»Wenn ich du wäre«, gab sie beherrscht zurück, »würde ich mich nicht in Versuchung bringen.« Sie wischte den letzten Schnee von ihren Stufen. »Oder warte, bis ich etwas Schwereres und Schärferes als einen Besen geholt habe.«

»Du verletzt mich, Madame. Ich hatte gehofft, nach einem Monat Abwesenheit würdest du mich vermissen.« Jero sprang von seinem Vogel und sah sich auf dem Platz um. »Ich hatte ebenso gehofft, du hättest ein Bordell nebenan einziehen lassen, wie wir es besprochen hatten.«

»Der einzige Arsch, den hier auf diesem Platz jemand eines Blickes würdigt, gehört dem, mit dem ich gerade rede.« Die Frau stellte den Besen weg und kam auf uns zu. Sie warf einen kurzen Blick in meine Richtung. »Und wenn du ein herzliches Willkommen wolltest, hättest du keinen Abschaum an meine Tür schleppen sollen.«

Ich wollte protestieren, aber dann fiel mir ein, wie ich riechen musste.

Die Frau hatte Haltung, das sah ich sofort, was man in so kleinen Städten selten erlebte. Obwohl ihr Haar schon von grauen Strähnen durchzogen war, trug sie es in makellosem imperialen Stil. Ihre Robe war ebenfalls gepflegt und bestand aus feiner Cathama-Seide. Auf den ersten Blick hätte ich gesagt, sie gehöre nach oben auf die

Klippen zu den anderen Vornehmen. Bis sie Jero mit einer Hand zur Seite schob und die Zügel seines Vogels mit der anderen packte.

»Also?« Sie sah mich erwartungsvoll an. »Wenn du willst, dass ich dein gefiedertes Wrack in den Stall verfrachte, solltest du runterhüpfen.«

Seelenverwandte kreischte empört. Ich streichelte ihren Hals. »Wahrscheinlich sollte ich es besser selbst tun. Sie ist manchmal etwas … empfindlich Fremden gegenüber.«

Die Frau verdrehte die Augen. »Ich habe viele Sorten von Empfindlichkeiten kennengelernt, Schätzchen, und es gab keine darunter, die ich nicht mit dem kleinen Finger jammernd auf die Knie hätte bringen können. Und bei der hier benutze ich sogar die ganze Hand.«

Ich blinzelte. »War das … eine Drohung oder …?«

»Ich würde tun, was sie sagt, Sal«, mischte Jero sich ein. »Madame Faust fragt für gewöhnlich kein zweites Mal.«

Ich blinzelte. Das wurde zur Gewohnheit. »Madame Faust? Warum nennt man …?«

»Hätte ich ebenso viel Glück gehabt wie Talent, bekleidete ich jetzt eine exzellente Stellung als Hauptstadt-Kurtisane statt meine derzeitige illustre Position als Übersetzerin für die Holz- und Dickköpfe.«

»Moment mal … was?«

»Soll heißen, ich vergeude zu viel Zeit damit, mit Arschlöchern zu reden. Und jetzt absteigen. *Bitte.*«

Man bekommt einen Namen wie Madame Faust für gewöhnlich nicht, weil die Leute einem nicht gehorchen. Also rutschte ich von Seelenverwandte herunter. Der Vogel warf mir einen flehentlichen Blick zu, bevor Madame Faust kurz und heftig an den Zügeln zog.

»Ich bin jetzt deine Mami, Liebes«, zischte sie Seelenverwandte zu, bevor sie zu Jero blickte. »Dein Boss erwartet dich in seinem Gemach.«

»Glaub ja nicht, dass ich ihn nicht über das schreckliche Verhalten in diesem Etablissement in Kenntnis setze«, gab Jero zurück.

Madame Faust blieb wie angewurzelt stehen, und es schien noch kälter auf dem Platz zu werden. Seelenverwandte hatte wütende Bestien mit einem Blick gebändigt und Kriegsherren und Gesetzlosen, ohne auch nur zu blinzeln, die Gedärme herausgerissen. Jetzt zwitscherte sie nervös.

»Nur damit das klar ist, Meister Jero.« Fausts Stimme war so kalt wie Frost. »Das Arrangement zwischen deinem Auftraggeber und mir besteht in einem Zimmer, Verpflegung und meinem Stillschweigen über eure Geschäfte. Die äußerste Höflichkeit, die ich dir ohne zusätzliche Zahlung erweise, besteht darin, davon abzusehen, dir meinen Fuß so tief in den Arsch zu rammen, dass ich deine Zähne als Zehenring tragen kann.« Sie warf ihm einen bösartigen Blick zu. »Sollte das Geld deines Auftraggebers jemals zur Neige gehen, dann sei versichert, dass diese Freundlichkeit ebenso rasch verschwindet wie mein makelloser Stiefel.«

Ich habe gegen die übelsten Geschöpfe der Scar gekämpft und so ziemlich jeden Schrecken gesehen, den sie zu bieten hat. Ich will nicht behaupten, dass Madame Faust Furcht einflößender gewesen wäre, aber mir war klar, warum Menschen, Vögel und alles, was da kreuchte und fleuchte, tat, was sie befahl.

Die Frau verschwand mit meinem plötzlich unnatürlich fügsamen Vogel um eine Ecke in Richtung Stall. Ich sah Jero an. Er folgte ihr mit einem so gleichgültigen Blick, dass ich unwillkürlich beeindruckt war.

»Gibt dir das nicht zu denken?«, wollte ich wissen. »Das war eine außerordentlich klare Drohung gegen deinen Arsch.«

»Ach bitte.« Jero zuckte gleichgültig mit den Achseln, als er die Stufen hochging und die Tür aufstieß. »Sie weiß genau, dass ich nicht genug Geld habe, um diesen Liebesdienst bezahlen zu können.«

*

Ich war schon in schöneren Herbergen als in der MASOCHISTISCHEN KRÖTE gewesen. Der Boden war zwar makellos gewischt, aber alt, und er knarrte vernehmlich unter meinen Stiefeln. Aus der Küche drang wenig überraschend der Geruch von Eintopf und Brot. Die Auswahl an Schnaps hinter der Bar konnte man nur mit sehr viel Wohlwollen ein Kriegsverbrechen nennen. Das Bad war passabel, roch aber stark nach Schweiß und Verzweiflung.

Der Eintopf sättigte.

Der Whiskey wärmte.

Und der heiße Dampf fühlte sich verdammt gut auf meinen Narben an.

Auch wenn ich in schöneren Herbergen gewesen war als dieser, konnte ich, wenn ich die Augen schloss, so tun, als wäre ich normal. Als wäre ich wie alle anderen in der Stadt.

»Wir sollten los. Da draußen können es eine ganze Menge Leute kaum erwarten, von uns umgebracht zu werden.«

Jero schien ein Talent zu besitzen, einem die Stimmung zu vermiesen. Jedenfalls hatte ich meinem Gefühl nach kaum den Kopf ins Bad gesteckt, als er mich auch schon wieder nach oben in den Schankraum der Herberge trieb.

»Wenn du nur Leichen willst, hättest du mit weniger Mühe andere für diese Aufgabe finden können«, antwortete ich, als er mich über einen mit Teppich ausgelegten Flur führte, von dem rechts und links geschlossene Türen abgingen. »Das soll nicht heißen, dass ich nicht sehr gut bin, was das Kaltmachen von Leuten angeht ...«

»Ich versichere dir, ich hätte nicht dich mühsam suchen müssen, wenn mein Auftraggeber mit ein paar Leichen zufrieden gewesen wäre. Er ist nicht der größte Freimacher der Scar geworden, weil es ihm nur um ein paar Leichen geht. Was er plant, ist erheblich größer.« Er warf mir ein Lächeln über die Schulter zu. »Und außerdem gibt es über niemanden, der einfach nur gut darin ist, Leute umzubringen, so viele Lieder wie über dich, Sal Kakophonie.«

Entweder versuchte er mir zu schmeicheln, oder es war eine verdammt abgedrehte Art und Weise, mit mir zu flirten. Jedenfalls war ich tatsächlich ein bisschen geschmeichelt. Sicher, es gab bessere Methoden, mich anzugraben, als über Leichen zu reden, aber ... wahrscheinlich war es einfach schon zu lange her, dass jemand mich so angelächelt hatte.

»Vorausgesetzt, ich nehme dein Angebot an«, erinnerte ich ihn. »Ich stimme gar nichts zu, bis ich weiß, was er will.«

»Selbstverständlich«, antwortete Jero. »In diesem Fall kannst du alle Informationen, die wir dir gegeben haben, nutzen, wie du möchtest, kannst unsere Gastfreundschaft in Anspruch nehmen, solange du magst, und mit so viel Whiskey verschwinden, wie du willst.« Er machte eine kleine Pause. »Ohne Informationen über den Aufenthaltsort von Darrish der Steinernen, versteht sich.«

Mit einem Schlag verpufften das angenehme Lächeln, die warmen Gefühle und die Illusion, normal zu sein. Meine Narben schmerzten, der Kakophon brannte an meiner Hüfte, und ich fühlte in der kleinen Tasche in meinem Schal den winzigen Fetzen Papier, der plötzlich schwerer zu sein schien als ein Felsbrocken.

Einen Moment hatte ich die Liste vergessen, ebenso wie alle Namen der Vagranten darauf. Bis sie alle tot waren, konnte ich nur so tun, als wäre alles normal. Und dessen war ich … ausgesprochen überdrüssig.

»Da sind wir.«

Ich blickte hoch. Er hatte uns in eine Sackgasse geführt. Vor uns befand sich nur eine Wand mit dem Gemälde eines Segelbootes. Ich sah ihn finster und verblüfft an. Falls er mich den ganzen Weg hierhergeschleppt hatte, um ein Gemälde zu bewundern, würde ich ihm aufs Maul hauen. Es waren nicht mal Nackte darauf.

»Moment.« Jero kniete sich hin, zog ein Stück Papier aus der Tasche und führte es über den Rand der Wand. »Normalerweise funktioniert das von allein, aber manchmal bedarf es einer kleinen … Ah, da haben wir es ja.«

Er drückte das Papier fest gegen die Wand, und eine Sigille darauf leuchtete auf. Dann erglühten als Reaktion eine kleine Reihe von ähnlichen Sigillen am Rand der Wand. Es zischte leise, als sie zur Seite glitt, im Mauerwerk verschwand und den Blick auf einen Gang dahinter freigab.

»Bannschreiberei«, flüsterte ich.

»Eine Befehlssigille, genau genommen.« Jero stand wieder auf. »Eine aus der Feder unseres Auftraggebers. Er ist ein recht talentierter Bannschreiber.« Er warf mir einen fragenden Blick zu. »Du verstehst etwas davon?«

Ich wollte antworten, aber meine Worte wurden unter einem Berg von Bildern begraben, die mir in den Kopf schossen. Dunkle Augen hinter dicken Gläsern. Federkiele in einem festen Knoten aus schwarzem Haar. Hände, die sich so gut auf meinen Narben anfühlten …

»Nein«, brachte ich schließlich heraus. »Aber ich kannte mal jemanden, der etwas davon verstand.«

»Im Grunde überredet eine Befehlssigille ein Objekt, zu glauben, es wäre etwas anderes.« Jero bedeutete mir, ihm durch den Gang zu folgen. »Zum Beispiel überzeugt es eine Mauer davon, dass sie eine Tür ist.«

»Verstehe«, gab ich mürrisch zurück. »Erwartet uns bei diesem Auftrag sehr viel magisches Abrakadabra?«

»Ich würde dir ja sagen, was dieser Auftrag erfordert«, gab er leise lachend zurück, »aber er verrät jedem von uns nur einen Bruchteil seiner ganzen Vision.«

»›Uns‹?« Ich hob fragend eine Braue. »Es gibt noch mehr?«

»Du glaubst doch hoffentlich nicht, dass ein so scharfer Verstand wie seiner einen Plan ausknobelt, der von nur zwei Leuten umgesetzt werden kann?« Jero grinste. »Ich war das erste bewegliche Teilchen in seiner Maschinerie und habe die letzten vier Monate damit zugebracht, die anderen zu finden. Du bist das Letzte, und jetzt können wir die Maschinerie anrollen lassen …«

Seine Metapher wurde abrupt unterbrochen, als er um eine Ecke bog und mit einer, wie es aussah, sich bewegenden Wand aus extrem elegantem Tuch zusammenstieß.

»Jero, Jero, Jero …«

Eine tiefe Stimme tadelte ihn, und zwei große Hände packten seine Schultern. Ich sah, dass diese sich bewegende Wand in Wirklichkeit eine Frau in extrem elegantem Tuch war.

»Es gibt erstaunlich einfachere Wege, dein Gesicht zwischen den Brüsten einer Frau zu vergraben.«

Eine sehr … sehr große Frau.

Ihre zugegeben sehr vornehme Kleidung konnte die Muskeln ihrer gut zwei Meter großen Gestalt nicht verbergen, die wie ein außerordentlich eleganter Turm über Jero aufragte. Eine enge Hose und Stiefel bemühten sich, stämmige Beine zu bedecken, und sie trug eine rote Seidenweste über einem langärmeligen weißen Hemd, unter dem sich eine ausladende Brust und breite, kräftige Arme abzeichneten.

Sie hob Jero hoch, als wäre er eine Puppe, und hielt sein Gesicht vor ihr erheblich hübscheres. Es war unvorstellbar, dass eine so große Frau kokett sein konnte, aber ihr Lächeln ergänzte exquisit ihre klimpernden Wimpern, und ihre eleganten Gesichtszüge wurden von kurz geschnittenem, pechschwarzem Haar umrahmt, das eingeölt und glatt zurückgekämmt war.

»Ich bin allerdings ein kleines bisschen pikiert, weil du mir nicht vorher zumindest eine Flasche Wein angeboten hast.«

Die nächste Überraschung dieses an Überraschung reichen Tages war, dass diese große Frau manieriert kichern konnte.

»Für dich bräuchte ich weit mehr als eine Flasche.« Jero teilte ihre Belustigung nicht, sondern musterte sie ausdruckslos. »Und jetzt lass mich gefälligst runter. Wir haben Gesellschaft.«

»Haben wir?« Sie sah mich über ihn hinweg an, und ihre Augen leuchteten auf. »Wir haben!«

Sie ließ ihn ziemlich unsanft fallen und trat dann über ihn hinweg, als hätte sie ihn bereits vergessen. Lächelnd hielt sie mir ihre große perfekt manikürte Hand hin.

»Madame«, sagte sie. »Wir sehen aber hübsch aus heute.«

»Oh ... Danke?« Ich nahm ihre Hand. »Ich bin ... «

»Oh, ich weiß sehr gut, wer du bist.« Sie hob meine Hand und küsste galant die beiden ersten Finger im alten imperialen Stil. »Ich habe Geschichten gehört. Jedenfalls die netten.«

Ich musste unwillkürlich grinsen. »Es gibt keine netten Geschichten über mich, Madame.«

»Ach was? Dann stimmt es nicht, dass du einst zehn Gesetzlose in Schach gehalten hast, um die Ehre eines jungen Edelmannes zu verteidigen?«

Das stimmte. Teilweise. Ungefähr.

Er war kein Edelmann, sondern nur ein reicher Nichtsnutz mit einem noch reicheren Vater, der weggelaufen war, um sein eigenes Gesetzlosen-Königreich zu gründen. Ich musste ihn zu seinem Vater zurückschleppen, der daraufhin übersah, dass ich drei Tage zuvor seine Karawane überfallen hatte.

Dass ich zehn Gesetzlose in Schach gehalten hatte, stimmte auch. Wenn man so beschreiben will, dass ich sie in die Luft gesprengt hatte. Wie gesagt, es stimmte so in etwa.

»Ich bin dir gegenüber im Nachteil«, antwortete ich, »Madame ... «

»Agnestrada.« Ihre Stimme war weich wie Seide.

Der Name kam mir entfernt bekannt vor, und es gab nicht viele so große Frauen auf der Welt, geschweige denn in der Scar. Trotzdem beschäftigte mich mehr die Frage, was Jero und sein Meister planten, wenn sie jemanden wie sie dabeihaben wollten.

»Agne.« Jero stand auf und klopfte sich den Staub von der Kleidung. »Darf ich davon ausgehen, deine Anwesenheit hier bedeutet, dass etwas schiefgegangen ist? Wir waren unterwegs zu Zwei-Einsame-Alte-Männer.«

»Das wart ihr, richtig. Aber jetzt seid ihr unterwegs, um mir bei etwas anderem zu helfen.« Agne deutete mit dem Daumen auf den Gang, aus dem wir gerade gekommen waren. »Er hat mich höchstselbst gebeten, euch zu suchen und zu helfen, die anderen zu finden. Der entzückende kleine Gehörnte ist heute Morgen verschwunden, und die Zwillinge hocken zweifellos irgendwo und kritzeln herum.«

Jero biss die Zähne zusammen. »Dann geh und such sie.«

Sie schüttelte den Kopf. »Der eine Zwilling hört nur auf seine Schwester. Und die hört nur auf dich. Aus irgendeinem Grund mag sie mich nicht.« Sie beugte sich zu mir, das hieß eigentlich eher über mich, und flüsterte verschwörerisch: »Ich vermute, sie beneidet mich um meinen femininen Nimbus.«

Da wollte ich nicht widersprechen, Jero ebenso wenig. Er rieb sich die Augen und hob ergeben die Hände.

»Also gut, verflucht noch mal. Ich helfe dir, sie zu finden.« Er sah mich an und deutete mit dem Kinn in den Flur. »Du wirst jedenfalls erwartet. Letzte Tür. Klopf vorher an.«

»Es war mir ein Vergnügen, dich kennenzulernen, Liebes.« Sie nahm Jero an der Hand und winkte mir mit den Fingern der anderen zu, als sie ihn mit sich zerrte. »Ich kann es kaum erwarten, endlich mit dir Leute umzubringen.«

Ich fand sie nett.

Ich ging durch den Flur und erreichte am Ende eine Doppeltür. Eine einfache, unauffällige Tür – keine Tür, hinter der sich ein verstohlener Freimacher verstecken würde. Ich klopfte trotzdem an.

Niemand antwortete.

Ich wartete einen Moment, bevor ich die Tür aufstieß. Und der Stadt gegenüberstand, die ich vernichtet hatte.

Es war ZwieLicht! ZwieLichts Straßen, prachtvoll und makellos. ZwieLichts Häuser und Geschäfte und Gebäude, die die Avenues säumten. ZwieLichts hohe Türme blickten durch ihre funkelnden Fenster unter wehenden rot-weißen Fahnen auf alles herab. ZwieLichts wunderschöne blaue Kanäle wanden sich wie Adern aus kostbarem Erz durch das Gewirr der Straßen und unter Brücken hindurch.

Und die Laternen …

Winzige Laternen hingen an den Giebeln, schmückten die Türme und schwammen in allen Kanälen. Als ZwieLicht noch stand, hatten diese Laternen die ganze Stadt erhellt, unter einem Himmel von roten und weißen Sternen, unter dem Menschen gehandelt hatten, gelacht hatten … und gestorben waren.

In der Nacht, in der ich den Krieg in die Stadt brachte.

Die Einzelheiten der Stadt waren so perfekt, dass ich eine Sekunde brauchte, bis ich begriff, dass es sich um eine Miniatur handelte. Die Neuschöpfung bedeckte einen riesigen Tisch, das einzige Möbelstück in dem Raum. Beleuchtet wurde sie von einem alchemistischen Licht an der Decke. Jedes Gebäude war eine perfekte Kopie seines lebensgroßen Originals, bis hin zum letzten Fenster des letzten Hauses auf der letzten Gasse.

Es war unglaublich. Ich hätte staunen sollen. Was ich auch getan hätte, wäre ich jemand anders gewesen.

Aber ich war Sal Kakophonie. Und ich sah in dieser winzigen Stadt nur einen Miniatur-Friedhof. In dem jedes Haus ein Grab war und jeder Turm ein Grabmal. Von denen viel zu viele mir geschuldet waren.

»Drei Monate.«

Eine Stimme rasselte in dem riesigen Raum. Im Schatten auf der anderen Seite des Tisches bewegte sich etwas und beugte sich in das fahle Licht vor. Ein Mann. Oder ein Skelett, das noch nicht begriffen hatte, dass es tot war.

Er war groß, dünn und eigentlich gar nicht so alt. Aber die Erschöpfung hatte seine Jugend und seine Energie geraubt und jemanden zurückgelassen, der zu ausgemergelt war, um zu essen, und zu müde, um zu sterben. Sein Haar war mehr weiß als schwarz und hing in ungepflegten Strähnen um sein hageres Gesicht. Er ging gebeugt, wie es nur jemand konnte, der einst eine stolze Haltung gehabt hatte. Seine Kleidung war elegant, aber ungewaschen und zerknittert. Und in der teigigen Haut seines Gesichts lagen von dunklen Ringen umrahmte Augen tief in ihren Höhlen.

Zwei-Einsame-Alte-Männer. Einst der größte Freimacher in der Scar. Jetzt Hüter der winzigsten Krypta auf der Welt.

»Drei Monate, vierundzwanzig Tage, sechzehn Stunden, neunundvierzig Minuten und …« Er schloss die Augen, und seine Lippen zuckten, bevor er weitersprach. »Sieben Sekunden.« Er deutete mit seiner dünnen Hand auf die Miniaturstadt. »So lange hat es gedauert.«

Ich betrachtete seine Stadt schweigend. War es wirklich schon so lange her, seit ich ZwieLicht zerstört hatte und in der Wildnis verschwunden war? Es fühlte sich länger für mich an, als wäre ich Jahre aus einer Welt verschwunden, die sich ohne mich weiterdrehte. Und ich fragte mich, ob er das auch so empfand.

»ZwieLicht … Das echte ZwieLicht wurde in nur zweiundzwanzig Jahren errichtet«, fuhr Zwei-Einsame-Alte-Männer fort. Seine Stimme knirschte wie Glasscherben. »Das ist keine exakte Angabe, aber es hat eigentlich nie aufgehört zu wachsen. Jedes Jahr wollten mehr Menschen Häuser, und jedes Jahr glaubte ich, dass wir die Türme höher und die Laternen heller machen könnten.« Er starrte einen Moment schweigend die Miniatur an. »Die Laternen waren das Schwierigste. Es gab so viele davon. Aber ich kann mich an jede einzelne erinnern. Es waren meine Alchemie und meine Sigillen, die sie glühen ließen. Und jedes Haus, jeder Turm und die Taverne, jedes Café und jedes Geschäft, sämtliche Gärten und Parks wurden nach meinen Plänen erschaffen …«

Er verstummte, und sein Blick richtete sich auf eine dunkle Stelle in dem Raum, als sehe er eine geisterhafte Stadt, die viel größer war als diese. »Zweiundzwanzig Jahre.«

Er schwankte und hielt sich am Rand des Tisches fest. »Und sie haben sie in nicht einmal einem Tag zerstört.«

Das hatten sie. Oder vielmehr, wir hatten das.

Es gab viele Geschichten darüber in der Scar. Man konnte sich nicht einigen, ob zuerst die Kanonen der Revolution oder die Magie der Imperialen den Kampf eröffnet hatten. Aber alle wussten, dass die Revolution und das Imperium sich gegenseitig vernichtet und dabei ZwieLicht mit in den Abgrund gerissen hatten.

Sal Kakophonie war ebenfalls dort gewesen, und einige behaupteten, sie hätte das alles angefangen und wäre dann einfach weggegangen. Andere behaupteten, sie wäre von Haus zu Haus gegangen und hätte jedem Mann, jeder Frau und jedem Kind ihr Schwert in die Kehle gerammt.

Manchmal wusste ich selbst nicht mehr, was stimmte. Aber ich war da und hatte Feuer und Blut in diese Stadt gebracht. Und einen Berg Asche und Staub zurückgelassen.

Ich hätte gern behauptet, es wäre die Sache wert gewesen, weil viele böse Menschen damals gestorben sind. Das stimmte auch, aber wie viele böse Menschen ich auch getötet hatte – ich hatte weit mehr *gute* Menschen umgebracht. Ich wusste nicht, wie ich das gegeneinander aufwiegen sollte.

»Ich gebe dir keine Schuld, Sal Kakophonie.«

Spürte er mein Zögern? Oder redete er mit sich selbst? Er sah nicht mich an, sondern seine winzige Stadt.

»Du warst nicht die Erste, die Waffen in meine Stadt gebracht hatte«, sagte er. »Du hast nur einen Kampf angefangen. ZwieLicht hat viele Kämpfe erlebt.« Er schüttelte den Kopf. »Ich selbst habe das Imperium und die Revolution eingelassen. Weil ich angenommen habe, sie würden diese wunderschöne Stadt niemals mit ihrem hässlichen Krieg besudeln.« Er verzog das Gesicht und schloss die Augen.

»Es ist mir einfach nicht in den Sinn gekommen!« Mit einem Ausdruck der Verzweiflung musterte er seine winzige Stadt. »Ich dachte, jeder würde ZwieLicht mit meinen Augen betrachten, würde sehen, was ich sah. Jeden Morgen wachte ich auf, blickte über die Stadt und dachte, wie glücklich ich mich schätzen konnte, in der Lage gewesen zu sein, sie erbaut zu haben.« Er seufzte schwer. »Man betrachtet sein Kind und stellt sich all die großen Dinge vor, die es tun und sehen wird. Niemand betrachtet sein Kind und überlegt, wie viele Menschen seinetwegen sterben werden.«

Er verstummte, und sein Blick richtete sich ins Nichts.

Ich starrte ebenfalls auf diese winzigen Gebäude und versuchte es zu sehen. Einen Moment lang schien es mir zu gelingen, dann blinzelte ich, und im nächsten Moment sah ich nur Ruinen.

»Stimmt es?«

Ich hob den Blick. Er sah mich nicht an, als er zu mir sprach.

»Stimmt was?«

»Die Geschichte, wie du deine Narbe bekommen hast.«

Ich musste nicht fragen, welche er meinte. Unwillkürlich strich ich über die lange gezackte Linie, die von meinem Schlüsselbein bis zu meinem Bauch führte. Sie schmerzte.

»Kommt darauf an, welche Geschichte du gehört hast. Es gibt viele.«

»Ich habe gehört«, krächzte er, »du hast sie von Vraki dem Tor. Er hat dir etwas genommen. Und du hast ihm etwas genommen.«

Die Narbe pulsierte bei jedem Wort schneller.

»Dann stimmt es«, flüsterte ich. »Wenn du aber wissen willst, was er mir genommen hat …«

Er schüttelte den Kopf. »Das brauche ich nicht zu wissen. Was fühlst du, wenn du daran denkst?«

Ich antwortete nicht. Ich hätte gern behauptet, weil ich es nicht konnte. Weil meine Gefühle bei der Erinnerung zu sehr schmerzten. Das hätte ein normaler Mensch geantwortet.

Aber in Wahrheit kannte ich die Antwort. Sie war ein Messer, das ich jeden Tag aufs Neue schärfte. Man holte es nicht heraus, wenn man nicht jemanden damit töten wollte.

Ich antwortete trotzdem, und meine Stimme war so leise, dass nicht einmal ich sie erkannte. »Wie es sich anfühlt … Eines Tages wachte ich auf, und alle Türen auf der ganzen Welt waren verschlossen. Alle hatten einen Schlüssel, außer mir. Sie gingen durch diese Türen, ganz leicht, und ich musste jede einzelne Tür zerschmettern. Auch wenn ich nicht wusste, was auf der anderen Seite war, aber ich konnte unmöglich auf dieser Seite bleiben.«

Sein durchdringender Blick haftete auf mir. »Und was war auf der anderen Seite?«

»Eine andere Tür.«

Er nickte bedächtig. »Deshalb konnte ich dir nicht die Schuld geben.«

Ich sah in seinen leeren Augen das ungeheure Nichts, wo einst so viel gewesen war – so viele Ideen, Geschichten, Hoffnung auf mehr. Jetzt lag nichts in seinem Blick. Nur eine Dunkelheit, in der ich schwach unter all diesen erloschenen Träumen ein winziges Licht erkannte. Es glühte rot.

»Ich glaube, ich verstehe dich, Sal Kakophonie. Und ich hoffe, du verstehst mich. Es ist ein Schmerz, richtig?«, krächzte er. »Wie ein verlorenes Körperglied. Das Gefühl, als sollte etwas da sein, in dir, was nicht da ist. Du kannst nicht gut schlafen, ganz gleich, wie viel du trinkst oder wer das Bett mit dir teilt. Du weißt nicht, wie du dieses Loch füllen sollst, aber du wirst dich nicht mehr gut fühlen, bis du es tust. Und der einzige Weg, wie du dir vorstellen kannst, es wieder zu füllen …«

»… besteht darin, den Leuten etwas wegzunehmen, die dieses Loch in dir hinterlassen haben«, beendete ich den Satz. Diese Wahrheit wurde mir erst klar, als ich sie aussprach.

Er lächelte bitter und nickte langsam und bedächtig.

Liette hatte mir einmal von diesem Mann erzählt. Unter den normalen Sterblichen waren Freimacher Legenden – brillante Erfinder und Alchemisten, Bannschreiber, Ingenieure und noch viel mehr. Und unter den Freimachern war Zwei-Einsame-Alte-Männer ein Gott. Die Geschichten über seine Brillanz füllten zehn Bücher, von denen Liette neun besaß. Ich hatte keine Ahnung, ob diese Geschichten stimmten. Aber er hatte recht, was mich und ihn anging.

Wir verstanden einander.

Ich schloss die Augen und atmete langsam aus. »Was willst du von mir?«, fragte ich.

Er drehte sich zu seiner winzigen Miniaturstadt herum und betrachtete sie mit einem traurigen, grausamen kleinen Lächeln. Als er sich wieder zu mir herumdrehte, brannte das winzige Licht in seinen Augen stärker.

»Ich verlange nichts weiter«, antwortete er, »als die Vernichtung der beiden mächtigsten Nationen der Scar.«

6. KAPITEL

DIE MASOCHISTISCHE KRÖTE

Das Leben wird in Händeln gemessen. Vor allem in schlechten Händeln.

Jede Narbe, die du dir einfängst, jeder Leichnam, den du zurücklässt, jedes zarte, hübsche Gesicht, neben dem du aufwachst, hat einen Preis, ob du es weißt oder nicht. Narben empfängt man nicht ohne Schmerzen, man lässt keine Leichen zurück ohne jemanden, der sie rächen will, und jedes Herz, das du gewinnst, wirst du am Ende brechen.

Es gibt keine guten oder schlechten Kosten, sondern nur solche, die du zahlen willst oder nicht zahlen willst. Paradoxerweise sind jedoch alle Händel schlecht, weil jeder Handel, der sich lohnt, bedeutet, dass du etwas aufgibst, was du niemals zurückbekommen wirst.

Im Fall dieses Handels, der mir gerade vorgeschlagen wurde, waren die Kosten enorm. Abgesehen von der sehr wahrscheinlichen Möglichkeit, dass ich mit meinem Tod zahlte und nichts erreichte, verlangte der Vorschlag von Zwei-Einsame-Alte-Männer, das Imperium und die Revolution gleichzeitig zu zerstören von mir, meinen gesunden Menschenverstand aufzugeben. Ich hatte schon genug Schwierigkeiten, nur gegen einen Magus oder ein Panzerfahrzeug zu kämpfen. Wie er zwei Nationen ausschalten wollte, in denen es von beidem nur so wimmelte, ging über meinen Horizont.

Zugegeben, ich war kein genialer Freimacher. Andererseits war ich auch nicht vollkommen durchgeknallt.

Er verlangte das Unmögliche, wollte Tausende von verlorenen Seelen rächen, indem er zwei Nationen vernichtete.

Und im Austausch dafür … bot er mir Vergeltung.

Er wollte mir also alle Namen auf der Liste ausliefern, sämtliche Magier, die mir je unrecht getan und mir diese Narben und dieses Leid zugefügt hatten, die tatenlos zugesehen hatten, während ich im Dunkeln blutete.

Er konnte sie mir tatsächlich geben, daran zweifelte ich nicht. Seine Stadt mochte untergegangen sein, aber das Genie, das sie erbaut hatte, existierte noch. Zwei-Einsame-Alte-Männer hatte genug Informanten, Gefolgsleute und Geld, um zu garantieren, dass selbst die am schwersten zu fassende Person auf meiner Liste seinem Zugriff nicht entkam. Oder meinem.

Wie gesagt, die einzigen bedeutsamen Kosten sind die, die man bereit ist zu zahlen. Deshalb ging ich durch den Flur an einer wütenden Madame Faust vorbei ins Untergeschoss und zu der angewiesenen Tür. Ich war bereit, die Kosten zu zahlen.

»Narretei!«

Womit nicht jeder einverstanden war.

»Ich konnte seine Furcht spüren und seine Verzweiflung«, fauchte der Kakophon in seinem Futteral. *»Er ist kein brillanter Geist. Er ist ein trauernder Witwer, der sich an eine alte Leiche klammert. Du verschwendest deine Zeit mit seiner Wahnvorstellung.«*

»Ich höre mir nur zu Ende an, was er zu sagen hat.«

»Du hörst nur, was du hören willst.«

»Da mir gerade eine geschwätzige Knarre einen Vortrag hält, kann ich das nicht gerade behaupten.«

»Er wird uns ins Nichts führen, und deine Beute wird sich immer weiter von dir entfernen. Deine Vergeltung schwindet und bleibt am Ende nur eine Inschrift auf deinem Grab.«

»Und dein Körper?« Ich warf einen Blick zu ihm hinunter. »Der schwindet auch, richtig? Deswegen regst du dich auf.«

Er verstummte und wurde heiß. Was mir sagte, dass ich recht hatte.

»Er bietet uns eine Möglichkeit, weitere Magier zu töten«, fuhr ich fort. »Was bedeutet, mehr Magie für dich, was bedeutet, du bekommst früher, was du willst.«

»Vergiss nicht, warum wir mir einen neuen Körper beschaffen, Schätzchen«, zischte er. *»Ich möchte nicht, dass du dem Wahn erliegst, du wärst altruistisch.«*

Jetzt verstummte ich. Allerdings nicht nur, weil ich seinen zutreffenden Vorwurf hasste, sondern weil wir vor der Tür standen, zu der Zwei-Einsame-Alte-Männer mich geschickt hatte. Auch ein völlig verrückter alter Mann mit einem schwachsinnigen Plan musste nicht erfahren, dass ich mit einer Pistole redete. Nachher glaubte er noch, er hätte eine völlig verrückte Killerin engagiert.

Ich hob die Hand, um zu klopfen. Die Tür flog fast aus den Angeln, noch bevor meine Knöchel das Holz berührten. Die Öffnung wurde von den breiten Schultern und dem Rest von Agne ausgefüllt. Sie beugte sich vor und sah mich scharf an. »Die Krähe fliegt um Mitternacht.«

Ich blinzelte. »Hä?«

»In Cathama gibt es viele Cafés.«

Ich starrte sie an. Einer von uns war entweder zu betrunken oder zu nüchtern. Plötzlich legten sich zwei Hände auf Agnes Schultern, und mühsam wuchtete Jero sie zur Seite.

»Agne, verflucht, wir haben das doch geklärt!«, schnarrte er. »Wir brauchen keine Parolen, wenn wir alle kennen.«

»Ich bin von Banausen umgeben.« Sie verdrehte die Augen, verschränkte die Arme und trat von der Tür weg. »Wie ihr ohne angemessene Dramaturgie erfolgreich Spionage betreiben wollt, übersteigt meinen Horizont.«

»Ein Glück, dass du nicht fürs Denken bezahlt wirst.« Jero seufzte und lächelte mich dann an. »Schön, dass du da bist. Zwei-Einsame-Alte-Männer hat dir alles erklärt?«

Ich nickte. »Hat er.«

»Das bedeutet, du wirst …?«

»Es bedeutet, ich höre mir seine Pläne an«, fiel ich ihm ins Wort. »Das ist alles.«

»Das hier ist nicht gerade die Art von Operation, an der man so nebenbei teilnimmt«, antwortete er gequält. »Die Zerstörung von zwei Nationen erfordert einen gewissen …«

»Jemanden wie mich«, unterbrach ich ihn erneut. »Und ich bin niemand, dem du sagst, was sie tun soll.«

»Da hast du's!«, beschwerte Agne sich beleidigt. »Wieso darf sie immer dramatisches Zeug rezitieren?«

Jero rieb sich die Schläfen, bevor er zur Seite trat und mich hineinwinkte. »Schön. Sollen doch alle tun, was sie wollen. Schließlich bedarf es keiner Planung, um die beiden mächtigsten Nationen der Welt zu stürzen, oder?«

Der Raum war ein Weinkeller, halb aus Lehm, halb aus Stein erbaut, mit einer alchemistischen Lampe an der Decke. Kisten und Fässer waren weggeräumt worden, um einem Tisch samt Stühlen Platz zu machen. Daran saßen etliche Gestalten.

Agne präsidierte an einem Kopfende. Sie belegte zwei Stühle, hatte ihre Stiefel auf den Tisch gelegt und feilte gelassen an ihren Fingernägeln. Links von ihr kauerte ein schlanker Kerl gebeugt über dem Tisch. Er hatte die Kapuze hochgeklappt und sein Gesicht hinter etlichen Schichten Tuch verborgen. Rechts neben ihr saßen ein Mann und eine Frau mit dem gleichen schwarzen geflochtenen Haar in einer einfachen Hose und einer Tunika. Keiner der beiden blickte in meine Richtung, als ich eintrat. Der Mann schnitzte versunken etwas mit einem kleinen Messer in die Tischplatte, und die Frau bohrte sich konzentriert in der Nase.

Irgendwie verstärkte das bei mir den Eindruck, dass die ganze Sache eine schlechte Idee war.

»Erlaube mir, dir den Rest unserer Gesellschaft vorzustellen.« Jero trat vor und deutete auf den Mann und die Frau. »Du kennst bereits Agnestrada, und das charmante Duo neben ihr sind die Zwillinge Urda und Yria.«

»Yria?«, fragte ich. Der Name kam mir bekannt vor, aber ich konnte ihn nicht zuordnen, bis sie hochsah und ich die Tätowierung auf ihrem Gesicht bemerkte. Von ihrer Unterlippe bis zum Kinn zeigte sie ein gezacktes Fallgitter.

»Das ist Vagranten-Tinte.« Einen Augenblick später ging mir ein Licht auf. »Scheiße, du bist Yria die Zelle.«

Sie grinste triumphierend, soweit das mit einem Finger in der Nase ging. Immerhin zog sie ihn heraus und schnippte den Schleimpopel am Nagel achtlos weg, bevor sie sich aufblähte.

»Hörst du das, du kinnlose Kaulquappe?« Sie stieß ihren Bruder an, der stöhnte, weil sie seine Schnitzerei ruiniert hatte. »Sal die verfickte Kakophonie hat von mir gehört.«

»Und darauf bist du stolz?«, erkundigte sich Urda. »Was ist, wenn sie deinen Namen nur in einer Gasse voll Müll und Fäk…«, er machte eine Pause und würgte, »Fäkalien gehört hat?«

»Ich habe gehört, was du gemacht hast«, sagte ich. »Du hast ein Portal in das Haus des Barons von Hochstatt geöffnet und sein ganzes Wohnzimmer hindurchgezogen.«

»Mitsamt seiner Frau.« Sie gackerte schrill. »Dabei wollte ich nur seine Kunst klauen. Du hättest ihr Gesicht sehen sollen, schlaff und aufgedunsen, als sie mit ihrem fetten Arsch auf ihrem hübschen Sessel mitten in der verfickten Scar landete. Ich bin für eine milde Gabe gekommen und mit einem satten Lösegeld davonmarschiert.« Sie grinste so sehr, dass ich befürchtete, ihr würden gleich die Zähne herausfallen. »Seit damals nennt man mich die Zelle. Beste Portalmagierin in der Scar, zu deinen Diensten.«

Sie ahmte spöttisch den imperialen Salut nach, und in dem Moment fielen mir ihre Finger auf. Portalmagier zahlen für ihre Macht genauso wie alle anderen Magier: mit einem Tribut an die Lady Merchant. Für ihre Fähigkeit zu springen müssen sie ihre Mobilität aufgeben. Je öfter sie sie nutzen, desto mehr ihrer Nerven sterben ab und desto gelähmter werden sie.

Nur ein Vagrant hätte bemerkt, dass ihr Ringfinger und ihr kleiner Finger gekrümmt an der Handfläche anlagen. Sie hatte irgendetwas getan, um sie für immer zu lähmen. Aber wenn sie so weit gekommen war und nur zwei Finger verloren hatte, dann war sie wirklich eine sehr gute Portalmagierin. Allerdings nicht die beste. Die stand auf meiner Liste.

»Genau genommen nicht zu ihren Diensten«, murmelte Urda, ohne hochzusehen. »Schließlich bezahlt nicht sie uns.«

»Das war nur übertragen gemeint, du Arschklumpen!«, zischte sie. »Wir haben uns doch darauf geeinigt, das Reden mir zu überlassen, schon vergessen?«

»Du hast aber was Falsches gesagt«, antwortete Urda, ohne seine Schnitzerei zu unterbrechen, »das habe ich korrigiert.«

»Genau deshalb haben wir keine Freunde. Wegen diesem Scheiß!« Sie kratzte sich ungeniert an einer ausgesprochen intimen Stelle. »Wenn du nicht wärst, dann würden sie auf mir herumklettern wie Fliegen auf Scheiße.«

»Sehr charmant.« Jero wandte den Blick ab und deutete auf den verhüllten Mann am anderen Ende der Tafel. »Und dieser geheimnisvolle Bösewicht hört auf den Namen Tuteng.«

Der Name sagte mir nichts. Ich hatte auch noch nie so einen Namen gehört, weder bei den Imperialen noch bei den Revolutionären. Er blickte in meine Richtung, und ich wusste, warum. Die Kapuze bedeckte sein Gesicht bis auf die monochromen grünen Augen und die scharfkantigen Knochen der nicht ganz menschlichen Züge. Aber die kurzen Hörner, die aus seiner Stirn sprossen, konnte sie nicht verbergen.

Sicher, Zwei-Einsame-Alte-Männer hatte Geld und Macht. Aber dass er einen Angehörigen des Rukkokri-Clans dazu gebracht hatte, ihnen zu helfen, war trotzdem beeindruckend.

Man sieht nicht mehr viele von ihnen in der Scar, was hauptsächlich an ihnen selbst liegt. Der Angriff des Imperiums raubte ihnen viel Land, und die Rebellion der Revolution nahm ihnen den Rest. Die großen, schlanken Gehörnten hatten sich von den ersten Siedlern des Imperiums ferngehalten und nur selten mit ihnen gehandelt oder sie überfallen. Sie hatten im Unterschied zu den anderen Kreaturen der Scar kein übermäßiges Interesse gezeigt, möglichst alle Menschen zu töten, zu zerschmettern und zu fressen. Dafür hatte das Imperium sie fast ausgerottet.

Verständlicherweise reichte ihre Haltung den neuen Mitbewohnern gegenüber von berechtigtem Misstrauen bis zu gerechtfertigter extremer Aggression. Und auch Tuteng wirkte unter seiner Kutte nicht sonderlich freundlich. Aber er verbarg seine Gefühle den Menschen gegenüber genauso wie den Rest seines Körpers und starrte auf die Tischplatte.

»Eine interessante Sammlung hast du hier«, murmelte ich. »Ein Rukkokri, eine Riesin, eine Vagrantin, ein … was auch immer Urda ist und …«

»Ein extrem gut aussehender Schlingel mit einem ausgesprochenen Talent dafur, die Unauffindbaren zu finden?«, kam Jero mir zu Hilfe.

»Ich wollte zwar sagen ›mich‹, aber ja, du bist vermutlich auch etwas Besonderes.« Ich kratzte meine juckende Narbe. »Was zum Teufel plant Zwei-Einsame-Alte-Männer, wenn er einen derartigen Haufen braucht?«

»Schön, dass du fragst.«

Ich hörte seine raue Stimme den Bruchteil einer Sekunde, bevor ich ihn hinter mir fühlte. Zwei-Einsame-Alte-Männer stand in der Tür und wirkte im Licht noch dünner und ausgemergelter. Er deutete auf den leeren Stuhl am Tisch.

»Wenn du dich setzen möchtest«, fuhr er fort, »können wir damit beginnen, die Dinge zu erklären.«

»Genau.« Yria lehnte sich auf dem Stuhl zurück. »Wie wir das Imperium und die Revolution plattmachen.« Sie verdrehte die Augen. »Ich kann es verfickt noch mal kaum erwarten, diesen Plan zu hören.«

»Komm schon, Schätzchen.« Agne lächelte sie an. »Du kannst mir nicht weismachen, dass du nicht auch ein klein wenig aufgeregt bist. Wie oft hat man schon so viele magische Personen in einem Raum um sich?«

»Das gab es nur einmal, wenn ich mich recht erinnere«, erwiderte Yria. »Und damals hat dieser Haufen Magier auch versucht, das Imperium zu stürzen.« Sie sah mich mit einem Grinsen an, das ich ihr irgendwann in den Hals schieben würde. »Wie ist die Sache gelaufen, Kakophonie?«

Natürlich spielte sie auf die Kronenverschwörung an, den Pakt zwischen vierunddreißig ehemals loyalen Magiern, mit dem Ziel, das Geschlecht von Imperatrix Athura und ihrem Sohn auszulöschen, der ohne die Gabe der Magie geboren wurde, und einen richtigen Magier auf den Thron zu setzen. Das Desaster, in dem das endete, kannten wir alle ja mittlerweile nur zu gut.

Ich verdankte ihm meine Narben und hatte meine Magie dadurch verloren. Und die Liste verfasst.

Was Yria zweifellos wusste, wie ihr höhnischer Tonfall verriet. Was sie nicht wusste: Ich war keineswegs abgeneigt, diese Liste von Leuten, die ich töten würde, zu erweitern.

Aber Zwei-Einsame-Alte-Männer hatte sich viel Mühe gemacht, mich aufzuspüren. Es wäre sehr unhöflich, wenn ich jetzt das Gehirn einer seiner Geschäftspartnerinnen auf dem Tisch verteilte.

»Könnten wir mit diesem Gerede bis nach der Verschwörung warten?« Jero zog seufzend einen Stuhl heran und lächelte mich an. »Madame?«

»Ser«, antwortete ich unwillkürlich und setzte mich. Dann ließ er sich auf dem Stuhl neben mir nieder, als wäre es das Normalste auf der Welt und wir kein Haufen von Killern, die sich wegen einer wahnsinnigen Idee hier versammelt hatten. Es fühlte sich jedenfalls ganz nett an. Im Moment.

»Ungeachtet dessen, ob ihr es für möglich haltet«, begann Zwei-Einsame-Alte-Männer, »seid ihr alle aus einem bestimmten Grund hierhergekommen. Wegen des Geldes oder wegen dem, was ich euch sonst anbieten kann, aber wirklich überzeugt hat euch das, was das Imperium und die Revolution und ihr Krieg angerichtet haben, wie ihr gesehen habt. Ihr habt die Monster und die Leichen gesehen, die dieser Krieg hinterlassen hat, und er hat euch euer Leben in der Scar, so hart und grausam sie auch sein mag, genommen. Glaubt daran oder nicht, dass man dem Einhalt gebieten kann – ihr wisst, dass es geschehen muss.«

Ehrfurchtsvolles Schweigen hatte sich im Raum ausgebreitet, und zu meiner Überraschung stellte ich fest, dass ich ebenfalls beeindruckt war. Eigentlich hatte ich erwartet, zu verschwinden, bevor er den ersten Satz zu Ende gesprochen hatte. Aber er klang nicht nur vernünftig, er klang überzeugend. Als er sich über den Rand des Tisches beugte, wirkte er weniger hohl, weniger gierig. Lebendiger.

»Ich will euren Geist nicht mit der Behauptung beleidigen, dass man es schnell oder leicht bewerkstelligen könnte«, fuhr der Freimacher fort. »Ihre Macht wurde von Blut und Toten gestärkt. Ein Friede, der diese Bezeichnung verdient hat, braucht Zeit, um zu wachsen. Nicht dabei sollt ihr mir helfen. Ihr sollt mir nur den Samen beschaffen.«

Er blickte ans andere Ende des Tisches und nickte.

»Meister Urda, wärst du so nett?«

Urda sah nicht ihn an, sondern seine Schwester. Erst als sie nickte, griff er an seinen Gürtel und zog eine kleine Phiole mit grünlichem Pulver heraus. Er tippte ein paar Krümel auf seine Handfläche und verteilte sie auf seiner Schnitzerei auf dem Tisch.

Ein grünliches Licht verteilte sich über dem Holz und folgte summend einer Reihe von Sigillen, die er unglaublich präzise in die Platte geschnitzt hatte. Aber ich kannte diese Art von Magie. Dieser kleine Bastard war ein Bannschreiber.

»Vor kurzer Zeit haben Ausgrabungen der Revolution am Rand des Tales etwas zutage gefördert«, sagte Zwei-Einsame-Alte-Männer, während er um den Tisch ging. »Wir konnten einige überzeugen …«

»Bestechen«, warf Jero ein.

»… die Größe unseres Vorhabens zu erkennen …«

»Unter der Folter.«

»… um uns zu verraten, was sie gefunden hatten.«

Zwei-Einsame-Alte-Männer berührte eine Sigille auf dem Tisch. Die Magie summte, und ein Spektralbild erhob sich.

Es hatte eine schwer zu erkennende Struktur. Schwache Linien, gezackt und gleichzeitig unglaublich präzise, zogen sich über die Oberfläche. Was für eine Form es war, hing von der Perspektive ab. Blickte man gerade darauf, war es eine Pyramide. Neigte man den Kopf nach links, war es ein Würfel, und nach rechts zeigte es sich als Kugel. Vielleicht war es alles gleichzeitig. Ich hatte keine Ahnung. Das heißt, so ganz stimmt das nicht. Ich hatte eine Idee.

»Scheiße.« Yria wandte ihr Gesicht ab. »Mir wird schon schlecht, wenn ich es nur ansehe.«

»Was ist das?« Agne verzog das Gesicht.

»Ein Relikt«, erklärte ich.

»Unwahrscheinlich«, murmelte Urda. »So sehen Relikte nicht aus.«

»Es ist tatsächlich ein Relikt«, bestätigte Zwei-Einsame-Alte-Männer. »Obwohl du recht hast, Meister Urda. So sieht es nicht aus. Dieses Abbild ist viel zu klein.«

Er drückte mit einem zweiten Finger auf die Sigille. Das Spektralbild wuchs immens und erfüllte fast den halben Raum. Die Anwesenden keuchten bei dem Anblick.

Als die Revolution vor langer Zeit das Joch des Imperiums abgeschüttelt hatte, sah sie sich einer beängstigenden Herausforderung gegenüber: Ihre armseligen Waffen konnten mit den endlosen Legionen der Magier der Imperatrix nicht mithalten. Sie brauchten dringend etwas, um die Waagschalen auszugleichen. Ihr Großer General fand etwas.

Nur er wusste genau, woher sie kamen oder wie sie funktionierten, aber Relikte waren die Motoren, die die Maschinen der Revolution antrieben, Panzer mit dem Namen Eiserner Keiler, lebende Rüstungen, Kanonen. Das größte Relikt, das ich gesehen hatte, hatte ungefähr den Umfang eines menschlichen Kopfes gehabt.

Und genug Macht besessen, um zwei Städte … einzuebnen.

Ein so großes Relikt wie das, was er uns zeigte … Ich zermarterte mir vergeblich das Gehirn, um mir vorzustellen, wie viel das zerstören konnte.

»Unmöglich«, flüsterte Agne. »Sie können nicht … So groß sind sie nicht.« Sie sah Jero an. »Schätzchen, bist du da nicht vielleicht einer schillernden Lüge auf den Leim gegangen? Wie sah deine Informantin aus? War sie hübsch?«

»Die Information ist authentisch und bestätigt, das versichere ich euch«, erklärte Zwei-Einsame-Alte-Männer.

»Wie kannst du da sicher sein?«, wollte ich wissen.

»Ich habe nicht weniger als ein Dutzend Kommandeure der Revolution befragt«, antwortete Jero. »Aus verschiedenen Kadern, unterschiedlichen Kommandos, und alle sagten dasselbe. Sie hatten dieselben Informationen.«

»Sie können trotzdem gelogen haben«, sagte ich.

»Ich weiß, wann ein Mann lügt.« Jero mied meinen Blick, als er weitersprach. »Er lügt nicht mehr, wenn er mit angesehen hat, wie ich seinen beiden besten Freunden vor seinen Augen ihre Gesichter vom Kopf geschnitten habe.«

»Scheiße, du kannst einem Menschen doch nicht das Gesicht wegschneiden.« Yria stieß ihren Bruder an. »Sag doch was!«

»Es ist möglich.« Urda fühlte sich sichtlich unwohl. »Und … eine Riesenschweinerei.«

»Der letzte Zweifel bezüglich dieser Informationen wurde beseitigt, als meine Spione mir Truppenbewegungen der Revolutionäre am Rand meldeten«, fuhr Zwei-Einsame-Alte-Männer fort. »Eine bis dato unerhörte Mobilisierung von Streitkräften erfolgte und wurde dorthin geschickt.«

»Was für Streitkräfte?«, wollte Agne wissen.

Zwei-Einsame-Alte-Männer presste eine Hand flach auf den Tisch. »Die Eiserne Flotte.«

Unser Erstaunen über das Relikt war nichts im Vergleich zu der Reaktion auf das nächste Spektralbild, das über dem Tisch erschien.

Sie waren winzig, blass und geisterhaft, zehn kleine ovale Gegenstände, die in der Luft schwebten. Es waren winzige Luftschiffe – mit winzigen Propellern. Man hätte sie entzückend finden können, hätte man nicht gewusst, was sie waren. Alle Anwesenden starrten sie mit eisiger Beklommenheit an. Denn alle kannten die Flotte.

»Mom hat sie einmal gesehen«, sagte sie.

Urda war der Erste, der die Sprache wiederfand. »Zuerst hatte sie das lärmende Zirpen gehört, wie von Heuschrecken, immer lauter, bis sie keinen klaren Gedanken mehr fassen konnte, bis sie die Schatten über sich nicht sehen und die Bomben nicht hören konnte und ...«

Er verzog das Gesicht und schlug sich die Hände auf die Ohren, als hörte er sie in seinem Kopf. Dann wimmerte er, und Yria warf ihm einen kurzen Seitenblick zu, bevor sie wieder auf Zwei-Einsame-Alte-Männer blickte.

»Normalerweise sieht man die Flotte nie weit von Weiless entfernt«, sagte der Freimacher, während er im Kreis um den Tisch ging. »Nur ihre Präsenz verhindert, dass die Imperialen Vögel sich auf die Hauptstadt der Revolution stürzen und sie niederbrennen. Selbst in den schwierigsten Situationen haben sich nie mehr als zwei Luftschiffe von der Stadt entfernt. Für dieses neue Relikt jedoch ...« Seine trockene Stimme krächzte. »... haben sie alle zehn ausgesendet.«

Ich war stolz darauf, dass es mir nie die Sprache verschlug. Aber das hier ... Ich hatte noch nie ein Luftschiff der Revolution gesehen. Ich war sogar überzeugt, dass sie nur im Gelalle von Trunkenbolden und dem Kreischen von Wahnsinnigen existierten. Es gab Geschichten über sie, so wie es Geschichten über alle Monster gab.

In den besonders dramatischen Geschichten nannte man sie DIE ZEHN PFEILE – DIE SCHÄRFSTE WAFFE IM KÖCHER DER REVOLUTION. Man nannte sie so, weil sie dorthin flogen, wohin der Große General sie schickte. Und wo sie zuschlugen ... wurden Legenden geboren.

Legenden von Feldern aus Feuer, die sechs Wochen lang brannten. Legenden von den rußgeschwärzten Friedhöfen, die die Luftschiffe in ihrem Kielwasser zurückließen. Baumskelette und ausgebrannte Häuser als Grabsteine für die Teppiche aus Leichen. Es gab

Lieder über donnernde Motoren, über kreischende Himmel, über eiserne Schwingen …

Ich hätte keine Worte gefunden, um zu beschreiben, welche Verheerung zehn Schiffe hinterlassen würden.

»Und auf ihrer Brücke … «

Zwei-Einsame-Alte-Männer machte eine Handbewegung, und das Spektralbild waberte und wurde durch ein geisterhaftes Gesicht ersetzt.

Ich wusste, dass der Mann, der uns anstarrte, nur ein Abbild war, aber auch in echt hätte ich ihn für ein Gespenst gehalten. Er war eine verwelkte Hülle von Mensch und blickte so finster, dass sein Gesicht fast wie ein Krater wirkte, der alles andere von ihm einsog. Seine Augen lagen tief in den Höhlen, seine Nase war krumm, und seine Wangen waren eingefallen. Man konnte sich kaum vorstellen, dass er lebte, geschweige denn, dass er den Befehl führte, und doch …

»Culven Loyal.«

»Loyal?«, platzte ich unwillkürlich heraus. »Er ist ein beschissener *Loyal*?«

»Ist das … schlimm?«, fragte Urda verlegen.

»Du kennst den Namen.«

Jeros Stimme war kalt wie sein Blick, aber nicht so kalt, wie es mir bei Erwähnung des Namens über den Rücken lief.

»Jeder Revolutionär bekommt seinen Namen vom Großen General persönlich«, erklärte ich. »Stolz, Stern, Treu … «

»Einstmals«, murmelte Jero leise.

»Es gibt keinen höherrangigen Namen in den Augen der Revolution als Loyal. Sie besitzen seinen Respekt, seine Bewunderung und sein Vertrauen«, fuhr ich fort. »Wahrscheinlich hat dieser paranoide Wichser ihn deshalb nur insgesamt sechs Menschen verliehen.«

»Es ist eher so«, merkte Zwei-Einsame-Alte-Männer an, »dass den Loyals alle Geheimnisse des Generals anvertraut werden, also sämtliche Geheimnisse der Revolution und ihrer Maschinen. Infolgedessen entfernen sie sich nie sehr weit von seiner Seite.« Er betrachtete nachdenklich das Phantombild von Culven Loyals Gesicht. »Bis jetzt.«

Die Eiserne Flotte. Die Zehn Pfeile.

Und einer der engsten Berater des Großen Generals war an Bord. Das war unerhört. Ebenso wie dieses neue Relikt. Das bedeutete, was Zwei-Einsame-Alte-Männer da plante ...

»Also schätzen sie den Wert dieses Relikts hoch genug ein, um ihre Stadt schutzlos zurückzulassen.« Ich kratzte an einer Narbe. »Sie glauben also, dieses Relikt könnte das Machtverhältnis in der Scar zu ihren Gunsten verändern.«

Während ich das sagte, traf mich die Erkenntnis wie ein Schlag. Ich starrte das Phantombild mit kalter Furcht an.

»Deshalb willst du es stehlen?«

»Stehlen?« Er lächelte spöttisch. »Dieses Wort ist für meine Absicht viel zu primitiv. Ich werde mit diesem Relikt den Frieden für zahllose Generationen sichern. Madame Kakophonie, mit deiner Hilfe schlage ich der Schlange des Krieges den Kopf ab und tränke die Scar mit ihrem Blut.«

»Klar, aber ...« Ich kratzte mich am Hinterkopf. »Du weißt schon, dass das recht brutal klingt, oder?«

»Wirklich, das musst du vielleicht ein wenig erläutern, Schätzchen«, kam Agne mir zu Hilfe.

»Stellt es euch vor«, zischte Zwei-Einsame-Alte-Männer und beugte sich über den Tisch. »Ein Relikt von dieser Größe hat es noch nie gegeben. In den Händen der Revolution würde es nur zu einer weiteren Waffe werden. Aber in den Händen eines Freimachers ... In meinen Händen? Ich habe ZwieLicht mit Severium, Alchemie und Öl erbaut. Mit einem Relikt könnte ich eine unsterbliche Stadt erschaffen. Lichter, die nie erlöschen, Wasser, das nie versiegt, Nahrungsmittel, die nie verderben. Mit einem so mächtigen Relikt könnte ich ZwieLicht von den Toten erwecken und die Stadt über die gesamte Scar ausdehnen. Niemand müsste mehr hungern, niemand müsste einen Briganten oder eine Bestie fürchten, niemand bräuchte sich wegen irgendetwas Sorgen zu machen, wenn ich das schaffe.«

»Vermag ein Relikt tatsächlich so etwas?« Jeros Frage überraschte mich. Bisher schien er immer der am besten Informierte von uns zu sein, außer dem Freimacher selbst. »Ich dachte immer, sie sorgen nur dafür, dass Dinge explodieren.«

»In den Händen dieser Primaten der Revolution schon.« Zwei-

Einsame-Alte-Männer winkte abfällig. »Ihre Fantasie wird schon in der Wiege verkrüppelt und ihr Geist wird von ihrer Propaganda abgestumpft. In ganz Weiless existiert kein Buch, das keine militärische Abhandlung oder Propaganda ist. Ihre Vision von diesem Relikt besteht tatsächlich darin, noch größere Explosionen herbeizuführen.«

»Sie haben bereits jede Menge Kram, der explodiert, Schätzchen«, gab Agne zu bedenken. »Was sollte sie hindern, es sich zurückzuholen, nachdem du es gestohlen hast?«

Zwei-Einsame-Alte-Männer lächelte. »Wer würde es wagen, wenn diese Macht in den Händen eines Freimachers liegt?«

Das war nicht ganz unbegründet, ja, das musste ich zugeben. Auch wenn sowohl in der Revolution als auch im Imperium Freimacher als wahnsinnige Bedrohung gebrandmarkt und sogar gejagt wurden, gab es keinen Soldaten oder Adeligen oder Politiker, der ihren Intellekt und ihre Fähigkeiten nicht anerkannte. Ein Freimacher, der ungestört herumerfinden konnte, war gefährlich. Ein Freimacher im Besitz eines Relikts war eine Tragödie in spe. Der brillanteste Freimacher der Scar im Besitz eines Relikts unvorstellbarer Macht …

»O Scheiße!« Meine Brauen verschwanden in meinem Haaransatz. »Das könnte bedeuten, dass sich sogar das Imperium zurückhält und nicht mal muckst.«

»Ganz recht.« Das Grinsen des Freimachers verstärkte sich, und das Feuer in seinen Augen brannte heller. »Stellt es euch vor. Allein die Möglichkeit, dass ich das Relikt in Händen halte, genügt, um die Aggressionen beider Mächte zu dämpfen. Sie hatten schon zuvor Angst vor meinem Zorn, aber mit diesem Relikt könnte ich Revolution, Imperium und jeden blutgierigen Kriegstreiber in Pazifisten verwandeln. Der Wohlstand, den ich verheiße, käme Hand in Hand mit Frieden. Keine Gräueltaten mehr, keine Waisen und Leichenhaufen, keine … « Er blickte auf seine Hände. »Keine Ruinen.«

»Zugegeben, Letzteres klingt verlockend.« Agne kratzte sich das Kinn. »Es sind die wahnsinnigen Dinge vorher, die mir nicht so recht behagen. Was auch immer das Relikt ist, es wird unvorstellbar scharf bewacht werden.«

»Unvorstellbar ist eine Untertreibung«, meinte Jero.

»Da ›unvorstellbar‹ ein Absolutum ist, wüsste ich nicht, wie das eine Unter…«, setzte Urda an.

»Das Relikt wird zurzeit streng bewacht«, fuhr er ihm einfach über den Mund. »In einer Festung, in der es von Soldaten, Kanonen und jedem mechanischen Schrecken, den die perversen Hirne der Revolution sich ausdenken konnten, nur so wimmelt. Und das schon, bevor die Zehn Pfeile aufgetaucht sind. Bezieht man die Luftschiffe mit ein, ist es unmöglich, das Relikt aus dieser Festung zu entwenden.«

»Wie lautet dann der Plan?«, erkundigte sich Agne.

Zwei-Einsame-Alte-Männer lächelte wie jemand, der gleich etwas völlig Hirnloses sagen wird.

»Wir entwenden es von den Luftschiffen.« Er drückte eine Sigille, und das Spektralbild der Luftschiffe tauchte auf.

Genau das hatte ich gemeint.

»Wie bitte?« Agne räusperte sich. »Ich glaube, ich habe dich gerade leider vollkommen missverstanden.«

»Der Große General will das Relikt nach Weiless schaffen, um es zu studieren. Er will es so dringend, dass er alle zehn Luftschiffe dorthin schickt. Es aus dem Stützpunkt zu entfernen ist unmöglich. Es aus Weiless herauszuholen ist undenkbar. Aber die Reise von einem Ort zum anderen gewährt uns einen Handlungsspielraum von einer Woche. Wenn wir zuschlagen und sofort wieder verschwinden …«

»Verschwinden«, wiederholte Agne. »Mit einem gigantischen Relikt. Wie genau soll das deiner Meinung nach aussehen?«

Ich warf einen Blick auf die Zwillinge. »Ich nehme an, deshalb hast du eine Portalmagierin eingeladen.«

»*Vogelkacke.*«

Yria schoss förmlich von ihrem Stuhl hoch und schlug die flachen Hände auf den Tisch. »Ich wusste verfickt noch mal, dass diese Nummer hier vollkommen schwachsinnig sein würde, aber verfickt noch mal, ich habe das Gefühl, als würde mein Gehirn aus meinen Ohren sickern, wenn ich dir nur zuhöre.« Sie fuchtelte in Richtung des Spektralbilds. »Die Eiserne Flotte? Hörst du dich verfickt noch mal nicht selbst reden? Du willst, dass wir verfickt noch mal versuchen, ein Relikt von der Größe des Arschlochs deines Vaters, nachdem ich mit ihm fertig bin, von einer Flotte von Luftschiffen abzugreifen – das sind übrigens Schiffe, die durch die verfickte Luft fliegen, nur für den Fall, dass du noch blöder bist, als du dich anhörst, und die bis zum Rand mit Kanonen, Soldaten und … und … verfickt, ich weiß nicht mal, was sie sonst noch da drin verpackt haben!«

Sie schüttelte den Kopf, fuhr mit der Hand durch das Spektralbild, das flackerte, drehte sich um und ging zur Tür.

»Ich wusste, dass die Sache verrückt sein würde, aber ich dachte, es wäre zumindest eine profitable Art von Verrücktheit. Fick deinen Plan, fick dein Relikt und fick dich, alter Mann!« Vielleicht bisschen einseitig, ihr Wortschatz, aber dem meinen irgendwie nicht ganz unähnlich … Sie machte eine ausgesprochen unfeine Geste, beeindruckenderweise mit beiden Händen gleichzeitig. »Bei Fuß, Urda. Wir verschwinden hier!«

Sie verschwand ohne Protest, Widerspruch oder Beleidigung unsererseits. Erst als sie in der Tür stand, kapierte sie, dass sie ohne ihren Bruder zu verschwinden im Begriff war.

Unwirsch drehte sie sich um. Ihr Zwilling hockte noch am Tisch. Er hatte zum ersten Mal, seit ich hier war, den Blick gehoben und starrte auf die geisterhafte Flotte.

»Urda?«, fragte sie.

Er drehte sich zu ihr um. Und ich sah sein Gesicht. Er war zu jung. Zu jung, um an einem solchen Ort mit Leuten wie uns zu sein – zu arglos, zu naiv, mit großen Augen und einem Mund, der zu sehr zitterte, als er seine Schwester ansah.

»Keine Waisenkinder mehr, Yria.« Seine Stimme bebte.

Das Gesicht seiner Schwester schien zu implodieren. Einen Moment hing ihr Mund schlaff herunter, dann knirschte sie mit den Zähnen und ballte die Fäuste, als wollte sie über den Tisch springen und ihrem Bruder seine großen Augen aus dem Kopf schlagen. Doch dann schien alle Wut aus ihr herauszusickern, und sie seufzte nur müde. Mit gesenktem Kopf und hängenden Schultern stampfte sie zu ihrem Platz zurück.

»Verfickte rehäugige Heulsuse«, knurrte sie. »Läufst rum und heulst wie ein verficktes Stück …« Ihre Stimme verlor sich in einer höchst kreativen Abfolge von Flüchen, aber sie machte keine Anstalten mehr, den Raum zu verlassen. Dann verstummte sie und starrte den Freimacher wütend an.

»Noch weitere Einwände?« Die Frage von Zwei-Einsame-Alte-Männer stand beunruhigend unwidersprochen in der Luft.

Nicht, dass ich auf noch mehr kreative Flüche wie die von Yria gewartet hätte, aber ich hätte schon gedacht, dass der Plan, einer der mächtigsten Armeen in der Scar eine Waffe von unbekannter und möglicherweise grenzenloser Macht zu stehlen, auf etwas mehr Skepsis gestoßen wäre.

Ich sah mich am Tisch um, und meine Neugier wuchs. Yria und Urda saßen widerwillig und introvertiert da, Agne aufmerksam und fasziniert, und Tuteng hatte so regungslos verharrt, dass ich ihn fast vergessen hätte. Sie alle blieben stumm angesichts dieses Wahnsinns. Ich fragte mich, was Zwei-Einsame-Alte-Männer ihnen geboten hatte, dass sie blieben.

Ich hätte diese Frage auch äußern können, aber dann hätten sie mich vielleicht gefragt, und ich hätte meinen Grund für mein Bleiben erläutern und erklären müssen, warum ich einen Haufen Leute so dringend umbringen wollte, dass ich mir diesen Wahnsinn anhörte und …

Also gab ich mich damit zufrieden, zunächst mal jedem seine eigenen Motive zuzugestehen. Das war leichtsinnig, denn Aufrichtigkeit ist emotional gesünder, und außerdem ist man weniger überrascht, wenn man die Prioritäten der Leute kennt.

Andererseits will man nur beim Militär oder bei einer Orgie Ehrlichkeit, und selbst da ist es schrecklich peinlich. In einer Situation wie dieser sind alle darauf bedacht, sich nicht in die Karten schauen zu lassen, und zweifellos dachten sie alle genau dasselbe wie ich. Wenn nicht, dann dürften sie zweifellos sehr bald tot sein.

»Also gut.« Zwei-Einsame-Alte-Männer deutete auf den Tisch. »Meister Jero, die Karte, wenn ich bitten darf.«

Jero stand auf und legte ein zusammengerolltes Pergament auf die Platte.

»Oh.« Ich machte meiner Enttäuschung Luft.

»Was?« Er warf mir einen Seitenblick zu.

»Nichts. Es ist nur … Das ist eine normale Karte.«

»Ja und?«

»Ich weiß nicht. Er hatte bisher all diese leuchtenden Sachen …« Ich deutete auf die immer noch glühenden Sigillen auf dem Tisch. »Ich dachte, die Karte wäre auch so etwas.«

»Da hat sie nicht ganz unrecht«, sprang Agne mir bei. »Ihr könnt nicht wirklich erwarten, dass uns eine Karte, die nicht leuchtet, beeindruckt.«

»Oh, ich könnte dafür sorgen, dass sie leuchtet«, bot Urda an und machte sich mit einem Stift und einem Tintenfass zu schaffen. »Gebt mir einfach nur ein bisschen Zeit.«

»Das kann er wirklich.« Yria grunzte. »Zehn Minuten, dann glüht die Karte wie ein fetter Sack in einem verf…«

»Meister Jero!«, unterbrach Zwei-Einsame-Alte-Männer sie naselnd. »Wärst du so nett?«

Jero brauchte einen Moment, bis er sich entschieden hatte, wen von uns er mit seiner finsteren Miene beglücken sollte, bevor er aufgab und die Karte auf dem Tisch ausrollte. Ihr Pergament zeigte das Tal, und wir drängten uns um den Tisch und betrachteten es. Mir war nicht klar gewesen, wie viele Siedlungen in diesem Tal lagen.

»Die derzeitige Route der Flotte sieht folgendermaßen aus.« Jero fuhr mit einem Finger von einem Symbol des Stützpunkts im Süden nach Nordwesten hoch, Richtung Weiless. »Viel freie Fläche, gut für überraschende Ausweichmanöver.«

»Und schlecht für uns«, warf ich ein. »Denke ich mal.«

»Du denkst richtig. Je mehr Platz sie haben, desto größere Chancen haben sie, zu entkommen. Wir müssen sie dazu bringen, eine … eingeengtere Route zu nehmen.« Er deutete mit dem Finger auf eine Reihe von Bergen im Osten. »Diese Berge bieten zwar genug Raum für jedes einzelne Luftschiff, lassen aber nur wenig Spielraum für … Komplikationen.«

»Zum Beispiel, wie es ein Hinterhalt von einem Haufen böswilliger Plünderer wäre?«

Jero grinste. »Böswillige Plünderer und ihrem extrem gut aussehenden Freund.«

»Was ist das da?« Agne deutete auf eine Ansammlung von aufgemalten Häusern am Fuß der Berge. »Es sieht aus, als würde deine Route direkt darüber hinwegführen.«

»Siedlungen und Dörfer. Und ab und zu eine Freistatt. Die Berge sind reich an Minen, und die Leute kommen wegen der Arbeit und des Metalls hierher.«

»Dieses Gebiet hat einen Namen.«

Mein Herz setzte einen Schlag aus. Die Stimme war kaum hörbar und schien fast aus meinem Schädel zu kommen.

Nicht hier, dachte ich. *Verflucht, nicht ausgerechnet hier! Ich darf hier unmöglich Dinge hören, die es nicht gibt.*

Meine Atmung beruhigte sich wieder, als ich bemerkte, dass die anderen ebenso verwirrt schienen wie ich. Als hätten wir einen Geist gehört. Und dann hörten wir ihn wieder.

»Man nennt sie die Labsal. Jedenfalls die Menschen nennen sie so.« Tutengs Augen glitzerten wie Edelsteine. »Wir nannten sie anders. Sie war wunderschön … einst.«

Seine Stimme verstummte. Seine glitzernden Augen verschwanden wieder in der Kapuze, und er war erneut gesichtslos. Vielleicht war er kein Geist, aber er hätte gut einer sein können.

»*Jedenfalls*«, fuhr Jero mit einer abfälligen Handbewegung fort, »haben wir unsere Beute längst und sind verschwunden, bevor wir diese Siedlungen erreichen. Falls alles gut geht.«

»Und wenn nicht alles gut geht?«

»Dann sind wir so hoch in den Wolken, dass sie uns nicht einmal wahrnehmen.« Er rollte die Karte wieder auf. »Die Menschen in diesem Landstrich verstehen kaum die Bedeutung des Wortes Raubüberfall, geschweige denn, dass sie sich in einen einmischen würden. Sie müssen uns nicht kümmern.«

Yria verschränkte die Arme und schnaubte. »Du musst also diese fliegenden Ficker …«

»Flotte«, verbesserte Urda sie.

»Fliegende fickende Flotte«, knurrte sie, »dazu bringen, diese Route zu nehmen. Und wie willst du das anstellen?«

Alle Blicke – ich spekulierte jedenfalls, dass Tuteng ihn ebenfalls betrachtete – richteten sich auf Jero. Er genoss den Moment, bevor er erwartungsvoll Zwei-Einsame-Alte-Männer ansah. Der Freimacher seufzte müde, als er sich vorbeugte.

Der Schimmer der Sigillen tauchte sein hageres Gesicht in Schatten. Das Feuer in seinen Augen erlosch. Übrig blieb eine wandelnde

Leiche, die sich auf den Tisch stützte, um stehen zu können. Nur ein winziger Funke glomm in seinen Augen.

»Ich weiß natürlich, was ich da von euch verlange«, sagte er. »Ich weiß, was alles schiefgehen kann und wie unmöglich es scheint. Und ich …« Er schloss die Augen und holte tief Luft. »Ich weiß, dass im Falle unseres Scheiterns das Relikt diesen Krieg zu einem wahren Flächenbrand anfachen wird. Doch wenn auch nur die geringste Chance besteht, das zu verhindern, das Leben der Menschen zu verbessern …«

Er öffnete die Augen und sah sich am Tisch um. »Ihr steht in der Tür eines dunklen Raums, Madames und Meister. Ihr könnt umkehren, und niemand wird euch gering schätzen. Die Anreize, die ich euch geboten habe, um euch hierherzubringen, könnt ihr behalten. Niemand hegt einen Groll gegen euch, niemand rächt sich, vorausgesetzt, ihr kommt denen nicht in die Quere, die bleiben. Tretet ihr jedoch durch diese Tür, schließt sie sich hinter euch. Wir bleiben im Dunkeln, bis wir ein Licht finden, das vielleicht gar nicht existiert.«

Der winzige Lichtschimmer in seinen Augen flackerte, als er den Blick auf mich richtete. Meine Narben schmerzten unter diesem Blick, und mein Blut wurde kalt. Der Kakophon brannte.

»Wenn ihr gehen wollt, dann jetzt«, verkündete er.

Er hielt eine Sekunde die Luft an, dann eine Minute. Dann zwei. Yria starrte ihren Bruder böse an, der sie unschuldig anlächelte. Jero sah sich nach irgendeinem Anzeichen von Widerspruch um. Tuteng stand stumm und regungslos da. Und Zwei-Einsame-Alte-Männer … ließ mich nicht aus den Augen.

»Also dann!«

Das Schweigen wurde von einer polternden Stimme und einem unangenehmen Knacken gebrochen. Agne hatte mit breitem Grinsen eine Faust in die andere Hand geschlagen und ließ die Knöchel knacken.

»Die Sache ist geritzt«, stellte sie fest, »also gehen wir daran, Imperien zu Fall zu bringen, was meint ihr?«

7. KAPITEL
JAMMERTAL

»Heilige Scheiße!«

Im selben Moment dachte Meret, dass er wahrscheinlich nicht hätte fluchen sollen. Allerdings war er sich nicht sicher, was eine angemessene Reaktion auf das eben Gehörte gewesen wäre. Wobei auch das nicht stimmte. Er war sich ziemlich sicher, dass die korrekte Reaktion darin bestanden hätte, so schnell und so weit weg wie möglich von dieser Frau und von dem, in das sie ihn gerade hineinzog, zu flüchten.

Natürlich würde sie mich erschießen, bevor ich auch nur drei Schritte gemacht hätte. Oder mich erstechen. Oder erwürgen. Wirklich, sie verfügt über eine ausgesprochen große Vielfalt von Möglichkeiten, mich zu töten.

Die zweitbeste Reaktion wäre wohl gewesen, einen derartig wahnsinnigen Plan zu verdammen. Er war einmal in einer Siedlung der Revolutionäre gewesen und hatte die Gelegenheit gehabt, die Anwendung der Justiz des Großen Generals an einem Dieb mitzuerleben, der eine Verteidigungswaffe gestohlen hatte. Es hatte sechs Tage gedauert, bis die Einwohner sämtliche Körperteile von ihm gefunden hatten. Zu versuchen, ausgerechnet die fabelhafte Eiserne Flotte zu überfallen und zu bestehlen, war eindeutig …

Wahnsinnig, dachte er. *Aber es ist wohl besser, sie nicht wahnsinnig zu nennen. Sie scheint der Typ zu sein, der das übel aufnimmt. Vielleicht lieber »tollkühn«? Nein, das durchschaut sie, und dann erschießt sie dich. Am besten sagst du gar nichts, sonst beleidigst du sie und sie erschießt dich. Oder nein, besser du sagst irgendwas, sonst wird sie miss-*

trauisch und erschießt dich. Scheiße, sieht sie dich gerade an? Tut sie! Los!! Sag was!!!

»Heilige Scheiße!«

Toll.

Seine Wangen röteten sich. Er hätte wenigstens etwas weniger beeindruckt klingen können.

Sal Kakophonie schien derselben Meinung zu sein, als sie zum ersten Mal seit Stunden vom Tisch hochsah. Unter der Schicht aus Dreck und Blut grinste sie ihn schwach an.

»Beeindruckt?«

»Ich meine, ja, ein bisschen«, antwortete er. »Vielleicht ein bisschen mehr. Das klingt einfach unglaublich. Ihr wolltet die Eiserne Flotte bestehlen? Ich meine, die Zehn Pfeile? Das ist ... erstaunlich! Unglaublich! Das ... das ist ...«

»Immer mit der Ruhe, Junge.« Sie lachte leise. »Wenn dich der Schlag trifft, habe ich ein totes Mädchen am Hals und muss auch noch deine Schweinerei aufwischen.«

»Entschuldige, aber ...« Er senkte verlegen den Blick. »Ich habe Gerüchte über die Zehn Pfeile gehört und dachte, es wären nur Legenden. So wie du.« Er hob erschreckt den Kopf. »Damit meine ich nicht, dass du nur eine Einbildung wärst ...«

»Ja.« Sal lehnte sich zurück und streckte die Arme. Die Narben auf ihrer Haut tanzten. »Es sind immer die großen, lauten und blutigen Sachen, die zu Legenden werden.« Sie legte den Arm über die Rückenlehne des Stuhls und musterte Meret abschätzend. »Welche Geschichten hast du gehört?«

»Also ...« Meret rieb sich den Nacken. »Die üblichen. Über die Kriegsherren, die du getötet und über die Städte, die du vernichtet hast.« Er grinste verlegen. »Am liebsten mochte ich die von dir und der Frau aus Althuras Nest ...«

»Nicht von mir, Dummkopf.« Sie hielt inne. »Klar, das ist eine großartige Geschichte, aber ich meinte, welche Legenden von der Eisernen Flotte du gehört hast.«

Er öffnete den Mund, aber seine Kehle war wie zugeschnürt. Sein Mund war trocken, seine Augen brannten, und er hatte das Gefühl, als litte er unter einer Wunde, die nie heilte. Denn wenn er an die Eiserne Flotte dachte, dann dachte er nicht an Legenden.

»Nur eine.« Er starrte auf seine Hände, die merklich zuckten. »Es sind nicht so sehr Legenden als …« Er verkrampfte die Finger, damit sie nicht zitterten. »Gegen Ende des Krieges um das Tal besuchte ich die Siedlungen an den Grenzen, um zu helfen. Ich erinnere mich an einen Kerl … Ich glaube, es war ein Händler oder ein Bauer.« Er leckte sich die Lippen. »Irgendwie vermischen sie sich alle in meinem Kopf. Jedenfalls lebte er in einer Freistatt am Ende des Tales an der Grenze nach Weiless. Kämpfe brachen dort aus, und dann kam … die Eiserne Flotte.«

Er sah Sal an und hoffte, dass sie das Thema wechselte oder wegsah, damit er seine Fassung wiedergewinnen konnte.

Aber sie saß regungslos da, starrte ihn an und hörte zu.

»Es war nur ein Luftschiff«, fuhr er fort. »Und es war angeblich nicht mal so groß. Er sagte, er hätte die Geräusche gehört, nach oben gesehen, und plötzlich … plötzlich hätte der Himmel gebrannt. Bomben fielen und Kanonen feuerten, und es war mitten in der Nacht heller als am Tag. Er wusste nicht, worauf sie schossen und wohin er flüchten sollte …«

Er konnte kaum atmen und fragte sich, wieso er plötzlich wieder das Gesicht des Mannes vor seinem inneren Auge sah.

»Was ist mit ihm passiert?«, erkundigte Sal sich.

Meret blickte auf seine Hände.

»Er hat immer nur dasselbe gesagt. Ich habe oft nach ihm gesehen und gehofft, eine Veränderung festzustellen.«

»Du hast gehofft, dass sein Zustand sich bessert.« Sie nickte.

»Nein, ich habe nicht auf Besserung gehofft!« Er fuhr sie an, ohne es zu merken. »Sondern auf irgendeine Veränderung. Dass er weinte, trauerte oder sich von mir aus auch besoff! Aber er saß nur auf seinem Bett und starrte an die Wand …«

Er sah Sal hilflos an.

»Als versuchte er immer noch herauszufinden, womit er das verdient hätte!«

»Ist er gestorben?«

»Ja … nein. Er ist nicht gestorben, sondern hat nicht mehr gelacht, nicht geweint, hat gar nichts gemacht.« Meret hob hilflos die Hände. »Also ist er vielleicht gestorben.« Dann ballte er unwillkürlich die Fäuste. »Es war dasselbe, überall, wo ich hinkam«, fuhr er fort. »Manchmal war es die Eiserne Flotte. Manchmal ein Bann, der fehlschlug. Manchmal die Revolution, manchmal das Imperium. Ich konnte nur Wunden nähen, Tee kochen und …«

Er schloss die Augen und holte tief Luft, um die Erinnerungen mit dem Atem aus sich herausfließen zu lassen, wie sein alter Lehrer es ihn gelehrt hatte und er es bei tausend Patienten getan hatte. Es half auch diesmal nicht.

»Aber du …« Er lächelte unwillkürlich verbittert. »Du hast etwas Größeres bewerkstelligt. Du hast den Krieg zu diesen Mistkerlen gebracht, du hast sie zur Strecke gebracht. Du hast ihnen gezeigt, dass Menschen wie wir Leuten wie ihnen schaden können. Ich wünschte, ich könnte so sein wie du …«

»Nicht.« Ihre Stimme klang harsch, aber es war keine Forderung. Und als er sie ansah, schienen ihm ihre Augen nicht mehr so hart zu sein wie zuvor.

»Sag das nicht«, erklärte Sal. »Es gibt genug Killer in der Scar, viel zu viele.« Sie deutete mit dem Kinn in seine Richtung. »Du bist ein Heiler. Das ist etwas Besonderes.«

»Es ist etwas Sinnloses«, murmelte Meret. »Man kann keine Krankheit bekämpfen, indem man nur hinter ihr sauber macht. Man muss die Quelle finden. Manchmal muss man ein Glied abhacken, wenn man den Körper retten will.«

»Wie viele?«

»Was?«

»Wie viele Glieder musst du abhacken?«

»Das ist nur ein …«

»Wie viel Blut kannst du verlieren und wie viele Narben kannst du hinnehmen, bevor du nicht mehr die Person bist, die du warst?«

»Das weiß ich nicht«, stammelte er.

»Ich schon.« Sie sah aus dem Fenster. »Jedenfalls glaubte ich das einmal zu wissen.«

»Aber wenn es hilft … wenn jemand dieses Opfer bringen kann, ist es das nicht wert?«

Sal deutete aus dem Fenster. Die Rauchsäulen aus dem Luftschiff stiegen weiter in den Himmel hinauf, irgendwo in der Ferne explodierte ein Severium-Lager und färbte den Himmel rot, und es schneite weiterhin. Der Schnee war so schwarz wie die Nacht.

»Ich habe einmal gedacht, ich wüsste auch das.«

Irgendwie hatte Meret es einfacher gefunden, als sie nur eine Legende für ihn war. Sal Kakophonie war eine Mörderin, man tat besser, was sie sagte, und ging ihr aus dem Weg. So lauteten die Legenden. Ganz einfach. Er hätte sie behandeln können wie eine Krankheit oder eine Wunde und fertig. Aber etwas in ihrer Stimme und ihren Augen, wenn sie aus dem Fenster sah … Er wusste, dass er sich an ihr Gesicht in den dunklen Nächten, in denen er nicht schlafen konnte, erinnern würde wie an das Gesicht dieses Mannes.

In keiner Geschichte wurde erwähnt, dass Sal Kakophonie so traurig aussehen konnte.

»Scheiß drauf!« Glas zersplitterte, als sie die leere Whiskeyflasche über die Schulter warf. »Hast du noch etwas anderes zu trinken?«

Das wiederum entsprach mehr den Geschichten über sie.

»Sicher.« *Hoffe ich jedenfalls.* Er stand auf und ging zur Treppe. »Ich bin gleich wieder da. Geh nicht … Nimm dir nicht selbst was, ohne mich zu fragen.«

»Warum nicht? Liegt hier irgendwas Obszönes herum?«

»Nein. Wieso glaubst du, ich hätte etwas Obszönes hier?«

Sal zuckte mit den Schultern. »Keine Ahnung. Ich sag dir was: Du holst etwas zu trinken, und ich suche nicht nach einem fleckigen Kissen, das dir als Braut dient.«

»Ich habe kein …«

»Diese Abmachung hat ein Verfallsdatum, Meret.«

Meret war zwar eher langsam, aber er wusste, was das heißen sollte, und rannte die Treppe in den ersten Stock hoch.

Dort ging er leise zu seinem Zimmer und warf einen Blick durch den Türspalt. Das Mädchen lag immer noch dort, wo er sie gesäubert und behandelt hatte – auf seinem Bett. Sie schlief, atmete tief und regelmäßig, und es gab keine Anzeichen für Blutungen. Ihr Zustand war so gut, wie er nur hoffen konnte, jedenfalls in diesem Stadium ihrer Genesung.

Er musterte sie noch einen Moment. Sie hatte keine Waffen, wies keine Narben auf und trug keinen Schmuck. Selbst ihre Kleidung wirkte unter dem Schmutz und dem Ruß schäbig und ungepflegt. Sie war ein vollkommen unauffälliges Mädchen.

Meret fragte sich, warum sie das Einzige war, was Sal Kakophonie aus diesem Wrack gezogen hatte. Wieso war diese Person so viel Schmerz wert?

Aber er würde keine Antwort darauf bekommen, wenn er sie nur anstarrte. Also zog er unter der Kleidung in seiner Kommode eine Flasche Rotwein heraus.

Der Wein war dunkelrot, Cathama Crimson. Eine der letzten Flaschen dieser Sorte, hatte sein Lehrer ihm erklärt. Er hatte die Flasche zum Ende seines Studiums geschenkt bekommen und sie seitdem für eine besondere Gelegenheit aufbewahrt. Er hatte gedacht, diese Gelegenheit ergäbe sich, wenn er eine nette junge Dame fand und heiratete … Aber eine wütende junge Dame mit einer magischen Kanone, die mit einem brennenden Luftschiff vom Himmel gefallen war, war auch gut.

Er drehte sich mit der Flasche in der Hand um, um zu Sal zurückzukehren. Und blickte in zwei pechschwarze Augen.

Ihm stockte der Atem, und sein ganzer Körper erstarrte vor Furcht. Sie durchdrang ihn, bis er nur noch diese beiden pechschwarzen Gruben sah und die kalte, heisere Stimme hörte.

»Ich lebe.«

Er wollte schreien, betteln, aber er brauchte all seine Kraft, um nur die Augen zu schließen und diesem Blick zu entkommen. Als er sie wieder öffnete, war das Schwarz verschwunden, und er sah in zwei ganz normale, etwas müde dunkelbraune Augen. Und vor ihm stand ein vollkommen normales, wenn auch etwas blutverschmiertes Mädchen.

Sie war wach?

Und lief bereits herum?

»Ja … das tust du.« Die Furcht verschwand, hinterließ jedoch ein Gefühl, als hätte er hundert Jahre angespannt dagestanden. »Du bist am Leben, aber … geht es dir gut?«

Das Mädchen antwortete nicht, bewegte sich auch nicht. Es stand ein paar Zentimeter von ihm entfernt und zwängte ihn zwischen sich und der Kommode ein. Es schien durch ihn hindurchzublicken.

»Du …« Er stockte. »Du hast einen üblen Sturz überlebt. Du warst schwer verletzt. Du solltest nicht aufstehen.«

Er verspannte sich, als sie die Hand ausstreckte und an ihm vorbeigriff. Sie packte etwas hinter ihm.

»Ich meine das ernst.« Er versuchte, gebieterisch zu klingen. »Du bist wirklich schwer verletzt. Du hast ein kaputtes Bein, jede Menge Prellungen und …«

»… drei geprellte Rippen, einen gebrochenen Arm und einen nicht gerade unbeträchtlichen Blutverlust. Da es keine inneren Verletzungen sind, bin ich durchaus zu maßvollen Bewegungen fähig.« Sie nahm eine Brille, seine Brille, klappte die Bügel auf und setzte sie sich auf die Nase. Irgendwie schaffte sie es, auf ihn herunterzublicken, obwohl sie mindestens zehn Zentimeter kleiner war. »Außerdem habe ich einen Bruch meines Oberschenkelknochens erlitten. Kein kaputtes Bein, wie du es so albern ausgedrückt hast.«

»Du bist … du bist …«

»Zweiundzwanzig-Tote-Rosen-in-einer-angeschlagenen-Porzellanvase.« Sie musterte ihn aufmerksam. »Da du vermutlich der Grund bist, warum ich noch am Leben bin, darfst du mich Liette nennen, denke ich.«

»Ja … Liette.« Er räusperte sich und reichte ihr zögernd die Hand. »Ist mir ein Vergnügen.«

»Eine ziemlich kühne Behauptung, angesichts der Umstände.« Sie drehte sich um und humpelte zum Bett zurück, verzog das Gesicht, als sie sich hinsetzte. »Wo bin ich?«

»In … in meinem Haus.«

»Oh, gut. Ich dachte schon, ich wäre in einem Fluss oder einem Parfümgeschäft.« Sie starrte ihn durch die Brille an, die sie offenbar konfisziert hatte. »Ich sehe, dass ich in einem Haus bin. In welcher Stadt befindet sich dieses Haus?«

»Ach so, klar! In Jammertal. Am Rand des Borrustals.«

Sie runzelte die Stirn. »Wie?«

»Wie?«

»Ja, wie, Arschloch!«, schnarrte sie. »Ich bin verdammt noch mal nicht auf einen Kurzurlaub hierhergekommen und …«

Ihr Gesicht verzerrte sich erneut, und sie zitterte am ganzen Körper. Ein Schrei entrang sich ihr, den sie zu unterdrücken versuchte, und sie packte bebend ihren Kopf.

Meret vergaß seine Angst und eilte zur Tür, um seine Medikamente zu holen. Als er die Schwelle erreichte, hatte sie aufgehört zu zittern. Sie keuchte angestrengt und rieb sich die Schläfen.

»Ich kann mich … nicht erinnern!«, stieß sie hervor. »Feuer. Metall! Und …« Sie öffnete wieder die Augen und starrte ins Nichts. »Sterne«, flüsterte sie atemlos. »Millionen von Sternen.«

»Du solltest nicht herumlaufen.« Meret näherte sich ihr zögernd. »Ich könnte deinen Zustand lindern … vorausgesetzt, ich finde heraus, in was für einem Zustand du dich befindest. Hätte deine Freundin dich nicht hierhergebracht, dann wüsste ich nicht …«

»Freundin?«

»Ja, klar. Sal? Kakophonie?«

Liette blickte ihn in einer Mischung aus Erstaunen und Entsetzen an, was ihn in einen Zustand zwischen Furcht und Verlegenheit versetzte.

»Sie hat uns befohlen, dich aus dem Wrack zu ziehen«, sagte er. »Sie ist immer noch unten, falls du …«

Heilige Scheiße! Der Gedanke überkam ihn plötzlich. *Sind sie überhaupt Freunde? Wenn dieses Mädchen ihr nur Geld schuldet? Sie wird erst sie erschießen, dann mich, und dann …*

»Sie ist noch da.« Liette flüsterte und blickte auf ihre Knie. Das Entsetzen auf ihrer Miene wich einer fast schmerzhaften Trauer. »Sie ist nicht weggegangen.«

»Ist sie nicht.« Meret lächelte sie an. »Ich kann sie holen. Wenn du willst.«

»Nein. Sag ihr nicht, dass ich wach bin.« Hinter ihrer – seiner – Brille schimmerten Tränen. »Bitte.«

Man kann keinen Körper ohne den Kopf heilen.

Das hatte sein Lehrer ihn als Erstes gelehrt. Zunächst hatte er das für selbstverständlich gehalten, aber im Laufe der Jahre hatte er die Weisheit hinter den Worten erkannt.

Heilen war mehr als nähen und verbinden. Still neben jemandem zu sitzen und zuzuhören, wie er einem seine Schmerzen schilderte, gehörte ebenfalls dazu. Oder ein Geheimnis zu wahren wie in diesem Fall.

Um Sal zu helfen, musste er Liette helfen. Und wenn er Liette helfen wollte, musste sie ihm vertrauen. Er verstand nicht, warum er nicht verraten sollte, dass sie wach war, aber er war ja auch nicht derjenige mit dem kaputten Bein.

Ein leichter Bruch, verbesserte er sich. *Das weißt du.*

Er lächelte sie an, nickte und wandte sich zum Gehen.

»Sie wird diesen Wein eklig finden.«

Meret hätte fast spöttisch gelacht. »Das ist ein Cathama Crimson, ein Jahrgangswein.«

»Spielt keine Rolle. Sie wird behaupten, er schmeckt wie Stinktierpisse.«

Er warf einen finsteren Blick auf die Flasche und ging weiter. Liette war es gewiss wert, aus einem Wrack gezogen zu werden, aber das machte sie nicht zur Weinexpertin. Und woher wollte sie wissen, wie Stinktierpisse schmeckte?

»Mörder!«

Der Schrei von unten war so laut, dass die Dielenbretter vibrierten. Er kannte Sindras Stimme und ihre Wut – so war sie nur, wenn sie jemanden töten wollte.

Meret sprintete los.

»Sindra!«

Er stürmte in das Zimmer. Die alte Soldatin drückte Sal gerade mit ihrem muskulösen Unterarm an der Kehle gegen die Wand. Sindras blanke Klinge lag an Sals Kehle.

»Verdammte Vagrantin!«, schnarrte sie. »Ganz gleich, was für eine Geschichte du diesem Idioten auf die Nase gebunden hast, ihr seid doch alle gleich! Nur mörderische Drecksäcke, die sich ausschließlich um sich selbst kümmern!«

»Sindra, hör auf!« Meret versuchte, ihren Arm zu packen und wegzuziehen. Vergeblich. Sindra war zehn Zentimeter größer und zwanzig Pfund schwerer als er und hatte ihm einen mit dreißig Jahren Propaganda vollgestopften Dickschädel voraus. »Lass sie los!«, versuchte er es dennoch.

»Wann hast du sie gerufen?« Die alte Soldatin nahm weder ihre Klinge noch ihren Blick von Sal. »Wie weit sind sie noch entfernt? Wie viel Zeit haben wir noch?«

»Sindra!« Meret kreischte. »Sindra, wovon redest du? Von wem redest du?«

»Soldaten!«

Sie wirbelte zu ihm herum. Sindra war immer eine harte Frau gewesen, aber eine solche Maske aus wild aufgerissenen Augen und zusammengepressten Zähnen, mit dem Ausdruck verzweifelten Entsetzens hatte er noch nie bei ihr gesehen.

»Ich habe sie gesehen, Meret!«, schnarrte sie. »Ich habe sie gesehen!«

»Was hast du gesehen?«

»Vögel. Große Imperiale Reiter, keine Wegstunde von hier entfernt. Weißt du, was das heißt?«

Meret zögerte etwas zu lange mit der Antwort.

»Weißt du das?« Sie wandte sich ihm zu, und er wich unwillkürlich einen Schritt zurück. Dann sah sie wieder zu Sal. »Sie weiß das natürlich. Jeder dreckige Vagrant war früher mal ein verschissener Imperialer. Du weißt, was diese Vögel bedeuten! Soldaten und Magier werden ihnen folgen. Ein Kampf steht uns bevor, stimmt das oder nicht?«

Sal sagte nichts. Sindra stieß sie wieder gegen die Wand.

»Spuck es aus!«

Sal reagierte nicht, zuckte nicht zusammen und schien noch nicht einmal das Schwert an ihrer Kehle und die Blutstropfen unter der Spitze zu bemerken. Sie sah Sindra einfach nur mit kalten blauen Augen an.

Ob ihr Blick trotzig oder resigniert war, konnte Meret nicht erkennen. Aber er wäre der schlechteste Heiler der ganzen Welt, wenn jemand vor seinen Augen enthauptet wurde.

»Sindra«, sagte er leise. »Wie viele Vögel waren da?«

»Wie bitte?«

»Wie viele Vögel?« Er unterdrückte das Zittern seiner Stimme.

»Ich glaube … sechs.«

»Du glaubst es?«

»Ich … ich denke sechs, ja.«

»Also gut, sechs Vögel. In welche Richtung sind sie geflogen? Weißt du das noch?«

Sindra verzog mürrisch die Lippen. »Nach Norden.«

»Nach Norden«, wiederholte Meret. »Also weg von Jammertal?«

»Worauf willst du hinaus, verdammt?«

Er hob beschwichtigend eine Hand. »Ich glaube dir. Sechs Vögel sind von der Siedlung weggeflogen. Ich glaube dir ja.« Er atmete langsam aus. »Aber wenn Sal etwas damit zu tun hätte, dann wären sie doch hierher zu ihr geflogen?«

»Ich weiß nicht.« Sindra schüttelte den Kopf. »Möglich.«

»Möglich«, wiederholte er. »Sindra … Wie viele Leute halten sich noch hier in der Siedlung auf?«

»Nicht mehr viele«, antwortete sie. »Die meisten sind verschwunden, nachdem diese Wahnsinnige mit ihrer Kanone herumgeballert hat und …«

»Wer ist noch da?«

Sie schloss die Augen und atmete langsam aus. »Der alte Termic. Und die Witwe Attara. Sie wollen beide nicht gehen.«

»Also, wenn die Soldaten kommen«, sprach Meret leise weiter, »wird es dann Termic und Attara helfen, hier wegzukommen, wenn du diese Frau tötest?«

Hundert Herzschläge lang passierte gar nichts, und Sindras Klinge lag unverändert an Sals Kehle. Meret umklammerte die Weinflasche, und Sal … Sal Kakophonie blinzelte nicht einmal.

»Du bist einfach zu beschissen gut, Meret!« Sindra senkte die Stimme und ihre Klinge. Sie stieß Sal zu Boden und schob ihr Schwert in den Gürtel. »Zu beschissen gut …«

Meret atmete erleichtert auf. »Ich weiß, dass es hart ist, aber …«

»Und zu beschissen blöd!«

Sie stand vor ihm, und die Angst und das Entsetzen waren verschwunden. Nur noch der steinharte Blick und diese tiefe, raue Stimme waren da.

»Welchen Eid du auch abgelegt hast und was du auch versprochen haben magst, was du glaubst, tun zu müssen …«, stieß sie rau hervor, »sie ist es nicht wert.« Sie hob die Hand, und er zuckte zusammen. Dann legte sie ihm eine Hand auf die Schulter und drückte sie. »Ich hoffe wirklich, dass du das kapierst.«

Mehr sagte sie nicht und würdigte die beiden keines Blickes, als sie sich auf dem Absatz ihrer Prothese herumdrehte und sein Haus verließ. Erst als die Tür ins Schloss fiel, merkte er, wie fest er die Weinflasche umklammert hatte.

Er sah zu Sal am Boden, die sich aufsetzte, sich ihre geprellten

Rippen rieb und zu ihm hochsah. »Aus welchem Teil des Imperiums kommst du noch mal?«

»Habe ich nicht gesagt.«

»Hat man euch in ›Hab-ich-nicht-gesagt‹ nicht beigebracht, einer Lady beim Aufstehen die Hand zu reichen?«

»Du kannst allein aufstehen«, erwiderte er. »Und du hättest sie aufhalten können.«

»Sie hat mir eine Klinge an die Kehle gehalten.«

»Das stimmt. Und als sie mich angesehen hat, hast du auf ihr Knie geblickt. Du hättest …«

»… gegen ihr Prothesengelenk treten können, ja«, beendete Sal den Satz. »So was halten diese Prothesen nicht aus.«

»Sie wäre gestürzt.« Meret schluckte schwer. »Du hättest sie töten können.«

Sal erwiderte seinen Blick, bevor sie sich aufrappelte und ihre Kleidung glatt zog. Dann rieb sie sich noch einmal die schmerzenden Rippen und humpelte zum Tisch zurück.

»Hätte ich, ja«, antwortete sie. »Hättest du es gewollt?«

»Nein!«, entfuhr es ihm. »Warum hast du es nicht getan?«

»Weil sie einen guten Grund hatte, mich zu töten.«

»Dann hast du Soldaten hierhergeführt?«

Einen Moment herrschte eisige Stille.

»Nein. Aber sie wäre bereit gewesen, mich zu töten, wenn ich es getan hätte.« Sie setzte sich wieder auf den Stuhl. »Das konnte ich ihr nicht verübeln.«

Meret schüttelte den Kopf, während er den Wein entkorkte und einen Becher füllte. »Das ist nicht logisch.«

»Du kommst nur mit einem Namen auf diese Welt, mit sonst nichts. Alles andere, Geld, Blut, die Leute, die du liebst, verdienst du dir.« Sie nahm den Becher und starrte hinein. »Und verlierst sie. Aber alles hat einen Grund, etwas, wofür alle kämpfen und töten. Und wenn du an den schwarzen Tisch gerufen wirst, ist es das Einzige, was du behältst.«

Sie schwenkte den Becher und nahm einen tiefen Schluck.

»Nimmst du jemandem das, nimmst du ihm alles und schickst ihn mit nichts von dieser Welt.« Sie schloss die Augen. »Und das habe ich heute bereits oft genug getan.«

Meret saß stumm da, als sie das Glas leerte und schmatzte.
»Was ist das für ein Zeug?«, wollte sie wissen.
»Cathama Crimson«, gab er zurück. »Jahrgangswein.«
»Puh.« Sie griff nach der Flasche und schenkte sich noch einen Becher ein. »Schmeckt wie Stinktierpisse.«

8. KAPITEL

SCHNEEHUHN

Mich haben gut ein Dutzend von ihnen wie Wölfe umkreist. Ihre Klingen schimmerten wie Reißzähne im Mondlicht.« Ereth Makellos war ein stolzer Mann.

»Die Jungfer kauerte hinter mir. Ihre Schreie wurden nur von meinem Eisen gemäßigt, das beruhigend zwischen mir und ihren Feinden stand.«

Massig, mit langsam verfettenden Muskeln und ein paar ehrenvollen Narben hätte man denken sollen, er habe Grund für seinen Stolz. Er war groß, kräftig und mutig …

»Ich blickte jedem von ihnen in die Augen und flüsterte meiner Klinge zu: ›Heute Nacht … tanzen wir den blutroten Walzer.‹«

Und er redete laut. Verflucht laut.

Weswegen ich jede verdammte Silbe hörte, die ihm über die Lippen kam, als ich durch die Gaststube des SCHNEEHUHN ging. Falls über besagte Lippen nicht gerade billiger Wein floss.

Sein Körper war viel zu groß für seine schäbige Kleidung, sein Lächeln zu albern, als dass seine Narben gut ausgesehen hätten, und der Wein war eindeutig zu stark für die Menge, die er davon konsumierte. Er klang und roch wie irgendein versoffener Prahlhans, und er sah auch so aus.

Sah man ihn, hätte man in ihm niemals den Schlüssel für den Untergang von Nationen vermutet. Irgendwie logisch.

Er wäre ein ziemlich mieser Spion der Revolution gewesen, wenn er wie einer ausgesehen hätte.

Er war angetrunken, erzählte prahlerisch seine Lügengeschichten und übertönte den Lärm in der Taverne. Ich hörte trotzdem nicht mehr zu, weil ich die Worte *blutroter Walzer* nicht mehr hören konnte, ohne aus dem Fenster zu reihern. Außerdem sollte ich beobachten, nicht zuhören.

Der Krieg um das Tal mochte in einer Niederlage für den Großen General geendet haben, aber wie jeder Soldat der Revolution weiß, sind Hunderttausende grauenvoll gefallener Kameraden kein Grund, einen entsetzlichen blutigen Krieg zu beenden. Und auch wenn der General ein blutrünstiger Wahnsinniger sein mochte, ein machthungriger Verrückter und ein erbarmungsloser Tyrann, war er trotzdem kein Narr.

Da seine Kanonen die Kontrolle des Imperiums über das Tal nicht brechen konnten, wandte er jetzt subtilere Methoden an.

»Die Waffen klirrten und wir tanzten einen blutigen Tanz aus rubinroten Schritten in dieser unangenehmen Nacht!«

Jedenfalls so subtil, wie ein betrunkener Wichser wie Makellos sein konnte.

Das Spionagenetzwerk der Revolution war legendär und bestand aus einer Armee von Sympathisanten, Codebrechern, Saboteuren und offenbar auch aus schmierigen Trunkenbolden. Vielleicht sah der Große General etwas in Makellos, das ich in seinen trunkenen Prahlereien nicht erkennen konnte. Wenigstens hatte er bis jetzt nichts so Dummes gesagt wie …

»Schließlich lagen sie tot vor meinen Füßen. Der blutrote Walzer war zu Ende … Obwohl ich schweren Herzens erkannte, dass es nur die Ouvertüre gewesen war.«

Ach du heilige Scheiße! Genau das meinte ich!

»Bedrückt dich etwas?«

Mein Gefährte musste mein Unbehagen angesichts dieser Mumpitzerei bemerkt haben. Jero warf mir einen äußerlich ruhigen Blick zu, aber sein Grinsen wirkte ein wenig besorgt.

»Wir hätten die Sache längst hinter uns haben können, das weißt du hoffentlich«, gab ich zurück, während ich mich in der Nische im hinteren Teil der Bar zurücklehnte, aus deren Schatten wir alles beobachteten. »Ich hätte diese Papiere, die du brauchst, besorgen können, bevor wir auch nur ein einziges Wort aus seinem Mund anhören mussten.«

»Wir«, verbesserte er mich. »Wir brauchen die Papiere, die er hat.« Er trank einen Schluck Wein. »Und wie würdest du das angehen?«

»Keine Ahnung. Wahrscheinlich würde ich ihm alle möglichen Körperteile brechen, bis er sie mir gibt.«

»Und wie würdest du das bewerkstelligen, ohne die Aufmerksamkeit der Stadtwachen auf dich zu ziehen?«

»Keine Ahnung. Indem ich ihm in eine dunkle Gasse folge oder so.«

»Er ist der Meisterspion der Revolution für diese gesamte Region. Glaubst du nicht auch, dass er gelernt hat, wie er einen Verfolger abschütteln kann?«

»Hör zu.« Mein Blick wurde giftig. »Ich habe eine Kanone, die Magie verschießt! Mir fällt schon was ein!«

Seine Miene wurde ernst. »Wenn du nicht willst, dass uns jemand bemerkt und wir alle hingerichtet werden, dann solltest du dieses Ding verstecken.« Sein Blick wurde plötzlich furchtsam. »Du kannst es doch versteckt halten?«

Unter meinem Umhang kochte der Kakophon vor Wut bei der Vorstellung, dass ich ihn kontrollieren könnte. Aber es stimmte. Welche Macht er auch besaß, er hatte keine Finger. Aber der Gedanke, ihn zu zücken, um einen hilflosen Trunkenbold einzuschüchtern, machte ihn wütend.

»So hinreißend du auch bist, wenn du nervös wirst – ich kann diese Kanone schon händeln.« Ich warf einen Blick zum Tresen. »Ich sage nur, ich könnte die ganze Sache beschleunigen. Hätte ich mein Schwert mitbringen können, wären wir längst wieder raus.«

»Schwerter erregen Aufmerksamkeit.«

»Nicht da, wo ich herkomme.«

»Das hier ist keine Grenzstadt, wo die Leute sich auf der Straße umbringen. In Terassus herrschen gewisse Standards.«

Jeros Blick war auf Makellos gerichtet, der wild herumgestikulierte und offenbar ein Duell zum Besten gab, wobei sein Weinglas als Schwert diente.

»Makellos kennt diese Standards. Er weiß genau, wie er aussieht. Die Menschen tun alles, um Betrunkene nicht anzusehen, und genau darauf setzt er. Du siehst nur einen Schwachkopf wie jeder andere Imperiale hier. Aber dieser Mann ist Auge und Ohr der Revolution in dieser Stadt.«

Als er mich ansah, was seine Miene todernst.

»Deshalb muss die Sache reibungslos ablaufen. Dabei helfen weder Schwerter noch magische Pistolen, kein … womit ihr Vagranten halt sonst noch herumfuchtelt.«

Ich unterdrückte einen Fluch. Selbst wenn ich Jero gern zurechtgewiesen hätte: Er hatte recht.

Laut Informationen von Zwei-Einsame-Alte-Männer war die Flugroute der Eisernen Flotte peinlichst genau geplant worden, um jede mögliche Entdeckung zu vermeiden. Bei zehn Luftschiffen, die durch den Himmel segelten, war das keine Kleinigkeit. Die Koordination aller Spione, einschließlich derer, die Jero vor einer Woche ausgeschaltet hatte, war der Schlüssel, um herauszufinden, wo die Streitkräfte des Imperiums stationiert waren, um ihnen ausweichen zu können.

Ereth Makellos war im Besitz dieser Informationen.

Und wir wollten sie.

Jero hatte erklärt, dass die Idee darin bestand, alles so zu arrangieren, dass Makellos' Informationen an seinen revolutionären Herrn weitergegeben wurden wie erwartet. Nur würden diese Informationen lauten, dass die Imperialen Streitkräfte entlang der geplanten Strecke zu stark waren und eine andere Flugroute erforderten. Die sie uns in die Hände segeln ließ.

Es war ein komplizierter Plan. Komplizierte Pläne brauchten Fingerspitzengefühl.

»Oh, mein Herr«, schnurrte eine weibliche Stimme. »Du musst ja schreckliche Angst gehabt haben.«

Man sollte nicht glauben, dass eine so große Frau wie Agne dieses Fingerspitzengefühl besaß, aber sie steckte wahrhaftig voller Überraschungen.

Sie saß neben ihm auf einem Hocker, so sittsam, wie eine zwei Meter große Frau das nur konnte. Sie hatte die Beine übereinandergeschlagen, und ihr Rock fiel weich zu ihren schicken Schuhen hinab. Eine behandschuhte Hand lag gespreizt auf dem Knie, mit der anderen hielt sie einen Fächer, hinter dem sie ihr sittsames Lächeln verbarg.

Ich gebe zu, dass ich Zweifel an ihrem Plan gehabt hatte, ihn zu verführen, aber nur, bis ich ihr Kleid gesehen hatte. Der Schnitt der violetten Seide verhüllte so gut wie nichts von ihren ausgesprochen ansehnlichen Muskeln, ihre Handschuhe klebten an der Kurve ihrer Oberarme, während sie mit dem Fächer wedelte. Und nichts für ungut, Mädels, aber ich kenne Männer, die einer Frau, die einen Kopf größer ist als sie selbst und sie mit ihren Schenkeln zerquetschen könnte, keinerlei Aufmerksamkeit, geschweige denn Zuneigung schenken.

Aber verflucht, Makellos sog förmlich jeden Zentimeter Aufmerksamkeit auf, die sie ihm vor die Nase hielt.

»Nun, ich gebe zu, dass der eine oder andere Nerv gezuckt hat.« Er lachte, trank den letzten Wein aus seinem Glas und knallte es auf den Tresen, damit es erneut gefüllt wurde. »Aber obwohl mein Schwert zerschmettert war, wusste ich, dass ich noch diese Waffen hatte!«

Er hob die Arme und ließ die Muskeln spielen, was ihn sichtlich anstrengte. Agne keuchte ergriffen und betastete mit einer Hand, die spielend leicht seinen ganzen Arm hätte zerquetschen können, die Muskeln unter der Kleidung. Dabei wedelte sie noch schneller mit dem Fächer.

»Bei den Heiligen, mein Herr, du bist wahrlich stark wie ein Python.«

»Also wirklich!« Ich stöhnte lauter, als ich es beabsichtigte, aber Makellos bemerkte es nicht. Es hätte mich gewundert, wenn er noch genug Blut zwischen den Ohren gehabt hätte, um überhaupt etwas mitzubekommen, so wie seine Hose sich spannte. Es war nicht zum Aushalten!

»Sei still«, tadelte mich Jero grinsend. »Lass Agne ihr Ding durchziehen. Sie ist … verblüffend.«

»Sie ist lasterhaft!«, gab ich zurück. »Und außerdem ist es ein ungeheuerlicher Missbrauch deiner Teammitglieder.« Ich deutete auf Makellos, der gerade Kniebeugen vor Agne machte, die entzückt in die Hände klatschte. »Warum darf das unsere Frau fürs Grobe tun?«

Jero schüttelte den Kopf und trank einen Schluck Wein. »Agne ist nicht unsere Frau fürs Grobe.«

Ich blinzelte verwirrt. »Was? Sie ist riesig!«

»Das ist ihre Stärke, ja. Aber nur eine von vielen.« Er tippte gegen den Rand des Weinglases. »Die Frau fürs Grobe bist du. Sie ist für den Charme zuständig.«

»Warum bin ich die Prügelmaid?«

»Weil nur eine von euch beiden einen Kriegsherrn mit einer leeren Whiskeyflasche totgeschlagen hat.«

Ich knirschte mit den Zähnen. Dagegen konnte ich nichts sagen. Verdammt, die Flasche war nicht mal leer gewesen, als ich angefangen hatte, ihn damit zu schlagen. Trotzdem, es gab nicht eine einzige Geschichte über mich, die meinen Charme erwähnte. Das war ein verdammtes Mysterium.

Vielleicht bemerkte Jero meine Bestürzung, denn sein Grinsen wurde unerträglich.

»Wolltest du gerne die Charmante sein?«

»Natürlich nicht!«, antwortete ich verächtlich.

Wir beobachteten schweigend, wie Agne applaudierte, als Makellos einen Barhocker über dem Kopf schwang. Ich räusperte mich.

»Aber wenn ich es wäre«, sagte ich schließlich, »würde ich es ganz bestimmt besser machen als sie.«

»Vogelkacke«, spottete Jero über den Rand seines Glases.

»Wie bitte?«

»Also wirklich.« Er lachte. »Ich kenne die Geschichten. Du? Sal Kakophonie? Die dem Galgen einmal entkommen ist, weil sie ihren Ankläger zu einem Trinkwettstreit herausgefordert hat? Charmant?«

Ich trank einen Schluck Wein. »Man muss doch wohl eine gewisse Portion Charme haben, wenn es einem gelingt, ein Gericht dazu zu bringen, einem solchen Wettkampf zuzustimmen, oder?«

»Also gut.« Er stellte sein Weinglas ab. »Dann los.«

»Was?«

»Sag etwas Charmantes.«

»Jetzt?«

»Jetzt.«

»Das kann ich nicht so einfach, so auf Befehl.«

»Aber das ist notwendig für die Position als Charmante.«

»Verflucht, okay.« Ich kippte den Rest meines Weins runter und knallte dann das Glas auf den Tisch, bevor ich mich zu ihm herüberlehnte. Ich warf ihm ein schüchternes Grinsen zu, mit der Seite ohne Narbe, und blickte ihn unter einer erhobenen Braue an. »Ah, warte mal, du hast da was im Auge.«

Jero blinzelte. »Was denn?«

Ich beugte mich vor, bis mein Atem über seinen Hals glitt und ich ihm ins Ohr flüstern konnte.

»*Unsere gemeinsame Zukunft.*«

Ich blieb einen Moment dicht an ihm dran, lehnte mich dann zurück und musterte seine Miene. Er starrte mich mit offenem Mund an, und seine Augen funkelten vor schwindelnder Bewunderung … Nein, halt! Das war ganz normales Entsetzen!

»Was war das denn?«, erkundigte er sich.

»Das war Charme.« Ich verzog das Gesicht. »Ich habe nicht erwartet, dass ein Philister wie du das zu schätzen weiß.«

»Ich hätte nicht erwartet, das von jemandem zu hören, der seine letzte erotische Beziehung mit einem Kopfkissen geführt hat.« Er schüttelte den Kopf. »Wie bist du darauf gekommen? Bist du berauscht? Oder bin ich es vielleicht?«

»Sei nicht so herablassend!« Ich sah ihn wütend an. »Ich versichere dir, dass der Satz im richtigen Kontext funktioniert.«

»In welchem Kontext?« Er lächelte mich an, auf die Art, die ich ihm nicht vom Gesicht wischen wollte. »Wenn du deinen Opfern eine Handkanone an den Kopf hältst?«

»Wenn ich den Satz das nächste Mal mit Erfolg benutze, kannst du ja nachfragen.« Ich erwiderte sein Lächeln unwillkürlich. »Wenn sie aus meinem Schlafzimmer kommen, die Opfer.«

»Ich weiß nicht, ob ich noch so lange lebe, um das erleben zu dürfen.« Er lachte. »Sei ehrlich mit mir, Madame. Hat dieser Satz jemals funktioniert?«

Mein Lächeln erlosch schlagartig, und ich blickte auf die Tischplatte. Ich blinzelte, und dann sah ich sie: ihr schwarzes Haar, das feucht auf ihrer Stirn klebte, als sie aus dem Bett stieg und nach ihrer Brille tastete. Ihr Grinsen, genauso schief wie ihre Brille auf ihrer Nase, ihre Lippen, feucht von mir, als sie mich ansah und sagte …

Ich starrte auf mein leeres Weinglas. »Ja. Einmal.«

Ich fühlte seinen Blick genau so, wie ich spürte, dass auch sein

Lächeln erlosch. Er schien etwas sagen zu wollen, überlegte es sich dann jedoch anders, hob den Blick und winkte einem Schankmädchen.

»Entschuldigung, Madame«, sagte er. »Noch eine Flasche Imperial rot, bitte.«

Sie lächelte, nickte und ging davon.

Ich brummte. »Whiskey wäre besser gewesen.«

»Wir versuchen, unauffällig zu sein«, erwiderte er. »In einer imperialen Stadt trinkt man Imperial rot.« Er schniefte. »Außerdem brennt mir Whiskey Blasen in den Mund.«

»Dann sollten wir dir vielleicht einfach einen Becher Milch bestellen.«

»Siehst du?« Er hob seinen Zeigefinger vor meiner Nase. »Genau das! Deshalb bist du nicht die Charmante. So etwas sagt nur eine Prügelmaid.«

Ich wollte etwas erwidern, aber in dem Moment bemerkte ich eine auffällige Bewegung an der Tür der Schenke. Die schlagfertige Bemerkung, die ich für Jero parat hatte, musste warten.

Denn die Frau, die ich umbringen musste, spazierte in diesem Moment durch die Tür herein.

9. KAPITEL
WOANDERS

Du hast schon wieder den Drill verpasst.«

Ich erinnerte mich an ihre Stimme. Wie sie in einen Raum drang, bevor sie selbst einen Fuß hineingesetzt hatte.

Manche Leute nannten sie schrill und nervig wie Ausschlag. Ich persönlich hatte schon immer gefunden, dass ihre Stimme einen gewissen klaren Charme hatte. Sie neigte nicht zu sinnlosem Geplauder. Wenn sie sprach, war jedes ihrer Worte speziell an ihr Gegenüber gerichtet.

Aber als ich an jenem Morgen das Kissen vom Kopf zog und sie aus meinen zerwühlten Laken heraus anstarrte, wusste ich, was die Leute gemeint hatten. Vielleicht lag es aber auch an dem Kater nach den sechs Flaschen Wein vom Abend zuvor.

Darrishana stand in der Tür meiner Stube und übersah geflissentlich die leeren Weinflaschen auf dem Boden und auch das grelle Sonnenlicht, das sie einließ. Ihrer Imperialen Uniform gelang es nicht, ihrer zierlichen Gestalt Autorität zu verleihen, ebenso wenig wie ihrem blonden Zopf und ihrem weichen Gesicht, ganz gleich, wie finster sie mich ansah.

»Das ist das sechste Mal diesen Monat.« Sie stemmte die Fäuste auf die Hüften. »Es fällt auf, und die Nullen werden immer frecher. Die Moral sinkt, und der ganze Feldzug kommt ins Wanken.«

Sie übertrieb natürlich. Damals hatte die Revolution schon seit Jahren keinen bedeutenden Sieg mehr errungen. Wir alle sahen sie nicht als Rebellen mit Kanonen und Maschinen, sondern mehr als Nullen ohne Magie, Kultur oder Bestimmung. Ich zog mir das Kissen wieder über den Kopf.

»Salazanca«, seufzte sie. »Würdest du mich wenigstens ansehen, wenn ich dir vom unmittelbar bevorstehenden Zusammenbruch unseres Imperiums erzähle?«

Es gelang mir mit Mühe, mich aus den Kissen zu heben und meinen pochenden Kopfschmerz, meinen trockenen Mund und den ganz unverkennbaren Geruch zu ignorieren, bis ich auf der Bettkante saß und durch weiße ungewaschene Haarsträhnen ihre geröteten Wangen sah.

»Und könntest du dir bitte etwas anziehen?«

Von wegen! Ich stand in ihrer Schuld, aber nicht so tief. Außerdem bemerkte ich grinsend, dass sie nicht wegsah.

»Hör zu.« Sie richtete schließlich den Blick sittsam auf meine Füße. »Ich weiß, dass Kampfpausen langweilig sein können. Aber ich möchte dich daran erinnern, dass diese Laschheit die Nullen überhaupt zu ihrer Revolution angestachelt hat. Dieses Imperium, das wir mit unseren Opfern errichtet haben, überlebt nur, wenn wir dafür kämpfen.«

Sie deutete auf das Waffenfeld, das in der Mittagssonne lag. Ich sah Magier, die mit Feuer und Eis kämpften und ihre Fähigkeiten übten. Ich lächelte. Irgendwie war das goldig.

Ich hatte nur einmal geübt, mit einem großen gemeinen Belagerungsmagus. Zwei Meter zwanzig und vierhundert Pfund magische, unaufhaltsame Muskeln, die weder Schmerz noch Furcht kannten.

Unser Übungskampf hatte zwei Minuten gedauert, aber sie hatten mehr als eine Stunde gebraucht, um ihn aus der Mauer zu klauben, in die ich ihn gerammt hatte.

»Alle da draußen arbeiten hart«, fuhr sie fort und ignorierte meinen schmerzenden Schädel. »Jindunamalar, Vrakilaith, alle bereiten sich auf neue Befehle aus der Hauptstadt vor. Irgendetwas Großes steht bevor, Salazanca. Möglicherweise sogar Befehle von der Imperatrix selbst. Und wenn es ein Ziel gibt, müssen wir …«

Sie verstummte, als ich einen Finger hob, und sah mich an.

»Vergib mir, Darrishana«, sagte ich. »Mein Schädel fühlt sich an, als hätte mich gestern ein Rothac getreten, deswegen funktioniert mein Gedächtnis nicht so gut. Aber … wer hat dich gedeckt, als du dich wegen dieses Festivals zu der Freistatt geschlichen hast?«

Das Rot ihrer Wangen verstärkte sich. »Du«, hauchte sie.

»Ah ja, ich erinnere mich.« Ich stand auf, nackt und von getrocknetem Schweiß bedeckt. Sie wandte sich ab. Ihre Wangen brannten. »Und wer hat letzten Monat an deiner Stelle den Angriff auf die Festung der Nullen angeführt und ihre Tore zertrümmert?«

»Du«, flüsterte sie, »Salazanca.«

»Genau.«

Ich trat näher an sie heran, die Hände auf den Hüften, und sah auf sie runter, bis sie es nicht mehr aushalten konnte. Ihr Gesicht war knallrot, als sie den Kopf hob und mich mit ihrem Blick förmlich aufsog – groß und schlank und ohne jede Narbe. Verdammt, war ich damals stark!

»Und wer ...«, ich hob ihr Kinn mit dem Finger, bis ihr Gesicht zu mir hochsah, »ist nach der Niederlage der Nullen dageblieben und hat in den Trümmern der Festung die ganze Nacht dieses Gemälde gesucht, das dir so gefiel?«

»Ich weiß wirklich nicht, warum.« Ihr Ton war empört, aber sie konnte das Lächeln auf ihrem Gesicht nicht unterdrücken. »Es war bei näherer Inspektion furchtbar.«

»Was ich meine ...«

Ich beugte mich zu ihr hinunter und drückte meine Lippen auf ihre. Ihre Zunge schob sich in meinen Mund, und sie stöhnte leise.

»Ich habe deinetwegen darauf verzichtet, eine Festung niederzubrennen.« Ich legte meine Stirn an ihre. »Und du weißt, wie sehr ich es liebe, Dinge zu verbrennen. Da kannst du mich doch ab und zu bei einem Drill entschuldigen, oder?«

Ihr Lächeln erlosch, und sie sah weg. »Ich mache mir Sorgen«, erklärte sie. »Die Nachrichten über die Schwangerschaft der Imperatrix sind verwirrend. Die Adligen und die Richter tuscheln, und ich mache mir Sorgen um das Imperium.« Sie sah mich wieder an. »Und um dich. Wir kämpfen hier für sie, aber das scheint sie nicht zu kümmern.«

»Du machst dir über alles Sorgen.« Ich tätschelte ihre Wange. »Aber meinetwegen brauchst du dir keine Sorgen zu machen. Ich bin schließlich ein Wunderkind.«

»Was du auch nur zu gern immer wieder betonst.« Darrishana verdrehte die Augen, als ich an ihr vorbeiging. »Die mächtige Rote

Wolke, Günstling der Lady Merchant selbst, die Magie anwendet wie … Salazanca!«

»Was denn?« Ich wollte gerade in den Hof treten.

»Du bist nackt!«, schrie sie mir hinterher.

»Und ich bin die Rote Wolke.« Ich hob einen Finger, als sie mit einem Laken hinterhergelaufen kam und es um meinen Körper wickelte. »Ohne mich können sie keinen Krieg führen.«

»Salazanca!«

Ich erinnere mich daran, wie sie meinen Namen aussprach.

Ich erinnere mich an ihre Stimme.

Und ich erinnere mich daran, wie diese Stimme in jener Nacht stumm blieb, als ich blutend auf dem Boden lag und nach ihr rief.

Und sie nicht antwortete.

*

Darrish die Steinerne betrat wortlos die Bar.

Niemand bemerkte es. Warum auch? Sie war irgendein Gast in einem Mantel, der aus dem Schnee hierher flüchtete. Vielleicht war sie kleiner und jünger als die anderen Gäste, ihr blondes Haar war zerzaust, und ihre Augen wirkten müde, aber sie war nichts Besonderes. Niemand sah zu ihr hin.

Außer mir.

Ich war wie erstarrt, als die Tür hinter ihr zufiel.

In der Nische auf der Rückseite des Raums bemerkte sie mich nicht, als sie den Blick durch die Schenke schweifen ließ. Sie zog die Kapuze etwas fester um den Kopf und machte einen Schritt nach vorn.

Ich blinzelte und lag blutend auf dem Boden, während die dreiunddreißig Namen auf meiner Liste um mich herumstanden.

Sie machte noch einen Schritt.

Ich sah, wie das Licht mit meinem Blut aus meiner Brust emporschoss und meine Magie mitnahm, obwohl ich sie anflehte zu bleiben.

Noch ein Schritt.

Ich kreischte, weinte und fragte stammelnd, warum sie mir das antaten.

Noch einer.

Ich fühlte mich leer und hohl, meine Magie war mir genommen, und mein Körper war von Wunden übersät.

Noch einer.

Ich war nicht mehr Rote Wolke. Dieser Name gehörte mir nicht mehr. Ebenso wenig wie dieses Leben.

Während sie auf die Mitte des Schankraums zuhielt, zuckten bei jedem Schritt Erinnerungen in meinem Kopf hoch, bis ich mich erneut hohl fühlte und nur noch eine Erinnerung übrig war.

Wie ich in diesem dunklen Ort nach jemandem suchte, der mich retten würde. Ich sah nur Fragmente von Grimassen und blitzenden Augen. Und ein einziges Gesicht.

Ich hatte meine Hand nach Darrishana ausgestreckt und sie angefleht, mir zu helfen. Sie hatte mich nur angesehen, den Mund geöffnet, nichts gesagt und mir den Rücken zugekehrt.

»Sal?« Ich nahm Jeros Flüstern kaum wahr, während ich zusah, wie Darrish sich durch die Masse der Gäste drängte. »Geht es dir gut?«

Warum war sie hier? Woher kam sie? Und warum hatte sie mich nicht gesehen?

War sie überhaupt real?

Ich konnte mir nicht sicher sein. Ich hatte in letzter Zeit tagsüber und in meinen Träumen Geister gesehen, Leute, die ich töten musste. Vielleicht war auch das nur eine Illusion.

Und wenn nicht?

Alles um mich herum wurde plötzlich zu einem Rauschen und grau, bis auf eine einzige farbige Person. Sie.

Eine Stimme in mir, die vernünftige, leise Stimme, ermahnte mich, daran zu denken, was auf dem Spiel stand. Dass möglicherweise alle Kriege beendet würden, wenn ich einfach still sitzen blieb, bis dieser Geist verschwand wie alle anderen auch.

Ein anderer Teil von mir, der kalte, stille Teil, sprach ebenfalls leise. Er forderte mich auf, mich an die Frau zu erinnern, die mir ihr Herz gezeigt hatte, als sie mich brauchte. Und die kalte Schulter, als ich sie brauchte. Die ein weiterer Name auf der Liste war. Ein Schritt näher zurück in die Normalität, in meine Normalität.

Wie viele Kriege, fragte mich die Stimme, ist das wert?

Ich spürte meine Beine nicht, als ich aus der Nische glitt und auf Darrish zuging, auch fühlte ich nicht, wie meine Hand den schwarzen Griff der Pistole umklammerte.

Ich spürte nur die Hitze des Kakophon und entschied mich.

Aber die Pistole wollte nicht aus dem Futteral kommen. Hitze schoss durch meinen Arm, als der Kakophon sein Missfallen kundtat. Ich sah hinab. Eine Hand hatte mein Handgelenk gepackt und verhinderte, dass ich die Waffe zückte.

Jeros Hand.

Farbe und Geräusche kehrten zurück, als ich ihn ansah. Aber er hatte keine Augen für mich, sondern starrte zum Tresen.

Makellos' Blick war auf uns gerichtet.

Es würde niemandem auffallen, der es nicht schon einmal erlebt hatte. Der Moment, in dem ein Mann seine Maske fallen lässt und sein wahres Gesicht zeigt. Ich hatte es tausend Mal erlebt und registrierte es selbst kaum, so gut war er.

Einen winzigen Moment lang verschwand die Maske eines prahlerischen Trunkenboldes, und stattdessen zeigte sich etwas eiskalt Kalkulierendes und beunruhigend Aufmerksames. Sein Blick zuckte zwischen uns hin und her und nahm alles auf: Jero, der ihn musterte, Jeros Hand auf meinem Handgelenk, meine Finger auf der Waffe an meiner Hüfte. Im nächsten Moment sah ich, wie seine Augen sich erkennend weiteten.

»Er hat uns durchschaut«, murmelte Jero. »Scheiße.«

Kurz darauf war die Maske erneut am Platz, und er grinste wieder schleimig. Er beugte sich zu Agne, nahm ihre Hand in seine und flüsterte ihr etwas zu, bevor er vom Hocker rutschte und zu einer Ecke neben dem Tresen ging.

»Komm.«

Jero ließ mich los, trat aus der Nische und ging zu Agne. Ich sah mich in der Schenke um. Darrish die Steinerne war nirgendwo zu sehen.

War sie real gewesen? Oder nur ein weiterer Geist, der meinem Gehirn entsprungen war? Da sie so schnell verschwunden war, war ich bereit, Letzteres anzunehmen.

Aber darüber konnte ich später nachdenken, wenn nicht gerade alles den Bach runterging.

»Du hast ihn gehen lassen?«

Ich registrierte Jeros gereiztes Knurren, als er sich zu Agne beugte. Die sah ihn verwirrt an.

»Er musste pissen«, antwortete sie. »Was sollte ich machen?«

»Du solltest ihn auf keinen Fall aus den Augen lassen.«

»Und ich sagte dir, dass meine Ergebenheit für deine Sache vor dem Abtritt endet!«

Jero verzog das Gesicht. »Hast du nicht gesagt.«

»Ich nehme doch schwer an, dass das nicht nötig war.« Agne trank einen Schluck Wein, sichtlich unbekümmert. »Keine Sorge. Er kommt bald zurück, und dann machen wir weiter.«

»Er kommt nicht zurück, du Idiotin!«, zischte Jero. »Er hat uns durchschaut.«

»Das ist unmöglich.« Agne schüttelte den Kopf. »Ich bin die Verkörperung einer entzückenden Maid.«

»Er hat …« Jero unterbrach sich und warf mir einen kurzen Blick zu, »jemanden erkannt.«

Ich reagierte nicht auf die Anklage in seinem Blick, sondern zückte meine Pistole, drehte mich um und zog mir den Schal über das Gesicht, als ich mich auf den Weg machte. Wenn das Misslingen dieser Operation meine Schuld war, würde sie in einem brennenden Sarg den Bach hinunterschwimmen.

Zunächst mal ging ich nach hinten, wo Makellos verschwunden war. An einer Tür hing die alte Imperium-Sigille für anrüchige Orte.

In-Haus-Abtritte waren – wie das Voccaphon – eine Errungenschaft der Revolution, die das Imperium von ihren ehemaligen Sklaven übernommen hatte. Deshalb fand man kaum eine Schenke, in der es nicht einen kleinen Verschlag gab, wo man ungestört pissen konnte.

Intim, klein und vor allem ohne Fluchtmöglichkeit.

Makellos wäre nicht der erste Mann, den ich auf einem Abtritt zur Hölle gespült hatte. Und wahrscheinlich auch nicht der letzte.

Ich nahm eine Raureif-Patrone aus meinem Beutel und schob sie in die Kammer der Trommel. Dann nahm ich den Kakophon in beide Hände.

»Wollen wir?«

»Los geht's«, antwortete er.

Ich trat die Tür ein und richtete die Waffe in die Kabine. Aber ich drückte nicht ab und spürte, wie der Kakophon, mein »Patron«, mürrisch siedete, weil er nicht töten konnte. Aber wir hätten beide ziemlich dumm ausgesehen, wenn ich eine Latrine auf Eis gelegt hätte.

»Scheiße!« In der leeren Kabine standen nur eine Schüssel, die nach Urin stank, und ein leeres Weinglas, aber es war kein Meisterspion zu sehen. Ebenso wenig wie ein Ausgang. »Wohin zur Hölle ist er …?«

»Sal.« Jero tauchte hinter mir auf. In dem schummrigen Licht wirkten seine Falten wie schwarze Narben. »Komm mit.«

Er trat aus der Schenke auf die Straße, und ich folgte ihm auf dem Fuß. Es schneite stark, und ich blickte auf eine Stelle, wo sich die Straße zu einem Spinnennetz von Gassen verzweigte. Ideal, um Verfolger abzuschütteln.

Bevor ich zwei Schritte in die Richtung getan hatte, spürte ich Jeros Hand auf meiner Schulter.

»Nein«, sagte er. »Hier entlang.«

»Sicher?« Ich zweifelte, folgte ihm aber trotzdem.

»Ganz sicher. Er weiß, dass wir ihn verfolgen.«

Ich blickte zu den engen Gassen hinter uns zurück. »Ich würde jedenfalls dorthin gehen, wenn ich verfolgt würde.«

»Weil du es gewohnt bist, Bestien und Vagranten zu jagen«, erwiderte er. »Makellos lebt seit Jahren in einer Stadt voller Feinde. Wir jagen einen Spion. Und Spione …«, wir bogen um eine Ecke, und Jero verzog das Gesicht, » … suchen das Licht.«

Bunte Motten flatterten mit handtellergroßen Flügeln über den Köpfen von sich umarmenden Liebenden. Längst verstorbene Opernsänger mit imperialen Masken sangen Balladen in einer Sprache, die nur die Alten verstanden, die ihnen zusahen. Mädchen flüchteten kichernd vor zweiköpfigen Katzen.

Alle möglichen Spektralbilder tanzten durch den Schnee oder schlichen über die Straße, glitten durch Menschen hindurch und tauchten unter Applaus und Gelächter in ihrem Rücken wieder auf.

Entlang der Avenue saßen auf kleinen Podesten Frauen und Männer in aufwendigen Kostümen und prächtigen Masken. Sie kontrollierten diese Spektralbilder mit glühenden Fingerspitzen und verzückten die Menschenmenge, die die Kunststücke der geisterhaften Bestien oder die Arien der Sänger mit Münzen belohnte.

»Marionetten«, murmelte ich.

Diese Illusionsmagie wurde von den Gelehrten nicht als wahre Kunst erachtet, weil man damit keine Leute töten konnte. Aber diese »Puppenspieler«, wie man sie nannte, waren sehr beliebt unter Menschen, die nicht wussten, wie viele Leichen Magie für gewöhnlich auftürmte. Als kleines Mädchen in Cathama hatte ich sie geliebt.

Allerdings hatte ich damals auch keinen Mann verfolgt, um wichtige Informationen aus ihm herauszuprügeln.

»Der Nachtmarkt«, sagte Jero und ließ den Blick über die Menge gleiten. »Die Reichen steigen von den Klippen herunter, um sich unter das gemeine Volk zu mischen, sich billig zu amüsieren und herumzuhuren.«

Was er meinte, spielte sich im Schatten hinter den Spektralbildern ab. Theshawolken aus den reich verzierten Pfeifen kichernder Adliger hingen in der Luft, und Männer und Frauen in unterschiedlich provokativer Kleidung handelten Preise mit Kunden aus, bevor sie hinter Samtvorhängen mit ihnen verschwanden. Händler priesen lautstark illegalen Wein, illegale Waren und illegales Fleisch für die drogenberauschten und betrunkenen Edelleute an.

Heute Morgen hatte sich Terassus noch sonderbar angefühlt. Jetzt, mit dem Gestank nach Wein und Rauschgift und der Atmosphäre von Gewalt in der Luft, fühlte es sich etwas vertrauter an.

»Makellos will in der Menschenmenge untertauchen«, sagte Jero. Er blickte angestrengt über die Köpfe der Menschen hinweg. »Und wir werden ihn nicht finden …«

»Es sei denn, jemand folgt ihm.« Ich zog geräuschvoll die Luft durch die Nase. »Gut, dass du deine Prügelmaid dabeihast, stimmt's?«

Jero nickte. »Agne ist hinter uns und wird verhindern, dass er hier flüchtet. Ich gehe auf die andere Seite, falls er versucht, dort herauszukommen.« Er sah mich skeptisch an. »Bist du sicher, dass du ihn findest?«

War ich nicht. Seit ich Darrish in der Schenke gesehen hatte, wusste ich nicht, was real war und was nur ein Geist, der aus dieser dunklen Stelle in meinem Kopf kroch. Aber ich wusste drei Dinge genau.

Erstens würde ich ohne die Hilfe von Zwei-Einsame-Alte-Männer meine Liste niemals abarbeiten können. Zweitens würde ich diese Hilfe nicht bekommen, wenn ich Makellos nicht fand. Und drittens?

»Ich bin mir sicher«, antwortete ich. Ich war eine verdammt gute Lügnerin, wenn es nötig war.

»Aber pass auf!«, rief Jero mir nach, als wir uns trennten. »Man wird kein Meisterspion, ohne ein paar Tricks zu lernen.«

Sofort drängten sich die Menschen auf dem Nachtmarkt um mich. Adelige, die auf ein neues Abenteuer aus waren, betrunkene Feiernde, die kicherten und ihren Wein verschütteten. Und manchmal auch ein Freier, der nicht warten konnte und nackt in den Armen einer hübschen Fremden lag, die er gerade kennengelernt und bezahlt hatte.

Ich schob mich an ihnen vorbei, trat sanft über sie hinweg und entmutigte die etwas Handgreiflicheren mit einem freundlichen Schlag in die Nieren. Aber den Marionetten konnte ich nicht entgehen.

Ein Sumpf aus bunten Spektralbildern stürzte sich auf mich. Koikarpfen schwammen träge über meinen Kopf hinweg, körperlose Melodien von Spektralbild-Opernsängern waberte über die Menge und durchdrangen den Lärm. Schimmernde Nachtkatzen verfolgten ebenso schimmernde spektrale Hunde durch Wände und die Pflastersteine auf der Straße.

Ich hatte erwartet, in dieser Menge von attraktiven und gut gekleideten Adligen einen dicken Mann in einem schmutzigen Mantel leicht zu finden. Aber es war schwierig, zwischen den schillernden Spektralbildern etwas zu sehen, in dem Lärm des Markts etwas zu hören, schwer, sich zu bewegen …

»Stelle dich meinem Eisen, Schurke!«

Ich sah die Klinge, bevor ich die Gestalt bemerkte, die sie hielt. Ein Langschwert bohrte sich durch mein Hemd in meine Brust, noch bevor ich die Hand um den schwarzen Griff der Waffe unter meinem Mantel legen konnte. Mir stockte der Atem, dann riss ich die Augen auf. Das Schwert war knallpink?

Genauso wie die Gestalt, die es hielt.

Laut lachend tanzte der spektrale Kämpfer auf seinen geisterhaften Füßen vor und zurück und durchbohrte mich ständig mit seinem Schwert. Die Klinge verschwand, wenn sie meine Haut berührte, und zurück blieb nur ein schwaches Kribbeln. Und das war längst nicht so grausam wie das selbstgefällige Grinsen des magischen Puppenspielers.

»Wie es aussieht, ist Lord Fyzzyl zu geschickt für dich, Liebes.« Er verbeugte sich und hielt die Hand auf, weil er eine Belohnung erwartete. »Vielleicht nächstes Mal …«

Er brachte seinen Satz nicht zu Ende, aber dafür schrie er, als ich seinen Kragen packte und ihn unsanft gegen eine Wand hämmerte. Wut durchströmte mich, eine Wut, die ich nur zu gern an diesem armen Idioten ausgelassen hätte. Was ihm klar war, denn auch seine Maske konnte das Entsetzen in seinem Blick nicht verbergen.

Mit einer Hand hielt ich ihn weiter an die Wand gepresst, mit der anderen holte ich etwas Glänzendes aus meinem Gürtel. Er hatte nicht genug Luft, um zu schreien, als ich seine Hand nahm, zwei Kupferknöchel hineinschob und seine Finger darum schloss, bevor ich mich wieder ins Gewühl stürzte.

Keiner konnte behaupten, Sal Kakophonie würde die Künste nicht unterstützen.

Idiotin!, schalt ich mich selbst. *Gib ihm nicht die Schuld dafür, dass du den Angriff nicht hast kommen sehen. Wie zum Teufel konntest du ein pinkfarbenes Schwert übersehen? Was ist heute mit dir los?*

Ich verzichtete auf eine Antwort, weil ich sie kannte.

Noch immer konnte ich das Gefühl aus der Schenke nicht abschütteln, dass alle Farben und Geräusche plötzlich verschwanden. Selbst jetzt schienen sie gedämpft zu sein, als existierten sie gar nicht richtig, als wüsste ich nicht, was Wirklichkeit war.

Wegen Darrish.

Weil ich sie gesehen hatte. Oder nur geglaubt hatte, sie zu sehen. Weil ich es nicht genau wusste und deshalb Realität und Illusion nicht mehr unterscheiden konnte.

Ich atmete keuchend, als wäre ich gerade dreißig Meilen gelaufen statt zehn Meter. Irgendwas stimmte nicht mit mir. Und es war schlimmer, als ich zuerst gedacht hatte. Gesichter, Illusionen und

Lachen um mich herum verschmolzen zu einem Strom aus Lärm und Licht. Ich konnte keine Menschen mehr erkennen, geschweige denn den, den ich suchte.

Kehr um, sagte ich mir. *Suche Jero und schicke ihn an deiner statt her. Du schaffst das nicht, nicht, solange du Geister siehst.*

»Darrish.«

Meine Stimme klang dumpf, als ich ihre Kapuze in der Menge sah. Da war sie, einfach so, wie in der Schenke.

Darrish die Steinerne oder ein Geist, der aussah wie Darrish. Oder eine Illusion? Ich konnte keinen klaren Gedanken fassen, als sie plötzlich den Kopf wandte und mir direkt in die Augen sah.

Ich wusste nicht, was sich hinter diesem Blick verbarg. Furcht? Wiedererkennen? Oder war es etwas anderes? Ihre Lippen formten zwei Worte, die ich nicht hören konnte.

Hallo, Sal.

Nein. Warte, es war etwas anderes …

Pass auf.

Ich hörte das Zischen, als Eisen aus einer Scheide fuhr.

Spürte den massigen Körper von jemandem hinter mir.

Drehte mich um.

Makellos' Klinge bohrte sich in meinen Körper.

Nur weil ich mich im letzten Moment herumgedreht hatte, war seine Waffe in meine Seite eingedrungen, statt mein Rückgrat zu durchtrennen. Er erkannte seinen Fehler, wie die Furcht auf seinem Gesicht verriet.

»Scheiße.« Er riss die Klinge heraus und wollte verschwinden, bevor ihn jemand bemerkte.

Ein guter Plan. Entkomme und lass mich zurück, um entweder die Jagd abzublasen oder zu riskieren zu verbluten. Hätte ich mehr Grips als Narben, hätte das wahrscheinlich auch funktioniert.

Ich packte sein Handgelenk, als er sich umdrehte, und ließ es trotz der Schmerzen nicht los. Er versuchte, sich so unauffällig wie möglich von mir zu lösen, damit die Leute um uns herum nicht auf uns aufmerksam wurden.

Sie bemerkten mein Blut nicht. Und er bemerkte meine Klinge nicht.

Bis ich sie ihm in den Wanst gerammt hatte.

Der Stahl grub sich durch seine Kleider ... Aber das Zittern, das einem verrät, dass man etwas Lebenswichtiges getroffen hatte, blieb aus. Als alter Soldat wusste er, wie man so einen Stoß hinnahm, ohne umzukippen, und er knurrte nur erstickt. Dann rammte er mir seinen Ellbogen gegen den Kiefer, riss sich von meinem Griff und von meinem Eisen los und drängte sich zwischen zwei Liebenden hindurch, ohne auf ihre Flüche zu achten.

Eigentlich wollte ich ihm folgen, zuckte aber zu heftig vor Schmerz. Ich presste meine Hand auf die Verletzung, holte scharf Luft und biss die Zähne zusammen.

Mehr Zeit brauchte er nicht, um mich abzuhängen.

Suchend musterte ich die Menge. Mir wurde dunkel vor Augen, und die Spektralmarionetten waren noch verzerrter als vorher. Es war von Anfang an schwierig gewesen, ihn aufzuspüren. Jetzt, als der Schmerz meine Sinne vernebelte, war es unmöglich.

Das heißt, unmöglich für mich.

Entschlossen schob ich mein Messer wieder in meinen Mantel und fuhr mit der Hand über die Klinge. Makellos' Blut war auf meiner Handfläche, als ich sie auf den schwarzen Griff an meiner Hüfte legte. Ich spürte das entzückte Brennen in meiner Hand.

Schluss damit, Geister zu sehen und Spiele zu spielen. Es wurde Zeit, zu Abwechslung *ihn* arbeiten zu lassen.

Der scharfe Gestank von kochendem Blut drang mir in die Nase. Rauchfahnen kräuselten sich unter meinem Mantel hervor, als Makellos' Blut auf dem Griff des Kakophon kochte. Er soff es durch sein brennendes Messing und schnurrte.

»Hier entlang.«

Ich hörte auf ihn, hielt den Blick auf den Boden gerichtet und konzentrierte mich auf jeden Schritt. Mehr schaffte ich nicht. Die Schmerzen waren quälend, und ich konnte den Lärm des Nachtmarkts über meinen angestrengten Atemzügen nicht hören. Sehen konnte ich genauso wenig, aber das brauchte ich auch nicht.

»Da.«

Er sagte mir alles.

Man denkt vielleicht, er ist nur eine Waffe und ich könnte ihn kontrollieren. Verständlich. Wenn er still ist, denke ich das manchmal selbst.

Genau das will er. Denn gerade wenn er still ist, merke ich, dass er eben nicht nur eine Waffe ist. Er lauscht und giert, denkt nach. Wenn er Blut schmeckt, wenn er einen Menschen gekostet hat, seine Angst und seine Träume kennt und die Schritte, die er tut, und die Dinge sieht, die er gesehen hat – weiß auch ich nicht mehr, was dieser Kakophon eigentlich ist.

Ich ließ mich von ihm führen. Er sagte mir, wohin ich treten musste, wer mir ausweichen und wer flüchten würde, wenn ich ihn bedrohte. Dabei hielt er den Blick auf meine Füße gerichtet und beobachtete jeden Schritt, bis der Lärm der Menschenmenge verebbte und ich nur meinen rasselnden Atem hörte und den Schnee spürte, der auf meiner blutigen Haut schmolz. Erst dann blickte ich hoch.

So richtig wusste ich nicht, wohin er mich geführt hatte. In irgendeinen kalten, leeren Teil der Stadt, wo die Häuser dunkle Fenster hatten, die Straßen menschenleer waren und alles kalt und ruhig war.

»Ich sehe ihn nicht«, flüsterte ich.

»Er ist in der Nähe«, erwiderte der Kakophon. *»Halte dich bereit.«*

Ich griff in meine Tasche und zog eine Patrone heraus. Jero hatte mir empfohlen, nicht zu viele mitzunehmen. Angeblich gab es eine feine Grenze dazwischen, sich auf Ärger vorzubereiten und ihn zu suchen. Aber ich würde mich lieber in alle Löcher ficken lassen, als ohne Höllenfeuer irgendwohin zu gehen. Also schob ich die Patrone in die Kammer, schloss die Trommel, spannte den Hahn und lauschte.

Nichts. Nichts als Schnee und Wind. Nur mein heißer Atem, mein hämmerndes Herz und mein Blut, das an meiner Seite heruntertropfte, der Schnee, der sich hinter mir bewegte …

»Da!«

Ich hörte seine Warnung, spürte sie, wirbelte herum.

Makellos stand unmittelbar hinter mir. Wie hatte er so nah an mich herankommen können? Ich wusste es nicht, und es kümmerte mich auch nicht. Ich hob den Kakophon mit beiden Händen und zielte auf ihn, als er mich angriff.

Dann drückte ich ab.

Schnee stob hoch in die Luft, Holz splitterte, und Glas zerbarst. Höllenfeuer schickte sich an, die Nacht zu verschlingen. Der Schnee schmolz dampfend und zertrümmerte Türen, Fenster und Kisten fielen in glühenden Brocken zu Boden. Müßig schulterte ich den Kakophon und wartete darauf, dass der Dampf sich verzog.

Zugegeben, es war vielleicht etwas überstürzt. Jero hatte gesagt, wir bräuchten das, was Makellos bei sich hatte, und das würde wahrscheinlich einen Feuerstoß dieser unheiligen Flamme nicht überstehen. Andererseits hatte Jero auch gesagt, wir müssten Makellos erwischen. Also war es eigentlich Jeros Schuld, dass Makellos jetzt tot war. Soll heißen, es wäre seine Schuld gewesen.

Wenn Makellos nicht mitten in dem Trümmerfeld gestanden hätte und unhöflicherweise quicklebendig war.

Der Wind verwehte den Dampf und enthüllte einen dicken Mann hinter einem noch dickeren Schild. Ein Kreis aus Bronze mit geschwärzter Oberfläche, wo Höllenfeuer ihn getroffen hatte. Über den Rand des Schildes starrte mich der Mann entsetzt an.

»Was zur Hölle ist das denn?«, knurrte er.

»Was verfickt ist *das*?« Ich deutete auf den Schild.

Er schüttelte sein Handgelenk, und der Schild faltete sich zusammen, bis nur noch ein dicker Bronzebuckel an Makellos' Handgelenk übrig war.

»Ein faltbarer Schild«, knurrte er. »Hilft gegen Klingen und Magie der imperialen Schweine. Revolutionäre Genialität vom Feinsten.«

»Na klar«, erwiderte ich und fischte eine weitere Patrone aus meiner Tasche. »Oder schlicht Betrug.«

Er kannte den Kakophon vielleicht nicht, aber er wusste, was eine Pistole war. Kaum hatte ich die Trommel zugeklappt, rannte er los. Aber nicht von mir weg, weil er nicht schneller als eine Kugel laufen konnte, wie er natürlich wusste. Sondern auf mich zu, die Klinge erhoben.

Ich überprüfte die Patrone, Raureif, klappte die Trommel erneut zu und zielte, als er auf mich zustürmte. Er lief im Zickzack und konnte vielleicht meine Zielgenauigkeit erschüttern, aber nicht die des Kakophon. »*Jetzt*«, flüsterte seine Messingstimme.

Ich drückte ab.

Makellos war schneller. Er packte meine Hand und riss sie hoch. Die Messingstimme brüllte wütend, als die Raureifpatrone in die Nacht hinauszischte und ihre kristallinen Fragmente zwischen den Schneeflocken zur Erde herabsanken.

Wie kann ein so großer Mann sich so verfickt schnell bewegen?, dachte ich. *Viel zu schnell!*

Im nächsten Moment hörte ich auf zu denken, weil eine Klinge, die auf meinen Bauch zuschoss, meine Aufmerksamkeit verlangte. Ich sprang zurück, aber die Spitze seines Dolchs zog einen blutigen Striemen über meinen Bauch. Es war nur eine Warnung – die mich aber nicht aufhalten konnte.

Ich schob den Kakophon in die linke Hand und zog mit der rechten mein Schwert, als er sich auf mich stürzte. Unsere Schwerter klirrten, und ich spürte die Vibration bis hoch in meine Brust. Er war stark, schnell und gerissen.

Wenn ich noch lange nachdachte, würde ich hier sterben.

Also konterte ich seinen Angriff und stieß mit meinem Schwert nach seiner Brust. Er wich aus, und ich folgte ihm, rutschte durch den schmelzenden Schnee. Aber sosehr ich mich auch bemühte, ich streifte höchstens seinen Mantel, traf sein Schwert oder schlug vorbei.

Ich hatte schon gegen alte Soldaten gekämpft und kannte diesen Trick. Er ließ mich angreifen, bis ich müde wurde, und wartete auf eine Lücke. Er wusste, dass er mich schwerer verletzt hatte als ich ihn. Seine Erfahrung sagte ihm, dass er nur warten musste.

Aber ein Soldat ist eben ein Soldat. Er lernt in Akademien und nach Regeln zu kämpfen, für andere Leute zu kämpfen. Wenn man um sein Leben kämpfen muss, lernt man Dinge, die selbst die beste Armee einem nicht beibringen kann. Wie meinen nächsten Zug.

Blitzschnell schlug ich zu und bot ihm eine Lücke. Er nutzte sie und schlug mit dem Schwert nach meiner Seite. Ich drehte mich so weit, dass er kein lebenswichtiges Organ traf, aber seine Klinge grub sich in die frische Wunde. Ich wäre am liebsten tot umgefallen, tat es aber nicht. Stattdessen packte ich seinen Arm und hielt sein Schwert fest. Er versuchte, sich zu befreien, merkte aber, dass ich stärker war. In demselben Moment, in dem er merkte, was ich als Nächstes tun würde.

Ich hob den Kakophon und hämmerte den schweren Griff auf Makellos' Schulter. Das Gelenk lockerte sich, und er knurrte vor Schmerzen. Dann sah er mich entsetzt an, als ich die Waffe erneut hob.

»Nicht!«, schrie er.

Ich schlug zu. Das Geräusch, mit dem seine Schulter aus dem Gelenk sprang, war Musik in meinen Ohren. Und sein gequälter Schrei war eine ganze Sinfonie.

Er stieß mit seinem Knie zu, aber ich sprang zurück und ließ ihn los. Makellos taumelte zurück und starrte seinen nutzlosen rechten Arm an, bevor er den Blick wieder auf mich richtete. Es war ein abschätzender Blick, weder wütend noch hasserfüllt. Er studierte mich wie ein Schlachtfeld und erkannte, dass ich erheblich tückischer war, als ich aussah.

Was mich sehr selbstzufrieden machte – bis ich merkte, dass ich ziemlich viel Blut verlor.

»Du bist kein Deserteur.« Sein scharfer Blick glitt über die Tätowierungen auf meinen Handgelenken. »Du bist ein verfluchter Söldner. Fick mich!«

»Warum nicht? Aber du musstest ja weglaufen.«

»Ich habe vierzig Jahre dem Großen General gedient!«, stieß er hervor. »Zweiunddreißig davon im Spionagekader der Revolution. Ein ganzes Jahrzehnt habe ich vor den Nasen der Imperialen getanzt, bin ihren Maskenmagiern ausgewichen und habe mich vor jeder Art von Magie, die sie hatten, versteckt.« Er schüttelte den Kopf. »Und dann werde ich von einer gemeinen Vagrantin enttarnt.«

Ich wäre wegen des »gemeine« beleidigt gewesen, wenn ich nicht dabei gewesen wäre, ihn umzubringen.

»Ich weiß nicht, warum du nach Terassus gekommen bist«, sagte er. »Ebenso wenig weiß ich, warum du mich bis hierher verfolgt hast. Aber ich weiß, dass die Wunde, die ich dir zugefügt habe, dich verbluten lässt, wenn du dir keine Hilfe holst. Und hinter was du auch her bist, du liebst es unmöglich mehr als Geld.« Er deutete mit dem Kinn vage auf irgendeinen Ort in der Ferne. »Du bist zu schwer verletzt, um weiterzukämpfen, und ich habe schon viel zu viel Zeit hier vergeudet. Ich habe Metall in der Nähe versteckt. Ich sage dir, wo es ist. Wir belassen es dabei, du kannst damit verschwinden, solange du diese Stadt verlässt.«

Er sagte die Wahrheit.

Mit jedem Atemzug verebbte das Adrenalin und wurde durch Schmerzen ersetzt. Er hatte vielleicht kein lebenswichtiges Organ getroffen, aber über kurz oder lang würde ich verbluten. Es wäre brillant, sein Angebot anzunehmen. Wenn ich meine Klinge sinken ließ, behielt ich mein Leben, Metall und alles andere.

Mein Lebensblut tropfte auf den weißen Schnee. Ich sah ihn, müde und verletzt und trotzdem bereit zu kämpfen. Ich sah alles … bis auf die Geister. Bis auf den einen Ort, wo ich vor ihnen sicher war. Ich schluckte und öffnete die Faust.

Meine Klinge landete klappernd auf dem Boden.

»Kluges Mädchen.« Makellos nickte. »So endet es gut für uns beide.«

»Nein«, widersprach ich. »Nur für mich.«

Er kniff die Augen zusammen. »Du bist zu schwer verletzt, um mich zu besiegen, Mädchen.«

»Das stimmt.« Ich griff in die Tasche und zog eine Patrone heraus. »Aber ich habe noch einen Schuss übrig.«

Ich fuhr mit dem Finger über die Patronen und ertastete das Wort *Höllenfeuer.* Ich öffnete die Trommel des Kakophon.

»Und du kannst deinen Schild nicht mehr heben.«

Die Trommel schloss sich mit einem lauten Klicken. Der Kakophon zischte aufgeregt, als ich mit ihm auf den dicken alten Trunkenbold zielte, der mich heute Nacht fast zweimal umgebracht hätte.

Viele Männer und Frauen haben schon in diese Mündung gestarrt, und nur sehr wenige haben diesen Blick überlebt. Die meisten sind mit Flüchen auf den Lippen gestorben, haben mich mit Hass und Wut überschüttet. Ein paar wenige haben gebettelt. Aber ich konnte diejenigen, die mir einen Blick zugeworfen hatten, mit dem Makellos mich jetzt ansah, an einer Hand abzählen. Er stand da, keuchte, ein Arm hing schlaff herunter, und er starrte dem Tod ins Gesicht. Ohne Hass. Ohne Ärger. Unter dem Blut und dem Schmerz aus seinem aufgedunsenen Gesicht zeichnete sich nur eine Frage ab.

Hast du das wirklich gut durchdacht?

Drei Leute hatten mir so einen Blick zugeworfen, einschließlich

Makellos. Und innerhalb von drei Sekunden waren zwei von ihnen tot gewesen.

Ich spannte den Hahn und hörte das Klicken. Ich packte den Griff fester, und in der folgenden Stille hörte ich nur das Knistern des Blutes auf dem Schnee und den alten Mann, der geduldig darauf wartete, dass ich ihn tötete.

»Sal?«

Und eine Stimme. Schmerzhaft laut.

»Hast du diese riesige Explosion verursacht?«

Und außerordentlich schmerzhaft nah.

»Ah, da bist du ja, Schätzchen.«

Agne tauchte am Eingang einer Gasse auf, die mir gar nicht aufgefallen war. Mit ihrem makellosen Kleid und ihrem Make-up hob sie sich sehr angenehm von der kalten Straße ab. Sie stemmte ihre behandschuhten Hände in die Hüften und sah mich keck an.

»Du bist wirklich ein kleines Luder, eilst davon, wo du doch eigentlich einen Meisterspion verfolgen solltest. Was führst du … denn jetzt … schon wieder …« Sie registrierte allmählich das Gemetzel auf der Straße. »… im Schilde?«

Verwirrt glitt ihr Blick über das Tableau. Wie ich mit einer Pistole in der Hand und einer blutigen Seite dastand und sie anstarrte, über den Schnee, auf dem Glassplitter lagen und Trümmer brannten, zu Makellos mit seinem verletzten Arm. Er blickte sie wütend an, als er begriff.

»Ah.« Sie räusperte sich etwas gekünstelt. »Störe ich da etwa ein Tête-à-Tête?«

Ich sah zu Makellos, um ihn zu erledigen. Aber seine Instinkte waren schneller als meine, und er ergriff die Chance beim Schopf.

Agne schrie auf, als er auf sie zusprang, sich hinter sie schob und ihr seinen ausgerenkten Arm um den Hals schlang. Es bereitete ihm Schmerzen, aber die ertrug er, während er sie als Schild benutzte und ihr ein Messer an die Kehle setzte.

»Ich hätte es wissen müssen!«, zischte er. »Ich hätte meinen Instinkten vertrauen und dich abweisen sollen.«

»Es schmeichelt mir, dass du es nicht getan hast.« Agnes Stimme klang ruhig und gelassen, selbst als sich eine Klinge an ihre Halsschlagader presste. Sie hob die Hände. »Und wenn wir jetzt die ganze Sache zivilisiert handhaben könnten …«

»Womit du sie auch berührst«, schnarrte ich und richtete den Kakophon auf ihn, »füge ich meiner Glieder-Sammlung hinzu, du schmieriger Fettsack.«

»Zivilisiertheit wird vielleicht auch manchmal überschätzt«, räumte Agne ein und sah vielsagend zu mir.

»Denk lieber nach, bevor du mich mit dieser Kanone bedrohst, Mädchen.« Makellos sah mich über Agnes Schulter hinweg finster an. »Ich nehme an, sie hält nicht viel von Präzision, stimmt's? Wenn du abdrückst, dann garantiere ich dir, dass es deine Freundin schlimmer trifft.«

Er drückte das Messer fester an ihren Hals. Agnes Augen leuchteten auf, und sie erstarrte. Aller Charme und alle Zuversicht schmolzen wie Schnee im Frühling. Sie mochte groß sein und mächtig, aber mit einem Messer am Hals waren wir alle nur Fleisch, das darauf wartete, zerteilt zu werden.

Ich kannte das Gefühl und auch diese Angst.

»Und ob sie präzise sein kann«, antwortete ich so ruhig, wie ich es mit der Wunde in meiner Seite und meiner Wut konnte. »Und sie macht noch Schlimmeres. Du hast die Wahl, Makellos.« Ich packte den Kakophon mit blutigen Händen und nahm ihn ins Visier. »Lass sie los, und du bekommst Präzision. Oder du ziehst es durch und bekommst etwas Schlimmeres.«

»Sal …«, flüsterte Agne, wagte aber nicht, mehr zu sagen. Und selbst dieses eine Wort brachte ihren Hals dichter an das Messer. Ich fühlte es zwar nicht, aber ich spürte das schmerzhafte Zucken auf ihrem Gesicht fast genauso deutlich.

»Nein, Vagrantin«, gab Makellos eiskalt zurück. »Du hast die Wahl. Verfolge mich, dann hänge ich dich ab oder du tötest mich vielleicht. Oder bleib und hilf deiner Freundin.«

Er kniff die Augen zusammen, und ich riss meine auf. Agne schrie. Er drückte seine Klinge gegen ihre Halsschlagader.

»Bevor sie verblutet.«

Dann zog er ihr die Schneide über den Hals.

10. KAPITEL

TERASSUS

Metall zischte. Der Warnruf einer Frau. Wütendes Knurren. Lärm, Farben, Licht, all das verschwand, während sich dieser Moment eine Ewigkeit lang erstreckte. Und als alles in einem schmerzhaft kalten Atemzug zurückkehrte, erwartete ich, dass Agnes Blut die Straße färbte.

Ich erwartete nicht, dass ein kaltblütiger Killer verwirrt und zutiefst beunruhigt auf die Klinge in seiner Hand starrte. Sie war zu einer perfekten Sichel gebogen.

Das ist unmöglich. Das war ein perfekter Schnitt. Ich habe es gesehen.

Und doch hatte das Messer nur eine dünne Blutspur auf Agnes Kehle hinterlassen, bevor es sich zu einem nutzlosen Stück Altmetall verbogen hatte. Da weder Makellos noch ich das erklären konnten, starrten wir uns nur verblüfft an.

Keiner von uns bemerkte Agnes Hand, die sich um den gesunden Arm des Mannes legte. Bis sie missbilligend schnalzte. »Sehr unhöflich.«

Dann drückte sie zu.

Es knackte laut, und Makellos fiel kreischend auf die Knie, während er mit einem nutzlosen Arm auf den anderen nutzlosen Arm schlug, der genauso verbogen war wie sein Messer.

»Wirklich entzückend!« Agnes Stimme klang verächtlich, als sie den Kratzer an ihrem Hals berührte, den Kratzer, der eigentlich eine tödliche Wunde hätte sein müssen. Dann betrachtete sie die roten Fingerspitzen ihrer Handschuhe. »Und jetzt blute ich. Wisst ihr eigentlich, was für eine Mühe das macht, diese Wunde zu überschminken?«

»Du … Du …« Makellos suchte nach Worten, während er sie ungläubig anstarrte, als sie so vor ihm stand. Sie war irgendwie elegant und grausam zugleich. »Du bist … du bist ein …«

»Eine Magierin«, flüsterte ich. »Du bist eine beschissene Belagerungsmagierin, richtig?«

Sie lächelte, und dann versanken ihre zwei Meter Körperlänge in einem tadellosen Hofknicks.

»Agne der Hammer. Belagerungsmagierin, vogelfreie Vagrantin und Liebhaberin von Poesie.« Sie zwinkerte mir zu. »Zu euren Diensten.«

»Belogen …« Makellos starrte auf seine zerschmetterten Arme. »Du hast mich belogen … du …«

»Also bitte, wahre doch die richtige Perspektive, Schätzchen. Du bist ein Spion.« Agne sah ihn höhnisch an. »Vergessen wir nicht, wer hier die gekränkte Partei ist. Du hast versucht, mir die Kehle durchzuschneiden.«

»Du hast mir den Arm gebrochen, Miststück!«

»Wirklich, Liebling.« Sie nahm sein Gesicht zart zwischen beide Hände. »Habe ich dir auch das Herz gebrochen?« Dann drehte sie den Kopf herum. Sehr weit.

Ereth Makellos, Meisterspion, Saboteur und Held der Revolution, brach leblos im Schnee zusammen, so verbogen wie seine Waffe. Seine Miene zeigte Überraschung, vielleicht deshalb, weil sein Kopf jetzt nach hinten gedreht war.

»Ach du liebe Güte.« Sie verzog das Gesicht, als sie auf den leblosen Körper hinabblickte. »Das hätte ich nicht tun sollen, oder? Jero wird böse mit mir sein. Aber immerhin hat der Bursche hier versucht, mich umzubringen.« Sie sah mich an. »Du bürgst doch für mich, oder, Schätzchen?«

Ich war noch dabei zu verarbeiten, was ich gerade gesehen hatte. »Du bist eine Vagrantin?«

»Ja, Liebes, sagte ich doch gerade.« Agne verdrehte die Augen. »Tödliche Verletzungen sind schließlich keine Entschuldigung für Unattraktivität, nicht wahr?«

»Warum hast du mir das nicht gesagt?«

Sie zuckte mit den Schultern. »Wozu?«

Bevor ich empört beschreiben konnte, warum es wichtig gewesen wäre zu wissen, dass sie mit ihrem kleinen Finger einem Mann den Arm brechen konnte, ertönte eine andere Stimme aus der Gasse. Ihr folgte eine schlanke Gestalt.

»Agne? Bist du das?« Urda steckte den Kopf um die Ecke und sah sich um. »Entschuldigt die Verspätung. Es hat länger gedauert, alles vorzubereiten und … Oh, heilige Scheiße, ist das etwa Blut?«

Der dünne Mann wandte sofort den Kopf ab, hob warnend eine Hand hoch und presste die andere auf seinen Mund. Sein Körper verkrampfte sich im Würgereiz.

»Oh … Meine lieben Schutzheiligen, hättet ihr mich nicht warnen können, bevor ich … ich …« Er würgte. »Ich muss mich übergeben. Ich werde mich übergeben.«

»Dann kotz endlich!« Jemand stieß ihn unsanft auf die Straße, und dann tauchte Yria mit finsterer Miene hinter ihm auf. Sie zog ein Bein hinterher. »Kotze ist immer noch besser als das, was gewöhnlich aus deiner Schnauze kommt.« Der Zorn auf ihrem Gesicht wich Ehrfurcht, als sie das Werk der Zerstörung mit einem anerkennenden Pfiff kommentierte. »Verdammt, Miststück, was hast du gemacht?«

»Wie sieht es denn aus?« Ich deutete auf Makellos' Leichnam. »Ich habe unseren Mann erwischt und vielen Dank für deine Hilfe.«

»Ja, wir wären früher hier gewesen«, sie deutete verächtlich auf ihren Bruder, der an der Wand lehnte und würgte, »aber dieser maulfaule Leisetreter musste erst mal seine Werkzeuge sortieren.«

»Meine Kunst ist unglaublich kompliziert, du Banausin!«, protestierte Urda. »Ich erwarte gar nicht, dass du meine … O nein, ich glaube, ich kann es schmecken. Ich glaube, ich kann den Gestank schmecken!«

Ich ignorierte Urdas erneutes Würgen und starrte Yria böse an. »Wie seid ihr so schnell hierhergekommen?«

Sie erwiderte meinen Blick genauso finster und schlug auf ihr lahmes Bein. »Ist mein Bein vielleicht lahm wegen eines Tributs? Bin ich gerade aus dem Nichts aufgetaucht wie durch Magie? Wie, glaubst du, sind wir wohl hergekommen, Dumpfbacke? Ich bin eine verfickte Portalmagierin! Also habe ich ein Portal gemacht!«

»Wahrhaft außergewöhnlich!«, höhnte ich. »Warum hat Jero

dich denn nicht mitgebracht? Ein Portal wäre sehr nützlich gewesen, als wir diesen fetten Wichser verfolgt haben.«

»Ich dachte halt nicht, dass wir eines bräuchten.«

Jero tauchte aus der Gasse auf, dicht gefolgt von Tuteng. Beide warfen dem Leichnam von Makellos einen anerkennenden Blick zu, allerdings zuckte Jero auch ein wenig zusammen. Dann sah er Agne gereizt an, die ihre winzige Wunde mit einem seidenen Taschentuch betupfte.

»Nur so aus Neugier«, sagte Jero, »und unter dem Gesichtspunkt, dass dieser Mann alles wusste, was wir über dieses Thema jemals in Erfahrung bringen wollten – euch ist nicht zufällig der Gedanke gekommen, ihn lebendig gefangen zu nehmen? Seid ihr vielleicht der Meinung, es macht mehr Spaß, die Eiserne Flotte vollkommen unvorbereitet anzugreifen?«

»Er hat versucht, mich umzubringen!«, zischte Agne.

»Der Versuch ist ihm offenbar misslungen!«, konterte Jero. »Du bist eine Belagerungsmagierin! Deine Haut ist undurchdringlich!«

»Meine Mutter hat mich gelehrt, niemals unsichere Frauen, unaufrichtige Männer oder einen versuchten Mord hinzunehmen.« Sie schlug ihren Fächer auf und wedelte gebieterisch damit herum. »Wenn du ihn so dringend lebendig fangen wolltest, hättest du ihn eben zuerst finden müssen.«

»Könnten wir dieses Thema vielleicht woanders diskutieren, wo es etwas weniger … *blutüberströmt* ist?«, schlug Urda vor.

»Er hat recht«, murmelte Yria. »Wir haben diese magische Vogelkacke selbst von der anderen Flussseite aus gesehen. Und die Stadtwachen sicherlich auch.«

»Richtig. Eine Sekunde noch …« Jero kniete sich neben Makellos' Leichnam und klopfte kurz seinen Mantel ab. Dann zog er einen Stapel Papier aus einer Tasche, nach dem er offenbar gesucht hatte. Er blätterte ihn durch und nickte. »Also gut. Wir müssen diesen Leichnam an diesen Ort schaffen.« Er zeigte Yria das Blatt Papier. »Kannst du uns hinbringen?«

»Klar doch«, erwiderte sie mürrisch und ging in die Gasse zurück, wo sie ihren Bruder am Kragen packte. »Ist ja nicht so, dass ich der Lady Merchant schon ein Bein gespendet habe, um euch hierherzubringen. Wozu verflucht brauche ich beide Beine?« Sie riss an Urdas Kragen. »Los, du Furzkopp!«

»Agne, ich bitte dich nicht gern, aber …«, begann Jero und machte dabei eine unmissverständliche Geste.

»Na toll!« Sie steckte in leicht übertriebener Manier ihren Fächer weg und warf sich mit spitzen Fingern einer Hand Makellos' massigen Leichnam über die Schulter. »Aber nur, weil du so nett gefragt hast.«

Dann folgte sie den anderen in die Gasse. Tuteng sah sich um, bevor er ihr schweigend nachging. Jero warf einen letzten Blick auf die Trümmer und sah mich dann an.

»Du hast gesagt, du könntest dieses Ding kontrollieren.« Er deutete auf den Kakophon.

»Das habe ich auch«, erwiderte ich.

»Ein Wohnblock ist vollkommen zerstört.«

»Eben. Ein Wohnblock, also bitte! Könnte ich ihn nicht kontrollieren, stünde die ganze Stadt in Flammen.«

Er öffnete den Mund, um zu protestieren, aber ein vertrautes Geräusch drang aus der Ferne schwach an sein Ohr. Metallisches Klirren, Alarmrufe und das Krächzen von Patrouillenvögeln. Es unterschied sich von Stadt zu Stadt, aber ich erkannte das Getöse der Stadtwachen sofort. Und Jero ebenfalls, seinem beunruhigten Gesicht nach zu urteilen.

»Auch gut.« Er ging zielstrebig auf die Gasse zu. »Los, komm mit.«

»Bin hinter dir.« Ich machte einen Schritt und fiel auf die Nase.

Mir war kalt, und ich konnte nichts fühlen. Vor allem aber war ich verwirrt. Es war seltsam – meine Beine hatten unter mir nachgegeben, als wären sie auf einen Schlag vollständig verschwunden. Ich tastete nach ihnen, um zu überprüfen, dass sie noch da waren. Als ich die Hand zurückzog, klebte mein Lebenssaft an meinen Fingern.

Ach, richtig, dachte ich, während mir schwarz vor Augen wurde. *Hätte ich doch fast vergessen, dass ich ja gerade am Verbluten war.*

11. KAPITEL
MAKELLOS' SICHERES HAUS

Angesichts der Anzahl von Menschen, die ich aus unterschiedlichen Gründen getötet habe, bemühe ich mich, unvoreingenommen zu sein.

Die Scar ist, was sie ist, und ich akzeptiere, dass jeder seine eigene Methode hat, mit den herumschleichenden Bestien, dem extremen Wetter und dem ständigen Kriegszustand umzugehen. Sei es mithilfe von Religion, Drogen, militärischer Disziplin oder Sex ... Dieses Land beherbergt alle möglichen Arten unterschiedlichster Menschen.

Zugegeben, ich habe Exemplare fast jeglicher Art getötet. Wie ich schon sagte, bloß keine Vorurteile. Aber ...

»Was meinst du mit: Es gibt keinen verfickten Whiskey?«

... manchmal will mir das einfach nicht gelingen.

Jero blickte noch gerade rechtzeitig von seiner Tätigkeit hoch, um meinem wütenden, aber wegen meiner Schmerzen ungezielten Schlag nach seinem Kopf auszuweichen. Er runzelte über meinen Versuch nur missbilligend die Stirn.

»Muss ich dich wirklich daran erinnern, dass zurzeit etliche Patrouillen der Stadtwache die Verantwortlichen für das Feuer suchen, das einen beträchtlichen Schaden in Terassus angerichtet hat?«, meinte er tadelnd. »Da ich ungern von ihnen getötet werden möchte oder sie töten will, könntest du vielleicht deine Stimme senken?«

»Weiß ich nicht, Arschloch!« Ich knirschte mit den Zähnen. »Kannst du noch schlechter bei dem sein, was du da unten tust?«

Fast blind vor Schmerz versuchte ich zu verfolgen, wie er behutsam eine zähe, blubbernde Flüssigkeit auf meinen Bauch strich. Ich wusste nicht, warum er so vorsichtig damit war. Das Zeug stank nach Fäulnis, und mit jedem Atemzug sickerte es tiefer in meine Wunde ein. Es brannte fürchterlich. Meine Muskeln spannten sich dermaßen an, dass ich kaum Luft bekam.

»Vechine ist eine sehr wirksame Alchemie.« Jero nahm seinen Blick nicht von meiner Wunde. »Ich kann den Schmerz nicht lindern, aber wenigstens verblutest du nicht.«

Also gut, ein Punkt für ihn.

Die Revolution hatte es mit Feinden zu tun, die sie verbrennen, vereisen und mit einem Gedanken zerfetzen konnten. Deshalb hatten sie ein wirksames und schmerzloses Heilmittel gegen die Tausende von Arten gesucht, mit dem das Imperium sie töten konnte.

Nachdem sie das »schmerzlos« aufgegeben hatten, entwickelten sie Vechine.

Das Zeug war eine zähe Mischung aus Säure und Verband, die ein völlig wahnsinniger Freimacher entwickelt hatte und den Armeen des Großen Generals verkaufte. Man tröpfelte es in die Wunden und löste Krämpfe aus, wodurch es die Verletzungen kauterisierte, bis ein richtiger Heiler kam.

Natürlich war das Gefühl, mit dem eine brennende Salbe in eine Wunde sickerte und sie mit Gewalt schloss, nur zu ertragen, wenn man vollkommen betrunken war.

Was ich bedauerlicherweise nicht war.

»Dann besorge mir gefälligst was anderes!« Ich zischte die Worte zwischen den Zähnen hervor und presste einen Arm auf meine Augen, während das Zeug in meine Wunde sickerte. »Gin. Bier. Fick mich, Jero, ich würde sogar Wein trinken, aber besorg mir etwas, damit es sich nicht so anfühlt, als würde ich mir den Darm ausscheißen.«

»Sehr charmant«, summte Jero unbeeindruckt. »So gern ich auch helfen würde, aber Ereth Makellos war ein Revolutionär. Nach der sechsundzwanzigsten der einhunderteins unveränderlichen Wahrheiten war es ihm verboten, Schnaps oder Rauschmittel zu sich zu nehmen, es sei denn, sie waren notwendig für eine Verkleidung.«

»Was?«

»Beschwere dich beim Großen General. Er war der Meinung, das Imperium würde mit Alkohol die Massen unterdrücken.«

»Vogelkacke!« Ich kreischte förmlich. »Ich habe selbst gesehen, wie Makellos in der Schenke den Wein förmlich in sich hineingeschüttet hat!«

»Er war ein Spion. Er hat getrunken, um seine Verkleidung aufrechtzuerhalten. Er hat keinen Alkohol hier. Sein Haus ist so trocken wie der Furz eines Skeletts.«

Das klang zwar irgendwie ziemlich albern, aber wenn ich deswegen den Mund aufgemacht hätte, hätte ich ihn nur angeschrien. Also legte ich mich wieder auf den Tisch zurück und verließ mich auf meine Willenskraft. Hätte ich gewusst, was mir bevorstand, hätte ich Jero angefleht, mich im Schnee verbluten zu lassen.

Ich war auf der Straße zusammengebrochen und wusste nicht, wie lange ich an dem kalten, dunklen Ort gewesen war, an dem ich gelandet war, als ich wieder in die Welt zurückgerissen wurde. Ich brauchte einen Moment, um mich zu orientieren. Lag in einem Haus mit niedrigen Decken. Auf Regalen, in denen sich Notizen stapelten, brannten alchemistische Kugeln. Der Raum war ausgesprochen spärlich möbliert. Es gab einen Tisch, auf den Jero mich gelegt hatte, und einen Stuhl, auf dem er neben mir saß.

Es gab sicherlich noch viel mehr in dem bescheidenen zweistöckigen Haus, das Ereth Makellos als Versteck benutzte, aber das Vechine hatte angefangen zu qualmen. Der Geruch von faulen Eiern stieg mir in die Nase, und ich kümmerte mich nicht mehr um die Einrichtung des Hauses, sondern darum, mich vor Schmerz nicht vollzuscheißen.

Letztendlich hatte ich wohl Glück – Glück, weil Makellos dieses Zeug im Haus hatte, und auch Glück, dass Jero wusste, wie er es anwenden musste. Ihm hatte ich es zu verdanken, dass ich jetzt hier lag und nicht blutleer und bleich auf der Straße. Während meine Atmung ruhiger wurde, ebbte auch der Schmerz zu einem dumpfen Pochen ab.

»Die Blutung wird weniger«, murmelte Jero. »Gut.«

»Wann hört sie ganz auf?«, stöhnte ich.

»Direkt nach dem wirklich schlimmen Teil.«

Ich atmete erleichtert aus. »Gut. Ich fühle, dass es etwas einfacher wird.«

»Ja. Das passiert immer vor dem schlimmen Teil.«

»Was?« Ich hatte keine Antwort erwartet, und selbst wenn er mir eine gegeben hätte, hätte ich sie nicht gehört. Denn in dem Moment wurden all meine Sinne von Schmerz überwältigt, meine Muskeln verkrampften sich, und ich schlug um mich, ohne es zu merken. Es war, als würde ich im Inneren brennen, und ich tat, als versuchte ich, dieses Feuer auszuschlagen. Ich wusste nicht, was passierte, nur, dass er bei mir war.

Durch den Schmerz sah ich seine Silhouette vor dem alchemistischen Schein, seinen Blick, der meinen hielt, seine Hände, mit denen er mich an den Schultern runterdrückte, und hörte seine Stimme. Obwohl ich nur ein paar Worte aufschnappte, aber sie klangen kühl und sanft.

»Du schaffst das«, flüsterte er. »Das weißt du.«

Ich wusste es nicht. Aber er wusste es.

Dann hörte ich auf, um mich zu schlagen, mein Atem wurde flacher und dann ruhig. Der Schmerz verebbte, bis ich nur noch angestrengt atmete, während ich schweißgebadet dalag und nur die vertraute Pein meiner Narben fühlte.

Meine Sehkraft kehrte als Letztes zurück. Jero stand über mich gebeugt da. Schweiß tropfte von seiner Stirn, und ein großes rotes Mal auf seinem Gesicht zeigte, wo ich ihn erwischt hatte, als ich um mich schlug.

»Fertig?«

»Fertig.« Ich nickte schwach.

Er nickte ebenfalls und ließ meine Schultern los. Ich sah die roten Stellen, wo seine Finger sich so lange in mein Fleisch gegraben hatten. Er hatte nicht losgelassen.

»Zwei-Einsame-Alte-Männer kennt einen vertrauenswürdigen Heiler in der MASOCHISTISCHEN KRÖTE«, sagte Jero. »Die Krämpfe lassen allmählich nach. Beim ersten Mal schmerzt Vechine höllisch, aber es ist besser, als zu sterben.«

»Whiskey hätte geholfen.« Ich richtete mich auf.

»Wenn er verhindert hätte, dass du mich schlägst, hätte ich ihn aus meinem Blut destilliert.« Er rieb seine Wange.

Ich grinste und hätte mich vielleicht sogar entschuldigt. Aber letztlich war er besser weggekommen als ich.

Nachdem ich nicht mehr vollkommen mit der Aussicht zu sterben beschäftigt war, sah ich mich um. Makellos lebte einfach und asketisch. In der Ecke neben einer Treppe, auf deren Stufen sich Bücher, Karten und Briefe stapelten, die er offenbar studiert hatte, stand ein Bett. Schmutziges Geschirr stand überall herum, und Notizen und Berichte übersäten den Raum, geordnet nach einem System, das einen in den Wahnsinn getrieben hätte, hätte man versucht, es zu verstehen.

»Unser Junge war fleißig«, bemerkte ich.

»Er hat sich jeden Tag Notizen gemacht«, antwortete Jero. »Wir sollten wertvolle Informationen darin finden.«

»Du hast noch nicht nachgesehen?«

»Ich hatte es vor.« Er warf mir einen kurzen Blick zu. »Aber dann musstest du ja unbedingt Anstalten machen, zu sterben.«

Ich zuckte mit den Schultern. »Dann pass beim nächsten Mal besser auf, dass du nicht enttarnt wirst.«

Er grinste. »Danke gleichfalls.« Er winkte beiläufig. »Außerdem habe ich die Zwillinge darauf angesetzt. Das ist ohnehin ihr Fachgebiet. Jedenfalls von einem der beiden.«

Ich kniff die Augen zusammen. »Von welchem?«

»Verfickt noch mal, fick mich doch, verfickt.«

Meine Antwort stampfte die Treppe herunter, kratzte sich am Arsch und spuckte auf den Boden.

»Was war hier unten denn los?« Yria warf mir einen bösen Blick zu. »Es klang so, als versuchte einer von euch, ein Rothac auszuscheißen.«

»Es ist überstanden.« Jero nickte ihr zu. »Was hast du gefunden?«

»Wirklich?« Sie beäugte ihn. »So einen Lärm habe ich noch nie gehört, ohne dafür zu bezahlen. Habe ich was verpasst?«

»Es war eine medizinische Prozedur.« Jero seufzte. »Was hast du gefunden?«

»Wenn ihr beide während unserer Arbeitszeit rumbumst, will ich auf jeden Fall mehr …«

»Verflucht, Weib, hast du gefunden, was wir brauchen, oder nicht?«

»Aber ja, gewiss haben wir das.« Eine Stimme und ein erheblich leichterer Schritt kündigten Urda an, der mit einem Bündel Papier unter dem Arm die Treppe heruntertänzelte. »Und mehr noch.«

»Die Korrespondenz?«

»Er hatte sie unter der dritten Stufe der Treppe versteckt.« Urda tippte an seine Schläfe. »Cleverer Bursche, was? Die erste Stufe wäre offensichtlich gewesen und die zweite einfach nur verrückt, aber wer würde die dritte Stufe untersuchen? Niemand.« Er grinste. »Außer einem Genie.«

Zugegeben, ich kannte sie nicht gut, aber ich wusste nicht mehr, wen von beiden ich lieber ohrfeigen würde.

»Und die Schemata?«, fragte Jero nach.

»Klar, die habe ich.« Yria fuchtelte mit einem kleinen Papierstapel herum. »Aber ich krieg ganz bestimmt keinen Steifen nur beim Anblick von ein paar hübschen Briefen. Du etwa?«

»Das ist weit mehr als das«, protestierte ihr Bruder. »Die Codes der Revolution sind die raffiniertesten überhaupt.«

»Und ihr habt gefunden, was wir brauchen?«, hakte Jero erneut nach. »Die Flugstrecke der Eisernen Flotte?«

»Aber ja doch.« Urda strahlte. »Ich habe länger gebraucht, die miese Handschrift dieses Spions zu entziffern, als seine Codes zu dechiffrieren.« Er kicherte und warf mir einen selbstgefälligen Blick zu. »Welcher Idiot benutzt schon gleichzeitig einen glyphischen wie auch einen numerischen Code, um seine Arbeit zu verschlüsseln?«

Er starrte mich unbehaglich lange an, bis ich blinzelte.

»Also … ja?«

»Wir sind alle sehr beeindruckt, Urda.« Jero lehnte sich an die Wand. »Jedenfalls, wenn du den Code kopieren kannst.«

»Ob ich ihn kopieren kann?« Urda lachte ungläubig und sah dann hilfesuchend und vergeblich Yria an, bevor er seinen Blick wieder auf uns richtete. »Ihr sprecht mit Urda vom Wilden Federkiel. Urda, der makellose Stift! Urda vom Verborgenen Palimpsest!«

Ich musterte ihn eine Sekunde lang, bevor ich ebenfalls hilfesuchend Yria ansah. Die zuckte mit den Schultern.

»Ich habe keine Ahnung!«, gab sie zurück. »Er denkt sich ständig so einen verfickten Mist aus!«

Urda tänzelte zu dem Tisch, auf dem ich saß, und zog einen Stuhl heran. »Ich brauche nur einen Platz, an dem ich arbeiten kann, und zehn Minuten …« Er unterbrach sich, blickte auf meine Wunde und dann auf den Tisch. »Hast du …?« Er schüttelte sich und schluckte. »Hast du hier … etwas ausgeschieden?«

Mein Blick schien Antwort genug gewesen zu sein. Er ignorierte mich, zog ein Taschentuch aus dem Gürtel und wischte die Oberfläche des Tisches und des Stuhls ab, bevor er sich setzte.

»Du solltest da vielleicht verschwinden, Mädchen«, sagte Yria zu mir. »Er braucht Platz, wenn er so drauf ist.«

Ich gehorchte, weil ich dadurch wenigstens nicht mit ihm reden musste, und wuchtete meinen schmerzenden Körper vom Tisch. Urda blickte kaum hoch, als er die Blätter mit Makellos' Notizen auf dem Tisch ausbreitete. Dann öffnete er einen Ordner mit Symbolen und Zahlen, die anzusehen mir schon Kopfschmerzen bereitete, und begann zu arbeiten. Sein Blick zuckte unglaublich schnell hin und her, und er notierte mit seinem Federkiel mechanisch und präzise unterschiedliche Sigillen auf einem Stück Pergament.

»Interessant.« Er fuhr mit einem Finger über eine von Makellos' Notizen. »Hier findet sich keine einzige Erwähnung von imperialen Bewegungen.«

»Und das ist interessant?«, wollte ich wissen.

»Für die Revolution schon.« Jero warf einen Blick auf die Notizen. »Er war nicht auf Urlaub in Terassus. Wen hat er ausspioniert, wenn nicht Imperiale?«

»Vagranten.« Urda hob überrascht die Brauen. »Keine imperialen Magier, sondern einfach nur … Vagranten. Und nicht nur in Terassus, sondern im ganzen Tal. Hier, er hat ihre Bewegungen aufgezeichnet: Cassa die Traurige, Yugol das Omen, Rudu die Keule …«

Rudu kannte ich. Für einen Mörder war er ein ganz netter Kerl. Aber ich war an einem anderen Namen interessiert.

»Darrish die Steinerne?« Meine Stimme klang brüchig.

Urda blätterte die Papiere durch. »Die sehe ich hier nicht. Aber vielleicht an einer anderen Stelle im Code? Gib mir eine Minute, dann …«

»Urda!«, drängte ihn Jero.

»Ja, ja, schon dabei.«

Urda legte das Papier mit den Namen wieder weg und kritzelte weiter.

Ich wollte protestieren, schließlich war Darrishs Name auf meiner Liste der Grund, warum ich überhaupt in das Tal gekommen war. Aber Jero hatte recht. Wir waren aus einem anderen Grund hier. Und wenn alles nach Plan lief, würde ich ihren Aufenthaltsort erfahren. Und noch mehr.

Urdas Feder kratzte in kurzen, heftigen Bewegungen über das Pergament. Aber erst als er ein weiteres Blatt aus dem Stapel von Makellos zog und plötzlich innehielt, erregte er meine Aufmerksamkeit. Seine Hand begann zu zittern, und sein Gesicht verzerrte sich, als er die Sigillen anstarrte und die Zähne zusammenbiss.

»Was ist los?« Yria beugte sich vor. »Kannst du ein Wort nicht lesen?«

»Nein.« Er starrte auf die Sigillen und schüttelte den Kopf. »Ich … ich kenne diese Sigillen nicht.«

»Was? Warum nicht?«

Seine Lippen zitterten, als er sich um eine Antwort bemühte. Die er nicht finden würde, denn ich kannte sie. Ich wusste, wessen Sigillen das waren. Ich wusste, wer sie geschrieben hatte. So, wie ich mich an ihre letzten Worte erinnerte, weil sie sie immer sagte, wenn ich aufwachte und ihr Gespenst mir ins Gesicht starrte.

Nein. Ich schüttelte den Kopf. *Du siehst wieder Gespenster. Das ist nicht ihre Arbeit.*

Das sagte ich mir im Stillen. Aber sollte ich es aussprechen, käme etwas anderes über meine Lippen. Ihr Name.

»Was?« Jero blickte mich plötzlich an.

»Wie?« Ich blinzelte.

»Ich sagte, es wurde mit Magie codiert.« Urda hob das Pergament hoch und drehte es in alle Richtungen, als er versuchte, hinter sein Geheimnis zu kommen. »Das ist nicht die Arbeit eines Revolutionärs, sondern eines Bannschreibers.« Er sah Jero besorgt an. »Eines Freimachers.«

Mir schlug das Herz bis zum Hals, während ich gleichzeitig versuchte, mir meine Furcht nicht anmerken zu lassen, weil ich mir Jeros Blick bewusst war. Als könnte er in mich hineinsehen. Als wüsste er es.

»Vogelkacke«, knurrte Yria. »Diese Maschinenwichser arbeiten nicht mit Magie, Freimacher hin oder her.«

»Ach, tatsächlich, Schlaubergerin?«

Urda griff in seine Tasche, holte einen kleinen Lederbeutel heraus und streute daraus hellen Staub auf das Pergament. Die Sigillen glühten schwach violett.

Yria glotzte ungläubig auf das Pergament. »Welcher Revolutionär gibt sich mit Magie ab? Hat er es gestohlen?«

»Nein. Oder ... ich bin nicht sicher.« Urda schüttelte den Kopf. »Vielleicht war es an einen Adeligen gerichtet, und er hat es abgefangen? Es ist gute Arbeit, und ich habe es noch nie zuvor gesehen. Mit genügend Zeit könnte ich ...«

»Hat es etwas mit der Route der Flotte zu tun?«, unterbrach ihn Jero.

»Was?« Urda blickte hoch. »Ach so, nein, da bin ich sicher. Alles, was ich dafür brauche, findet sich in den Notizen von Makellos. Es ist nur ein interessantes kleines Goldstück von Wissen für Zwecke der ...«

»Geh dem in deiner Freizeit nach«, sagte Jero. »Uns läuft die Zeit davon.«

»Selbstverständlich, na klar.« Urda widmete sich wieder seinem Pergament und kritzelte noch ein paar Zeichen. »Fertig.«

Er lehnte sich zurück und deutete auf sein Werk. Ich blickte von Makellos' Notizen auf die Botschaft, die Urda geschrieben hatte, und pfiff unwillkürlich. Hätte ich es nicht mit eigenen Augen gesehen, hätte ich geschworen, dass dieselbe Hand beide Pergamente verfasst hatte. Die Fälschung war so perfekt, dass selbst die Aschmäuler geweint hätten, hätten sie diese Schönheit gesehen.

»Perfekt!« Yria schlug ihrem Bruder auf den Rücken. »Was habe ich euch gesagt? Drückt diesem Krötenficker eine Feder in die Hand, und er schafft Magie!«

»Das ist eigentlich nichts Besonderes.« Urda grinste, während er sich die Schulter rieb, auf die seine Schwester eingeschlagen hatte. »Jedenfalls nicht für mich, nicht mit der Ausbildung, die ...«

»Und du hast geschrieben, was wir brauchten?« Jero nahm die gefälschte Notiz und überflog sie. »Du warst präzise?«

»Selbstverständlich!« Urda wirkte ein bisschen beleidigt. »Man bemüht Urda das Bestialische Kontobuch nicht, wenn man Gemeinplätze braucht.«

»Gut.« Jero rollte das Pergament zusammen und eilte zur Tür von Makellos' Wohnung. »Schnappt euch, was ihr braucht, und dann verschwinden wir.«

Er stieß die Tür auf. Auf der Schwelle des Hauses saß Tuteng und beobachtete regungslos die Straße. Seine kleinen Hornstümpfe ragten aus seiner Kapuze heraus.

»Irgendwelche Patrouillen?«, fragte Jero.

Tuteng hob fünf Finger.

»Wie nah?«

Tuteng blickte nachdenklich nach Norden und sah dann wieder zu Boden. »Nah«, antwortete er.

»Zwei Patrouillen mehr als vor einer Stunde.« Jero seufzte besorgt, als er uns über die Schulter ansah. »Terassus' Stadtwachen sind überbezahlte unterforderte Stenze, aber wenn sechzig von ihnen gleichzeitig denselben Wohnblock durchforsten, werden sie uns irgendwann finden. Schnappt euch, was ihr braucht ...« Sein Blick blieb einen Moment an mir hängen. »... oder wollt.«

»Zeit?«, fragte Tuteng.

»Zeit«, bestätigte Jero und reichte ihm das zusammengerollte gefälschte Pergament.

Tuteng nickte langsam und stand noch langsamer auf. Er nahm die Fälschung mit einer Hand und griff mit der anderen in seinen Mantel. Ich spannte mich unwillkürlich an. Nur selten hatte ich erlebt, dass eine Nacht, in der ein Mann in seinen Mantel griff, gut endete, bis auf ein einziges Mal. Ich erwartete, eine Waffe in seiner Hand zu sehen oder etwas Alchemisches oder irgendeinen anderen Hinweis darauf, dass diese Nacht erheblich komplizierter werden würde.

Stattdessen sah ich einen Vogel.

Genauer einen Shekkai. Das waren Botenvögel, und Tuteng hielt einen sanft in seiner Hand. Obwohl er offenbar lange Zeit in dem Mantel verborgen gewesen war, sah der Vogel sich nur einmal kurz neugierig um, bevor der Clansmann ihn an seinen Mund hob. Und anfing zu flüstern.

Der Shekkai hörte aufmerksam zu, als Tuteng in einer Sprache mit ihm kommunizierte, die ich noch nie gehört hatte. Es klang nicht einmal nach Worten, wenn ich ehrlich bin, sondern mehr wie ein leises Pfeifen.

Jedenfalls schien der Vogel ihn zu verstehen. Und als Tuteng ihm die gefälschte Nachricht an ein Bein band, wehrte er sich nicht. Dann setzte er sich den Vogel auf die Schulter und marschierte davon.

»Wohin geht er?«, fragte ich.

»Er kümmert sich um die Botschaft«, antwortete Jero, bevor er ins Haus ging und auf Yria zeigte, während er an ihr vorbeiging. »Macht euch bereit zu verschwinden. Wir dürfen uns nicht auf den Straßen sehen lassen.«

Sie knurrte zustimmend und zog an Urda, der seine Ausrüstung zusammenraffte, bevor sie hinausgingen und in einer Gasse verschwanden. Jero warf einen Blick die Treppe hoch und rief, so laut er es wagte: »Agne! Es wird Zeit!«

Die Dielen erzitterten unter ihrem Schritt, als die Belagerungsmagierin die Treppe herunterpolterte. Sie hatte sich ein riesiges Fass mit einer stinkenden Flüssigkeit mühelos unter den Arm geklemmt. Dann ging sie durch den Raum und hinterließ eine Spur der stinkenden Brühe, bevor sie das Fass ins Wohnzimmer warf.

»Ist es da oben gut gelaufen?«, fragte Jero.

»Sieht das so aus?« Agne deutete auf die dunklen Flecken auf ihrem Kleid. »Du hast gesagt, wir gehen Wein trinken.«

»Ich sagte, wir würden losgehen, um einen Spion zu suchen und zu töten.«

»Und einen Wein trinken!«, protestierte sie und stürmte zur Tür hinaus. »Du hast nichts davon gesagt, dass wir ein Haus niederbrennen. Mein Lieblingskleid stinkt jetzt wie das Arschloch der Ehefrau eines Kerzenmachers.«

»Wir brennen das Haus nieder?«, fragte ich.

»Und seinen Leichnam, ja.« Jero griff in seine Tasche. »Wenn jemand anders, sei es ein Imperialer, ein Revolutionär oder wer auch immer, hier auftaucht, riskieren wir, dass er herausfindet, was wir gemacht haben.« Er nahm ein Zunderholz aus seiner Tasche, riss es an der Handfläche an und wartete, bis es brannte. »Und das können wir ja wohl schlecht zulassen.«

Er ließ das Zunderholz fallen. Die Flüssigkeit fing sofort Feuer.

Die Flammen rasten über die Bodendielen die Treppe hoch ins Haus. Blaue und rote Flammen tanzten und verzehrten Holz, Papier, Stoff …

Ich fühlte eine Hand auf meiner. Jero zog mich von dem Haus weg, als die Flammen aufloderten und Rauch hochquoll.

»Werden die Stadtwachen keinen Verdacht schöpfen?«, fragte ich.

»Normalerweise schon«, antwortete er. »Aber jemand besaß die Freundlichkeit, schon vorher den Rest dieses verdammten Wohnblocks in Brand zu setzen.«

Ich spürte die Hitze des Kakophon. Ja, er liebte es, wenn man über ihn redete.

»Außerdem werden wir nicht mehr hier sein, um ihre Fragen zu beantworten.« Er zog mich zu einer Gasse. »Komm mit. Yria sollte mittlerweile ein Portal für uns vorbereitet haben …«

Ich riss mich aus seinem Griff los. Er warf mir einen verwirrten und gereizten Blick zu, aber ich sah auf etwas anderes.

Das Haus war jetzt ein zweistöckiger Scheiterhaufen. Flammen schlugen durch das Dach, und der schmelzende Schnee auf der Straße schimmerte unheimlich rot. Davor zeichnete sich die Silhouette von Agne ab, die mit gefalteten Händen und gesenktem Kopf dastand.

»Was verflucht machst du da?« Jero rannte zu ihr. »Die Stadtwache muss jeden Augenblick hier sein.«

»Ich gewähre ihm einen Moment schweigenden Respekts«, antwortete Agne.

»Wem?«

»Ereth.«

»Makellos? Wofür?«

»Weil er einen ausgezeichneten Geschmack hatte, was Wein anging.« Agne hielt den Kopf gesenkt und die Augen geschlossen. »Und er liebte es, Geschichten zu erzählen. Und er hatte einmal eine Ehefrau und ein charmantes Lächeln.«

»Er war ein Soldat!« Jero verzog verwirrt das Gesicht. »Ein verfluchtes fanatisches Werkzeug, das von anderen Fanatikern benutzt wurde wie die anderen auch. Sie werden nicht mehr um ihn trauern als um eine rostige Schaufel.«

»Ganz genau.«

Ich sah, wie Jeros Verwirrung Wut wich und dann in kalte Pragmatik umschlug. Die Falten auf seinem Gesicht verwandelten sich in tiefe Schattenlinien, als er sich umdrehte und in die Gasse marschierte. Er warf mir einen erwartungsvollen Blick zu. Ich erwiderte ihn und sah dann zu Agne hinüber, ging zu ihr und stellte mich schweigend neben sie.

Jero schenkte uns noch einen letzten Blick, bevor er in der Gasse verschwand.

Aus weiter Ferne hörte ich die Alarmrufe und das Kreischen der Patrouillenvögel, als das Inferno über die anderen Dächer loderte und endlich die Aufmerksamkeit der Stadtwache erregte.

Und noch viel weiter entfernt warteten Menschen – bekannte und auch unbekannte –, die ich töten würde, wie wir Makellos getötet hatten. Aber jetzt standen sie und ich da, vor dem Scheiterhaufen eines Mannes, den wir gemeinsam getötet hatten. Wir blieben, so lange wir es wagten.

12. KAPITEL
WOANDERS

Du bist verletzt!«

An die Worte kann ich mich genau erinnern. Obwohl ich mich nicht immer an ihre Stimme erinnere – manchmal ist sie vage, dann fast überdeutlich in meinem Kopf. Aber die Worte, an jenem Tag, und der Tonfall, mit dem sie sie aussprach …

Bevor sie diese Worte gesagt hatte, hatte noch nie jemand sich so verhalten, als könnte ich sterben.

»Bin ich?« Ich blickte auf meinen Arm und die tiefe Schnittwunde. »Oh. Bin ich. Nicht im Kampf, so viel ist sicher. Keine dieser Nullen ist mir auch nur nah.« Ich schnippte mit den Fingern. »Richtig. Ich sollte den Kaderkommandanten fragen, ob er sich ergab. Wir dachten, die Anwesenheit von Roter Wolke würde ihn einschüchtern. Stattdessen hat er versucht, mich umzubringen.«

Darrishana starrte mich vollkommen verblüfft an. Ich räusperte mich, trat von einem Fuß auf den anderen und blickte über die Schulter auf die Rauchsäulen.

»Es ist ihm offensichtlich nicht gelungen.«

Am Morgen war es noch eine Festung gewesen, eine ziemlich beeindruckende, laut der Revolutionäre, die sie erbaut hatten, und der Imperialen, die sie seit einem Monat vergeblich einzunehmen suchten. Sie lag auf einem Hügel und war mit Kanonen bestückt, und selbst die besten Imperial-Reiter mit ihren stärksten Schutzschilden konnten nichts gegen sie ausrichten.

Das bedeutete, Rote Wolke musste an die Front.

So hat man mich damals genannt, als ich meine Magie noch besaß, ein Wunderkind war, so geliebt von der Lady Merchant, dass ich nie Tribut für meine Macht zahlen musste. Ich bekam, was ich wollte. Himmel, Licht und Flammen …

Und Rote Wolke hatte diese Festung unter Flammen begraben wie Hunderte von Festungen davor. Sie hatte Tausende von Soldaten in Asche verwandelt. Mehr hatte das Imperium niemals von mir verlangt, von Roter Wolke. Das gab ich ihnen, und dafür gab es mir Wohlstand, Medaillen, Titel, Lieder, die sich nicht reimten, und Geschichten, in denen keine Romantik vorkam. Mich kümmerte es nicht. Aber sie. Sie waren beeindruckt. Fast alle.

»Wie viele?«, erkundigte sich Darrishana.

»Wie viele was?«

»Wie viele hast du heute getötet?«

»Frag mich nicht.« Ich ging zum Zelt des Kommandierenden Offiziers, einer erschöpften Frau, die ihr Leben dem Krieg geweiht hatte. Mit einer Handbewegung scheuchte ich sie weg und nahm ihren Wein. »Von so weit oben sehe ich das nicht.«

Ich öffnete die Flasche. Althouns Bester, ein vollmundiger Rotwein, reserviert für die höheren Offiziersränge. Aber Darrishana hasste Rotwein, weil er zu aggressiv schmeckte, wie sie meinte. Also schenkte ich uns beiden einen Becher vom billigen weißen Fusel ein.

»Ich hörte, dass wir morgen ausrücken«, sagte ich. »Du, Jindu, Vraki und ich. Zu irgendeiner Festung der Nullen. Wie hieß sie noch gleich? Vigil? Bis dahin kommen wir an vielen Städten vorbei, und ich dachte, wir könnten vielleicht ein bisschen feiern, bevor …« Ich drehte mich um.

Sie sah mich nicht an, sondern blickte auf die Hügelfestung, von der Rauchsäulen in den Himmel stiegen und deren Krieger nur noch Asche waren. Meinetwegen.

»Wie viele?«, wiederholte sie.

»Ich sagte dir schon …«

»Wie viele Gelehrte, Heiler? Wie viele Bauern und Handwerker? Kutscher und Butterschläger?« Sie fuhr mit Tränen des Abscheus in den Augen zu mir herum. »Wie viele unschuldige Leute hast du getötet, Salazanca?«

»Es war eine Festung«, erwiderte ich scharf. »Darin leben Soldaten, die versuchen, uns zu töten.«

»Ja … « Sie seufzte. »Ja, Soldaten wollen uns töten … «

»Dich! Sie wollen dich töten!«

»Aber Soldaten backen kein Brot und nähen keine Schuhe. Sie schreiben keine Bücher!« Sie deutete auf den brennenden Hügel. »In dieser Festung gab es Leute, die uns nicht töten wollten. Und die trotzdem verbrannt sind.«

»Revolutionäre!«, knurrte ich. »Nullen. Der Feind!«

»Und du bist ein Wunderkind! Liebling der Lady Merchant! Du hättest etwas anderes mit deiner Magie tun können.«

»Was denn?«

»Irgendwas!«, schrie sie. »Du hättest sie mit einem Betäubungsbann ausschalten können oder, ich weiß nicht, sie in die Luft heben, bis sie aufgaben.«

»So etwas kann ich nicht.«

»Woher weißt du das?« Sie schrie nicht mehr, und ihre Wut war verpufft. Ihr Gesicht war weich und schmerzverzerrt. »Du besitzt mehr Macht als jeder andere Magier des Imperiums, sodass du fast alles tun und überall sein kannst.«

Sie deutete auf die qualmende Ruine auf dem Hügel.

Von oben hatte sie ausgesehen wie jede andere Festung. Eine Ansammlung von Punkten und Formen, die einer Siedlung ähnelten. Zu klein und entfernt, um real zu sein.

Hier unten, trotz der großen Entfernung zum Hügel, konnte ich die Feuer sehen, die Rauchsäulen. Ich konnte das Aroma riechen, das magisches Feuer immer hat. Wenn ich die Augen schloss und schwieg … würde ich sie schreien hören?

»Du hast sie verbrannt«, flüsterte Darrishana. »Wie die letzten und wie du die nächsten verbrennen wirst. All diese Macht … Und du kannst nicht einmal … «

»Sag meinen Namen.«

An diese Worte erinnere ich mich auch.

Sie fallen mir immer ein, wenn ich an sie denke. Obwohl meine Erinnerung verblasst und ich manchmal ihr Gesicht nicht mehr heraufbeschwören kann. Doch ich erinnere mich an das erste Mal, an dem wir uns hassten.

»Sag ihn«, wiederholte ich.

Ich wusste, welchen Namen sie nennen wollte, die Namen, die

wir uns gaben, wenn wir glücklich waren. Aber das war nicht mein Name. Nicht mein wahrer Name.

»Rote Wolke.« Sie flüsterte ihn ehrfürchtig, wie den Namen eines Gottes, und zutiefst verächtlich.

»Ich bin Rote Wolke.« Meine Stimme klang scharf und kalt. »Das ist die Scar, und wir sind das Imperium. Man hat mich hierhergeschickt, um einen Krieg zu beenden.«

»Man hat nicht …«

»Man hat!«, fuhr ich dazwischen. »Und so sieht es aus, wenn man einen Krieg beendet. Das hier ist keine Oper, wo die Übeltäter ihre Verfehlungen einsehen und am Ende alle Hand in Hand dastehen und irgendeinen Mist über Schönheit singen.«

Ich deutete auf den brennenden Hügel. »Sondern das ist es«, fuhr ich fort. »Die Zerstörung dieser Festung und so vieler, wie nötig sind, damit du dich zurücklehnen und den Kopf schütteln kannst, als würde das etwas bewirken.«

Dann biss ich mir auf die Lippe und wartete, dass sie mich beschimpfte. Ich wartete, dass unser Streit sich zu einem Kampf auswuchs, wie es schon passiert war. Einen Kampf konnte ich gewinnen oder ihm ausweichen.

Sie verfluchte mich nicht und bewegte sich nicht, sondern starrte mich nur an. Als würde sie mich nicht mehr erkennen.

»Dieser Krieg«, flüsterte sie. »Was macht der mit dir, mit uns? Warum finden wir keine bessere Lösung?« Ihr Blick richtete sich ins Leere. »Wir verbrennen uns gegenseitig so lange, bis nichts mehr übrig ist außer …«

»Immer mit der Ruhe.« Ich hob die Hand. »Du hast zu viel Magie benutzt. Du siehst Bedrohungen, die nicht existieren. So schlimm ist die Situation nicht …«

»Nein.« Sie sah mich an. Ihre Augen waren dicht vor meinen und schwammen in Tränen. »Sie ist schlimmer.«

Damit konnte ich nicht umgehen. Ich konnte keinen Leuten helfen, die gegen einen Feind kämpften, den ich nicht sah, der unsichtbare Wunden schlug.

Es war kein Kampf, so anders als alles, was ich kannte, und es machte mich nervös. Ich ging zu ihr und streckte meine Hand nach ihr aus. Ich hörte schwach das Lied der Lady.

»Darrishana …«

Meine Finger stießen gegen die schimmernde Luft vor ihr, die solide war wie eine Glasscheibe. Ich schlug mit der Faust dagegen und fing den Blick ihrer violetten Augen auf.

Diese verfluchten Schutzmagier! »Darrishana!«

»Nicht«, flüsterte sie.

»Sei nicht so verflucht dumm!«

»Das bin ich nicht.« Ihre Stimme klang genauso kalt wie meine vorhin. Ich fragte mich, ob es sie genauso stark verletzt hatte, wenn ich so redete. »Benutze nicht diesen Namen. Den gab ich Salazanca, nicht der Roten Wolke.«

»Ich bin Rote Wolke.«

»Das bist du.« Sie drehte sich um und ging langsam davon. »Und ich wünschte mir, wir beide wären andere Leute.«

*

Makellos' Haus lag weit hinter mir, eine ferne Rauchsäule, die allmählich im Himmel verschwand. Ebenso die Stadtwachen, die alarmiert worden waren. Keiner von ihnen hatte große Lust oder war dumm genug, mir zu folgen, nachdem ich verschwunden war. Die Taubheit durch die Kälte und das Vechine war zwar kein Trost, aber es kam ihm verdammt nahe. Als ich allein in der Dunkelheit durch die verschneiten Straßen ging, hatte ich eine kleine Verschnaufpause, um nachzudenken.

»Nein!«

Natürlich musste ein Blödmann mir das ruinieren.

Ich folgte diesem fast kindlichen Schrei und stieß auf einen erwachsenen Mann, der mitten auf einem kleinen Platz auf den Knien hockte. Urda wühlte in seinem Beutel, und seine Augen glühten vor Entsetzen, als er alles ausräumte und Federkiele und Papier im Schnee verteilte.

»Nein, nein, nein!«, wimmerte er in den Beutel hinein, als würde eine mitfühlende Kreatur darin sich erweichen lassen und ihm geben, wonach er suchte. Als das nicht passierte, hämmerte er sich mit den Fäusten gegen den Kopf. »Das ist nicht … Es ist nicht … Es ist nicht drin …«

»Verfickt noch eins, ich habe mich doch entschuldigt!« Seine Schwester stand daneben und schrie abwechselnd ihn und Jero an. »Für mich sah das blöde Gekritzel alles gleich aus!«

»Es war der Bauplan eines Luftschiffes!« Jero fuchtelte mit einem Finger vor ihrem Gesicht herum. »Wieso hast du das nicht erkannt?«

»Weil sie codiert waren, Ser Scheißkopf!« Yria schlug seine Hand weg. »Gib mir nicht die Schuld, weil du vergessen hast, es zu erwähnen.«

»Was ist mit ihm?« Jero drehte sich zu Urda herum. »Er ist der Codebrecher. Deshalb haben wir ihn ins Boot geholt.«

»Er war beschäftigt«, fauchte Yria.

»Beschäftigt?« Jero ging höhnisch auf Urda zu. »So beschäftigt, dass er die ganze Aktion ruiniert …?«

Seine Worte und seine Schritte wurden unterbrochen, als Yria sich zwischen ihn und ihren Bruder stellte. Ihr Verhalten war ohnehin nicht sonderlich einnehmend, und ich hatte sie nur lachen sehen, wenn jemand furzte oder blutete. Aber jetzt war ihr Gesicht verzerrt vor Wut.

»Fass ihn ja nicht an!«, presste sie heraus. »Du hast ihm befohlen, den Code zu brechen, und das hat er getan. Du hast ihm gesagt, er soll die Handschrift dieses toten Arschlochs fälschen, und das hat er getan. Wenn du sichergehen wolltest, dass er den richtigen Fetzen Papier erwischt, hättest du es ihm vorher sagen sollen.«

Jeros Gesicht wurde vollkommen ausdruckslos, und er erstarrte unter seinem Mantel. Ob Yria es bemerkte? Ich selbst registrierte es kaum. Bei einem Killer in der Scar erwartet man einen schreienden Wahnsinnigen mit einer Riesenwaffe und einem noch riesigeren Ego, und das bekommt man auch meistens. Aber das sind keine echten Killer, sondern nur Schläger, die mit Brutalität bekommen, was sie wollen: Geld, Essen, Furcht.

Ein echter Killer bewegt sich langsam und zielstrebig. Ein Mann, der mehr Hälse durchtrennt als geküsst hat, sinkt nicht zu Drohungen oder Prahlereien herab. Er agiert unauffällig und so lautlos wie die Nacht, bewegt sich so langsam, dass du nicht siehst, wie er nach dem Messer greift, das plötzlich in deinem Bauch steckt. Seine Fähigkeiten sind etwas Besonderes, weil er sie nicht verschwendet.

Als ich sah, wie Jero zur Klinge an seinem Gürtel griff, fragte ich mich, womit Yria ihn so sehr ergrimmt hatte.

»Du hattest eine Aufgabe«, flüsterte er. »Meine Aufgabe war es, Makellos zu finden und zu töten. Das habe ich getan.«

»Nein.«

Er ließ die Hand sinken und entspannte sich. Als ich mich ihm näherte, verschwand der Ärger von seinem Gesicht. Stattdessen sickerte er tiefer in ihn hinein.

»Das war ich«, sagte ich. »Also schuldet mir jemand eine Erklärung.« Ich sah zu Urda, der immer noch schluchzte. »Weil es aussieht, als hätte jemand die Sache vermasselt.«

»So ist es.« Jero rieb sich die Augen und seufzte. »Wir waren nicht nur wegen seiner Korrespondenz hinter Makellos her. Er hatte Informationen über die Eiserne Flotte, speziell über die Konstruktionspläne der Luftschiffe.«

Ich runzelte die Stirn. »Woher weißt du das?«

Ich sah es. Seine Augen zuckten, als er nach einer Antwort suchte, bevor er mich zu eindringlich ansah. Wenn man häufiger Lügner trifft, erkennt man die Anzeichen. Selbst die guten Lügner haben sie.

»Er ist die einzige echte Autorität für die Revolution hier draußen«, sagte er. »Wer sollte sie sonst haben?«

Und Jero war wirklich sehr gut.

»Ich dachte, ich hätte sie erwischt.« Yria deutete auf die Blätter am Boden. »Aber sie nützen nichts. Makellos hat ein paar gefälschte Aufzeichnungen codiert und mich damit hereingelegt, dieser paranoide Mistkerl.«

»Ein paranoider Spion. Kaum vorzustellen.« Jero ignorierte Yrias Fluch. »Diese Zeichnungen sind entscheidend für unseren Plan. Urda kann ohne sie nicht arbeiten.«

»Was soll das heißen?«

»Ich kann es nicht ändern, kann es nicht ändern …« Urda zog wimmernd die Knie an die Brust. »Wenn ich es nicht ändern kann, kann ich es nicht wiedergutmachen, und wenn ich es nicht wiedergutmachen kann, kann ich es nicht beenden, und wenn ich es nicht beenden kann …«

»He.«

Urdas heftiges Gemurmel verstummte. Er senkte den Blick, und seine Schwester fiel neben ihm auf die Knie.

Sie packte seine Schultern. »Sieh mich an!«

Sie war keine freundliche Frau und auch nicht sanft. Sie war so rau und zäh wie altes Leder, und genau das gab sie ihrem Bruder. Etwas Festes, das nicht zuließ, dass er wegsah.

»Wir sind angeschissen«, sagte sie. »Das waren wir schon häufiger, und wir haben es stets geschafft. Es wird wieder passieren, und wir machen es wieder gut. Genau wie diesmal.«

Urda leckte sich die Lippen, wischte sich die Tränen vom Gesicht und nickte schwach. Dann atmete er tief durch. Es war eine rührende Szene, jedenfalls für die Scar. Trotzdem … Ich beugte mich zu Jero.

»Sie machen es nicht wieder gut, stimmt's?«

»Scheiße, nein«, antwortete er. »Es sei denn, sie können ein Luftschiff durch Flüche und Tränen aufhalten.«

»Die Pläne zeigen dir, wie man ein Luftschiff anhält?«

»Nicht direkt.« Jero kratzte sich seufzend am Hals. »Sich an den Kanonen eines Luftschiffes vorbeizuschleichen, ist ein Kinderspiel, wenn man nicht gerade ein gigantisches Relikt von unermesslicher Macht unter dem Arm hat. Sobald wir es haben, sind wir leichte Beute für jedes dieser Schiffe.«

»Es sei denn, irgendetwas lenkt sie ab«, murmelte ich.

»Ganz genau.«

»Aus den Kopfschmerzen, die mir dieser Plan bereitet, schließe ich, dass wir sie nicht einfach zerstören können.«

»Es gibt nicht genug Magier in der Scar, geschweige denn in der Welt, um die ganze Flotte zu zerstören. Wir haben nicht genug Zeit und Mittel, um die Maschinen zu sabotieren.« Jero deutete auf Urda, der sich mit Yrias Hilfe aufrichtete. »Unsere Hoffnungen ruhen auf diesem kleinen Scheißkerl.«

Ich beobachtete, wie Urda auf einem Stück Eis ausrutschte und auf die Nase fiel. Ich schniefte. »Wir sind am Arsch?«

»Im Grunde ja.« Jero seufzte. »Ein Bannschreiber kann ein Schwert überzeugen, in Flammen aufzugehen, oder einen Mantel, dass er so stark ist wie Stahl …«

Mir ging ein ganzes Feuerwerk auf. »Oder ein Luftschiff, damit es niemanden verfolgen kann.«

Jero nickte. »Mit ein paar Sigillen könnte Urda ihre Maschinen abschalten oder ihre Waffen unschädlich machen. So lange, bis wir mit dem Relikt entkommen sind. Aber er kann kein Objekt davon überzeugen, dass es ein anderes Objekt ist, wenn er nicht weiß, was für ein Objekt es vorher war.«

Trotz meiner vielen Narben betrachte ich mich nicht als besonders dämlich. Dennoch bevorzuge ich einfachere Dinge: starken Whiskey, potente Liebhaber und Probleme, die man mit einem Schwert, oder wenn sie besonders komplex sind, mit einer Explosion lösen kann. Wegen genau solcher Scheiße!

Bannschreiberei ist eine Kunst wie Mathematik – technisch gesehen stimmt das, aber letztlich ist es Vogelkacke. Wenn man einen Bann schreiben will, muss man das Objekt, auf das man ihn schreibt, in- und auswendig kennen. Je komplexer das Objekt ist, desto mehr kann schiefgehen. Deshalb kann ein Bannschreiber kein Kätzchen in einen feuerspeienden Drachen verwandeln. Oder zumindest nur einmal.

Zwar ist ein Luftschiff nicht so komplex wie etwas Lebendiges, aber doch so kompliziert, dass eine Veränderung ein gründliches Verständnis seiner inneren Prozesse erfordert. Allein schaffte Urda das nicht.

Aber sie könnte es.

Es gefiel mir nicht, dass ich lächelte, als ich an sie dachte, und zwar wie eine verliebte Pubertierende. So was löste sie immer bei mir aus. Sie brachte mich dazu, Dinge zu tun, ohne es zu merken. Zum Beispiel an sie zu denken.

Ihre braunen und ernsten Augen, die so groß hinter ihren Gläsern wirkten. Ihr Haar, das sie immer so ordentlich zu einem Knoten gebunden hatte, bis auf die wenigen schwarzen Strähnen, die sie einfach nicht beherrschen konnte. Ihr Gesicht, das immer so streng und ernst war, bis ich das Richtige sagte oder wahrnahm, und sie mich dann genauso albern anlächelte, wie ich jetzt grinste.

Was Liette wohl sagen würde, wenn sie jetzt hier wäre?

»*Offensichtlich*«, ich hörte sogar ihre Stimme, »*ist ein Luftschiff viel zu groß und unhandlich, um Platz für einen Irrtum zu lassen, der möglicherweise auf stilistischen Gründen beruht. Da die Revolution die einzigen existierenden Luftschiffe besitzt und gleichzeitig ein Haufen kurzsichtiger, von Propaganda fehlgeleiteter Schurken ist, dürfen wir annehmen, dass ihre mangelnde Kreativität gleicherweise verhindert, dass sie etwas übermäßig Komplexes erschaffen können. Also brauchen wir nur die offenkundigen Methoden zur Konstruktion eines Luftschiffes zu durchdenken, können davon ausgehen, dass sie ihnen gefolgt sind, und daraus ableiten, was wir brauchen.«*

Danach sähe sie mich mit diesem albernen Lächeln an, rückte ihre Brille zurecht und fragte mich, warum ich lächelte. Dann spürte ich die Narben und das Gewicht der Liste und fragte mich, wann sie wohl wieder nur das Monster in mir sähe …

»Ich kümmere mich um die beiden.« Jero legte mir sanft die Hand auf die Schulter. »Tuteng ist da vorn in dem Turm.« Er deutete mit einem Finger. »Sag ihm, dass wir bereit sind.«

Ich sah ihn lustlos an. »Ich bin eben fast verblutet. Warum muss ausgerechnet ich das machen?«

»Willst du dich lieber um die Zwillinge kümmern?«

Ich spitzte die Lippen und kniff die Augen zusammen. »Hat dir schon mal jemand erzählt, Jero, dass du förmlich darum bettelst, eine aufs Maul zu kriegen?«

»Ständig.« Er zwinkerte mir kurz zu, bevor er sich umdrehte. »Ich verspreche dir, bis das hier vorbei ist, werde ich dich um noch viel Schlimmeres anbetteln.«

13. KAPITEL

TERASSUS

Lasst euch von meiner Frustration nicht irreleiten. Ich habe schon öfter an Raubzügen teilgenommen; und bei einigen haben sogar nicht alle ins Gras gebissen.

Zum Beispiel in *Sevrics Letzte Lobhudelei* wurden eine Gruppe besonders talentierter und leicht zu korrumpierender Gesinnungsgenossen und ich eingeladen, einen Zug zu überfallen. Unwichtig, wer mit dem Hauen und Stechen angefangen hat, und außerdem kann niemand beweisen, dass ich es gewesen wäre. Aber seitdem ist mir sehr bewusst, dass ein Plan viele Menschen mit vielen Talenten erfordert. Einige mit zupackenden und andere mit weniger zupackenden Eigenschaften.

Also, ich wusste, dass Tuteng wahrscheinlich in diesem Moment irgendetwas sehr Wichtiges tat. Ich war nur nicht sicher, ob es wichtig genug war, mich davon abzuhalten, Jero zu verprügeln, weil er mich gezwungen hatte, all diese Treppen zu erklimmen, um ihn zu suchen.

Baupläne. Die ganze Sache hing an irgendwelchen Zeichnungen auf einem beschissenen Stück Pergament. All unsere Pläne, eine bessere Welt zu erschaffen, mein Ehrgeiz, die Namen auf der Liste zu finden, all das hatte sich in Luft aufgelöst, weil Urda nicht sagen konnte, welches beschissene Papier das richtige gewesen war, weil Agne es sich nicht hatte verkneifen können, den einzigen Kerl umzulegen, der uns hätte helfen können, und weil Jero sich nicht die Mühe gemacht hatte, mir den Plan vorher mitzuteilen, damit ich es hätte verhindern können.

Es war alles vergeblich. Alles, was ich getan, getötet und verloren hatte, hatte mich in diese Sackgasse geführt. Vielleicht war ich deshalb so wütend, als ich die Stufen des Turms bis ins oberste Stockwerk hinaufsteigen musste. Oder es lag daran, dass Tuteng in aller Ruhe sein Vögelchen streichelte, während ich die Drecksarbeit machte.

»Es ist nicht sehr weit«, flüsterte er dem Shekkai zu. »Ich verspreche es dir. Ich würde niemals verlangen …«

Er blickte hoch, als er mich plötzlich wahrnahm. Im Schatten des Dachbodens wirkten die Stümpfe seiner Hörner wie ein weiteres Augenpaar, das vor Überraschung aufgerissen war. Ein ziemlich großer Kontrast zu seinen echten Augen, die mich eher gleichgültig musterten.

»Wir verschwinden«, sagte ich. »Die Stadtwachen kommen.«

Tutengs Ohren zuckten, und er summte nachdenklich. »Wir haben noch Zeit.«

»Nein, haben wir nicht! Es wimmelt hier von …«

»Menschen«, unterbrach er mich. »Wie überall sonst auch. Wenn Jero will, dass sein Plan funktioniert, soll er warten. Und wenn du jetzt so freundlich wärst …«

Er starrte mich an, in Erwartung, dass ich den Mund hielt. Normalerweise hätte ich mir das nicht bieten lassen, aber sein Vogel starrte mich auch an und … Hättet ihr seinen Blick gesehen, hättet ihr die beiden auch in Ruhe gelassen.

Er murmelte dem Vogel etwas zu, und der zirpte leise. Tuteng lächelte, nickte, stand auf und ging ans Fenster. Mit einer Handbewegung schickte er den Vogel los. Der verschwand am Nachthimmel, aber Tuteng sah ihm noch lange nach. Als wollte er sich überzeugen, dass er sicher aus der Stadt kam.

»Wohin fliegt er?«, fragte ich.

»Nach Weiless«, antwortete er. »Auf Jeros Wunsch hin und weil ich sie gebeten habe, dorthin zu fliegen.«

»Gebeten?« Mir ging ein Licht auf. »Du sprichst die Tier-Zunge.«

»So nennen die Menschen es.« Er warf mir einen kurzen Blick zu. »Kennst du viele Rukkokri?«

»Ich weiß nur, dass jene, die mit Menschen zusammenarbeiten, nicht mehr zu ihren Clans zurückkehren.« Ich deutete mit meinem Kinn auf seine Stirn. »Wie hast du deine Hörner verloren?«

Er lächelte. Oder seine Miene verfinsterte sich; das war schwer zu unterscheiden. Jedenfalls war der Ausdruck bitter.

»Wegen Geld. Wie alle anderen auch.«

»Du hast sie verkauft?«

»Das hätte ich tun sollen.« Er sah wieder aus dem Fenster. »Menschen lieben es, sich gegenseitig zu töten. Aber am meisten lieben sie einseitige Kämpfe. Sie glauben, ihre Kriege sind gut, wenn sie selbst keinen Kratzer davontragen. Wollte eine Gruppe eine andere in einen Hinterhalt locken, führte ich sie durch die Wildnis. Gegen Metall.«

Ich zuckte zusammen. »Imperium?«

»Und Revolution. Sogar ein paarmal Eden. Mir war das gleichgültig.« Er fuhr mit einem Finger liebevoll über die Stümpfe seiner Hörner. »Oder meiner Mutter, als sie mir die Hörner abgehackt und mich hinausgeworfen hat. Wir wussten nicht, ob Imperiale oder Revolutionäre unser Heim zerstört, das Land verbrannt und meinen Neffen getötet hatten. Sie sah nur Menschen. Und mich, der ihnen half.«

»Klingt hart.«

»Wenn man aus dem einzigen Heim geworfen wird, das man kennt, von seinem Volk ausgestoßen wird und gezwungen ist, mit eben den Kreaturen zusammenzuarbeiten, die dich deine Hörner gekostet haben?« Er schnalzte. »Ja, ein bisschen.«

Ich zögerte, weil ich nicht genau wusste, ob ich die Antwort auf meine Frage hören wollte. »Was bezahlt dir Zwei-Einsame-Alte-Männer für diese Arbeit?«

»Sehr viel.«

»Mit sehr viel kann ein Mann sehr viel anfangen.«

»Kann er. Meine Mutter kann noch mehr damit anfangen, wenn ich es ihr schicke.«

»Was? Warum solltest du das tun?«

»Weil sie meine Mutter ist. Es ist mein Volk. Ihr seid es nicht.« Er blickte weiter aus dem Fenster in den Himmel, wo der Shekkai verschwunden war. Dann seufzte er müde, drehte sich um und ging zur Treppe. »Ich habe hier niemanden sonst. Und niemand kommt, wenn die Krähen mich fressen.«

Er blieb am obersten Treppenabsatz stehen und sah mich mit

diesen dunklen Augen an. Augen, die von einem anderen Schmerz kündeten, als meine Narben es taten.

»Was wirst du haben, wenn die Krähen dich holen?«

Was sollte ich darauf antworten? Als ich mich darauf eingelassen hatte, hatte ich vieles: eine bessere Welt ohne Krieg, die Namen der Leute, die mir diese Narben hinterlassen hatten, ein Ende von Geistern und Schatten und Albträumen …

Aber jetzt suchte ich vergeblich nach einer Antwort.

»War nur Spaß.« Tuteng klopfte mir auf den Rücken und stieg die Treppe hinunter. »Es interessiert mich nicht.«

Er ließ mich einfach so stehen. Ohne mir einen Grund zu geben, weiterzumachen. Nur mit zwei Worten, die mir im Kopf herumgingen.

Die Krähen.

Und der Idee, die sie mir eingegeben hatten.

*

»Der Bettler.«

Mit der Zeit werden schlechte Ideen zu einer Art Reflex. Die Worte sprudelten aus meinem Mund, während mir ein Bild durch den Kopf schoss. Der Mann in Lumpen in der Gasse vor der Masochistischen Kröte, dem eine Krähe auf dem Kopf hockte. Eine Krähe.

»Was?«, fragte Jero.

»Der Bettler«, wiederholte ich. »Der vor dieser Kneipe herumlungerte. Mit der Krähe. Erinnerst du dich?« Ich sah ihn erwartungsvoll an, während wir durch die Gassen gingen.

»Ja, der ist immer da. Und?« Er lachte. »Glaubst du, er würde besser zu uns passen als Urda?« Er warf einen Blick auf die Zwillinge, die vor uns hergingen und nur mit Mühe ihre Papiere zusammenhielten. »Im Grunde …«

»Hör zu.« Ich packte Jero an den Schultern und zwang ihn, mich anzusehen. »Diese Konstruktionszeichnungen sind doch geheim, stimmt's?«

»Streng geheim.«

»Also würden gewisse Leute sehr viel Geld dafür bezahlen?«

»Sicher, aber …« Ich sah in seinen Augen, dass er kapierte. Er erinnerte sich an den Bettler und die fette Krähe. Er wusste genauso gut wie ich, was die beiden bedeuteten. Und er wusste, was ich vorschlagen wollte.

»Nein.« Seine Stimme war gepresst und leise. Als er sah, dass ich protestieren wollte, hob er die Hand. »Ja, du hast recht. Der Bettler ist das, wofür du ihn hältst. Und nein, wir können ihn nicht um Hilfe bitten.«

»Wir haben keine Wahl«, gab ich zurück. »Ohne die Zeichnungen können wir nicht mit dem Relikt entkommen. Das hast du selbst gesagt.«

»Es stimmt, aber …«

»Nur sie könnten diese Pläne haben, stimmt's?«

»Es gibt keine Garantie, dass …«

»Wenn wir es nicht versuchen, ist all das hier für'n Arsch, oder?«, fuhr ich ihn an. »Der ganze Sermon über eine bessere Welt war nur eine zweitklassige Oper, oder? Ohne das Relikt machen wir weiter wie bisher, töten, kämpfen …«

»Weitermachen mit der Rache?«, fragte Jero.

Ich atmete zischend aus. »Das auch.« Dann neigte ich den Kopf. »Also, hat Zwei-Einsame-Alte-Männer Angst vor ihnen?«

Jeros Miene wurde ausdruckslos. »Unser Gönner zieht es vor, dass sein Name in der Öffentlichkeit nicht ausgesprochen wird. Er war sich der Anwesenheit der Gilde in dieser Stadt bewusst, bevor er hier ankam. Er ist der Meinung, und ich stimme da mit ihm überein, dass die Operation bereits kompliziert genug ist, auch ohne eine Horde mörderischer, gieriger Diebe mit einzubeziehen …«

»Ach, und was sind wir?«

»… die nur mörderischen, gierigen Dieben gegenüber loyal sind.« Er schüttelte den Kopf. »Es muss einen anderen Weg geben.«

»Den gab es.«

Plötzlich juckte es mich in den Fingern, und ich trat dichter zu ihm hin. »Du hättest mir von dem Plan erzählen können«, sagte ich drohend.

Man kann fast alles, was man wissen muss, in den ersten fünf Minuten eines Gesprächs mit jemandem in Erfahrung bringen – vor allem, ob der andere einen umbringen will und wenn ja, wie sehr und wie schnell.

Ich wusste, dass Jero anders war. Ein Mann, der seine Falten wie Narben trug und so freundlich lächelte, musste viele Geheimnisse haben. Wenn ich wie jetzt mit ihm redete, das Zucken seiner Mundwinkel sah und er mir nur mit einem leeren Blick antwortete, wurde mir klar, wie es ihm gelungen war, diese Geheimnisse zu behalten. Er vertraute mir nicht.

Was nicht besonders überraschend war. Normalerweise bekommt man nicht die Verantwortung für geheime Überfälle übertragen, die das Ziel haben, Imperien zu stürzen, wenn man zu vertrauensselig ist. Mich überraschte jedoch der schmerzhafte Stich bei dieser Erkenntnis. Dafür hasste ich mich. Ich machte das schon zu lange, um ernsthaft glauben zu können, dass er mir einfach so vertraute. Und viel zu lange, um deswegen verletzt zu sein. Andererseits fühlte es sich gut an, mit Leuten zusammen zu sein, die mich nicht ansahen, als wäre ich ein Monster. Jedenfalls eine Weile.

»Du hast recht.«

Ich blinzelte erstaunt. Das hatte ich nicht erwartet.

»Mit allem.« Jero seufzte. »Ich hätte dir den Plan verraten sollen. Und wir haben keine anderen Optionen.« Er warf einen finsteren Blick auf Urda. »Wenn das hier etwas bringen soll, braucht Urda diese Zeichnungen.«

Dann sah er mich wieder an. Diesmal lächelte er nicht. Und ganz gewiss vertraute er mir nicht. Aber fast. Und das linderte meinen Schmerz.

»Glaubst du wirklich, wir finden dort, was wir brauchen?«, fragte er. »Der Krähenmarkt toleriert keine Schaufensterbummel.«

Wie gesagt, wenn man das lange genug macht, werden schlechte Ideen einfach nur ein Reflex. Ich hätte gedacht, dass Jero das wüsste. Aber als ich mich fester in meinen Schal hüllte, wurde mir klar, dass ich ihm seine Vorsicht eigentlich nicht verübelte. Es war nie ein gutes Zeichen, wenn man Assassinen um Hilfe bat.

Erst recht nicht, wenn es Aschmäuler waren.

14. KAPITEL

DIE MASOCHISTISCHE KRÖTE

Gut, Jero sagte also, am besten erregte man keine Aufmerksamkeit, wenn man sich so verhielt, dass niemand einen auch nur bemerken wollte, so wie Makellos es getan hatte. Die Idee klang sehr gut, sehr praktisch und, wie Jero ausführte, sehr effektiv. Aber da wir Makellos gerade umgelegt hatten, war sie auch wiederum nicht narrensicher.

Die Revolution schätzt ihre Spione und Saboteure, gewiss, aber Kanonen und Sprengstoffe schätzt sie noch mehr. Selbst wenn Makellos ein exzellenter Spion gewesen sein mochte, spionierte er für eine Nation, die sich für die feineren Künste nicht interessierte, es sei denn, sie ermöglichten ihnen größere Explosionen.

Für unsere Zwecke brauchten wir Leute, die nicht einfach mit den subtileren Künsten als Mittel zum Zweck herumdilettierten. Um das Unauffindbare zu finden und damit das Unmögliche möglich zu machen, brauchten wir mehr, als wir aus der Leiche eines überdurchschnittlichen Spions gewinnen konnten. Makellos war Amateur gewesen, was Verstohlenheit anging. Amateure hatten Spaß.

Wir brauchten einen Profi. Profis hatten Maßstäbe.

Weshalb in den frühen Morgenstunden ein vollkommen zerzauster und schmieriger Mann durch den Schrei einer fetten Krähe in einer dunklen Gasse geweckt wurde und ein Quartett von ziemlich mitgenommenen Fremden vor ihm stand. An der Spitze eine weißhaarige Frau mit einem roten Schal.

Der Bettler musterte uns müde, nicht beeindruckt, geschweige denn eingeschüchtert, und kratzte sich.

»Oh.« Er knurrte. »Ich mache das nicht gern, weil ihr echt mies ausseht …« Er hob die Schale. »Eine milde Gabe?«

»Wir sind wegen einer anderen Angelegenheit hier.« Jero trat vor und räusperte sich. »Wir möchten dir ein Angebot …«

Er unterbrach sich, als ich die Hand hob. Gut für ihn, so musste ich ihn nicht schlagen. Er hätte nach seiner charmanten Rede sein Ziel zweifellos erreicht, aber ich war in dieser Nacht mehrmals von Klingen durchbohrt worden und hatte es eilig.

Ich holte ein Stück Metall aus meinem Beutel und ließ es in die Schale des Bettlers fallen. Es knallte.

»Ihr ehrt mich, Madame.« Er senkte den Kopf. »Meine Dankbarkeit …«

Es klapperte noch dreimal, und jedes Metallstück war dicker und glänzender als das vorige. Er spitzte die Lippen, starrte das Metall lange an und sah mich an. Seine Augen waren schärfer, als die eines Bettlers sein sollten.

»Ich suche nach Freunden«, sagte ich leise.

Er maß mich von Kopf bis Fuß. »Sind wir Freunde?«

Ich griff in Jeros Tasche und zog eine kleine Börse heraus, bevor er protestieren konnte. Dann warf ich sie in die Schale, schlug sie ihm aus der Hand und verteilte den Inhalt auf dem Boden.

»Das sind wir alle.«

Der Bettler scharrte hastig die Münzen zusammen und schob sie in seine Lumpen, in denen eine sehr große und scharfe Klinge aufblitzte. Die glänzendste Münze behielt er zwischen den Fingern und betrachtete sie, bevor er zu der fetten Krähe hochsah, die auf dem Giebel eines Dachs über uns hockte.

Er warf die Münze in die Luft, und geschickt schnappte sich die Krähe das Metall mit dem Schnabel. Dann spreizte sie das Gefieder, schüttelte sich und flog davon. Der Bettler stand zufrieden auf und ging los. Urda sah zwischen uns hin und her, bevor er sich anschickte, ihm zu folgen.

»Nicht ihm.« Ich packte ihn an der Schulter und drehte ihn herum. »Wir folgen dem Vogel.«

»Dem Himmel sei Dank.« Urda keuchte. »Er ist ohne Zweifel ein netter Mann, aber er hat bestimmt schon seit Monaten nicht mehr gebadet. Moment, wir folgen dem Vogel? Warum nicht dem Mann?«

Ich sah ihn finster an. »Welchen Sinn hätte das?«

»Aber wenn er jetzt … seinen Kot auf uns fallen lässt?«

»Mach dir darüber keine Sorgen.« Yria packte ihren Bruder und zerrte ihn hinter mir in die Gasse. Jero folgte uns hastig. »Kein Vogel gibt auch nur einen Schiss auf dich.«

Daraufhin stritten sie leise weiter, aber ich achtete nicht darauf. Ich behielt die Krähe im Auge. Sie führte uns durch kurvige Gassen und die ausgebrannten Mementos, die der Krieg in dieser Stadt hinterlassen hatte.

Auf einen unbeteiligten Beobachter hätte es gewirkt, als würde eine Krähe einfach mit ihrer Beute verschwinden. Niemand hätte erraten, dass sie einen bestimmten Weg nahm, der von dem geplant worden war, der sie gefüttert hatte. Ebenso wenig hätte jemand vermutet, dass man sein Leben von Hunderten von Bolzen durchbohrt auf der Straße ausbluten würde, wenn man auch nur einen Schritt vom Weg abwich.

Ich warf ab und zu einen Blick in die dunklen Fenster der zerstörten Gebäude neben uns, konnte aber niemanden sehen. Aber ich fühlte sie. Starre Blicke hinter Ledermasken, die Spitzen der Armbrustbolzen, die jedem unserer Schritte folgten, die Finger an den Abzügen, bereit, sich beim leisesten Anzeichen unserer Unzuverlässigkeit zu krümmen.

Wie gesagt, Profis haben Maßstäbe. Und kein Maßstab ist anspruchsvoller als der von professionellen Killern.

Ein Fehltritt. Ein Zucken. Ein falscher Blick im falschen Moment in die falsche Richtung, und wir waren tot. Was eigentlich alle hätte abhalten sollen, Dinge zu sagen, die peinlich und vollkommen offenkundig waren.

»Ich halte das immer noch für eine miese Idee.«

So viel dazu.

»Wenn die Aschmäuler Witterung von dem Plan bekommen, verlangen sie einen Anteil.« Jero war kein Narr. Er blickte beim Flüstern nicht hoch, sodass nur ich ihn hören konnte. Aber er war ein Arschloch, weil er überhaupt redete. »Wir können uns eine solche Komplikation nicht leisten.«

»Daran hättest du denken sollen, bevor du ein Haus niedergebrannt hast«, murmelte ich.

»Du hast Hunderte Häuser niedergebrannt, habe ich gehört.«

»Und – beschwere ich mich darüber?« Ich zog mir meinen Schal über die Lippen. »Ja, das ist eine schlechte Idee. Wir haben nur noch schlechte Ideen. Urda braucht diesen Mist, und die Aschmäuler sind die Einzigen, die ihn liefern können.«

Jero verzog das Gesicht wie jemand, der ein hervorragendes Argument aus dem Mund eines schrecklichen Menschen hört. Ich hätte gern gelächelt, aber Lächeln erregt Verdacht. Und ein Verdacht krümmt Finger.

»Ich würde mich besser fühlen, wenn wir Tuteng und Agne mitgenommen hätten«, flüsterte Jero.

»Ja klar, jeder findet die Anwesenheit von riesigen Frauen mit magischen Muskeln beruhigend«, murmelte ich. »Alle, bis auf die Aschmäuler. Es ist meine schlechte Idee, also machen wir es auf meine miese Art.« Ich warf ihm einen Seitenblick zu. »Wenn es dir nicht gefällt, lüg mich nicht mehr an.«

Ich bin nicht sentimental. Viele Leute haben mich belogen, einige sind deswegen gestorben, andere nicht. In der Scar geht es darum, zu leben und am Leben zu bleiben.

Jeros Unterlassung, wie man eine Lüge nennt, wenn man zu reich oder zu gut aussehend ist, um ein Lügner gescholten zu werden, hatte mich nicht verletzt. Sondern meine Arbeit sabotiert, eine bessere Welt zu schaffen, in der ich viele Leute unter die Erde bringen würde. Wenn sein Fehler das alles vereitelte, die Liste, die bessere Welt, meine Chance, irgendwann so tun zu können, als wäre alles normal … Gut, vielleicht war ich etwas verletzt.

Das würde erklären, warum es mich so befriedigte, seine versteinerte Miene zu sehen.

Ein plötzliches Krächzen über meinem Kopf erregte meine Aufmerksamkeit. Der wohlgenährte Rabenvogel hüpfte gerade zufrieden über den Giebel eines schäbigen Hauses, bevor er es sich in einem Nest über einer zerschrammten Tür bequem machte. Er krächzte wiederholt und dekorierte sein Nest mit seinem Profit.

Das Gebäude trug das Krähennest auf dem Giebel wie einen schäbigen Hut, der eine noch schäbigere Garderobe krönte. Völlig heruntergekommen in einer heruntergewirtschafteten Gegend, die noch immer die Narben des Krieges trug, waren das einzig Bemerkenswerte daran die Vorhänge hinter den Fenstern statt zugenagelter Fensterlöcher und dass die Treppe von Schnee befreit war. Die anderen Ruinen brachen unter dem weißen Staub fast zusammen.

Trotzdem würde man es keines Blickes würdigen. Was es zum perfekten Ort für einen illegalen Markt machte. Oder zu dem Ort, wo man uns tötete und uns unsere Organe zur Weiterverarbeitung zu alchemistischen Komponenten entnahm.

Aber wenn man immer nur überlegte, wer einem ans Leder gehen könnte, bekam man nichts erledigt.

Nicht zum ersten Mal stieß ich also eine Tür auf, trat in einen dunklen Raum und hoffte das Beste.

Ein stechender Geruch von Kräutern stieg mir in die Nase. Und hätten meine Augen sich nicht an die Dunkelheit gewöhnt, hätte ich geschworen, von einer Auswahl illegaler Drogen umgeben zu sein. Aber als ich die Gläser auf dem bescheidenen Regal sah, wurde mir klar, dass ich mich in einem beschissenen Teehaus befand. Die einzigen Gäste waren zwei ältere Leute, die glasig in Tassen mit dampfendem aromatischen Tee vor ihnen starrten. Im Hintergrund plärrte ein altersschwaches Voccaphon.

»Vier Becher?« Die krächzende Stimme gehörte einer winzigen Frau in einem einfachen Kittel, die mit einem Kessel in der einen und einem Tablett in der anderen Hand vor uns stand. »Die Spezialität des Hauses?«

Mein Blick glitt von ihr zum Tresen im Hintergrund des Raums und zu einer kleinen Tür in der Ecke. Ich schniefte.

»Hast du etwas Selteneres?«, fragte ich. »Etwas aus Weiless, vielleicht?«

Das Voccaphon hüpfte, und langsam richteten sich die blutunterlaufenen Augen der älteren Gäste auf mich. So langsam, dass man es kaum bemerkte und auch nicht, wie sie unauffällig unter ihren Tischen kleine Hand-Armbrüste luden.

Die alte Frau sah mich unverwandt an, während ich die Hände von meinen Waffen weghielt. Sie sog zischend Luft zwischen die Zähne und deutete auf die kleine Tür in der Ecke. »Hinten«, krächzte sie. »Holt es euch selbst.«

»Also wirklich!« Urda atmete hörbar ein. »Ich muss schon sagen, dass diese Art von Bedienung weit unterhalb des Standards liegt, den ich erwarten würde. Ihr könnt mich gern einen Dandy nennen, aber ich finde …«

Glücklicherweise wurde er von einem Ellbogenstoß in die Rippen zum Schweigen gebracht statt von einem Armbrustbolzen im Hals. Ich bedankte mich mit einem Nicken bei der alten Frau und ging zu der kleinen Tür.

»Ah«, hielt sie mich krächzend auf. »Vier sind zu viele. Dafür ist es zu eng.« Sie richtete ihren rheumatischen Blick auf Yria. »Sie bleibt. Ihr anderen geht.«

Ich biss die Zähne zusammen, und es juckte mir in den Fingern, nach meiner Waffe zu greifen. Es war natürlich eine Vorsichtsmaßnahme. Sie trennten uns und hielten einen als Geisel fest, damit wir keinen Ärger machten. Was auch der Tatsache, dass ich vollkommen blutüberströmt war und eine riesige Kanone an der Hüfte hatte, nachvollziehbar war. Wenn wir hineinwollten, mussten wir ihre Bedingungen akzeptieren, was, wie ich hoffte, jeder verstand.

»Nein. Nein, nein, nein.« Urda schüttelte keuchend den Kopf. »Wir … können Yria nicht zurücklassen. Wir sind ein Team. Das geht nicht. Das kann ich nicht. Ihr … dürft …«

Er umklammerte seinen Kopf so fest, als wollte er verhindern, dass sein Gehirn aus seinem Schädel sickerte. Er wimmerte, und mein Herz hämmerte. Ich sah zwischen den beiden Alten hin und her, die ihre Hand-Armbrüste über die Tischplatte hoben. Ich wusste ebenso wenig wie sie, was Urda da machte, und für sie war das ein Grund, uns zu töten.

Der Kakophon brannte und rief meine Hand zu seinem Griff. Ich packte ihn und holte tief Luft und …

»He.«

Alle erstarrten – außer Yria. Sie nahm ihren Bruder bei den Schultern und zwang ihn, sie anzusehen.

»Alles wird gut«, sagte sie. »Ich bin hier. Und du bist da. Wenn du mich brauchst …«, sie beugte sich dicht zu ihm, »dann pfeifst du einfach, einverstanden?«

Urda schien protestieren zu wollen, schloss dann jedoch die Augen, nickte schwach und ging mit Jero zu der Tür. Die kleinen Armbrüste verschwanden wieder unter den Tischplatten, und ich wollte den beiden folgen.

»He!« Yria hielt mich fest. Ich drehte mich um, in der Erwartung, ein wütendes Vagrantengesicht zu sehen. Aber Yria die Zelle, Fluch der Reichen und Bann des heimeligen Heimes hatte Mühe, die Sorge in ihrem Blick zu unterdrücken.

»Urda hält es nicht gut an beklemmenden Orten aus«, flüsterte sie. »Ich darf ihn nicht verlieren ... Er braucht mich, kapiert?«

»Klar.«

»Versprich es mir.«

Ich sah sie an, während ich ihre Finger von meinem Arm bog. »Versprochen.«

Sie nickte und atmete sichtlich nervös aus. »Gut. Es gibt keine Geschichten, dass Sal Kakophonie ihr Versprechen bricht.« Sie setzte sich auf einen Hocker. »Ich bin in der Nähe.«

Ich erwiderte ihr Nicken, bevor ich zu Jero und Urda ging. Mir war unbehaglicher zumute, als mir lieb war. Es beunruhigte mich immer, wenn solche Leute plötzlich emotional wurden. Das verwandelte sie von Monstern in Menschen, in einer Welt, in der Monster überlebten und Menschen nicht. Ich brauchte jetzt ein Monster, eine gnadenlose Vagrantin, keine besorgte Schwester. Eine Vagrantin konnte ich ohne Weiteres sich selbst überlassen. Eine Schwester, die nachts wach blieb und auf die leere Stelle starrte, wo ihr Bruder sein sollte ...

Genug jetzt! Ich vertrieb diesen Gedanken mit einem energischen Kopfschütteln. *Das kannst du dir vor den Aschmäulern nicht leisten. Mach dir keine Sorgen um sie. Außerdem ...* Mir wurde plötzlich kalt. *Wenn Urda das nicht überlebt, dann kommst du da sicherlich auch nicht heil heraus.*

*

»Das ist es?«

»Was hast du erwartet?«, fragte ich.

»Weiß nicht. Etwas Mysteriöseres?« Urda betrachtete die massive, mit Eisen beschlagene Tür, die im Keller eines Teehauses deplatziert wirkte. »Ich habe Geschichten über die Aschmäuler und ihre ... Märkte gehört.« Er schüttelte sich heftig. »Schmutzige schreckliche Gerüchte über Leichen, die wegen ihrer Organe quasi geerntet werden, und Elixiere, die dir sechs Sekunden vollkommenen Wissens schenken, bevor deine Körpersäfte aus allen Körperöffnungen spritzen und … warum denken wir uns nicht lieber was anderes aus?«

»Ja, in Geschichten kommen Diebe immer besser weg«, seufzte ich. »In der Wirklichkeit stellt man fest, dass es nur Arschlöcher mit Geld sind, die für noch größere Arschlöcher mit Geld arbeiten.«

»Also stimmen die Geschichten nicht?« Urda lächelte hoffnungsvoll. »Ich meine über … Ernte und … Körperöffnungen?«

»Oh, die stimmen sehr wohl.« Jero schob ihn zur Seite, als er zur Tür trat. »Die Aschmäuler würden uns unsere Leber herausreißen, wenn sie auch nur einen Kupferknöchel daran verdienen könnten.« Er sah zu Urda und mir zurück. »Hätten sie keine Technologie der Revolution gestohlen, wären wir nicht hier. Also gehen wir rein, holen, was wir brauchen, und gehen wieder raus. Einverstanden?«

Ich nickte knapp. Urda nickte eifrig. Jero räusperte sich, drehte sich zur Tür um und klopfte. Zweimal schnell, eine Pause, dann dreimal langsam, eine längere Pause und sechsmal schnell. Mit einem zufriedenen Lächeln trat er zurück und wartete.

Sehr, sehr lange.

»Was verfickt war das?«, fragte ich.

»Ein geheimes Klopfzeichen«, gab er zurück. »Geduld.«

Ich wollte schon protestieren und auf den Schwachsinn hinweisen, ein geheimes Klopfzeichen auszumachen, wenn man schon in einem geheimen Raum in einem geheimen Teehaus war, in das wir von einer geheimen Krähe geführt wurden. In dem Moment wurde ein Paneel in der Tür zurückgeschoben. Zwei blutunterlaufene Augen spähten heraus, und dann ertönte eine Stimme wie die eines Säufers nach einem sechstägigen Gelage.

»Was soll der Scheiß?«

Jero trat vor und räusperte sich. »Wir sind Freunde und suchen etwas Besonderes.«

»Freunde?« Die entzündeten Augen wurden zu Schlitzen. »Ach was. Merkwürdig. Ich sehe hier nur einen Haufen blöder Saftärsche. Aber he, wenn du den Idioten triffst, der eben an die Tür geklopft hat, sag ihm oder ihr freundlicherweise, dass wir diesen Blödsinn nicht mehr machen. Großartig. Danke. Und jetzt verfickt euch.«

»Warte, ich …« Jeros Protest wurde unterbunden, als das Paneel geschlossen wurde. Er biss die Zähne zusammen, schloss die Augen, atmete aus und rieb sich die Schläfen.

Ich hörte die Zahnräder klacken, als er sich einen anderen, ganz großartigen Plan ausdachte. Aber es war eine lange Nacht, und ich war müde. Zeit für meinen Zugangscode.

Jero schob ich zur Seite und hämmerte dreimal mit der Faust gegen die Tür. Wieder wurde das Paneel zurückgeschoben, und dieselben entzündeten Augen spähten heraus.

»Gut, das Klopfen war nicht schlecht«, rasselte die Stimme hinter der Tür. »Aber ich glaube, ich habe gesagt …«

Die Stimme verstummte, als der Blick der Augen auf mich fiel. Ich schob den Schal zur Seite und starrte in die Augen. Wie es sich anfühlte, als die Augen mich erkannten und sich weiteten?

»Oh, Scheiße, ey! *Du*?«

Es war nicht besser als Sex. Aber fast.

»Du kennst mich?«

Schweigen. Dann rollten die Augen nach oben und unten.

»Du weißt, dass ich rein will?«

Ein längeres Schweigen. Und ein langsameres Rollen.

»Du weißt, wie ich reinkomme?«

Eine Zunge benetzte Lippen. »Wie?«

Ich zuckte mit den Schultern. »Du entscheidest. Du kannst uns reinlassen.« Ich schlug den Schal zurück, legte meine Hand auf den Griff des Kakophon und trommelte mit den Fingern auf das Holz. »Oder ich klopfe noch mal.«

Wieder antwortete Schweigen. Die entzündeten Augen musterten mich, während ihr Besitzer abzuschätzen versuchte, wie viele Leichen am Ende an den Wänden klebten.

Das Paneel wurde zugeschoben.

Ich seufzte. »Ich hab's versucht.«

Der Kakophon hatte kaum das Futteral verlassen, als es metallisch klackte. Nach einer kleinen Pause zischte eine beißende Wolke von Chemikalien, Staub und Geld aus dem Türschlitz, bevor die Pforte sich noch weiter öffnete und ein müder Mann heraustrat.

Er war klein, dürr und trug weite, unförmige Kleidung mit Essensflecken; sein zurückgeschobener Ärmel enthüllte die Tätowierung eines dicken Baumes auf seinem Unterarm.

Er war schmutzig, müde und stank nach billigem Seidengras. Wer nicht wusste, wie viele Leute Rudu die Keule umgebracht hatte, hätte ihn für einen Bettler gehalten.

»Na denn.« Er trat zur Seite und deutete mit dem Daumen auf die Tür. »Willkommen auf dem Krähenmarkt, sage ich mal.«

15. KAPITEL

DER KRÄHENMARKT

Die erste Lüge, die man uns eingetrichtert hat, lautet, wir wären etwas Besseres als Tiere.

Imperium oder Revolution, es spielt keine Rolle. Jede Gesellschaft verfügt über Gedichte, Propaganda, Opern und Kriegslieder, in denen die hehren Ziele der Menschheit dargestellt werden. Natürlich sind unsere Ziele edler als die niederen Instinkte der anderen Kreaturen, die diese Welt bevölkern, sagen wir uns. Wir kämpfen nicht um Nahrung, Territorien und Sex. Wir kämpfen für Ideale, Prinzipien und Romantik – dasselbe wie Sex, nur mit mehr Text.

Zahllose Schlachten, Kämpfe und ein paar besondere Narben haben mir jedoch zu der Erkenntnis verholfen, dass es letztendlich keinen allzu großen Unterschied zwischen Menschen und Tieren gibt. Sicher, wir verstehen uns besser aufs Töten, haben herausgefunden, wie man Nahrung schmackhafter zubereitet und wie man Beziehungen vergeigt. Aber letztlich werden wir von denselben Trieben beherrscht.

Statt Raubtieren haben wir Armeen, Kriegsherren und Vagranten. Statt Beute haben wir Bauern, Händler und all die unglücklichen Idioten, die erwähnten Armeen, Kriegsherren und Vagranten in die Quere kommen. Und statt Aasgeiern …

»Wer will diesen Monster-Schwanz erstehen?«

… haben wir Krähenmärkte.

»Probleme im Bett? Eine unbefriedigte Gefährtin? Respektlose Nachkommen?« Die Frau in der fleckigen Schürze wedelte mit einem Hackmesser in der einen und einem beunruhigend großen und fettigen Phallus in der anderen Hand herum. Ihre Stimme hallte durch die Korridore des Aquädukts und übertönte das Klappern der Rohre und Hunderte anderer Stimmen. »Wenn man das Organ dieser Bestie richtig zubereitet und seinem Großvater verabreicht, fickt er zwei Nächte lang durch! Es belebt deinen Schritt, würzt dein Schlafzimmer, oder du verkaufst es einfach weiter. Ist mir egal, Hauptsache, du kaufst es, denn das Ding stinkt entsetzlich!«

Noch seltsamer als die Art, wie sie ihre Ware anpries, wirkte die kleine Horde gut gekleideter Männer, die mit ihrem Geldbeutel vor ihr hin und her fuchtelten, als sie um das monströse Glied feilschten. Und ganz bestimmt noch befremdlicher war der Kadaver des monströsen katzenartigen, mit Stacheln gespickten Cacuar hinter ihr, der von den Augäpfeln bis zu seinen anderen Äpfeln von drei anderen fleißigen Ladys ausgeschlachtet wurde. Sie legten jedes Organ sorgfältig in ein Glas.

Aber auf einem Krähenmarkt hält man sich nicht mit Sittsamkeit auf.

An sittsamen Orten wie zivilisierten Städten mit ihren Stadtwachen und ihrem primitiven Glauben an Gesetze findet man sie nicht. Aber am Rand der Welt, wo man Leiden und Kriege mit derselben Gleichgültigkeit erduldet wie schlechtes Wetter, sind Krähenmärkte so verbreitet wie Leichen.

Sie schießen nach großen Schlachten aus dem Boden, im Kielwasser von verheerenden Seuchen und anderem Elend. Unauffällige Leute in unauffälligen Gewändern tauchen auf den Schlachtfeldern und in den zerstörten Städten auf und plündern sie gründlich. Angefangen von den gewaltigsten Waffen und Technologie bis zu den Ringen, die man den Toten abnimmt. Nichts bleibt übrig. Die Aschmäuler greifen alles ab und verkaufen es an dunklen Orten.

Die Kunde verbreitet sich wie Lepra und meidet nur die Gesetzeshüter. Wie Fliegen von einem Kadaver werden die Käufer davon angezogen. Einige sind harmlos. Sammler exotischer Waren und schwer aufzutreibender Antiquitäten, Freimacher, die nach Technologie aus Kriegszeiten suchen, die sie nicht stehlen konnten. Andere sind weniger harmlos. Kriegsherren, die nach Waffen Ausschau halten, um ihren Handlangern einen Vorteil bei den nächsten Überfällen zu gewähren, Vagranten, die neue Spielzeuge suchen, um damit Schaden anzurichten. Den Aschmäulern ist es eins, sie stellen keine Fragen.

Hat man einen offenen Geldbeutel und verschlossene Lippen, ist man auf dem Krähenmarkt willkommen, ganz gleich, ob man Sammler, Krimineller oder eine extrem gut aussehende und charmante Vagrantin ist, die plant, zwei Imperien zu stürzen.

»Wonach sucht ihr noch mal?«

Rudu die Keule schien die gruselige Szenerie hinter uns nicht sonderlich zu beschäftigen. Ebenso wenig interessierten ihn die beiden Alchemisten in einer Nische, die vor einem qualmenden Kessel saßen, aus dem schwache Schreie drangen. Oder die anderen morbiden, bösartigen Händler, die in den Nischen des Aquädukts hockten. Jeder bot etwas Schrecklicheres an als der davor, und vor jedem feilschten mindestens ein Dutzend Käufer um ihre tödlichen Waren.

Vermutlich hatte Rudu schon mehr als genug Schrecknisse gesehen, oder er war einfach nur total berauscht.

»Nach Konstruktionszeichnungen!«, überschrie Jero den Knall einer Explosion, während Rudu uns durch das Gewirr des Aquädukts führte. »Oder nach revolutionärer Technologie. Auch jetzt noch, nachdem du zum sechsten Mal fragst.«

Um fair zu sein – man musste zugeben, dass es ziemlich leicht war, auf einem Krähenmarkt abgelenkt zu werden. Niemand wusste, seit wann die Aschmäuler die unterirdischen Aquädukte von Terassus' in Beschlag genommen hatten, aber sie hatten den Raum seitdem gut genutzt. Jeder Zentimeter der Abwasserkanäle, der nicht unter Wasser stand oder von Röhren belegt wurde, wurde von einem Verkäufer genutzt, der seine obszönen und makabren Waren anbot.

»Ich hab's kapiert«, sagte Rudu und stopfte, ohne hochzublicken, Seidengras in seine Pfeife. Was nahelegte, dass er nichts kapiert hatte. »Entschuldigt, es ist schwer, sich hier zu konzentrieren. Vor allem nach der dritten Pfeife.«

»Vielleicht rauchst du mal weniger?«, schlug ich vor.

»Vielleicht gehst du mir weniger auf den Sack?« Er riss ein Zunderholz an der Wand an und setzte seinen Rotzkocher in Brand, atmete den Rauch ein und stieß eine pinkfarbene Wolke aus. »Da stecken wir wohl in einem echten Paradoxon, was?«

»Das ist kein Paradoxon«, mischte sich Jero ein.

»Im Ernst? Wenn ich noch mehr rauche, kapier ich es bestimmt. Oder ich höre nicht auf dich. Finden wir's raus.«

Ich muss nicht betonen, dass ich Rudu wirklich mochte.

Natürlich hatten wir schon Meinungsverschiedenheiten gehabt, aber ehrlich, welche Freunde haben nicht schon mal versucht, nicht nur eine Pfeife, sondern sich gegenseitig in Brand zu setzen? Seitdem verstanden wir uns. Soll heißen, er war gesetzlich verpflichtet, zu tun, was ich sagte.

Denn trotz all der Explosionen und des Mordens sind wir Vaganten kein gesetzloser Haufen. Allerdings ist das einzige Gesetz, das wir anerkennen, die Rotgunst. Irgendein wertloser Tand, der rot gefärbt ist und den ein Vagrant einem anderen aus freien Stücken gibt. Die Rotgunst berechtigt den Besitzer, das Einzige einzufordern, was ein Vagrant zu geben hat: einen Gefallen.

Eine Aufgabe, eine Zahlung, es spielt keine Rolle. Jeder Vagrant kann seine Rotgunst nach Belieben einfordern, angefangen davon, die nächste Runde zu spendieren ... oder zum Beispiel die Imperatrix von Cathama zu töten. Wird die Gunst eingefordert, kann sie nicht verweigert werden, und wurde sie erfüllt, muss man das Ergebnis akzeptieren.

Manchmal kommt es vor, dass jemand diese Regeln verletzt, die Gunst nicht gewährt oder ihre Erfüllung nicht hinnimmt. Die Konsequenzen solchen Verhaltens sind immer dieselben.

Ein Vagrant, der eine Gunst nicht erfüllt, ist vogelfrei. Niemand hilft ihm, man rammt ihm höchstens im Dunkeln ein Messer in den Wanst. Wir geben diese Gunst nicht leichtfertig, und wir verschwenden sie auch nicht. So verlockend es auch war, Rudus Rotgunst einzulösen, damit er uns besorgte, was wir brauchten, wollte ich sie nicht darauf verschwenden. Vor allem, weil er uns ja ohnehin herumführen musste.

»Solltest du dich nicht ... darum kümmern?« Urda warf einen ängstlichen Blick auf das wachsende Inferno in dem Alkoven hinter uns. »Bist du nicht eine Art Wachmann?«

»Ich bin als Berater tätig.« Rudu stieß eine pinkfarbene Rauchwolke aus. »Was heißt, man fragt mich um Rat, wie ich irgendwelche imperialen Magier töten würde, falls sie sich hierherwagten.

Ansonsten habe ich strikten Befehl, mich nicht in die Geschäfte zu mischen.« Er winkte. »Außerdem kümmern sich die Jungs schon darum.«

Ich bemerkte erst nach einem Moment, dass er nicht ins Leere gezeigt hatte. In der Dunkelheit zwischen den Nischen hielten Aschmäuler Wache. Ihre Körper steckten in schwarzen Uniformen, und ihre Gesichter waren von krähenkopfartigen Masken verdeckt. Sichtbar war nur ihr Arsenal von Armbrüsten, Klingen und Phiolen, mit dem sie jeden behandelten, bei dem sie es für nötig hielten.

Irgendwie konnte das Urda nicht beruhigen.

Er wurde mit jedem Schritt nervöser. Sein Blick zuckte zwischen den Verkäufern, den Käufern und den Aschmäulern hin und her, als wüsste er nicht, wovor er am meisten Angst hatte. Dabei griff er in die Tasche und betastete etwas, das aus Metall zu sein schien, aus Silber. Ich sah genauer hin.

War das eine … Pfeife?

»Außerdem sollte es nicht allzu schwierig sein, hier unten Technologie der Revolution zu finden.« Rudu ignorierte die Schreie hinter uns. »Der Krieg hat genug davon herumliegen lassen. Panzer, Kanonen, diese sonderbaren Geräte zum Stechen und Schießen …«

»Bajonettgewehre?«

»Klar, wenn du meinst. Alles landet am Ende in den Händen der Aschmäuler, also letztlich hier. Und normalerweise kümmert es sie nicht, wer es ihnen abkauft.«

»Normalerweise?«

»Ja, normalerweise. Normalerweise stelle ich auch keine Fragen.« Rudu blieb unvermittelt stehen, und wir alle hielten unmittelbar hinter ihm an. Dann drehte er sich langsam um und starrte mich mit seinen entzündeten Augen an. »Aber normalerweise schnüffelt auch nicht ausgerechnet Sal Kakophonie hinter revolutionärer Technologie her. Also frage ich mich, ob die Aschmäuler es wohl gern erführen, wenn dein Besuch hier alles andere als normal ist.«

Ich rührte mich nicht und zuckte nicht einmal mit einem Muskel. Ich fühlte die Augen aus den Schatten auf mir ruhen, spürte die Ohren, die uns zuhörten. Jero neben mir spannte sich an, und seine Hand glitt zu einer versteckten Klinge. Ich streckte meine Hand aus und hielt seine fest.

Fühlte sich ganz nett an.

»Und würden sie mich ordentlich bezahlen, würde ich vielleicht fragen.« Rudu grinste, und Rauch quoll zwischen seinen Zähnen hervor. »Aber ich schlendere offensichtlich nicht in teures Tuch gewandet durch die Gegend, oder?« Er hob den Blick. »Ah, da sind wir.«

Eine von alchemistischen Laternen erhellte Nische tauchte vor uns auf. Aus dem Schatten quollen Aschmäuler. Die gläsernen Augen ihrer Masken und ihre Armbrüste richteten sich auf uns.

»Die Treia will niemanden in der Nähe haben, den sie nicht billigt«, zischte einer von ihnen. »Zieht weiter.«

»Sie gehört zu mir«, antwortete Rudu. »Keine Sorge.«

Ihre glasigen Augen richteten sich kurz auf ihn, bevor sie zu Urda sahen, als witterten sie die Angst, die er aus allen Poren ausdünstete.

»Das da kommt mir bekannt vor«, sagte ein anderer. »Sind das Werkzeuge eines Bannschreibers?« Er trat vor, und Urda versteckte sich hinter mir. »Reden wir, du und ich, dann können wir …«

Ich hielt ihn mit erhobener Hand auf. Die andere lag auf dem Griff des Kakophon.

»Er gehört zu mir«, sagte ich. »Niemand fasst ihn an.«

»Niemand droht den Aschmäulern«, schnarrten sie im Chor.

»Ich drohe niemandem«, erwiderte ich gelassen. »Ich sage nur, dass ihr reden könnt, wenn ihr wollt.« Ich klopfte auf den Griff meines Begleiters. »Mit ihm hier und mit mir.«

Ich spürte ihre gereizten, ängstlichen und wütenden Blicke, und mir war klar, wie dumm das war, was ich tat. Die Aschmäuler zu beleidigen bedeutete, sich die Feindschaft einer Organisation einzuhandeln, die einen im Schlaf töten konnte. Das war übel.

Aber nicht so übel, als wenn man Sal Kakophonie nachsagte, sie hielte ihr Wort nicht.

Jeder professionelle Schläger ist auch ein Feigling. Die Haltung der Aschmäuler sagte mir, dass die Treia ihnen nicht genug bezahlte – für das, was ich ihnen antun konnte. Sie traten beiseite und nickten zum Eingang. Rudu betrat die Nische, und Urda hastete ängstlich hinter ihm her. Jero und ich folgten den beiden rasch. Wir gingen dem Geräusch von ächzendem Metall und dem Knallen eines einzelnen Hammers nach. Als wir die beiden schließlich eingeholt hatten, standen wir in … Wie kann man das beschreiben?

Wie ein vornehmes Bordell? Wo die Sexarbeiterinnen hübsch sind und duften, wo Tapeten nackte Leute zeigen und überall Statuen mit gigantischen Schwänzen und Titten herumstehen?

So ähnlich, nur mit Maschinen.

Im Gegensatz zu dem Chaos bei den anderen Händlern war alles in diesem Alkoven perfekt organisiert, etikettiert, katalogisiert und in einer nahezu schon zwanghaften Ordnung sortiert. Bajonettgewehre waren nach Größe gelagert, winzige, kugelförmige Relikte waren auf Hochglanz poliert, eine riesige Paladin-Rüstung stand in einer Ecke. Darüber lagen auf endlosen Regalen Maschinen, Geräte und Beutestücke aus dem Schlamm der revolutionären Schlachtfelder.

Es war eine Fundgrube für revolutionäre Technologie. Genau danach hatten wir gesucht. Ich war froh, dass wir sie gefunden hatten, aber ich hatte das merkwürdige Gefühl, als hätte jemand, kurz bevor ich den Raum betrat, masturbiert.

»Bist du da, Derimi?«, brüllte Rudu. »Ich schwöre bei deinen Eiern, wenn du wieder blankgezogen hast …«

»Entschuldigung, ich muss doch bitten!«

Zwei Augen, ein riesiges und ein absolut winziges, spähten hinter der gigantischen Rüstung hervor. Über dem dünnen rattenähnlichen Gesicht saß eine spezielle Kappe, an der unterschiedlich starke Lupen befestigt waren. Darunter befand sich die zauselige Karikatur eines Bartes. Es dauerte einen Moment, bis ich begriff, dass ich einen Mann vor mir hatte und keine Maschine aus Fett, Haar und Glas.

»Ich glaube, ich habe sowohl für diese Örtlichkeit als auch für zusätzlichen Schutz einen außerordentlich hohen Betrag gezahlt?« Er klang weinerlich. »Also, selbst wenn ich nackt wäre, und ich möchte betonen, dass ich es nicht bin, wäre es mein gutes Recht, nackt zu sein.«

Ich hatte seine Beteuerung zwar gehört, zuckte aber trotzdem zusammen, als er hinter der Rüstung hervortrat. Sein dürrer, schlaksiger Körper passte zu seinem dünnen Gesicht und steckte in einer Lederschürze, an der alle möglichen Werkzeuge hingen.

»Außerdem bin ich mir vollkommen sicher, dass ich angeordnet habe, nicht mit diesem Namen angesprochen zu werden!« Der Mann wischte sich die Hände an der Schürze ab. »Ich firmiere unter dem Namen Vierzig-Pfund-Rohr. Bitte vergiss das nicht. Danke.«

»Du bist ein Freimacher?« Ich war zutiefst unbeeindruckt.

»Du bist Vierzig-Pfund-Rohr?« Urda japste zutiefst beeindruckt. Er stürmte vor, mit zitternden Händen, als wollte er den Mann betatschen. »*Das* Vierzig-Pfund-Rohr? Ich hätte nie ... ich meine, ich hätte nicht gedacht, du ... Wow!«

»Scheiße, du kennst ihn?« Rudu klopfte Asche aus seiner Pfeife. »Ich habe mit einer Lady zwei Nischen weiter gewettet, dass er keine Freunde hat. Du kostest mich sechs Knöchel, Junge. Nach allem, was ich für dich getan habe.«

»Ihn kennen? Ihn *kennen*?« Urda warf Rudu einen fassungslosen Blick zu. »Ich meine, ich habe von Vierzig-Pfund-Rohr gehört, dem berühmtesten Maschinisten und Experten in revolutionärer Technologie außerhalb von Weiless!«

»Auch innerhalb von Weiless.« Jero verschränkte die Arme. »Ganze Regimenter wurden ausgeschickt, um zurückzuholen, was dieser Mistkerl gestohlen hat.«

Vierzig-Pfund-Rohr setzte die Kappe ab und reinigte hochmütig die Lupen. »Das Verbotene ist obligatorisch«, zitierte er. »Solltet ihr die Gesetze der Freimacher zurate ziehen, die einzigen Gesetze, die zählen, findet ihr in zitiertem Abschnitt, dass das Wissen der *Glorreichen Revolution von der Faust und der Flamme*«, er ließ den Blick durch den Raum gleiten, »was die korrekte Bezeichnung ist, bitte, danke, nicht gesammelt und weggeschlossen werden sollte, sondern mit den Massen und/oder mit jedem geteilt werden sollte, der es beschaffen kann. Woran ich mich gehalten habe.« Er setzte die Kappe auf und richtete die Lupen. »Bitte sehr.«

»Niedlich.« Rudu zog an seiner Pfeife und blies den Rauch in die Richtung von Vierzig-Pfund-Rohr. »Jedenfalls suchen diese Wichser nach irgendeinem revolutionären Scheiß.«

»Dann seid ihr am richtigen Ort.« Vierzig-Pfund-Rohr wedelte tapfer den Rauch weg. »Wie ihr zweifellos nicht wisst, da euch die Fähigkeit der Informationsbeschaffung abgeht, über die ein Freimacher meines Kalibers verfügt, gibt es zurzeit einen Überfluss an

Kriegsgerät. Die Desertionsrate bei der Revolution steigt seit Stolz, und sie lassen ihre Waffen haufenweise liegen.«

»Stolz?« Ich empfand einen Anflug von Hoffnung, die ich eigentlich erstickt zu haben glaubte. »Du meinst Cav…?«

»Die Eiserne Flotte.« Jero schnitt mir das Wort ab. »Die Zehn Pfeile. Was weißt du darüber?«

»Oh, nur alles, was es zu wissen gibt.« Der fettverschmierte Bursche hustete nachdrücklich in Rudus Richtung. »Da du dich zurzeit jedoch an einem Ort befindest, der umgangssprachlich als Krähenmarkt bekannt ist, gehe ich davon aus, dass du gekommen bist, um zu erwerben, nicht um zu diskutieren. Sehr bedauerlich, da du dich um eine wertvolle Lernerfahrung bringst.«

Jero seufzte. »Verkaufst du oder nicht?«

»Ja.«

»Großartig, wir suchen nach …«

»Vorausgesetzt«, unterbrach ihn Vierzig-Pfund-Rohr, »du kannst beweisen, dass du ein Fachkundiger bist, der das Wissen zu schätzen weiß, das ich angesammelt habe. Denn ich bin kein einfacher Marketender von Apparaturen, sondern ein respektierter Anhänger der mechanischen Form.«

»Ach verflucht!« Jero stöhnte laut. »Und wenn ich dir mehr zahle, um diesen Teil zu überspringen?«

»Bist du zufällig im Besitz einer Blaupause der Original-Iteration des wandelnden Panzers, bekannt unter seinem militärischen Namen ›Unwiderstehliches Antlitz der Gequälten‹?«, fragte Vierzig-Pfund-Rohr.

»Nein, ich …«

»Dann kannst du den Teil nicht überspringen. Ich habe große Mühe auf diese Sammlung verwandt und trenne mich von keinem Teil, wenn es für niedere Zwecke benutzt wird.«

»Ich versichere dir, Vierzig-Pfund-Rohr, Ser, wir würden weder deine Fachkundigkeit noch deine Kunst herabsetzen«, mischte Urda sich ein. »Aber wir müssen …«

»Urda, geh verdammt noch mal nicht auf sein Spiel ein!«, schnarrte Jero. »Wir haben nicht die Zeit …«

»Zunächst einmal, würdest du bitte davon Abstand nehmen, zu fluchen, guter Ser?« Vierzig-Pfund-Rohr verbeugte sich überraschenderweise kurz vor mir. »Ich möchte die Gefühle der Lady nicht verletzen, wenn das möglich ist.«

Ich glotzte ihn an. »Hä?«

»Außerdem, wenn du nicht die Zeit hast, zu debattieren, hast du auch nicht die Zeit wertzuschätzen, wie eine alte Weisheit weiß«, fuhr Vierzig-Pfund-Rohr verächtlich fort. »Und wenn du meine Arbeit nicht zu schätzen weißt …«

»Bitte, er wollte nicht …«

»Oh, und ob ich verflucht noch mal wollte …!«

»Obzwar ich deine Offenherzigkeit bewundere, kann ich nicht guten Gewissens …«

»Elender Schwafler! Du hast meine Offenherzigkeit noch nicht annähernd kennengelernt, du schmieriger …!«

Ich will nicht unanständig werden, aber wenn mehr als zwei Männer in einem Raum zusammen sind, wartet man darauf, dass entweder Schwerter oder Schwänze ausgepackt werden. Ich wollte keins von beidem sehen, aber bedauerlicherweise war das hier eines dieser nervigen Probleme, die nicht einfach dadurch gelöst werden konnten, dass ich alle erschoss.

Ich war wütend, mir tat alles weh, und ich war zu müde, um etwas dagegen zu machen.

»Fick mich doch«, flüsterte ich. »Was braucht es, um dem ein Ende zu bereiten?«

Meine Nasenflügel bebten, als der stechende Geruch von brennenden Blättern in meine Nase drang. Ein träges Rauchfähnchen von pinkfarbenem Rauch wehte quälend unter meiner Nase entlang. Als ich heruntersah, fiel mein Blick auf eine Hand, die mir eine langstielige Pfeife mit glimmenden illegalen Drogen hinhielt. Ich muss nicht wiederholen, dass ich Rudu wirklich mochte.

16. KAPITEL

DER KRÄHENMARKT

Vagranten sind nichts ohne ihre Laster, sagen manche. Da ist was Wahres dran. Wir sind letztlich Vagranten geworden, weil uns das Konzept des Dienens nicht länger gefiel. Selbst die am wenigsten schmeichelhaften Beschreibungen von uns als gewalttätige Wahnsinnige, die ihre Kräfte nur einsetzen, um die perversen Bedürfnisse, die sich ihre von Magie berauschten Hirne ausdenken, sind nicht gänzlich daneben. Einige meiner besten Freunde sind gewalttätige Wahnsinnige.

Ich persönlich betrachte die Sache lieber etwas optimistischer. Klar, wir können unsere Beute fast nur für Drogen, Schnaps und willfährige Gesellschaft verwenden. Aber Laster spielen eine wichtige Rolle für Vagranten. Für einige sind sie der einzige Ausgleich für den Tribut, den die Lady Merchant von uns für unsere Macht fordert. Für andere bieten sie eine Möglichkeit, all die Leute zu vergessen, die sie, aus gutem Grund oder auch ohne Grund, umbringen wollen.

Und ich? Wenn ich einem Laster fröne, ist es der einzige Moment, an dem ich niemanden in die Luft sprenge oder ersteche. Also sollte die Gesellschaft mir eigentlich dankbar sein, wenn ich in einer Gasse sitze und Seidengras rauche.

»Scheiße, ich habe dir einen Zug angeboten, keinen Drachenodem.«

Wenn Rudu doch nur genauso empfände. Egal, ich pfiff auf seine Proteste und paffte weiter friedlich an dem Quasi-Kalumet. Der Rauch strömte in meine Lunge, und mit jedem Zug spürte ich, wie die Schmerzen nachließen und die Wut abebbte. Und hatte plötzlich Heißhunger auf ein Sandwich.

Ich hielt so lange die Luft an, wie ich konnte, und atmete dann eine pinkfarbene Rauchwolke aus, während ich grinsend den funkelnden Rauch über mir verfolgte.

»Stört es die Aschmäuler nicht, wenn du während der Arbeit rauchst?« Ich gab Rudu die Pfeife zurück. »Ich dachte, sie hätten da irgendwelche Regeln.«

»Haben sie.« Er zog an der Pfeife. »Und ich habe ein Schwert und einen Haufen Magie, also müssen sie mich schon so nehmen, wie ich bin, wenn sie mich wollen.«

Die meisten Vagranten, die sich gegen das Imperium auflehnen, taten das, weil der neue Imperator keinerlei magische Fähigkeiten besaß. Viele taten es auch aus Gier nach Wohlstand und Macht. Deshalb glaubt zu Recht niemand, dass es gute Vagranten gibt. Denn im Grunde sind wir Arschlöcher. Aber Rudu war so gut, wie ein Vagrant nur sein konnte.

In der Armee war er vor jeder Schlacht unerklärlicherweise schwer erkrankt, ungeachtet der Beschuldigungen, er wäre ein Feigling. Er ergriff sofort die Chance, Vagrant zu werden, nicht um Reichtümer aufzuhäufen, sondern weil er einfach keine Lust hatte, zu arbeiten.

Ich kenne faule Männer und ehrgeizige Männer, aber ich hatte noch nie einen getroffen, dessen Faulheit so ausgeprägt war, dass er Hochverrat beging. Das respektierte ich.

Ich bückte mich und nahm sein Holzschwert. Ein langer polierter Stock, den man nicht einmal einem Schüler zum Üben zugemutet hätte, geschweige denn einem abgebrühten Vagranten. »Warum schleppst du das mit dir rum? Mit einem richtigen Eisen könntest du doch erheblich mehr Schaden anrichten.«

»Eisen ist zu teuer«, erwiderte er. »Außerdem habe ich dir mit dem Ding schon drei Rippen gebrochen, richtig?«

»Zwei Rippen, und ich habe dir sechs Zähne ausgeschlagen.«

»Drei Rippen sind mehr wert als sechs Zähne, also habe ich gewonnen.«

»Du bist vollgedröhnt.«

»Du bist vollgedröhnt.«

Scheiße, erwischt.

»Ein Eisen kannst du nicht zurücknehmen, weißt du?« Rudu

streckte sich seufzend auf dem feuchten Boden der Nische aus. »Wenn du es zückst, dann kannst du es erst wieder in die Scheide stecken, wenn jemand tot ist. Und wenn du Blut vergossen hast, strebt irgendjemand danach, deines zu vergießen. Wenn du jemanden tötest, bringst du am besten gleich seine ganze Familie um, weil irgendeiner von ihnen sich an dir rächen wird.« Er lächelte, als er sein Schwert nahm.

»Aber Holz? Holz ist solide. Sicher, manchmal zerbricht oder verbrennt es, aber es kommt immer wieder. Holz tut, was du von ihm willst. Eisen knechtet dich, bis du stirbst.«

Ich lachte. »Ein Vagrant, der des Tötens überdrüssig ist. So was!«

»Scheiße, bist du es denn nicht? Was glaubst du, wie viele Menschen gerade hinter dir her sind?« Er blickte auf den Kakophon. »Wird das Ding nicht langsam zu schwer?«

Doch, wurde er. Manchmal wusste ich nicht einmal, ob ich genug Kraft haben würde, ihn aus dem Futteral zu ziehen. Aber das Papier in meinem Schal wog schwerer. Jeder Name lag wie ein Mühlstein auf meinen Schultern. Jedes Mal, wenn ich einen ausstrich, wurde die Bürde leichter. Theoretisch.

»Du hast den falschen Beruf ergriffen«, erwiderte ich. »Die Aschmäuler haben bestimmt nicht viel Verwendung für einen Vagranten, der nicht töten kann.«

»Ich habe nicht gesagt, ich kann es nicht. Ich will es nur nicht.« Rudu hustete eine pinkfarbene Wolke aus. »Und diese Arbeit wollte ich auch nicht. Bis vor Kurzem habe ich mit einem Partner am Rand des Tales Händler überfallen, die vom Weg abgekommen waren. Wir haben nie zu viel verlangt und nie gekämpft. Leichtes Geld, ruhiges Leben.«

»Mit einem Partner? Mit wem?«

»Unwichtig.«

»Kenne ich ihn?«

Rudu überlegte und seufzte. »Du kennst Yugol.«

Diese Laster verhindern auch, dass man aufspringt und nach der Knarre greift, um einen Mistkerl umzulegen.

Ja, ich kannte Yugol. Und zwar schon vor seiner Zeit als Yugol das Omen, der Vagrant. Ich kannte ihn als Yugolamol, einen der fähigsten Nachtmagier, der sich der Verschwörung von Vraki angeschlossen hatte. Und er war auch dabei, als Vraki und Jindu und die anderen Dreckskerle auf der Liste mir den Himmel geraubt haben.

Er war ein Jammerlappen, der vor Vorgesetzten kuschte und dann im Dunkeln zusah, wie ich fiel und blutete. Untätig wie Darrish.

»*Eres va atali*«, flüsterte ich.

»Wie?«

»Schon gut.« Ich wollte Rudu nicht mit der Feststellung schockieren, dass ich seinen Partner töten würde. Trotzdem war ich neugierig. »Was ist ihm zugestoßen?«

»Du.« In seiner Stimme schwang ein gehässiger Unterton mit. »Er hat erfahren, dass du im Tal bist, und ist verschwunden. Ich konnte die Karawanen auch ohne ihn überfallen, aber er hat sie aufgespürt. Ohne ihn musste ich Arbeit bei den Aschmäulern annehmen.«

»Wie lange?«

»Nicht mehr lange«, antwortete er. »Sie bezahlen mir einfach nicht genug. Ich werde in ein paar Tagen nach Osten gehen, nach Klagefels, aber das ändert nichts.« Er warf mir einen hasserfüllten Blick zu. »Deinetwegen musste ich eine Arbeit annehmen, Sal. Das verzeihe ich dir nie.«

»Nein?« Ich griff in meine Tasche und zog eine rotgefärbte Feder heraus. »Und wenn ich dir das gebe?«

Rudu starrte die Rotgunst, die er mir vor so langer Zeit gegeben hatte, sehnsüchtig an. Er streckte die Hand aus. »Dann ist alles verziehen. Her damit!«

»Fick dich, sie gehört mir.« Ich schob sie wieder in die Tasche. »Glaubst du, ich würde sie für so etwas Triviales wie Verzeihung vergeuden?«

»Ich habe mein Seidengras mit dir geteilt.«

»Du hast es mir angeboten. Und mir zwei Rippen gebrochen.«

»Und du hast mir sechs Zähne ausgeschlagen.«

»Du bist vollgedröhnt.«

»Du bist vollgedröhnt.«

Scheiße, erwischt.

Ich nahm die Pfeife, die er mir hinhielt, und sog gierig daran. Eine schimmernde pinkfarbene Rauchwolke quoll aus meinem Mund und nahm die Wut, den Schmerz und die Fähigkeit, aufrecht zu sitzen, mit. Ich rutschte auf den Boden, und es kümmerte mich nicht mehr, dass er schmutzig war.

»Weißt du, was ich brauche?« Ich beobachtete, wie die Funken in der Rauchwolke tanzten.

»Ja, aber wenn ich es sage, wirst du mich schlagen!«

»Einen Fick!« Ich ignorierte den Drang, ihn zu schlagen. »Nichts fühlt sich nach einer Pfeife besser an als ein Fick!«

»Da liegst du nicht falsch«, brummte Rudu. »Vor ein paar Jahren bin ich durch Tieftal marschiert, vollkommen vollgedröhnt.«

»Tieftal? Da wimmelt es von Bestien.«

»Die Ärger machen, weiß ich. Dagegen rauche ich Seidengras. Kann ich jetzt meine Geschichte erzählen?«

»Entschuldige. Sprich weiter.«

»Ich habe da so einen Kerl getroffen. Älter, ehemaliger Imperialer, ehemaliger Militär – du kennst den Typ.«

»Graues Haar?«

»Silber. Wie eine hübsche Halskette.«

»Nett.«

»Normalerweise kann ich die Typen nicht ausstehen, aber der ...« Er lachte und kratzte sich am Kinn. »Der wusste, wie man es langsam angehen lässt. So langsam, dass ich sechs Monate in Tieftal blieb.« Er sah der Rauchwolke nach. »Ich mochte den Kerl.«

»Was ist aus ihm geworden?«

Mit seinem langen Schweigen hatte ich nicht gerechnet. Es schlich förmlich um seine leere Stelle in seinem Inneren herum, und so eine Stelle hätte ich bei Rudu nicht erwartet.

»Dasselbe wie immer«, sagte er schließlich. »Der Krieg, die Magie, der Tribut.« Er seufzte. »Das war zu viel für ihn. Er ist gegangen, und ich habe ihn nicht aufgehalten.«

Ich kratzte meine Narbe. »Hättest um ihn kämpfen sollen.«

»Um ihn kämpfen? Wie in einer Oper?«

»Opern sind romantisch. Alle mögen Romantik.«

»Nicht alle«, widersprach er. »Und keiner mag es so sehr, dass er sich mit einem Vagranten einlässt. Mit dem Groll, den Kämpfen, der allgegenwärtigen dritten Person.«

»Einige haben nichts gegen eine dritte Person. In Lohstaff habe ich mal ...«

»So eine Person meine ich nicht. Ich meine die, die singt.«

Ah. Sie.

»Du warst ein Wunderkind und musstest nie ihren Tribut bezahlen. Sie hat dir nie etwas weggenommen. Aber für uns gewöhnliche Magier …« Er runzelte die Stirn. »Könntest du das tun, Sal? Jemanden bitten, bei dir zu bleiben, während die Lady Merchant dir ständig etwas wegnimmt? Dabei muss es nicht einmal der Tribut sein. Willst du jemanden bei dir behalten, wenn du ständig kämpfen musst, jemanden töten willst?«

»Das könnte ich nicht nur, das habe ich getan.«

»Richtig.« Rudu kratzte sich am Kinn. »Jindu. Er war …?«

»Nein, nicht er.«

Rudu war zwar vollgedröhnt, aber kein Idiot. Er erkannte meinen Tonfall und bohrte nicht weiter. Stattdessen seufzte er und lehnte sich zurück.

»Was ist mit der anderen? Dieses Mädchen? Die Ernsthafte mit der Brille? Wie ist das gelaufen?« Er sah mich an.

Das Schweigen kam wieder zurück und kennzeichnete den leeren, stillen Ort, an dem sie gewesen war. Plötzlich fühlte es sich richtig an. Vielleicht war ein Geist nur die große Leere, wo einst die Person war, die mit dir zusammen war.

Ich hätte Rudu gern gesagt, dass er sich irrte, dass ich um sie gekämpft und gewonnen hatte. Aber wie oft hatte sie diese Kämpfe nur überlebt, statt zu gewinnen, wie oft wurde ihre Hoffnung enttäuscht? Ich konnte Rudu nicht sagen, dass er sich irrte. Deshalb hätte ich ihn am liebsten geschlagen.

Aber dafür war ich zu vollgedröhnt. Ich konnte nicht einmal die Augen offen halten. Der Rauch verwehte, das Funkeln erlosch, und eine dumpfe Decke legte sich über mich.

Nichts war besser nach einer Pfeife als ein Fick.

Aber ein langer betäubter Schlaf war auch gut.

*

Ich denke manchmal, dass Träume wie Blut sind. Wenn man schwer getroffen wurde, bluten sie aus einem heraus. Ob man sie wohl alle loswerden kann? Und was bleibt zurück? Albträume? Leere?

»Hier, ich habe etwas besorgt.«

Nur Fragmente deines Lebens.

»Was zur Hölle ist das?«

Die von den Narben zusammengehalten werden, sodass man sich nicht ohne Schmerz an sie erinnert.

»Ein Geschenk. Für dich«, sagte die ruhige Stimme in meinem Kopf. »Die übliche Reaktion darauf ist Dankbarkeit, nicht Obszönität, falls du das nicht wusstest.«

Sie lächelte. Deshalb musste es ein Traum sein. Oder etwas Ähnliches.

»Nein, nein.« Ich saß in einem Bett, das einmal unseres gewesen war, bevor es zu ihrem wurde. Eine Flasche Whiskey und eine Flasche Wein standen auf einem Tisch daneben, beide halb leer. Sie saß neben mir, mit ihren großen Augen hinter den Brillengläsern. Auf meinem Schoß lag eine Schachtel. »Ich bin nicht undankbar, ich dachte nur … Ich hätte nicht gedacht, dass du so jemand bist.«

Liette runzelte die Stirn. »So jemand? Der seine Zuneigung spontan auf eine materielle Art ausdrückt?«

»Ja. Hauptsächlich, weil du genau solche Sachen sagst.«

»Dann gib es zurück.« Sie griff nach der Schachtel.

»Fick dich, es gehört mir«, knurrte ich.

Sie lächelte auf diese unerträgliche Art, wie immer, wenn ich das tat, was sie erwartet hatte. »Mach sie schon auf.«

Es war eine einfache Schachtel, eingewickelt in braunes Papier und mit einem einfachen Hanfstrick umwickelt. Sie hielt nicht viel von Firlefanz. Zu klein, um eine Waffe zu sein, und es gluckerte nicht. Also auch kein Schnaps. Ich öffnete sie behutsam. »Ein Messer.«

Ein sehr hübsches Messer, keine Frage. Mit einem wunderschönen Holzgriff und einer perfekt genähten Lederscheide.

»Ein Messer!«, höhnte Liette. »Wenn du eine Klinge, die von dem besten Schmied gefertigt wurde, einen Griff, der von dem besten Tischler gedrechselt wurde, eine Waffe, die gegen schlechtes Wetter, Beschädigungen und sämtliche Abnutzungserscheinungen behandelt wurde, einfach nur ein Messer nennst, dann gewiss. Meiner Einschätzung nach machen die Eigenschaften, die ich bestellt habe, es zu einem Kunstwerk.« Sie rückte nachdrücklich die Brille zurecht. »Allerdings verjüngt sich die Spitze nicht ganz so, wie es mir gefallen hätte. Aber das kann ich reparieren.«

Ich warf das Messer von einer Hand in die andere. Gutes Gewicht, exzellente Balance, höllisch scharf, aber ...

»Wofür ist es?«

Sie blinzelte. »Wofür soll es sein? Es ist ein Messer! Es ist zum ... Schneiden. Du weißt schon, Seile, Leder, so etwas.«

»Schneiden ist die Kunst, Menschen zu zerstückeln«, erklärte ich. »Und damit, übrigens vielen Dank dafür, kann man einen Menschen nicht mal kitzeln.«

Ich erinnerte mich an diesen Tag. Ein paar Wochen, nachdem wir uns kennengelernt hatten. Nachdem ich sie zum ersten Mal verlassen und sie davon ausgegangen war, es wäre nur ein Versehen und wir könnten weitermachen, und vor dem zweiten Mal, als ich verschwand und sie wusste, dass es kein Zufall gewesen war. An dem Tag hatten wir uns gestritten. Sie hatte mich mit Worten verletzt, und ich hatte irgendetwas aus einem Fenster geworfen. Dann nahm ich sie in die Arme, sie legte ihren Kopf auf meine Brust, und wir fanden einen Grund, um weiterzumachen. Jedenfalls eine Weile.

Ich erinnerte mich auch an den Traum. Er war jedes Mal anders, und das so komplett, dass ich mich kaum daran erinnern konnte, was wirklich passiert war. Manchmal sagte ich das Richtige, und sie lachte und lächelte. Manchmal sagte ich das Falsche, und wir stritten wieder. Einmal packte ich sie einfach und küsste sie und brauchte lange, bis ich herausfand, wie sie roch.

Nach Jasmin. Sie liebte Blumendüfte.

Aber jedes Mal endete es auf dieselbe Art und Weise, ganz gleich, was ich tat. Es war immer dasselbe. Auch diesmal.

Ihr Lächeln erlosch, und sie wandte sich ab. Ich griff nach ihr, aber sie war zu weit weg.

»Entschuldige«, sagte ich. »Es gefällt mir. Wirklich.«

»Nein, tut es nicht.«

»Ich sagte doch, dass es mir gefällt!«, fuhr ich sie an.

»Das hast du«, antwortete sie. »Und auch, dass du damit niemanden töten kannst. Stimmt, kannst du nicht. Sollst du auch nicht. Ich wollte ...« Sie biss die Zähne zusammen. »Ich will dir keine Waffen schenken.«

Ich blinzelte. »Warum nicht? Ich mag Waffen.«

»Du magst Waffen nicht, du liebst Waffen. Du denkst immerzu an Waffen.«

Etwas Kaltes strich mir über den Hals. »Das stimmt nicht. Letzte Nacht zum Beispiel, als ich sagte, was ich sagte, und wir taten, was wir taten.«

Sie schlang die Arme um sich und schloss die Augen. »Und vorher musste ich dich bitten, dieses … Ding aus dem Zimmer zu schaffen.« Sie blickte zur Tür, hinter welcher der Kakophon in dem ersten Futteral lag, das ich ihm gemacht hatte. Er hatte es später zu Asche verbrannt. »Ich fühle immer noch, wie es mich anstarrt.«

Seufzend lehnte ich mich zurück. »Ich sagte doch, er kann nicht durch …«

»Es«, fiel sie mir ins Wort. »Das Ding ist eine Pistole, keine Person.«

»He!«, fuhr ich sie an. »Der Kakophon ist der Kakophon. Er ist der Grund, warum ich lebendig zurückgekommen bin. Die Scar ist kein beschissener Ponyhof. Ich kämpfe da draußen!«

»Maße dir nicht an, mich über Gefahren zu belehren, derer ich gewahr bin.« Sie fuhr herum und warf mir einen harten Blick zu, der immer weicher wurde. Schließlich rieb sie sich seufzend die Schläfen. »Ich weiß, dass es da draußen hart ist. Aber … Wann wird es genug sein?«

»Genug was?«

»Genug Waffen, genug Kämpfe, genug Töten.« Sie beugte sich vor und musterte die Narbe auf meiner Brust. »Wann wird es … Wann werde ich …«

Sie fand die richtigen Worte nicht. Noch ein Grund, der mir sagte, dass es ein Traum war. Aber trotzdem traf es mich tief. Ich sank aufs Bett zurück, legte den Arm über die Augen und seufzte.

»Es tut mir leid«, flüsterte ich. Ich tastete, ohne hinzusehen, über das Bett, und dann lag ihre Hand in meiner. »Es tut mir leid, weil ich es nicht weiß. Ich wünschte so sehr wie du, es wäre anders. Ich würde gern die Dinge so sehen können wie du, aber das kann ich nicht. Ich weiß nicht, wie ich aufhören kann, Waffen zu lieben oder nach Kämpfen zu suchen … Ich weiß es nicht, weil ich nicht darüber nachdenke. Ich finde ein Schwert und einen Namen, und dann passiert es. Ich habe noch nicht herausgefunden, wie ich es beenden kann.«

Ich drückte ihre Hand.

»Trotzdem denke ich an dich, jedes Mal, wenn ich kämpfe, wenn ich blute. Jedes Mal, wenn ich am Boden liege und Erde im Mund habe, denke ich nur daran, dass ich aufstehen und davonhumpeln muss, um zu dir zurückzukommen. Ich weiß nicht, wie ich dem ein Ende machen soll, aber ich werde es herausfinden. Das hoffe ich, und eines Tages wird es auch passieren.«

All das hätte ich gern damals zu ihr gesagt. Worte, die ich mit mir herumschleppte, so schmerzhaft wie meine Narben.

All diese Worte, die ich verloren hatte wie das Messer, irgendwo da draußen auf der schwarzen Erde.

Es war ein Traum, weil es nicht passierte. Aber er war anders als andere Träume, weil er nicht sanft war, sondern wehtat.

Es schmerzte, als ich die Worte sagte und sie meine Hand drückte. Ihre Hände waren Messer.

»Wirst du es wirklich herausfinden?«

Ich hob den Blick. Liette hielt nicht mehr meine Hand, sondern stand Meilen entfernt auf einer dunklen Ebene. Die Sonne war verschwunden, und ein kalter Wind peitschte über das Land. Ein Schatten tauchte neben ihr auf.

»Oder kämpfst du einfach immer nur weiter?«

Darrish mit ihren hellen Augen und der finsteren Miene tauchte aus der Dunkelheit auf. Jemand anderes folgte ihr.

Jindu. Und Vraki. Und dann alle anderen. Alle. Leute, die ich kannte oder nicht, alle, die ich getötet hatte.

»Wie hat es sich angefühlt«, fragten mich ihre atemlosen Stimmen, »als du sie verbrannt hast?«

Flammen explodierten, und ich schützte meine Augen. Als ich sie wieder öffnete, war die dunkle Erde verschwunden, lag Meilen unter mir, ebenso wie die Häuser und die Menschen. Und die Flammen.

Ich flog hoch und stolz über ihnen, eine rote Wolke an einem schwarzen Himmel. Aber die Flammen stiegen höher, ebenso wie die Hände. Rußgeschwärzte Hände, von denen das Fleisch schmolz, knochige Finger, die nach mir griffen, Stimmen im Rauch.

»Wie fühlte es sich an zu fliegen?«, flüsterten sie.

Ich schloss die Augen und breitete die Arme aus. Dann ließ ich mich von den Flammen verschlingen.

Es war einfacher, das zu tun, zu verbrennen, als zuzugeben … dass ich mich glorreich gefühlt hatte.

Aus einem Mund voller Glut, mit Atem wie Aschehauch, einem Lächeln gesäumt mit Dornen, flüsterte eine Stimme.

»Eres va atali.«

Dann war ich verschwunden.

*

»Ist sie tot?«

Stimmen, weit weg und leise. Erlöschend.

»Nein. Siehst du die Pfeife? Sie ist einfach nur zugedröhnt.«

Sie sickerten in meine Ohren, durch einen Spalt an dem dunklen Ort, an dem ich lag. Ein sanftes Dämmerlicht schlang sich schützend um mich.

»Aber wir werden alle tot sein, wenn wir sie nicht wecken. Helft mir.«

Jemand packte mich an der Schulter. Ich wusste es, aber fühlte nichts. Ich fühlte gar nichts.

»Also … Bist du sicher? Sollst du Leute wecken, die … so etwas machen?«

Nein, warte. Ich fühlte etwas.

»Verdammt noch mal, kannst du dich vielleicht einmal nützlich machen?«

»Es ist nicht meine Schuld, wenn wir alle sterben! Ich will es nur gesagt haben!«

Gereiztheit. Ich fühlte mich sehr gereizt.

Ich schlug eine Hand von meiner Schulter. Meine Lider öffneten sich zuckend, und das Licht brannte in meinen Augen. Trotz meiner Erschöpfung und dem verschwommenen Blick konnte ich ein Gesicht erkennen. Es wirkte sehr beunruhigt.

»Hallo, he«, sagte Jero. Er leckte sich die Lippen, warf einen Blick über die Schulter und sah dann zu mir zurück. »Also … es ist nicht ganz nach Plan verlaufen.«

Ich blinzelte und räusperte mich. »Hä?«

Er seufzte. »Der Freimacher …«

»Der nie wieder auch nur mit uns reden wird!«, warf Urda schrill ein. Er klang panisch.

»Halt die Klappe!« Jero presste die Lippen zusammen. »Er hatte die Konstruktionszeichnungen, nach denen wir gesucht haben. Zwar keinen kompletten Satz, aber genug, um damit zu arbeiten.«

»Was aber keine Rolle spielt.« Das war wieder Urda. »Weil die Aschmäuler uns umbringen werden. Heiliger Himmel, wir haben die Aschmäuler beleidigt. Ich wusste, dass das eine schlechte Idee war. Ich wusste es, ich wusste es!«

»Halt's Maul!«, fuhr Jero ihn gereizt an. »Unglücklicherweise wollte er sie zu keinem Preis, den wir geboten haben, verkaufen, also …«

»… haben wir sie gestohlen!« Urda wimmerte. »Wir haben sie gestohlen! Wir haben alle Gesetze der Freimacher übertreten, wir haben die Unantastbarkeit des Aschmäuler-Paktes verletzt. Von Cathama bis Weiless wird man erzählen, dass Urda vom Wilden Federkiel nur ein … ein Dieb ist!«

»Halt endlich die Klappe!« Nach dem Fluch presste Jero die Lippen zusammen und hob einen Finger. Vor dem Eingang der Nische schwang eine alchemistische Laterne in unsere Richtung, bevor sie wieder abdrehte. Er seufzte und wandte sich wieder zu mir um. »Wir hatten keine Wahl. Damit unser Plan funktioniert, brauchen wir diese Zeichnungen.«

»Und wenn wir nicht von den Aschmäulern getötet werden wollen«, warf Urda ein, »müssen wir hier verschwinden!«

»Und um hier zu verschwinden«, beendete Jero den Satz, »brauchen wir dich. Kapiert?«

Ich blinzelte erneut, schmatzte und hustete. »Was?«

Urda stieß einen leisen Schrei aus, zog einen Federkiel heraus und kritzelte einige Sigillen auf die Wand.

»Was war das?«, flüsterte eine Stimme in der Nähe.

»Ich weiß es nicht«, antwortete eine andere Stimme. »Los, wir sehen nach!«

Ein Licht gesellte sich zu einem anderen, dann noch eins, und dann tauchten Krähenmasken mit ihren starren Glasaugen auf …

Schwer zu sagen, wie viele. Dass eiserne Pfeilspitzen in unsere Richtung zeigten, war dagegen leicht zu erkennen.

»Da sind sie!«, schrie ein Aschmaul. »Legt sie um!«

Eine Bogensehne knallte, und ein Pfeil zischte an meinem Ohr vorbei. Jero schrie und zückte sein Schwert. Urda kritzelte immer noch hastig etwas auf die Wand. Immer mehr Stiefel trampelten durch den Gang, und Laternen näherten sich uns schwankend. Mehr Pfeile, mehr Krähenmasken, mehr Aschmäuler.

Das war übel, keine Frage. Aber ich war immer noch zugedröhnt. Keine Entschuldigung, nicht zu helfen.

Ich zückte den Kakophon und zielte auf die Aschmäuler. Ihre Reaktion hinter den Masken konnte ich zwar nicht sehen, aber wie sie schreiend zur Seite sprangen, kapierte ich. Ich kniff ein Auge zu und drückte ab.

Klick. Ach ja, Munition. So was brauchen Pistolen.

»Auf sie! Sie haben Eigentum der Aschmäuler gestohlen!«, schrie einer von ihnen, während die anderen hastig wieder aufsprangen.

»O nein, und nein, nein nein!«

Urdas Schrei wurde von einem Lichtblitz und einem Steinhagel begleitet. Seine Sigillen flammten auf, und die Wand reagierte. Die Steine bildeten eine Barriere aus Felsen, glatt und glänzend, von einer Wand zur anderen. Die Aschmäuler krachten dagegen.

»Ihr Wichser!«, brüllten sie hinter der Mauer. »Glaubt ihr, ihr könnt einfach das Eigentum der Treia stehlen?«

»Eine … Mauer?«, erkundigte sich Jero.

»Eine Bannschrieb-Mauer, ja«, antwortete Urda hastig. »Ich habe die Wand überzeugt, dass sie eine Mauer ist. Das war keine große Sache. Ich hätte sie zwar größer machen können, aber sie waren schon so nah, und ich konnte nicht denken und atmen und …«

»Hol jemand Alchemie oder Sprengstoff oder irgendwas! Sprengt diesen Scheiß weg!«

Ich wiederhole mich gern – es war verdammt übel. Die drei Anführerinnen der Aschmäuler zu verärgern, war keine Kleinigkeit, selbst wenn es nicht um Geld ging. Wenn wir Glück hatten, würden sie uns einfach nur töten, sobald sie diese Mauer durchbrochen hatten.

»Das ist ganz schrecklich, schrecklich, ganz, ganz schrecklich.« Urda klang atemlos. »Wo ist Yria? Ich brauche Yria. Ich brauche …«

Er wühlte in seiner Tasche und holte dieses silberne Ding heraus, das ich schon zuvor in seinen Händen gesehen hatte. Eine Pfeife? Ja, eine ganz gewöhnliche Pfeife. Die allerdings mit unverständlichen Sigillen bekritzelt war.

»Noch nicht.« Jero hielt sein Handgelenk fest. »Wir brauchen sie noch nicht, verstanden?«

»Ich brauche Yria.« Urda konnte kaum die Tränen zurückhalten. »Ich brauche meine Schwester.«

»Diese Pfeife ist sehr machtvoll. Wir müssen ihre Macht aufsparen.« Jero packte sein Gesicht und zwang ihn, ihn anzusehen. »Sie sind noch nicht durch die Mauer gebrochen. Wir denken uns etwas anderes aus, kapiert?«

Urda sah aus, als würde er ihm glauben. Jedenfalls so lange, bis uns einfiel, dass wir nur zu dritt hier gewesen waren. Aber jetzt waren vier in der Nische.

»Ah, Scheiß!« Rudu rappelte sich hoch und rieb sich seinen steifen Nacken. »Bin ich ohnmächtig geworden?« Er verstummte und betrachtete mit seinen entzündeten Augen die Lage. Dann seufzte er müde und zog sein Holzschwert. »Scheiße, muss ich euch jetzt töten?«

»Nein, nein, nein, nein!«

Urda schob Jero zur Seite, setzte die Pfeife an die Lippen und blies so fest hinein, wie er konnte. Der Pfiff gellte durch die kleine Nische, und die Sigillen auf der Pfeife glühten. Auf der Wand hinter ihm leuchtete ein Lichtpunkt auf. Der schnell größer wurde.

Ein Portal manifestierte sich, ein wirbelndes Loch aus Licht und Nichts. Aber das war doch unmöglich! Es gab hier keine Portalmagier, also wie zum Teufel …?

»Yria!« Urda kreischte und sprang durch das Portal.

»Mist!« Jero packte mich seufzend an der Schulter. »Das hätte ich gern vermieden.«

Ich blinzelte wieder. »Moment, was hast du …«

Ich habe bereits erwähnt, dass ich keine Portale mag. Es ist einfach eklig, hindurchzutreten. Man hat das Gefühl, dass einem das Innere nach außen gestülpt und auf der anderen Seite wieder zusammengesetzt wird. Zudem überlebt nicht jeder den Übergang, und manchmal genügt der Stress, um einen zu töten. Und es ist nicht hilfreich, dabei zugedröhnt zu sein.

Jero gab mir einen Stoß. Ich fiel durch das Portal in eine Welt aus blendendem Licht, zischte durch ein Nichts und einen Raum, den ich nicht erkennen konnte, während meine Schreie in der Leere verklangen und alles ebenso schnell, wie es begonnen hatte, abrupt und hart endete.

Ich fiel aus dem Portal und landete auf etwas Weichem. Schmerz zuckte durch meine Wunden, und Urda grunzte, als ich auf ihm zusammenbrach. Dann schrie er, als Jero ebenfalls aus dem Portal flog und auf mir landete.

»Sieh an, wer fällt denn da mit dem Portal ins Haus?« Jemand lachte. »Ich dachte, ich bestelle schon mal Tee, bevor Lord und Lady Stinkefurz aufkreuzen.«

Yria. Wie kam sie hierher?

Sie schlenderte gelassen zu dem Portal und winkte. Das Licht erlosch augenblicklich. Ich blinzelte und starrte sie gereizt über meine Lage an.

Agne und Tuteng blickten von ihrem Kartenspiel hoch. Schnee schlug gegen das Fenster. Madame Faust kam mit einem Tee-Tablett herein und machte einen Kommentar über Leute, die ihren Boden beschmutzten. Yria grinste, als sie Urda unter mir aus dem Menschenstapel herauszog.

»Hübscher Trick, was?«, kicherte sie. »Ich wünschte, wir könnten ihn öfter durchziehen. Also …« Sie leckte sich die Lippen. »Habt ihr eure blöden Papiere, oder habe ich gerade mein Talent für nichts vergeudet?«

17. KAPITEL
JAMMERTAL

Wird es irgendwann ermüdend?« Meret grunzte, als er sich bemühte, ein besonders großes Stück Müll mit etwas mehr Würde aus der Erde zu ziehen, als die Geräusche nahelegten. »Die Kämpfe, das Morden, das … Ich weiß nicht, eine Vagrantin zu sein?«

Sal warf ihm ein Lächeln zu, das zu kokett für ein so zerschlagenes und blutiges Gesicht wie das ihre war.

»Du hast selbst gesagt, es klänge so reizvoll, das Leben eines Vagranten zu führen. Dieses ganze romantische Gerede davon, die Dinge ändern zu können. Ich habe gedacht, ich höre eine Oper.« Sie lachte, als sie zu ihm trat. »Was hat sich verändert? Liegt es an den Stichwunden? Das Interesse an diesem Lebensstil lässt nach, sobald man realisiert, wie viel Hauen und Stechen er mit sich bringt.«

»Nein, das ist es nicht.« Meret räusperte sich. »Das heißt, doch, schon. Ich könnte auf viel Hauen und Stechen in der Zukunft verzichten, aber das Gefühl bleibt dasselbe.«

Er drehte sich um und blickte über das Feld. Sie hatten mittlerweile etliche Trümmer zu kleinen Haufen zusammengetragen, die das verschneite Feld wie Grabhügel bedeckten.

Wie viele Leichen wohl noch dort lagen, unter den Trümmern, von den Flammen bis auf das Skelett verbrannt? Zerquetscht unter Metall und Holz oder der feuchten Erde?

Und wie viele sind wohl noch am Leben? Gefangen in dem Wrack, wo sie um Hilfe rufen, die Götter anflehen, an die sie plötzlich wieder glauben. Blutend, zerschmettert, brennend …

Was konnte er für sie tun, wie sollte er sie retten? Und wenn es ihm gelang, wie sollte er die nächsten retten? Und die nächsten? Wie viele Leichen würde er auf seinem Weg zu den nächsten Toten zurücklassen?

Was machst du überhaupt hier?

Das Feld schwieg, wie lange er es auch anstarrte.

Eine gefühlte Ewigkeit später …

Sal wischte sich mit dem Handrücken den Schweiß von der Stirn. »Also, was hat sich verändert?«

»Was?«, erkundigte er sich verständnislos.

»Am Anfang schienst du überzeugt zu sein, das Leben eines Vagranten hätte etwas Magisches«, erklärte sie. »Jetzt scheinst du nicht mehr so sicher zu sein.«

»Das bin ich auch nicht. Ich meine, ich bin es schon … Aber wie kann man sicher sein …« Er hob hilflos die Hände. »Mir ist bewusst, dass das Leben der Vagranten nicht magisch ist und dass sie … mit viel Blut zu tun haben.«

Sal warf einen Blick auf die Trümmerhaufen auf dem Feld und schniefte. »Ja, das ist wohl zutreffend.«

»Die Scar ist ein schwieriger Ort, nicht nur für Vagranten. Alle leiden, alle bluten, alle sterben …« Er betrachtete die Müllhaufen, die einst große Dinge gewesen waren, von großen Menschen konstruiert. »Ständig sterben jede Menge Leute.«

»Die sind auch schon vor den Vagranten gestorben. Wenn nicht durch den Krieg, dann durch Gesetzlose. Und wenn nicht durch die, dann durch die Bestien. Und wenn nicht durch eine Bestie, dann … durch irgendeine Höllenseuche.«

»Wenn es Seuchen waren, hätte man etwas dagegen tun können!«, gab Meret scharf zurück. »So wie du Monster in die Flucht schlagen, Gesetzlose töten und Kriege beenden …«

»Niemand kann einen Krieg beenden.«

»Aber du könntest es versuchen«, beharrte er. »Alle anderen sind nur … Beute, Opfer. Wir können weglaufen und unsere Wunden lecken. Aber ein Vagrant kann sich wehren, richtig? Oder hast du Angst vor Strauchdieben?«

»Hat das nicht jeder?«

»Nein, nicht jeder.«

»Ich kann mich immer nur wiederholen, Meret«, seufzte sie. Sie schleppte ein Fass zu einem Trümmerhaufen. Dann kippte sie es aus, und der ranzige Geruch von Öl erfüllte die Luft. »Wenn dieses Leben so großartig klingt, warum versuchst du es nicht einfach mal?«

»Ein Vagrant …«, er räusperte sich, »ist ein Magus, stimmt's? Ich besitze keine Magie, also …«

»Es gibt einen Haufen berühmter Gesetzloser, die keine Vaganten sind«, gab Sal zurück, während sie das nächste Ölfass zum nächsten Haufen rollte. »Die Rote Rinjar, der Glückliche Airo, die Knursch, die übrigens ein Arschloch ist. Glaubst du, dass einer von diesen Kriegsherren oder Amazonen Banditen oder Monster fürchtete?«

»Nein, aber sie waren wahrscheinlich schon immer brutale Schläger, stimmt's?«

»Die Rote Rinjar schon, aber sie war auch die Tochter eines Kaufmanns. Der Glückliche Airo hat sechs Enkel. Und die Knursch war eine Köchin. Sie alle haben klein angefangen.«

»Aber keiner von ihnen war Apotheker.«

»Wenn du dich darauf verstehst, einem Menschen das Leben zu retten, kannst du es ihm auch nehmen.« Sal ging von einem Trümmerhaufen zum anderen und kippte Öl darauf, bevor sie das leere Fass auf den letzten Haufen warf. »Den Rest, Spießgesellen, Waffen und Macht, sammelst du unterwegs auf. Was uns zu dem macht, was wir sind, ist allein die Antwort auf die Frage, ob du bereit bist, jemanden zu töten.«

Sie drehte sich um und sah ihn an. Weder mit dem Grinsen noch mit der Melancholie, die sie manchmal überkam. Sie sah ihn an wie damals, als sie ihn gebeten hatte, diese Frau zu retten, Liette. Als hinge alles von seiner Antwort ab.

»Bist du es?«, wollte sie wissen.

Meret fühlte sich hin- und hergerissen, ihm gingen alle möglichen Gedanken durch den Kopf …

»Ja«, platzte er dann plötzlich heraus. »Ja, bin ich.«

Sie erwiderte seinen Blick und nickte.

Er hatte es ernst gemeint, und das wusste sie.

»Außerhalb des Tales treibt eine Bande ihr Unwesen. Die Traurigen Gestalten.« Sie lachte. »Ein alberner Name, aber sie sind ganz anständig, soweit man das von Gesetzlosen sagen kann. Sie könnten einen Heiler gebrauchen. Sie rauben reiche Arschlöcher und Militärkarawanen aus, solche Sachen. Du legst ja wohl keinen allzu großen Wert auf einen Ehrenkodex.«

»Ich meine, ich will nicht einfach willkürlich Menschen töten, aber …«

»Sie schulden mir einen Gefallen. Ich kann dich mit ihnen zusammenbringen, wenn du willst.«

»Was? Wirklich?«

Wieder sah sie ihn so merkwürdig an. Ernst und etwas schief. »Du tust etwas für mich, für Liette. Etwas Wichtiges. Sal Kakophonie begleicht ihre Schulden. Immer. Wenn ich sie dadurch bezahlen kann, dann mache ich das.«

Sein Mund klappte auf. Da war sie, die Antwort. Eine Möglichkeit, zurückzuschlagen, etwas zu verändern.

Sal griff in die Tasche und holte ein paar Zunderhölzer heraus. »Also, wenn du das willst oder auch irgendetwas anderes, besorge ich es dir.«

Meret musste unwillkürlich grinsen. »Das hätte ich von Sal Kakophonie nicht erwartet.«

»Es gibt auch nette Geschichten über mich, Arschgesicht«, antwortete sie schroff.

Sie riss ein Zunderholz an und warf es auf den Trümmerberg. Öl und Severium-Staub entzündeten sich in einer rötlichen Flamme, und eine Rauchwolke quoll empor.

»Ein Wort an alle Unerschrockenen«, sagte sie dann. »Für die Toten.«

»Die … Toten?« Damit hatte Meret nicht gerechnet.

Ein trauriges, fast zärtliches Lächeln flog über ihr Gesicht, verschwand aber augenblicklich wieder.

»Jemand sollte sich an sie erinnern«, sagte Sal. »Denn wenn das Gemetzel vorbei ist, bleiben dir nur Erinnerungen.«

*

Der Weg zurück nach Jammertal kam ihm länger vor, als es gedauert hatte, die Trümmerhaufen aufzuschichten. Bei dieser Aufgabe hatte er nur Holz und Metall herumgeschleppt. Auf dem Rückweg schleppte er Schwereres mit sich herum.

Noch heute Morgen hatte er Jammertal sein Heim genannt. Aber das war vor dem Moment gewesen, an dem der Himmel aufriss und Feuer herabregnete, bevor ihm klar wurde, dass ihn der Krieg auch hier erreichte. Ihn überall erreichen konnte. Welche Sicherheit gab es in einer Welt, wo selbst der Himmel in Flammen aufgehen konnte?

Würde er das schaffen? Alles hinter sich zu lassen? Nicht nur Jammertal, sondern alles …

Die Menschen.

Was würden sie ohne ihn tun?

Wer würde die Verletzungen versorgen, die schmerzenden Knie? Wer würde Tinkturen gegen Bronchitis und Erkältungen zusammenrühren? Wer würde …

Wer beschützt sie, wenn der Krieg zu ihnen kommt?

Dieser Gedanke lastete schwer auf ihm, zusätzlich zu allem anderen. Tinkturen und Salben halfen gut gegen kleine Probleme. Aber was konnten sie gegen Bomben und feurige Bannwirker ausrichten? Wie sollte Tee einen Mann davor bewahren, von Magie zerfetzt oder von einem Bajonettgewehr durchbohrt zu werden?

Das konnte irgendein Tee ganz bestimmt nicht. Also würde er nur seinen Medizinbeutel nehmen, zum nächsten Ort weiterziehen und von vorn anfangen. Und immer so weiter. Oder vielleicht doch nicht?

Meret, das ginge. Du kannst jeder sein und alles tun, sagte er sich voller Zuversicht. *Du kannst endlich …*

»Du warst beschäftigt?«

Sindras Stimme war beißender als selbst die Kälte. Er zuckte zusammen, als er sie hörte. Sie saß auf seiner Veranda und rauchte einen Zigarillo.

»Allerdings«, gab er zurück. »Ich habe Sal bei den Trümmern geholfen.«

»Sal.« Sie wiederholte den Namen, wie man den Namen einer Seuche aussprechen würde. »Du hast ihr geholfen?«

»Habe ich.« Unbewusst richtete er sich auf. »Sie hat darum gebeten, und Liette brauchte Ruhe, um sich zu erholen.«

»Und du glaubst nicht, du hättest diese Zeit besser darauf verwendet, dieser Stadt zu helfen?« Sie deutete auf die Siedlung, die dunklen Fenster und die gähnenden Türen. »Die Leute verlassen die Siedlung, Meret. Ihretwegen. Wegen dem, was sie getan hat und tun wird.«

Er zuckte zusammen, als hätte sie ihn geschlagen. »Ja, das ist … schrecklich, wirklich. Aber sie ist hier abgestürzt, und das hat sie nicht freiwillig getan.«

»Und du musstest ihr nicht helfen, sondern du hast dich dafür entschieden.« Sie sah ihn verächtlich an. »Und jetzt ziehen die Leute weg, lassen alles hinter sich und wagen sich in die Wildnis zwischen die Gesetzlosen und Monster, weil sie vernünftig genug sind, zu erkennen, dass eine Stadt nicht mehr lange eine Stadt ist, wenn eine Vagrantin darin haust.«

Sindra legte ihm schwer eine Hand auf die Schulter. »Meret, schau dich doch mal um. Die Menschen hier brauchen deine Hilfe mehr als …«

»Sie brauchen immer Hilfe!« Seine Stimme durchschnitt die stille Winterluft wie eine Sichel. Es war seine Stimme, aber ihr Klang gefiel ihm gar nicht. Trotzdem sprach er weiter. »Und sie werden immer Hilfe brauchen!« Er schlug Sindras Hand weg und verzerrte das Gesicht vor Wut zu einer Grimasse, die ihn selbst überraschte. »Wenn nicht von ihr, dann vor dem Imperium oder der Revolution oder vor Banditen, Bestien, dem Wetter, der Magie, den Kanonen. In der Scar wimmelt es von Kreaturen, die ihr Leben ebenso leicht zerstören können wie jeder Vagrant, Sindra, und alles, was ich tun kann …«

Es schmerzte ihn, die Worte auszusprechen. Deshalb wusste er, dass sie wahr waren.

»Ich kann nur zusammenklauben, was übrig ist, und sie wieder zusammenflicken.« Er sprach leise weiter, gedämpft. »Und dessen bin ich müde, Sindra. Ich habe es satt, Ziele für große Leute mit großen Waffen aufzubauen, die sie dann einfach umstoßen können. Du nicht?«

Die alte Soldatin erwiderte seinen Blick für eine Sekunde, bevor sie sich wieder setzte. »Ja, ich bin dessen müde«, gab sie dann zu. »Ich war dessen müde, noch bevor ich die Revolution verließ, und jetzt bin ich es auch.« Sie rieb sich die Augen mit den Handballen und sah ihn dann gereizt an. »Aber ich kann es besser machen als früher, und ich mache weiter. Mehr habe ich nicht.«

»Mehr hat keiner von uns, Sindra.« Meret versuchte, entschieden zu klingen, aber seine Stimme kam ihm schwächlich vor. »Uns bleibt nur das, was übrig ist. Wir alle nennen nur das unser Eigen, was die Leute mit ihren Waffen uns lassen.« Er schüttelte den Kopf. »Es muss mehr geben, Besseres.«

»Und das ist sie für dich, stimmt's?« Sindras Miene verfinsterte sich.

Er deutete leicht verunsichert auf das Feld. Die Trümmerhaufen brannten wie kleine rot lodernde Fackeln.

»Welcher Vagrant, der wirklich ein Monster wäre, würde die Toten verbrennen und die Trümmer vernichten?«, fragte er dann Sindra.

Kein Vagrant, sagte er sich. Keiner dieser Gestalten aus den Geschichten, die gedankenlos töteten und plünderten. Er wusste, dass Sal anders war. Klar, sie war keine Heilige und vielleicht nicht einmal ein besonders guter Mensch, aber …

Aber sie war anders. Und das genügte ihm vorerst.

»Hat sie dir das erzählt?«

In Sindras Stimme schwang weder Verachtung noch richtiger Ärger mit.

»Was meinst du?«, fragte er.

Sie stand auf und deutete mit dem Zigarillo auf das Feld. »Sieh nicht auf die Feuer, Meret. Sondern auf den Rauch.«

Er sah hin. Zu der Stelle, wo Sal weiterhin die Trümmer verbrannte, zu den Feuern, die durch das Severium violett brannten, und zu dem Rauch, der sich in den Himmel erhob.

Er wurde zu einer riesigen Rauchsäule, die sich gegen den Winterhimmel abhob wie eine infizierte Wunde. Das Severium ließ den Rauch in der Luft schimmern, hell glänzend, umringt von grauen Wolken. Riesig. Strahlend.

Unübersehbar.

»In der Revolution haben wir solche Signalfeuer entzündet«,

sagte Sindra. »Sal gedenkt nicht der Toten, sondern sie ruft jemanden. Jeder Soldat, ob vom Imperium oder der Revolution, wird es sehen.« Sie kniff die Augen zusammen. »Und sie werden nicht lange auf sich warten lassen, Meret!«

18. KAPITEL

DIE MASOCHISTISCHE KRÖTE

Ganz gleich, was die Chronisten, die Gelehrten und die Poeten erzählen, jeder Tod ist gleich.

Jedenfalls für die Toten.

Ganz gleich, wofür du stirbst, für eine Sache, die wahre Liebe oder für dich selbst, die Leute vergessen das irgendwann. Große Vorhaben werden aufgegeben, die wahre Liebe findet eine andere wahre Liebe, und man vergeht schließlich zu Staub und Knochen wie alle anderen.

Mit dem Schmerz verhält es sich ganz anders. Der Schmerz ist nicht immer gleich. Ich habe Schläge von Kriegsherren eingesteckt, die mich mit ihren Kampfvögeln mehr als zehn Schritt mitgeschleppt haben, und sie mit einem starken Schnaps abgeschüttelt. Aber man hat mir vier Worte in einem dunklen Raum zugeflüstert, die mich so sehr verletzt haben, dass ich tagelang nicht schlafen konnte.

Schmerz ist eine Waffe, und es kommt nur darauf an, wer sie benutzt, wenn er ihn dir zufügt. So gesehen waren die Dienste von Madame Faust nicht unbedingt das Schmerzhafteste, was ich je durchgemacht hatte.

»Au!«

Aber sie waren verdammt dicht dran.

»Sei kein Baby!« Ihr Ton verriet mir, dass sie durchaus mitfühlend sein konnte, es aber bei mir nicht sein wollte. Sie bog meinen Arm so weit zurück, dass sie ihn mir fast auskugelte. »Du hast selbst danach verlangt!«

»Ich wollte eine Massage!«, schnarrte ich und zuckte zusammen, als sie ihren Namensgeber zwischen meine Schulterblätter rammte und anfing, mit ihren Knöcheln meine Wirbelsäule zu massieren. »Stattdessen werde ich gefoltert.«

»Und zwar kostenlos, wie ich wohl anmerken darf«, erklärte sie. »In der Hauptstadt zahlen die Angehörigen des Imperialen Hofs gewaltige Summen für dieses Vergnügen.«

»Waren sie zugedröhnt?« Ich biss die Zähne zusammen.

»Die meisten schon. Was entsprechend mehr kostete.« Sie ließ meinen Arm sinken und hob den anderen hoch, gegenüber meiner Wunde, die sorgfältig genäht und mit einer alchemistischen Bandage versehen war. Dann massierte sie meine Seite. »Ich sage dir dasselbe wie ihnen: Du wirst hinterher darum betteln, du Scheißerchen!«

Damit lag sie nicht mal falsch. Vechine verhindert, dass man verblutet, aber wenn der Körper es erst einmal ausgespült hat, wünscht man sich, man wäre gestorben. Die Muskeln, die man dabei verkrampft, bleiben verkrampft, bis man sie eine Woche lang sanft massiert hat.

Da wir nicht so viel Zeit hatten, begnügte Madame Faust sich mit einer zweistündigen Massage der weniger sanften Art.

Ich hatte protestiert, auch als sie mich ins Badehaus gezogen und mir die Klamotten vom Leib gerissen hatte. Aber sie hatte beide Male nicht auf mich gehört. Stattdessen zwang sie mich, liegen zu bleiben, während sie meine Wunde reinigte, sie säuberlich nähte und die Bandage anlegte, bevor sie anfing, Leben in meine Muskeln zu massieren.

Es schmerzte höllisch. Nun, an so etwas war ich gewöhnt. Aber ich war nicht daran gewöhnt, so mit mir reden zu lassen, ohne der Person die Zähne zu richten. Doch selbst auf die Gefahr hin, als konservativ zu gelten, ich hielt es nach wie vor für schlechte Manieren, einem Meister zu widersprechen.

In Cathama, einer Stadt, in der die meisten Probleme mittels Magie gelöst werden, werden die Künste verehrt, und nur wenige werden mehr verehrt als die Meister dieser Künste. Die magischen Künste rangieren natürlich an oberster Stelle, aber jeder, der eine Fähigkeit so weit entwickelt hat, dass er ein anerkannter Meister ist, verdient Bewunderung und Respekt. Das gilt auch für Meister der

Intimen Künste wie zum Beispiel Madame Faust. Obwohl ich nicht gewöhnt war, wie Abschaum behandelt zu werden, musste ich widerwillig zugeben, dass sich meine Verletzungen nach ihrer Behandlung unglaublich viel besser anfühlten. Wie ich mich während ihrer Behandlung fühlte, steht auf einem anderen Blatt.

»Zur Hölle, Weib!« Ich stöhnte und hob den Kopf, als sie sich über meine Hüfte und mein Bein hermachte. »Warum zum Teufel leistet sich ein so reicher Freimacher wie Zwei-Einsame-Alte-Männer keinen Heilmagus?«

»Das könnte er, aber man wird nicht so reich wie Zwei-Einsame-Alte-Männer, wenn man sein Geld achtlos zum Fenster hinauswirft.« Sie massierte die Steifheit aus meinem Bein. »Da ich in dieses Kaff verbannt wurde, habe ich hier und da ein paar Talente aufgeschnappt, für den Fall, dass meine Klientel sich meiner eher raffinierteren Künste als unwürdig erwiesen. Unnötig, einen aufgeblasenen Heilmagus zu behelligen, da ich die Aufgabe genauso gut erledigen kann. Außerdem ...«

Sie beugte sich über mich, und ihre gewöhnlich säuerliche Miene verzerrte sich zu einem beunruhigenden Lächeln. »Du wirst es lieben!«

Sie rammte mir den Knöchel in die Seite, und ich schrie. Aber der Schrei verklang, als der Schmerz nachließ und sich meine Muskeln von quälend verkrampft zu unbehaglich warm entspannten. Sie trat zurück, stemmte die Hände auf die Hüften und betrachtete mich.

»Morgen wirst du dich ziemlich zerschlagen fühlen, aber das ist besser als die Alternative.« Sie packte meinen Arm und half mir vom Tisch. Dann führte sie mich ins Bad, ein riesiges Marmorbecken mit dampfendem Wasser. »Nach einem Tag kannst du dich wieder bewegen.«

»Du meinst, dann fühle ich mich besser?« Sie half mir, mich in das heiße Wasser zu setzen.

»Das habe ich nicht gesagt. Ich sagte, nach einem Tag kannst du dich wieder bewegen. Dann greift die nächste Phase des Plans.«

Der Plan ...

Die Wunden schmerzten höllisch, selbst nach dem Vechine und Madame Fausts Behandlung. Aber nicht das wurmte mich.

Ich hatte nach unserer Rückkehr keine Zeit gehabt, mir Jero vorzuknöpfen, geschweige denn zu verprügeln, weil er mir nichts von den Konstruktionszeichnungen oder dem Diebstahl erzählt hatte. Er war sofort nach unserer Rückkehr losgegangen, um Zwei-Einsame-Alte-Männer zu informieren, und hatte mich den Behandlungen von Madame überlassen. Er wollte informieren, planen, Ränke schmieden.

Versteht mich nicht falsch, hätte ich Probleme mit gefährlichen, verrückten Plänen, würde ich mich ihnen nicht immer wieder anschließen. Ich verstand auch die Notwendigkeit von Geheimhaltung angesichts eines solch gefährlichen und verrückten Plans. Aber es gefiel mir nicht, bei der Planungsphase übergangen worden zu sein. Das sollte nicht heißen, dass ich Jero und Zwei-Einsame-Alte-Männer nicht zutraute, dass sie wussten, was sie taten, aber ...

Wenn man bei der Planung nicht dabei ist, weiß man nie, wann sie planen, was sie mit dir machen.

Mit einem Grunzen ließ ich mich in das heiße Wasser sinken. »Wie kommt es, dass eine launische zur Herbergsmutter mutierte Puffmutter mehr über den Plan weiß als die Frau, die ihn ausführen soll?«

»Wahrscheinlich, weil die Leute mich freundlicher finden, du dummes Weib. Jetzt bleib sitzen und lass dich einweichen. Das ist förderlich für die Heilung.«

Also lehnte ich mich an den Rand der Wanne zurück, schloss die Augen und versuchte genau das. Es fiel mir allerdings deutlich schwerer, als Madame Faust mir einen Eimer dampfendes Wasser über den Kopf kippte.

Ich prustete, strich mir das nasse Haar aus den Augen und sah sie wütend an. »Fördert das auch die Heilung?«

»Nein. Aber es hilft gegen den Gestank.« Sie stellte den Eimer ab und verließ den Raum. »Schrubb dich gründlich, Herzchen. Du kannst meine Herberge nicht mit dem Gestank nach toten Revolutionären und Abwasserkanälen verpesten.«

Dem Impuls, aus der Wanne zu springen und ihr nachzulaufen, konnte ich nur mit Mühe widerstehen. Schließlich nahm Sal Kakophonie Beleidigungen nicht einfach hin. Aber wenn Sal Kakophonie dafür in einer warmen Wanne sitzen bleiben konnte?

Nun, ich konnte mir schlimmere Rufschädigungen vorstellen.

Also ließ ich mich wieder zurückgleiten und genoss das heiße Wasser. Mit jedem Atemzug spürte ich, wie der Schmerz von mir wich. Meine Wunden, die Kratzer, die Steifheit von dem Ritt in dieses dunkle Steinloch einer Stadt, all das löste sich im Wasser auf. Bis auf einen Schmerz.

Unwillkürlich glitten meine Finger zu der Narbe auf meiner Brust. Die sich wie ein Brandzeichen von meinem Schlüsselbein bis zu meinem Bauch zog. Die Narbe.

Ich hatte sie schon seit Jahren. Vor einem ganzen Lebensalter. Eine Klinge hatte mir meinen Namen und meine Liebsten genommen, an einem kalten und dunklen Ort hatte man mir etwas entrissen, etwas, was ich brauchte, liebte, was mir den Himmel schenkte.

Damals war ich jemand anders gewesen. Eine loyale Soldatin des Imperiums. Die größte Magierin, die man je gesehen hatte. Schlächterin der Feinde, Vernichterin der Leben, Zerstörerin der Städte … Nur die Narbe war mir von diesem Leben geblieben. Und sie schmerzte immer noch.

Wie in jener Nacht, als ich sie ihr zum ersten Mal zeigte. Als sie meine Hand hielt und mich bei einem Namen nannte, den sie noch niemandem gegeben hatte. Da wollte ich, dass sie mich ganz sah. Wir waren in einem schmutzigen Raum in einer schmierigen Spelunke, trunken vom Wein; und wir lachten über Witze, die nur wir verstanden. Sie versuchte mich auf sich zu ziehen. Ich widersetzte mich und sah sie an, so wie sie mich ansah. Dann zog ich mich aus und zeigte sie ihr.

Sie starrte sie an, diese Narbe, das Grab des Lebens, das ich einst geführt hatte. Ich wartete darauf, dass sie schrie, lachte oder einfach nur angewidert verschwand. Wir hätten uns dann viel Schmerz ersparen können. Aber das tat sie nicht. Sie setzte sich auf, legte ihre Hände um meine Hüften und zog mich an sich, meine Brust an ihren Lippen, die Narbe direkt vor ihrem Gesicht. Und dann küsste sie sie.

Ich hatte sie nicht gebeten aufzuhören, obwohl es schrecklich schmerzte. Damals hatte ich ihren Namen geflüstert, so wie letzte Nacht, so wie jetzt.

»Liette.«

Eine Weile hatte ich damals gedacht, das würde genügen, ihre Lippen, ihr Name. Ich dachte, all das, was sie mir gab, die sanften Worte und die sanften Hände, würden die Schmerzen vertreiben. Ich dachte, wenn ich sie ausschließen könnte, könnte ich mit ihr glücklich sein und sie mit mir, und es würde keine Rolle mehr spielen, wie sehr diese Narbe schmerzte, wenn ich an einem kalten Morgen neben ihr aufwachte. Eine Weile dachte ich wirklich, ich könnte es.

Aber wie gesagt, nicht alle Schmerzen sind gleich. Der Schmerz, den ich empfand, als ich zum ersten Mal ihr Bett verließ, war nicht ganz so stark wie der beim Blick auf die Liste mit den Namen der Leute, die mir diese Narbe zugefügt hatten, und wie der Gedanke, dass ich ihnen niemals dieselben Schmerzen bereiten würde. Doch im Laufe der Jahre, als ich immer wieder kam und ging und immer weniger versuchte, den Schmerz zu lindern, begriff ich, dass die einzige Person, der ich jemals Schmerzen zufügte, sie war.

Aber sie zu verletzen …

Ich schloss die Augen und verschloss mich damit auch dem, was ich in Makellos' Haus gesehen hatte. Vielleicht waren es tatsächlich ihre Sigillen gewesen, die ich dort erkannt hatte. Und wenn ich sie an mich brachte, konnte ich sie vielleicht jetzt dort aufspüren, wohin sie seit unserem letzten Zusammentreffen gegangen war. Vielleicht fand ich sie und konnte ihr schwören, dass es diesmal anders würde und ich ihr nicht mehr wehtäte.

Aber trotzdem gab es da noch die Liste, und ich hatte immer noch die Narbe. Also würde ich hierbleiben, Zwei-Einsame-Alte-Männer helfen, und er würde mir helfen. Und dadurch würde ich ihr Schmerz ersparen …

Ich war schon schlechtere Händel eingegangen.

Hinter mir öffnete sich knarrend die Tür, und nackte Füße klatschten über nasse Fliesen. Ich runzelte die Stirn.

»Wenn du vorhast, mich wieder zu foltern, dann mach dich auf einen Kampf gefasst«, knurrte ich.

Die Schritte verstummten, und sie räusperte sich. »Gern, wenn du willst.«

Ich drehte mich um. In der Tür stand Agne der Hammer in einer eleganten violetten Seidenrobe, die tapfer versuchte, ihre beeindruckenden Muskeln zu verhüllen. »Aber ich glaube, ich kann es mit dir aufnehmen.« Sie zwinkerte mir zu.

»Entschuldige.« Ich drehte mich um. »Ich hatte … jemand anderen erwartet.«

»Ich hoffe, jemand Erfreulichen.« Sehr elegant für jemanden mit einer so beeindruckenden Figur ging Agne auf die andere Seite der Wanne und deutete auf das Wasser. »Darf ich?«

»Sicher.« Ich griff nach meiner Kleidung. »Ich ziehe mich rasch an und überlasse sie dir.«

»Sei nicht albern, Schätzchen. Wir haben gerade zusammen einen Mann getötet und sein Haus niedergebrannt.« Sie lachte, löste die Schärpe ihrer Robe und ließ sie von den Schultern gleiten. »Es wäre lächerlich, wenn wir jetzt zimperlich miteinander umgehen würden, oder?«

Ich konnte bei ihrem Anblick nicht mal mehr blinzeln. Vermutlich ging es jedem so, der die ganzen zwei Meter Lebensgröße von Agne dem Hammer unbekleidet zu sehen bekam. Den perfekt geformten Körper, die Muskeln, die aussahen, als wären sie aus poliertem Marmor.

Vor allem jedoch fiel mir auf, wie unberührt sie war. Ihre Haut wies keinerlei Narben oder Flecken auf, und sie stand kerzengerade da. Ein ziemlich ungewohnter Anblick für einen Vagranten. Die meisten von uns waren vernarbt, gingen gebeugt und hatten finstere Mienen, Souvenirs, die die Straße, über die wir wandelten, uns hinterlassen hatte. Sie dagegen hätte ohne Weiteres am Imperialen Hof zu Hause sein können, irgendeine makellose Jungfer, mit einer mühelosen Würde und unbeschwertem Lachen. Ich konnte diese makellose Haltung nur bewundern.

Die und ihre Schenkel. Sie wirkten kräftig genug, mir den Kopf zu zerquetschen, wenn er zufällig dazwischengeraten sollte.

»Ich bade immer um diese Zeit.« Sie drehte sich um und reckte sich. Auf ihrem muskulösen Rücken sah ich ihre Vagranten-Tätowierung – einen Vorschlaghammer, der vom Nacken bis zu ihrem Kreuz reichte. »In den Bergen ist es ziemlich trocken. Deshalb ist es klug, vor dem Schlafen zu baden. Ich hätte es schon früher gemacht, aber unser hochgeschätzter Arbeitgeber wollte erst noch plaudern.«

»Tatsächlich?« Ich betrachtete sie so lange, wie ich mich traute, bis sie sich umdrehte und in die Wanne glitt. »War er zufrieden?«

»Am Ende wird er es sein.« Sie schnurrte, als sie bis zum Hals im Wasser versank. »Er war allerdings ein ganz klein wenig verstimmt über deine hemmungslose Zerstörungswut.«

»Ich habe nur versucht, einen Kerl umzulegen. Daran war überhaupt nichts hemmungslos.« Ich rieb mir die Augen. »Und was ist mit dem Zwischenfall auf dem Krähenmarkt?«

»Die Aschmäuler sind viel zu clever, um ihre Beziehungen zu den Freimachern durch zu viel Aufhebens zu gefährden. Zwei-Einsame-Alte-Männer konnte sie mit einer beträchtlichen Summe Gold beschwichtigen.« Sie lockerte die Schultern. »Unser wortgewandter Jero schaffte es, das Gerücht in die Welt zu setzen, das Chaos wäre von zwei Adeligen ausgelöst worden, die ein bisschen mit Magie herumgespielt hätten. Als es den Wachen zu Ohren kam, verloren sie das Interesse, Kriminelle zu verfolgen, die sie nie vor Gericht stellen konnten.«

Ich betrachtete mein Spiegelbild im Wasser. »Die niedergebrannten Gebäude … waren doch nicht bewohnt?«

»O doch, waren sie. Aber von Menschen, die keine Magie besitzen.« Agne lächelte freudlos. »Du glaubst doch nicht, dass Stadtwachen Beschwerden einer gewöhnlichen Null gegen einen wohlhabenden Magus auch nur aufnimmt …« Sie warf einen Blick auf mein weißes Haar. »Du bist selbst eine Imperiale. Du weißt, wie es läuft.«

Klar wusste ich, wie das lief. Die ganze verfluchte Scar wusste das. Genau das war der Auslöser für die Revolution.

Aber das war nicht der Grund, warum ich auf mein Spiegelbild starrte, das meinen Blick bedauernd erwiderte. »Wurde jemand getötet?«

Agne zögerte einen Moment. »Sozusagen.«

»Sozusagen?«

»Niemand ist direkt ums Leben gekommen. Aber angesichts der Verletzungen, dem Verlust ihrer Heime und dem kommenden Winter …« Sie hob die breiten Schultern. »Ich wäre verwundert, sollte Terassus nicht etliche Bürger verlieren.«

»Verfickt.« Ich lehnte mich zurück und bedeckte mein Gesicht mit den Händen. »Verfickt, verfickt, fick dich!«

»Das dürfte schwerlich hilfreich sein.« Agne gab den Motz.

»Ach nein?« Ich starrte sie zwischen meinen Fingern hindurch an. »Willst du mir jetzt einreden, es wäre nicht mein Fehler gewesen? Sondern nur ein unglücklicher … Zufall?«

Alle Wärme und das Lächeln verschwanden von ihrem Gesicht, und sie betrachtete mich kalt. »Nein.«

»Gut, weil …«

»Ich sage dir, dass du keine Vagrantin hättest werden sollen, wenn du nicht ertragen kannst, dass Leute sterben.« Sie hob den Arm und blickte auf die Hand, mit der sie vor wenigen Stunden einem Mann das Genick gebrochen hatte. »Genau das machen wir, wir vernichten. Wir töten. Wir taten es für die Imperatrix, als wir dem Imperium dienten.«

Ihre Worte trafen mich kalt und hart wie ein Hammer. Meine Narben schmerzten. »Und jetzt sind wir Vagranten und tun es für uns.«

»Manchmal, ja«, bestätigte sie.

Natürlich hatte sie recht, das war mir klar gewesen, bevor ich den Mund aufgemacht hatte. Es war keine Zimperlichkeit, nicht dieses elende Gefühl im Bauch, das sich nach dem ersten Toten einstellt und einem bis etwa zum vierten folgt. Nein, der Gedanke an diese Leute machte meinen Kopf schwer wie Blei.

Ich glaubte daran, die Welt besser zu machen. So sehr, dass ich bereit war, den Preis zu akzeptieren, den es kostete. Aber …

Wie viele Menschen mussten wir töten, um eine bessere Welt zu erschaffen, bevor das den Preis nicht mehr lohnte?

»Gibt es eine andere Möglichkeit, das zu erreichen, was wir wollen?«, platzte ich heraus.

»Wir vernichten, das muss ich dir nicht erklären.« Sie betrachtete die Narbe auf meiner Brust. »Manchmal zerstören wir, was zerstört werden muss. Wir töten jemanden, ohne den die Welt besser ist. Und manchmal schaffen wir auch Gutes.«

»Wann?« Meine Stimme war wie ein Hauch.

»Das weiß ich nicht. Aber wenn du nicht bereit bist, es zu versuchen, solltest du keine Vagrantin sein. Verflucht, du solltest nicht einmal eine Magierin sein.« Sie glitt durch das Wasser auf mich zu, nahm meine Schulter und drückte sie so sanft, wie ich es ihren großen Händen nie zugetraut hätte. »Aber du bist eine Magierin. Also musst du es versuchen.«

Ihre Stimme klang fremd in meinen Ohren, als käme sie aus einer Oper. Solche Worte gehörten nicht an einen Ort wie die Scar. Das hier war kein Ort für Versuche. Hier fraß man oder starb. Die Bestien, die einen in der Nacht belauerten, kümmerte es nicht, wie angestrengt man versucht hatte, ihnen zu entkommen, wenn sie einen zerrissen. Die Armeen interessierte es nicht, wie sehr du dich für Frieden eingesetzt hattest, wenn sie dein Haus niederbrannten. Das hier war kein Ort für Menschen wie Agne.

Ihre Worte und ihre Hände, beide so sanft, dass ich ihnen fast geglaubt hätte, trafen mich härter als jeder Schlag. Vielleicht stellte ich die Frage deshalb.

»Du hättest Makellos jederzeit umbringen können«, bemerkte ich. »Du hast es erst getan, als er dich töten wollte. Warum?«

Sie lächelte, ließ die Hand von meiner Schulter rutschen und glitt auf die andere Seite der Wanne. »Kennst du den Tribut, den wir Belagerungsmagier für unsere Macht zahlen?«

Ich nickte. Die Lady Merchant verlangte von jedem Magier einen Preis für ihre Macht, aber dieser Tribut war nie gleich. Belagerungsmagier zahlten für ihre Stärke und Unverletzlichkeit mit Gefühlen. Furcht, Freude, Liebe – sie mussten am Ende alles aufgeben und wurden, wenn sie ihre Macht übermäßig gebrauchten, leere Hüllen, die für nichts lebten und für alles töteten.

Agne legte den Kopf auf die Seite und strich ihr Haar zurück. Zwischen ihrem Ohr und ihrem Kiefer sah ich eine blasse Narbe, der einzige Makel auf ihrer Haut.

»Ich war achtzehn«, sagte sie. »Ich wusste kaum, was Magie war, geschweige denn, was ich dafür zahlen musste.« Sie ließ das Haar wieder fallen und lehnte sich zurück. »Da war so ein Junge mit einem Messer. Ich reagierte, bevor ich nachdachte. Das war das letzte Mal, dass ich Schmerz gefühlt habe. Ich konnte einen Schlag ins Gesicht bekommen, in Brand gesetzt werden, einen Pfeil in die Brust kriegen, ich fühlte nichts. Die Lady Merchant hat mir das genommen. Und ich weiß nicht, was sie mir als Nächstes nimmt, wenn ich meine Macht übermäßig nutze …« Sie schloss die Augen und seufzte traurig. »Aber ich will es ihr nicht geben.«

Das war verständlich. Jeder hätte das verstanden. Doch bei ihren Worten schmerzte meine Narbe plötzlich stärker.

»Also dann!« Agne erhob sich, und das Wasser, das mir bis zur Taille reichte, ging ihr nur bis zum Oberschenkel. »Genug Sentimentalität für eine Nacht, denkst du nicht auch?« Sie nahm ein Handtuch und trocknete sich ab. »Mir hat unsere kleine Plauderei zwar gefallen, aber ich möchte nicht dafür verantwortlich sein, wenn die Leute glauben, Sal Kakophonie liebte Frauengespräche.« Sie zwinkerte mir zu. »Ich weiß, wie sehr du Geschichten über dich liebst.«

Ich warf ihr einen finsteren Blick zu. Sie hatte recht, zugegeben, aber ich wollte nicht für eitel gehalten werden.

»Außerdem«, sie ließ das Handtuch fallen und zog sich den Seidenmantel über, »bekommen wir demnächst etwas zu tun.«

Mein finsterer Blick wich Verwirrung. »Etwas zu tun?«

»Man hat dir nichts gesagt?«

»Ich bin nach unserer Rückkehr von einer säuerlichen Masseurin durchgewalkt worden. Mir hat keiner was erzählt.«

»Urdas gefälschte Botschaft im Namen von Makellos wird dank Tutengs Vogel in wenigen Tagen im Hauptquartier der Revolution eintreffen«, sagte sie. »Das Kommando der Eisernen Flotte wird darüber informiert, dass ihre gewählte Strecke von starken Streitkräften des Imperiums bewacht wird und dass sie eine andere Route nehmen sollten.«

»Eine, auf der wir sie in einen Hinterhalt locken können«, fuhr ich fort. »Falls sie nicht herausfinden, dass Urdas Botschaft eine Fälschung ist.«

»Wenn das auch nur im Entferntesten möglich wäre, Schätzchen, hätte Zwei-Einsame-Alte-Männer ihn nicht engagiert.« Agne schloss ihre Robe. »Die Flotte wird dorthin fliegen, wo wir sie haben wollen, aber wir brauchen trotzdem eine Möglichkeit, um an Bord zu kommen. Immerhin sind Schiffe in der Luft nicht ganz so leicht zu entern, richtig?«

»Und Zwei-Einsame-Alte-Männer hat bereits einen Plan?«

»Nun, er ist ein Genie.«

»Klar.« Ich machte Anstalten aufzustehen. »Ich nehme an, dann sollte ich wohl auch hier raus.«

»Ehrlich gesagt …« Agne klang verlegen. »Ich wurde gebeten, dir zu sagen, dass du noch ein bisschen mehr Zeit im Bad verbringen solltest. Möglichst mit parfümiertem Öl.«

Ich wusste nicht genau, was sie da andeutete, war aber sicher, dass ich sie dafür schlagen sollte.

»Mit aller gebührenden Beleidigung, Schätzchen, du hast ein unüberriechbares … Aroma an dir«, sagte sie. »Etwas wie ›Waschbär, der Sex mit der Leiche seiner verwesten Schwester in einer verfickten Kotzepfütze hatte‹, wie Yria es treffend beschrieb.«

»Hat sie das gefordert?«

»Ja, sie war eine. Eine von vielen, genau genommen.« Sie räusperte sich. »Ehrlich gesagt waren wir alle dafür. Es war ein einstimmiger demokratischer Beschluss.« Sie winkte ab. »Auf jeden Fall verlangt die nächste Phase des Plans, so charmant, elegant und duftend wie möglich zu sein.«

Ich hob eine Braue. »Und was für ein verfickter Plan soll das sein?«

»Die einzigen Kreaturen, die so fliegen können, dass sie für unsere Zwecke geeignet sind, sind Oyakai-Vögel. Und die gibt es nur hier in Terassus. Genauer, sie sind im Besitz …«

»… des Adels«, fiel ich ihr ins Wort. »Ich hab sie gesehen. Wie will Zwei-Einsame-Alte-Männer an sie herankommen?«

»Zufällig gibt der Adel morgen Abend ein Bankett – eine seiner Lieblingsbeschäftigungen, habe ich gehört.« Mir gefiel das Funkeln in ihren Augen gar nicht. »Ebenso zufällig hat Jero eine Einladung für zwei höchst vornehme junge Ladys ergattert.« Sie kicherte. »Oder für zwei Vagrantinnen, die dafür durchgehen können. Du weißt, was das bedeutet.«

Ich riss die Augen auf, und mein Herz plumpste in meine Magengrube. »Wehe, wenn du es aussprichst!«

Sie klatschte in die Hände, hüpfte von einem Fuß auf den anderen, wobei sie all ihre Würde vergaß, kicherte unbeherrscht und kreischte: »Verkleidungen!«

Ich stöhnte. »Verkleidungen! Ich hasse Verkleidungen!«

»Dann rate ich dir, rasch darüber hinwegzukommen.« Sie ging

um die Badewanne herum und lächelte. »Und halte deine Zunge im Zaum, wenn du gerade dabei bist. Wir beide sind die Einzigen in unserer kleinen Verschwörerschar, die als Imperiale durchgehen können.« Sie beugte sich zu mir runter und zerzauste mir das Haar. »Also versuch wenigstens, ein bisschen fröhlich auszusehen, ja?«

Sie hielt inne, schnupperte an ihren Fingern und schnitt eine Grimasse. »Und wasch deine Haare«, meinte sie im Gehen. »Wir werden Imperien stürzen, Schätzchen. Da wollen wir doch nicht nach Schweinekoben müffeln, oder?«

19. KAPITEL

DIE MASOCHISTISCHE KRÖTE

Sein Name ist Keltithan. Keltithan yun Attoro.«

Jero sah mich nicht an, während er sprach. Er hatte nur Augen für den Cremetiegel in seiner Hand. Auf einem Tisch stand noch ein Dutzend anderer kleiner Tiegel und Töpfchen mit bunten alchemistischen Pudern, Cremes und Parfüms.

»Er ist – Pardon, war – ein Richter, ein hochdekorierter Kriegsheld des Imperiums. Seine Tochter ist zwar eine talentierte Magierin, aber er hat seine Beziehungen genutzt, um sie vom Militärdienst zu befreien.«

»Darauf hat sich das Imperium eingelassen?« Ich runzelte verblüfft die Stirn. »Ich habe noch nie gehört, dass das Imperium einen Magus aus der Armee entlässt.«

»Rede nicht so viel. Dabei bewegst du das Gesicht zu stark.« Er tunkte ein rundes Läppchen in die Creme und betupfte damit die Narbe auf meiner Wange. »Da sehr viele Leute in Keltithans Schuld standen und er zudem eine umfangreiche Liste von Leuten hatte, die er für das Imperium ermordet hatte, erlaubte man ihm, sich mit seiner Familie nach Terassus zurückzuziehen, um hier ungestört sein Vermögen zu verprassen. Unter gewissen Bedingungen.«

»Was für Bedingungen?«

Jero zuckte zusammen. »Habe ich nicht gesagt, du sollst nicht reden?« Er glättete mit einem kleinen Pinsel Schminke auf meiner Wange. »Es macht den Eindruck, als würdest du nichts respektieren, was nicht mit einer Explosion endet.« Nachdem er sich wieder gefasst hatte, arbeitete er weiter. »Zum Beispiel musste er ein paar Leute umlegen, ein paar Spenden tätigen, noch mehr Leute umlegen … Aber uns interessiert nur eine einzige Bedingung. Während seiner Dienstzeit für das Imperium war unser Freund der Richter ein fanatischer Vogelreiter. Er führte vom Rücken der großen Vögel über hundert erfolgreiche Einsätze gegen die Revolution an. Dem Imperium zutiefst verbunden, willigte er ein, weiterhin Oyakai für seine Imperatrix zu züchten. Sie werden hier ausgebrütet, aufgezogen und ausgebildet, werden von Keltithan hingebungsvoll und perfekt für Jagd und Krieg abgerichtet, bis sie an die Front geschickt werden, wo die Kanonen der Revolutionäre sie zerfetzen.«

Ich hätte gerne einen Kommentar gemacht, aber er schien keinen Spaß bei seiner Arbeit zu verstehen.

»Ich nehme an, dass der gute Richter deshalb zu Ehren jeder neuen Generation Oyakai, die er aufgezogen hat, so gern Bankette gibt.« Konzentriert strich er mit einem kleinen Pinsel durch mein Gesicht. »Dann kann er ihnen das letzte Mal seine Zuneigung zeigen, bevor sie in einem Krieg für Leute sterben, deren Namen sie nicht mal kennen.«

»Klingt kostspieliger«, gab ich zurück, »als dem Imperium eine Magierin zu überlassen. Warum tut er das nicht einfach?«

Diesmal rüffelte Jero mich nicht, sondern starrte stattdessen an mir vorbei in die Ferne. »Ich nehme an«, sagte er, »weil er nicht will, dass sie stirbt.«

Darauf wusste ich keine Antwort. Und ich wollte auch nicht darüber nachdenken. Glücklicherweise gab Jero mir für beides keine Chance und setzte seine Arbeit an mir fort.

»Wie dem auch sei, die heutige Nacht jedenfalls ist ein Glücksfall sowohl für uns als auch für seine Vögel. Denn sie werden mit einem sehr netten Bankett geehrt und fliegen dann mit sechs hinreißenden Fremden davon, statt im Kanonenfeuer zu verrecken. Vorausgesetzt natürlich, dass du und Agne die Sache nicht vollkommen vermasselt. Nur ihr beide könnt als Imperiale durchgehen, das heißt ihr und die Zwillinge. Aber ich bin weder betrunken, zugedröhnt oder dumm genug, um die beiden auf ein vornehmes Bankett loszulassen«, fuhr er fort. »Also, du suchst ein stilles Örtchen, damit Yria ein Portal öffnen kann, und sie erledigt den Rest.«

»Der Rest ist das Gemetzel?«, hakte ich nach.

»Wenn wir die Sache richtig anfangen, gibt es kein Gemetzel«, erwiderte er. »Die Imperialen sind mit ihrem prachtvollen Bankett beschäftigt, und wir entkommen, bevor irgendjemand etwas merkt.«

Er trat zurück und betrachtete mich lächelnd, als er das Schminkzeug beiseitelegte. Das Lächeln hatte ich bei ihm erst einmal gesehen, und zwar beim Anblick von Makellos' Leichnam.

»Gut, jetzt kannst du reden«, sagte er. »Fragen?«

»Nur drei.«

»Und die erste wäre?«

Ich warf einen Blick auf die Kosmetiksammlung auf dem Tisch. »Wieso kannst du so gut schminken?«

Er sah mich an, als hätte ich ihm gerade eine vollkommen dumme Frage gestellt. Aber ich konnte einfach nicht anders – wir hatten fast drei Stunden in diesem Raum verbracht, ich in unbequemen Haltungen auf einem harten Stuhl, während er jede Menge Schminke auf meinem Gesicht und Körper verteilte.

»Schätzchen«, erwiderte er mit vor Verachtung triefender Stimme. »Ich bin gut in allem, was ich tue.«

Ich kratzte mich am Kopf. »Ich kenne einfach nicht viele Männer, die so was haben.« Ich blickte zum Tisch.

»Und ich kenne nicht viele Frauen, die aussehen, riechen und lachen, als kämen sie gerade besoffen aus einer Wirtshausprügelei, die in einer Orgie endete, also sind wir wohl quitt.« Er warf mir einen vielsagenden Blick zu. »Wo wir davon reden – sei vorsichtig bei den Imperialen. Eine lose Zunge verrät eine Verkleidung schneller als alles andere.«

»Ich bin in Cathama aufgewachsen.« Ich stand auf und massierte mir den Krampf vom Sitzen aus den Beinen. »Ich kann auf vornehme Lady machen, wenn ich will, du Schwanz!«

»Klar doch.« Er seufzte. »Vertrautheit mit Kosmetika ist für jeden nützlich, der nicht wie ein Stück Scheiße aussehen will. Da meine Arbeit für Zwei-Einsame-Alte-Männer erfordert, höchst unterschiedliche Persona zu verkörpern, bin ich besser darin als die meisten anderen.«

»Trotzdem, was für ein Aufwand.« Ich wollte nicht nachgeben. »Warum habt ihr keinen Nachtmagus angeheuert? Der würde problemlos jede beliebige Person aus mir machen.«

»Was ein Himmelsmagus, wovon viele bei einem imperialen Dinner anwesend sind, durchschauen würde. Mein Werk dagegen durchschauen sie nicht. Magie ist anfällig. Mode ist ewig.«

Das klang vernünftig. Fast alle Geschichten über Sal Kakophonie beschrieben eine narbenübersäte Frau mit Tätowierungen von Wolken und Flügeln auf ihren Unterarmen. Sie würde bei einem Bankett sofort erkannt werden, und die Imperialen würden sie auf der Stelle umbringen wollen.

»Meine zweite Frage war, wie du es geschafft hast, mir das Haar so hübsch zu machen«, fuhr ich fort. »Aber ich nehme an, die Frage ist mit deiner ersten Antwort erledigt.«

»Aber nein. Das kann ich, weil ich oft mit Kurtisanen zusammen gewesen bin.«

Ich blinzelte. »Du bist … warte mal …«

»Denk nicht drüber nach. Wie lautet die dritte Frage?«

Ich sah ihm zu, wie er konzentriert seine Schminkutensilien zusammenräumte. Doch ich spürte, dass er mich aus dem Augenwinkel unauffällig beobachtete. Das tat er immer. Wohin er auch blickte, er behielt ständig alle Anwesenden in dem Raum im Auge, in dem er sich befand. Weder Agne noch den Zwillingen war das aufgefallen, und ich wäre überrascht, wenn Zwei-Einsame-Alte-Männer es bemerkt hätte.

Aber ich hatte es bemerkt, denn ich war auch einmal Soldat gewesen.

»Wann hast du die Revolution verlassen?«, fragte ich leise.

Er hielt nicht inne, sondern räumte nur etwas langsamer auf. Er hatte gewusst, dass ich diese Frage stellen würde.

»Seit wann weißt du es?«, fragte er.

»Eigentlich schon seit unserem ersten Treffen«, gab ich zurück. »Du hast Gewohnheiten eines Soldaten – du suchst ständig nach Feinden, die nicht da sind. Außerdem wusstest du, wie du Makellos aufspüren konntest, wo er seine Dokumente versteckt hatte und wie du Vechine anwenden musst.« Ich verschränkte die Arme und starrte ihn an. »Auf Desertion steht bei der Revolution der Tod. Aber du lebst noch.«

»Allerdings.« Diesmal hielt er inne und legte die Hände auf den Tisch. »Aber mein Bruder nicht.«

Ah. Ich nickte. *Das erklärt es.*

Er versuchte vergeblich, seine Fassung wiederzufinden. »Er war der Ältere. Als er sich bei der Revolution einschrieb, ging ich mit. Wir kämpften und wir töteten. Er starb. Unser Sergeant erlaubte mir nicht einmal, seine Leiche zu bergen. Wir haben jahrelang der Revolution gedient, und mein Bruder hat sein Leben dafür gegeben.« Seine Stimme klang bitter. »Die Revolution hatte nicht einmal ein Grab für ihn.«

Ich beobachtete ihn nur und blieb stumm. Ich redete mir ein, ich täte es aus Respekt. Jero und ich waren Kämpfer, und wir trauerten schweigend. Das redete ich mir ein … aber ich log nicht gut genug, um mir auf den Leim zu gehen.

Trotzdem war das einfacher, als die Wahrheit zu akzeptieren. Denn ich hatte so viele Tote gesehen, so viele Menschen verloren und so viele Narben auf meinem Körper, dass ich nicht erwartete, nach meinem Tod betrauert oder auch nur begraben zu werden. In Wahrheit empfand ich bei Jeros bitteren Worten absolut nichts. Und das traf mich tief.

»Wie hieß er?«

»Jandi«, erwiderte Jero.

»Nein, ich meine den Namen, den sie ihm gegeben haben. Den sie auch dir gegeben haben.«

Jero warf mir einen reservierten Blick über die Schulter zu. »Einstmals. Jandi und Jero Einstmals.«

Das erklärte mehr, als ich gedacht hatte.

Revolutionäre Namen waren ein Ergebnis aus Logik, Bedeutung und Adjektiven. Wenn eine Familie sich der Revolution anschloss, bekam sie vom Großen General einen Namen. Der beruhte darauf, wie loyal oder wertvoll sie für seine Revolution waren. Einige Namen, wie Stolz, Stern, Gnadenlos zum Beispiel, waren ehrenwert. Andere nicht.

»Weiß Zwei-Einsame-Alte-Männer das?«

»Aus diesem Grund hat er mich angeheuert«, erwiderte Jero. »Aber die anderen wissen es nicht.« Er warf mir einen kurzen Seitenblick zu. »Sie müssen es auch nicht wissen.«

Ich nickte. »Wo ist dein Bruder gefallen?«

»Wer ist Liette?«

Ich fuhr zurück, als hätte er mich geschlagen. Mein erster Impuls war, ihm den Namen aus dem Mund zu prügeln. Ich begnügte mich mit einem finsteren Blick. »Was?«

»Du hast ihren Namen im Schlaf gesagt«, sagte er. »Geheimnis gegen Geheimnis. Ich verrate dir, wo Jandi gefallen ist, wenn du mir erzählst, wer diese Person ist.«

Wie viele Menschen kannten Jero Einstmals? Vielleicht ein paar, vielleicht war ich aber auch die Einzige. War ihm sicherlich nicht leichtgefallen, mir das zu erzählen. Es schmerzt, Geheimnisse mit sich herumzutragen, aber wenn man sie anrührt, schmerzen sie noch mehr. Seine Haltung, sein Zittern sagten mir, dass sein Geheimnis tief saß. Immer noch.

Aber nicht so tief wie meines.

»Alles klar«, sagte er, als ich nicht antwortete. »Genug geplaudert. Wir müssen deine Verkleidung fertigstellen.«

Ich blickte auf meine Unterarme. Meine Tätowierungen waren nicht mehr zu sehen. Seine Arbeit war beeindruckend, keine Frage, aber die Krämpfe, die mir das lange Stillsitzen beschert hatten, ebenfalls. Sicher, diese Operation war heikel, aber wahrscheinlich hätte ich mir inzwischen längst den Weg zu diesen Oyakai-Vögeln freigeschossen.

Jero schien mein Unbehagen nicht zu bemerken, als er die Tür des Kleiderschranks öffnete und begeistert eine Sammlung von Kleidern durchwühlte.

»Meine beeindruckenden Fähigkeiten als Visagist reichen leider nicht, um diese ganze Sache durchzuziehen.« Er suchte weiter. »Auch wenn du jetzt nicht mehr wie eine Frau aussiehst, die die ersten Verse von ›Meine geliebte Mutter‹ rülpsen kann, wissen wir beide, dass du es könntest.«

»Irgendwann mal hat dich das beeindruckt«, knurrte ich.

»Ebenso wenig wie bloßes Vertrauen, dass du präsentabel bist, genügt«, er ignorierte mich einfach. Er lächelte, als er etwas in der Garderobe fand und es herauszog. »Meine Aufgabe besteht darin …« Er drehte sich zu mir herum und hielt mit strahlendem Lächeln ein Kleid hoch. »… dir jeden nur erdenklichen Vorteil zu verschaffen.«

Es war ein langes, amethystfarbenes Kleid aus schimmernder

Seide, im imperialen Stil geschnitten, von der Hüfte abwärts weit und von der Taille aufwärts eng. In der Mitte hatte es eine breite Schärpe. Ich fühlte mich schon verboten, nur weil ich es ansah.

»Also?« Er warf mir einen erwartungsvollen Blick zu.

»Ein Kleid«, bemerkte ich.

»Dieses Kleid ist der Höhepunkt der Mode von Cathama«, fuhr er indigniert fort. »Damit kannst du dich problemlos unter die Elite des Imperiums mischen. In diesem Kleid könntest du auf diesem Bankett jemanden erschießen, und alle hielten es einfach nur für den neuesten Trend.« Er hob hastig die Hand. »Nur damit das klar ist, erschieße auf keinen Fall jemanden auf diesem Bankett.«

»Ja, es ist ganz nett, aber …« Ich deutete auf meine Strumpfhose, die schmuddelig aussah, obwohl ich sie wiederholt gewaschen hatte. »Ich bin eigentlich mehr ein …«, mein Blick klebte an diesem langen hübschen Rock, »Hosentyp.«

»Du gehst auf ein vornehmes Bankett mit vornehmen Menschen«, antwortete Jero. »Vornehme Frauen tragen keine Hose.« Er trat auf mich zu. »Du wirst sehen, was ich meine, wenn du es anprobiert hast.«

Ich trat einen Schritt zurück, als hätte er eine Waffe auf mich gerichtet. »Woher weißt du, dass es mir passt?«

»Madame Faust hat es extra für dich geschneidert.«

»Woher hat sie meine Maße?«

»Ich habe sie ihr gegeben.«

Ich glotzte ihn an. »Woher … hast *du* meine Maße?«

*

Ich starrte in den Spiegel.

»Und? Wie findest du es?«

Ich wusste nicht, was mir da entgegenblickte.

Den Geschichten zufolge war Sal Kakophonie eine Frau, bei deren Auftreten der Wind den Atem anhielt und die Vögel vom Himmel fielen. Sie schilderten eine Frau, die so hart war wie die Klinge, die sie trug, die mit Feuer in den Händen aus der Dunkelheit trat, die ihre Vagranten-Tätowierungen trug wie eine Rüstung, ihre Narben wie Trophäen, die, wo sie auch wandelte, nur Asche und Schreie zurückließ.

»Du musst verstehen, da Madame Faust nicht selbst Maß nehmen konnte, ist einiges natürlich geschätzt.«

Die Frau im Spiegel entsprach den Geschichten gar nicht.

Sie war klein und schlank und trug ein violettes Kleid, das etwas eng um ihre Brust lag und zu locker um ihre Beine. Sie trug Seide statt Leder. Ihr Haar war zu eleganten Zöpfen geflochten, anstatt wild um ihr Gesicht zu peitschen. Und statt Narben und Tätowierungen hatte sie … nichts. Keine Wunden, kein Blut, keinen Dreck.

Ich starrte sie an. Sie erwiderte meinen Blick.

»Es wird deine Beweglichkeit etwas einschränken, klar«, säuselte Jero. »Aber der Rock hat einen Schlitz am Schenkel, sodass du tun kannst, was du tun musst, wenn die Sache schiefgeht. Was sie nicht wird, aber kein Plan, ein Imperium zu stürzen, geht vollkommen problemlos über die Bühne.«

Und keine von uns erkannte die andere.

»Du zögerst.« Er seufzte. »Das verstehe ich. Es ist eine schwierige Anpassung, aber ich versichere dir …«

»Ich sehe … normal aus.«

Meine Lippen bewegten sich, aber die Worte klangen nicht wie meine Stimme. Die Frau im Spiegel sprach. Die Frau, die nicht verletzt war, nicht tätowiert, nicht … gebrochen.

Diese Frau konnte überall hingehen. Auf einem Markt einkaufen, statt Leute zu jagen. Sie konnte eine Schenke betreten, ohne dass ein Gast sie gleich töten wollte. Sie konnte nach Hause gehen, in ein Heim ohne Waffen, zu jemandem, der kein Geist war, mit dem sie trank und ihre gemeinsame Zeit genoss, statt sie vergessen zu wollen.

Sie hatte niemanden getötet, diese Frau ohne meine Narben, meine Tätowierungen, meine Geschichten. Ich kannte sie nicht. Aber ich beneidete sie.

Jero stand neben mir. Weder beruhigte er mich, noch bedauerte er mich. Er starrte mit mir zusammen die Frau im Spiegel an, und ich wusste, dass er dasselbe sah wie ich.

»Ja«, sagte er schließlich leise. »Das tust du.«

Da wusste ich, dass er sie auch beneidete.

Ich strich über das Kleid. Die Seide fühlte sich sonderbar an, so ohne Blutflecken oder Schmutz darauf.

»Kann ich das Kleid behalten? Wenn wir fertig sind?«

Er nickte.

Ich lächelte. »Ich glaube, ich möchte einfach normal aussehen. Selbst wenn ich es nicht sein kann …«

»Oh, das kannst du.«

Zum ersten Mal betrachtete ich ihn im Spiegel. Er stand hinter mir. Ich hatte nicht gemerkt, dass er so dicht herangetreten war. Oder wie groß er war oder seine Falten, oder wann er die Hände auf meine Schultern gelegt hatte.

»Wenn wir fertig sind«, fuhr er fort, »gibt es eine Welt ohne Imperium, ohne Revolution, ohne Soldaten, Killer oder Jäger. Zwei-Einsame-Alte-Männer wird mit dem Relikt diesen Ort erschaffen. Und wir werden ihm helfen. Wenn alles vorbei ist, können wir Helden sein.« Er drückte meine Schultern. Seine Hände waren sanft. Warm. »Oder wir können einfach niemand Besonderes sein.«

Er seufzte, und seine Miene verfinsterte sich. Seine Hände glitten von meinen Schultern. Er sprach es nicht laut aus, und das war auch unnötig.

Es war ein schöner Traum. Aber halt eben nur ein Traum. Denn wir waren Killer, er und ich. Jetzt würden wir stehlen und lügen und betrügen. Wir würden diesen Ort aus Blutvergießen und Diebereien errichten und aus dem Tod von Imperien.

Wir waren nicht normal. Noch nicht.

»Ich glaube, es ist gut.« Ich ging durch den Raum, so gut ich das in diesen schicken Schuhen konnte. Die Seide lag enger an meinem Körper an, als ich gewöhnt war, und ich konnte mir nicht vorstellen, mich jemals an so viel Schminke auf meinem Gesicht zu gewöhnen, aber ich konnte es ertragen. »Es gibt nur ein Problem.«

Ich verbog mich, als ich versuchte, im Spiegel meinen Arsch zu betrachten.

»Wo in diesem Ding soll ich den Kakophon verstecken?«

Jero lächelte mich gequält an, was mir sagte, dass ich ihm in die Eier treten würde, bevor die Nacht vorbei war.

»Ach ja«, sagte er, »was das angeht …«

20. KAPITEL

YUN ATTOROS ANWESEN

Wein ist genau genommen ein Getränk für Arschlöcher.

Also gut, ich kenne viele wunderbare Weintrinker. Einige davon sind meine ältesten und engsten Freunde. Was aber nicht heißt, dass es keine Arschlöcher wären.

Das soll nicht heißen, dass Whiskey nicht auch ein Getränk für Arschlöcher wäre, aber Whiskey ist ein Getränk für ehrliche Arschlöcher. Whiskey lügt nicht – nach einem Schluck weißt du, woher er kommt, wie viel er wert ist und ob du die Nacht damit überleben wirst oder nicht. Wein dagegen ist etwas für eine vollkommen andere Sorte von Arschlöchern.

Mit Whiskey kämpfst du, und wenn die Gesellschaft nett ist, verträgst du dich wieder. Mit Wein quatschst du nur.

»Es ist nicht so, dass ich Nullen hasse.«

Wie dieses Arschloch zum Beispiel.

»Im Gegenteil, ich habe größten Respekt für das, was sie mit ihren begrenzten Mitteln erreichen.« Keltithan yun Attoro machte eine Pause, leerte sein Weinglas und schmatzte genießerisch. »Nullen bauen unsere Brücken, pflastern unsere Straßen. Nullen machen das Imperium zu dem, was es ist.«

Er winkte, und ein Lakai mit einem silbernen Tablett voller Gläser kam sofort zu ihm und hielt es ihm ausdruckslos hin. Keltithan nahm ein Glas und entließ den Lakaien mit einem Fingerzucken. Der verbeugte sich knisternd und ging dann zu den einem Dutzend identischer Lakaien, die die Gäste versorgten. Ohne ihre leeren Augen und die knisternden Bewegungen hätte man sie niemals für Papiergolems gehalten.

»Aber kämpfen sie auch für das Imperium?« Keltithan strich sich über den Bart. »Wissen sie darum, wie es ist, die Kunst zu nutzen? Der Lady Merchant ihren Tribut zu zahlen, um die Barbaren zu unterwerfen und den Fortbestand der Zivilisation zu gewährleisten? Natürlich nicht. Wie sollte man ihnen das auch klarmachen? Wie erklärt man einem Tauben Musik oder einem Blinden Schönheit?«

Sein graues Haar und seine Falten verrieten sein Alter, und seine Haltung und die vielen Auszeichnungen an seiner violett-schwarzen Robe verrieten mir, dass Keltithan die Imperiale Armee nie wirklich verlassen hatte. Die Klinge an seiner Seite hatte schon seit einer Ewigkeit keinen Kampf mehr erlebt, war aber poliert und scharf. Er war Militär durch und durch.

»Ebenso wenig vermögen sie zu führen«, fuhr Keltithan fort. »Deshalb ist diese ›Revolution‹ vollkommener Mumpitz!«

Offenbar glaubte er den Scheiß, den er von sich gab. Vielleicht sollte ich verständnisvoller sein. Immerhin verdankte er dem Imperium viel, einschließlich das geräumige Anwesen, in dem wir standen.

Das Attoro-Anwesen war größer als alle anderen Besitzungen auf den Klippen und erstreckte sich über fast drei Meilen ausgedehnter Gärten mit Pflanzen, die von Wärmezaubern am Leben erhalten wurden, mit Pferchen für die Reitvögel, Kasernen für die Hauswachen und so große Weinkeller, dass sich dort viele Gäste betrinken konnten.

Diese Gäste schlenderten gekleidet in Violett- und Bronzetönen durch die ungeheure Bankethalle. Sie trugen ihr Haar im Stil des Imperiums, und die Elitären unter ihnen trugen auch imperiale Masken. Sie lachten, scherzten und sangen zu alten Opernarien, die von Geistschrieb-Instrumenten gespielt wurden. Gespensterkrieger in Pink und Violett stellten unter entzücktem Applaus der Zuschauer berühmte Schlachten in blutrünstigen Details nach.

Und über allem thronten die Vögel.

Oyakai. Zehn an der Zahl und jeder doppelt so groß wie ein Mann. Ihre langen dünnen Beine endeten in mit scharfen Krallen gespickten Klauen. Die Schnäbel waren breit und schuhförmig, und mit ihren hellen intelligenten Augen beobachteten sie die Feier von einer erhöhten Position aus. Ihr schwarz-weißes und rot-blaues Gefieder war weich und deutlich zu erkennen, wenn einer der Vögel seine gewaltigen Schwingen spreizte und einen scharfen Schrei ausstieß. Dann verstummten die Feiernden und betrachteten sie ehrfürchtig.

Und mir stockte jedes Mal der Atem, wenn ich sie sah. Um einen auch nur eine Stunde reiten zu dürfen, den Wind wieder im Gesicht zu spüren, hätte ich hundert Männer getötet.

»Aber wenn sie Frieden wollen und ihr altes Leben wieder aufnehmen, würden wir ihnen das sicherlich gewähren.«

Dafür konnte ich diesen Schwachkopf noch ein paar Stunden ertragen.

Er palaverte weiter, ohne zu merken, dass ich mich in der Halle umsah. Irgendwo in diesem Meer von Arschlöchern musste es einen Ort geben, der unseren Zwecken diente. Wir brauchten nur ein vergessenes Zimmer, einen leeren Lagerraum oder einen stinkenden Stall, wo niemand ein Portal bemerken würde.

Bei all diesen Marionetten-Illusionisten, der gespenstischen Kapelle und den sich mit all ihrem Können duellierenden Magiern würde niemand unsere Magie wahrnehmen. Ein riesiges violettes Portal dagegen würde eine Aufmerksamkeit erregen, die wir zurzeit gerade nicht brauchten. Aber wir konnten die Oyakai nicht entführen, wenn wir keinen Platz für Yrias Portal fanden.

Allerdings fragte ich mich, wie selbst eine wegen ihrer kriminellen Energie so berüchtigte Portalmagierin wie Yria die Zelle uns helfen konnte, fast drei Meter große krallenbewehrte Vögel zu entführen. Vor allem, weil diese Vögel mitten in einem Bankett standen, auf dem es von Magiern nur so wimmelte. Sie würden ihre beträchtlichen vielfältigen Fähigkeiten einsetzen, um uns aufzuhalten. Ich wusste nicht, was diese schillernden Arschlöcher vermochten.

Aber ich weiß, dass sie mich verdammt viel schneller umbringen können, weil ich keine Waffe habe, dachte ich und nahm aus Trotz einen besonders tiefen Schluck Wein. *Dank dem verfickten Ficker Jero, verfickt!*

Natürlich verstand ich sein Argument. Eine Mission, die auf Verstohlenheit baute, wurde von der Gegenwart einer Waffe wie dem Kakophon nicht sonderlich unterstützt. Aber ohne dieses Gewicht an meiner Hüfte und das Wissen, dass ich alle umbringen könnte … fühlte ich mich irgendwie kalt.

Stattdessen quatschte mich ein alter Knacker voll, und ich hatte keinen Whiskey, um mich damit zu ertränken, und keine Kanone, um ihm die Visage einzuschlagen. Also war ich nicht bester Laune. Dennoch, ich war schließlich professionell.

»He!« Ich unterbrach seinen langweiligen Sermon über irgendwelche Steuern. »Gibt es hier einen unbenutzten Raum?«

Keltithan hob seine Brauen. »Bitte, wie, Mylady?«

»Oder ein Klo?« Ich kratzte mir den Kopf und leerte mein Weinglas. »Ein Lagerraum oder so was? Keine Ahnung.«

Mir wäre bei der unangemessenen Röte auf seinen Wangen übel geworden, hätte ich nicht innerlich schon das Kotzen bei seinem noch unangemesseneren lüsternen Grinsen bekommen.

»Aber, Mylady«, gurrte er. »Ich … gebe zu, die Dame des Hauses ist bereits seit einer Weile verschieden, aber ich weiß nicht, ob ich …« Er strahlte, während er sich räusperte, und richtete sich auf. »Darf ich fragen, wofür?«

Ich verdrehte die Augen. »Weil ich total scharf auf deinen runzligen Schwanz bin, was sonst?«

Wow! Jetzt zeigte sein Gesicht einen mir bis dahin unbekannten Rotton. »Wa … was habt Ihr gerade …?«

»Schätzchen! Da bist du ja!«

Der charmanten Stimme folgten zwei charmante laufende Meter in Seide gehüllte Muskeln. In einem schmeichelnden Kleid und elegant frisiert schob Agne ihren repräsentativen Körper zwischen den Richter und mich. Dann packte sie meinen Arm, gerade fest genug, um mich wissen zu lassen, dass sie ihn nach Belieben brechen konnte.

»Ich habe überall nach dir gesucht.« Sie drehte sich zu Keltithan herum. »Ich hoffe, meine Gefährtin hat Euch nicht beleidigt, werter Richter«, hauchte sie zuckersüß.

»Sie hat gerade etwas gesagt, das in der Hauptstadt Grund für ein Duell wäre«, knurrte Keltithan finster.

»Ach, ich weiß, ist sie nicht schrecklich?« Sie wedelte mit den Fingern und lächelte ihn neckisch an. »Sie stammt von der dunklen Seite von Cathama, wisst Ihr? Der Sinn für Humor dort ist einfach schrecklich schlüpfrig, stimmt's?« Sie nahm Keltithans Hand und drückte sie. »Ihr tragt doch den Orden des Hochgeschätzten Hauptstädters, stimmt's, Ser? Dann kennt Ihr doch die Anzüglichkeiten dieser dunklen Seite?«

Keltithan blinzelte und schüttelte den Kopf, als wüsste er nicht, wie ihm geschah. Mir ging es genauso.

»Aber ja, selbstverständlich«, sagte er. »Da unten ist es sch… schrecklich anzüglich. Aber trotzdem …«

»Ich stimme Euch vollkommen zu. Aber abgesehen von diesen Anzüglichkeiten muss natürlich die Form gewahrt bleiben. Dennoch, Ihr werdet ihr einen misslungenen Witz nicht verübeln.« Sie trat einen Schritt dichter zu ihm und schmollte. »Sie ist meine einzige Freundin hier, Ser. Bitte erlaubt mir, sie zurechtzuweisen, statt sie einfach hinauszuwerfen, damit ich nicht ganz allein hier bin.«

Keltithan blickte von mir zu Agne, lächelte und hob ihre behandschuhte Hand zu einem Kuss an seine Lippen.

»Mein hinreißende Rehlein, ich würde es mir nicht verzeihen, wenn ich deine Bitte nicht erfüllen würde.«

Verflucht! Sie war wirklich die Charmante von uns.

Agne verbeugte sich tief, bevor sie mich fast von den Füßen riss, so eilig hatte sie es, mich von ihm wegzubringen. Dann riss sie mich an ihre Brust.

»Was verdammt machst du da?«, knurrte sie mir ins Ohr.

»Ich war stilvoll.« Wir kamen an einer eleganten Dame vorbei, die zu langsam reagierte, um zu verhindern, dass ich ihr das Weinglas aus der Hand riss. »*Verfickt,* wie du gerne sagst, stilvoll.«

»Wir sollen eine Möglichkeit finden, die anderen hereinzuholen«, flüsterte sie. »Es ist nicht hilfreich, wenn du dich dabei so verdächtig verhältst.«

»Ich? Was ist mit dir?«

»Was soll mit mir sein?«, zischte sie aufgebracht.

Ich deutete in den Saal auf eine Schar von etwa einem Dutzend Männer, die sie bewundernd anglotzten. Sie lächelte, winkte ihnen verführerisch zu und löste sofort eine erregte Diskussion darüber aus, wem diese Geste gegolten hatte.

»Das ist etwas anderes«, antwortete sie.

»Ach ja? Und wieso, bitte?«

»Weil ich die Aufmerksamkeit einer Vielzahl von Leuten auf mich ziehe, damit sie nicht bemerken, wie du nach einem Platz für ein Portal suchst, was du eigentlich machen solltest.« Sie zog die Handschuhe glatt. »Außerdem sehe ich eben hinreißend aus, dagegen kann ich nichts machen.«

Ich wäre gern sauer auf sie gewesen, aber sie sah wirklich hinreißend aus.

»Was verdammt spielt das für eine Rolle?«, zischte ich und deutete auf die Oyakai. »Diese Viecher stehen wie auf dem Präsentierteller. Wie wollen wir sie unbemerkt entführen?«

Sie wischte meine Bedenken beiseite. »Mach dir darum keine Sorgen. Jero erledigt das.«

»Und wie?«

»Es gibt einen Plan.«

»Was für einen Plan?«

»Ich … kenne ihn ehrlich gesagt nicht.« Agne seufzte und ließ den Blick über die Gäste schweifen. »Zwei-Einsame-Alte-Männer ist ein Freimacher, ein Maschinist. Er setzt die beweglichen Teile zusammen, damit die Maschine funktioniert. Die Teile selbst kennen ihre Funktionen nicht, aber wenn die Maschine arbeitet, haben sie ihre Arbeit getan.«

»Das wäre eine Mega-Metapher, wenn wir tatsächlich Zahnrädchen wären und nicht zwei Frauen, die massakriert werden, wenn das hier schiefgeht«, knurrte ich. »Was weitaus wahrscheinlicher ist, weil wir den Plan nicht kennen.«

Agne suchte konzentriert nach einer Antwort, scheiterte, legte mir die Hand auf die Schulter und seufzte.

»Ich bringe dich hier raus«, sagte sie dann. »Ganz gleich, was passiert. Das verspreche ich dir.«

Sie blickte über die Schulter zum hinteren Ende des Bankettsaals. Zwischen den Säulen hingen Vorhänge, aber in dem Halbdunkel erkannte ich die Umrisse von Möbeln. Hier hielten sich nur Paare auf, die den Schatten suchten. Die meisten von ihnen waren entweder so trunken vom Wein oder voneinander, dass sie nicht einmal den Knall einer Kanone registriert hätten, geschweige denn mich.

»Das ist die Stelle«, flüsterte Agne. »Ich habe sie die ganze Nacht beobachtet und niemanden dorthin gehen sehen, nicht einmal die Bediensteten.«

»Das erhöht aber die Wahrscheinlichkeit, dass es jemandem auffällt, wenn dann tatsächlich jemand dorthin geht.«

»Darum kümmere ich mich«, antwortete sie.

»Wie?«

»Ich würde es dir sagen«, sie zwinkerte mir zu, »aber dann würdest du nur wütend werden.«

Mit diesen Worten drehte Agne sich auf dem Absatz herum und ging elegant in die Mitte des Ballsaals. Sie sah sich um, ließ ihr Glas zu Boden fallen und klappte dann zusammen.

»Ach du liebe Güte.« Sie hob kaum die Stimme. Genauso gut hätte sie in ein Kriegshorn stoßen können.

Aus der Vielzahl der Gäste stürmte eine erstaunliche Anzahl von Männern und nicht wenigen Frauen auf Agne zu. Junge, vielversprechende Magier, alte Veteranen, elegante Würdenträger – sie alle brachten sich fluchend fast gegenseitig um bei dem Versuch, Agne hochzuhelfen.

Bevor sich die Traube um sie versammelte, konnte sie mir gerade noch lächelnd zuzwinkern. Ich antwortete mit einem bösen Blick. Sie war eine Belagerungsmagierin! Und dann fiel sie einfach hin und erregte damit die Aufmerksamkeit jedes geifernden Mannes? Was für eine Vogelkacke … Ich war wütend.

Und es bedeutete, dass niemand mich beachtete, als ich an den in unterschiedlichen romantischen Positionen verharrenden Körpern vorbeieilte und hinter den Vorhängen verschwand.

Und in einem Raum voller Geister landete.

Meine Hand zuckte zu meiner Hüfte, als ich sie sah. Sie tauchten aus der Dunkelheit auf, Dutzende Gestalten, und mir verschlug es den Atem, während ich nach meiner Waffe suchte. Etwa als ich realisierte, dass ich sie nicht dabeihatte, begriff ich, dass die Figuren sich nicht bewegten.

Es waren Möbel, zugehängte Spiegel. Die Schatten hatten mir eingeredet, dass sie sich bewegten. Sie taten es nicht.

Sie sind nicht real, sagte ich mir und atmete langsamer. *Diese Geister sind nicht …*

»Ich vermisse dich.«

Eine Stimme flüsterte mir ins Ohr, und ich fuhr herum. In der Dämmerung sah ich eine Figur dort stehen, eine unverhüllte Frau, die mich in der Dunkelheit anstarrte.

Ich erwiderte den Blick und wartete darauf, dass sie sich bewegte. Tat sie nicht. Vielleicht war sie nur ein Geist, aber ich konnte sie nicht ignorieren. Als ich mich ihr näherte, erkannte ich Einzelheiten – ihre weiblichen Formen, sanfte, sich bewegende Lippen, zwei Augen. Traurige Augen.

Ich erstarrte, bis ich erkannte, dass diese Augen ebenso wie die Kurven und die Lippen aus Stein bestanden. Eine Statue! Die mit einer sonderbar leblosen Stimme flüsterte.

»Ich werde immer bei dir sein.«

Eigentlich hatte ich mir mehr Geschrei und Geballer vorgestellt, wenn es so weit war, dass ich durchdrehte.

»Eine Tonne Metall.«

Ich wirbelte herum. Die Frau, die hinter mir stand, war keine Statue, sondern aus Fleisch und Blut. Funkelnd violette Augen blitzten im Dunkeln.

Ich fuhr überrascht zusammen, doch sie achtete nicht auf mich. Sie hatte die Hände hinter dem Rücken gefaltet und stellte sich neben mich. Sie hielt sich kerzengerade, ihr Gang war sehr zielstrebig, und sie wirkte angespannt. Als erwartete sie, eine von uns, ich oder die Statue, würde gegen sie kämpfen.

»Zweihundert dafür, dass die Statue ihr Ebenbild wurde, achthundert für den Opernsänger, um ihre Stimme nachzuahmen«, flüsterte sie und studierte die Statue. »Am teuersten war der Bannwirker, der sie verzauberte. Das kostete eintausend.«

Sie hob die Hand in dem weißen Handschuh und fuhr mit den Fingern über die Lippen der Statue. Ihre violetten Augen waren zu wütenden Schlitzen zusammengezogen.

»Zwei Regimenter mit den neuesten banngeschriebenen Waffen ausgerüsteter Soldaten, genug, um jede Festung in jedem umkämpften Gebiet zu halten.« Sie ließ die Hand sinken. »Das ist dem guten Richter seine Reue wert.«

»Reue?«

Sie richtete ihren scharfen Blick auf mich, und in dem dämmrigen Licht konnte ich nur Fragmente von ihr erkennen.

Ihr imperial weißes Haar war kurz geschoren. Die eleganten Stiefel und die Hose betonten die schlanke, muskulöse Figur, die ihr Militärmantel zu verhüllen suchte. Sie war klein, schlank – und gefährlich.

»Die verstorbene Lady yun Attoro«, sagte sie. »Getötet, als Revolutionäre eine Garnison am Rand des Tales überrannten. Er hat die Statue ›zu ihrem Andenken‹ anfertigen lassen.«

Ich blickte auf die Statue. »Wie romantisch.«

»Nutzlos.« Sie betrachtete den Stein, als suchte sie nach einem Makel. »Er hätte sie ehren können, indem er im Dienst blieb, indem er dem Imperium half, indem er kämpfte. Keltithan misst wie diese anderen übersättigten Gockel da draußen ihren Wert nur in Dingen, die sie sehen können, in Trophäen und Balladen, wie gemeine Vagranten.«

»Und wie sollte ein Krieger seinen Wert bemessen?«

»Den Wert eines Kriegers bemisst man nur auf eine Art.« Sie legte die Hand auf den Griff ihres Schwertes. »Darin, wie viele Leben seine Klinge gerettet hat.«

Ich brummte. Ihr Blick zuckte zu mir. »Du bist anderer Meinung?«

Ich räusperte mich. »Nicht, was die Theorie betrifft.«

»Sprich weiter.«

Ihr Tonfall sagte mir, dass Widerspruch eine schlechte Idee wäre. Was mich noch nie aufgehalten hatte.

»Was du sagst, ist richtig und edel, wirklich«, fuhr ich fort. »Ich kann weder logisch noch emotional einen Haken finden. Und doch …«

Ihr Blick schien mich zu durchbohren. Aber ich sah die Statue an, betrachtete ihre steinernen Augen, die auf irgendeinen fernen Horizont gerichtet waren. Ich hätte gern gewusst, welche Wahrheit sie dort in der Dunkelheit sah.

»Ich kann verstehen«, seufzte ich, »wenn jemand nicht loslassen kann.« Ich lächelte die Frau neben mir traurig an. »Das passiert jedem irgendwann.«

Sie runzelte die Stirn, und ihr Blick veränderte sich, wurde forschend und verwirrt. »Machst du …« Sie kratzte sich den Nacken. »Flirtest du mit mir?«

Ich erwiderte ihr Blinzeln. »Bist du besoffen?«

Sie riss die Augen auf, und plötzlich verwandelte sie sich von einer gefährlichen Kriegerin in eine verlegene Frau, die den Kopf schüttelte und beschwichtigend die Hände hob.

»Oh! Aber nein. Verzeihung, Madame. Ich dachte nur …« Sie seufzte und sah mich dann fast schüchtern an. »Das ist seit langer Zeit mein erster Besuch in einer Stadt. Ich … parliere nicht …« Sie räusperte sich. »Nicht viel.«

Ich hob eine Braue. »Du warst an der Front?«

Sie grinste. »Was hat mich verraten? Mantel? Schwert?«

»Und deine Worte über Krieger und Waffen.«

»Verstehe. Jedenfalls ist deine Annahme korrekt, Madame.« Sie nahm meine Hand, verbeugte sich steif und drückte ihre Stirn auf meine Finger. »Velline ki Yanatoril, Schwert der Imperatrix, zu deinen Diensten, Mylady.«

Ich grinste unwillkürlich. Solch geschwollenen Formalitäten begegnete man normalerweise nur in der Oper. Was sage ich, diese Geste war in Cathama schon seit hundert Jahren nicht mehr üblich. Ich kam mir dadurch etwas weniger wie eine Infiltratorin vor und mehr wie … Ich weiß nicht. Etwas Besonderes?

»Du ehrst mich, Madame«, antwortete ich, als sie meine Hand losließ. Ich blickte auf die Feiernden jenseits der Vorhänge. »Aber ich glaube, die Armee würde es vorziehen, wenn du da draußen einflussreichere Leute ehrtest.«

Sie knurrte unwillig. »Wenn es nach mir ginge, wäre ich an der Front, statt meine Zeit mit überteuertem Wein und überschätzten Menschen zu verbringen.«

Mein Blick fiel auf das Schwert an ihrer Hüfte, und ich glotzte unwillkürlich darauf. Ich erkannte das dunkelviolette Schimmern des Eisens. Das war eine imperiale Waffe, die einem mit viel Pomp von der Imperatrix persönlich verliehen wurde.

Und das auch nur, wenn man mindestens einen Ozean von Blut für sie vergossen hatte.

»Aber wie die ehrenwerten Generäle mir versichern«, fuhr Velline fort, »lässt nur Geld unsere Armee marschieren. Diese aufgeblasenen Adeligen lieben es, dem Krieg so nah zu kommen wie nur möglich, ohne sich die Hände zu verbrennen.«

Sie deutete auf die verhüllten Möbel. »Deshalb flüchtete ich mich zu Keltithans weniger beeindruckenden Trophäen. Das perfekte Versteck.« Sie lächelte mich an. »Obwohl ich die Gesellschaft einer Kriegerin nur zu gern teile.«

Ich hätte vor Schreck fast den Wein vergossen. Ich räusperte mich, grinste albern und klimperte mit den Wimpern, was hoffentlich nicht zu unheimlich wirkte.

»Aber Madame«, flüsterte ich. »Ich bin nur eine Reisende aus der Hauptstadt, die ihr Bestes versucht …«

»Ich werde dich nicht verraten, keine Sorge«, unterbrach mich Velline. »Ich würde dich eher den Vögeln zum Fraß vorwerfen als diesen Gecken da draußen.«

Ich lächelte, bis es mir zu anstrengend wurde. Seufzend trank ich einen Schluck Wein. »Woran hast du es gemerkt?«

Sie deutete auf die Stelle auf ihrer Wange, wo ich eine Narbe hatte. »Deine Verletzung kräuselt sich, wenn du lächelst. Jemand anderem dürfte das kaum auffallen.«

Nur, dachte ich mit einem Blick auf ihr Schwert, *wenn er selbst schon einmal eine solche Wunde geschlagen hat.*

»Tut es weh?«

Ich blinzelte. »Was?«

»Schmerzt sie noch?« Ihr Blick war immer noch aufmerksam, aber nicht mehr so scharf.

Es wäre klug gewesen zu lügen, dann hätte ich hier verschwinden und zu Ende bringen können, weswegen ich hier war. Aber das tat ich nicht. Ich sah sie an. »Jeden Tag.«

Sie nickte und legte ihre Hand auf die Seite. »Meine auch. Es ist schon zehn Jahre her, aber manchmal wache ich auf und habe das Gefühl, ich hätte sie gerade erst bekommen.«

Zehn Jahre. Und sie sieht kaum älter aus als … Fünfundzwanzig? Wie lange kämpft sie schon?

»Wo?«

»Am Grünfluss. Meine erste Schlacht«, antwortete sie. »Am Rand dieses Tales.« Sie starrte in die Ferne. »Die Wunden der Kämpfe um dieses Land sind noch zu frisch und die Revolution zu frech. Sie könnten uns jederzeit überrennen.«

»Überrennen? Wen?«

Sie sah mich an. »Alle. Jeden imperialen Bürger, der auf der Suche nach Ruhe vor dem Krieg, den Kämpfen und dem Hass, die jeden Flecken dieses Landes verseuchen, hierhergekommen ist. Die Labsal ist voll von diesen Menschen.«

Ich dachte an unsere Besprechung im Keller und an die Karte. Die Labsal, hatte Tuteng die Gegend genannt. Es war das Land, über das wir die Eiserne Flotte umgelenkt hatten. Und das war voller imperialer Bürger? Warum schickte das Imperium Bürger an Orte, in denen kurz zuvor noch Krieg getobt hatte? Alles vernünftige Fragen, aber mich interessierte nur eine: *Warum hat Zwei-Einsame-Alte-Männer mir das nicht gesagt?*

»Deshalb wimmelt es in Terassus in letzter Zeit von Adligen.« Velline seufzte. »Die Imperatrix hält Labsal reif für Besiedlung. Und die Gecken da draußen wollen unbedingt expandieren und die Beute ernten. Sie werden das Land kaufen, es besiedeln und dann viel Geld für wenig Platz verlangen.« Sie lächelte. »Aber es zu verteidigen, das obliegt uns.«

»Uns?«

Sie lächelte. »Ich bin keine Ein-Frau-Armee, leider. Ich habe Hilfe …«

»He! Da drüben! Ich hab sie endlich gefunden!«

Die lauten Rufe erschreckten mich. Ich wirbelte herum und griff nach einer Waffe, die ich nicht hatte. Die Vorhänge teilten sich, und ich sah ein Eisen. Ich ballte die Faust, bereit für den unvermeidlichen Kampf.

»Ganz ruhig.«

Bevor ich zuschlagen konnte, hatte Velline meine Hand gepackt. Unwillkürlich atmete ich ruhiger.

»Ganz ruhig«, flüsterte sie. »Sie sind meinetwegen hier.«

»Sie« war groß, schlank und muskulös. Das konnte ich sehen, weil ihr Kleid so viel von ihrer Haut entblößte, dass sie nackt vielleicht anständiger ausgesehen hätte. Ihr goldblondes Haar umrahmte in einer wilden Mähne ihren Kopf. Sie trat grinsend zu uns.

»Hauptmann!« Die Frau brüllte förmlich. »Man sucht dich da draußen! Jeder Geck von Terassus will …«

»Shenazar.« Vellines Stimme klang autoritär, und sie ließ meine Hand los. »Sind wir in der Schlacht?«

Die Frau blinzelte verwirrt. »Wir … Nein?«

»Hast du vor, jemanden umzubringen?«

»Im Augenblick … nicht.«

»Warum hast du blankgezogen?« Velline sah sie scharf an.

»Ach, komm schon, Hauptmann.« Shenazar hob ihre Klinge – eine imperiale Klinge. Die Frau bekleidete einen hohen Rang. »Was nützt ein Schwert, wenn man damit nicht herumfuchteln kann? Außerdem, jedes Mal, wenn ich das Ding zücke, drückt mir jemand ein Glas Wein in die Hand.«

Velline sah sie böse an. »Wie viel hattest du?«

»Sechs …« Sie versuchte sich genauer zu erinnern. »Zehn?«

»Du rührst keinen Tropfen mehr an.«

»Was?« Die Miene der Frau schlug von Verwirrung in Zorn um. »Aber Hauptmann …«

»Ich habe dich gewarnt.« Ein anderer »sie« trat durch den Vorhang. »Die Lobhudeleien dieser Gecken ist es nicht wert.«

Ein Mann. Ein eleganter Körper in einem eleganten Mantel und einer eleganten Hose, dessen schwarzes Haar perfekt frisiert war und dessen Gesichtszüge so ebenmäßig waren, dass er langweilig aussah.

Offenbar beruhte die Einschätzung auf Gegenseitigkeit, denn er musterte mich gleichgültig. Verübeln konnte ich es ihm nicht. Neben ihm sah ich schäbig aus.

Er war makellos, jedenfalls solange man die unnatürliche Knochenplatte übersah, die aus seiner Stirn ragte.

»Trotzdem, Hauptmann«, näselte er, »wurde deine Abwesenheit bemerkt. Der gemeine Pöbel …«

»Dalthoros!«, warnte Velline ihn.

Dalthoros verdrehte die Augen. »Schön, der vornehme Pöbel verlangt lautstark nach deiner Rückkehr.« Er deutete auf Shenazar. »Wenn du also so nett wärst, deine loyalen Untergebenen von der Pflicht zu befreien, sie zu amüsieren?«

»Also gut.« Velline seufzte und deutete auf mich. »Aber ich habe die Ehre, Euch …«

»Bitte, Hauptmann.« Dalthoros drehte sich um und ging hinaus. »Wenn ich noch mehr aufgeputzte Nichtse begrüßen muss, verliere ich vielleicht meine Liebenswürdigkeit.«

»Ja.« Shenazar steckte ihr Schwert weg und folgte ihm. »He, es gilt doch nicht, wenn Dal mir seinen Wein gibt?«

»Du wirst dieses Schwert brauchen, wenn du mir mein Glas wegnehmen willst.«

Velline folgte den beiden mit einem deutlich missbilligenden Blick. Dann schloss sie die Augen, holte tief Luft und schnaubte.

»Vermaledeite Magier«, flüsterte sie, bevor sie sich zu mir umdrehte. »Pardon. Die Teufelsbraten quengeln nach meinen Diensten. Trotzdem möchte ich zuvor deinen Namen erfahren.«

»Sal«, platzte ich heraus.

»Sal.« Sie ließ den Namen über die Zunge rollen, als hätte er einen besonderen Geschmack. Dann lächelte sie. »Ich bin erfreut, dass wir uns heute Abend begegnet sind. Bitte warte nicht zu lange damit, mich erneut aufzusuchen.«

Mit einer knappen Verbeugung drehte sie sich auf dem Absatz herum und verschwand. Ich blieb im Dunkeln zurück, gequält von einer Frage.

Warum hast du ihr deinen richtigen Namen genannt?

Ich schüttelte den Kopf.

Der Wein! Er machte einen nachlässig und sorglos. Whiskey dagegen sorgt nur dafür, dass du Leute schlägst und schlechte Verse schreibst.

Velline hatte meine Narbe bemerkt und kannte jetzt auch meinen Namen. Vielleicht brauchte sie eine Stunde oder einen Tag, aber sie würde zweifellos herausfinden, wer ich war. Was die ganze Operation erheblich komplizierter machte.

Wieso, fragte ich mich, hatte ich eigentlich meine Waffe ablegen müssen, wenn ich die ganze Sache sowieso vermasselte? Ich hatte keine Zeit, lange darüber nachzudenken. Also leerte ich mein Weinglas und schob eine Hand in mein Kleid. Dann zog ich das Stück roter Kreide aus der kleinen eingenähten Tasche in der Taille und vergewisserte mich mit einem Blick, dass keine weiteren unerwarteten Gäste sich hier herumdrückten. Ich ging in den hinteren Teil des Raums zu einer Stelle zwischen zwei besonders abstoßenden Statuen.

Mit einem Lappen wischte ich die Holzwand sauber, nahm die Kreide und zog damit ein Rechteck, das groß genug war, um einen

Mann durchzulassen. Auf der Kreide glühten Urdas winzige Sigillen auf, als ihre Magie zum Leben erwachte.

Portale waren eine heikle Angelegenheit. Man konnte nicht ohne gewisse Vorsichtsmaßnahmen auf die Gesetze von Zeit und Raum scheißen. Um eine sichere Ankunft zu gewährleisten, musste das Portal perfekt auf einer sauberen Oberfläche mit Bannschrieb-Kreide gezeichnet werden. Ein kleiner Fehler entschied, ob das Portal funktionierte oder zusammenbrach und jeden, der es benutzte, auf ewig darin gefangen hielt.

Nachdem ich alles richtig gezeichnet hatte, klopfte ich zweimal darauf. Nichts rührte sich. Ich runzelte die Stirn und klopfte wieder, und wieder antwortete niemand. Zehn Minuten lang ging das so, und ich fragte mich, ob ich alles richtig gemacht hatte, als ich ihr Lied hörte.

Das Lied der Lady Merchant klang sehnsüchtig durch den Chorus der Magie, der im Bankettsaal tobte. Als das Portal zum Leben erwachte, geschah das eher dezent, in einem matten violetten Schein, der langsam stärker wurde.

Aus dem Yria sprang. Keuchend und mit Blut bedeckt.

»Yria?« Sie fiel aus dem Portal und stürzte japsend auf den Boden. Ich half ihr hoch. »Was verfickt ist passiert?«

Mit blutüberströmter Hand packte sie meinen Arm. Sie hatte ein Auge aufgerissen, das andere zusammengekniffen, weil das Blut aus einer Schnittwunde in der Stirn hineinlief.

»Wir haben ein voll *verficktes* Problem!«, stieß sie atemlos hervor.

21. KAPITEL

DAS KLEINE PARADIES

Dekadenz!« Lautes Heulen gellte durch die Nacht. Hundert Fackeln wurden erhoben. »Selbstgefälligkeit!« Schwerter folgten, Eisen, das in den Himmel gereckt wurde, als könnte man damit die Sterne herausschneiden. »Magie!«

Und dann fingen sie an zu schreien.

Es mussten Hunderte sein. Sie warfen die Köpfe in den Nacken, und die roten Augenbinden flatterten, als sie wütend brüllten. Sie schwangen Waffen und Fackeln, ritzten sich blutige Zeichen in die Haut und fügten sich Verbrennungen zu, um ihre Schmerzunempfindlichkeit zu demonstrieren. Nach wenigen Sekunden waren die Steine des Platzes blutgetränkt, und der Himmel loderte von Feuer und Fanatismus.

Nicht zum ersten Mal verschworen sich die guten Menschen von Eden, um alles zu vermasseln.

Die blutigen und mit Augenbinden geschmückten Menschenmassen richteten ihre blinden Blicke auf die Mitte des Platzes. Ein primitives Abbild eines Menschen überragte sie. Es bestand aus verfaultem Holz und Knochen und wurde von dem gehörnten Schädel einer frisch geköpften Bestie gekrönt, an dem noch Sehnen und Knorpel hingen. Sieben Meter erhob es sich hoch in den Nachthimmel, stumm und regungslos. Man hätte die knorrige Alte zu seinen Füßen fast übersehen können …

»Die Zeit ist gekommen, die Sünde aus dieser Stadt herauszubrennen!«

Wenn sie nicht die ganze Zeit gekreischt hätte.

Die Blinde Schwester schien die Menge der Fanatiker vor sich zu mustern. In den leeren Augenhöhlen brannte das Hexenfeuer der dunklen Macht, die ihr Gott ihr gegeben hatte und die durch ihre Adern floss. Sie hob einen vergammelten Stab und rezitierte weiter mit ihrem verfaulten Mund.

»*Eure lange Mühsal innerhalb dieser Mauern!*«, kreischte sie. »*Wo ihr am Gestank des Exzesses erstickt seid, euch danach sehntet, den sauberen Duft von Asche zu atmen, ist zu Ende! Freut euch, Brüder, denn heute Nacht werden wir … !*«

Sie sagte noch mehr, aber ich hörte nicht mehr hin. Wenn man gegen so viele Edener gekämpft hat wie ich, kennt man ihre Rhetorik bis zum Überdruss. Es geht ums Verbrennen, Morden, Sündigen und so weiter. Welche dunkle Magie der Sehende Gott seinen Anhängern auch gegeben haben mag, er hielt es offenbar nicht für nötig, ihnen differenziertere Möglichkeiten in puncto Aufstachelung zur Gewalt zu verleihen.

Außerdem war ich nicht ihretwegen hier.

Zwischen den Rauchwolken hing jemand zusammengesunken an einem Pfahl. Er trug andere Kleidung als bei unserem letzten Zusammentreffen, und sein Gesicht war von Blutergüssen und Blut gezeichnet. Trotzdem erkannte ich ihn. Es war Jero.

Zerschlagen. Blutig. Atemlos.

Er wurde nur von den Seilen gehalten, hatte den Kopf gesenkt und rührte sich nicht. Ich wusste nur, dass er lebte, weil die Edener ihrem Gott niemals totes Fleisch opfern.

Was bedeutet, ich musterte die Masse der johlenden blutroten Teufel, *dass er nicht mehr lange lebt.*

Außerhalb von Eden scharen sich die Jünger des Sehenden Gottes nur in kleinen Gruppen zusammen, um eine Entdeckung durch solche Mächte zu verhindern, welche Wahnsinnigen, die dazu neigen, Menschen bei lebendigem Leib zu verbrennen, eher skeptisch gegenüberstehen. Sie versammeln sich nur aus zwei Gründen in so großer Zahl: um zu beten oder Leute abzuschlachten. Was sie gern auch kombinierten. Was auch immer sie jedoch hier vorhatten, sie würden zuerst ihrem Gott ein Opfer bringen. Was eine Frage aufwarf …

»Wie konnte das passieren, verfickt?«

Ich drehte mich zu Yria herum, die hinter mir hockte und einen Lappen auf ihre Stirnwunde presste. Sie sah mich finster an.

»Wie verfickt soll das schon passiert sein, Lady Schminkfresse?«, knurrte sie. »Was denkst du denn: Sie haben uns die Scheiße aus dem Leib geprügelt!«

Ich hob die Hand, damit sie leise sprach. Ich glaubte zwar nicht, dass jemand uns in diesem Gebrüll hören konnte, aber Yria hatte halt diese alles durchdringende, grelle Stimme.

Das kleine Paradies, wie man diesen Slum aus baufälligen und ausgebrannten Ruinen nannte, war ein Überbleibsel aus dem Krieg. Als die Revolution die Stadt bombardiert hatte, waren die Bewohner geflüchtet, und es war offenbar als nicht so dringend erachtet worden, den kleinen Platz neu aufzubauen, als einen dritten Garten für irgendeinen Adeligen anzulegen. Also ließ man die Ruinen einfach verfallen. Für übergeschnappte Fanatiker waren sie genau das Richtige.

Die ohnehin schon baufälligen Häuser waren von den Edenern noch weiter zerstört worden. Sämtliches Holz war für die Feuer gesammelt worden, die sie so liebten und die überall auf dem Platz brannten. Die Gebäude, die noch intakt waren, wurden bewacht und als Waffenlager benutzt.

Yria hatte Glück gehabt, ein Gebäude zu finden, das genug Schutz für ein Portal bot. Aus diesem Gebäude beobachteten wir die Vorgänge durch ein zerbrochenes Fenster.

»Während Agne und du den Adligen den verfickten Hintern geküsst habt«, sagte sie, »haben Jero und ich uns um den anderen Teil der Aufgabe gekümmert. Wir wollten diese aschelutschenden Hurensöhne nur beobachten und wieder verschwinden. Nur haben wir nicht erwartet …«

»Labt euch an seinem Segen!«

»Ja.« Yria deutete in Richtung der Blinden Schwester. »Jeros Verkleidung funktionierte wie üblich, als …«

»Wie üblich?«, unterbrach ich sie. »Wie oft war Jero hier? Und was hat er hier gemacht?«

»Dieser Teil des Plans geht mich nichts an«, erwiderte Yria missgelaunt. »Ich hab keine verfickte Ahnung, was passiert ist, aber diesmal haben sie ihn durchschaut. Diese augenlose Hure hat uns mit ihren Augenhöhlen angestarrt, als hätten wir uns Schwänze aufs Gesicht gemalt.«

»Die Blinden Schwestern wittern Magie.« Ich blickte aus dem Fenster. »Aber darüber hinaus sind sie blind. Sie können eine normale Verkleidung nicht erkennen.«

»Diesmal schon!«, knurrte Yria mich an. »Wäre nett gewesen zu wissen, dass sie ein paar neue Tricks gelernt haben.«

»Ja, wäre es.« Ich sah sie böse an. »Es wäre auch nett, sämtliche Details von den Vorfällen hier zu erfahren. Woher sind die Edener gekommen? Was habt ihr hier versucht?«

»Sie auszuspionieren, wie ich schon sagte.«

»Aber warum? Was ist dieser andere Teil des Plans?«

Yria warf mir den Blick zu, den man dafür reserviert, wenn man nach einer mit Whiskey durchzechten Nacht zu seinem Erstaunen in einem Schweinekoben aufwacht.

»Weiß ich nicht.« Sie kratzte sich am Kopf. »Zwei-Einsame-Alte-Männer hat nur Jero gesagt, was er mit diesen verfickten Verrückten machen soll. Ich sollte nur die verfickten Portale öffnen.«

Und meine Aufgabe bestand darin, einen Ort für das Portal zu finden. Zwei-Einsame-Alte-Männer hatte keinem von uns beiden mehr erzählt, und die einzige andere Person, die seinen ganzen Plan kannte, würde gleich verbrannt werden.

Warum? Der Gedanke kam mir unwillkürlich. *Wenn dieser verfickte Plan das Imperium und das beschissene Eden einschließt, warum hat er uns das nicht gesagt? Warum vertraut er uns nicht? Und was sonst verschweigt er … ?*

Darüber nachzudenken, wäre zweifellos frustrierend gewesen, aber ein unverkennbarer Geruch überwältigte mich plötzlich. Er überlagerte den Gestank von Asche und Glut wie ein Fliegenschwarm eine Leiche.

Es schmeckte kupfern in meinem Mund und malträtierte meine Sinne und kochte mein Gehirn, als er mir in die Nase stieg. Ich hielt mir die Nase zu, denn ich kannte diesen Gestank. In jener Nacht hatten ganze Städte gebrannt.

Ich warf einen Blick aus dem Fenster und sah es: rot gefärbte Rauchwolken stoben von den Feuern auf, um die sich die Edener kauerten, waberte in ihre Gesichter, und sie atmeten die roten Wolken ein.

»Fick mich«, flüsterte ich. »Das ist Feuerlunge.«

»Was verfickt ist das? Eine Droge?« Yria schnaubte. »Wieso habe ich noch nichts davon gehört?«

Vermutlich, weil es eine unglaublich seltene, unglaublich kostspielige und unglaublich, wirklich *un-glaub-lich* giftige Alchemie war, deren Geheimnis nur die Edener kannten und die sie nur nahmen, wenn sie in den Krieg zogen. Feuerlunge sorgte dafür, dass ein Mensch keinen Schmerz empfand, kein Mitleid und keine Furcht. Sie verwandelte Waschlappen in sehr, sehr tödliche Krieger.

Jedenfalls in den wenigen Stunden, die die Droge brauchte, bis ihnen davon der Schädel platzte.

Ein Hauch davon konnte das Schlachtenglück wenden. Und sie inhalierten Scheffel davon. Das heißt, sie erwarteten eine Schlacht, kein einfaches Gemetzel.

»Was ist dieses Riesending mit dem Riesenholzschwanz, an dem sie da herumzerren?«

Der gehörnte Schädel des Abbilds ragte über die Hausdächer hinaus. Es war so groß, dass sie es mit Seilen stabilisieren mussten. In der hölzernen Brust pulsierte ein Feuer wie ein Herz. Und in dessen Schein sah ich die Leichen.

Männer und Frauen. Sie waren auf Holzpfähle aufgespießt, die aus seinem Holzkörper herausragten. Morbider Schmuck, der seine rote Farbe auf den primitiven Körper ergoss.

Ich wusste nicht, wie es den Edenern gelungen war, dieses Ding unbemerkt zu errichten. Oder wofür es gut sein sollte. Ich wusste nicht, wie sie an diese Drogen gekommen waren, die Waffen, und wieso so viele von ihnen hier waren.

Aber ich wusste, was sie vorhatten.

Das war keine ihrer üblichen Kriegsorgien, bei denen sie im Namen des »Fegefeuers« herumrannten, alles kaputt schlugen und hilflose Zivilisten abschlachteten. Sie wären nicht so zahlreich und so gut bewaffnet hier, wenn sie nicht gegen einen Feind antreten wollten, der zurückschlagen konnte.

»Das Imperium.« Die Zusammenhänge trafen mich wie ein Ziegelstein. »Sie wollen das verfickte Bankett angreifen!«

»Im Ernst?« Yria warf einen Blick über das Fensterbrett. »Dann ist es ja nur gut, dass wir nicht da sind, was?«

»War das ein Teil des Plans?« Ich packte sie an den Schultern.

»Wolltet ihr die Edener aufhetzen? Was verfickt hat er sich dabei gedacht? Was hast *du* dir gedacht?«

Yria blinzelte. »Gute Fragen, das streite ich nicht ab, und ich bekakele sie auch gerne mit dir.« Sie deutete mit dem Daumen auf das Fenster. »Wenn du das willst, solltest du dir aber vielleicht die verfickten Stopfen aus den Ohren ziehen, weil …«

»Bringt das Opfer!«

Jeros Körper sackte vom Pfahl. Zwei Fanatiker schleppten seine schlaffe Gestalt zu dem riesigen Abbild aus Holz und Knochen. Die Blinde Schwester grinste strahlend, als ihre Handlanger ihn an das rechte Bein der Figur fesselten.

»Sehet den Herold unseres Sieges!« Sie streckte ihre knochigen Arme zu dem Abbild hoch. *»Wir schenken Dir einen Körper, o Sehender Gott! Wir schenken Dir Beine zum Gehen! Wir schenken Dir Arme zum Zerschmettern! Wir schenken Dir Augen zum Sehen!«*

Sie streckte eine Hand aus, und ein Fanatiker schob einen grausam aussehenden, gezackten Dolch in ihre Faust. Für Jero.

»Wir schenken Dir Blut für Deine Macht!«

Oh … Scheiße!

Zugegeben, die Feinheiten der Kultur der Edener, ganz zu schweigen von der Rolle, die sie in den Plänen von Zwei-Einsame-Alte-Männer spielten, entging mir, aber das hier kapierte ich nur zu gut.

Es wäre klug gewesen, jetzt wegzulaufen. Es waren zu viele Kämpfer, zu viele Waffen und zu viele aufstachelnde Drogen im Spiel. Es wäre klug gewesen herauszufinden, was verdammt Zwei-Einsame-Alte-Männer vorgehabt hatte. Alles wäre klug gewesen, außer dem, was ich tat.

Ich hielt Yria die Hand hin. »Gib mir dein Messer.«

Sie warf mir einen merkwürdigen Blick zu, folgte der Aufforderung aber trotzdem. Ich wog es in der Hand – es war zu leicht, um echten Schaden anzurichten, aber ich hatte schon mit kleineren Waffen getötet. Sie sah zu, als ich mit dem Messer den Rock meines Kleides abschnitt, und riss die Augen auf, als sie ein nacktes Bein sah.

»Klar.« Yria rieb sich den Nacken. »Ich kenne die Geschichten über dich, die sagen, dass dich so was scharf macht … nur scheint mir das nicht der richtige Moment …«

»Ich schnappe mir Jero, und dann verschwinden wir.« Ich wickelte mir den Stofffetzen ums Gesicht. »Ob du mitkommst, hängt davon ab, ob du deinen Satz beendest oder nicht.«

Sie verdrehte die Augen. »Verfickt aber auch! Sal die verfickte Kakophonie hat einen Plan! Und welche Rolle spiele ich da?«

»Bleib hier.« Ich schlich zur Tür und öffnete sie einen Spalt. »Behalte das Portal im Auge und mach dich bereit, es in der Sekunde zu schließen, in der wir hindurchtreten und ...« Argwöhnisch betrachtete ich das dicke Armband an Yrias Handgelenk. »Ist das ...?«

Sie grinste, als sie ihre Hand schüttelte. Makellos' faltbarer Schild fächerte sich auf. Verbeult, aber brauchbar.

»Glatter als ein Neugeborenes, oder?«, fragte sie. »Jero hat ihn für mich repariert und – *he*!«

Ich riss ihn ihr vom Handgelenk, schob ihn über meines und prüfte sein Gewicht. Sehr ausgewogen. Gut genug, um jemandem damit den Schädel einzuschlagen. Für gewöhnlich benutzte ich keine Ausrüstung von Revolutionären.

Andererseits, dachte ich, als ich die Hand schüttelte und den Schild zusammenfaltete, *mache ich so einen Scheiß auch normalerweise nicht für Männer.*

»Das war meiner!«, protestierte Yria.

»Ich brauche ihn dringender.« Ich betrachtete sie gelassen. »Und ich habe den Kerl umgelegt, der ihn vor dir hatte. Willst du wirklich darum kämpfen?« Sie verstummte. »Dachte ich mir. Warte auf uns. Du siehst uns kommen.«

»Klar.« Yria verschränkte bockig die Arme. »Ich halte nach einer halb nackten, verrückten Hure Ausschau.« Sie wedelte mit den Fingern. »Mach schon, geh dich amüsieren. Aber glaub bloß nicht, dass ich hier herumlungere, wenn diese Scheiße noch verfickter wird, als sie sowieso schon ist.«

Ich hielt mich nicht lange damit auf, darüber nachzudenken, was das heißen sollte, denn ich wollte möglichst über gar nichts nachdenken. Wenn ich nämlich anfing, nachzudenken, würde ich begreifen, was für eine dämliche Idee es war, wie hoffnungslos unterlegen ich war und dass, selbst wenn ich das hier überlebte, Zwei-Einsame-Alte-Männer mir immer noch nicht alles erzählt hatte, und das bedeutete ...

Da! Ich machte es schon wieder!

Ich dachte nach, statt einfach loszustürmen und mich grausam niedermetzeln zu lassen.

22. KAPITEL

DAS KLEINE PARADIES

Ich schlüpfte aus der Tür und lief geduckt über den Hof. Der Gestank von Feuerlunge sickerte durch das Tuch meiner improvisierten Maske. Ich spürte ein Zucken im Hirn, als die Asche auf meiner Zunge zu brennen anfing.

Aber die Edener bemerkten mich nicht, als ich am äußeren Rand ihrer Versammlung entlangschlich. Ihre Aufmerksamkeit war auf das riesige Götzenbild zwischen ihnen gerichtet.

»Die Stunde ist nah!«

Und auf die Wahnsinnige zu seinen Füßen.

»Das Feuer taucht den Himmel in einen blutigen Farbton, Brüder!«, kreischte die Blinde Schwester. *»Das ewige Auge des Sehenden Gottes ruht auf uns! Bereitet euch vor!«*

Die Edener brüllten wie wilde Bestien und hoben ihren schimmernden Stahl in Richtung des Götzenbildes. Es war verdammt viel Eisen, das da geschwungen wurde.

Es wäre nett gewesen, jetzt eine magische Kanone dabeizuhaben.

Ein Speer war zu unhandlich und ein Schwert zu kurz. Ich betrachtete die Waffen in den Händen der Edener und suchte nach etwas Besserem als dem Gemüsemesser in meiner Hand. *Konzentriere dich. Du brauchst etwas Schweres …*

Da fiel mein Blick auf den bösartigen Kopf einer Axt, der wie ein hässlicher großer Mond leuchtete. Ich lächelte.

Aber hallo, Schönheit.

Ich schlich mich hinter den Edener am Rand der Versammlung, der mich vor Verzückung nicht kommen hörte. Er hatte den Kopf in den Nacken gelegt und heulte, bis ich ihm mit meinem Gemüsemesser die Kehle durchschnitt, es ihm rasch in die Lunge und anschließend in die Leber rammte. Ich hatte mir die Eins-Zwei-Drei-Regel im Kampf gegen Edener gut gemerkt. Rasche Stöße in die lebenswichtigen Organe. Solange ein Fanatiker atmete, kämpfte er auch.

Als er zu Boden stürzte, sah ich mich um. Die Meute ringsum schien das wahnsinnige Gebrabbel der Blinden Schwester für bedeutsamer zu halten als den toten Kumpel. Noch.

Rasch nahm ich die Axt und schwang sie lächelnd. Diese kleine Lady und ich würden eine Menge Schaden anrichten. Ich musste mir nur die schnellste Route durch diese Menschenmenge suchen, rasch, aber sorgfältig vorgehen, und keinen Moment …

»Bringen wir das Opfer dar!«

Gut, also auf die schnelle Tour. Ich hob den Kopf und sah den Dolch in der Hand der Schwester. Und Jero, der auf den Schlag wartete.

Ich rannte los. Die Meute brüllte und kreischte bei der Aussicht auf Gemetzel. Keiner registrierte die Todesschreie, bis ich die Hälfte der Versammelten durchquert hatte.

Wie von Sinnen schlug ich um mich, das Blut spritzte auf die Steine und auf mich. Die Berauschten merkten erst, dass ihnen ein Bein oder ein Arm fehlte, wenn sie die Körperteile benutzen wollten, die Nüchternen …

»Häretiker!«

… waren schneller.

Der Mob kam in Wallung, als sich die Edener gegenseitig massakrierten, weil mich jeder als Erster erwischen wollte. Ich schlug den Schild auf. Schläge prasselten darauf herab, und ich verstauchte mir fast das Handgelenk, wenn ich den Schild gegen ein Kinn hämmerte. Hände zerrten an meiner Kleidung, an meinem Haar.

Ich stürmte weiter und schwang unablässig die Axt.

Die Feuerlunge drang mir in den Mund. Meine Brust brannte bei jedem Atemzug, und mein Blut rauschte in meinem Kopf, von der Droge und dem Gebrüll der Edener, die in immer größerer Zahl auf mich zuströmten. Ich erkannte kaum Gesichter hinter den wahnsinnigen Fratzen, und meine Arme wurden taub vom Schwingen der Axt. Ich dachte nicht und machte weiter. Meine Augen und Gedanken waren ausschließlich auf ihn gerichtet.

Schließlich befreite ich mich aus der Menge. Die Blinde Schwester drehte ihren Kopf in meine Richtung und riss wütend den Mund auf, als der Rand meines Schildes gegen ihr Kinn krachte. Dann packte ich ihre hagere Gestalt, zog sie an mich und presste die Schneide der Axt gegen ihre Kehle. Anschließend wirbelte ich herum und lehnte mich mit dem Rücken an die Beine des Götzenbildes, während eine Masse aus blutüberströmten Leibern auf mich zuschwärmte. Hunderte von aufgerissenen Mündern, blitzenden Waffen und blutgierigen Körpern wogten kreischend auf mich zu … und stoppten.

Die Schreie verstummten, die Waffen wurden gesenkt. Die Welle aus Sehnen und Blut hätte mich fast überrollt, aber plötzlich blieben die Edener wie angewurzelt stehen, während sie ihre verbundenen Gesichter auf mich richteten. Oder vielmehr auf das alte Weib, das ich an mich presste und das sie mit erhobener Hand aufgehalten hatte.

Ich wusste nicht, welche Magie der Sehende Gott seinen Anhängern schenkte, ich hatte keine Ahnung, woher sie trotz ihrer Augenbinden mitbekamen, was passierte. Oder wie die Blinde Schwester einen solchen Mob kontrollierte. Und schon gar nicht wusste ich, wie Jero und ich hier lebendig rauskommen sollten.

»Ich spüre einen Mangel an Voraussicht bei dir, Kind.«

Offenbar konnte sie sich das auch nicht vorstellen.

»Warum bist du an diesen heiligen Ort gekommen?« Ihre Stimme klang fast vergnügt, obwohl die Axt die Haut an ihrer Kehle geritzt hatte. *»Warum schändest du das Unantastbare? Der Sehende Gott kommt auch zu dir wie zu allen anderen.«*

»Und du bist herzlich eingeladen, ihn in seiner Höhle zu besuchen, wo sie auch sein mag.« Während ich sprach, behielt ich den Mob im Auge. Für den Fall, dass einer besonders tollkühn sein wollte. »Aber du wirst uns nicht mitnehmen.«

»Sal …« Jeros Stimme klang schmerzverzerrt. »Du musst …«

»Halt den Mund«, knurrte ich und drückte die Axt noch ein bisschen fester gegen den Hals der Blinden Schwester. »Sag ihnen, dass ich dich ihnen gerne überlasse, sobald wir hier unbeschadet rausgekommen sind. In wie vielen Stücken sie dich zurückbekommen, hängt von ihrem Wohlverhalten ab.«

Nein, prahlen will ich damit nicht, aber ich habe verdammt viele Leute umgebracht. Und ich war der Meinung, ich hätte alle Formen von Grimassen gesehen, die jemand aufsetzt, bevor er zum schwarzen Tisch geschickt wird. Wie jämmerlich oder wütend sie auch waren, ich hatte alle ohne mit der Wimper zu zucken erledigt.

Ich schätzte mich glücklich, dass ich bei keinem von ihnen diese Kälte empfunden hatte wie in dem Moment, als die Blinde Schwester seufzte, als redete sie zu einem verblödeten Kind und nicht zu einer Killerin mit einer Axt.

»Ich sage ihnen gar nichts, Mädchen«, stieß sie rau hervor. *»Denn das ist nicht meine Aufgabe.«*

»Vogelkacke.« Ich drückte fester mit der Axt zu. »Erzähl ihnen, es wäre der Wille Gottes. Sie lieben diesen Scheiß.«

»Kapierst du es denn nicht?« Sie lachte. *»Das hier übersteigt unseren Willen. Ihren, meinen und auch deinen.«*

»Lady, ich bin die Frau mit der Axt. Ich mache die Regeln.«

»Die Omen haben uns hierhergeführt, Kind.« Sie klang ehrfürchtig. *»Sie kamen zu uns, einer nach dem anderen. Und einer nach dem anderen kamen wir hierher. Wir wurden in diesen Bau brennbaren Abschaums gerufen, Funken, die das Feuer entzünden, das die ganze Welt überziehen wird.«*

»Was?« Ich verzog das Gesicht. Normalerweise verstand ich kaum, was diese Wahnsinnigen brabbelten, aber für gewöhnlich sprachen sie auch nicht so deutlich. »Von welchem Feuer …?«

»Sal!«

Ich warf einen Blick über die Schulter. Jero starrte mich mit seinem nicht zugeschwollenen Auge fast flehentlich an. War es ein Befehl? Eine Bitte?

Nein, eine Entschuldigung!

»Töte mich, wenn du willst«, rasselte die Schwester. *»Rette ihn, wenn du kannst. Und verkriech dich so tief in den Schatten, wie du kannst.«* Ihr Lächeln war verzerrt; und ihre ausgestreckte Hand zitterte. *»Aber wenn die große Flamme jede Verruchtheit und Häresie verschlingt und es keine Schatten mehr gibt, wo man sich verstecken kann, dann denk an eines … «*

Sie drehte sich zu mir um. Ihr Genick knackte, und ihre glühenden Augen erhellten ihr entsetzliches Lächeln.

»*Du wirst diejenige sein, die das Feuer bringt*«, sagte sie. »*Kakophonie.*«

Ich blickte in das Glühen in ihren Augenhöhlen und sah, wie sie die Hand sinken ließ. Dann hörte ich das Gebrüll.

Die Edener stürmten vor, schüttelten drohend ihre Waffen und gaben einen Dreck auf eine Geisel.

Ich fluchte, beförderte die Schwester mit einem Tritt in die Horde, die nur so lange innehielt, bis sie wieder auf den Beinen stand und sich dann wieder auf mich stürzte.

Hastig sah ich mich nach einem Fluchtweg um, aber die Woge aus Leibern hatte uns vollkommen umzingelt. Jero starrte dumpf vor sich hin. Ich sah an dem Götzenbild hoch, den hölzernen Beinen, den Schädel … und an den Seilen, die es hielten.

Ich hatte keine Ahnung, ob es funktionierte. Ich hatte nur eine Axt. Also benutzte ich sie. Ich zerfetzte damit die Seile, eins nach dem anderen. Das Gebrüll der Fanatiker übertönte das Geräusch der reißenden Seile und des heulenden Windes. Und das Knarren von Holz.

»Nein!« Der Schrei der Blinden Schwester übertönte den Lärm, und sie streckte vergeblich ihre knochige Hand aus. »Sein gebenedeites Gefäß!«

Die Edener richteten ihre blinden Blicke hoch, und ihre blutrünstigen Schreie schlugen in Verzweiflung um.

Nicht mehr von den Seilen gehalten, schwankte das Götzenbild, und der gewaltige Körper kippte nach hinten. Die restlichen Seile zerrissen ebenfalls, und ich konnte gerade noch Jero befreien, bevor die Masse aus Holz und Knochen zusammenbrach.

Die Edener rannten an uns vorbei, um zu verhindern, dass das Götzenbild zusammenbrach. Niemand achtete auf uns, als ich Jeros Arm um meine Schultern schlang und ihn zu Yrias Versteck schleppte.

»Ich weiß nicht, wie das passieren konnte«, keuchte er mir ins Ohr. »Sie sind bisher immer auf meine Verkleidung hereingefallen …«

»Spar dir den Atem für den Weg, Arschloch«, schnarrte ich,

während ich ihn zum Haus schleppte. »Sie werden uns nicht lange ignorieren, wenn das Götzenbild erst …«

Das gewaltige Götzenbild krachte in ein Haus. In das Haus, in dem sie die Feuerlunge aufbewahrten.

Vielleicht war meine Idee doch nicht so schlau gewesen.

Feuer loderte auf, Holz wurde zertrümmert, Hunderte Stimmen übertönten das Krachen von Holz. Dann fegte eine riesige blutrote Wolke über alles hinweg. Als das Haus in Trümmer ging, entzündete sich die Feuerlunge, und ein Flammenteppich rollte über den Platz.

Die Edener verschwanden darunter, und in dem Dunst des Drogenrauchs sah ich ihre Verwandlung. Wahnsinniges Grinsen verzerrte ihre Gesichter. Sie schlugen auf sich ein und wanden sich vor Lust, wenn sie bluteten. Ihr Geschrei wurde zu Lachen, Kreischen, Schluchzen …

Ein Hauch Feuerlunge nahm einem Mann die Furcht. Ich hatte keine Ahnung, was passierte, wenn man den ganzen Vorrat inhalierte, aber vermutlich endete es mit dem Tod.

»Beweg dich, verflucht!« Ich schlang einen Arm um Jeros Oberkörper und trug ihn, statt ihn zu schleppen. Die Edener dachten nicht daran, uns zu verfolgen, aber das war auch nicht nötig. Das übernahm die Feuerlunge. Die Wolke jagte uns, wie ein Raubtier seine verwundete Beute jagte, streckte fast spielerisch ihre roten Dunstkrallen nach uns aus.

»So sollte es nicht laufen.« Jero stöhnte. »Sie sollten nie erfahren … dumm! Wie dumm …«

Vielleicht war die Feuerlunge dafür verantwortlich, dass er Blödsinn erzählte. Oder seine schmerzenden Wunden. Oder er war immer schon blöd gewesen, und ich hatte es nicht bemerkt. Ich würde ihn zurücklassen, wenn er nicht damit aufhörte.

Yrias Versteck tauchte vor uns auf. Ich lief schneller und duckte mich, als ich die Tür mit der Schulter aufstieß. Ich sprang hinein und trat die Tür zu, als die Wolke aus rotem Rauch gegen das Fenster schlug.

»Was verfickt ist da draußen los?«, knurrte Yria.

»Zum Portal!«, keuchte ich und zerrte Jeros schlaffen Körper hinter mir her.

»Was war das für ein verfickter Lärm?« Sie ging zum Fenster und spähte hinaus. »Was ist das für ein verficktes rotes Zeug?« Dann drehte sie sich um und sah mich böse an. »Wo ist mein verficktes Messer?«

»Portal!«, schnarrte ich.

»In seinem Zustand?« Sie beäugte Jero misstrauisch. »Portale sind unberechenbar, und wenn du nicht gesund bist …«

Glas barst hinter ihr. Wir blickten auf den Edener, der in dem Fenster steckte, das er mit dem Schädel zerbrochen hatte. Glassplitter steckten in seiner Haut. Er hob den Kopf.

»Ich will deinen Brustkorb lecken!«, zischte er.

Yria blinzelte, schnaubte und spuckte aus. »Klar«, grunzte sie. »Verschwinden wir.«

Ich – Axt – Fanatiker – Schädel: fertig. Im hinteren Teil des Raums erweckte Yria das Portal zum Leben. Das Lied der Lady drang mir in die Ohren, und seine Ruhe erstickte das Schreien der Leute, den Anblick der wogenden Wolken und das Beben … *Beben?*

Ich lauschte. Es war leise, wie ein entfernter Donnerschlag. Dann noch mal. Und noch mal. Immer lauter, bis schließlich die Bodendielen unter meinen Füßen bebten.

»Beeil dich!« Ich fuhr zu Yria herum. »Mach schnell!«

»Soll ich es schnell machen oder richtig?« Sie schüttelte den Kopf. »Verfickte Amateure. Glauben, dass ein Machtwort genügt, um auf die Gesetze von Raum und Zeit zu scheißen.«

Sie streckte die Hände aus, und auf der Wand erwachte ein violetter Lichtpunkt zum Leben, der sich rasch zu einem Portal ausweitete. Yria musterte die Fläche.

»Sieht stabil aus.« Sie drehte sich zu mir um. »Ich gehe sicherheitshalber zuerst durch. Dann schiebst du Jero durch, und ich nehme ihn auf der anderen Seite sanft in Empfang …«

Was sie noch sagte, hörte ich nicht, weil ich ihr Jero in die Arme schleuderte und beide durch das Portal schubste. Das violette Licht kräuselte sich, dann war ich allein.

Bis das Dach explodierte. Das Holz splitterte, und brennende Holzstücke regneten auf mich herab, als etwas Riesiges sich durch das Dach boxte. Ich hob den Kopf. Eine kolossale Faust aus Holz und Flammen wurde zurückgezogen und hinterließ ein klaffendes Loch.

Und hoch über dem roten Nebel stand ein schwarzer, ungeheuerlicher Schatten, der auf mich herabblickte.

Wenn man so lange in diesem Gewerk unterwegs ist wie ich, entwickelt man einen Instinkt dafür, wann eine Situation absolut und unwiderruflich verfickt ist. Es ist ein Gefühl im Nacken, als würde dort eine Axt Maß nehmen. Von diesem Gefühl ließ ich mich rücklings durch das Portal ziehen.

23. KAPITEL

YUN ATTOROS ANWESEN

Wir reden hier schließlich darüber, die Welt zu verändern.« Jero keuchte vor Schmerz. »Das ist kein einfacher Raubzug. Die Notwendigkeit der Geheimhaltung erfordert eine gewisse Unabhängigkeit der Operationen.«

Er suchte in meinem Gesicht nach einem Zeichen dafür, dass meine Wut nachließ. Von wegen. Er räusperte sich.

»Und obwohl Zwei-Einsame-Alte-Männer keinen Zweifel an eurem Intellekt oder eurer Loyalität hat, hielt er es für besser, dass jeder nur einen Teil des Plans kennt«, fuhr er hastig fort. »Damit unsere Operation nicht in Gefahr gerät, wenn einer von uns gefangen wird, selbst wenn er unter der Folter sein ganzes Wissen ausspuckt. Logisch, oder?«

Ich reagierte nicht. Er verzog das Gesicht.

»Hör zu, wenn wir die besten Vögel des Imperiums stehlen, ohne unsere Spuren zu verwischen, finden sie uns.« Seine Stimme klang erstickt. »Wir brauchen eine Ablenkung, um das Verschwinden der Oyakai zu … « Er holte rasselnd Luft. »Sag mir, wenn du keine Lust mehr hast, mich weiter zu würgen.«

»Klaro.« Ich packte seinen Hals noch fester. »Mache ich.«

Normalerweise reagiere ich nicht so krass. Betrug, Verstohlenheit, Lügen … So was war in der Scar selbst für einen Bauern selbstverständlich – und erst recht für einen Vagranten. Und auch die Menge von Feuerlunge, die ich inhaliert hatte, genügte nicht, um mein Verhalten zu erklären. Also fragte ich mich, warum ausgerechnet dieser Betrug von gerade diesem Mann mich so sehr aufregte.

»Sal.« Yria klang für ihre Verhältnisse fast unterwürfig, als sie an meinem Arm zupfte, um ihn zu befreien. »Komm schon. Er wusste doch nicht, dass so was passieren würde.«

»Dann ist er eben ein weiteres *verficktes* Mitglied des ›Ich-habe-keinen-Schimmer-Clubs‹, stimmt's?« Ich wirbelte zu ihr herum, während Jero schwach gegen meine Hand tatschte. »Hast du's nicht kapiert?« Ich richtete meinen grimmigen Blick wieder auf ihn. »Oder du? Ihr bittet mich, bei dieser schwachsinnigen Angelegenheit mitzumachen, haltet es aber nicht für nötig, mir zu erzählen, dass die Edener dabei eine Rolle spielen? Ihr glaubt also nicht, dass das Auftauchen von mehr als hundert drogenberauschten religiösen Fanatikern und eines Holzschädelmonsters mich möglicherweise interessiert hätten?«

Jero rasselte etwas, um mich zu überzeugen. Hätte ich ihm nicht die Luftröhre zugedrückt, wäre es ihm auch gelungen. Er war sehr überzeugend, deswegen würgte ich ihn ja.

»Du solltest es nicht einmal erfahren!«, protestierte Yria und versuchte, meine Hände von seiner Kehle zu ziehen. »Verflucht, du hättest gar nicht eingreifen müssen! Die Sache wäre auch schiefgegangen, wenn er verreckt wäre! Wenn du so sauer auf ihn bist, warum hast du ihn dann gerettet?«

Gute Frage. Auf die es eine verdammt miese Antwort gab.

Sie hatte recht. Ich hätte ihn einfach sterben lassen sollen. Der Plan war bereits Makulatur, bevor ich erfuhr, dass Eden etwas damit zu tun hatte. Es wäre klüger gewesen, einfach sofort aus der Stadt zu verschwinden.

Aber als ich ihn sah, blutend und zusammengeschlagen, sah ich nicht den Mann, der mich belogen und Geheimnisse von mir gehabt hatte und der mich fast umgebracht hätte. Sondern den Mann vom frühen Abend, mit den Lachfalten, den strahlenden Augen, der mir seine Geheimnisse verraten und mich fast dazu gebracht hätte, ihm meine zu erzählen. Man hatte mich schon einmal so angesehen. Und ich hatte verrücktere Dinge gemacht, um diesen Blick noch einmal zu sehen.

Aber das war nicht die Antwort, die ich hören wollte. Und ganz bestimmt nicht die Antwort, die ich Yria oder Jero geben würde. Stattdessen umklammerte ich seine Kehle noch fester. »Weil niemand Sal Kakophonie nachsagen kann, sie hätte jemand anderen jemanden töten lassen, der sie verarscht hat.«

»Willst du dir lieber nachsagen lassen, dass Sal Kakophonie aus verficktem Stolz eine ganze Tonne Gold ausgeschlagen hat?« Yria ließ nicht locker. »Denn genau das wird passieren, wenn du ihm dir Luft abdrehst.«

Ich hatte das tatsächlich schon mal gemacht.

Trotzdem ließ ich jetzt mit einem finsteren Blick Jero los, der keuchend auf dem Boden zusammenbrach.

Zwar glaubte ich nicht, dass Zwei-Einsame-Alte-Männer uns für unsere Mühe belohnen würde, aber der Gedanke, Jero sterben zu lassen, die andere Person, die mich auf diese Art und Weise angesehen hatte … Vielleicht war ich gnädig. Oder eine Idiotin. Manchmal ist der Unterschied schwer zu erkennen.

Die beiden roten Flecken an seinem Hals verrieten mir jedenfalls, dass ich meinen Standpunkt klargemacht hatte.

Ich sah mich in dem dunklen Raum um. Im Bankettsaal rauschte das Fest weiter. Das Gelächter und die Musik von Spektral-Quartetten ließen vermuten, dass die Leute nicht die geringste Ahnung hatten, wie kurz davor sie gewesen waren, von einem Haufen religiöser Fanatiker massakriert zu werden. Weder meine Abwesenheit noch meine Rückkehr oder der Versuch, Jero zu strangulieren, waren bemerkt worden.

»Der Plan«, ich sah Jero finster an, »wie auch immer er aussah, liegt in der Latrine. Wir können nicht hierbleiben!«

»Ja, da würde ich nicht widersprechen.« Yria musterte mich verächtlich. »Du siehst auch nicht mehr aus wie die hübsche Prinzessin Funkelmäuschen.«

Ich sah an mir herunter. Meine Haut, von der ziemlich viel zu sehen war, da ich mein Kleid zerrissen hatte, war von Schnitten, Prellungen und schmutzigem Schweiß bedeckt. Adelige lieben Exzentrizität, aber ich bezweifelte ernsthaft, dass ich ihnen weismachen könnte, das wäre ein neuer Trend.

»Geht los und sucht das große Mädchen.« Yria ging zur Wand und zeichnete ein Rechteck mit roter Kreide. »Ich mache uns ein Portal, damit wir hier verschwinden können.«

Jero packte sie am Handgelenk und warf ihr einen harten Blick zu. »Nein! Wir halten uns an den Plan.« Er deutete auf ihr Rechteck. »Geh und hol Tuteng.«

»Hat man dir ein glühendes Eisen ins Hirn getrieben, oder liebte deine Mama einfach nur strunzdumme Babys?« Yria hob eine Hand. »Ich spüre meine Finger kaum noch. Mein Tribut ist zu hoch. Ich habe vielleicht noch ein Portal in mir, alles andere bedeutet permanente Nervenschädigung, und die kostet extra. Außerdem blutest du wie ein geschlachtetes Schwein.« Sie deutete mit ihrer tauben Hand auf mich. »Und sie ist vollgedröhnt mit Hexendrogen. Die Sache ist vorbei.«

»Ist sie nicht. Darf sie nicht sein. Wir müssen das schaffen.« Er rappelte sich keuchend hoch. »Hol Tuteng. Wir finden selbst einen Rückweg.«

»Du hast wohl Scheiße in deinen verfickten Ohren! Ich sagte ...«

»Ich habe gehört, was du gesagt hast.« Jeros Stimme war vollkommen ruhig, und seine Augen waren so kalt wie der Winter. »Jetzt hörst du dir an, was ich sage. Wenn du durch dieses Portal gehst und verschwindest, solltest du einen Ozean zwischen dich und mich legen. Sobald ich hier raus bin, suche ich nach dir und finde dich. Dann bringe ich dich zurück. Verteilt auf hundert Einweckgläser.«

Yria starrte ihn erschüttert an. Verdammt, selbst ich war wie vom Donner gerührt. Er ließ sie los.

»Hol Tuteng.«

Sie sah von ihm zu mir. »Viel *verficktes* Glück.«

Sie machte eine Handbewegung, das Lied der Lady ertönte, und das Portal glühte auf. Sie verschwand. Und ich war allein mit dem Mann, den ich töten wollte, aber aus unerfindlichen Gründen nicht töten konnte. Das gefiel mir überhaupt nicht.

»Sie sind bald wieder da.« Jero richtete sich auf. »Wir können uns kurz erholen bevor ... Moment, wohin gehst du?«

»Ich hole Agne«, antwortete ich im Gehen, »und dann verschwinden wir hier.«

»Sal, ich ...«

»Nein!«, fuhr ich ihn an, während ich den Vorhang zum Bankettsaal zurückzog. »Fick deinen Plan. Fick deinen Auftraggeber. Fick *dich*!«

Seine Stimme sank zu einem kalten Flüstern herab. »Hast du nicht gehört, was ich eben …?«

»Hab ich.« Ich drehte mich um und musterte ihn aufmerksam. »Und wenn du eine Drohung hast, die mich aufhalten kann, dann bring sie gern vor.« Ich verengte die Augen zu Schlitzen. »Aber mach es sofort.«

Er öffnete den Mund, blieb aber stumm. Dann löste er den Blick von mir und sah zu Boden.

»Ja«, ich schob mich durch den Vorhang, »dachte ich mir.«

*

»Was trägt sie denn da?«

Ich hörte ihr Flüstern genauso deutlich, wie ich ihre Blicke auf mir spürte. Blutbefleckt, rußig, mit zerfetztem Kleid und dem durchdringenden Gestank von Feuerlunge wie ein Banner hinter mir herziehend, konnte ich es ihnen auch nicht verdenken. Ebenso wenig konnte ich auf sie achten.

»Das ist … Sollte das hier eigentlich ein Maskenball sein, oder hat sie tatsächlich …?«

Ich ignorierte es.

»Ruft die Wachen. Oder die Lakaien! Jemanden, der den Müll hier rausbringt!«

Das ignorierte ich auch.

»Süßer Himmel, sie hat Muskeln wie 'ne Heilige.«

Das Mädchen würde ich mir später genauer ansehen.

Aber der Zorn und die Missbilligung und auch die Wachen, die sie mir auf den Hals schickten, mussten bis später warten. Während ich mich zwischen den Feiernden hindurchschob, die mich erstaunt und angewidert anstarrten, suchte ich vergeblich nach einem bestimmten Gesicht.

Das ich einen Moment später fand. Am Rand der Menge hielt Agne Hof, umringt von einer bemerkenswerten Männerhorde. Als ich mich ihr näherte, wurde diese Gruppe zu einer Mauer aus Leibern, die um ihre Aufmerksamkeit buhlten. Ich seufzte, ließ meine Knöchel knacken und stürzte mich in das Getümmel.

»Sal?« Agne warf der abgerissenen Gestalt, die schließlich vor ihr auftauchte, einen verwirrten Blick zu. Der rasch in Besorgnis umschlug, als sie meine Verletzungen sah. »Was ist los?«

»Wir verschwinden«, knurrte ich.

»Aber die …«, sie warf einen kurzen Blick auf die Oyakai, die immer noch hoch über der Menge thronten, »… die Dinger.«

»Die Sache ist abgeblasen«, antwortete ich.

»Was? Warum? Was ist passiert?«

Es hätte viel zu lange gedauert, ihr zu erklären, dass mörderische Fanatiker bei diesem Plan, von dem unser Leben abhing, obwohl wir keine Ahnung davon hatten, eine Rolle spielten. Also warf ich ihr einen, wie ich hoffte, erklärenden Blick zu. Ich bezweifele, dass mir das gelang, aber ihre Miene verriet mir, sie ging davon aus, entweder war etwas vollkommen in die Hose gegangen oder ich würde gleich dafür sorgen, dass das passierte.

»Also gut.« Sie betrachtete die Schar Männer, die uns mit wachsender Besorgnis musterten. »Lass es uns klug angehen. Ich kann einen höflichen Grund für unser Verschwinden erfinden, sofern wir behutsam und zurückhaltend …«

»Madame.« Ein kühner junger Freier trat vor, eine Hand auf dem Griff seines Schwertes, die andere auf meiner Schulter. »Wenn diese schlecht erzogene Schlampe Euch belästigt, dann erweist mir die Ehre …«

›… meine eigenen Zähne zu schlucken‹, hatte er wohl nicht sagen wollen, doch genau das bewirkte meine Faust.

Agne warf mir einen missbilligenden Blick zu. »Das ist exakt das Gegenteil von dem, was wir erreichen wollten.«

»Sehe ich anders.« Ich drehte mich um und hob meine blutige Faust. »Falls jemand kein besseres Argument oder einen stärkeren Kiefer hat, gehen wir jetzt.«

Man kann nicht ausschließen, dass reiche Leute auch dumm sein können, aber sie sind nie dumm, wenn es darum geht, ihr eigenes Blut zu vergießen. Die versammelten Freier traten etliche Schritte zurück und bildeten eine Gasse für mich, während ich Agne an die Hand nahm.

Die Musik und das Gelächter verebbten allmählich, als sich die Kunde von der schmuddeligen Schlampe mit Neigung zum Gecken-Klatschen herumsprach. In dem zunehmenden Schweigen hörte ich das Klappern von Rüstungen und Waffen der hereineilenden Stadtwache. Alle sahen mich an, und es würde nicht lange dauern, bis die Wachen mich fanden.

Sollten sie doch. Die Vorhänge zum Hinterzimmer kamen in Sicht. Agne lächelte höflich und entschuldigte sich unablässig für ihre betrunkene Freundin, während ich sie durch den Bankettsaal zerrte. Wir konnten einen Weg hier heraus finden und in die Stadt zurückkehren. In einer Minute könnten wir weit weg von diesem Haus und jedem einzelnen Scheißdreck in seinen Mauern entfernt sein, solange …

»Sal?«

… nicht so etwas passierte.

Velline trat aus der Menge und stellte sich zwischen mich und dem Ausgang. Sie wirkte eher neugierig als besorgt, aber die Hand auf ihrem Schwertgriff verkündete drohendes Unheil.

»Was geht hier vor?«

Diese Frage ging mir langsam wirklich auf die Nerven.

»Heilige Scheiße!«

Die Frau mit dem langen Haar, Shenazar, trat zusammen mit dem mürrischen Dalthoros vor und baute sich hinter Velline auf. Sie betrachtete die Schnittwunden und Prellungen auf meinem Körper, und ihr Grinsen verstärkte sich.

»Ist das Blut?« Sie klang aufgeregt. »Gab es einen Kampf? Dürfen wir jetzt auf diesen langweiligen Bällen kämpfen?«

»Ganz offensichtlich nicht.« Dalthoros kraulte beiläufig seine Knochenplatte auf der Stirn. »Sonst wären sie nicht so langweilig. Wie es aussieht …«

Velline hob die Hand, und beide verstummten gehorsam.

»Sal?« Jetzt klang sie nicht mehr verwirrt.

Ich wollte antworten, feilte an einer Lüge, aber die Worte fielen mir nicht schnell genug ein. Ich sah in ihren Augen, wie ihr ein Licht aufging.

Ihr scharfer amethystfarbener Blick glitt über mich, nahm jeden Tropfen Blut auf meiner Haut wahr, bevor sie mir lange und kalt in die Augen sah.

Sie zog ihr Schwert, etwa fünf Zentimeter weit. Ich ballte die Faust. Sie nahm Kampfhaltung ein. Ich lockerte meine Schulter.

Es wäre wirklich verflucht nützlich gewesen, jetzt eine magische Kanone an der Hüfte zu haben!

Ohne dass ein einziges Wort zwischen uns gesprochen wurde, war klar, dass ich nicht hierbleiben und sie mich nicht gehen lassen würde. Ich war müde, blutüberströmt, unbewaffnet, hatte keine Chance gegen sie … aber ich war stinksauer, suchte nach einem Blitzableiter und war immer noch leicht von Feuerlunge berauscht.

Also standen die Chancen sehr gut, dass ich mich gleich auf sie stürzen würde.

»Halt!«

Ich hörte das Lied der Lady und das Klappern von Rüstungen. Der Ehrenwerte Richter Keltithan trat aus der Menge. Seine Augen loderten violett, und er schwang ein Schwert in seiner behandschuhten Rechten. Hinter ihm drängte sich ein Bataillon Stadtwachen.

»Etwas unaussprechlich Böses hat sich in mein Haus geschlichen!« Er sah mich aus schmalen Augenschlitzen an und richtete sein Schwert auf mich. Die Sigillen auf der Klinge schimmerten in blauem Licht, als Raureif das Metall umhüllte. »Auch wenn ich nicht weiß, wie du dich hier eingeschlichen oder welch ruchlose Taten du geplant hast, weiß ich doch, dass es dir nicht gelingen wird.«

»Sal.« Velline sprach leise, aber streng. »Was auch immer hier vorgeht, es muss nicht in Blutvergießen enden. Komm ohne Widerstand mit, dann klären wir die Angelegenheit.«

Um die Angelegenheit zu klären, hätte ich zugeben müssen, dass ich mich mit der Hilfe eines rachsüchtigen Freimachers hier eingeschlichen hatte, der vorhatte, die Kriegsvögel des Imperiums zu stehlen, um einen Angriff auf eine höchst gefährliche Militärmacht zu fliegen. Tja.

Da ich allerdings zwischen einer beeindruckenden Frau mit einem Schwert und einem Mann mit einem beeindruckenden Schwert stand, konnte ich mir auch keine Flucht vorstellen.

Als ich all die beeindruckenden Leute musterte, die besser bewaffnet waren als ich, sah ich nur die Option, dass meine dampfenden Eingeweide auf dem Boden landeten.

Das heißt … ich sah noch eine.

Die in Gestalt eines Schattens über den Boden huschte. Mein Blick glitt zu dem Oberlicht an der Decke. Eine Silhouette zeichnete sich auf dem Schnee ab. Risse bildeten sich im Glas, und etwas Metallisches blitzte auf.

Keltithan legte den Kopf in den Nacken, als sein Blick meinem folgte. Im selben Moment zerbarst das Oberlicht.

Glas krachte, Gäste kreischten. Etwas stürzte in einem Regen aus Glassplittern in die Tiefe und landete mit blechernem Klappern und einem Blutschwall auf Keltithan.

Die Stadtwachen fuhren zurück, und Velline zückte ihr Schwert. Unser kleiner Zwist war vergessen, als etwas über Keltithans ausgestrecktem Körper hockte und mechanisch eine Klinge in seinen Körper rammte, bis er nicht mehr zuckte.

Dann richtete sich der Edener auf. Seine Machete war blutüberströmt, und sein breites Lächeln war manisch. Unter den zerfetzten Resten seiner Augenbinde leuchteten zwei Augen, aus denen helles Blut strömte.

»Hallo alle miteinander.« Seine Stimme klang melodisch und völlig durchgeknallt. »Da sind wir.«

»Wir?«, fragte Velline überflüssigerweise.

Elf Sekunden später waren sie da.

24. KAPITEL

YUN ATTOROS ANWESEN

Die Mauern bluteten. Rinnsale. Bäche. Fluten. Aus Fenstern. Türen. Von der Decke.

»Mein Blut ist Feuer!«

Alles kreischte.

Fanatische Edener stürmten in den Bankettsaal. Sie schwangen ihre Waffen, und Blut spritzte aus ihren Augen und Mündern, als sie sich im Drogenrausch in einer Orgie aus rotem Stahl durch die Gäste frästen.

Umgekippte Tische wurden als Barrikaden genutzt, um von den Äxten der Fanatiker zerhackt zu werden. Glas zerbarst, während die Spektral-Opernsänger ihre wunderschönen Arien als Hintergrund zu dem Gekreische schmetterten. Ihre Phantomgestalten waberten, sobald die fanatischen Angreifer durch sie hindurchstürmten. Innerhalb eines Augenblicks war aus dem Bankett ein Schlachthaus geworden.

»Ich fühle sie auf mir!«

Und ich war zum Ziel geworden.

Der Fanatiker – ein aus Dutzenden von Wunden blutender Hüne, dem Blut aus dem Mund lief – stürzte sich auf mich und schwang dabei eine Machete, die etwa halb so groß war wie ich. Panik brannte in seinem blutverschmierten Gesicht, als er über Leichen und Flüchtende trampelte und seine Waffe hob.

»Ihre Beine brennen! Hackt sie ab! Hackt sie ab! Hackt …«

Er konnte den Satz kein drittes Mal wiederholen. Wahrscheinlich, weil seine Luftröhre zerquetscht wurde.

Agne hatte seinen Hals gepackt. Ihre Augen leuchteten violett, und das Lied der Lady erklang in unseren Ohren. Sie hob ihn hoch, ohne dass auf ihrer Haut auch nur ein Blutstropfen zu sehen war, während er wie verrückt auf ihren Arm hackte, und sah mich an.

»Verstehe. Das hier ist passiert, richtig?«

»Genau.« Ich zog mein Schwert und klappte den Schild aus.

»Puh.« Sie musterte den Fanatiker kurz. »Du hattest recht.« Mühelos hämmerte sie den Edener mit dem Kopf voran auf den Boden und zertrümmerte seinen Schädel. »Das zu erklären hätte zu lange gedauert.«

Dann beförderte sie den Toten mit einem Tritt gegen die Brust ins Nichts. Ich war beeindruckt. Sie hatte nicht mal geblinzelt. Wenn sie das jetzt noch sechshundert Mal wiederholte, kamen wir hier lebendig raus.

»Wir sind wiedergeboren, Brüder!«

Vielleicht.

»In Feuer und Leid ist er bei uns!«

Mein Blick fiel auf einen Tisch, auf dem ein anderer Fanatiker stand. Er war nahezu in Stücke gehackt, und bei jedem Wort strömte Blut aus seinem Mund. Trotz seiner Verletzungen sah er besser aus als der arme Kerl, dessen abgetrennten Kopf er wie eine Trophäe durch die Luft schwang.

»Er kommt! Fühlt ihr es nicht? Fühlt ihr …?«

Den Rest seiner Worte hörte ich nicht. Denn im nächsten Moment erfüllte die wortlose und harmonielose Symphonie der Lady Merchant den Raum.

Hinter dem Fanatiker schimmerte etwas in der Luft, und sie tauchte aus dem Nichts auf: zierlich, schlank wie eine Klinge, den kalten amethystfarbenen Blick auf den Hals des Edeners gerichtet.

Der fuhr herum und sah den Schemen von Vellines Schwert, das wie ein Geist durch seinen Hals fuhr. Er hob seine Waffe, dann hielt er plötzlich inne, und eine dünne rote Linie zeigte sich rund um seinen Hals. Er schwankte, sein Kopf fiel von seinen Schultern und polterte über den Boden.

Velline achtete nicht mehr darauf, sondern richtete ihre Aufmerksamkeit auf das Chaos unter ihr.

»Schafft die Zivilisten hier raus!«, schrie sie. »Jeder mit der Gabe der Magie beschützt die anderen! Heute stirbt kein Imperialer!«

Sie hob ihr Schwert, dessen imperiales Violett mit Blut befleckt war. »*ONTORI TUN VATALA!*«

Auf roten Schwingen fliegen wir.

Es war ein imperialer Schlachtruf.

Der älteste und erste. Ihm antworteten Hunderte Lieder der Lady Merchant.

Die Luft explodierte in Eis und Flammen, blitzendem Stahl, Donner, Portalen, fliegenden Körpern. Wut verdrängte Überraschung, als die Magier ihre Angreifer attackierten.

Frostmagier und Glutmagier schritten in den Kampf, Flammen und Eis strömte aus ihren Händen und mähte Fanatiker nieder. Portalmagier schufen Portale für Belagerungsmagier, die die Edener von hinten angriffen. Schutzmagier errichteten Barrieren, um den Angriff aufzuhalten. Und über allem flog Shenazar, deren ohnehin schon fadenscheiniges Kleid jetzt nur noch aus dünnen Fetzen bestand. Sie lachte mit der Hemmungslosigkeit einer Himmelsmagierin, als sie sich ins Getümmel stürzte und die Angreifer niedermetzelte.

Dieser Wahnsinn magischer Macht hätte die hartgesottenste Revolutionsschwadron auseinanderbrechen lassen, und selbst die Fanatiker hätten es sich möglicherweise zweimal überlegt.

»Lasst mich eure Sünden schmecken!«

Wären sie nicht von Blutlunge berauscht gewesen.

Aus dem Augenwinkel sah ich einen Edener, der auf mich zustürmte. Ich fuhr herum, zuckte mit dem Handgelenk und entfaltete den Schild. Der Fanatiker prallte dagegen, schlug jedoch unablässig mit seinem Schwert auf mich ein.

Ich knurrte und stieß ihn zurück. Er taumelte, sprang erneut auf mich zu und machte Bekanntschaft mit meiner Axt; zuckend blieb er mit der Axt im Schädel auf dem Boden liegen.

Auch gut, dachte ich mir, als ich sein Schwert aufhob. Ich fand Schwerter sowieso klassischer. Jemand packte meine Schulter. Ich wirbelte mit meinem neuen Schwert herum und hämmerte die Klinge gegen einen Brustkorb.

Agne warf einen vorwurfsvollen Blick auf das Loch in ihrem hübschen Kleid. »Ist dir klar, dass man mir das nicht geliehen hat? Ich habe es von zu Hause mitgebracht.«

»Den Schaden bezahle ich später«, murmelte ich und drehte mich um. »Vorausgesetzt, wir kommen hier lebendig heraus.«

»Im Moment machen wir es doch ganz gut.«

»*Du* machst es ganz gut!«, fuhr ich sie an. »Wir anderen, deren Haut nicht undurchdringlich ist, stecken in einer etwas prekäreren Lage.« Ich musterte das Gewühl aus Magie und Blut. »Wie verfickt sieht *der Plan* jetzt aus?«

Agne sah zur Decke. »Ich denke, so.«

Ich folgte ihrem Blick zu den Oyakai. Trotz des Chaos unter ihnen wirkten die riesigen Vögel sonderbar unbeeindruckt. Sie hatten nicht ein einziges Krächzen von sich gegeben. Als ich die Figur im Kapuzenmantel vor den Füßen eines der Vögel sah, kapierte ich.

Keine Ahnung, wann er aufgetaucht war, ganz zu schweigen, wie er es geschafft hatte, in dem Gewühl die Pfeiler zu den Steinen der Vögel zu erklimmen. Jedenfalls stand Tuteng neben einem großen Oyakai, streichelte zärtlich sein Gefieder und flüsterte ihm etwas ins Ohr.

Was auch immer er sagte, der Oyakai schien es trotz des Kampflärms zu hören. Der große Vogel senkte den Kopf, schloss die Augen und drückte seine Stirn gegen die Tutengs. Lärm, Tod, Leiden – nichts davon interessierte die beiden, als sie diesen kurzen, schweigenden Moment teilten, der ewig zu dauern schien.

Dann tätschelte Tuteng die Flanke des großen Tieres und flüsterte erneut etwas. Der Oyakai zwitscherte, sprang von seiner Stange, landete auf der anderen Seite des Bankettsaals, senkte den Kopf und verschwand in einem Korridor. Tuteng wartete, bis er verschwunden war, bevor er zu dem nächsten Vogel blickte. Dann sprang er auf einen Kronleuchter und schwang sich zu dem Tier hinüber.

»Er holt die Vögel.« Plötzlich war mir alles klar. »Die Edener waren eine Ablenkung! Zwei-Einsame-Alte-Männer hat das alles geplant!«

»Ziemlich gerissen, das musst du zugeben.« Agne zischte, als Blutspritzer auf ihrem Kleid landeten. »Abgesehen vielleicht von diesem Massaker-Teil.« Sie streckte die Hand aus und packte die Hälse der beiden Blutspender, hämmerte ihre Köpfe zusammen und ließ sie dann zu Boden fallen. »Trotzdem wird er nicht alle

Vögel herausbekommen, wenn die Ablenkung nicht lange genug währt.«

»Und?«

Sie sah mich todernst an. »Dann wäre all das …«, sie deutete auf das Gemetzel, »… umsonst.«

Das zu hören schmerzte wie die meisten Wahrheiten. Sie hatte recht. Wenn wir nicht alle Vögel erbeuten konnten, dann war dieses Blutvergießen überflüssig. Obwohl ich viel zu wenig von dem Plan kannte, wusste ich, dass die große Mehrheit der Menschen in dieser Halle, die meinen Tod wollten, nicht warten würde, bis ich die moralischen Fragen ergründet hatte. Außerdem sollte man Sal Kakophonie nicht nachsagen können, sie würde nicht das Beste aus einer üblen Lage machen. Oder dass sie einen Kampf nicht noch schlimmer machen konnte.

Ich holte tief Luft und zog mein Schwert. Dann drehte ich mich um und marschierte geradewegs in die Halle.

Der Gestank nach Feuerlunge hing in der Luft, das Lied der Lady ertönte, und mein Arm wurde taub von den Schlägen, die ich mit meinem Schild abfing. Die Schlacht rauschte in Fragmenten an mir vorbei, ich schlug zu, wo sich die Gelegenheit ergab, und zog mich zurück, wo es sinnvoll war, während ich Klingen und Zaubern auswich und mich zu den Sitzstangen der Oyakai durchkämpfte.

Ich musste möglichst die Blicke aller Anwesenden auf mich ziehen, damit Tuteng die Vögel in aller Ruhe aus der Halle lotsen konnte. Je mehr Tote es gab und je weniger Kämpfer, desto wahrscheinlicher würde irgendwann jemand das Fehlen der drei Meter hohen Vögel bemerken.

Glücklicherweise gab es immer noch genug drogenberauschte Fanatiker und rücksichtslose bannspuckende Magier, die keinen Blick zur Decke warfen, sondern nur Augen für die weißhaarige Frau hatten, die darum zu betteln schienen, massakriert zu werden.

Ein Fanatiker stürzte auf mich zu, genauer gesagt seine obere Hälfte. Eine Gruppe von Edenern in der Nähe schlug mit ihren Waffen unablässig auf leere Luft ein. Jedenfalls sah es so aus, wenn man nicht wusste, wonach man suchen musste.

Ab und zu schimmerte die Luft, und im nächsten Atemzug materialisierte kalt und grausam wie ihr blutiges Schwert Velline aus dem

Nichts. Sie hackte einen Fanatiker in zwei Teile und verschwand, während die Edener auf die leere Luft einschlugen, wo sie eben noch gestanden hatte.

Das Lied der Lady schrillte, während Velline sich bewegte, auftauchte und verschwand, und das mit ätherischer Anmut und gnadenloser Grausamkeit. Immer wieder fügte sie den Edenern Wunden zu. Die verzerrten ihre Gesichter und fragten sich berauscht, was zum Teufel gerade passiert war.

Dabei fielen sie, einer nach dem anderen. Wie Blüten, die von einer roten Blume gezupft wurden.

Bis sie allein dastand. Und mich anstarrte.

»Beeindruckend.« Ich lockerte meine Schulter. »Du bist eine Quickmagierin.«

»Und du«, Velline schüttelte Blut von ihrer Klinge und richtete sie dann auf mich, »bist Sal Kakophonie.«

Ich spannte mich an. Sie hatte nicht direkt gesagt, dass sie mich umbringen wollte, aber jeder, der meinen Namen so aussprach, hatte zumindest schon mal daran gedacht.

»Du bist also dahintergekommen?«

»Ich hätte früher darauf kommen sollen«, antwortete sie kalt. »Ich habe Namen und Methoden sämtlicher Vagranten studiert, die in der Scar dokumentiert sind. Auch wenn jeder ein eidbrüchiger, mörderischer Unhold ist, gibt es nur eine, die ein solches Chaos erzeugt, wo immer sie auch auftaucht.«

Ich grinste so bösartig ich konnte. Und ihr makelloses Gesicht verzerrte sich vor Wut.

Gut.

Sie musste weiter auf mein Lächeln starren und nicht in meine Augen. Gegen eine Quickmagierin zu kämpfen – *puh*, das war wie ein Kampf gegen eine Seuche. Die Lady gab ihnen übernatürliche Schnelligkeit, unbeirrbare Anmut und so schnelle Reflexe, dass sie einen Angriff kommen sehen konnten, bevor ihre Gegner nur daran dachten, ihn zu führen. Quickmagier herauszufordern war ein Todesurteil, ganz zu schweigen eine, die gerade zehn Fanatiker in ebenso vielen Herzschlägen massakriert hatte.

Trotzdem konnte man einen Kampf mit ihnen überleben. Man konnte sie sogar besiegen. Meine Narbe bewies das.

»Ich sollte mich geschmeichelt fühlen«, gab ich zurück und legte den Kopf schief. »Welche Geschichte hast du gehört? Die, in der beschrieben wird, wie hübsch ich bin?«

»Ich achte nicht auf die Säufer, die deine Legenden zusammen mit ihrem Wein auskotzen.« Ihre Augen waren schmale Schlitze. Gut. Wenn sie so gereizt war, war sie vielleicht nicht mehr ganz so präzise. »Ich habe unter der Schirmherrschaft der Imperatrix bei jedem Meister des Schwertes, der Kunde und der magischen Künste gelernt. Ich bin Das Schwert der Imperatrix, die Hüterin ihres Volkes, der Fluch ihrer Feinde und die Hoffnung ihrer Zukunft.«

»Das sind viele Titel«, sagte ich. »Geschichten haben dagegen den Vorteil, dass du ab und zu flachgelegt wirst.«

Sie biss die Zähne zusammen, ihre Haltung veränderte sich, und die Luft um sie herum flimmerte. Ich spannte mich an, als ich die Bösartigkeit in ihren Augen sah, ließ mir aber nichts anmerken. Wenn ich ihr auch nur den kleinsten Hinweis auf das geben würde, was ich vorhatte, würde sie mich durchschauen, und ich war tot.

»Du hattest ähnlich viele Titel«, antwortete sie. »Rote Wolke.«

Ihre Klinge hatte sich nicht bewegt, aber ich hatte trotzdem das Gefühl zu bluten.

Dieser Name und dieses Leben waren die einzigen Narben an mir, die man nicht sehen konnte, und doch schmerzten sie am meisten. Woher wusste sie es? Niemand, der nicht auf meiner Liste stand, wusste, was ich getan, was ich verloren hatte.

»Warum?«, erkundigte sie sich. »Du warst die Verheißung des Imperiums, ein Wunderkind. Du hättest Tausende retten und das Land für zahllose kommende Generationen sichern können.« Sie sah mich an, und dieser Blick schnitt tiefer als eine Klinge. »Und doch stehst du hier vor mir, eine Vagrantin, ein Halunke unter vielen. Gewähre mir eine Bitte.«

Die Verachtung in ihren Augen schmolz, und der Blick, den sie mir stattdessen zuwarf, schmerzte mich genauso tief.

»Sag mir, warum du uns den Rücken gekehrt hast.«

Irgendwie hatte ich immer gedacht, ich hätte eine gute Antwort darauf. Eine, an der ich so lange herumgeschliffen hatte, bis sie surreal und scharf war wie eine Waffe. Aber eine gute Antwort ist nicht notwendigerweise eine wahre Antwort. Und als ich jetzt in diese ernsten Augen blickte, antwortete ich mit der Wahrheit.

»Wenn die Zeit kommt«, flüsterte ich, »und du blutend auf dem Boden liegst, verhindert keiner dieser vielen Titel, dass sie über deine Leiche treten.«

Ihre Augen weiteten sich, und der Rest passierte so schnell, dass ich es nicht mitbekam. Die Luft um sie herum schimmerte, das Lied der Lady ertönte in einem schmerzhaft hohen Ton. Sie verschwand und hinterließ einen Windhauch.

Ich wirbelte herum.

Funken stoben über mich hinweg, als ich ihre Klinge mit meiner abfing und damit ihren Stoß von meinem Herzen ablenkte. Sie sah mich schockiert an. Wäre sie ruhiger gewesen, hätte ich den Schlag nicht abwehren können. Aber sie hatte mich mit einem Schlag umbringen wollen.

»Du hast Wolfszahn abgewehrt?«, flüsterte sie ungläubig.

Natürlich hatte sie ihren Angriffen Namen gegeben.

Ich packte ihr Handgelenk und stieß ihr Schwert zurück. Dann rammte ich ihr die Stirn gegen die Nase und spürte ihr warmes Blut auf meinem Gesicht. Sie taumelte zurück und starrte mich erstaunt an. Ich wischte mir das Blut vom Gesicht und schüttelte es von den Fingern.

»Ich glaube, diesen Stoß nenne ich Wummsbumms.«

Ihr Gesicht loderte förmlich vor Wut, als würde ihr Blut kochen. Sie hob ihr Schwert, bereit für den nächsten Angriff.

Gut. Wenn ich sie wütend hielt und verleitete, Fehler zu machen, schaffte ich es vielleicht lebendig hier raus.

»Hauptmann!«

Es sei denn, es tauchten zwei weitere Magier auf. Dann war ich am Arsch.

Shenazar landete neben Velline. Ihr Schwert war blutverschmiert. Dalthoros kam aus dem Tumult herbeigeschlendert, vollkommen ungerührt und unbekümmert, und stellte sich auf Vellines andere Seite. Die beiden betrachteten das Blut ihrer Kommandeurin auf meinem Gesicht, hoben ihre Waffen und nahmen eine Position ein, die ich spontan auf den Namen »Verfickt bereit zu töten« taufte.

Ich hob mein Schwert und wich zurück, während sie auf mich zukamen. Sie trennten mich von dem Tumult und drängten mich zu dem großen Panoramafenster, von dem aus man die funkelnden Lichter von Terassus bestaunen konnte. Mit jedem Schritt wurde ich angespannter. Pures Glück hatte mich vor Velline gerettet, aber die drei zusammen konnten mich problemlos mit einem einzigen Gedanken umbringen. Worauf warteten sie also?

»Das Gemetzel ist vorbei, Sal«, sagte Velline. »Die Edener sind in Bälde erledigt. Welchen Wahnsinn du auch geplant hast, es ist vorbei. Ergib dich.«

Das war es also, sie wollte Informationen. Damit hätte sie unseren Plan vereitelt und würde erneut vom Imperium geehrt werden. Das war logisch, aber …

»Bitte.«

Warum klang sie so verflucht flehentlich?

Ich konnte nicht behaupten, dass Zwei-Einsame-Alte-Männer es nicht verdient hätte, wenn ich ihn und Jero auslieferte. Aber das galt nicht für Agne, Yria und die anderen. Außerdem konnte ich mir nicht vorstellen, dass mein Kadaver nicht schlussendlich doch als Trophäe enden würde.

Also tat ich das Einzige, was mir blieb. Ich hob mein Schwert, spreizte die Füße und hoffte, dass ich zumindest ihre Frisur zerzauste, bevor sie mich tötete.

Die drei wechselten einen kurzen Blick, nickten knapp und kamen zu der gleichen Schlussfolgerung. Sie näherten sich mir, und ich trat einen Schritt vor.

Die Erde bebte.

Zuerst nur schwach, sodass ich es kaum durch meine Sohlen spürte. Die anderen hatten es ebenfalls bemerkt. Velline hob die Hand, und die beiden verharrten. Sie sah mich argwöhnisch an, als fragte sie sich, ob ich es auch gefühlt hatte.

Beim zweiten Rums war sie weniger argwöhnisch.

Diesmal vibrierte der Boden unter meinen Füßen. Und dann wieder, mit steigender Lautstärke, bis ich es in meinem Brustkorb fühlte. Unter dem donnernden Krachen verstummten selbst die Schreie, das Jammern und die Lieder der Lady.

Dann hörte man ein schwaches, regelmäßiges Puckern.

Ein Herzschlag. Der lauter wurde.

»Seht doch!«

Plötzlich schrien alle. Sämtliche Gesichter, blutig oder nicht, hoben sich und blickten aus dem Fenster.

Im Schnee und der Dunkelheit schien ein Licht entzündet worden zu sein, ein roter Schein. Der mit jedem Herzschlag heller wurde und eine Brust aus zertrümmerten Holzbalken beleuchtete, den gehörnten Schädel einer gewaltigen Bestie, eine riesige Faust aus Holz und Flammen, die ausholte und …

Verdammfluchfickt!

Ich rannte wie alle anderen, so schnell ich konnte, weg von dem Fenster, als die hölzerne Faust das Glas in einem Sprühregen aus Schnee und Scherben durchschlug. Der kalte Wind fegte herein und heulte neben dem donnernden Herzschlag und dem erderschütternden Schritt, als etwas Riesiges in den Bankettsaal trampelte.

Ich starrte entgeistert auf den Schädel, der an der Decke kratzte. Das Götzenbild erwiderte meinen Blick.

Mir schoss der Gedanke durch den Kopf, dass Velline nicht falschlag, als sie sagte, ich erzeuge wohl jede Menge Chaos.

25. KAPITEL

YUN ATTOROS ANWESEN

Ich habe gegen Kriegsherren und ihre Armeen gekämpft, bis zum letzten Gesetzlosen.

Ich bin in Höhlen von Bestien marschiert, die nur die Leute kannten, die von ihnen gefressen worden waren.

Ich habe in dieser verlorenen Welt entsetzlichere und wundersamere Dinge gesehen, als ihr euch vorstellen könnt. Von einigen rede ich erst gar nicht, weil ihr mir ohnehin nicht glauben würdet. Aber vielleicht glaubt ihr mir, dass ich noch nie so etwas wie das hier gesehen hatte.

Der Kampflärm war verstummt. Die Schwerter sanken, während die Blicke sich nach oben richteten. Selbst die Sterbenden hörten auf zu stöhnen. Der Blick dieses Dings mit zwei brennenden Scheiterhaufen in leeren Augenhöhlen schien jedes Geräusch außer dem Knistern seines Feuers oder seinem Herzschlag zu untersagen. Als frevelhaft.

Es war kein Monster. Dieses Götzenbild bewegte sich nicht aus Instinkt oder auf Befehl, als es seinen riesigen Schädel vor- und zurückschwang, während Glutfunken aus seinem Körper stoben. Es griff nicht einfach an, wie es ein Monster tun würde, angetrieben von Gier oder Wut. Es stand einfach da und starrte uns hinter einem schwarzen Rauchschleier, der aus seinem Herzen quoll, an. Und obwohl es uns sah, zeigte es nur vages Desinteresse. Nein, das war kein Monster.

Monster konnte ich töten.

Dieses Ding … es war …

»Mein Gebieter!«

Ein Edener kroch zu ihm und legte ein abgetrenntes Gliedmaß vor ihm ab, ohne auf das Schwert in seiner Brust zu achten. Seine Augen weinten Blut und leuchteten in einer Ekstase, die mit dem Wahnsinn seines Grinsens wetteiferte. Er starrte zu dem Götzenbild empor.

»Ich habe so lange gebetet …« Seine Lippen zitterten, als er nach Worten suchte. »Und ich bin so glücklich, dass ich dich sehen durfte, bevor ich …«

Er legte den Kopf in den Nacken, riss den Mund auf, und ein Blutschwall spritzte heraus. Nach wenigen Herzschlägen war die Feuerlunge in seinen Adern vollkommen ausgebrannt, und er brach zusammen, eine leere, trockene Hülle.

Es beschreibt unsere Situation trefflich, dass ein Mann, dem Blut aus den Augen rann, nur das Zweitsonderbarste war.

»Dieses Ding …« Ich starrte zu dem Götzenbild hoch. »Das kann nicht sein …«

Selbst der rationalste Edener ist ein Geisteskranker. Ein Edener, der so mit Feuerlunge zugedröhnt war, dass sein Kopf explodierte, war noch weniger zurechnungsfähig. Aber in einem Punkt war Verlass auf die Edener: Sie erkannten ihren Gott.

Und doch mochte ich den Worten des Sterbenden nicht glauben, als ich das Ding betrachtete.

Das soll der Sehende Gott sein?

Als antwortete mir das Ding, drehte sich der gewaltige Schädel mit lautem Knarren zu mir herum. Hinter dem Rauchschleier fühlte ich seinen leeren Blick auf mir. Und dann hörte ich die Stimme.

Du.

Nein. Ich hörte sie nicht. Ich fühlte sie. Schmerzhaft.

Ich erinnere mich an dich.

Mein Drang wegzurennen war unter einer so dicken Schicht von Furcht begraben, dass es mir nicht möglich war. Ich konnte mich weder bewegen noch denken, als sich die Stimme in meinem Kopf wie ein Lauffeuer ausbreitete,

Aber du erinnerst dich nicht an mich. Diese fieberheiße Stimme legte etwas in mir bloß, dessen Existenz ich zuzugeben fürchtete. *Du fühlst mich nicht in deinen Narben, so wie ich dich. Du fühlst meinen Schmerz nicht, so wie ich deinen. Du hörst mich nicht, so wie ich dich in*

jedem Augenblick deines selbstmitleidigen, zweifelnden Prahlens gehört habe, wie ich jedes Gebet hörte, von dem du glaubtest, es hörte niemand.

Weglaufen. Ich musste mich bewegen. Etwas tun. Aber ich konnte mich nicht rühren, nicht blinzeln, spürte nichts als den singenden Schmerz der Stimme in meinem Kopf und das Beben des Herzschlags unter meiner Haut.

Ich kenne die erbärmlichen Ängste und Kümmernisse, die dich antreiben. Ich weiß, dass sie dich hierhergeführt haben, um deinem Schmerz ein Ende zu machen, den Leiden, den Narben. Und ich weiß auch, ganz gleich, wie sehr du danach suchst …

Hinter dem Rauch bewegte sich etwas. Die Stirn des Schädels zerbarst, eine Spalte erschien in der Mitte. Der Knochen gab den Blick auf feucht schimmernde rote Sehnen frei, die mit jedem Herzschlag bebten. Und die sich langsam wie ein Vorhang teilten. Dann erwachte etwas in dem Rauch.

Du wirst niemals eine Zuflucht vor dem Schmerz finden.

Ein Auge. Ein blaues Auge, so rein und strahlend wie der erste Wintermorgen. Und es sah mich an.

Die Zukunft ist dir auf die Haut geschrieben, Salazanca.

Es kannte meinen Namen! Meinen richtigen Namen.

Mit derselben Zerstörung, von der du heimgesucht wirst, wirst du diese jungfräuliche Welt heimsuchen. Es bereitet dir keine Freude. Aber damit kann ich mich nicht zufriedengeben. Ebenso wenig jene, die sich auf mich verlassen.

Mein Körper wurde von Flammen umlodert, und Rauch quoll in meine Lunge. Trotzdem blieb mein Blick starr auf dieses blaue Auge gerichtet. Ich bemerkte nichts sonst, weder den Rauch im Raum noch die auflodernden Flammen.

Dennoch, wozu es auch gut sein mag …

Und auch nicht den riesigen hölzernen Fuß über mir.

Es tut mir leid.

Der Fuß sauste nach unten. Holz krachte, Flammen fauchten lachend, und die Lady sang. Zwei Tonnen Holz stampften in einem donnernden Tritt zu Boden, und eine Wolke aus Asche und Glut stieg auf, wo der Fuß des Götzenbildes gelandet war.

Und ich lebte immer noch.

Erst als das große Auge hinter dem Rauchschleier wieder verschwand, löste sich meine Erstarrung. Ich bekam Luft, und das Feuer in meinen Adern erlosch. Das Gefühl kehrte in meinen Körper zurück, und ich spürte Arme um meine Taille.

»Warum hast du dich nicht bewegt?«

Velline. Ihre Stimme in meinen Ohren klang fast so scharf wie das Schwert, das sie mir gegen die Seite presste. Sie musste mich weggerissen haben, so schnell, dass ich es nicht bemerkte. Als ich nach ihrer Hand griff, packte sie mein Handgelenk und verdrehte es hinter meinem Rücken, während sie mich gleichzeitig von dem Götzenbild wegzerrte.

»Sind die Zivilisten in Sicherheit?«, schrie sie ihren Gefährten zu, die auf sie zustürmten.

»Noch nicht.« Shenazar sah zum Ende der Halle. Eine Traube von Zivilisten kauerte hinter einer Gruppe Magier, die jene Edener abwehrten, deren Schädel noch nicht explodiert waren. »Das werden sie auch nicht, wenn wir nicht schnellstens etwas unternehmen.«

Sie hatte recht. Die Wandteppiche und Porträts und kostbaren Möbel des Bankettsaals würden nur teures Brennmaterial werden, zusammen mit den Zivilisten, wenn die Flammen des Götzenbildes sich verbreiteten. Wenn das Ding sich auch nur einmal schnäuzte, würde dieses Anwesen der größte Scheiterhaufen in der Scar werden.

Wenigstens niesen Schädel nicht.

»Dagegen können wir nicht kämpfen.« Velline beobachtete das Götzenbild. »Shenazar, kannst du es in Schach halten?«

»In Schach halten?« Shenazar starrte ihre Kommandeurin entgeistert an. »Hauptmann, als ich sagte, ich könnte jeden flachlegen, meinte ich beim Wettsaufen.«

»Versuch es, verflucht!«, schnauzte Velline. »Dalthoros, wir müssen die Zivilisten wegbringen, während sie uns Zeit verschafft.«

»Bedauerlich.« Dalthoros gähnte, während er die panischen Gäste betrachtete. »Diese Feier wurden gerade interessant.« Er sah mich an. »Was ist mit deiner Freundin?«

»Sie begleitet uns.«

»Den Teufel werde ich tun!«, knurrte ich.

»Hauptmann, wir können uns nicht gleichzeitig um Edener, Zivilisten, einen riesigen flammenden Holzhaufen und eine Gefangene kümmern«, protestierte Shenazar.

»Sie hat Verbrechen gegen das Imperium begangen, und sie ist der Auslöser von all dem hier.« Velline deutete auf das Chaos. »Sie kommt mit, um sich für ihre Verbrechen zu verantworten. Und jetzt geht!«

Shenazar nickte sichtlich widerwillig. Dann sprang sie in die Luft und flog mit dem Schwert in der Hand auf das Götzenbild zu. Aber was auch immer sie ausrichten konnte, es würde nur eine flüchtige Ablenkung sein.

Was bedeutete, mir blieb nicht viel Zeit, um mir einen Ausweg zu überlegen.

»Hör auf deine Freunde, Hauptmann«, stieß ich hervor, während ich mich gegen ihren Griff wehrte. »Wenn du glaubst, dass ich folgsam mit dir komme ...« Ich verstummte, als sie mir den kalten Stahl gegen die heiße Haut meines Halses presste.

»Du hast keine Wahl, Rote Wolke!« Sie spie den Namen hasserfüllt und geradezu schmerzhaft aus. »Du hast das Imperium und sein Volk verraten. Tausende hätten gerettet werden können, wärst du nicht zur Vagrantin geworden. Du wirst dich für jeden Einzelnen von ihnen verantworten.«

Sie beugte sich dicht zu mir und verdrehte meinen Arm so sehr, dass mein Schultergelenk knackte. Mein Blut spritzte auf das Metall ihres Schwertes.

»Was immer du geplant hast, es ist gescheitert. Und Menschen sind gestorben.« Ihre Stimme klang eisig. »Du wirst dem hier nicht entgehen. Und es wird niemand mehr sterben. Niemand wird dir helfen. Es ist vorbei, Sal.«

Ich biss die Zähne zusammen und schluckte. »Du irrst dich«, krächzte ich. »Jetzt kommt Plattnase.«

»Plattnase? Wer zum Teufel ist ...?«

Ich riss den Kopf zurück, und mein Hinterkopf krachte gegen ihr Gesicht. Ihre Nase brach, und ihr Blut spritzte auf mein Haar. Velline schrie und lockerte ihren Griff, sodass ich meine Faust zwischen ihre Beine hämmern konnte.

Sie kippte um, und ihr Schwert landete klappernd auf dem Boden. Ich riss mich von ihr los und rannte.

Sie war gut, wirklich. Vielleicht sogar besser als Jindu. Aber selbst die beste Ausbildung des ganzen Imperiums kann dich nicht auf einen Schlag in die Lenden vorbereiten.

Das wollte ich ihr allerdings nicht weiter erklären, weil ich schnell reagieren musste, bevor entweder das riesige Götzenbild oder die zahllosen Magier merkten, was ich tat.

Ich rannte zu dem Götzenbild. Die gewaltige Kreatur schwang ihre brennenden Gliedmaßen und versuchte, Shenazar aus der Luft zu schlagen, die wie eine Fliege darum herumflog und vergeblich gegen seinen Hals und seine Gelenke schlug. Der Wind ihrer Magie wirbelte den Rauch auf, der aus seinem Holzkörper drang. Ich rannte hustend und fast blind weiter.

Die Erde bebte, als ein riesiger Fuß auftrat. Ich konnte gerade noch ausweichen und riss meinen Arm vor die Augen, um sie vor den Flammen zu schützen. Dann packte ich eine Holzstange, die in seinem Knöchel steckte, und zog sie heraus. Die Hitze, die Götzenbild ausstrahlte, war unerträglich. Ich war schweißnass, und meine Lunge brannte, als ich versuchte, die glühende Luft zu inhalieren. Es schmerzte qualvoll.

Aber ich hatte schon schlimmer gebrannt.

Mit einem lauten Schrei riss ich den armlangen Splitter aus seinem Knöchel, der wie eine Fackel brannte. Dann lief ich von dem Götzenbild und dem Rauch weg und atmete tief die reinere Luft ein, als ich mich in der Halle umsah und die kostbaren und leicht brennbaren Schätze musterte.

Ich machte mich ans Werk. Rannte durch die Halle, sprang über Leichen und Trümmer und wich kleinen Scharmützeln zwischen Edenern und Magiern aus. Dabei hinterließ ich eine Flammenspur. Porträts von imperialen Helden warfen friedlich lächelnd Blasen, Tische mit alkoholischen Getränken brannten lichterloh, und die Papier-Golems, die nach wie vor mit ihren Tabletts durch das Gewühl schlenderten, merkten nicht, wie sie die Flammen mit jedem Schritt weitertrugen.

Ich hörte die Schreie, das Gekreische und das verzweifelte Heulen und zwang mich dazu, nicht darauf zu achten, nicht darüber nachzudenken, was ich tat. Ich dachte nur an Agnes Worte. Wenn wir – wenn ich aufgehalten wurde, war alles umsonst, all diese Geister, all dieses Blut. Also verschloss ich Ohren und Augen und rannte weiter.

Rückblickend muss ich sagen, dass ich nicht in Vellines Stiefel gerannt wäre, wenn ich die Augen offen gehalten hätte.

Sie tauchte mit einem Windhauch und dem Ton des Liedes der Lady vor mir auf. Ich bekam keine Luft mehr, als ihr Stiefel in meinem Bauch landete, brach zusammen, und meine improvisierte Fackel rollte weiter, während ich japste. Als ich den Blick hob, sah ich Stahl schimmern.

Ich riss den Arm hoch und klappte den Schild gerade noch rechtzeitig auf, dass er ihren Schlag abfangen konnte. Über dem Rand sah ich Vellines wutverzerrtes Gesicht.

»Warum?«, schrie sie. »Was soll das alles? Bist du nicht zufrieden, wenn keine Menschen sterben und alles brennt?«

Vielleicht lag es an dem Rauch in meiner Lunge oder den Schmerzen, die mich beutelten, aber ich wähnte Tränen über ihr blutiges Gesicht laufen zu sehen.

»Was ist mit dir passiert, Rote Wolke?«

»Rote Wolke ist tot.« Ich pflanzte meine Füße in den Boden. »Sie ist für eine Nation gestorben, die einen Scheiß auf sie gegeben hat, hat Menschen nur für eine Fahne verbrannt und in einem Krieg gekämpft, der nichts bedeutete. Rote Wolke ist Geschichte.«

Ich stieß sie zurück. Sie hob ihr Schwert, und ihre Augen glühten violett, während das Lied der Lady ertönte.

»Mein Name ist Sal Kakophonie.« Ich lächelte bösartig und deutete auf den Bankettsaal. »Und das ist mein Werk.«

Velline folgte meinem Blick und riss die Augen auf.

Das Götzenbild watete durch einen Ozean aus Flammen. Das Feuer hatte sich mittlerweile bis in jede Ecke der Halle ausgebreitet. Rote Feuerwogen verzehrten die Leichen, Rauch und Glut waberten wie Gischt auf ihren Kronen. Und auf einer kleinen flammenlosen Insel kauerten die Zivilisten.

»Du bist ein gutes Mädchen«, erklärte ich. »Ich schätze, du bist das Beste, was das Imperium jemals hervorgebracht hat. Ich wette, dass du mich mühelos töten kannst. Ich wette, dass du alle in diesem Saal retten kannst.« Ich zog die Nase hoch und spuckte Blut aus.

»Ich wette allerdings auch, dass selbst du nicht beides gleichzeitig vermagst.«

Entsetzen, Wut und Hass tanzten über ihr Gesicht, als sie mich ansah. Ihr Schwert zitterte, als flehte es sie an, mir den Garaus zu machen. Das Lied der Lady steigerte sich zu einem kreischenden Crescendo. Sie war bereit, anzugreifen.

Dann traten ihr Tränen in die Augen.

»Dafür werde ich dich töten«, flüsterte sie.

Sie verschwand. Und tauchte wieder auf.

Am anderen Ende der Halle, weit entfernt von mir.

Sackzement, das war knapp gewesen! Einen Herzschlag lang dachte ich, sie würde alle sterben lassen, nur um mich zu töten. Vielleicht konnte sie gar nicht alle retten. Es war dumm von mir, es darauf ankommen zu lassen, dumm, hässlich und brutal.

Aber es hatte funktioniert. Am liebsten hätte ich gekotzt oder geheult. Ich wäre vor Erschöpfung und Entsetzen gern zusammengebrochen und liegen geblieben, bis der Schmerz nachließ.

Das hätte ich vielleicht auch getan, aber … mittlerweile brannte die ganze Hütte, also …

26. KAPITEL
YUN ATTOROS ANWESEN

Ich lief durch einen Gang, halb geblendet vom Rauch. Meine frischen Verletzungen wetteiferten mit meinen alten Narben um das Recht, mich zuerst zu töten. Meine Lunge war voller Rauch, mein Kopf voller Drogen, und ich ließ schrecklich viel Blut hinter mir zurück – aber ich rannte und atmete noch, war am Leben. Ich hatte Schlimmeres überstanden.

Jedenfalls hatte ich meine Verfolger abgeschüttelt. Nachdem ich fünf Minuten durch die Gänge gerannt war, hörte ich niemanden mehr. Das wäre bei dem Lärm auch schwierig gewesen, aber ich hatte größere Probleme zu bedenken.

Die Korridore des Anwesens waren sehr ausladend geplant. Vögel hassten Enge, und die Oyakai waren größer als die meisten anderen Vögel. Ich brauchte nur den Gängen zu folgen, die groß genug waren, um einem riesigen griesgrämigen Vogel Platz zu gewähren. Wenn dieses Anwesen den Häusern unseres durchschnittlichen imperialen Arschlochs glich, gab es irgendwo hoch oben eine Art Krähennest, von wo aus sie losfliegen konnten. Wenn Tuteng und Jero sie hier rausschaffen wollten, mussten sie dorthin.

Das war einleuchtend … Aber es fiel mir schwer, nachzudenken. Ich war ziemlich stark verletzt, hatte zu viel Blut verloren und zu viel Feuerlunge inhaliert. Ich wusste nicht mehr, was Sinn ergab. Ich wusste nicht einmal mehr, warum ich mich hier aufhielt, wo doch klar war, dass Zwei-Einsame-Alte-Männer mich belogen hatte, dass ich für so viele Tote verantwortlich war, dass ich …

»Läufst du schon wieder weg?«

Es war still, deshalb hörte ich ihre Stimme ganz deutlich.

Und ich sah sie in dem wabernden Rauch vor mir. Klein, schlank und lächelnd. Es war einfach zu schön, um wahr zu sein, wenn sie hier wäre, und sie sah mich mit ihrem zärtlichen Blick an, als bemerkte sie das Blut auf mir nicht.

»Darrish?«

Nein!, sagte ich mir. *Das ist nur ein Geist. Oder es sind die Drogen. Die Verletzungen. Sie ist nicht real.*

Sie war nicht real. Aber warum lief ich nicht weiter?

»Das ist vertraut, richtig?« Darrish kam weiter auf mich zu, unbeeindruckt von dem Blut, das durch die Luft schwebte, oder von dem Blut auf meinen Händen. »Feuer hinter dir, Leichen in deinem Kielwasser, die Hoffnung, dass du dem Brand, den du selbst gelegt hast, entkommen kannst, wenn du nur schnell genug läufst?«

»Du bist nicht real«, flüsterte ich, als sie näher kam.

»Nein?«

Sie legte eine Hand an meine Wange, wie sie es damals getan hatte. Wenn ich nach einer schiefgelaufenen Mission in die Kaserne zurückhumpelte, wenn ich mit hängendem Kopf stundenlang vor ihrer Tür stand, bevor ich anklopfte, wenn sie mich in die Arme nahm, mein Haar streichelte und mir sagte, dass es sich lohnt …

Ich empfand jetzt dasselbe wie damals. Wärme. Und sie war so weich.

»Fühle ich mich nicht real an?« Sie flüsterte, und ihre Hand glitt über meine Wange. »War ich nicht real, als du all diese Nächte zu mir gekommen bist?«

»Du warst real, als ich dich ansah, in jener Nacht, in der Vraki mir meine Macht nahm!«, fuhr ich sie an, schlug ihre Hand weg und stieß sie zurück. »Du warst sehr real, als du mir nicht geholfen hast. Aber jetzt bist du nicht real.«

»Mag sein. Aber vielleicht war ich nie real für dich. Vielleicht war ich nur ein angenehmer Traum, in den du immer wieder zurückfallen konntest, wenn du als Rote Wolke vor den Leichen geflüchtet bist, die du auf dem Schlachtfeld zurückgelassen hast. Vielleicht war ich nur jemand für dich, zu dem du laufen konntest, wenn du mich brauchtest.«

Ihre Worte trafen mich, aber es lag keine Bosheit darin. Sie war dazu nicht fähig, nicht mal, wenn sie nicht real war.

Und das war sie doch nicht, oder?

»Sal Kakophonie.« Sie lachte. »Vagrantin und Killerin von Menschen und Monstern. Trägerin des Vermächtnisses des Wahnsinnigen Kaisers. Aber in keiner Geschichte wird beschrieben, wie oft du wegläufst, stimmt's? Also, wovor läufst du diesmal fort?«

»Vor nichts.«

Sie warf einen Blick über meine Schulter. »Ein ziemlich beeindruckendes Nichts. Ohne Zweifel nicht dein bestes Werk, aber keinesfalls schlecht.«

»Ich laufe nicht weg.«

»Nein? Wohin willst du denn dann?«

Ich sollte nicht mit ihr reden, sondern weitergehen. Sie war nicht real. Sie war nicht real.

»Vögel«, knurrte ich und ging weiter. »Wir schnappen uns die Vögel, wir erbeuten das Relikt, wir beenden den Krieg.«

»Heilige Eier, wir sind aber altruistisch, was?« Sie kicherte, während sie langsam zurückging, um vor mir bleiben zu können. Die Hände hatte sie auf dem Rücken gefaltet. »Machst du all dies aus reiner Güte?« Sie legte den Kopf auf die Seite. »Oder nur, um mich zu töten?«

Sprich nicht mit ihr!

»Das ist doch der Grund für all das, richtig? All diese Brände, die du gelegt hast – sie sollen dir einfach nur die Namen auf deiner Liste liefern, damit du sie umlegen kannst.«

Geh weiter!

»Nichts fühlt sich normal an, solange du weißt, dass wir da draußen sind, habe ich recht? Der Whiskey schmeckt nicht, Küsse schmecken nicht, nichts ist richtig. Außer uns zu töten. Jeden einzelnen Namen auf dieser Liste.«

Sie ist nicht real!

»All diese Brände sind diese Sache wert. So wie all die Feuer früher es wert gewesen sind, solange du zu mir zurückkommen konntest. Du verbranntest und verbranntest, und es war gut, solange du vor dem Rauch bleiben konntest.«

Sie ist nicht real.

»Wenn du fertig bist, Salazanca, und der letzte Name auf deiner

Liste durchgestrichen ist, bleibst du dann weiter vor dem Feuer? Oder bleibst du stehen und drehst dich herum ...«

Sie! Ist! Nicht! Real!

»... und siehst die Asche, die du zurückgelassen hast?«

Darrish blieb stehen, hob eine Hand und deutete auf etwas hinter mir.

Ich hätte mich nicht herumdrehen sollen. Tat ich aber.

Flammen schlugen aus den Türen hinter mir in den Flur, und aus den dunklen Öffnungen quoll Rauch. Dort, zierlich und zerbrechlich, flüchtig wie die Asche im Wind, sah ich eine andere Frau.

Sie starrte mich mit großen Augen hinter großen Gläsern vollkommen entsetzt an. Sie hob eine Hand.

»Sal«, flüsterte sie.

Ich streckte meine Hand nach ihr aus und schrie.

»Liette!«

Die Flammen verschlangen sie, und sie verschwand. Nur ihre Asche blieb zurück.

»Das Feuer wird wärmer, Salazanca.« Darrish lachte hinter mir.

Ich stieß einen Schrei aus, klappte den Schild auf und wirbelte herum, um ihn ihr ins Gesicht zu hämmern. Aber statt ihrer stand nur eine verbrannte Hülle da, rußgeschwärzt bis auf das breite Lächeln auf dem schmalen Gesicht.

»Lauf!«

Ich blinzelte, und sie war verschwunden. Liette war verschwunden. Keiner von beiden war real gewesen.

Das Feuer dagegen schon. Und es war nicht verschwunden.

Ich ging weiter und machte ab und zu eine Pause, damit mein Körper begreifen konnte, wie erschöpft ich war. Ich hustete bei jedem Schritt, und die Schmerzen würden mich bis zu meinem Todestag jeden Morgen heimsuchen. Vorausgesetzt, dass ich hier heil herauskam.

Verfolgt von Feuer und Rauch, ging ich weiter bis zu einer riesigen Tür im Korridor, hinter der ein ungeheuer großer Raum lag.

Kalter Wind peitschte mir entgegen und klebte Blut und Schweiß auf meine Haut. Nester, Sitzstangen, Spielzeug und die blutigen Überreste von größeren Tieren lagen auf dem Holzboden herum, die Reste der Vogelmahlzeiten. In der nördlichen Wand des Krähennestes waren zwei gigantische Portale eingelassen, die aus den Angeln gerissen waren. Sigillen glühten noch auf ihrem Rand. Die Sigillen eines Bannschreibers. Aber wo war der Bannschreiber?

»Starrt es mich an? Oh, bei den Heiligen, ich glaube, es starrt mich an.«

Ah, da war er ja.

Die Oyakai drängten sich auf dem Boden zusammen, unbeeindruckt von der offenkundigen Vernichtung ihres Heims oder dem Tod ihres früheren Herrn. Sie scharten sich um Tuteng. Der Rukkokri drückte kurz seine Stirn gegen den Kopf jedes Tieres und flüsterte Worte, die ich in dem Geschrei nicht hören konnte.

»Ich kann nicht! Ich kann es nicht!« Jero hatte Urda gepackt und versuchte ihn zu einem der hockenden Vögel zu schieben. »Das ist … gefährlich!«

»Du hast gerade ein magisches Portal aus dem Nichts mitten in ein riesiges Anwesen durchschritten, das in Flammen steht. Wie kann ein Vogel gefährlicher sein?«

»Das ist unhygienisch! Wenn er jetzt nach mir pickt? Oder mich kratzt? Ich könnte Krankheiten bekommen! Wie zum Beispiel …« Er schluckte. » … Federpusteln!«

»So eine Krankheit gibt es nicht!«

»Das weißt du nicht! Das weiß keiner! Das ist vollkommen unbekanntes Terrain! Neuland! Und ich weigere mich, der Erste zu sein, der an Federpusteln …«

»Nun beweg dich schon, Bürgermeister Schisshose!« Yria schob Urda mit ihrem beweglichen Arm auf den Vogel zu. Die Portalmagie hatte zu viel Tribut gekostet – ihr rechter Arm hing regungslos an ihrer Seite herunter, und sie zog ihr linkes Bein nach, als sie ihrem Bruder folgte. »Mein Arm ist verfickt am Arsch, also wirst du dieses Ding reiten.«

»Aber wie …? Ich habe noch nie einen Vogel auch nur berührt!«

»Tuteng hat das geregelt«, antwortete Jero. »Halt einfach die Zügel und steig endlich auf!«

»Es muss eine andere Möglichkeit geben!«, protestierte Urda. »Es muss …«

Yria packte ihren Bruder am Kragen und zwang ihn, sie anzusehen. »Was habe ich dir nach Moms Tod gesagt?«

Er starrte sie zitternd an, schluckte und nickte. Sie erwiderte das Nicken und ließ ihn los. Unter leisem Gewimmer schoben sie ihn in den Sattel der vermeintlichen Bestie. Mit einem angestrengten Grunzen zog er Yria hinter sich hoch.

»Wir treffen uns am vereinbarten Ort. Wir sind direkt hinter euch.« Jero warf einen Blick auf Rukkokri. »Tuteng!«

Der Clansmann runzelte die gehörnte Stirn, als er den starren Blick des Vogels erwiderte. Dann gab er der Kreatur einen kurzen Klaps auf den Schnabel und flüsterte etwas. Der Vogel schloss die Augen, erhob sich auf seine langen Beine und sprintete auf die herausgesprengten Türen zu.

»Nein Nein Nein Nein Nein Nein Nein!«

Urdas schrille Proteste wurden von den Schreien des Vogels übertönt, als der Oyakai seine Schwingen spreizte, hochsprang und in die Nacht hinausflog. Rauch und Schnee schienen sich vor ihm zu teilen, als hätten sie Angst, eine solch majestätische Kreatur zu beschmutzen, und schlossen sich erst wieder, als der Oyakai in der Nacht verschwand.

»Gut.« Jero wischte sich den Schweiß von der Stirn. »Wir müssen den Rest ... « Er drehte sich um und sah mich. »Scheiße!«

Er war sichtlich schockiert, suchte aber nicht nach Entschuldigungen. Besorgt und etwas ungläubig starrte er mich an. Diesen Blick hatte ich schon oft gesehen, in den Augen von mehr als hundert Leuten, die mich für tot hielten, unmittelbar bevor ich ihnen ein Schwert in den Leib rammte.

»Sal.« Er flüsterte meinen Namen, als ich näher kam. »Du hast es geschafft.«

»Ja.« Ich wischte mir mit dem Handrücken das Blut aus dem Gesicht. »Wie sich herausstellt, kann ich das gut.«

Den Mann, der mich da anstarrte, erkannte ich kaum wieder, dieses Chaos aus Wunden und Falten. Ich konnte den Mann mit den sanften Augen nicht erkennen, den ich mitten im Nichts in einer kalten Nacht getroffen hatte. Oder den Mann mit dem sympathischen Lächeln, der mir Wein eingeschenkt und getan hatte, als wären wir beide normal. Ich wusste nicht, wo der Mann steckte, mit dem ich leise Geheimnisse ausgetauscht hatte, die uns so heilig waren wie unsere Narben.

Diesen Mann mit den angespannten Muskeln, dem Schmerz und Furcht aus allen Poren sickerte, erkannte ich nicht.

Aber diesen Blick, den Bereit-zu-töten-Blick … den schon.

»Hör zu«, flüsterte er. »Ich muss dir etwas sagen …«

»Du musst die Klappe halten«, gab ich zurück. »Und du musst hier verschwinden.« Ich deutete auf die Rauchwolke. »Ihr alle müsst verschwinden.«

Er öffnete den Mund, als wollte er etwas erwidern, und ich kniff die Augen zusammen, als sollte er das lieber nicht tun. Was auch immer er zu sagen hatte, ich wollte es erst hören, wenn ich so weit erholt war, um ihn erwürgen zu können.

Dann klappte er den Mund zu, nickte schwach und deutete auf einen Oyakai. Er verschränkte die Hände, um mir in den Sattel zu helfen. Ich starrte ihn an, bis er die Hände zurückzog und dann zehn Schritte zurückging.

Ich packte den Sattel des Vogels, und ein brennender Schmerz durchzuckte mich. Ich biss die Zähne zusammen.

»Du willst uns schon verlassen?«

Genau in diesem Moment tauchte die nächste Nervensäge auf.

Seine Stimme klang ebenso lässig wie seine Schritte. Ein schlanker Mann, der in das Krähennest schlenderte, als würde er eine nette Herberge verlassen und kein in Flammen stehendes Anwesen. Seine Kleidung war zerfetzt und verbrannt, er war von Wunden übersät, und trotzdem war sein Blick unter der Knochenplatte auf seiner Stirn gelassen und unbekümmert.

Dalthoros.

Eine Minute hatte ich geglaubt, ich würde ohne so eine verfickte Vogelkacke hier wegkommen.

»Ich persönlich verzeihe dir die Schweinerei, die du angerichtet hast.« Er wischte Asche von seiner nackten Schulter. »Ehrlich gesagt bedaure ich den Verlust der Kunstwerke erheblich mehr als das Dahinscheiden der Adeligen, die du abgeschlachtet hast. Dennoch.«

Er kniff die Augen zusammen, und violettes Licht blitzte hinter ihnen auf. Das Lied der Lady Merchant ertönte, so klar wie eine Glocke über dem Fauchen der Flammen.

Ein Magus, klar. Was auch sonst?

»Der Hauptmann glaubt, dass alle Bürger des Imperiums, ganz

gleich wie geckenhaft sie auch sein mögen, ihres Schutzes würdig sind. Das ist das Mandat ihres Ranges als Schwert der Imperatrix und unsere Mission hier.«

Seine Haut kräuselte sich wie Wasser, und die Wunden auf seinem Körper schlossen sich. Die Rötung seiner Verbrennungen verwandelte sich in ein gesundes Rosa. In der Zeitspanne, die ich brauchte, um zu begreifen, wie tief ich in der Scheiße saß, stand er wohlbehalten, gesund und kampfbereit vor mir.

Ein Heilmagus. Ein verfickter Heilmagus!

Er war frisch, ich war erledigt. Er war stark, ich war schwach. Selbst wenn ich irgendwoher genug Energie bekommen sollte, um ihm seine Nase blutig zu schlagen, würde er sich im Nu erholen.

Meine Haut brannte, mein Blut brannte, und mein Schädel brannte. Und doch spürte ich plötzlich etwas sehr Kaltes in meiner Magengrube.

»Eine Beleidigung gegen das Imperium kann ich ertragen.«

Dalthoros kam langsam auf mich zu. Ich spreizte die Füße.

»Eine Beleidigung gegen die Imperatrix perlt an mir ab.«

Er hob sein Schwert, und ich schlug meinen Schild auf.

»Aber eine Beleidigung des Hauptmanns?« Er schüttelte den Kopf. »Das kann ich nicht durchgehen lassen. An welche Vagranten-Gottheit du auch glauben magst, ich schlage vor, du schließt deinen Frieden mit ihr, denn ich werde nichts …«

Er beendete den Satz nicht. Das heißt, er beendete ihn schon, aber das Gurgeln, das er von sich gab, als sich fünf schlanke Finger um seine Kehle schlossen, betrachte ich nicht als artikulierte Äußerung.

Der Gegenpart der Hand um seinen Hals schloss sich um seinen Knöchel. Seine Augen traten vor Verwirrung aus den Höhlen, und er versuchte zu schreien, als er in die Luft gehoben wurde. Entsetzen zeigte sich auf seinem Gesicht, als er gegen die Wand geschleudert wurde.

Sein Körper prallte auf den Stein. Es knackte eklig, und er fiel wie ein Sack zu Boden, wo er regungslos liegen blieb.

Eine rußverschmierte Agne blickte von dem Mann, den sie gerade an die Wand geklatscht hatte, zu mir zurück. »Entschuldigung, habe ich euch gerade bei etwas gestört?«

Ich betrachtete blinzelnd den zerschmetterten Knochensack, der zuvor Dalthoros gewesen war, und schüttelte den Kopf. »Nein, es war alles gesagt.«

»Gut, gut.« Agne ging weiter, und ich sah, dass sie keinen Kratzer davongetragen hatte. Sie näherte sich einem größeren Oyakai mit dunkelblauem Gefieder. »Ich nehme den hier, wenn niemand etwas dagegen hat.«

Von mir aus hätte sie mir auch meine Jungfräulichkeit nehmen können – ich hätte mich nicht beschwert.

Wir stiegen auf, und Tuteng übernahm die Spitze. Er hob die Hand. Die Oyakai reagierten auf sein Zeichen und rannten los. Einer nach dem anderen sprangen die Vögel in die Luft und spreizten ihre Schwingen.

Wir flogen. Der Rauch und die Hitze blieben hinter uns zurück. Die kalte süße Nachtluft schlug mir ins Gesicht und füllte meine Lunge. Schnee fiel auf meine Haut und schmolz, und mit ihm schmolz der Schmerz. Ich atmete so tief ein, dass ich fürchtete, ohnmächtig zu werden und aus dem Sattel des Vogels zu fallen.

Aber ich tat es nicht. Ich flog in die Nacht hinaus, hinter den anderen Vögeln her, die wir gestohlen hatten, und weg von dem Feuer, das ich gelegt hatte. Bei jedem Atemzug flüsterte ich es in den Wind.

»Ich habe es geschafft.«

Nach all dem, nach allen Lügen, allen Wunden, jeder beschissenen Tat hatten wir es geschafft. Die Vögel gehörten uns. Der Plan war gerettet. Ich lebte.

Irgendwie.

Ich warf einen Blick über die Schulter zurück. Das Feuer hatte das Anwesen vollkommen in Besitz genommen. Es leuchtete wie ein Scheiterhaufen. Und in seiner Mitte, unberührt von den Flammen und den schwarzen Leichen zu seinen Füßen, stand noch immer das Götzenbild.

Sein leerer Blick war himmelwärts gewendet, und sein Auge, kalt und blau, war auf mich gerichtet. Sein rotes Herz schlug.

Perfekt synchron mit meinem.

27. KAPITEL
JAMMERTAL

Leiden bewirkt, dass die Welt plötzlich zu klein scheint.

Das hatte Meret als Erstes gelernt, als er in das Borrustal kam, nach dem großen Krieg, der die ganze Region erschüttert hatte. Als er damit konfrontiert wurde, mit den gebrochenen Knochen, die nicht richtig heilen wollten, den Albträumen, die die Menschen am Schlafen hinderten, den unvermittelten Nervenzusammenbrüchen, kam ihm das alles so … erstickend vor.

Es beschämte ihn manchmal, dass er das so sah. Aber er wusste kein anderes Wort dafür. Es war ein Gefühl, als würde sich eine Schlinge um seinen Hals legen. Ganz gleich, in welches Dorf er kam, es war immer dort, in dieser oder jener Form. Und die Schlinge zog sich bei jedem Atemzug etwas mehr zu.

Vielleicht zog er deshalb immer wieder weiter.

Wie groß die Scar war und vor wie vielen Schrecken er aus purem Glück verschont geblieben war, hatte er erst begriffen, nachdem er diese vernarbte Frau mit der großen Pistole getroffen hatte. Er hatte Geschichten über die Fanatiker aus Eden und ihre Monster gehört, aber es waren halt nur Geschichten, die nichts mit seiner Arbeit und den Menschen zu tun hatten, die ihn brauchten. Selbst dass jetzt das Imperium das Tal beherrschte, fühlte sich für ihn wie ein Mythos an – er hatte Magier bis jetzt nur von Weitem gesehen.

Aber diese Geschichte, die sie ihm erzählte, war einfach zu viel.

Sie enthielt zu viel Feuer und Schreie und Tod, es gab zu viele Monster und nicht genug Helden, um sie aufzuhalten. In ihnen fanden all die Kriege statt, denen er hatte aus dem Weg gehen wollen, und all das Blut, vor dem er hatte flüchten wollen, wurde dort vergossen. Und nun hatte all das Grauen zusammen mit der Frau, die es ausgelöst hatte, in seiner Siedlung eine Bruchlandung gemacht.

»Ich brauche frische Luft!«, keuchte er.

Sal blickte vom Tisch hoch. »Geht es dir nicht gut?«

Nein, dachte er.

»Doch.« Er nickte schwach. »Doch, ich bin nur …« Er hob hilflos die Hände und schlug sie dann auf seine Schenkel. »Blut erzeugt Verstopfungen in den Adern, wenn du dich nicht bewegst, wusstest du das? Die können dich töten.«

»Tatsächlich?« Sal lehnte sich zurück und kratzte sich. »Was für ein armseliger Abgang.«

Besser als bei lebendigem Leib zu verbrennen.

»Richtig. Armselig«, sagte er. »Ich gehe … Du weißt schon …«

Sie blickte ihn mit leeren blauen Augen an und schürzte die Lippen. Einen Moment fürchtete er, sie würde seinen Bluff durchschauen und wissen, was er vorhatte. Aber es war ihr nichts anzumerken, als sie den Kopf senkte.

»Klar doch«, sagte sie. »Ich bin hier.«

Er nickte erneut und stolperte zur Tür. Draußen ging er so lange weiter, bis er sicher war, vom Fenster aus nicht mehr gesehen zu werden. Dann rannte er los.

Er rannte bis zum Fuß des Hügels, stolperte über Steine und Wurzeln und sog tief die kalte Luft ein, bis er so weit gelaufen war, dass seine Erschöpfung seine Furcht überwand. Dann beugte er sich vor, stützte die Hände auf die Knie und starrte ins Nichts.

Monster, sagte er sich. *Sie kämpft gegen Monster, verbrennt Städte und tötet Menschen. Sie ist eine Vagrantin, eine magische Mörderin in einem Krieg, in dem es von magischen Mördern nur so wimmelt. Wie lange wird es dauern, bis sie ihr hierher gefolgt sind? Wie lange bis zum nächsten Krieg?*

Er ließ den Blick über Jammertal schweifen, über die bescheidenen Häuser, die er mittlerweile so gut kannte. Und er ertappte sich bei der Vorstellung, dass sie in Flammen gehüllt waren, malte sich all die Gräben auf den Feldern aus, um die Leichen zu verscharren. Wann würde das Haus des Alten Rittish von einem Zauberspruch oder einer Kanone vernichtet werden? Wie lange dauerte es, bis Danisca und ihre drei Kinder unter dem Fuß eines Monsters zerquetscht wurden? Wann würden sie begreifen, dass es seinetwegen passierte?

Sindra hatte recht, sagte er sich. *Du hast sie hergeholt und hierbleiben lassen. Du warst es. Du hast das getan. Du …*

»Meret?«

Die heisere Stimme erging sich für gewöhnlich in Beschwerden über schmerzende Gelenke und schlechtes Wetter. Der dürre grauhaarige Rodic stand neben ihm, vor einem ausgemergelten alten Vogel, gespannt vor einen noch abgehalfterten Karren, der von Habseligkeiten förmlich überquoll.

»Geht es dir gut, junger Mann?« Rodic hatte das Imperium schon vor Jahrzehnten verlassen, aber sein Akzent hatte Alter und Distanz getrotzt. »Du siehst aus, als müsstest du gleich kotzen.«

Erst als Rodic es erwähnte, überkam Meret der Drang dazu. Er antwortete kurz und gurgelnd. »Mir geht es gut.« Er warf einen Blick auf den Karren mit den Habseligkeiten. »Du … verlässt uns?«

Der alte Bauer sah finster drein. »Nicht freiwillig. Ich habe hier vierzig Jahre lang gelebt und sechs Kinder gezeugt. Ich würde mein Heim lieber nicht aufgeben.« Er deutete auf die Straße. »Aber noch weniger möchte ich erleben, dass ihm dies widerfährt.«

Er meinte Lady Kalavins Villa, die trotz der Zerstörung stolz dastand. Sal hatte mit ihrer Pistole das Dach sauber abrasiert, und der erste Stock sah aus wie eine Krone aus Splittern und zertrümmerten Möbeln. Angeblich hatte dieses Haus Überfälle von Banden mit mehr als hundert Männern und ihren Waffen überstanden.

Sal hatte es mit einem einzigen Schuss zerstört.

»Und ich bin nicht der Einzige, der geht«, sagte Rodic. »Abgesehen von Sindra. Ich hatte vor, es mit ihr durchzustehen, aber sie …« Er seufzte und stieß eine Atemwolke aus. »Sie sagte, diese Vagrantin kenne keine Gnade.«

Sie hat recht, dachte Meret. *Sie hatte die ganze Zeit recht.*

»Rodic«, sagte er, »ich wollte nicht …«

»Es ist nicht deine Schuld.« Rodic unterband seine Entschuldigung mit erhobener Hand. »Du hast zu viel Gutes für Jammertal getan, als dass ich dir den Versuch übel nehmen würde, noch mehr Gutes zu tun. Aber, Meret …« Er blickte unbehaglich zum Hügel, als erwartete er, dass Sal jeden Moment auftauchte. »Sie ist es nicht wert.«

Er schluckte. »Was ist sie nicht wert?«

»Unsere Siedlung, den Kampf, was auch immer du auf dich nimmst, um ihr zu helfen.« Seine Augen wurden Schlitze. »Hast du jemals das Werk eines Vagranten gesehen, Meret?«

»Ich habe Spuren des Krieges hier und da …«

»Das war das Werk von zivilisierten Menschen, die man zu weit getrieben hatte. Aber ein Vagrant …« Sein Atem ging schneller. »Ich bin vor sechs Jahren von Windflüchter zurückgekommen, nachdem ich Holz dorthin geliefert habe. Ich war schon einen halben Tag gefahren, als mir einfiel, dass ich vergessen hatte, die Quittung unterschreiben zu lassen. Also bin ich zurückgefahren …«

Seine Stimme verklang.

»Und was?«, hakte Meret nach.

»Und gar nichts«, flüsterte der alte Mann. »Die Stadt war bis auf die Grundmauern zerstört. Die Bevölkerung lag aufgespießt in den Ruinen ihrer Heime oder zerschmettert auf den Straßen. Über sechshundert Menschen, massakriert in weniger als einem halben Tag. Später erfuhr ich, dass es das Werk einer Himmelsmagierin gewesen war – Vantha die Zefir oder so ähnlich. Sie hatte ihnen nichts weggenommen und keine Forderungen gestellt. Sie hatte keinen Grund für ihr Tun. Sie war einfach aufgetaucht und …«

Er schüttelte sich und holte tief Luft. »Der Krieg macht aus Menschen Tiere, Meret, aber sie verwandeln sich irgendwann wieder in Menschen zurück. Vagranten jedoch … Vagranten sind nicht einmal Tiere. Denn Tiere haben Gründe, um zu töten.« Er warf einen Blick auf Merets Haus. »Hör zu, ich habe noch Platz auf dem Karren. Und die alte Lady …« Er deutete auf den Vogel, »ist noch gut im Futter. Sie bringt uns bis zum Sonnenaufgang in die nächste Stadt. Komm mit, Meret. Du willst nicht dabei sein, wenn das, was in Windflüchter geschehen ist, auch hier passiert.«

»Rodic, ich kann nicht …«

»Worüber machst du dir Gedanken? Stolz? Mut? Auch die tapferste Leiche ist eine Leiche, und die Anerkennung der Vagrantin für dich wird so lange anhalten, wie sie braucht, über deine Leiche zu treten.« Rodic drückte aufmunternd Merets Schulter und seufzte.

»Hör zu, wir müssen nicht weiter darüber reden. Ich gehe in mein Haus, um noch ein paar Dinge zu holen, und dann fahre ich los. Wenn du auf dem Wagen sitzt, verliere ich kein einziges Wort mehr darüber. Aber der Platz ist für dich reserviert. Und es gibt auch irgendwo im Tal ein neues Dorf für dich. Alles klar?«

Meret suchte nach einer Antwort, brachte aber nur ein Nicken zustande. Rodic erwiderte die Geste knurrend, bevor er in sein Haus zurückging und die Tür hinter sich zuschlug. Meret blieb an dem schlimmsten Ort für einen intelligenten Menschen wie ihn zurück. An einem Ort allein mit seinen Gedanken. Ihm platzte fast der Schädel.

Besorgnis kämpfte gegen Furcht, Furcht wurde von Entsetzen erstickt, Entsetzen wurde von Gewissensbissen niedergestochen. Die Gedanken wetteiferten darum, gehört zu werden, und sie waren so schnell, dass er nur Fetzen davon verstehen konnte.

Du gehörst da nicht hin.

Sie brauchen dich.

Wer hilft ihnen, wenn du tot bist?

Wer wird ihnen helfen, wenn du fort bist?

Und so weiter.

Es war schon immer so gewesen. Er lenkte sich ab, indem er weiterzog und heilte. Diese beiden Dinge beschäftigten ihn so sehr, dass er sich nicht mit seinen Gedanken auseinandersetzen musste. Denn Gedanken führten zu immer mehr Gedanken, die seinen Kopf schließlich so schwer machten, dass er ihn zu Boden zog und er zu gelähmt und zu erschöpft war, um sie zu kontrollieren.

Aber gerade als seine Knie zu zittern begannen, setzte sich eine Stimme in seinem Kopf durch. Kräftiger als die anderen.

Lauf.

Es war kalte, primitive Furcht.

Lauf weg. Lauf weit und schnell weg. Stirb nicht hier.

Vernünftig.

Bitte.

Er betrachtete den Karren, diesen verlockend freien Platz zwischen Rodics Töpfen und seiner Holzfälleraxt. Als wäre die Stelle für ihn gemacht. Er musste nichts tun, sich nicht erklären und nicht einmal nachdenken. Er musste nur hineinsteigen.

Also tat er es.

Jedenfalls machte er Anstalten dazu. Aber mit jedem Schritt wurde seine Atmung schwerer, wurden seine Beine steifer, bis er fürchtete zu stürzen, bevor er den Karren erreichte.

»Verlässt du uns?«

Es gehörte sich einfach nicht, vor den Augen einer Lady vor Entsetzen ohnmächtig zu werden, oder? Liette stand kaum zwei Meter vor ihm, die Hände auf dem Rücken verschränkt, und ihre Prellungen hoben sich deutlich von dem grauen Himmel ab, als sie hochblickte in den fallenden Schnee. Der schien ihr auszuweichen, wirbelte um sie herum, statt sich auf ihre Schultern zu legen. Und der Wind bewegte nicht ein einziges Haar auf ihrem Kopf. Sie schien von der Welt isoliert zu sein, fern und kälter als jeder Wind.

»Es wäre nur verständlich, wenn du das tätest.«

Er blinzelte. Sie sprach mit ihm!

»Du ... Du solltest nicht herumlaufen ...«, sagte er. »Nicht mit den Verletzungen.«

»Ich laufe nicht herum.«

»Sicher, im Moment nicht, aber du solltest wirklich nicht ...«

»Verlässt du uns?«

Sie sah ihn an. Er hatte nicht mitbekommen, wie sie sich bewegte, aber jetzt war ihr Blick auf ihn gerichtet. Ging durch ihn hindurch wie ein dunkles Messer. Er suchte nach einer Lüge, aber bevor er sie aussprechen konnte, wurden ihre Augen zu schmalen Schlitzen, als sähe sie, wie sie sich auf seinen Lippen bildete, und wüsste bereits, dass es eine Lüge war.

»Ja.«

Die Wahrheit kam ihm ganz einfach über die Lippen.

»Ja, ich gehe.« Er fuhr sich mit der Zunge über die rissigen Lippen. »Ich will nicht mehr hier sein. Ich will nicht hier sein, wenn die Kämpfe beginnen. Oder wenn sie enden.«

Sie betrachtete weiter den fallenden Schnee, ungerührt von der sonderbaren Art, wie er ihr auswich, als wollte er ihr ermöglichen, etwas jenseits der grauen Wolken zu sehen.

»Es kommt, das stimmt doch, oder?«, fragte er. »Die Kämpfe? Das Morden?«

»Höchstwahrscheinlich«, antwortete sie.

»Ihretwegen.«

Sie schloss die Augen. »Höchstwahrscheinlich.«

»Sie wird Tod und Vernichtung in diese Stadt bringen.« Er stieß die Worte gepresst mit kaltem Atem aus. »Und ich habe sie hergeholt. Ich hätte sie wegstoßen, mich weigern sollen. Aber ich habe sie hergebracht, und jetzt werden wir alle …«

»Nein.«

Es war nur ein einzelnes Wort, angespannt, aber nicht boshaft. Er spürte es mehr in seinen Adern, als dass er es hörte.

»Nein?«

»Nein.«

»Nein, sie wird die Stadt nicht vernichten, oder nein, es ist nicht meine Schuld?«

»Das macht keinen Unterschied.«

Er blinzelte und sah sich um. »Gut, das klingt jetzt irgendwie weise und mysteriös, aber da wir darüber reden, ob die Stadt zerstört wird: Könntest du vielleicht etwas deutlicher werden?«

Er wusste nicht genau, warum er zusammenzuckte, als sie sich bewegte, und auch nicht, warum er erleichtert seufzte, als sie nur die Brille abnahm und säuberte.

»Lassen wir die Myriaden anderer Gesetze außer Acht, können wir sagen, dass die beobachtbare Welt in Entscheidung und Wirkung gemessen werden kann«, sagte Liette. »Ersteres setzt Ereignisse in Gang, Letzteres misst den Einfluss der Ereignisse, welche wiederum die nächste Entscheidung in Gang setzen, usw. Alles in der Natur ist ein Kreislauf.«

»Verstehe, und hat das …?«

»Warum hast du uns hierhergebracht?«

»Was?«

»Das hättest du nicht tun mussen. Wir beide sind Fremde füreinander und werden uns nach dem hier wahrscheinlich nie wiedersehen. Und sie …« Liette deutete beiläufig auf die zerstörte Villa von Lady Kalavin. »Du hast es ja gesehen. Nach jedem Maßstab, sowohl ethisch als auch intellektuell, hättest du uns berechtigterweise ignorieren können. Hast du aber nicht.«

Meret rieb sich den Nacken. Irgendwie hatte ihm die Frau besser gefallen, als sie bewusstlos gewesen war.

»Das habe ich nicht …«, begann er zögernd, »weil ihr Hilfe brauchtet.«

»Wir hätten andere Hilfe finden können.«

»Aber …«

»Oder wir wären gestorben. Beides hätte dein Eingreifen nicht erfordert.«

»Ich weiß, aber …«

»Deine Anwesenheit hätte man alles in allem auch als bedeutungslos betrachten können.«

»Verflucht, ihr brauchtet Hilfe, und ich war da!«, fuhr er sie an. »Hätte ich nichts getan, wäre nichts geschehen.«

Ein unerträglich selbstgefälliges Grinsen zeigte sich auf ihrem Gesicht. Er war sich nicht ganz klar darüber, wie sie es schaffte, noch aufreizender zu sein als Sal. Vielleicht waren sie deshalb zusammen. Vögel mit beschissenem Gefieder scharen sich gern in großen beschissenen Schwärmen zusammen.

»Voilà, die Wirkung.« Sie setzte die Brille auf und betrachtete Jammertal. Das Grinsen verschwand, und ein trauriger Ausdruck blieb zurück. »Wieder eine Stadt zerstört. Noch mehr Gräber. Mehr Blut, mehr Tod.« Sie schloss die Augen. »Du hast Angst davor.«

»Du nicht?«

»Doch«, sagte sie. »Aber aus anderen Gründen als du.«

»Und welchen?«, flüsterte er verzweifelt. »Wovor hast du Angst?«

»Ich habe Angst …«, sie drehte sich um und sah zu seinem Haus zurück, »… vor dem, was ihr zustoßen wird.«

»Du meinst, was sie tun wird? Sie ist eine Killerin, eine Zerstörerin, eine …!«

»Du Einfaltspinsel! Glaubst du ernsthaft, ich wäre mir dessen nicht bewusst?«, fuhr sie ihn an. »Sie ist eine Killerin, ja! Das ist die Wirkung! Von den Narben, die sie auf der Haut trägt, von der Gabe, die man ihr genommen hat, von dem … *Ding,* das an ihrer Hüfte hängt. Und was immer sie als Nächstes tut, wird eine weitere Wirkung hinterlassen, die wiederum eine andere erzeugt und noch eine andere, bis sie die ganze Welt niedergebrannt hat.«

Ein kalter Wind fegte über die Stadt hinweg, drang durch seinen Mantel und ließ den Beutel an seine Seite klatschen. Er zog den

Mantel fester um sich und wandte das Gesicht ab, um es vor dem Schnee zu schützen.

Aber sie rührte sich nicht, und der Wind zerzauste nicht ein einziges Härchen.

»Man kann diesen Kreislauf nur beenden«, flüsterte sie, »wenn eine neue Entscheidung getroffen wird.« Sie rückte ihre Brille zurecht. »Es spielt keine Rolle, ob es ein Fehler war oder nicht. Die Wirkung wurde erzeugt. Wir alle sind deinetwegen am Leben. Und was immer aufgrund ihrer Willensentscheidung geschieht, passiert deinetwegen.«

Sie blickte zum Himmel empor, auf etwas jenseits der Wolken, das nur sie sah. Respektvoll legte sich der Wind, und der Schnee schwebte wieder sanft vom Himmel herab. Mehr sagte sie nicht.

Und er stand mit seinen Gedanken allein neben ihr.

»Kannst du mir sagen ...«

Einen eisigen, ewigen Augenblick lang.

»... ob es eine Rolle spielt, ob ich bleibe oder gehe?«

Schließlich sah sie ihn an. Ihre Augen wirkten unvorstellbar tief, und irgendwo in diesen dunklen braunen Augen glaubte er ein Fragment dessen zu sehen, was Sal dazu veranlasst hatte, mit gezückter Pistole schützend über ihr zu stehen.

Liette lächelte. »Ja«, flüsterte sie.

Meret blinzelte und hüstelte. »Entschuldigung ... meinst du ja, ich soll bleiben, oder ja, du kannst mir sagen, ob es wichtig ist?«

»Alter!« Sie verdrehte die Augen. »Ganz offenkundig meinte ich *ja* wie in ...«

Ihre Worte wurden vom Wind verschluckt, der heulend durch den Schnee pfiff. Sie sank auf die Knie und hielt sich den Kopf. Der Wind kreischte mitfühlend, der Schnee erzitterte in der Luft und fegte plötzlich in allen Richtungen von ihr davon.

Merets Haar peitschte ihm ums Gesicht. Die Windbö traf ihn wie eine Faust, als wollte sie ihn von den Füßen holen und ihm die Kleider vom Leib reißen. Er schloss die Augen und hob schützend die Hand. Und rannte nicht weg.

»Liette!«, schrie er und kniete sich neben sie. »Was ist los? Was hast du?« Er packte behutsam ihr Gesicht und drehte es sachte zu sich herum. »Sieh mich an.«

Der Wind erstarb, die Schneeflocken erstarrten, und seine Worte versiegten.

Er blickte in ihre Augen. Zwei schwarze Kreise, so unendlich wie der Nachthimmel, erwiderten seinen Blick.

»Verrate es ihr nicht.«

Die Worte liefen kribbelnd durch seine Adern. Ihre Hand lag kalt auf seinem Handgelenk. Die Tränen auf ihren Wangen gefroren.

»Bitte«, flüsterte sie. »Sie soll nicht glauben, es wäre ihre Schuld.«

»Was … Was geht hier vor?« Meret rang nach Luft. »Liette, ich kann nicht …«

»Versprich es mir!«

Wieder fühlte er ihre Stimme in seinen Adern. Aber statt kalt wie zuvor zu sein, schienen die Worte zum Leben zu erwachen. Etwas Warmes, Gieriges wand sich um seinen Brustkorb, klammerte sich verzweifelt an ihn. Es war ein unangenehmes Gefühl; zu heiß, zu lebendig, zu sehnsüchtig, traurig und begehrend. Vielleicht war das der Grund für seine Antwort. »Ich verspreche es.«

Sie schloss die Augen und holte tief Luft. Als sie ihn ansah, waren ihre Augen wieder braun, groß. Und auch tief.

»Danke«, flüsterte sie.

»Meret? Bist du so weit?«

Die krächzende Stimme hinter ihm verlangte seine Aufmerksamkeit. Rodic stand neben seinem Karren und verlud den letzten Rest seiner Habe. Der alte Mann zog noch einmal prüfend an einem Knoten, bevor er auf den Kutschbock kletterte und die Zügel hochnahm. Sein Vogel krächzte gereizt. Rodic sah Meret erwartungsvoll an.

Der Platz für ihn war noch frei.

Wieder überschlugen sich die Gedanken in seinem Kopf, nur diesmal schrien sie alle dasselbe.

Lauf weg!, befahlen sie ihm. *Lauf weit weg. Überlebe.*

»Nein.«

Rodic hob fragend eine Braue. »Wie bitte?«

»Nein, ich komme nicht mit!« Meret stieß die Worte atemlos hervor. »Ich kann mehr ausrichten, wenn ich bleibe.«

»Du kannst gar nichts tun, wenn du tot bist.«

»Das weiß ich.«

»Und du wirst sterben, Meret. Sindra sagte, die Soldaten kommen. Imperium, Revolution, das spielt keine Rolle. Wenn der eine kommt, folgt ihm der andere, und keiner von beiden interessiert sich auch nur im Geringsten für uns.«

»Das weiß ich.«

»Selbst wenn dir diese Vagrantin nicht in den Rücken schießt, was sie tun wird, wie du selbst weißt, kann sie nichts gegen sie ausrichten. Bist du dir wirklich sicher?«

Das war er eigentlich nicht. Er schwieg nur deswegen so stoisch, um zu verhindern, dass er einfach losplapperte. Seine Gedanken schimpften ihn einen Narren und flehten ihn an, zu flüchten.

Aber das konnte er nicht, nicht diesmal. Er konnte nicht schon wieder ein neues Heim suchen, um es dann zu verlassen, Leichen zurückzulassen, zuzusehen, wie Menschen starben. Dieser Kreislauf musste durchbrochen werden, eine neue Entscheidung musste getroffen werden. Und er hatte seine gefunden.

Rodic verstand das nicht, auch nicht, dass er es billigte. Am liebsten hätte er Meret mit Gewalt auf seinen Karren gezerrt. Doch dann seufzte er nur traurig.

»Hör zu«, flüsterte er. »Wenn du zur Besinnung kommst – mein alter Karren steht noch im Schuppen. Und Xanthippe, mein anderer Vogel, steht auch noch draußen in der Koppel. Ist nicht gerade die Schnellste, aber sie zieht einiges weg, wenn du sie freundlich behandelst. Nenn es eine dankbare Geste für das, was du für diese Stadt getan hast, Apotheker.«

»Danke, Rodic. Ich weiß, dass du nicht viel besitzt ...«

»Und jetzt habe ich noch verdammt viel weniger wegen dieser Frau.« Der Blick haftete noch kurz an Meret. »Danke, Meret, für alles, was du für uns getan hast.«

Dann ließ er die Zügel klatschen, der Vogel krächzte, der Karren ratterte los, und Jammertal war um zwei Seelen ärmer.

»Ich hoffe, ich habe mich richtig entschieden.« Meret blickte dem Karren nach, der durch das Tor der Siedlung rumpelte und im Schneetreiben verschwand. »Glaubst du, dass es richtig war?«

Er drehte sich zu Liette herum. Aber sie war verschwunden, ohne auch nur eine Fußspur zu hinterlassen.

Es schneite weiter, und in der Ferne seufzte der Wind.

Er war allein. Wieder einmal. Allein bis auf die Gedanken in seinem Kopf, die Furcht in seinem Herzen und bis auf die Frau, wegen der er geblieben war.

Als er den Hügel zu seinem Haus hinaufstapfte, hoffte er nur, dass sie ihm dieselbe Güte erweisen würde.

Oder zumindest den Respekt, ihm ins Gesicht zu schießen.

28. KAPITEL

DIE MASOCHISTISCHE KRÖTE

In den Geschichten und anderen Lügen habt ihr vielleicht einiges über den Vagranten-Kodex gehört.

Einige Gaukler oder Gerüchteschmiede oder Trunkenbolde haben euch vielleicht etwas über Regeln auf die Nase gebunden. *Vagranten greifen niemanden an, der sie nicht herausfordert. Vagranten stehlen dir nie deine letzte Münze. Sie töten dich nicht, wenn du die richtige Zeile aus der richtigen Oper zitierst.*

Ich sage nicht, dass all das Vogelkacke ist. Soweit ich weiß, gibt es tatsächlich Vagranten, die so etwas machen. Aber unter dem Strich ist dieser »Kodex« nicht greifbarer als der Bieratem eines Saufbolds. Wohl gilt es unter Vagranten als unhöflich, anzugreifen, ohne sich vorzustellen. Hauptsächlich, damit beide ihre Chancen abwägen können, den anderen zu töten. Abgesehen davon gibt es keine Richtschnur und keinen Kodex, nichts, was Vagranten von irgendwelchen anderen Gesetzlosen unterscheidet – bis auf ihre Magie.

Der Mythos des Kodex dient allerdings einem Zweck.

Wenn ein Vagrant dein Dorf angreift, dein Haus in Brand steckt und dein Geld stiehlt, gibst du auf. Du hörst auf zu arbeiten, zu lachen und hörst auf zu leben, weil ein Vagrant dich jederzeit erneut heimsuchen kann.

Aber es gibt eine gewisse Ordnung, wenn man das Kodex nennen will. Irgendwo gab es eine Regel, der du nicht gefolgt bist. Wenn du dich das nächste Mal an die Regel erinnerst, überlebst du.

Die Vorstellung, dass ein Haufen übermächtiger Wahnsinniger einem Gesetz folgt, beruhigt die Menschen. Und die Wahnsinnigen selbst auch.

Und hätte ich genug nachgedacht, genug getrunken und genug gelogen, hätte ich mir auch einreden können, dass alles, was letzte Nacht passiert war, aufgrund eines Kodex geschah, und eine Menge Leute nicht völlig grundlos verbrannten und starben.

Verflucht, ich habe es versucht.

Ich wachte, zwei Stunden nachdem ich schlafen gegangen war, wieder auf. Sechs Stunden nachdem wir die Oyakai außerhalb der Stadt abgegeben und uns wieder zurückgeschlichen hatten, fünf Stunden nachdem ich mich hingelegt hatte, voller Schmerzen und von meinem eigenen Blut besudelt, und mich vergeblich zu überzeugen versuchte, dass die letzte Nacht etwas anderes gewesen war als viel Blut, viel Feuer, viel … Wie gesagt, ich habe es versucht.

Ich zwang mich aufzustehen. Es schneite immer noch, und die Kälte brannte in meinen Wunden, drang mir bis in die Knochen. Alles an mir, was nicht blutete, schmerzte, und was nicht schmerzte, fror. Es tat weh, aber das störte mich nicht. Denn was als Nächstes kam, würde weit stärker schmerzen.

Ich spürte seine Augen auf mir. Zwei Nadelköpfe auf meinem Hinterkopf, glühend heiß in der Kälte. Ich hatte die ganze Nacht versucht, ihn zu ignorieren, seinen brennenden Blick und sein hasserfülltes Flüstern. Selbst jetzt wollte ich einfach nur fortgehen und ihn nie wieder ansehen.

Aber wir hatten eine Abmachung getroffen, er und ich. Also drehte ich mich um. Der Kakophon starrte mich an.

Er war genau da, wo ich ihn liegen gelassen hatte, auf einem alten Mantel auf dem Tisch. Der Mantel war zu Asche verbrannt, und der Tisch hatte einen schwarzen Fleck. Dampf stieg von dem Messing auf. Ich erwiderte seinen messingenen Blick, ging langsam auf ihn zu und spürte, wie die Kälte enormer Hitze wich, bis ich das Gefühl hatte, in einen Hochofen zu greifen, als ich die Hand nach ihm ausstreckte.

Meine Finger zitterten, und ich schloss die Augen. Ich packte den Griff. Und schrie. Das Gefühl, das mich durchzuckte, konnte man nicht direkt Schmerz nennen. Bis zu diesem Moment hatte ich gedacht, ich wüsste, wie Schmerz sich anfühlte. Er hatte schon früher gebrannt und manchmal sogar Blasen auf meiner Haut hinterlassen. Aber das …

Es fühlte sich an, als griffe er durch den Griff in mich hinein. Ich spürte, wie seine Hitze meine Sehnen teilte, Schicht um Schicht, durch mein Knochenmark in meine Brust sickerte, wo sich glühende Finger um mein Herz legten und langsam zudrückten.

Ich lag auf dem Boden und wusste nicht, wie ich da hingekommen war. Ich atmete und wusste nicht, wie. Ich fühlte nur das Feuer in mir, spürte den Griff in meiner Hand und hörte seine Stimme.

»*Närrin.*« Sie klang wie Funken im Wind. »*Betrügerin.*«

»Ich bin … keine Betrügerin.« Ich presste die Worte zwischen den Zähnen heraus, weil ich Angst hatte, mir die Zunge abzubeißen, wenn ich den Mund öffnete. »Nicht … meine Entscheidung.«

»*Deine Entscheidung. Dein Versagen.*« Er loderte hasserfüllt. »*Du hast dich breitschlagen lassen, mich zurückzulassen. Du hast dich ihrem Willen gebeugt. Und wie viele sind jetzt tot? Wie viele Schreie hörst du in der Nacht?*«

Die Toten interessierten ihn einen Scheiß. Ihn interessierten nur die Magier, von denen er sich hätte nähren können.

Hatte er trotzdem recht? Hätte ich allem Einhalt gebieten können, wenn er da gewesen wäre? Als Jero sagte, er würde Ärger machen, habe ich ihm geglaubt. Und was hat mir das gebracht?

Wenn ich nur nachdenken könnte, wenn es nur nicht so schmerzen würde. Wenn …

»*Ohne uns sterben mehr!*«, zischte der Kakophon. »*Ohne mich sterben die falschen Leute. Ohne mich überleben die falschen Leute! Ohne mich … ! Du bist nichts … !*«

»Nein!«

Meine Stimme klang schwach in meinem Kopf, und er strafte mich trotzdem mit Schmerzen für meinen Widerspruch. Aber ich würde mir von ihm diesen Mist nicht bieten lassen.

»Ich bin kein Nichts! Und nicht deine Bedienstete!« Ich richtete mich auf die Knie auf und nahm ihn in zwei Hände. »Mein Name ist … Sal Kakophonie. Und wir beide haben eine Abmachung.«

Der Schmerz ließ nach, und die Hitze nahm ab. Jedenfalls etwas.

»Wenn du aussteigen willst, dann mach das«, antwortete ich. »Denn ohne mich gehst du nirgendwohin. Ohne mich tötest du niemanden. Ohne mich verrottest du in dem dunklen Loch, in das ich dich werfe!«

Sein Messing kräuselte sich wütend, aber die Hitze nahm weiter ab. Ich hob ihn hoch.

»Mit mir«, flüsterte ich, »gibst du mir meine Vergeltung und ich gebe dir …«

»*Verheerung!*«

Mit diesem Wort verschwand auch der letzte Schmerz. Mein Körper erholte sich langsam, und mein Blut wurde kühler. Schließlich spürte ich nur noch die üblichen Schmerzen. Aber dieses Wort, dieses grinsend und entzückt ausgestoßene Wort … fühlte ich, noch lange nachdem er aufgehört hatte.

Langsam stand ich wieder auf. Ich schob ihn in sein Futteral und zog mich fertig an. Dann gürtete ich ihn um meine Taille. Er lehnte sein vertrautes Gewicht an meine Hüfte wie ein letzter, endgültiger Schmerz. Und das war gut.

Ich musste mich an diesen Schmerz erinnern, an den Grund, warum ich hier war. Und warum ich hier wegmusste.

Nicht wegen Jero. Oder Agne. Oder der Geister, die mich verfolgten, oder der Albträume, die mich plagten. Nicht für hohe Ideale und die Fantasien alter Männer oder diesem wundervollen, verlogenen Blödsinn, die Welt besser zu machen.

Hinter mir lag nur Asche und vor mir nur die Liste. Nur Narben und die Namen, die sich dafür verantworten würden. Nur Vergeltung.

Und er.

Ich ging zur Tür, stieß sie auf, und zusammen gingen wir los, um diese Vergeltung zu üben.

29. KAPITEL

DIE MASOCHISTISCHE KRÖTE

Terassus war nach dieser Nacht eine andere Stadt.

Die Edener hatten auf ihrem Weg zum Bankett letzte Nacht eine Schneise der Verwüstung durch die Stadt geschlagen, eine Narbe aus schwarzen Fußabdrücken, die den Weg des Götzenbildes zum Anwesen markierte. Der Schnee bemühte sich, das Entsetzen zu begraben, konnte aber eigentlich nur den Toten flachere Gräber geben als üblich.

Die restlichen Edener waren von den Stadtwachen gejagt und hingerichtet worden. Das Regiment hatte sich zahlenmäßig verdreifacht, seit die überlebenden Adeligen ihren Wachen befohlen hatten, in der Stadt zu patrouillieren. Man hatte die toten Bürger identifiziert und ihre Familien informiert. Am nächsten Tag war ein Suchtrupp in dem ausgebrannten Anwesen eingetroffen, bereit, sich des Götzenbildes anzunehmen. Sie fanden jedoch nur eine morbide Ansammlung von verbrannten Leichen und Stöcke mit einem Schädel als Krone, die regungslos über das Werk der Zerstörung präsidierte. Als ein starker Wind durch die Ruine fuhr, war es zu einem Haufen vergammelten Holzes zusammengebrochen.

Welche böse Magie auch in jener Nacht durch Terassus gefegt war, sie hatte eine Wunde hinterlassen. Die Bevölkerung, deren größte Sorge zuvor darin bestanden hatte, sich über den Adel aufzuregen, verbarg sich jetzt in ihren Heimen, zu verängstigt, um sie zu verlassen oder um die toten Mitbürger zu trauern.

Ich fragte mich, wie viele von ihnen ihre Häuser wohl nie wieder verlassen würden.

»Guten Morgen, Nachbar!«

Andere quälten solche Fragen offenkundig nicht.

Urda stand in der Küche der Herberge, und hinter ihm stand ein dampfender Kessel auf dem Tresen. Er hielt zwei Tassen mit einer heißen braunen Flüssigkeit in den Händen und grinste breit. Als wäre es ein ganz normaler Tag.

»Wie hast du geschlafen?« Er kam auf mich zu, immer noch strahlend. »Du wirst es nicht glauben, aber ich habe erstaunlich gut geschlafen. Ich war überzeugt, dass ich auf dem Rücken dieses riesigen Vogels sterben würde. Dass er mich fallen lassen oder treten oder verschlingen würde und den zähen Schleim, der ich einst gewesen war, in die Schnäbel seiner Babys spuckte. Vögel tun so etwas, wusstest du das? Wirklich ekelhaft. Aber nachdem ich zu heiser war, um weiterzuschreien, war es nur ... begeisternd. Kaffee?«

Er drückte mir den Becher in die Hand, und ich starrte hinein. Kaffee. Ganz normaler Kaffee. Er hatte ihn mir gegeben, als wäre alles normal, als wären nicht Menschen unseretwegen gestorben.

»Unglaublich, oder? Ich! Urda! Der Wind peitschte mir ins Gesicht, mein Haar wehte im Wind, und meine Kleidung flatterte um mich herum, aber ich hatte überhaupt keine Angst. Na ja, ein bisschen schon, als diese Federn sich lösten und mir eine wohl in den Mund flog, aber der Rest war unglaublich. Ich kann kaum glauben, dass wir es getan haben, und schon gar nicht, dass wir es noch einmal tun werden! War das nicht einfach erstaunlich? Oh, ist der Kaffee noch zu heiß?«

Vielleicht lag es an seinem Lächeln – zu groß und zu stolz. Oder wie er einfach weiterplapperte, als wäre nichts passiert. Vielleicht war ich auch verletzt und wollte jemanden noch mehr verletzen, als ich es war. Jedenfalls zerriss etwas in mir.

Ich wusste nicht, was es war, selbst als ich ihm den Becher ins Gesicht warf.

Er fiel kreischend zu Boden und presste die Hände vors Gesicht. Ich hatte ihm eine kleine Platzwunde verpasst. Aber er sah mich an, als hätte ich gerade seine Mutter erstochen.

»Sal«, stammelte er. »Was hast du ... ?«

»Wusstest du es?«

»Was?«

Ich packte ihn am Kragen, riss ihn hoch und zog ihn so dicht zu mir, dass ich den Kaffee auf seiner Haut riechen konnte.

»Wusstest du es?«, wiederholte ich. »Wusstest du das mit Eden? Wusstest du von dem Angriff?«

»Ich … ich weiß es nicht … Ich bin nicht …« Er schüttelte den Kopf. »Ich sollte nur … die Karte zeichnen. Ich weiß nicht …«

»Die Karte.« Ich stieß ihn gegen die Wand. »All diese Toten, all diese Zerstörung, und du hast einfach nur eine beschissene Karte gezeichnet?«

»Sal, bitte!« Tränen traten ihm in die Augen, und er zitterte so stark, dass ich es durch seine Kleidung fühlen konnte. Seine Stimme klang kläglich und furchtsam. »Ich habe nicht … ich kann nicht … ich bin nicht … ich weiß nicht, was du willst!«

Das wusste ich auch nicht. Mein Verhalten würde niemanden wieder zurückholen und das, was wir getan hatten, nicht besser machen. Und es würde weder die Geister, die Toten oder die Lügen ungeschehen machen noch meine Illusion, wie es enden würde.

Aber das waren Probleme für Heiler, Diplomaten und Leute, die Dinge reparierten. Ich war nur gut darin, Leuten wehzutun.

Also tat ich es.

Ich packte seinen Kragen so fest, dass sein Hemd zerriss. Er starrte mich an, während das Licht in seinen Augen erlosch und sein Körper schlaff wurde. Er wehrte sich nicht einmal oder tat mir weh.

»Lass ihn in Ruhe!« Das machte jemand anders.

Etwas landete auf meinem Rücken. Arme, die zu dünn waren, um mich zu würgen, schlangen sich um meinen Hals. Und Füße, die zu schwach waren, traten gegen meine Beine. Jemand, der nicht gut darin war, gab sein Bestes, mich umzubringen.

Ich packte einen Arm und schleuderte die Person von meinem Rücken auf den Boden. Yria landete mit einem Krachen auf dem Holz, und es verschlug ihr den Atem. Trotzdem sprang sie wieder hoch und zog keuchend ein Messer aus der Scheide, als sie sich zwischen mich und Urda stellte.

Ich hätte sie mit einem Stoß von den Füßen holen oder ihr das Messer aus der Hand schlagen können, aber ich sah nur, wie ich ihr wehtun konnte. Und sie sah nur jemanden, dem sie Einhalt gebieten musste.

»Wenn du ihn noch einmal anfasst«, flüsterte sie und stieß mit dem Messer nach mir, »bringe ich dich um.«

Keine Flüche, keine Tollkühnheit. Ich sah an ihrem Blick, dass sie genau wusste, wie wenig sie mit diesem Ding anrichten konnte. Und an ihren Tränen sah ich, dass es keine Rolle spielte. Sie war seine Schwester.

Was gestern Nacht auch passiert war, sie hatten einander.

Vielleicht war ich deshalb heute aufgewacht und hatte keine Lust aufs Töten. Aber das half mir nicht weiter. Ich wusste nicht, was mir helfen würde, deshalb war ich bereit, um mich zu schlagen, bis ich zu betäubt war, als dass es mir wichtig wäre, oder tot.

Ich ballte die Fäuste und trat einen Schritt vor.

»Meine Freunde.«

Eine Hand legte sich leicht wie eine Feder auf meine Schulter. Vier zierliche, perfekt manikürte Finger drückten zärtlich zu.

Ich ging in die Knie.

»Eine Prügelei in einer Herberge ist im besten Fall langweilig.« Agne trat vor und sah auf mich herab, während sie mich mit einer Hand festhielt. »Im Domizil seines Gastgebers grenzt es jedoch ans Unverzeihliche.«

Wütend sah ich sie an. Ich wollte kämpfen, irgendjemandem wehtun, verletzt werden, ganz gleich, was, wenn ich nur nicht nachdenken musste. Und das verhinderte sie mit vier Fingern.

Dann sah ich Yria wütend an, in der Erwartung, dass das Mädchen mit seinem Zahnstocher auf mich zukam. Aber das Messer lag achtlos auf dem Boden, und sie kniete daneben, ihren Bruder in ihren Armen.

Urda war … verschwunden. Anders kann ich das nicht beschreiben. Er atmete noch und blinzelte, aber der Blick seiner Augen war woandershin gerichtet, und er flüsterte etwas, was ich nicht verstand. Er lag schlaff wie ein toter Fisch in ihren Armen. Hatte ich ihn umgebracht?

»He.« Yria flüsterte zärtlich, als sie ihrem Bruder eine Hand auf die Wange legte. »Bist du da drin?«

Urda antwortete nicht, sah sie nicht einmal an. Sie ließ ihre Hand auf seiner Wange liegen und hielt mit der anderen seine Hand.

»Atme einfach«, flüsterte sie und drückte seine Hand. »So tief du kannst. Es geht vorbei. Wie immer.« Sie lächelte ihn so zärtlich an, dass ihr Gesicht sich fast obszön verzog. »He, ich weiß, dass ich dich schon einmal gefragt habe, aber erinnerst du dich noch an den Sommer, als sie uns zur Küste gebracht haben? Kurz bevor ich zur Armee gegangen bin?«

Urdas Mund stand offen, und er schluckte schwer. Er atmete keuchend, als wäre er verletzt.

»Erinnerst du dich, wie alt wir waren? Sechs? Sieben?«

»Acht«, murmelte er undeutlich. »Magie … Magie manifestiert sich im Alter von acht Jahren.«

»Richtig. Acht Jahre. Jedenfalls wurde dieses Ding an den Strand gespült, irgendetwas Wabbeliges, und ich habe dich herausgefordert, dass du es essen solltest, und du hast es getan, und sie haben meine Rekrutierung um zwei Monate verschoben, damit ich bei dir bleiben konnte, bis es dir besser ging. Du hast Bücher im Bett gelesen. Welches mochte ich noch? Irgendetwas Blaues? Über Tiere?«

»Blau … Blau …« Urda schloss mühsam die Augen und holte rasselnd Luft. »*Die blauen Adern der Scar.* Ein Buch über Flusstiere in der Scar.« Er drückte ihre Hand. »Es war ein Buch«, wiederholte er.

Als er die Augen wieder öffnete, schien er um hundert Jahre gealtert zu sein. Er atmete schwer, aber regelmäßig und lächelte sie liebevoll an.

»Danke«, sagte er. »Das war … Diesmal war es schlimm.«

»Ja.« Sie half ihm hoch. »Es ist immer schlimm.« Sie legte ihm eine Hand auf den Rücken und führte ihn zur Tür. »Komm, wir müssen nicht hierbleiben.«

Yria die Zelle war den Geschichten zufolge eine rücksichtslose Kriminelle. Sie öffnete Portale in die Häuser der Reichen, um mitten in der Nacht die Kinder zu stehlen. Sie ließ ganze Karawanen durch Portale im Boden fallen und beobachtete, wie sie dann aus der Decke von Höhlen stürzten. Anschließend zündete sie die zerschmetterten Reste an. Sie hat einmal einen Mann in zwei Teile geteilt, als sie ein Portal schloss, durch das er gerade gehen wollte, weil er versucht hatte, mehr als seinen Anteil von einem Beutezug einzukassieren.

Angesichts dessen, was ich mit ihrem Zwillingsbruder gemacht hatte, erwartete ich ein ähnlich grausames Schicksal. Oder einen Tritt in die Möse. Oder einen Chor von übelsten Schimpfworten.

Aber während sie Urda aus dem Raum führte, würdigte sie mich nicht einmal eines Blickes.

»Verzeihung.«

Agne nahm meine Hand und zog mich hoch, während sie mit der anderen Hand den Staub von meiner Kleidung klopfte.

»Ich hätte gern darauf verzichtet, deine Würde zu verletzen«, erklärte sie. »Aber ich hielt es für besser, jeden Gewaltausbruch zu vereiteln.«

»Es hätte keine Gewalttätigkeiten gegeben«, murmelte ich.

Sie erwiderte meinen Blick kurz und lächelte dann. »Natürlich nicht. Mein Fehler.« Sie deutete auf den Tisch, auf dem immer noch der dampfende Kaffeetopf stand. »Darf ich dich bitten, mir beim Kaffee Gesellschaft zu leisten?«

Ich machte mir nicht die Mühe, meine höhnische Grimasse zu verbergen. »Ich muss einen Haufen Mist erledigen.«

Ich ging zur Tür. Sie streckte die Hand aus, drückte sie gegen den Türrahmen und versperrte mir den Weg.

»Madame.« Sie drückte gegen den Rahmen und hinterließ einen perfekten Handabdruck im Holz. »Ich bestehe darauf.«

Wie gesagt, es gibt keinen Vagranten-Kodex. Aber allgemein betrachtet sind deine Überlebenschancen größer, wenn du versuchst, niemanden über den Tisch zu ziehen und zurückzuzahlen, was du jemandem schuldest. Agne hatte mir gestern Nacht das Leben gerettet. Wenn ich die Waage ausgleichen konnte, indem ich eine Tasse Kaffee mit ihr trank, war das kein schlechtes Geschäft.

Außerdem konnte sie mir mit zwei Fingern den Kopf zerquetschen, wenn sie wollte. Das motivierte ebenfalls.

Sie lächelte, als ich mich auf einen Stuhl setzte, und setzte sich mir gegenüber. Ich griff nach dem Kaffeetopf und bekam einen tadelnden Schlag auf die Hand. Mit einem warnenden Blick nahm sie den Topf und schüttete den Inhalt wieder in den Kessel. Ich verdrehte die Augen und verschränkte demonstrativ die Arme, als sie aufstand, zwei Porzellantassen, Untertassen und Servietten holte und alles auf dem Tisch arrangierte.

Im imperialen Stil. In Cathama waren die gelangweilten Adeligen, die genug Zeit hatten, auf die Idee gekommen, dass Kaffee und Tee auf eine gewisse Art und Weise serviert werden sollten, sonst war es einfach nicht gut. Es gab dort viele Menschen, die ihr Leben der Kunst widmeten, wie man das zelebrierte. Agne war dabei nicht weniger elegant, so elegant, dass ich fast vergessen hätte, wie sie mit ihren zierlichen Fingern jede Menge Hälse gebrochen hatte.

Man sieht den imperialen Stil nicht oft in der Scar. Wohl deshalb, weil das Einschenken so verdammt lange dauerte.

Es war eindeutig, warum sie das peinliche Schweigen andauern ließ. Aber ich würde ihr auf keinen Fall die Befriedigung geben, es zu brechen.

»Wenn du sagen willst«, murmelte ich einen Wimpernschlag später, »dass ich mich bei Urda entschuldigen sollte …«

»Das solltest du.« Agne sah mich nicht an. In Cathama galt es als unhöflich, wenn man seinen Blick von der Tasse nahm. »Aber du wirst es nicht tun.«

Unerklärlicherweise machten ihre Worte mich wütend. »Wie kommst du darauf?«

»Wirst du's tun?«

»Nein … Aber …«

»Aber jetzt tust du's?« Sie lächelte affektiert. »Nur um mir zu trotzen?«

»Nein, nicht nur, um dir zu trotzen! Und, verdammte Kacke, ja, das spielt eine große Rolle dabei.«

Sie kicherte. »Kennst du meine Lieblingsgeschichte über dich, Sal Kakophonie?« Sie hielt kurz inne. »Oder ist dir Salazanca lieber?«

»Was auch immer das hier beschleunigt.«

»Ich habe sie in einer Weinstube in Grünfluss gehört«, sagte sie. »Die Geschichte von einer Frau mit einer Pistole in Form eines grinsenden Drachen, die die Freistatt eine Woche zuvor besucht hatte und in eine Schenke auf der anderen Seite gegangen war. Aber als ich aus dem Fenster blickte, sah ich nur ein brachliegendes Grundstück. Kommt dir das bekannt vor?«

Allerdings. »Sie haben die Ruine in nur einer Woche beseitigt? Na ja, ich habe ja auch nicht viel von dem Laden übrig gelassen.«

»Sie sagten, du hättest dort nach einem Namen und einem Glas guten Whiskey gesucht. Sie weigerten sich, dir auch nur eins von beiden zu geben. Also hast du jemandem den Arm gebrochen. Dann haben sie dir eine Flasche billigen Whiskey gegeben, und du hast einen Tisch umgekippt. Dann haben sie dir ihre Tageseinnahmen gegeben, und du hast den Laden niedergebrannt.«

Das stimmte ... Mehr oder weniger.

Ich hatte dort nach einem Namen auf meiner Liste gefragt. Jemand hat sofort ein Messer gezückt, also habe ich ihm den Arm gebrochen. Dann wollten sie mir eine Flasche auf den Kopf schlagen, und ich habe ihnen einen Tisch auf den Kopf gehämmert. Dann wurden die Handkanonen gezückt, jemand hat angeboten, mich zu erstechen, und danach war alles etwas verschwommen.

»Man sagte mir, niemand wäre gestorben«, fuhr sie fort. »Als sie zurückkamen, standen die Flasche Whiskey und die Tageseinnahmen in der Mitte der Ruine.« Sie füllte eine Tasse und reichte sie mir auf der Untertasse, den Henkel voran. »Du hast eine Schenke niedergebrannt, weil sie dir nicht gaben, wonach du gefragt hast.«

»Die Scar ist ein harter Ort«, antwortete ich, nahm die Tasse, trank aber nicht. Es war unhöflich, zu trinken, bevor derjenige, der eingeschenkt hatte, trank. »Du bekommst nicht, was du brauchst, wenn du nicht dafür kämpfst?«

»Und doch macht es dir kein Vergnügen? Stattdessen treibt dich Bosheit an. Deshalb hast du Urda angegriffen.«

Ich seufzte. »Du sagst, ich soll es wiedergutmachen.«

»Das sage ich nicht«, widersprach sie. »Es wäre irrelevant. Du brauchst Bosheit. Urda nicht. Er hat seine Schwester.«

»Soll heißen?«

»Weißt du, wie sie Partner geworden sind?« Agne schenkte ihre Tasse voll und präsentierte sie sich selbst. »Sie wurden tatsächlich in der Scar geboren. Nicht im Imperium wie wir. Sie lebten mit ihrer Mutter in einer Kleinstadt am Meer am östlichen Rand der Scar, nahe an den imperialen Häfen. Ich nehme an, dass ihre Siedlung deshalb ausgewählt wurde.«

»Wofür?«

»Von der Revolution, um ein Exempel zu statuieren«, antwortete sie. »Ein Luftschiff kam aus dem Himmel herab und legte die Stadt mit Kanonenfeuer in Schutt und Asche. Sie flüchteten, bevor die imperialen Himmelsmagier zurückschlagen konnten. Ihr Haus wurde zerstört und ihre Mutter getötet. Urda konnte seine Schwester irgendwie aus den Ruinen ziehen, aber …«

Ich erinnerte mich wieder an diesen Morgen, an dem Urda zitternd in Yrias Armen lag, schweigend, erstarrt mit vollkommen leeren Augen, die auf einen weit entfernten Horror gerichtet zu sein schienen, den niemand sonst sehen konnte.

Dort war er also gewesen. Ich hatte ihn heute an diesen dunklen Ort zurückgeschickt. Der vielleicht sogar dunkler war als meiner.

»Sie wurde in die imperiale Armee zwangsverpflichtet wie alle Portalmagier«, fuhr Agne fort. »Er hatte keinerlei magische Fähigkeiten, sondern machte eine Lehre in einer Schreibstube. Sie waren acht Jahre alt, hatten nur einander, und dann hatten sie sich plötzlich nicht mehr. Tragisch? Ja.«

Das war es, aber ich würde es nicht zugeben. Ebenso wenig, wie ich den Schlag mit der Tasse in sein Gesicht zurücknehmen konnte.

»Jedenfalls wurde sie zwölf Jahre später Vagrantin, holte ihn in seiner Stadt ab, und dann machten die beiden sich auf, um in der ganzen Scar Betrügereien, Erpressungen und Raubzüge durchzuführen«, erklärte Agne. »Aber darum geht es nicht.«

»Worum geht es dann?«

»Es geht darum, dass sie sich erholen werden.« Agne hatte ihr Kaffee eingeschenkt und hob jetzt die Tasse mit beiden Händen zum traditionellen Toast. »Wirst du das auch?«

Ich sah sie finster an, erwiderte aber trotzdem den Toast. »Willst du behaupten, die Ereignisse von letzter Nacht bekümmern dich nicht?«

»Keineswegs.«

»Dir macht es nichts aus, dass Jero uns belügt?«

»Auch das habe ich nicht gesagt.«

»Dann kannst du vielleicht erklären«, ich hörte die Wut in meiner Stimme, die zu kippen drohte, »wie Zwei-Einsame-Alte-Männer und sein bekloppter Plan die Welt zu einem besseren Ort machen sollen, wenn er gestern Nacht hingeht und all diese Leute umbringt?«

Agne trank einen Schluck Kaffee und sah mich über den Rand

ihrer Tasse an. »Ich habe keine Geschichte gehört, in der sich Sal Kakophonie Sorgen um Verluste macht.«

»Du hast auch noch nie eine Geschichte gehört, in der es heißt, dass ich Hunde mag.« Ich starrte auf die Kaffeetasse und fragte mich, wie ich sie zerbrechen könnte, damit sie mir zuhörte, damit sich all das besser anfühlte. »Niemand erzählt Geschichten über diesen Scheiß. Und wenn doch …«

Je mehr ich es versuchte, desto müder fühlte ich mich. Als wäre es zu anstrengend, die Tasse hochzuheben. Atmen war eine Mühsal. Ich seufzte, und die Worte kamen einfach aus meinem Mund.

»Wenn sie es täten«, flüsterte ich, »dann könnten sie mir vielleicht auch erzählen, wofür eigentlich alle sterben.«

Das lange Schweigen nach meinen Worten hatte ich erwartet.

Ich erwartete, dass sie mich zurechtweisen würde, mir sagen würde, dass unsere Probleme größer wären als das, dass ich ein Jammerlappen wäre, egoistisch und schwach. Ich erwartete, dass sie sich vorbeugte, mir eine Ohrfeige versetzte, damit ich mich wieder gut fühlte. Ich erwartete, dass Agne sich benahm wie ein Hammer.

Tat sie aber nicht.

Sie schlürfte einfach nur genießerisch einen Schluck Kaffee. »Wie hast du geschlafen?«, fragte sie dann.

»Was?«

»Hast du gut geschlafen?«

»Nein.«

»Ich auch nicht.« Sie setzte ihre Tasse ab und starrte hinein. »Als ich heute Morgen aufwachte, kroch eine Spinne über mein Bett.«

»Was hat das mit …?«

»Wusstest du, dass ich früher Angst vor Spinnen hatte? Schon als Kind ängstigten sie mich. Sie bewegten sich schnell und konnten überall sein. Aber diesmal wachte ich auf, sah sie und hatte keine Angst.«

Sie holte bebend Luft.

»Ich habe gar nichts gefühlt.«

Sie sah mich wieder nicht an, aber nicht wegen der Kaffeezeremonie. Sie schluckte schwer. Sie wollte nicht, dass ich die Tränen in ihren Augen sah. Wegen einer Spinne.

»Ich sah sie an und sah nur ein Ding«, sagte sie. »Acht winzige

Beinchen, die ich einfach zerquetschen konnte, wenn mir danach war. Ich hatte Angst vor ihnen … bis letzte Nacht.«

Ich wusste, warum sie weinte.

Belagerungsmagier sind die Lieblinge der Lady Merchant, sagten manche. Sie gibt ihnen Stärke, Ausdauer und die Macht, Berge zu zertrümmern und die Erde zu erschüttern. Im Austausch dafür nimmt sie ihnen ihre Gefühle. Ihre Ängste, ihr Gelächter, ihre Trauer und ihre Freude.

Auf dem Gipfel seiner Macht ist ein Belagerungsmagus wie ein Gletscher: unaufhaltsam, unbezwingbar und schrecklich, schrecklich kalt. Heute Morgen war Agne etwas kälter aufgewacht, als sie ins Bett gegangen war.

»Wahrscheinlich liebe ich die Kaffeezeremonie deshalb so sehr und hübsche Kleider und schöne Gerüche.« Sie wischte die Tränen weg. »Weil ich eines Tages ein kleines bisschen zu viel Macht benutzte und all das nicht mehr mag. Ich sehe die Tassen und die Kessel an und sehe nur Dinge, die ich zerbrechen kann. Eines Tages werde ich zu viel Macht benutzen … « Sie sah mich an und lächelte traurig. »Und dann werde ich Menschen auf die gleiche Art und Weise sehen.«

Ich wusste, wie sich Verlust anfühlte. Meine Narben bewiesen es. Aber trotz allem, was mir Darrish und Vraki und Jindu entrissen hatten, sie konnten mir nicht die Witze nehmen, über die ich lachte, den Geruch von Schweiß, der mich verlockte, jemanden zu küssen, die Opernverse, die mich wahnsinnig machten, ohne dass ich hätte erklären können, warum. Eines Tages, wenn ich mein Schwert schon lange nicht mehr heben oder meine Waffe nicht mehr abfeuern konnte, würde ich das alles immer noch haben.

Agne nicht.

»Ich nehme an, deswegen habe ich mitgemacht, als Jero mich fragte.« Sie nickte in ihren Kaffee. »Ich weine um die Toten, weil ich es eines Tages nicht mehr kann. Ich glaube an diesen Plan, etwas Gutes für die Welt zu tun, weil ich eines Tages … « Sie lächelte in ihre Tasse. »Eines Tages weiß ich nicht mehr, was gut ist.«

Dann lachte sie. Es war ein nervöses, schrilles Kichern, das von Schniefen und einem leisen Schluchzen unterlegt war, während sie sich ganz unzeremoniell noch eine Tasse Kaffee einschenkte.

»Entschuldigung«, sagte sie. »Es tut mir leid, ich weiß, dass dir das nicht hilft. Ich habe einfach nur … Ich weiß nicht …«

»Ja.« Ich schenkte mir auch eine Tasse ein. »Ich auch nicht.«

»Trotzdem solltest du mit ihm sprechen«, sagte sie. »Ich bin sicher, dass er seine Gründe für das hatte, was er tat.«

»Jeder, der Scheiße macht, hat dafür Gründe«, murmelte ich. »Deswegen riecht es trotzdem nicht besser.«

»Das stimmt«, antwortete sie. »Wenn du seine Argumente nicht überzeugend findest, wirst du dich besser fühlen, wenn du ihm die Nase zertrümmern kannst. Gerechtfertigt.« Sie trank einen Schluck. »Andererseits glaube ich, mit einem Mann einfach zum Punkt zu kommen, kann ziemlich befriedigend sein.«

»Manchmal.« Ich lächelte sie an. Ich schob die Hand über den Tisch und berührte ihre Fingerspitzen. »Aber ich habe auch nichts dagegen, meine Zeit mit einer Frau zu verbringen.«

Agne der Hammer, die sich gerade eine Gasse durch einen Haufen geifernder, drogenberauschter Mörder geschlagen hatte, ohne auch nur einen Kratzer davonzutragen, starrte meine Finger erstaunt an.

»Oh. Oh, *hu*!« Sie lachte nervös und hob behutsam meine Hand von ihrer und legte sie dann auf den Tisch. »Also, entschuldige, ich bin wirklich geschmeichelt …« Sie machte eine Pause, betrachtete mich und spitzte die Lippen. »Ich meine, ich bin wirklich tatsächlich geschmeichelt, ehrlich. Aber …« Sie räusperte sich und lächelte verlegen. »Ich stehe auf Männer.«

Ich blinzelte. »Oh, ich wollte nicht …« Dann kniff ich die Augen zusammen. »Warte mal, echt?«

Sie runzelte die Stirn. »Wieso klingst du … so schockiert?«

»Ich meine, du bist immer so … so …«

Sie zwinkerte mir zu. »Nicht ganz das, was man erwarten würde, stimmt's? Und ich dachte, ich wäre der Gipfel der Verweichlichung.«

Sie richtete sich zu ihrer ganzen Größe auf. Ihr Lächeln war herzlich, und ihre Muskeln arbeiteten ganz schön unter ihrem Hemd.

»Mein Name ist Agnestrada ki Dondoril«, sagte sie und schloss die Augen. »Ich liebe Blumen und trage Kleider, ich liebe die Farbe Pink, und ich kann jemandem mit zwei Fingern das Genick brechen.« Sie legte eine Hand auf ihr Herz. »All das stimmt so weit.«

Dann legte sie mir eine Hand auf die Schulter, drückte mich zart, obwohl mich etwas mehr Druck von ihrem kleinen Finger umgebracht hätte, und verließ das Zimmer. Sie ließ mich mit meinen Gedanken, meinem Schmerz und dem Geruch von Schlacke in meiner Nase zurück.

Das gefiel mir überhaupt nicht.

30. KAPITEL
DIE MASOCHISTISCHE KRÖTE

Ich erwies ihm nicht einmal die Höflichkeit, anzuklopfen, sondern stieß einfach die Tür auf und marschierte hinein. Also ist es wohl verständlich, dass Zwei-Einsame-Alte-Männer mir nicht die Höflichkeit erwies, mich anzusehen.

Seine Aufmerksamkeit war vollkommen auf die winzige Stadt gerichtet, die auf dem Tisch vor ihm ausgebreitet war. ZwieLicht, in seinem miniaturhaften neuerschaffenen Glanz, lag scheu unter seinem Schatten. Mit einer Goldschmiedelupe im Auge bemalte er gerade mit einem winzigen Pinsel den höchsten Turm der Stadt.

»Kann ich behilflich sein?« Er murmelte die Frage kaum hörbar in seine Stadt hinein.

»Nein«, erwiderte ich barsch. »Ich bin nur gekommen, um dir mitzuteilen, dass ich aussteige!«

Ich war auf Anschuldigungen vorbereitet, Drohungen, Seitenhiebe gegen meine Ehre und darauf, ihm den Kiefer zu brechen, wenn er sie äußerte. Worauf ich nicht vorbereitet war, war sein leises unverbindliches Brummen. Ich war hier, um zu streiten. Wenn er nicht damit anfing, würde ich es tun.

»Ich war mir nicht sicher, ob ich an deinen Plan glauben sollte, die Welt besser zu machen«, fuhr ich fort. »Seit letzter Nacht weiß ich, dass dein Plan genauso scheiße ist wie deine Vision.«

»Ach?«

»Wie soll diese Operation funktionieren, wenn du uns nicht sagst, was wir eigentlich machen? Und dass du jeden mit hineingezogen hast?« Ich schüttelte den Kopf. »Wie, verdammt noch mal, soll ein Plan funktionieren, wenn alle deswegen sterben?«

»Eine gute Frage.« Er blickte immer noch nicht hoch.

Er hörte einfach nicht zu. Vielleicht glaubte er ja, dass jemand wie ich mit einer Liste sich nicht darum kümmerte, wer starb. Es hatte vielleicht einmal eine Zeit gegeben, in der diese Annahme korrekt gewesen wäre. Aber ich war kein Werkzeug, das man einfach benutzte. Wenn jemand starb, dann weil ich wusste, dass es nötig war.

»Hast du eine Antwort darauf?«, erkundigte ich mich.

»Leider nicht«, erwiderte er. »Ich habe weder erwartet, dass Jero gefangen genommen würde, noch, dass dieses Konstrukt von Eden präsent wäre.«

»Also war das ein Zufall?«

»Nein, Zufälle gibt es nicht. Nicht für die Opfer. Die Edener waren als Handlanger vorgesehen, eine nützliche Ablenkung, die wir nur im Notfall einsetzen wollten, damit wir die Stadt verlassen konnten, falls wir vorzeitig entdeckt wurden. Es war meine Idee, und Jero sollte sie ausführen. Was er auch bewundernswert tat. Bis er scheiterte.«

»Du …« Es überlief mich kalt. »Du hast die Edener nach Terassus gelassen, stimmt's?«

»Ich habe gewisse Leute, die ihrer Präsenz abweisend gegenüberstanden, überredet, sie zu tolerieren. Mit Jeros Talenten habe ich sie besänftigt, mit dem Ziel, nur denen Schaden zuzufügen, denen sie Schaden zufügen sollten.«

»Wenn das dein Ziel war, hast du es krachend verfehlt!«

»Dessen bin ich mir bewusst.«

»Und was willst du diesbezüglich unternehmen?«

Er machte eine kleine Pause, bevor er weitermalte. »Wie kann man die Toten entschädigen?«

Mein Blut kochte, und ich biss die Zähne so fest zusammen, dass ich schon fürchtete, sie würden zerbersten. Meine Finger auf dem Griff des Kakophon zuckten.

»Dieselbe Einstellung habe ich von jedem Kriegsherrn, jedem Vagranten und jedem Narren gehört, der jemals eine Waffe erhoben hat«, knurrte ich. »Jede Leiche, die du zurücklässt, ist nur ein Haufen Fleisch. Du schüttelst den Kopf, beklagst den Verlust und hast ihn in der nächsten Sekunde vergessen. Und jede Person, die du vergisst und die dann aus der Scheiße herauskriecht, die du angerichtet hast … « Die Narbe über meinem Auge schmerzte, als ich ihn anstarrte. » … ist jemand wie ich.«

Jetzt endlich hob er den Kopf, musterte mich und meine Narben, und seine Lippen zuckten leicht.

»Ich weiß nicht, wie viele von ihnen ich letzte Nacht gemacht habe und wie viele mit Narben aus dieser Angelegenheit herauskommen oder wie viele kommen und Vergeltung fordern werden.« Das Feuer in mir erlosch und ließ etwas Kaltes, Scharfes zurück. »Aber ich habe sie deinetwegen gemacht. Und wenn sie kommen, muss ich mich ihnen stellen. Deinetwegen. Deshalb steige ich aus.«

»Verstehe.«

»Wenn du mir jemanden deswegen auf den Hals hetzen willst, tu dir keinen Zwang an«, antwortete ich, als ich mich umdrehte, die Hand auf dem Griff des Kakophon. »Aber was auch immer du mir hinterherschickst, ich werde es in kleinen Brocken zurücksenden, also … «

»Würdest du mich einen Moment entschuldigen?«

Ich umklammerte den Griff der Waffe und warf einen wütenden Blick über die Schulter. Das war zwar kein ausreichender Grund für einen Schlag ins Gesicht, aber ich war gerade nicht sonderlich wählerisch.

Als ich mich zu ihm umdrehte, hatte er sich bereits abgewandt. Er legte Pinsel und Farbe beiseite und ging langsam zum Kopfende des Tisches. Dann zog er einen kleinen Beutel aus seinem Gürtel und nahm eine Pfeife heraus. Eine silberne Pfeife mit zierlichen Sigillen. Genau wie die, die Urda auf dem Krähenmarkt benutzt hatte.

Er setzte sie an die Lippen, zögerte, als hätte er Angst hineinzublasen. Dann nahm er seinen Mut zusammen, schloss die Augen und blies einen einzelnen Ton. Und dann …

Kamen sie. Menschen.

Frauen, Männer, Kinder, Großmütter und Großväter. Karren, die von stämmigen Arbeitsvögeln gezogen wurden, Kinder, die Hunde durch die Straßen jagten. ZwieLicht lebte, in Miniatur.

Ihre Stimmen erzeugten ein leises Rauschen, als sie sich dieselben Geschichten erzählten wie immer und über dieselben Witze lachten, ohne etwas von ihrer geisterhaften Natur zu ahnen oder die beiden Menschen zu sehen, die über ihnen aufragten.

Aber ZwieLicht war wieder lebendig und voller Menschen.

»Faszinierend, oder?« Zwei-Einsame-Alte-Männer sprach leise, als hätte er Angst, dass diese Phantom-Menschen hochblickten und uns bemerkten. »All das erzeugt von einem einzelnen Ton. Ich habe die größte Stadt errichtet, die diese Welt jemals gesehen hat, und doch weiß ich immer noch nicht, wie sie es gemacht haben.«

»Wer?«, fragte ich.

»Die Zwillinge«, antwortete er. »Yria und Urda.« Er fuhr mit einem Finger über die Sigillen auf der Pfeife. »Ist es dir auf dem Krähenmarkt zufällig aufgefallen? Wenn ein Portalmagus ein Portal geöffnet hat, dann zeichnen sie es auf und sorgen dafür, dass es genau dorthin führt, wohin es führen soll. Deshalb können wir keine Portale zu Orten öffnen, an denen wir noch nie gewesen sind. Und doch …«

Richtig. Yria war nicht da gewesen, als Urda gepfiffen hatte. Aber das Portal war trotzdem entstanden.

»Ich nehme an, es liegt daran, dass sie Zwillinge sind. Ihre Verbindung übersteigt reine Biologie und sickert in ihre Arbeit hinein. Es wirkt auch in die andere Richtung, hast du das bemerkt? Für gewöhnlich muss ein Bannschreiber wie Urda anwesend sein, damit seine Sigillen funktionieren. Aber diese wurden nur durch eine Pfeife aktiviert. Ihre Macht wird auch aus der Ferne aktiviert. Ich könnte ein ganzes Leben damit verbringen, herauszufinden, wie ihre Fähigkeiten funktionieren.« Er hob den Kopf und lächelte. »Dabei habe ich von ihnen nur diesen kleinen Gefallen erbeten.«

Ein ehrfürchtiges Schweigen legte sich über uns. Zwei-Einsame-Alte-Männer stand schweigend da und beobachtete seine wiederbelebten Menschen. Ein heiteres und gleichzeitig trauriges Lächeln breitete sich auf seinem Gesicht aus. Er schloss die Augen und ließ das Geräusch ihrer Freude in sich hineinfließen. Dann griff er in seine Tasche, holte einen Zunderzweig heraus und …

… setzte die Stadt in Brand.

»He!«

Der Wunsch, die Flammen zu löschen, überraschte mich. Sie fegten durch die Stadt und verzehrten die winzigen Gebäude, Flüsse und Menschen. Aber sie waren Illusionen, unfähig, etwas wahrzunehmen. Sie lachten, während das Feuer sie hinwegfegte.

Ich starrte den Freimacher ungläubig an. »Warum hast du das gemacht?«

»Um mich daran zu erinnern, warum ich all das tue«, sagte er leise.

»Aber ZwieLicht …«

»… ist untergegangen«, beendete er meinen Satz. »Ebenso wie dieser blasse Abklatsch. Wie oft ich sie auch neu erbaue oder wie groß sie wird, sie wird nie sicher sein, solange das Schicksal von Kanonen und Bannsprüchen bestimmt wird. Mir war nicht klar, wie zerbrechlich meine Arbeit war«, er blickte in die auflodernden Flammen, »bis ich sie brennen sah.«

Das Leben in der Scar war hart, das wusste ich besser als jeder andere. Ich hatte gekämpft, getötet und war aus den dunkelsten Ecken herausgekrochen. Aber bis zu diesem Moment hatte ich nicht geahnt, wie hart es wirklich war.

»Du hast recht.«

Zwei-Einsame-Alte-Männer stand neben mir und sah mich müde an.

»Es war dumm von mir, dich nicht in unseren ganzen Plan einzuweihen, und närrisch, dich nur wie ein Werkzeug zu benutzen, statt dich wie einen Partner zu akzeptieren. Es war dumm, zu glauben, dass unser Ziel unsere Mittel heiligen würde.«

Ich hatte tatsächlich von jemandem, der eine winzige Stadt erschaffen und verbrennen konnte, keine so elegante Entschuldigung erwartet. Aber das machte keinen Unterschied. Entschuldigungen, Ausflüchte, philosophische Argumentationen – ich hatte sie alle aus dem Munde von ihm, von Schlägern, Soldaten und Kriegsherren gehört, die versuchten, der Grube zu entkommen, in die sie alle anderen nur zu gern warfen.

Die Worte, die ein Mann äußert, wenn er mit seinen Sünden konfrontiert wird, zeigen, woraus er gemacht ist. Entschuldigungen waren nur hohles Gefasel.

»Wenn du gehen möchtest, werde ich dich nicht daran hindern«, sagte er. »Ich werde mich nicht rächen, und ich werde deinen Namen nie wieder aussprechen. Ich bitte dich nur um einen Gefallen.«

Ich hob aufmunternd mein Kinn.

»Lass mich dir etwas zeigen.«

Ich sah ihn argwöhnisch an, bevor ich seufzend nickte. Er lächelte schief, als er mir die Tür aufhielt und mich hinausführte. Hinter uns lachten und sangen die Menschen von ZwieLicht, während die Flammen sie verzehrten.

*

Ich erinnerte mich an sein Gesicht.

Als wir zusammen in der Armee gedient hatten, war er einfach nur ein weiterer Magus gewesen. Ein talentierter Nachtmagus, der mit seinen Gedanken Halluzinationen beschwören konnte. Aber damals gab es sehr viele talentierte Magier, und Furcht zu säen war keine so besondere Kunst, dass man sich daran erinnert hätte.

Und als wir uns beide Vraki dem Tor anschlossen, um die Imperatrix zu stürzen und das Imperium den Magiern zurückzugeben, war er nur ein Kumpan. Er nickte zu allem, was Vraki sagte, und murmelte, was man von ihm erwartete.

In jener Nacht, in der sie mir meine Magie nahmen und ich blutend auf dem kalten Boden lag, starrte er mich nur aus dem Dunkel an und tat nichts und sagte nichts.

Wie Jindu.

Wie Darrish.

Wie sie alle.

Ich erinnerte mich an sein Gesicht, aber sein Name? Sein Name war eine Narbe auf meinem Körper und Nummer sechsundzwanzig auf meiner Liste.

»Yugol das Omen.«

Er war es, obwohl er in dem Dämmerlicht des Kellers unter der Schenke nicht mehr so aussah. Sein dürrer, an die Wand geketteter Körper wirkte kaum noch menschlich.

Er war nackt, ausgemergelt, seine pergamentfarbene Haut von Wunden übersät. Sein Kopf mit der ungepflegten schwarzen Mähne hing auf seiner Brust. In seinem Mund in dem zerschlagenen hageren Gesicht steckte ein Knebel. Ketten hielten seine Hände über seinem Kopf, und seine Finger waren voller Blutergüsse und gebrochen. Zweifellos, damit er keinen Bann wirken konnte. Aber das schien nicht nötig zu sein. Der Gefangene konnte hinter seinem Knebel kaum atmen.

Nur die Tätowierungen von lachenden Schädeln auf seinen Armen kennzeichneten ihn als bedrohlich.

»Wir haben ihn vor ein paar Nächten nicht weit von hier aufgespürt.« Zwei-Einsame-Alte-Männer musterte gleichgültig den zerstörten Mann. »Man sagte mir, dass seine Macht beeindruckend gewesen sei. Allerdings nehme ich an, dass selbst ein Vagrant nicht mehr so gefährlich ist, wenn man ihn vergiftet hat. Dennoch gab es einen Kampf, wie du siehst.« Er deutete auf die Wunden auf dem Körper des Mannes. »Aber sobald es vorbei war, sorgte er dafür, dass dieser Mann seine Macht nicht mehr benutzen konnte.«

»Wer sorgte dafür?«

Sein müder Blick richtete sich auf mich. »Jero.«

Jetzt sah ich es auch. Die kurzen, tiefen chirurgischen Schnitte, mit denen Muskeln durchtrennt wurden. Das war die Handschrift von jemandem, der wusste, was er tat, der sein Opfer kampfunfähig machen wollte. Es war seine Handschrift.

Er hatte das getan. Er hatte den Mann auf meiner Liste gefunden und ihn leiden lassen.

»Wir hatten eigentlich vor, dir das unter … Nun, ich denke, in unserem Geschäft gibt es keine angenehmen Umstände. Dennoch.« Der Freimacher neigte vor mir den Kopf. »Aus Dankbarkeit für deine Arbeit und auch als Beweis, dass Zwei-Einsame-Alte-Männer keine leeren Versprechungen macht.«

Ich blinzelte. »Wie?«

»Er gehört dir. Sein Körper und alle erbärmlichen Geheimnisse, die darunter sein mögen. Verfahre mit ihm, wie es dir beliebt.«

Ich sah zu Yugol zurück, sprachlos.

Es ist sonderbar, wenn man das Leben eines Menschen in der Hand hat. Man stellt sich immer vor, man wüsste genau, was man tun und was man sagen würde. In deinem Kopf sind es keine Menschen, sondern Monster, Ansammlungen von alten Wunden und schlechten Träumen. Wenn man sie jedoch wie eine zerbrochene Hülle an die Wand gekettet vorfindet, wird einem klar, dass alles, was man sagen wollte, nicht mehr passt.

Es ist sonderbar und jedes Mal anders. Aber nie besser.

»Stimmt etwas nicht?«, erkundigte sich Zwei-Einsame-Alte-Männer.

»Nein«, gab ich ehrlich zurück. Alles war in Ordnung – das hatte er mir versprochen und darauf hatte ich mich eingelassen. Und doch … »Wo hat er die ganze Zeit gesteckt?«

»Wie bitte?«

»Was hat er gemacht?«, fragte ich. »Er hatte … «

Rudu.

Die besten Leute haben immer Namen wie Splitter. Namen, die einem nicht aus dem Kopf gehen und einen schmerzen wie ein Splitter. Man stellt sich vor, wie man ihnen diesen Schmerz vergelten kann. Yugol hatte einen solchen Namen nicht. Aber ich dachte auch nicht an ihn.

»Er hatte einen Partner.« Ich klang kurzatmiger, als mir lieb war. »Früher mal.« Ich hustete und hatte einen ekligen Geschmack im Mund. »Hat er … ? Was hat er getan? Hat er … ?«

Hat er es verdient?

Meine Kehle war so zugeschnürt, dass ich den Gedanken nicht aussprechen konnte. Und je länger ich nachdachte, desto bitterer wurde der Geschmack in meinem Mund.

»Spielt das eine Rolle?«

Die Frage konnte ich nicht so beantworten, wie ich es gern gewollt hätte. Zwei-Einsame-Alte-Männer kam auf mich zu.

»Vielleicht hatte er einen Partner, vielleicht hatte er eine Familie. Vielleicht auch nicht. Vielleicht hat er mehr Leute ermordet als jeder andere Vagrant im Land. Oder er hat sich einfach nur in einer Gasse zu Tode gesoffen, bevor Jero ihn aufspürte. Trotzdem ist er Yugol das Omen, Verräter des Imperiums, Mitglied der Kronenverschwörung.« Er blieb neben mir stehen. »Und ein Name auf deiner Liste.«

»Ja, aber … «

Der Kakophon brannte in seinem Futteral. Seine Hitze kroch in meinen Körper wie ein glühender Finger, der warnend an meinem Herz zupfte.

»Ein interessantes Dilemma, richtig?« Der alte Mann lachte leise. »Was er getan hat, hat dich zu dem gemacht, was du bist. Was wir getan haben, hat die Leute, die gestern Nacht aus Keltithans

Anwesen krochen, beeinflusst. Vielleicht finden wir uns auch eines Tages an einer Mauer in einem Keller wieder. Vielleicht verdienen wir das. Vielleicht nicht. Unsere Vergangenheit gehört jemand anderem.«

Er nahm meine Hand, drückte mir etwas in die Handfläche und schloss meine Finger darum. »Seine Zukunft gehört dir.«

Der Freimacher schenkte mir ein schwaches Lächeln, bevor er sich umdrehte, hinausschlurfte und die Tür hinter sich schloss. Erst als das Echo seiner Schritte verhallt war, öffnete ich die Hand.

Ein Schlüssel lag darin. Der Schlüssel zu Yugols Fesseln.

Ich hob den Blick. Er sah mich an. Irgendwann war er offenbar zu sich gekommen und beobachtete mich verzweifelt.

Dann fragte ich mich, ob er uns belauscht und den Zweifel in meiner Stimme bemerkt hatte. Ich hoffte, in seinem Blick zu sehen, dass dem nicht so war. Ich wollte Hass dort sehen, kochenden Ärger darüber, dass er nicht damit durchkam, wollte die schimmernden Augen aus meinen Träumen von jener Nacht sehen, Augen von Leuten wie ihm und Darrish.

Aber alles, was ich in diesen Augen sah, war jemand, der nicht sterben wollte.

Hatte ich ihn auch so angesehen in jener Nacht, als Vraki mir die Magie, den Himmel raubte? Hatte er sich gefragt, ob ich es verdient hatte? Spielte es eine Rolle? Es war passiert, und er hatte nichts getan, um es aufzuhalten.

Es hätte mir nicht so schwerfallen dürfen. Ich hätte nicht so lange warten sollen. Ich sollte nicht über ihn nachdenken, sondern daran, dass er auf meiner Liste stand und deshalb sterben musste.

Aber …

Ich griff nach seinem Knebel.

Vielleicht …

Schmerz brannte in meinem Arm, und meine Finger krümmten sich zu Krallen.

»Nein!«

Die Stimme des Kakophon brannte heiß in meinen Ohren, in meinem Herz, vibrierte glühend durch meinen ganzen Körper.

»Erinnere dich an ihn!«, schnarrte er. *»Erinnere dich an das, was er dir angetan hat!«*

»Aber«, keuchte ich, »was ist, wenn …«

»Das spielt keine Rolle.« Die Hitze ließ nach und wurde zu einer fast angenehmen Wärme. *»Er spielt keine Rolle, genauso wenig wie das, was er getan hat. Sein Schicksal wurde in jener Nacht besiegelt. Und das weiß er. Seitdem.«*

Ich knirschte mit den Zähnen, während meine Hand langsam zu meinem Schwert glitt. Der Schmerz ließ noch mehr nach.

»Wem immer er geholfen hat und wem immer er auch nicht half«, flüsterte der Kakophon, *»es geschah allein in seinem Interesse, und es sind seine Gewissensbisse. Er hat kein einziges Mal an dich gedacht, daran, was er dir nahm, was sie dir antaten.«*

Yugol riss die Augen auf und schüttelte heftig den Kopf. Hinter dem Knebel stieß er einen Laut aus. Ein Flehen? Einen Fluch? Hörte er die Stimme des Kakophon?

Oder schrie er, weil ich mein Schwert gezogen hatte?

»Lässt du ihn leben, wird sein Name überdauern.« Seine Stimme in mir hatte sich verändert, brachte mich dazu, die Klinge zu heben. *»Er wird ein Makel auf der Gerechtigkeit sein, ein Affront dir gegenüber. Tötest du ihn, werden sie deinen Namen flüstern. Dein Name wird Männer wie ihn erschüttern und die Monster im Dunkeln halten.«*

Ich versuchte, mich daran zu erinnern, dass der Kakophon kein Mensch war und nicht wissen konnte, was es bedeutete, Blut zu vergießen. Der Kakophon war eine Waffe – er tötete, er zerstörte, er fraß die Reste. Er wurde von Gier getrieben, er musste sie stillen. Ich versuchte, mich zu erinnern.

Aber dann war ich damit beschäftigt, mich zu erinnern, wann ich Yugol mein Schwert an die Kehle gesetzt hatte.

»Wie soll die Welt ein sicherer Ort sein, wenn Kreaturen wie er darin leben? Wie kannst du in Sicherheit sein? Oder sie*?«*

Ich schloss die Augen und schluckte. Yugol schluchzte unter seinem Knebel.

»Alles, was du aufgegeben hast, um Fäulnis wie ihn aus diesem Kadaver einer Welt zu schaben, bedeutet nichts, wenn du ihn verschonst.«

Ich knirschte erneut mit den Zähnen, und meine Finger packten den Griff fester. Yugol riss an den Ketten, und das Blut aus seinen Wunden spritzte zu Boden.

»Keine Gerechtigkeit ohne Vergeltung. Keine Zukunft ohne Urteil. Töte ihn. Werde ganz.«

Ein Blutstropfen lief über die Schneide meiner Klinge auf meiner Hand. Yugol kreischte, bis nur noch ein feuchtes Pfeifen zu hören war. Und in meinen Ohren zischte eine feurige Stimme.

»Hol dir den Himmel zurück.«

*

Ich trat aus dem Verlies. Die Tür fiel hinter mir knarrend mit einem Klicken zu. Ich blickte über den langen Gang des Kellers, der zu einer Treppe mit vierzehn Holzstufen führte, die in die Herberge führten. Die Spitze meines Schwertes kratzte über den Stein und übertönte meinen keuchenden Atem, als ich langsam Stufe für Stufe die Treppe hinaufstieg.

Ich betrat eine dunkle Küche. Ein Topf mit Kaffee stand auf dem Tisch, abgestanden und kalt. Eine Spinne spann in einer Ecke an der Decke ihr Netz. Ich atmete tief die kalte Luft ein.

Sie schmeckte nach Asche.

31. KAPITEL

DIE MASOCHISTISCHE KRÖTE

Es scheint so, als machten wir das oft, oder?«, fragte Agne.

»Wie meinst du das?«, antwortete ich, während wir durch den Korridor gingen.

»Ich weiß nicht genau.« Sie summte nachdenklich, während die Flüssigkeit gluckerte. »Ich habe wie jeder andere loyale Magier gezögert, Vagrantin zu werden, aber tatsächlich klangen die Geschichten, die ich hörte, sehr verführerisch.«

»Sprich weiter.« Wir gingen zur Treppe.

»Versprich mir, dass du nicht beleidigt bist, wenn ich sage, dass deine Geschichten nicht meine Lieblingsgeschichten waren«, sagte sie auf dem Weg durch die kalte Küche.

»Versprochen«, log ich.

»Nicht, dass sie nicht ihren Reiz gehabt hätten, vor allem die, in denen es um Sex ging, das gebe ich gerne zu, aber sie waren alle so … trübselig.« Wir gingen in mäandernden Bahnen durch das Gemeinschaftszimmer. »Ich liebte Geschichten über Vagranten, die auf sich allein gestellt auszogen und die Freiheit der Scar genossen, ihre unendlichen Weiten, wo sie das Schicksal für sich selbst schmiedeten statt für das Imperium.«

»Deine Erwartungen wurden wohl nicht erfüllt?« Ich lachte leise. »Das ist immer so.«

»Nun, ich hatte wohl meinen Anteil von Hochs und Tiefs.« Sie seufzte, als wir rückwärts den Raum verließen und den Rest des Öls auf der Veranda vor der Herberge verteilten. »Ich hatte nur erwartet, es gäbe weniger …«

»Feuer?«

»Verrat.«

»Ah.« Ich schüttelte die letzten Tropfen Öl aus der Kanne, bevor ich sie in die Herberge warf. »Nach einer Weile gewöhnt man sich daran.«

Ich drehte mich um. Urda stand mit den anderen im Schneetreiben. Er trat lächelnd auf mich zu, als er mir den Wintermantel in seiner Hand hinhielt.

»Es hat gerade angefangen zu schneien«, sagte er, während ich ihm den Mantel abnahm. »Ich dachte, du könntest etwas Wärmeres und etwas weniger …«, sein angewiderter Blick glitt über meine vernarbte Haut, » … Entblößendes gebrauchen.«

Ich zog den Mantel an. Er fühlte sich wirklich sehr angenehm an. Er bestand aus geöltem Leder und war am Kragen und den Ärmeln mit Pelz gefüttert. Ich konnte so zwar meine Tätowierungen nicht zeigen, aber darüber sah ich hinweg. Es war schon lange her, dass ich mich so wohlig warm gefühlt hatte.

»Woher hast du den?« Ich schlang den Schal um mein Gesicht und schloss den Gürtel des Mantels.

»Ich hatte gestern etwas Zeit und dachte, da Vagranten immer so viel Haut zeigen …«, er schüttelte sich, » … bräuchtest du vielleicht etwas Wärmeres, wo wir hingehen. Also habe ich meine Nadel herausgeholt und mich an die Arbeit gemacht.«

Ich blinzelte. »Im Ernst?«

»Ich mache nie Witze über exothermischen Wärmeverlust.«

»In einer Nacht. Verblüffend.« Ich streckte einen Ärmel aus und bewunderte ihn. »Aber ich sollte mich ja eigentlich nicht wundern, nach dem Trick, den du auf dem Krähenmarkt aufgeführt hast.«

»Nicht schlecht, stimmt's?« Er strahlte, sichtlich geschmeichelt. »Zugegeben, das können wir nicht ständig machen. Es erfordert sehr viel Staub und Sigillen, um eine solche Pfeife herzustellen, aber nachdem wir uns unserem Förderer angeschlossen haben, gab es ja an beidem keinen Mangel. Trotzdem reichte es noch, um auch ihm eine Pfeife zu machen.«

»Die für sein kleines Spielzeug«, murmelte ich.

»Richtig … Warte, Spielzeug? Nein, es war für … «

»Also was?«, fiel ich ihm ins Wort. »Warum kein Schwert oder etwas Nützlicheres? Eine Waffe, die Portale öffnen kann, ist praktischer als eine Pfeife.«

»Schon, aber hier herrscht das invasive Materialprinzip vor«, gab er zurück, als müsste ich wissen, was das bedeutete. »Etwas so Langweiliges wie ein Schwert herzustellen, das sich entflammt, wäre einfach, aber je komplexer die Aufgabe ist, zum Beispiel, um mit ihr die Magie meiner Schwester häufiger nutzen zu können, desto weniger Material kann sie manipulieren. Deshalb siehst du so wenig mit Bannschrieb errichtete Häuser.«

»Klingt einleuchtend. Aber warum eine Pfeife?«

Er blinzelte. »Ich mag Pfeifen.«

»Ja, das denke ich mir.« Ich grinste, dann ernüchterte ich schlagartig. Seufzend trat ich zu ihm. »Hör zu, was ich da neulich gesagt … und getan … und gedacht habe … tut mir leid. Das war nicht nötig.«

Urda hob eine Hand. »Keine Angst, meine Freundin, und mach dir keine Sorgen. Wir alle erleben Momente, wo wir ein bisschen«, es zuckte in seinem Gesicht, »angespannt sind. Ich verstehe alles und vergebe dir vollkommen.«

»Ich nicht!« Seine Schwester marschierte mit einer Kiste in den Händen an uns vorbei. »Sie musste sich auch nicht um dein Gestöhne die ganze Nacht kümmern, weil du nicht den richtigen Faden für dein kleines Modeprojekt finden würdest.«

»Katzendarm ist notwendig, um die Nähte zu sichern.« Urda eilte zu ihr und lud mit ihr die Kiste auf einen Karren. »Es gibt keine Entschuldigung für schlechtes Handwerk.«

»Ich laufe mit einem Arschloch herum, das ich nicht mehr fühle, weil er mich gezwungen hat, ein Portal zu erschaffen, um einen verfickten Faden für deinen beschissenen Mantel zu finden, weil du zu verfickt blöde bist, um ein ordentliches Hemd anzuziehen!« Yria sah mich genervt an. »Und ich hab nur eins, weißt du? Soweit es mich angeht, Lady Nobelarsch, stehst du immer noch auf meiner schwarzen Liste.«

Sie wandte sich ab und kümmerte sich um die Fracht auf dem Karren. Ich sah ihr finster nach.

»Mach dir keine Sorgen ihretwegen«, flüsterte Urda mir zu. »Sie hat kein Problem mit dir. Sie ist immer unausstehlich, wenn das Gefühl zurückkehrt.« Er räusperte sich. »Wie du weißt, opfern Portalmagier ihre Körperempfindungen, wenn sie ihre Magie benutzen. Zu viel Magie bedeutet, dass sie sie dauerhaft verlieren.«

»Wenn du weißt, dass ich das weiß, warum erzählst …?«

»Aber meine Schwester ist trotz ihrer rauen Kanten einzigartig. Sie legt die Betäubung schneller ab als die meisten anderen. Sie behauptet, das läge daran, weil sie mit ihrer Magie so sorgsam umgehe.« Er beugte sich vor. »Ich persönlich glaube«, flüsterte er verschwörerisch, »es liegt daran, dass sie ein derart großes Arschloch ist, dass sogar die Lady Merchant sie nicht aufhalten kann.«

»He!«, schrie Yria. »Redet ihr beiden etwa über mein Arschloch?«

Urda lächelte mich an, bevor er davoneilte, um seine Schwester zu beschwichtigen. Ich beobachtete erst ihn und dann sie beide, und zwar neidischer, als ich zugeben mochte. Gestern hatte ich sie in Stücke gehauen. Heute klebten sie so eng aneinander, dass man nicht mal einen Riss sehen konnte.

Vielleicht machten sie das schon ihr ganzes Leben lang.

Und darum beneidete ich sie. Meine Risse gingen zu tief, um sich schließen zu lassen.

Wir hatten uns wie geplant im Morgengrauen auf dem Platz versammelt. Tuteng war bereits aufgebrochen und kümmerte sich um die Oyakai. Agne war damit beschäftigt, die Zwillinge zu trennen, weil Yria über etwas aufgebracht war, das ihr Bruder gesagt oder getan hatte, und ihn verfolgte. Zwei-Einsame-Alte-Männer unterhielt sich mit Madame Faust, während sie das Geschirr des Karrens zwei gereizten Arbeitsvögeln anlegte. Seelenverwandte und zwei andere Reitvögel warteten daneben.

Jero hielt sie und bemühte sich, unsichtbar zu sein.

Für mich war er so auffällig wie ein markanter Pickel am Arsch.

Seit wir zurückgekehrt waren, hatten wir nicht mehr miteinander geredet. Und ich hoffte, es blieb dabei, auch während unserer Reise heute. Niemand sollte Sal Kakophonie nachsagen, sie wäre kein Profi. Ich konnte auch mit jemandem arbeiten, den ich nicht mochte, selbst wenn diese Person mich fast umgebracht hatte und am Ende mehr Leute getötet wurden, als nötig war, weil sie mich nicht für würdig hielt, mir wichtige Informationen mitzuteilen. Aber Sal Kakophonie würde ihm die Zähne einschlagen, wenn er weiter Scheiße redete.

Ich hoffte, dass ich ihm das mit meiner finsteren Miene klarmachte, als er in meine Richtung sah und sofort den Blick abwandte. Falls nicht, konnte ich ihn später noch verprügeln.

»Unser Aufenthalt hier ist zu Ende.« Der Mantel von Zwei-Einsame-Alte-Männer war für diese Kälte viel zu dünn, aber das schien ihn überhaupt nicht zu kümmern. Er schlurfte zur Tür der Herberge. »Kaum vorstellbar, dass der wichtigste Schritt in der Geschichte der Scar in diesen bescheidenen Wänden geplant wurde. Wir verabschieden uns dankbar von der guten alten Kröte.«

»Ich habe dich weder aus Dankbarkeit hier wohnen lassen«, schnaubte Madame Faust neben ihm, »noch lasse ich dich diesen Scheiß aus Dankbarkeit durchziehen.«

»Natürlich nicht.« Zwei-Einsame-Alte-Männer griff in seinen Mantel und holte eine Rolle Papiere heraus, die er ihr gab. »Alles Notwendige wurde arrangiert, sämtliche Transporte wurden bezahlt und alle Unterbringungen geplant. Ich hoffe, du genießt deine Rückkehr in die Hauptstadt, Madame.«

Ich hatte gewusst, dass Madame Faust sowohl eine Meisterin der Intimen Künste als auch ein launisches Arschloch war. Als ich sah, wie sie diese Schriftrollen mit tränenfeuchten Augen anstarrte, als wären sie ein auferstandenes Kind, fragte ich mich, was ihr wahres Ich war.

»Stimmt etwas nicht, Madame?«, fragte der Freimacher.

»Nein, es ist nur …« Sie blickte auf die Herberge. »Die Kröte ist schon seit Jahren mein Exil. Ich habe diese Herberge so lange geführt, dass ich nicht weiß, ob ich …«

»Wir dürfen keine Spuren zurücklassen. Zu viel wurde in diesen Wänden gesagt.« Zwei-Einsame-Alte-Männer klang ernst, und seine Miene verfinsterte sich. »So wurde es vereinbart. Jetzt ist es zu spät, um neu zu verhandeln. Viel zu spät.«

»Ja«, lenkte sie ein. »Du hast recht. Natürlich.« Sie schniefte. »Letztlich ist es nur eine schmutzige kleine Kaschemme. Keine Ahnung, ob man sie mit der von dieser Donna vergleichen kann. Jedenfalls bin ich froh, wenn sie weg ist.«

Seine Miene hellte sich auf, als er lächelte. Er griff erneut in seine Tasche und holte ein Zunderholz heraus. »Dann darf ich dir die Ehre überlassen?«

Sie nickte, nahm das Zunderholz, riss es am Absatz ihres Schuhs an und warf es auf die Veranda.

Die Herberge fing sofort Feuer. Die Flammen leckten träge über unsere Ölspur. Wir hatten dafür gesorgt, dass das Feuer keine Aufmerksamkeit erregte, bis wir verschwunden waren.

Zwei-Einsame-Alte-Männer drehte sich zu uns herum, während die Flammen hinter ihm züngelten.

»Ihr wisst alle, wo ihr hinmüsst, und ihr kennt den Weg«, sagte er. »Vermeidet Entdeckung und haltet für niemanden an. Beantwortet keine Fragen und hinterlasst keine Spuren. Wir treffen uns in vier Tagen am vereinbarten Ort.«

»Ja, ja.« Yria saß neben Urda auf dem Karren und nahm die Zügel auf. »Bei all diesem ganzen Theater wünschte ich mir fast, ich hätte einen Fliegenschiss auf Opern gegeben.«

»Es ist ein langer Weg«, erklärte Urda hilfreich. »Ich kann dir ein bisschen darüber beibringen!«

Yria lächelte strahlend, aber falsch. »Na großartig! Bring mir lieber eine verfickte Schlinge bei, mit der ich mich erhängen kann.« Sie schnaubte verächtlich und ließ die Zügel klatschen. »Los, ihr hässlichen Hühner! Setzt eure Ärsche in Bewegung, bevor ich zu betrunken bin, um zu lenken.« Die Vögel zwitscherten und zogen den Karren auf die Straßen von Terassus. Agne saß auf einem riesigen Steinbeißer-Vogel, zügelte ihn und hielt Zwei-Einsame-Alte-Männer die Hand hin.

»Wollen wir, mein Herr?«

»Ihr ehrt mich, meine Dame«, sagte er und nahm die Hand. Sie zog ihn mühelos hinter sich auf den Sattel. Er blickte auf mich herunter. »Um unseres Plans willen, Kakophonie, hoffe ich, dass du die Reise bewältigen kannst.«

»Ginge ich allein, wäre es einfacher«, antwortete ich.

»Und riskanter, falls du in einen Hinterhalt geraten solltest«, antwortete er. »Wir dürfen jetzt nicht scheitern. Nicht, wo wir so nah am Ziel sind.«

Ich grunzte. Er nickte. Agne gab ihrem Reittier die Sporen. Und auf Beinen, die so groß waren wie ich, lief es los und ließ mich mit einem Feuer, einem warmen Mantel und …

»Fertig?«

Jero kam auf mich zu, die Zügel von Seelenverwandte in einer Hand und die seines Vogels in der anderen. Ohne etwas zu sagen, ja ohne ihn auch nur eines Blickes zu würdigen, nahm ich die Zügel und stieg auf. Es fühlte sich gut an, wieder im Sattel zu sitzen, selbst wenn ich mit einem Arschloch zusammen reiten musste.

»Hast du mich vermisst, Prinzessin?«, knurrte ich und rieb Seelenverwandtes langen hässlichen Hals. »Hast du deine beste Freundin vermisst?«

Seelenverwandte stieß ein hässliches Geräusch aus und schiss auf den Boden. Vielleicht bedeutete das … *vielleicht*?

»Hat sie Ärger gemacht?«, fragte ich Madame Faust.

Die antwortete nicht. Sie stand vor der Herberge, ihrer Herberge, und sah zu, wie das Feuer sich ausbreitete.

»Madame«, sagte Jero leise.

»Was?« Sie sah zu uns zurück.

»Alles in Ordnung?«

»Oh. Ja. Ich habe nur …« Sie drehte sich zum Feuer herum. »Es ist … nichts. Macht euch keine Sorgen um mich. Danke.«

Er sah sie noch einen Moment an, bevor er seinen Blick auf mich richtete. Dann nickte er, wir spornten unsere Vögel an und ritten davon, als das Feuer hinter uns aufflackerte.

Wir verließen Terassus morgens. Unseretwegen waren Häuser und Leben ruiniert worden. Menschen waren gestorben.

Am Nachmittag würden wir Geister sein. Und all die Menschen, die in jener Nacht alles verloren hatten, würden nicht einmal unsere Namen erfahren.

32. KAPITEL
DAS TAL

Ich will kein Klugscheißer sein, aber es gibt drei Gebiete, auf denen ich Expertin bin: Opern, Leuten Schmerzen zuzufügen und das Wissen, was ein gutes Glas Whiskey ausmacht.

Bei seltenen Gelegenheiten wie in dieser Nacht passten alle drei in wundersamer Harmonie zusammen.

Es fing damit an, dass ich zwei Kaufleute belauschte, die ihre Fuhrwerke neben der Straße abgestellt hatten, um miteinander zu handeln. Das war jedoch so schiefgegangen, dass sie sich gegenseitig wegen ihres Operngeschmacks beschimpften. Zwei-Einsame-Alte-Männer hatte uns zwar eingeschärft, unterwegs keine Aufmerksamkeit zu erregen, deshalb hätten wir eigentlich wortlos an ihnen vorbeireiten sollen. Doch dann fühlte ich mich gezwungen einzugreifen.

Ich meine, im Ernst, einer von ihnen behauptete, dass Valcullens *»Serenade der Gräben«* Arisidones *»Selania«* überlegen wäre. Was hätte ich tun sollen? Etwa schweigen?

Jedenfalls, nachdem ich dieses Missverständnis ausgeräumt hatte, fiel mir die Kiste mit Whiskeyflaschen auf einem der beiden Fuhrwerke auf. Da sämtlicher Schnaps aus Madame Fausts Schenke Opfer der Flammen wurde, versuchte ich den Besitzer zu überzeugen, mir eine Flasche zu verkaufen. Als ich ihm androhte, mit seinen Fingern das zu machen, was Valcullen dem Musiktheater angetan hatte, war er einverstanden.

Aber wir sollten erst etliche Stunden später einen Ort finden, wo wir die Flasche wirklich genießen konnten.

Ich setzte sie an meine Lippen, und trotz des Drangs, sie augenblicklich zu leeren, beschränkte ich mich auf einen großzügigen Schluck. Tallmill & Tallmill war zwar nicht so kräftig wie Avonin, aber auch nicht gerade ein billiger Fusel. In jedem Tropfen sollte laut Etikett eine Symphonie erdiger Noten aufgehen, begleitet von einem Chorus von Honig, mit warmem Feuer im Nachgeschmack.

Ich trank einen Schluck, noch einen und einen langen.

Ich schmatzte, schnüffelte und seufzte.

Es nützte nichts. Ich schmeckte nur Asche.

Ich verstaute die Flasche wieder, drehte mich um und ging weiter über den Pfad. Hier, mitten im Tal, kämpfte der Wald mit den Bergen um den Titel des schwierigsten Hindernisses. Die Steine und Bäume auf den Hängen dieses Landes waren schon uralt gewesen, als die ersten Menschen in der Scar aufgetaucht waren. Weit entfernt von den Städten und ihren Schwierigkeiten standen sie stumm und gleichgültig da, während ich mir einen Weg zwischen ihnen bahnte.

Die kalte Bergluft drang durch meinen Mantel, aber ich roch nur Rauch. Ich hatte den Geschmack von Whiskey im Mund, aber ich schmeckte Asche. Ich hatte zwei Tage und achtzig Meilen zwischen mich und Terassus gelegt ... Und es fühlte sich immer noch nicht weit genug entfernt an.

Vielleicht war das ja jetzt immer so, vielleicht war es nie weit genug. Vielleicht würde ich immer Asche schmecken und Rauch riechen, ganz gleich, was ich trank. Vielleicht waren Narben genau das – nicht nur Verletzungen, sondern Erinnerungen, Orte ...

»He.«

... Menschen.

Die Sonne war bereits untergegangen, als ich wieder ins Lager zurückkam, eine kleine Lichtung aus trockener Erde, die von den ausladenden Zweigen der Baume vor dem Schnee geschützt wurde. Das dünne Zelt stand am Rand, und die Vögel waren in der Nähe festgebunden. Seelenverwandte kämpfte mit Jeros Vogel um das letzte Stück Aas und gewann. Und Jero ...

Er stand mitten im Lager, dünn und steif.

»Du warst eine Weile weg«, sagte er. »Ich wollte schon nach dir suchen.«

Welche Bestien und Gesetzlosen hier draußen auch hausten, das

Mädchen mit der magischen Pistole und der miesen Laune würde besser mit ihnen klarkommen als das Arschloch mit dem Messer und dem netten Lächeln. Das hätte ich gern klargestellt, aber dann hätte ich mit ihm sprechen müssen.

Glücklicherweise genügte es ihm, dass ich schweigend an ihm vorbeimarschierte und mich ans Feuer setzte. Nachdem er noch ein paar Scheite aufgelegt hatte, setzte er sich mir gegenüber. Ich war bereit, den Plan auszuführen, aber das konnte ich, ohne mit ihm zu reden. Vielleicht sogar besser.

»Ziemlich kalt heute Nacht.«

Offenbar sah er das anders.

»Die Kaufleute sagten, dass solche Stürme Wochen dauern können.« Jero betrachtete das Schneetreiben, während er auf irgendeinem Proviant herumkaute. »Ein schlechtes Omen für sie und umso besser für uns. Dichte Bewölkung bedeutet besseren Schutz, wenn wir das Luftschiff anhalten.«

Es bedeutete auch, dass wir uns in den nächsten zwei Nächten die Ärsche abfrieren würden. Je höher wir kamen, desto dünner fühlte sich der Mantel an, den Urda mir gegeben hatte. Der Wind war schärfer, und die Kälte drang tiefer. Am schlimmsten machte die Kälte meinen Narben zu schaffen – ich fühlte sie unter meiner Kleidung so frisch wie an dem Tag, an dem ich sie mir zugezogen hatte.

»Das könnte entscheiden, ob wir die Sache durchziehen können oder in den Tod stürzen.« Jero kratzte sich die Wange. »Die Eiserne Flotte hat die längsten Kanonen der Revolution. An einem klaren Tag könnten sie uns einfach aus dem Himmel schießen. Außerdem wissen wir nicht, wie viele Soldaten auf dem Schiff sind. Luftschiffe haben zwar eine begrenzte Kapazität, aber trotzdem könnten es ein Dutzend Paladine sein, vielleicht sogar ein Reliktwächter und wer weiß wie viele Revolutionäre.«

Seine Miene verfinsterte sich, und Schatten tanzten über sein Gesicht, als er ins Feuer starrte.

»Von denen jeder Einzelne ein verdammter Fanatiker ist«, flüsterte er verbittert. »Der jeden eigenen Gedanken für seinen Großen verschissenen General aufgegeben hat und alles tut, was er ihnen sagt.«

Das Schweigen einer Person sagt oft mehr als ihre Worte. Die können jede Lüge spinnen, und Jero war in dieser Hinsicht besser als die meisten anderen, aber wenn sie schweigen, dann sagen sie, was ihnen wirklich auf der Seele liegt.

Und auf Jero lag eine schwere Last.

Er wirkte kalt und angespannt, und seine Gefühle bezüglich der Revolution gingen tiefer, als Worte ausdrücken konnten. Hätte ich ihn nicht gehasst, hätte ich nachgefragt.

»Also, hast du dir dazu Gedanken gemacht?« Er sah mich einen Moment erwartungsvoll an, während ich einen tiefen Zug aus der Flasche nahm. »Da wir«, er räusperte sich, »uns bald in einer Lage wiederfinden werden, in der es um Leben oder Tod geht, wäre es nützlich, wenn ich wüsste, was du denkst …«

»Wir können das auf zwei Arten handhaben.«

Er verstummte, als ich mich zu ihm umdrehte.

»Entweder redest du weiter und gibst dich mit meinem Schweigen zufrieden«, erklärte ich, »oder du redest mit einem Mund voller eingeschlagener Zähne, und dann rede ich auch.«

Er spitzte die Lippen und sah weg. Das hatte ich erwartet, und ich wandte mich wieder zum Feuer um.

»Schön.«

Das hatte ich nicht erwartet.

»Hä?«

»Ich sagte … schön.« Er stand auf, verschränkte die Hände hinter dem Rücken und hielt mir sein Kinn hin. »Schlag zu, sooft du willst.« Als ich ihn aus zusammengekniffenen Augen anstarrte, seufzte er. »Ich kannte deine Vergangenheit, ich wusste, wofür Leute dich benutzt haben, und ich habe dasselbe gemacht wie sie. Aber wenn diese Sache klappen soll, müssen wir miteinander reden.« Er trat einen Schritt näher und deutete auf sein Kinn. »Also, falls das nur geht, wenn du mir die Zähne einschlägst, dann mach mal.«

Ich betrachtete ihn lange und versuchte herauszufinden, was für einen Trick er da abzog. Als ich keinen Haken finden konnte, stand ich auf und ging zu ihm. Als er weder versuchte wegzulaufen noch zusammenzuckte, packte ich die Whiskeyflasche so fest, wie ich konnte, holte aus und …

Ich hätte ihn schlagen sollen.

Stattdessen rammte ich sie ihm in den Bauch. »Hier.« Ich seufzte. »Ich hasse dich weniger, wenn wir betrunken sind.«

Er hätte es zweifellos verdient, und es ging mir auch nicht ums große Ganze. Ich hätte ihn wirklich so verletzen sollen, wie er alle anderen verletzt hatte. Aber … Ich weiß nicht. Wahrscheinlich wollte ich nicht noch einen Namen auf meine Liste setzen. Und außerdem war es viel zu kalt für Hass. So kalt, dass ich meinen Schal herauszog, ihn in beide Hände nahm und ihn zu einer Art Umhang ausbreitete. Ich warf ihn mir über und starrte in die Flammen.

»Das ist ein sehr praktischer magischer Schal.« Jero trank einen tiefen Schluck. »Hast du ihn …?«

»Nein.« Ich sah ihn höhnisch an. »Hör auf damit.«

»Womit?«

»Mit dem Geplänkel. Kein Geplänkel, keine Harmonie, und wenn du Ironie auch nur versuchst, ersteche ich dich.«

»Gut …« Er setzte sich auf seinen Baumstamm und trank noch einen Schluck. »Schweigen wir uns jetzt wieder an?«

Ich seufzte und zog den Umhang fester um mich. »Ich weiß nicht … Kennst du irgendwelche Trinkspiele?«

Er kratzte sich am Kinn. »In der Revolution gab es ein Spiel namens Hochsitz.« Er lachte. »Trinken verstieß gegen die Wahrheiten des Großen Generals, aber ab und zu ergatterten wir eine Ladung Wein oder Whiskey von einer konfiszierten Lieferung. Dann kletterten wir auf einen Baum und ließen die Flasche kreisen. Jeder trank, und wer als Letzter vom Baum fiel, hatte gewonnen.«

Er drehte sich mit einem strahlenden Lächeln zu mir herum. Ich erwiderte es mit meiner besten »Warum-verfickt-habe-ich-dir-nicht-die-Nase-gebrochen-als-ich-die-Chance-hatte?«-Miene. Ich weiß nicht, ob er es kapierte, jedenfalls hüstelte er und wechselte das Thema.

»Manchmal haben wir auch Tribunal gespielt.«

Ich bedeutete ihm mit einem Grunzen, weiterzusprechen.

»Eine Person ist Zeuge, und alle anderen sind das Tribunal. Der Zeuge schildert etwas und behauptet, so etwas hätten sie niemals getan, und wenn irgendjemand aus dem Tribunal es doch getan hat, trinken sie.«

»Wirklich!«, höhnte ich. »Das ist Lügen-Lady. In Cathama haben wir das ständig gespielt. Beim ersten Mal war ich vierzehn.«

»Heißt das, du willst es nicht spielen?«

»Das habe ich verdammt noch mal nicht gesagt!«

Ich lehnte mich gegen den Baumstamm, auf dem ich zuvor gesessen hatte. Jero konnte mit seinen Worten Netze spinnen, aber das machte sie nicht glaubwürdiger. Trotzdem, nichts brachte die Wahrheit über einen Mann schneller zum Vorschein als die Flasche – das hier war eine gute Gelegenheit, herauszufinden, ein wie großer Lügner er war. Außerdem hockten wir im Nichts, und es war sterbenslangweilig, also ...

»Okay, ich hab einen.« Ich kratzte mich an einer meiner Narben. »Ich habe nie ...«, ich betrachtete ihn neugierig, »... einen Freund sterbend zurückgelassen und bin geflüchtet.«

Es hätte mich nicht so sehr überraschen sollen, dass er sofort trank. Aber ich war es. Er musste es mir angesehen haben, denn er räusperte sich und wischte sich den Mund.

»In der Revolution«, sagte er. »Ich glaube, es war ... Die Schlacht um Ordros Kreuzung?«

»Nie davon gehört«, gab ich zurück.

»Keiner kennt das. Es war eine beschissene kleine Siedlung mit einem beschissenen kleinen Kader – wir waren nicht mal genug, um die Ordnung auf den Straßen aufrechtzuerhalten, ganz zu schweigen davon, die Imperialen zurückzuschlagen, die auftauchten, um sie zu erobern. Aber das Kaderkommando befahl uns zu bleiben und sie aufzuhalten, während es selbst flüchtete. Sie sagten, es wäre unsere Pflicht der Zukunft gegenüber, dafür zu sorgen, dass die größten Denker der Revolution überlebten.«

»Ja, das klingt nach ihnen.«

»O ja.« Er verzog verbittert die Lippen. »Natürlich glaubten sie es alle, jede einzelne Scheißlüge, die die Propaganda ausspuckte, wurde von jedem in meinem Kader geschluckt. Sie standen da wie Schießfiguren an der Front und schmetterten Revolutionslieder ... bis die Imperialen sie unter Felsen und Asche begruben.«

Er trank noch einen Schluck und warf mir die Flasche zu. Ich fing sie auf. Sie fühlte sich warm von seinen Fingern an, so fest hatte er sie umklammert gehabt.

»Aber ich fand das nicht logisch.«

»Du bist abgehauen?«, fragte ich.

»Nachdem ich vergeblich versucht hatte, ihnen klarzumachen, wie blöd es ist, für Leute zu sterben, die keinen Finger für uns rührten, ja.« Er warf mir einen spöttischen Blick zu. »Ich bin mir sicher, Geschichten gehört zu haben, dass auch du Leute zurückgelassen hast. Leute, mit denen du zusammengearbeitet hast.«

»Das war etwas anderes.«

»Inwiefern?«

»Die waren Arschlöcher, keine Freunde.« Ich nickte ihm zu. »Du bist dran.«

Er blickte nachdenklich ins Feuer und warf ein Scheit hinein. »Gut, ich habe noch einen. Ich habe noch nie mit jemandem geschlafen, der mal versucht hat, mich umzubringen.«

Ich hob erstaunt eine Braue, wollte etwas sagen, überlegte es mir dann anders und trank einen tiefen Schluck.

»Was?« Er sah mich erstaunt an. »Ernsthaft?«

»Ich weiß nicht, ob du das Sex nennen würdest, aber …« Ich wischte mir den Mund ab. »Warte, meinst du Sex, bevor oder nachdem sie versucht haben, dich zu töten?«

»Hinterher, denke ich.«

Ich grunzte und trank noch einen Schluck. Er starrte mich unverwandt an, und mich erfüllte morbider Stolz beim Anblick seines schockierten Gesichts, das kann ich nicht leugnen.

»Was denn?« Ich grinste, als ich ihm die Flasche zuwarf. »Hast du auf etwas anderes gehofft?«

»Es ist nur …« Er fing die Flasche und schüttelte den Kopf. »Aber wie? Die Mörder der Scar sind gefährlich genug, auch ohne sie in sein Bett einzuladen. Wie konntest du da … du weißt schon, wie konntest du es da bringen?«

»So, wie ich alles bringe.« Ich lehnte mich zurück und genoss die Wärme des Feuers. »Brillant.« Ich zuckte mit den Schultern. »Keine Ahnung. Es war irgendein Vagrant und wir stritten uns um die Beute, dann führte eins zum anderen.«

»Das musst du mir erklären«, sagte Jero. »Denn meiner Erfahrung nach führt ein gescheiterter Mordversuch nur dazu, es mit einem größeren Messer nochmals zu versuchen.«

Ich suchte nach den richtigen Worten, um es zu beschreiben. Ohne es zu merken, zog ich die Hand aus dem Mantel und fuhr mit dem Finger über die Narbe über meinem Auge. Sie schmerzte unter der Berührung.

»Ich weiß nicht, es ist wie …« Ich schnalzte mit der Zunge. »Wenn du jemanden bei einem Glas Wein oder durch einen komischen Zufall triffst, ist das alles, was man wirklich miteinander teilt. Sobald der Wein alle ist oder der Scherz sich wiederholt, weißt du das. Aber wenn du gegen jemanden kämpfst, teilst du den Schmerz, die Hitze und die Wut. Das hält zwar nicht an, aber du hast es zumindest gemeinsam erlebt.« Ich blickte hoch. »Klingt das logisch?«

Er starrte mich an und warf dann einen Blick auf die Flasche. »Wahrscheinlich, wenn ich betrunkener wäre.«

»Fick dich.« Unwillkürlich musste ich lachen. »Vielleicht, manchmal … ist es einfach nett, mit jemandem zusammen zu sein, der denselben Schmerz kennt wie du.«

Darauf wusste er nichts zu erwidern. Auch gut, denn ich konnte ohnehin nichts mehr hören. Je länger ich ins Feuer starrte, desto mehr Schatten bildeten sich, die aussahen wie jemand, den ich kannte. Und das Knistern hörte sich immer mehr wie Worte einer Stimme an, die ich einst gekannt hatte.

»Bei dir fühle ich mich wie ein Idiot, weißt du das?«, sagte sie. *»Obwohl ich alles weiß, bleibe ich und bin immer noch mit dir zusammen. Wenn du mir nur sagen könntest, dass das eines Tages aufhören würde.«*

Genauso klang es in meinem Kopf.

»Sal.«

So kalt und klar wie an dem Tag, an dem sie es sagte.

»Bitte.«

»Verflucht!« Ich schüttelte den Kopf und sah Jero an. »Warum heizt du das Feuer so an?«

Er sah mich beiläufig an, bevor er wieder in die Flammen blickte. »Deine Narben tun weh, wenn es kalt ist, richtig?« Er hatte den Zorn auf meinem Gesicht gesehen. »Du kratzt an ihnen herum, seit du hier bist. Du musst es mir nicht sagen.« Er lächelte schwach. »Meine schmerzen auch.«

Darauf wusste ich nichts zu erwidern, und das irritierte mich.

»Du bist dran«, sagte er.

Ich lehnte mich zurück und verzichtete nachdrücklich darauf, meine Narben zu kratzen, während ich mir etwas ausdachte. Normalerweise wäre ich schneller gewesen, aber der Whiskey brachte meine Gedanken durcheinander und erschwerte es mir, sich auf irgendetwas anderes zu konzentrieren als auf die Wärme, die aus dem Feuer in meine Wangen kroch, oder wie lange es schon her war, seit ich mich so gefühlt hatte.

Trotzdem, mein Ruf stand auf dem Spiel. Ich würde mir niemals nachsagen lassen, dass Sal Kakophonie von irgendeinem revolutionären Arsch in einem Trinkspiel besiegt worden war.

Die ganze Scar würde mich auslachen.

»Ich weiß was.« Ich grinste ihn spöttisch an. »Ich habe noch nie ein Saludi-Curry gegessen.«

Er sah mich an, die Flasche schlaff in der Hand haltend. Ich kniff die Augen zusammen.

»Warum trinkst du nicht?«, knurrte ich.

»Weil man nur trinken muss, wenn man es getan hat?« Er hob eine Hand. »Ich habe auch nie ein Saludi-Curry gegessen.«

»Vogelkacke!«

Er lachte. »Du nimmst das Spiel sehr ernst, stimmt's?«

»Ich nehme Curry sehr ernst, weil es köstlich ist, du Blödmann! Die Revolution hat Saluda zehn Jahre lang besetzt. Und du sagtest, du wärst dort stationiert gewesen, stimmt's?«

Er nickte. »Ich habe dort zwei Jahre Dienst geleistet. Weshalb?«

»Man gibt dir für zwei Kupferstücke eine Schüssel von der Größe eines Kleinkindes. Wie konntest du so lange in Saluda sein, ohne dieses verdammte Curry zu essen?«

»Ich weiß es nicht. Ich habe es eben nicht getan.« Er zuckte mit den Schultern. »Na gut. Wegen des Knoblauchs.«

»Du hättest nach weniger Knoblauch fragen können.«

»Großartige Idee. Ich, der Kerl, der den Überfall auf ein Luftschiff geplant hat, hat nicht daran gedacht!« Er schnaubte. »Ich esse keinen Knoblauch, niemals.«

»Warum nicht?« Ich lachte. »Bekommst du davon Durchfall? Es gibt nämlich eine Alchemie, die das auf der Stelle …«

»Jandi liebte Knoblauch.«

Ich hörte auf zu lachen, und trotz der Hitze des Feuers wurde mir kalt.

»Als wir klein waren und mein Vater uns verlassen hatte …« Jero sah mich nicht an und sprach so leise, als hätte er vergessen, dass ich da war. »Wir mussten uns etwas zu essen stehlen und haben immer zusammengearbeitet. Er hat die Bauern abgelenkt, und ich habe die Nahrungsmittel gestohlen. Eines Tages haben wir einem Bauern einen riesigen Sack geraubt, weil wir dachten, dass da drin etwas ganz Tolles sein müsste. Als wir ihn aufmachten, waren nur Knoblauchknollen darin.«

Er starrte nicht mehr ins Feuer, sondern war gar nicht mehr da. Er war an einem dunklen, weit entfernten Ort.

Ich kannte diesen Blick. Und auch den Ort.

»Der Winter kam, und wir hatten nichts anderes zu essen, vier Monate lang …« Er schüttelte den Kopf. »Ich hasste das Zeug schon nach dem ersten Bissen, aber Jandi liebte den Geschmack. Er kaufte überall Knoblauch und tauschte sogar seine Essensrationen dagegen ein. Alle aus unserem Kader beschwerten sich über den Gestank und hielten sich die Nase zu, wenn sie mit ihm redeten.« Er lachte freudlos. »Er sagte nur, es wäre der Geruch des revolutionären Eifers, der ihm aus den Poren dränge. Er hatte immer solch alberne Antworten parat. Und jedes Mal, wenn ich Knoblauch rieche, denke ich an sein Lächeln …«

Er verstummte, und sein Blick verfinsterte sich. Wohin er auch ging, es war ein Ort, an den ich ihm nicht folgen konnte. An solche Orte muss jeder allein gehen.

Also sagte ich nichts, sondern blieb einfach neben ihm sitzen und starrte ins Feuer.

»Entschuldigung.« Er räusperte sich, als erwache er aus einem Traum. »Entschuldigung, ich wollte nicht …« Er fuhr sich über die Augen.

»Es ist in Ordnung«, erwiderte ich und meinte es auch so. Ich hatte mich gefragt, wer Jero eigentlich war, seit ich ihn zum ersten Mal getroffen hatte. Ein hinreißender Kerl direkt aus einer Oper, der Wein liebte, ein mörderischer Mistkerl, der ebenso selbstverständlich log und tötete, wie er atmete. Vielleicht war er all das, aber unter all dem lag letztlich das hier. Eine gebrochene Person, die neben einer anderen gebrochenen Person saß.

Ich blickte zum Himmel hoch. Ein Windstoß ließ die kahlen Zweige der Bäume klappern. Der Schnee hatte mittlerweile die Farbe der Dunkelheit angenommen, Seelenverwandte und Jeros Reitvogel hatten sich aneinandergeschmiegt und verdauten schlafend das Aas, das sie gerade verschlungen hatten, ohne sich von dem Schnee stören zu lassen.

Ich richtete mich auf und zuckte zusammen, als die Kälte wieder in meine Narben sickerte. »Wir müssen morgen Abend am Treffpunkt sein, stimmt's? Ich will mir nicht nachsagen lassen, dass Sal Kakophonie nicht am Treffpunkt auftaucht, weil sie einen Kater verdauen musste.«

Jedenfalls nicht nach dem letzten Mal.

Ich öffnete die Zeltklappe und merkte dann, dass er mir nicht folgte. Ich warf einen Blick zum Feuer. Er saß noch da. Er spürte meinen Blick und hob den Kopf. Die Leere in seinen Augen wich einer Art verlegener Nervosität, die ich gegen meinen Willen charmant fand.

»Kommst du jetzt?«, fragte ich.

»Also ...« Er räusperte sich. »Ich meine, das Zelt ist klein, und ich dachte, du würdest ... Ich meine, nach dem Vorfall auf dem Anwesen wäre es dir vielleicht lieber, wenn ich draußen schlafen würde statt ... Du weißt schon ...«

»Wir treffen eine Abmachung«, unterbrach ich ihn. »Wir teilen uns das Zelt, wenn du aufhörst zu quatschen.« Ich blickte auf seine Hände. »Und wenn du den Whiskey mitbringst.«

Er lächelte und nickte. »Danke«, flüsterte er.

»Schon in Ordnung«, sagte ich. Auch das meinte ich ernst.

33. KAPITEL

DAS TAL

Die meisten Nächte komme ich gut klar. Ich suche mir eine kleine Stelle in der Scar, in der es nicht von Gesetzlosen, Bestien oder schlechtem Wetter wimmelt. Manchmal finde ich sogar ein Bett, manchmal nicht. Ich achte darauf, dass ich beim Aufwachen nicht von jemandem erstochen, erschossen oder angeknabbert werde, und habe erst viermal Pech gehabt. Für gewöhnlich schlafe ich entweder mit der Hilfe von Drogen, Alkohol oder Erschöpfung ein, und wenn ich Glück habe, träume ich nicht. In den meisten Nächten komme ich also wie gesagt gut klar.

Aber in manchen nicht.

Mein Körper schmerzte, meine Haut prickelte vor Kälte unter der Decke, und meine Narben flehten mich an, die Augen zu schließen und sie eine Weile in Ruhe zu lassen. Trotzdem konnte ich nicht schlafen. Der Whiskey hatte meine Gedanken nicht betäuben können, und die Wärme, die er mir gespendet hatte, war schon seit mindestens einer Stunde verschwunden.

Ich lag unter einer kratzigen Decke, während der Wind draußen murmelte und die Kälte ins Zelt drang.

Er lag hinter mir.

Ich wusste, dass Jero noch wach war. Ich wusste, wie Schlafende atmen, und er tat nur so. Bis zu dieser Nacht hatte ich gedacht, ich wüsste, wer er war.

Ein Krimineller. Ein Killer. Ein gieriges Arschloch mit einer Klinge wie die anderen zahllosen Banditen, Kriegsherren und Vagranten, die ich schon unter die Erde gebracht hatte. Angeblich war er auf meiner Seite, aber das bedeutete nicht, dass er kein Abschaum war.

Jedenfalls war er das bis zu dieser Nacht. Trotzdem, es war keine billige Seifenoper – er war kein grübelnder Held, der seine Verletzlichkeit nicht zeigte aus Angst, man würde ihm dann wehtun. Und ich war ganz bestimmt keine naive Jungfrau, die heulend mit raschelnden Röcken zusammenbricht, wenn ein Mann sich ihr öffnete. Opern, vor allem die billigen Opern, sind aufregend, lustig und befriedigend.

Das hier war alles andere als das.

Wir waren Abschaum, er und ich. Kriminelle. Killer. Keiner von uns beiden war ein guter Mensch. Verdammt, wir waren noch nicht mal anständig.

Und keiner von uns konnte loslassen.

Wir hatten beide Narben, die tiefer gingen als in die Haut. Hinter unseren Augen lauerte bei uns beiden ein dunkler Ort. Wir waren beide gebrochen.

»Wie ist er gestorben?«

Ich flüsterte die Frage und hoffte fast, dass er mich nicht gehört hatte. Er lag lange schweigend da, und als er dann antwortete, sprach er leise und mit sanfter Stimme.

»Er hat den Feind angegriffen.« Jero wartete lange, bis er weitersprach. Und seine Stimme zitterte. »Imperiale. Sie waren uns fünf zu eins überlegen. Er nahm einfach seine Waffe, schrie, rannte auf sie zu und … starb.«

Ich starrte auf die Zeltwand. »Um dich zu beschützen?«

»Das frage ich mich manchmal, ja.«

»Und?«

»Ich glaube nicht.«

Ich stellte keine Fragen, und ich schlief nicht. Ich lauschte im Dunkeln, als er sich zu mir herumrollte. »Hast du das Imperium jemals geliebt?«, flüsterte er.

»Wie?«

»War es deine Heimat?«

»Ich wurde dort geboren.«

»Ja, klar. Aber war es deine Heimat?«

Ich dachte nach. »Nein.«

»Würdest du dafür sterben?«, wollte er wissen.

Das wusste ich. »Nein.«

»Wofür würdest du sterben?«, fragte er.

Das wusste ich auch. »Weiß ich nicht«, antwortete ich.

Das Schweigen zwischen uns war plötzlich anders als zuvor. Es war nicht das Schweigen, weil man nichts zu sagen hatte, sondern die Stille, wenn man versucht, etwas nicht zu sagen. Etwas, das ich wusste und das er wusste.

Wie gesagt, das hier war keine billige Seifenoper – aber auch keine gute Oper. Und es würde kein glückliches Ende finden. Nun, das wäre auch nichts für uns gewesen. Wir waren keine Helden, er und ich, sondern nur zwei gebrochene Leute.

Ich wusste, durch meine Narben, wohin dieser Weg führen würde. Wie ich wusste, an welche dunklen Orte ich nicht gehen durfte und wann mir jemand ein Messer in den Leib rammen wollte. Es geschieht in einem Moment, der sich in die Länge zieht, in dem alles dunkler und ruhiger wird, und wenn es aufhört, dann geht man entweder weg oder macht etwas Dummes.

Und obwohl ich wusste, dass es nicht gut enden würde, war mir klar, was ich tun würde.

Der Wind seufzte durch das Zelt, und ich zuckte unter meiner Decke. Er rollte sich zu mir.

»Tun deine Verletzungen weh?«, fragte er.

»Nein«, erwiderte ich.

»Du lügst«, stellte er fest.

»Ja«, gab ich zu.

»Das Vechine wird nicht immer ganz herausgespült. Wenn du noch Reste in dir hast, können sie eine Infektion auslösen.«

Seine Hand glitt zum Rand meiner Decke. Ich fühlte, wie seine Finger über dem dünnen Stoff zögernd innehielten.

»Darf ich?«, fragte er.

Ich schloss die Augen und nickte.

Er schlug die Decke zurück. Die Kälte, die bisher nur an mir genagt hatte, grub jetzt ihre Zähne in mich, als er nach meinem Mantel griff. Er packte ihn mit den Fingern und hielt wieder inne. Ich spürte seinen Blick auf meinem Hinterkopf, als er auf ein Zeichen wartete.

Ich nickte wieder. »Ja«, flüsterte ich.

Er zog den Mantel hoch. Meine Haut spannte sich unter der plötzlichen Kälte an. Ich spürte, wie sich meine Bauchmuskeln verkrampften und wie mir der Atem stockte. Ich umklammerte den Rand der Decke, um nicht zu zittern.

Er legte seine Hand auf meine Seite und fuhr mit der Handfläche über die Wunde. Seine Finger strichen zart über meine Haut, und ich bekam eine Gänsehaut, als sie über meinen Körper glitten, über die Wunde bis zu meiner Hüfte herunter.

Er war warm. So warm.

Seine Hand blieb einen Moment dort liegen.

»Es ist alles in Ordnung«, sagte er. »Du heilst.«

Er zog langsam die Hand zurück.

Ich legte meine Hand auf seine und hinderte ihn daran, hielt seine Hand fest, auf meiner Haut, nicht bereit, die Wärme zu verlieren, diese Berührung, dieses … Gefühl.

Das Gefühl, nicht gebrochen zu sein. Für eine kleine Weile.

Ich rollte mich herum, und der grobe Stoff kratzte auf meinem Rücken, als ich zu ihm hochsah. Die Schatten lagen auf seinem Gesicht und zeichneten ihn wie einen Traum, der nach dem Aufwachen ein paar Minuten bei dir bleibt, bevor er sich auflöst. Ich sah im Dunkeln die Falten nicht, die sein falsches Lachen oder das gerissene Grinsen gefurcht hatten.

Ich sah nur die Konturen seiner Wange und spürte, wie er versuchte, nicht zusammenzuzucken, als ich ihn berührte. Ich sah den Umriss seiner Lippen und spürte seinen Atem, als mein Daumen darüberstrich. Dann sah ich seine Augen, sah, wie er mich ansah.

»Sal«, flüsterte er. »Was da passiert ist … Es tut mir leid.«

Ich lächelte ihn an, ohne zu wissen, ob er es sehen konnte.

»Wenn das nicht reicht, dann fühl dich nicht wie …«

Ich packte seinen Kopf und zog ihn zu mir herunter. Dann drückte ich meine Stirn gegen seine und spürte seine Wärme. »Nicht reden«, sagte ich. »Diesmal nicht.«

Ich zog ihn auf mich, drückte seine Lippen auf meine und hielt ihn mit beiden Händen fest, spürte seine Wärme. Seine Hände glitten unter meinen Mantel, über meinen Körper, seine Finger strichen über meine Rippen, und seine Daumen fuhren über die Ränder meiner Narben bis zu meinem Bauch runter, bis er schließlich meine Hüften packte. Er hakte seine Finger in meine Hose und öffnete meinen Gürtel. Die Kälte strich über meine Beine, und meine

Haut prickelte, als das Leder heruntergestreift wurde. Dann schlang ich meine Beine um ihn, zog seine Wärme in mich hinein, als ich nach seinem Gürtel griff, die Schnalle löste und seine Hose herunterzog.

»Aua!«

Ich hielt inne. Er lächelte und schüttelte den Kopf.

»Schon gut«, sagte er. »Mein Bein. Eine alte Verletzung.«

Ich nickte. »Soll ich weiter …?«

»Ja.« Sein Lächeln erlosch. »Mach einfach nur langsam.«

»Klar doch.« Ich zog ihn aus, packte seinen Rücken, fuhr über sein Rückgrat und die Konturen seiner Muskeln, als ich ihn auf mich zog. Er strich mit den Lippen über meinen Hals, schmeckte jeden Zentimeter von mir, bis seine Zähne die Stelle zwischen meinem Ohrläppchen und meinem Kiefer fanden und ich scharf einatmete.

Er presste sich gegen mich, seine Beine warm an meinen, als ich sie um ihn schlang. Ich spürte die Wärme seiner Hände auf meinem nackten Rücken, als er mich in seinen Schoß zog.

Dann fingen wir an, langsam.

Ich spürte ihn nur in manchen Momenten, flüchtige Empfindungen, wie sein Mantel an der Haut meines Bauchs kratzte, sein zerzaustes Haar, als ich mit meinen Fingern hindurchfuhr, das Knurren in seiner Kehle, als er die Lippen wieder an meinen Hals drückte. Ich sah uns schemenhaft, meine Nase nahm nur seinen Geruch wahr, als er sich an mich presste, herumrollte und mich auf sich zog, meine Ohren hörten nur unseren heißen Atem und das Keuchen, mit dem wir unsere Schmerzen unterdrückten, um das hier zu haben.

Alles andere in mir nahm nur die Wärme wahr.

Sie durchströmte mich. Jedes Mal, wenn ich gegen seine Hüften stieß, jedes Mal, wenn sein Mund diese Stelle an meinem Hals fand, jedes Mal, wenn wir eine Stelle bei dem anderen fanden, eine Narbe, einen Kratzer, eine alte Wunde von einem alten Leben aus einem alten Traum, und all die Dinge fühlten, die uns ausmachten.

Manchmal schmerzten sie, die alten Wunden. So richtig.

Aber ich hörte nicht auf. Wir hörten nicht auf. Wir konnten es nicht. Er brauchte das, so wie ich es brauchte, wie ich es wollte. Es würde uns nicht heilen, weil wir nicht zurücknehmen konnten, was wir getan hatten, und es würde den Schmerz nicht vertreiben.

Aber manchmal … war es wirklich schön, mit jemandem zusammen zu sein, der den Schmerz so kannte wie man selbst auch.

Ich hatte mich nicht mehr so gefühlt seit … *Seit Liette.*

Der Gedanke kam ungebeten, und meine Augen wollten sich nicht öffnen. Sie taten es aber trotzdem.

Ich sah sie. Ihr Schatten stand draußen vor dem Zelt, wurde vom Mondlicht auf die Plane gemalt. Neben ihr standen Darrish die Steinerne und Cassa die Traurige und Yugol das Omen und all die Geister, die mir folgten. Sie drängten sich in einem dunklen Kreis um das Zelt, starrten mich an und erwarteten eine Antwort.

Ich gab ihnen keine.

Ich schloss die Augen und zog Jero noch dichter an mich. Ich ließ seine Wärme wieder über mich hinwegspülen, als er sich auf mir aufbäumte, als ich seinen Duft einatmete, als er meine Narben mit den Fingerspitzen nachzeichnete.

Und die Schatten verschwanden. Langsam.

Bis nur noch die Dunkelheit übrig war. Und wir.

34. KAPITEL

JAMMERTAL

Meret konnte sich an nicht viel von seinem Leben erinnern, bevor er Apotheker geworden war.

Nicht weil er ein Trauma hätte oder etwas bedauerte oder irgendetwas auch nur ähnlich Beeindruckendes, sondern einfach nur, weil es da nicht viel zu erzählen gab. Seine Eltern hatten sich bemüht, ihn und seine Geschwister zu versorgen. Er hatte hart gearbeitet, war schließlich als Student von einem Meister angenommen worden, und ein paar Jahre später war er hier.

Aber an seinen Onkel erinnerte er sich.

Vielmehr an die Geschichten seines Onkels. Der Mann war zwar kein Barde gewesen, eher ein Trunkenbold, was dem schon nahe kam. Aber er war weit gereist, hatte andere Dörfer gesehen, Menschen getroffen, die anders aussahen als er, und Gespräche geführt, die er sich nie hätte träumen lassen.

Diese Geschichten waren alle ganz nett gewesen, aber was Meret wirklich liebte, waren die über die Vagranten.

Damals war er noch zu jung gewesen, um die Warnungen in den vielen Berichten über diese gefährlichen Wahnsinnigen zu erkennen. Gleichzeitig war er aber zu alt, um sich von den Explosionen, gruseligen Kostümen und der Neigung zur blutigen Gewalt, die die anderen Kinder gefesselt hatten, zu sehr beeindrucken zu lassen. Und bis zu diesem Moment in diesem kalten Haus in Jammertal war ihm nicht klar geworden, was er an diesen Geschichten tatsächlich geliebt hatte.

Vagranten waren wichtig.

So wild die Scar auch sein mochte, es wimmelte in ihr von Feiglingen wie ihm. Bauern, die vor der Revolution krochen, ihre Ernte freiwillig abgaben, um nicht zwangsverpflichtet zu werden. Kaufleute kuschten vor dem Imperium, überschütteten die Magier mit Schmeicheleien und Reichtümern, um ihrem Zorn zu entgehen. Selbst die Barone der Freistätten, mächtig und wohlhabend, waren das, weil sie die Ärsche der noch Mächtigeren küssten, damit sie ihre Positionen behielten.

Vagranten taten all das nicht. Die Vagranten kümmerten sich nicht um Grenzen, um tiefschürfende Philosophie oder überwältigende Ethik. Sie ließen sich von niemandem sagen, wohin sie gingen, mit wem sie sprachen und was sie tun oder nicht tun durften. Revolutionäre und Imperiale, Edener und Aschmäuler gingen ein klein wenig auf Zehenspitzen, wenn der Name eines Vagranten auch nur erwähnt wurde.

Das war Macht. Das war Wichtigkeit. Das war Bedeutung.

Jedenfalls hatte er das gedacht.

Früher einmal hatte er seine Eltern verflucht, weil sie keine magischen Fähigkeiten hatten, sodass er selbst ein Vagrant werden konnte. »Mer die Seuche« hatte er immer für einen guten Namen gehalten. Später, nachdem ihm klar geworden war, wie viel Blutvergießen das beinhaltete, hatte er sich bei seinen Eltern entschuldigt. Trotzdem hatte er nie aufgehört zu glauben, dass das Leben eines Vagranten vor allem aus Selbstverwirklichung bestand. Bis jetzt.

»Wie war es?«

Sal blickte hoch, als er mit dieser Frage herausplatzte. Statt ihm höhnisch zu antworten, sah sie ihn erstaunt, fast ungläubig an und räusperte sich dann.

»Oh … Wow! Ich dachte, zumindest das müsste dir mittlerweile klar sein, aber, he.« Sie beugte sich ernst vor. »Bevor du irgendetwas machst, sorg dafür, dass ihr beide es wollt, klar? Rede darüber, lass dir Zeit, sei dir sicher, dass du nicht nur bereit bist, sondern dass du für diese Person bereit bist und dass sie auch für dich bereit ist. Danach ist es ganz nett, mit Küssen auf ihrem Hals oder …«

»Nein!« Er hatte nicht schreien oder vom Stuhl springen wollen. Er räusperte sich und setzte sich wieder. »Das ist nicht … ich meine, ich habe … in Bitteracker, ja, da war diese Frau …« Er stammelte.

»Aber das war nicht meine Frage. Ich meine … Wie war es? Mit einem Vagranten zusammen zu sein?«

Sie runzelte die Stirn. »Hör zu, ich habe keine Ahnung, was du für Geschichten gehört hast, aber es ist nicht so, dass wir Feuer aus unseren Geschlechtsteilen schießen.« Sie dachte kurz nach. »Jedenfalls tun die meisten das nicht.«

»Ich meine … Darüber gibt es auch keine Geschichten.«

»Also, ich bin geschmeichelt, dass du es für möglich gehalten hast, aber so gut sind wir nicht.« Sie dachte erneut nach. »Jedenfalls die meisten von uns nicht.«

»Ich glaube, ich habe noch nie gedacht, dass Vagranten so etwas machen würden«, sagte Meret und sah an sich herunter. »Sich lieben, solche Dinge empfinden …« Er sah sie wieder an. »Verlieben sich Vagranten überhaupt?«

Schon wieder so eine blöde Frage, tadelte er sich. Für die sie ihn zweifellos auf den Arm nehmen würde. Was das Grinsen auf ihrem Gesicht bestätigte.

Doch dann erlosch ihr Lächeln langsam und verschwand ganz. Stattdessen erschien ein besorgter Ausdruck auf ihrem Gesicht, als hätte sie Probleme mit der Antwort.

»Ich weiß es nicht«, sagte sie. »Ich glaube nicht.«

»Aber was du mir über Jero erzählt hast, das …«

»Das war keine Liebe!« Sie warf ihm einen finsteren Blick zu, den er jedoch nicht bemerkte.

»Dann war es nur Sex?«

»Habe ich nicht gesagt. Ich habe nicht nur Sex. Ich …«

»Was war es dann? Animalische Lust? Ein Drang? War es …?«

»Für einen Kerl mit einem so süßen Gesicht forderst du ganz schön oft heraus, dass man es dir umgestaltet!«, warnte sie ihn. »Nein, so ist es nicht.« Sie kratzte sich an einer Narbe auf ihrer Wange. »Aber es war auch nicht *nicht* so. Es war … Ich weiß es nicht.«

Er setzte an, ihr zu helfen, erinnerte sich dann jedoch, was sie über seinen vorlauten Mund gesagt hatte, und blieb stattdessen einfach einen Moment ruhig sitzen. Sie lehnte sich zurück, suchte auf dem Tisch nach einem Whiskey, der nicht mehr da war, und trommelte mit den Fingern auf der Platte, als würde er dann erscheinen. Als er sich nicht manifestierte, schlug sie mit der Faust auf den Tisch.

»Es ist einfach … Wenn man es müde ist«, sagte sie. »Müde, immer nur wegzulaufen, müde, verletzt zu werden, müde …« Sie deutete vage auf sich. »Auf das alles.« Dann blickte sie zur Deckenlampe hoch und seufzte. »Sex ist … nett, ab und zu. Nicht für jeden, aber für mich. Ich fühle mich dann wie …« Sie kniff die Augen zusammen. »Wie jemand, der seine Narben betrachtet und glaubt, es wäre trotzdem alles in Ordnung mit ihm. Aber das reicht nicht«, fuhr sie sofort fort. »Nicht wirklich. Du kannst dich nicht an die Nächte klammern, in denen alles gut läuft. Du brauchst die Tage, wo du voller Schmerzen aufwachst und jemand dir Kaffee macht. Du brauchst die Scherze, die genau richtig albern sind, und du brauchst jemanden, der sich nicht darum kümmert, dass du nicht immer die ganze Zeit das Richtige sagst. Du brauchst …«

Sie spreizte hilflos die Hände. »Mehr«, gab sie dann zu. »Und das bekommst du nicht von einem Vagranten.«

Er blinzelte. »Wegen eures Kodex'?«

»Nein, du Pfeife, wegen unserer Namen.«

Ihre Stimme klang ärgerlich, fast hasserfüllt. Aber es war nicht dieses alles verzehrende Feuer oder das selbstgefällige Gift, das er bei ihr erwartete. Sondern ein müder Ärger, eine Flamme, die schon lange brannte, aber nicht gelöscht werden konnte – und deshalb die Asche verzehrte.

Sie lehnte sich auf ihrem Stuhl zurück und seufzte. Vielleicht hatte es an ihrer stolzen Haltung zuvor gelegen, oder das Licht war zu gedämpft gewesen, denn er konnte erst jetzt das volle Ausmaß ihrer Verletzungen erkennen. Er sah die alten Narben und die neuen, die eine Landkarte über ihre Haut zu zeichnen schienen. All der Schmerz und das Blut. Und trotzdem loderte das Feuer in ihren Augen, brannte sie immer noch. Lange, nachdem nichts mehr übrig war.

»Es ist wie …« Sie breitete wieder die Hände aus. »Du wirst Vagrant, du brichst deinen Treueschwur, du bekommst deine Tätowierung, nimmst einen tollen Namen an und denkst, das war's. Aber es hört nicht dort auf. Es hört auch nicht nach der ersten Karawane auf, die du beraubst, oder nach der ersten Siedlung, die du niederbrennst, nach dem ersten Mann, den du tötest. Der Name wird immer größer. Zuerst fällt es dir nicht auf. Er wird ein Wort, das man flüstert und mit dem man Kinder erschreckt. Wenn jemand es ausspricht, ist es gewichtig. Und dieses Gewicht legt sich auf alles, was du mit dir herumträgst. Der Stahl an deiner Hüfte wird schwerer. Die Wunden, die du schlägst, schneiden tiefer. Die Zahl der Leichen wächst an, und die Flammen lodern höher. Bis …«

Sie hob die Hände. »Bis er so schwer ist, dass du nichts anderes mehr tragen kannst. Oder niemanden. Der Name ist alles, was dir geblieben ist.«

Er starrte auf ihre Hände, auf die rosa Narben auf ihrer Handfläche, auf die Schwielen, die Brandwunden, die von dieser schrecklichen Waffe an ihrer Hüfte stammten.

»Aber du kannst es doch bekommen, stimmt's?« Er blickte nicht hoch. »Liebe, meine ich? Du und Liette …«

»Wir haben etwas«, gab sie zu. »Es ist weniger, als ich ihr geben können sollte. Ich kann ihr gute Tage und gute Nächte geben, und einige davon sind so gut, dass wir tun können, als würde es immer so sein. Aber sie verdient mehr als das. Sie verdient jemanden, der immer nach Hause kommt, jemand, der sie nicht so oft zum Weinen bringt.«

Sie legte die Hände auf den Tisch und starrte sie an, als müssten sie irgendetwas tun.

»Und das kann ich ihr nicht geben«, flüsterte sie.

»Das ist es? Entweder ein Schwert halten oder jemandes Hand?«

»So ziemlich.«

Meret blickte stirnrunzelnd auf seine eigenen Hände. Sie kamen ihm so weich vor. Kaum Schwielen und ein Fleck, weil er damals die falsche Tinktur angemischt hatte. Er hatte diese Griffel immer gehasst. Sie waren zu klein, um ein Schwert zu halten, um etwas Bedeutungsvolles zu tun.

Aber wenn sie so weich sein mussten, um jemanden nah halten zu können … damit er er selbst bleiben konnte …

»Und was ist mit dem, was sie will?«, fragte er.

»Was?« Sie sah verblüfft hoch.

»Wenn sie nun bereit wäre, es mit dir zu ertragen?«

Sie schüttelte den Kopf. »Du kannst von niemandem verlangen, so etwas zu tun.«

»Warum nicht?«

Sie runzelte die Stirn. »Warum du niemanden bitten kannst, vor einer Tür zu warten, Nacht um Nacht, und sich zu fragen, ob das letzte Mal, das du durch diese Tür gegangen bist, auch das letzte Mal ist, dass sie dich gesehen hat? Warum du niemanden bitten kannst, dich in der Nacht zu halten, weil du in deinen Träumen ständig die Gesichter von Toten siehst?« Sie starrte ihn an. »Würdest du das tun?«

Würde er? In seinen Träumen war alles so einfach. Man nimmt ein Schwert und kämpft gegen die Bösen. Natürlich hatte er auch daran gedacht, dass die Dinge übel enden könnten, schließlich war er kein Idiot. Aber er hatte nicht in Betracht gezogen, dass der Einfluss des Schwertes weiter reichen könnte als nur bis zu ihm.

Andererseits – diese Bürde existierte, ganz gleich, was er tat, oder nicht? Er konnte Wunden versorgen, sie nähen und sie sauber halten. Aber er konnte die Toten nicht zurückholen. Er konnte keine Kriege beenden.

Nimm das Schwert, dann sterben Menschen.

Lass es liegen, dann sterben Menschen.

Selbst sie, Sal Kakophonie, wusste nicht, wie sie dieses Problem lösen sollte. Welche Hoffnung darauf hatte er dann?

»Ich denke ...«

Das Glas unterbrach ihn. Es klirrte leise. Nicht sehr beunruhigend. Er blickte hoch und sah, dass die Becher in seinem Regal vibrierten. In weiter Ferne ertönte ein Geräusch, als würde etwas Großes auf die Erde schlagen. Es dauerte nur eine Sekunde.

Sie verstummten beide und behielten das Regal im Auge.

Bis es wieder klirrte.

»Meret.«

Er sah sie an. Sie hatte ihren Blick auf ihn gerichtet, sich über den Tisch gebeugt und ihm die Hand hingehalten. Auf ihrer Handfläche lag etwas.

Eine Feder. Eine rot gefärbte Feder.

»Sag mir, an was von unseren Gesprächen über den Krähenmarkt du dich erinnerst«, verlangte sie.

»Den Krähenmarkt.« Er versuchte angestrengt, sich zu erinnern. »An Aschmäuler, einen Freimacher, einen anderen Magus ... Rudu? Rudu der Knüppel?«

»Die Keule«, korrigierte sie. »Rudu die Keule. Das hier ist Rotgunst. Du erinnerst dich, was das ist?«

»Sicher, aber …«

»Weißt du, wo Klagefels ist? Es liegt östlich …«

»Am Rand des Tales. Etwa einen Tagesritt von hier entfernt. Ich kenne es.« Meret riss die Augen auf. »Sal, verlangst du …?«

»Nein«, unterbrach sie ihn. »Ich verlange nicht, ich sage es dir.« Sie leckte sich die Lippen. »Ich sage dir, dass Liette nicht verdient hat, was hier passieren wird. Ich sage dir, dass Rudu sich um sie kümmern wird, wenn du diese Feder zu ihm bringst. Ich sage dir, dass …« Sie schloss die Augen und holte bebend Luft. »Ich sage dir, dass ich nicht viel besitze. Ich weiß nicht, ob ich aus dieser Siedlung lebend rauskomme. Ich kann dir nicht viel anbieten … aber …«

Sie schluckte und öffnete die Augen wieder. Zwar brannten sie nicht, schimmerten aber feucht.

»Liette muss hier weg. Das sage ich dir. Ich sage dir, dass du das für mich tun musst.«

Er blickte auf die Feder. Etwas so Kleines und Einfaches. Nur eine Feder mit etwas Farbe daran. Und sie hielt sie ihm hin, als wäre sie eine Klinge, nein, etwas Schlimmeres als eine Klinge. Sie weinte darum. Ein Vagrant würde alles dafür tun. Und eine Siedlung würde … würde …

»Sal«, flüsterte er. »Ist Jammertal in Gefahr?«

Sie nickte nach kurzem Zögern.

»Deinetwegen?«

Sie nickte wieder.

Er hatte es gewusst, aber jetzt glaubte er es auch. Alles, was Sindra gesagt hatte, entsprach der Wahrheit. Alles, was er hier getan hatte, bedeutete, dass Jammertal brennen würde. Er würde diese Siedlung hinter sich lassen, die Glut und die Asche, auf die sie reduziert werden würde. Wenn er diese Feder nahm, war das alles, was er von diesem Ort mitnahm.

Alles ihretwegen. Für Liette. Für sie beide.

Meret runzelte die Stirn und sah ihr in die Augen.

»Nur damit das klar ist.« Er pflückte die Feder von ihrer Hand. »Wenn du hier herauskommst, kommst du und suchst sie, suchst mich. Denn du schuldest mir viel mehr als eine Feder!«

*

»Was machst du da?«

Irgendwie klang Sindras Stimme so verächtlich, dass sie selbst das Ächzen der Deichsel und der mit Raureif bedeckten Räder übertönte. Meret verkniff sich, ihr zu gratulieren.

»Wie sieht es denn aus?« Er keuchte, als er an dem Joch des Karrens zog. Die Räder quietschten trotzig.

»Du scheinst zu versuchen, Rodics alten Karren aus seiner Scheune zu ziehen«, antwortete sie. »Aussehen tut es, als wärst du vollkommen bescheuert.«

»Gut, sehr gut.« Meret verzerrte vor Anstrengung das Gesicht. »Hauptsache, einer von uns hat den Durchblick.«

Sindra sah ihm mit verschränkten Armen zu. »Es kann nur einer von uns sein, denn wir sind als Einzige noch hier, oder ist dir das entgangen?«

Meret war in Schweiß gebadet. »Sind sie heil hier rausgekommen?«

»Ich …« Ihr Ärger ließ etwas nach. »Ja. Alte und Kinder haben auf Fuhrwerken Platz gefunden. Alle anderen gehen. Sie haben genug Proviant und Wasser und können sich warm halten, um ihr Ziel zu erreichen. Dafür habe ich gesorgt.«

Er nickte. »Danke, Sindra. Für alles.« Dann wollte er weiterschieben.

»Nach allem, was ich für dich getan habe, habe ich mehr Dankbarkeit verdient als ein paar leere Worte, Junge.«

»Alles, was in meinem Haus zurückbleibt, gehört dir.«

»Dann tust du es tatsächlich?«, fragte sie enttäuscht. »Du verlässt Jammertal.«

»Soldaten sind im Anmarsch. Das hast du selbst gesagt.«

»Und mir hast du nicht geglaubt. Was hat sich verändert? Hat sie dir gesagt, was uns bevorsteht?«

Meret stemmte sich ächzend gegen den Karren. »Hat sie.«

»Also ist der Karren für sie, und sie ist auch der Grund, warum du nicht schon längst weg bist.«

Er biss die Zähne zusammen. Die Räder ächzten. »Ja.«

»Schwachkopf«, knurrte sie. »Du blöder Schwachkopf. Weißt du, was diese Frau ist? Was sie dieser Stadt und anderen angetan hat?«

Meret antwortete nicht, aber sie achtete nicht darauf.

»Jammertal war ihr Heim, Meret. Es war unser Heim. Und sie ist einfach aus dem Himmel gefallen und hat es zerstört. Wofür? Für diese andere Frau?«

»Sie ist wichtig.«

»*So* wichtig ist niemand.«

»Vielleicht nicht, nein.«

Sindra runzelte die Stirn. »Warum tust du das dann?«

»Weil ich verflucht noch mal nicht weiß, was ich sonst tun soll!«, fuhr er sie an. Salziger Schweiß brannte in seinen Augen, aber er blinzelte nicht. Stattdessen richtete er seinen Blick auf Sindra, die Hand auf dem Joch. »Ich bin Apotheker. Ich mische Kräuter und richte Knochen, und trotzdem sterben Menschen. Du bist eine Kämpferin und hast ein Schwert. Trotzdem sterben Menschen.«

»Es sterben immer Leute, Meret. Das kannst du nicht verhindern.«

»Nein, kann ich nicht«, gab er zu. »Und wenn ich dir helfe, verhindert es das auch nicht.« Er atmete zischend aus. »Ich weiß nicht, was das verhindern kann. Ich weiß nicht, ob irgendetwas das verhindern kann. Aber ich weiß, dass ich nicht tatenlos zusehen kann.« Er knurrte, stemmte seine Absätze in die Erde, schloss die Augen und schob erneut. »Deshalb mache ich das hier. Es soll nicht heißen, dass ich nicht alles getan hätte, was ich konnte.«

Er schob mit aller Kraft. Die Räder gaben keinen Fingerbreit nach. Es war wahrscheinlich nur Einbildung, aber waren sie nicht noch hartnäckiger als eben?

Er öffnete die Augen. Es war nicht seine Fantasie, sondern Sindra, die auf der anderen Seite des Jochs stand und sich dagegenstemmte.

»Nein«, erklärte sie.

»Nein?« Er rührte sich nicht.

»Ich lasse nicht zu, dass du dein Leben wegwirfst oder dich für diese Frau ruinierst. Ich sehe nicht zu, wie ein weiterer guter Mann für beschissene Ideen stirbt, aus Respekt vor Leuten, die ihn nicht verdient haben.«

»Du kannst mich nicht aufhalten!«, schrie er, während er nach Kräften schob. Die Räder quietschten.

»Ich habe Männer aufs Kreuz gelegt, die sechsmal so groß waren wie du, Junge. Ich kann dich aufhalten.« Sie schob zurück. Die Räder ächzten.

»Es gibt keinen Mann, der sechsmal so groß ist wie ich! Geh aus dem Weg, Sindra!« Er schob. Die Räder quietschten.

»Nein, verflucht! Du willst weg, dann lass uns gehen. Aber zusammen, damit wir eine Chance haben. Nimm endlich Vernunft an!« Sie schob zurück. Die Räder kreischten.

»Nein!«, schrie Meret und schob.

»Du Idiot, du kannst doch nicht ernsthaft …!«

»Ich meine es ernst!« Er schloss die Augen und schob, so fest er konnte. »Es ist mein Ernst, und ich bin hier, und ich kann etwas tun, also werde ich es ums Verrecken noch mal auch tun!«

Er hörte das Zischen ihrer Prothese, als sie wütend gegen den Karren trat. »Nicht mit diesem baufälligen …!«

Die Räder donnerten.

Dreck und Eis fiel von ihren Speichen und Achsen, als der Karren plötzlich nach vorne rollte. Jemand landete krachend auf dem Boden, und ein Schrei drang durch die Scheune, während der Karren hinausrollte.

Meret öffnete die Augen erst, als er die kalte Luft auf dem Gesicht fühlte. Sindra war nicht mehr da.

Er drehte sich um, als er sie fluchen hörte. Sie lag rücklings auf dem Boden der Scheune, rappelte sich mühsam hoch. Sie bewegte sich so sonderbar. Er brauchte einen Moment, bis er den Grund erkannte.

Die Kolben, dachte er, als er das Stück Metall sah, das von ihrem Knie herunterhing. *Die Kolben in ihrer Prothese haben sich gelöst. Ich habe ihr gesagt, sie sollte nicht zu lange damit warten, sich darum zu kümmern. Ich muss …*

Er hielt inne und starrte sie an.

Was muss ich? Ihr helfen? Damit sie aufstehen und mich aufhalten kann? All das verhindern kann?

Er hatte einen bitteren Geschmack im Mund, als sie seinen Blick erwiderte. *Nein. Du kannst nicht einfach untätig bleiben, du kannst nicht einfach verschwinden.*

Er schloss die Augen und schob den Karren weiter.

Sie schafft es. Sie kann das reparieren.

Der Schneefall wurde dichter, und ein kalter Wind fegte durch sein Haar.

Jedenfalls weiß sie, wie sie wieder aufstehen muss. Die Kälte wird ihre Gelenke beeinträchtigen, aber sie ist zäh. Sie schafft das.

Die Kälte drang in seinen Körper, und der Wind seufzte.

Sie ist eine Soldatin. Sie schafft das.

Er schob den Karren weiter und blieb dann stehen.

»Verfickt! Verflucht!!«

Sindra lehnte am Türrahmen der Scheune und beugte sich mühsam zu ihrer Prothese hinunter. Sie schlug mit ihrer Faust dagegen, als würde bloße Kraft sie zwingen, wieder zu funktionieren. Flüche sprudelten ihr über die Lippen, und jeder einzelne war wütender und verzweifelter als der letzte.

»Komm schon, komm, du blödes Stück Scheiße!« Ihre Stimme klang heiser und kiekste fast, während ihre Augen in Tränen schwammen. »Scheißmagie! Warum funktionierst du nicht? Warum kannst du nicht einfach … ?«

Sie verstummte, als Meret näher kam. Dann wandte sie den Blick ab, als er auf ihre Prothese sah.

»Kann ich dir helfen?«, fragte er.

Seinen Blick erwiderte sie mit zusammengepressten Lippen, ohne etwas zu sagen. Dann nickte sie so steif und kurz, dass er es übersehen hätte, wenn er nur geblinzelt hätte. Er erwiderte die Geste genauso knapp. Das war ihr lieber.

Er kniete sich hin, nahm ein Werkzeug aus einem Beutel und machte sich daran, die Kolben der Prothese zu richten.

»Das ändert nichts«, sagte sie. »Du bist ein Idiot!«

»Du versuchst, mich zu retten, was macht das aus dir?«

»Eine Idiotin.«

»Vermutlich sind wir das«, sagte er leise. »Wir hätten beide größere Städte finden können als ausgerechnet ein Loch wie Jammertal.«

Sie ließ den Blick über die Siedlung gleiten, deren kleine Häuser unter dem Schnee verschwanden. »Es ist ein Haufen zusammengekehrter Scheiße, das stimmt.« Sie sah lange hin. »Aber es hatte Charme.«

»Das hatte es«, stimmte Meret ihr zu. »Und es lebten gute Menschen hier.«

»Es waren Idioten, weil sie ihre Siedlung so weit draußen errichtet haben.«

»Dann ist es doch nur logisch, dass zwei weitere Idioten hiergeblieben sind, stimmt's?« Meret blickte hoch, während er einen Kolben wieder an die richtige Stelle schob. »Und auch, dass zwei Idioten zusammen die Siedlung verlassen?«

Sie sah ihn mürrisch an. »Du hast deine Meinung über die beiden nicht geändert«, stellte sie fest.

Er schüttelte den Kopf.

»Du versuchst immer noch, ihnen zu helfen.«

Nicken seinerseits.

»Obwohl sie es nicht verdienen.«

»Ich werde ...« Seufzend richtete er den letzten Kolben. »Ich lasse niemanden zurück. Sie nicht und dich nicht.«

Sie blickte auf ihre Prothese und bewegte den Knöchel. Die Sigillen glühten schwach, und das Metall knarrte tröstend.

Natürlich war sie nur bedingt repariert. Ohne einen Maschinisten würden die Kolben bald wieder auseinanderfliegen. Zudem war die Kälte nicht gut für ihre Gelenke, vor allem an der Stelle, wo die Prothese an ihrem Knie saß. Er hatte einfach nur ein paar Stangen an die richtigen Stellen zurückgeschoben, sodass sie wieder gehen konnte, eine Weile jedenfalls.

Aber das war doch schon etwas.

»Ich frage dich nicht, ob du dir wirklich sicher bist«, sagte Sindra leise. »Weil ich das weiß. Ich will nur zwei Dinge wissen. Erstens, wirst du das bedauern?«

Er runzelte die Stirn. »Weiß ich nicht.«

»Das weiß keiner, bis es zu spät ist.« Sie nickte. »Zweitens, erwartest du, dass ich das freundlich hinnehme?«

Er blinzelte verblüfft. »Nein ...?«

»Gut, denn das werde ich auch nicht.« Sie ging an ihm vorbei, stellte sich neben das Joch und sah ihn an. »Hol Rodics blöden Vogel. Dieses Fuhrwerk in Gang zu setzen, das wird ewig dauern, wenn wir uns nur auf deinen knochigen Hintern verlassen müssen.«

35. KAPITEL

DAS TAL

Schon als Kind träumte ich davon, eine Heldin zu sein.

Das nahm zu, als ich älter wurde – manchmal war ich eine Eroberin, die Ruhm mit dem Schwert in der Faust errang, manchmal war ich eine geliebte Herrscherin, die ihr Volk weise regierte, und einmal sah ich mich tatsächlich als eine großartige Opernsängerin, die so ergreifend sang, dass es zum Weltfrieden führte.

Die Traumbilder veränderten sich, aber eines war immer konstant. An dem Tag, an dem ich zur Heldin wurde, würde ich unter den Strahlen einer wunderschönen Mittagssonne auf einem Vogel mit dem prächtigsten amethystfarbenen Gefieder über einen Teppich aus Blüten reiten, begleitet von den Jubelrufen Tausender. Ich würde winken, lächeln und damit die Welt verändern.

Wie immer bei Liebe, Sex, Geld und Krieg erwies sich die Realität als unvorstellbar schlimmer als die Fantasie.

Der Tag, an dem ich die Welt für immer veränderte, war grau, es war kalt, und ich steckte bis zum Hals in Vogelkotze.

»Wirklich sehr erwachsen, Madame. Du bist die *verfickte* Königin der Höflichkeit.« Ich versuchte vergeblich, mir den Klumpen Pelz und Knochen von meinem Mantel zu wischen. »Möchtest du für immer allein sein? Denn glaub mir, es ist verdammt schwierig, einen Mann zu finden, wenn du ihn bei jeder Meinungsverschiedenheit gleich vollkotzt.«

Seelenverwandte schien davon ebenso wenig berührt wie von meinen vorigen sechs Versuchen, sie wegzuschicken. Und wie beim letzten Mal grub sie ihre Fußdornen in den Berg, zwitscherte wütend, riss den Schnabel weit auf und …

»O Scheiße!« Ich sprang zur Seite, als sie eine weitere nasse stinkende Kugel ausspuckte. Es war ein Fehler gewesen, sie auf dem Weg hier hoch so reichlich zu füttern. »Das ist ein neuer Mantel, Miststück! Willst du verrecken?«

Die Ödländerin kreischte herausfordernd und schlug wütend mit ihren verkümmerten Flügeln, als sie die Erde aufscharrte. Ich wusste, dass sie menschliche Sprache nur ansatzweise verstand, aber ich wollte verdammt sein, wenn sie nicht intelligenter war, als ich dachte. Und zudem ein Arschloch.

Es wäre nicht das erste Mal, dass wir getrennte Wege gingen. Manchmal musste ich an einen Ort, an dem sie mir nicht folgen konnte, und ich schickte sie allein weiter. Gelegentlich nahm sie Witterung von etwas auf, dem sie unbedingt folgen musste, und ließ mich einfach stehen. Aber wir nahmen es einander nicht übel, denn schließlich waren wir beide Profis, und außerdem fanden wir uns immer wieder.

Aber diesmal … sie wollte einfach nicht verschwinden.

Was, verdammt, sollte ich tun? Sollte ich ein fünfhundert Pfund schweres wütendes stinkendes und schlecht gelauntes Arschloch von einem Vogel mit in den Himmel nehmen?

»Sie hat Angst.«

Seine Stimme war so leise wie ein Windhauch. Ich blickte hoch. Tuteng hockte auf einem zerklüfteten Felsen. Er hatte die Kapuze zurückgeschlagen, und seine Hornstümpfe hoben sich gegen den grauen Himmel ab. Er hüpfte von einem Felsbrocken, der mindestens drei Meter hoch war. Davon gab es hier oben reichlich. Trotzdem zuckte er nicht einmal zusammen, als er mit seinen breiten Füßen auf dem Boden landete und an mir vorbei zu Seelenverwandte ging.

Ich versuchte, ihn aufzuhalten. Die letzte Person, die sich ihr genähert hatte, ohne ihr formell vorgestellt worden zu sein, war von dem Speichel, den sie ihm ins Gesicht gespuckt hatte, erblindet. Aber sie betrachtete ihn nur neugierig, als er näher kam. Als er ihren langen Nacken rieb, schloss sie die Augen und zwitscherte erfreut.

»Ein schönes Tier«, brummte Tuteng bewundernd. »Zäh und stark, aber einsam – deswegen geht sie wohl mit dir.«

»Wenn sie sich jetzt überlegen könnte, woanders hinzugehen,

wäre das toll.« Ich wischte mir hartnäckig ihre Kotze vom Mantel. »Ich kann sie nicht mit in den Himmel nehmen, richtig?«

Tuteng beugte sich vor und schloss die Augen. Seelenverwandte machte dasselbe. Sie drückten ihre Stirnen aneinander, und seine Hörner rieben an ihrem Schädel. Dann flüsterte er etwas, was ich nicht hören konnte. Seelenverwandte hob den Kopf, warf mir einen langen Blick zu, drehte sich dann um und marschierte den Hang hinab. Bevor sie im Nebel verschwand, blieb sie noch einmal stehen und warf mir über die Schulter noch einen Blick zu.

Wie ich schon sagte, sie kann unsere Sprache nicht verstehen. Sie ist ein Vogel, ein verdammt toller Vogel, sicher. Sie kann eine ausgewachsene Raubkatze mit einem Fuß aufschlitzen, aber sie bleibt ein Vogel. Dennoch, wenn sie mich so ansah, wirkte sie irgendwie traurig.

»Verdammt!«, flüsterte ich, als Seelenverwandtes Schritte verklangen. »Was war das denn?«

»Ich habe sie gebeten, dich später zu suchen«, sagte Tuteng, setzte die Kapuze auf und drehte sich zum Berg herum. »Sie hat eingewilligt.«

»Ach was.« Ich warf einen Blick auf den Nebel, in dem sie verschwunden war, während ich Tuteng folgte. »Was für eine Magie ist diese Tierzunge eigentlich?«

»Die Magie, kein Arschloch zu sein«, antwortete Tuteng gleichgültig, während er zwischen den Felsen entlangging. »Vögel und Tiere kennen Dinge, von denen wir nichts wissen. Sie sprechen eine Sprache, die wir nicht verstehen. Aber sie sind bereit, mit dir zu sprechen. Wenn du lernst, zuzuhören.«

»Was hat sie dir gesagt?«

Tuteng hielt einen Moment inne. »Sie ist besorgt und glaubt, dass du es diesmal nicht schaffst.«

Wahrscheinlich hätte ich sorgfältiger hinhören sollen, wenn ein Vogel versuchte, mir zu sagen, dass die Scheiße hochkochen wird. Andererseits war ich bislang immer zurückgekommen. Es wäre nicht das erste Mal, dass sie mich hat weggehen sehen. Und auch nicht das letzte Mal, dass ich zurückgekommen bin.

»Hast du ihr gesagt, dass ich es schaffe?«

»Ich belüge sie nicht.«

Ich grinste unwillkürlich. »Du bist komisch, Tuteng. Ich wünschte, wir könnten mehr Zeit miteinander verbringen.«

»Danke«, sagte er, als wir zum Gipfel hinaufstiegen. »Ich wünschte, dein Volk hätte keinen Krieg hierhergebracht, der mein Land zerstört und meine Zivilisation vernichtet hat.«

Gut, da lag er nicht ganz daneben, aber trotzdem …

Wir lagerten an dem einzig möglichen Ort. Die Berge waren so hoch, dass ihre Gipfel von Wolken verdeckt wurden. Wie steinerne Tyrannen bedrängten sie den schmalen Pass, der sich zwischen ihnen hindurchschlängelte. Das winzige Plateau über dem Pass wirkte unter ihrem augenlosen Blick wie ein blinder Fleck, und in die tief hängenden Wolken zu sehen, fühlte sich an, als wollte man ihre Aufmerksamkeit erregen. Also hielt ich unwillkürlich den Blick gesenkt und sprach leise.

»Das haben wir schon durchgekaut«, seufzte jemand. »Sie beißen nicht. Du hast doch Eier! Halt dich einfach am Sattel fest.« Offenbar empfand nicht jeder diese Ehrfurcht.

»Erstens …« Urda wackelte mit einem Finger vor Jero, der müde neben ihm stand. »Das ist unglaublich schmerzhaft. Und nur weil ich realistisch sowie verständlicherweise und klugerweise besorgt bin, heißt das noch lange nicht, dass es mir an …« Er hustete. »… Eiern fehlt. Und drittens …« Er deutete auf den riesigen Oyakai, der ihn deutlich überragte.

»Woher wissen wir, dass er sich nicht in Fäkalien gewälzt hat? Ich setze mich nicht auf einen Vogel, dessen persönliche Hygiene zweifelhaft ist.«

»Er ist in einem Haus aufgewachsen, das erheblich schöner war als jedes, das einer von uns jemals legitimerweise besitzen wird, er hat Speisen verschlungen, wie keiner von uns sie jemals kosten wird.« Jero tätschelte die Flanke des großen Vogels, was der mit einem gnädigen Gurren kommentierte. »Vertrau mir, Mordsschnabel hat eine bessere Hygiene als jeder hier Anwesende.«

»Mordsschnabel?« Urda kniff die Augen zusammen. »Was für ein erbärmlicher Versuch, Aufmerksamkeit zu erheischen, ist dieser Name?«

»Klär das mit Yria. Sie hat ihm den Namen verpasst.«

Jero bemerkte meinen Blick, als Urda umständlich den Schmutz zwischen den Zehen des Vogels untersuchte. Mit seiner freien Hand ahmte er eine Schlinge um seinen Hals nach und zog sie straff. Seine Zunge quoll aus seinem Mund, und er verdrehte die Augen.

Ich grinste und hasste mich sofort dafür. Es war nicht der schlimmste Witz, den ich je gehört hatte, aber es war trotzdem ein schlechter Witz. Ich war lange genug dabei und wusste, was es bedeutete, wenn jemand schlechte Witze macht, über die du trotzdem lächelst. Jedenfalls konnte ich das gerade nicht gebrauchen. Aber, verflucht, ich wollte es!

Der Oyakai schien an ihrem Disput weniger interessiert zu sein, ebenso wie die anderen Vögel. Mit ihren großen Beinen stolzierten sie auf dem Plateau herum und warfen gelegentlich uninteressierte Blicke in den Himmel. Wie sie es schon gestern getan hatten.

Wie Urda und Jero schon gestern gestritten hatten. Wie Agne auf dem Kutschbock gesessen und ihren vierten Liebesroman verschlungen hatte. Wie Zwei-Einsame-Alte-Männer mitten auf dem Plateau gestanden und in die Wolken gestarrt hatte, regungslos und stumm, so wie jetzt.

Es war nicht unbedingt der langweiligste Überfall, an dem ich je teilgenommen hatte. Aber er hatte gute Chancen auf den zweiten Platz. Und es sah nicht so aus, als würde es in absehbarer Zeit unterhaltsamer werden.

Wenn Tutengs Vogel jetzt unsere gefälschte Nachricht an die Revolution nicht überbracht hatte? Oder wenn sie sie gelesen und nicht geglaubt hatten? Wenn Urda bei seiner Fälschung einen veralteten Code benutzt und die Luftschiffe ganz woanders hingeschickt hatte?

Was, wenn die Eiserne Flotte einfach nicht kommt?

Das hatte ich Zwei-Einsame-Alte-Männer gefragt und ein rätselhaftes Lächeln und eine gelassene Erwiderung erhalten.

»Sie werden kommen.«

Als er mir das zum ersten Mal sagte, glaubte ich es. Beim sechsten Mal nicht mehr. Und wenn ich die Antwort zum neunzehnten Mal bekommen sollte, würde meine Erwiderung gewaltsam enden. Also ignorierte ich ihn nachdrücklich, so wie er mich, als ich zum Rand des Lagers ging.

Wo Yria wartete. Sie wartete, ohne zu fluchen, zu furzen oder sich an einer intimen Stelle zu kratzen. Das hätte mir sagen müssen, dass etwas nicht stimmte.

»Was ist los?«, fragte ich sie.

»Nichts«, knurrte sie, den Blick auf den Boden gerichtet. »Jedenfalls wahrscheinlich nicht.«

Wahrscheinlich war ein Wort, das ich nur akzeptierte, wenn ich nicht gerade darauf wartete, eine Flotte von Schiffen zu entern, die uns in Fetzen schießen konnte. Ich hockte mich neben sie, als sie auf den Fels vor uns deutete.

Dort war die Erde von einem dunkleren Muster überzogen, das sich kaum von dem grauen Farbton abhob. Ich hatte Mühe zu erkennen, was sie sah: eine dicke schwarze Substanz, etwas zwischen Asche und geronnenem Blut.

»Jemand war vor uns hier«, murmelte sie, fuhr mit dem Finger durch die Substanz, roch daran und verzog das Gesicht. »Und sie haben diesen Mist zurückgelassen.«

»Magie?« Ich hatte so etwas noch nie gesehen.

»Vielleicht. Oder Alchemie oder Bannschreiberei. Ich habe nicht die geringste Ahnung, aber es gefällt mir nicht.« Sie wischte sich die Finger an der Hose ab und sah dann finster zu den Bergen. »Die Spur führt den Hügel dahinten hinauf und dann weiter.«

»Lohnt es sich, der Sache nachzugehen?« Ich trommelte auf den Griff meines Schwertes. »Die Vorstellung, dass hier oben noch jemand bei uns ist, gefällt mir nicht.«

»Ach nein, tut es das nicht?«, höhnte Yria. »Was denkst du, habe ich hier verfickt noch mal gemacht? Natürlich habe ich überlegt, ob wir der Sache nachgehen, aber es braucht Magie, um es schnell zu tun, und Magie fordert einen Tribut.« Sie hob ihre steifen Finger. »Und mein Arschloch hat nach deinem letzten magischen Mumpitz gerade erst wieder angefangen zu kribbeln, also vermute ich stark, ich, du und dieser unheimliche Schleim hängen hier fest.«

Wahrscheinlich sprach nur die Anspannung aus ihr. So wie meine Anspannung dafür verantwortlich gewesen wäre, wenn ich ihr eins auf ihr ungewaschenes Maul gegeben hätte. Aber dann hätte Jero sich eingemischt, danach Agne, wenn ich ihn geohrfeigt hätte, und die ganze Sache wäre ziemlich kompliziert geworden. Was wir jetzt nicht brauchen konnten.

Da wir dieses Problem nicht mit Gewalt lösen konnten, würde ich mich nicht darum kümmern. Also zog ich mir den Schal über das Gesicht, stand auf und wandte mich ab.

»Nein, warte.« Yria packte mein Handgelenk und seufzte, als sie sich an mir hochzog. »Hör zu, ich bin einfach …« Sie blickte zum Himmel und verzog das Gesicht. »Es ist jetzt real, weißt du? Vorher war es nur Gerede, aber jetzt machen wir es.« Ihr Blick glitt zu ihrem Bruder, der schreiend vor Mordsschnabel weglief, die ihm neugierig folgte. »Wir alle.«

Ich folgte ihrem Blick. Urda kauerte sich auf den Boden, als der Vogel ihn behutsam anstieß. »Er ist bereit dafür?« Ich verzog das Gesicht bei seinem Schrei. »Obwohl alles dagegenspricht?«

»Ja, ich weiß.« Sie seufzte. »Natürlich weiß ich das, verfickt. Es ist nur … Ich weiß nicht, weißt du? Wenn es diesmal schiefgeht? Wenn ich ihn diesmal nicht aus der Klemme befreien kann?« Sie schluckte schwer. »Ich habe gehört, was du für ihn getan hast auf dem Krähenmarkt. Er … Er ist nicht gut in solchen Situationen. Nicht mehr, seit wir unsere Mom verloren haben.«

Ich nickte. »Durch die Revolution.«

»Durch wichtige Leute.« Ihr Blick klebte an ihrem Bruder. »Die Uniformen verändern sich, aber darin sind sie alle gleich. Wichtige Leute, mit wichtigen Dingen, die viel Lärm machen. Solche Leute geben einen Scheiß auf Leute wie ihn.« Sie sah mich aus dem Augenwinkel an. »Leute wie du für gewöhnlich auch. Aber du warst anders. Du bist wohl doch nicht das riesige Arschloch, für das ich dich gehalten habe.«

Ich blinzelte. »Vielen Dank auch.«

»Wenn ich nicht da bin und du schon … Pass auf ihn auf, ja? Er ist …« Sie wischte sich die Augen. »Ich bin alles, was er hat.«

Ich hatte naturlich nicht erwartet, dass Yria die Zelle eine emotionslose Anhäufung von Vulgarität und Körperfunktionen wäre, trotz aller Geschichten über sie und obwohl ich sie kenne. Aber sie war mir auch nie wie jemand vorgekommen, die Gefühle zeigte, weil sie sich für ihren Bruder immer so stark gab. Unter anderen Umständen wäre das der Stoff für eine Oper gewesen, wir hätten geweint, uns umarmt und unsere neue Wachstumsstufe mit einem Lied über Freundschaft oder einem ähnlichen Scheiß gefeiert.

Aber hier, auf diesem Gipfel, fühlte es sich … endgültig an. Als hätte sie sich diese Worte für ihr Totenbett aufgehoben. Und jetzt hatte sie sie mir anvertraut. Statt der kalten Erwiderung, die mir auf der Zunge lag, drückte ich nur ihre Schulter und nickte. »Geht klar.«

»Großartig.« Sie wischte ihren Rotz und ihre Tränen weg und schlug meine Hand zur Seite. »Und jetzt nimm deine Pfoten von mir. Ich muss verfickte Dinge erledigen.«

Sie schrie ihrem Bruder bereits Obszönitäten wegen seiner Feigheit zu, während sie zurückging. Ich folgte ihr, als der Wind plötzlich umschlug und mir etwas ins Auge fiel.

Am Zweig eines Busches, der sich an den Fels klammerte, flatterte etwas Rotes im Wind. Ich zog es herunter. Es war ein schmutziges Stück Stoff. Jemand war vor uns hier gewesen, jemand, der ein rotes Kleidungsstück trug, das nach Asche, Drogen und …

Eden?

Mich durchzuckte der Impuls, nach einer Waffe zu greifen. Sie waren vielleicht schon lange weg, was der schwache Geruch nahelegte, aber lange weg war immer noch verflucht nah.

»He.« Ich eilte zu der Gruppe zurück. »Ich weiß nicht, ob noch einer von euch das auch sonderbar findet, aber ich habe gerade …« Meine Stimme versiegte, als mein Nacken zu kribbeln begann. Das Gefühl kannte ich gut.

Es ist das Wissen, dass irgendwie, ohne dass du es auch nur bemerkt hast, etwas verdammt schiefgelaufen ist. Ich fühlte es. Und als ich mich umdrehte, sah ich es.

»Urda?«, fragte ich.

Er hockte mit aufgerissenen Augen am Rand des Plateaus, die Arme um die Schultern geschlungen. Er keuchte und riss mit seinen Fingern an den Ärmeln. Seine Schwester kniete neben ihm und beobachtete ihn aufmerksam.

Sie spannte sich an, als ich näher kam, sagte jedoch nichts, als ich mich vor Urda kniete und sein Gesicht musterte. Es zeigte einen Ausdruck blanken Entsetzens, kein einfaches Unbehagen, sondern Horror, der einen nicht loslässt, wenn man ihn einmal empfindet.

»Ich höre sie«, flüsterte er. »Ich höre sie, höre sie.«

»Was hörst du?«

Er sah mich an. Seine Augen waren voller Tränen, er schluckte und sprach dann rasselnd. »Heuschrecken.«

Plötzlich schlug mir der Schal ins Gesicht, und ein kalter Windstoß fuhr durch meinen Mantel. Die Wolken wirbelten, als der Wind sich drehte. Jero sprang hoch und lief zum Rand, Agne legte ihr Buch weg und folgte ihm. Tuteng spannte sich an und streichelte den Schnabel eines Oyakai. Yria half ihrem Bruder hoch und redete ihm beruhigend zu.

Sie alle blickten zum Himmel. Er auch.

»Habe ich es nicht gesagt?« Zwei-Einsame-Alte-Männer drehte sich zu mir herum und lächelte bitter. »Sie sind da.«

Das Geräusch kam zuerst, das ferne Summen von Propellerblättern, das Flüstern des Windes und das Surren von Maschinen. Ihm folgten die Luftschiffe.

Eine gewaltige Hand durchstieß die grauen Wolken über unseren Köpfen, eine Hand, der ein langer kräftiger Arm folgte, der den Himmel für den Bug eines Luftschiffes teilte. Und nach dem Arm erschien, titanisch, gnadenlos und streng, der Große General der Glorreichen Revolution von der Faust und der Flamme in den Wolken.

Es war eine Galionsfigur, eine harte, markante Visage aus Metall mit aggressiv ausgestrecktem Arm. Aber trotzdem war das Abbild des Großen Generals das Zweiteinschüchterndste, das ich an diesem Tage gesehen hatte. Den ersten Rang lief ihm das Schiff ab, an dem er befestigt war.

Es stieß einen Augenblick später durch die Wolkendecke – ein gewaltiger Leviathan aus Holz und Metall, geschmiedet zu einem dickbäuchigen Wal von einem Schiff, das durch die Wolken glitt, als wären es Wellen. Riesige Flügel erstreckten sich zu beiden Seiten und hielten es auf Kurs. Die Propeller an seiner Flanke, die von Relikt-Maschinen angetrieben wurden, surrten. Dutzende Metallblätter brummten in eiserner Harmonie, um das Luftschiff in der Luft zu halten, und erfüllten den Himmel mit einem dunklen summenden Geräusch.

Wie Heuschrecken.

»Meine lieben Freunde«, flüsterte Zwei-Einsame-Alte-Männer. »Es ist so weit.«

Ich hatte nicht viel für die Revolution übrig. Als Imperiale hatte ich keine Maschine gesehen, die Magie nicht besser hätte machen können. Aber das ... dieses fliegende Ding ... Ich schäme mich nicht, zuzugeben, dass ich sprachlos war. Diese Wichser! Sie hatten einen Weg gefunden, zu fliegen!

Holz knarrte, das Metall summte, und die Maschinen sangen, als das Flaggschiff der Eisernen Flotte mit gleichgültiger, müheloser Kühnheit durch den Himmel glitt. In den Wolken, vor denen es sich als Silhouette abzeichnete, sah ich noch mehr Luftschiffe in den revolutionären Farben. Alle waren kleiner und schlanker als das gewaltige Flaggschiff, aber sie alle segelten mit der gleichen bedächtigen Gleichgültigkeit, ohne darauf zu achten, was unter ihnen lag oder wer.

Ich weiß nicht, wie lange ich gegafft habe. Lange genug, um zu vergessen, was das für Schiffe waren und was wir mit ihnen vorhatten. Ich hatte vergessen, wie unendlich dumm dieser Plan war. Aber als Jero meine Schulter drückte, erinnerte ich mich, warum wir tun mussten, weswegen wir hierhergekommen waren. Und warum wir es tun mussten.

»Geht jetzt«, sagte Zwei-Einsame-Alte-Männer. »Ich erwarte euch später an unserem Treffpunkt«.

Ich drehte mich um. Agne, Tuteng und die Zwillinge saßen auf den Oyakai. Neben ihnen standen zwei weitere Vögel – mit leeren Sätteln.

Jero lächelte, als er mir meinen Gurt reichte. Durch das Leder des Futterals spürte ich die Wärme des Kakophon, als die Pistole mich mit ihren Messingaugen ansah und das grausamste, hässlichste Lächeln aufsetzte, das sie schmieden konnte, nur für mich. Und dann fragte sie mit ihrer heißen, zischenden Dampfwolke von Stimme:

»Wollen wir?«

36. KAPITEL

DIE EISERNE FLOTTE

Meine schlimmsten Albträume sind die, in denen ich fliege. In diesen Träumen bin ich nicht Sal Kakophonie und auch nicht Rote Wolke, ich bin … niemand.

Ich fliege einfach nur.

Manchmal sind da noch andere Vögel, dann wieder Stürme. Manchmal liegt die Welt weit unter mir, und manchmal ist da gar nichts. Manchmal umgeben mich nur Wolken und der Wind und ein so weiter und blauer Himmel, wie ich ihn nie zuvor gesehen habe. Das spielt keine Rolle, denn ich fliege wieder.

Wie ich einst flog.

Dann wache ich auf und fliege nicht mehr. Ich bin am Boden, der Himmel ist nicht mehr so blau. Manchmal weine ich, manchmal nicht, und manchmal ziehe ich mir einfach nur den Schal tief in die Stirn, gehe los und blicke lange nicht zum Himmel hoch.

Alle Kämpfe, alles Vögeln, Saufen und Rauchen auf der ganzen Welt fühlen sich nicht besser an als diese Empfindung.

Aber jener Tag, an dem wir alles veränderten …

»Heilige Scheiße!«

Dieser Tag kam dem nahe.

Urda schrie und klammerte sich an seine Schwester. Agne lachte, und Jero schrie Befehle. Aber ich hörte nicht auf sie.

Der Oyakai unter mir glitt lautlos durch die Luft, während wir durch das endlose Grau segelten. Er bewegte sich geräusch- und mühelos, während er fast beiläufig mit seinen riesigen Schwingen die Wolken aufrührte. Wenn ich die Augen schloss, konnte ich fast so tun, als wäre er nicht da. Ich hörte nur den Wind in meinen Ohren, das Haar schlug mir ins Gesicht, und mein Körper war so leicht, dass ich die Last meiner Narben vollkommen vergaß.

Es würde Blut vergossen werden, bevor dieser Tag vorbei war – das spürte ich in den Knochen. Und in den folgenden Tagen würde es Kämpfe geben und traurige Lieder, die ich vielleicht hörte, wenn ich noch lebte. Aber das war eine andere Welt.

Dieser Moment, dieser Himmel – all das gehörte mir.

Eine scharfe Böe drückte mir den Schal auf das Gesicht. Ich atmete den Geruch ein, und mein Körper wurde plötzlich schwerer unter dem Aroma von Blumen. Obwohl ich verzweifelt versuchte, es zu unterdrücken, musste ich an die Hände denken, die diesen Schal gewoben und mir den Duft geschenkt hatten.

Was sie wohl sagen würde, wenn sie mich jetzt lächeln sah, und zwar über etwas anderes als einen erfolgreichen Mord oder einen schlechten Witz. Ob sie sich für mich freute? Oder ob sie wusste, dass dieser Flug irgendwann endete und ich dann dieselbe gebrochene Person war wie vorher?

Der Oyakai warf quasi einen Blick über die Schulter und starrte mich mit seinen gelben Augen an, als spürte er meine Gedanken. *Gefiederte Scheiße, hörst du vielleicht mal auf, so ein Trauerkloß zu sein, während ich fliege?*, schien er zu fragen.

Er war ein guter Vogel. Ich nannte ihn Vogel.

Und Vogel hatte recht. Ich sollte mich in diesem Moment nicht von Trauer niederdrücken lassen. Immerhin musste ich eine Revolution vernichten.

Ein scharfer Pfiff ertönte, und alle sahen zu Jero. Der gab uns das verabredete Signal: eine Hand auf dem Mund und eine Faust in die Luft gereckt. Ab jetzt ist Ruhe, oder wir werden alle sterben.

Von mir aus. Eine Sekunde später hörte ich meinen eigenen Atem nicht mehr. So laut war das Brausen der Heuschrecken.

Die Luftschiffe bewegten sich wie ein schlechter Traum, glitten durch die Wolken, schwarz bemalt, wie Tintenflecken am Himmel. Sie waren zu riesig, als dass sie winzige Kreaturen wie uns bemerkt hätten. Sie furchten sich durch den Himmel, gleichgültig und gebieterisch.

Vogel unter mir schwenkte ab. Tutengs Vogel flog vorne und stieg, und die anderen folgten ihm, verschwanden im Schutz der

Wolken. Wir schossen zwischen den kleineren Luftschiffen hindurch und hielten uns außer Reichweite. Der endlos graue Himmel gewährte uns Deckung, und es wäre unsinnig gewesen, das zu verändern. Nicht angesichts dessen, worauf wir aus waren.

Das Flaggschiff. Es war nicht riesig, sondern kolossal, und es flog in der Mitte der Flotte. Wir brauchten eine halbe Ewigkeit, um allein an seinem Rumpf entlangzufliegen. Endlose Reihen von Kanonen ragten heraus und machten es zu einem Monster mit hundert und aberhundert leeren schwarzen Augen.

Sie hatten uns offensichtlich nicht gesehen, sonst würden wir bereits brennend abstürzen und uns vollscheißen. Aber nicht das ließ mich frösteln. Selbst wenn die anderen Schiffe auch nur halb so viel Feuerkraft hatten, konnte allein eines von ihnen den Himmel in Brand setzen.

Unwillkürlich fragte ich mich, was jemand am Boden wohl sehen mochte. Das Feuer der Kanonen? Das Schiff selbst? Oder würde er nur das Geräusch von Heuschrecken hören, den Blick heben und sehen, wie die Welt um ihn herum explodierte?

Das reicht. Ich schüttelte den Kopf. *Oder sollen die Leute sagen, Sal Kakophonie wurde poetisch, als sie eigentlich Sachen in die Luft hätte sprengen sollen? Augen nach oben, Idiotin!* Ich hielt inne, als die Wolken an uns vorbeizogen. *Oder vielmehr nach unten.*

Wir stiegen weiter empor, bis die Kälte in der Lunge brannte und das Deck des Flaggschiffes unter uns lag. Ein Glück, dass ich heute noch nichts gegessen hatte.

Kanonen. Panzerung. Bajonettgewehre. Klingen. Und Soldaten.

So viele verdammte Soldaten.

Kanonen und Langrohrgeschütze säumten die Reling. Alles glänzte, feuerbereit. Kanoniere huschten über das Deck und schleppten Severiumladungen und ewig brennende Alchemie-Fackeln zu den Waffen. Die mobilen Panzerrüstungen – Paladine – patrouillierten über das Deck. Sie hielten Hellebarden von der Größe eines sehr großen Mannes in ihren riesigen Eisenfäusten und verpesteten den Himmel mit dem Severiumrauch ihrer heulenden Maschinen.

Ein direkter Treffer von einem dieser Paladine würde mich augenblicklich töten, Glücksschrieb-Schal hin oder her. Und ich zählte nicht weniger als vierzig von diesen Killermaschinen.

Man konnte also mit Fug und Recht behaupten, dass es nicht allzu gut aussah. Wenigstens blieb ich ruhig genug und schrie nicht auf der Stelle los. Jero und ich waren den Plan so oft durchgegangen, dass er mir fast aus allen Körperöffnungen quoll. Der Kakophon sollte das Deck in Brand setzen und so viel Verwirrung stiften, dass Agne landen und sie plattmachen konnte. Jero und die Zwillinge würden aus einem anderen Winkel anfliegen und die Maschinen sabotieren.

All das würde ein bisschen Glück brauchen, eine Menge Feuerkraft und …

Verflucht, sind das Draakentöter?

Ich musste genau hinsehen, um sie zwischen all den anderen Gerätschaften, die mich umbringen wollten, entdecken zu können, aber dann sah ich sie. Es waren Frauen und Männer in komplizierten Harnischen, an denen die motorisierten tragbaren Speerschleudern befestigt waren. Und die Köcher auf ihrem Rücken, vollgestopft mit harpunengroßen Bolzen.

Draakentöter waren die Antwort der Revolution auf die Lufthoheit des Imperiums, aber ihr Name klang beeindruckender, als sie tatsächlich waren. Andererseits konnte man sie schlecht »Drachenpikser« nennen und erwarten, dass man sie ernst nahm. Was nicht hieß, dass ich gern von ihnen gepikst werden würde.

Außerdem änderte das nichts. Ein Mensch, der eine tragbare motorisierte Speerschleuder mit sich herumschleppt, die eine Lanze durch einen riesigen Vogel schleudern kann, bleibt ein Mensch. Und der Kakophon verbrannte vorurteilslos alle Menschen.

Ich sah zu Jero hinüber, der mich ansah und nickte.

Also machte ich mich bereit, schrecklich viele Menschen zu töten.

Ich hob den Kakophon, zielte mit seinem grinsenden Messing auf das Deck und wartete. Eine Höllenfeuer-Patrone würde alle zerstreuen, die nicht in Brand gesetzt werden konnten, und einen Weg für Agne bahnen, damit sie ihre Arbeit tun konnte. Ich beobachtete die Patrouillen, wartete, bis sie dichter zusammenkamen und …

Jetzt.

Ich kniff ein Auge zu, hielt die Luft an und drückte ab.

Nichts passierte.

Kein Feuer, kein Chaos, nicht einmal ein verficktes Klicken. Ich drückte erneut auf den Abzug, aber das Messing unter meinen Fingern versteifte sich. Er wollte nicht schießen. Es war das Einzige, was dieses verfickte Ding tun sollte, aber genau das wollte er nicht.

Jero warf mir einen nervösen Blick zu. Ich bedachte den Kakophon mit einem wütenden Blick. Sein Messing simmerte.

Dann antwortete er. »*Wir wollen nichts überstürzen*«, flüsterte er. »*Spürst du es nicht?*«

Was ich spürte, war, wie ein Plan kaiserlich den Bach runterrauschte, aber wahrscheinlich meinte er das nicht.

»Was?«, murmelte ich. »Den Feind?«

»*Vielleicht. Vielleicht auch nicht. Da ist etwas an Bord dieser heidnischen Maschine … Etwas, das ich nicht mehr gefühlt habe, seit …* « Ich spürte, wie sein Messing sich zu einem Grinsen verzog. »*Seit unserer ersten Begegnung.*«

Ich zuckte zurück, schneller, als ich blinzeln konnte. Ich war an diesem dunklen Ort, wo Vraki das Licht aus mir herausriss und Darrish mich nur anstarrte und wo dieses … Ding war.

Dieses schreckliche Ding, das sich kreischend in Formen verwandelte, die etwas Sterbliches unmöglich annehmen konnte. Es war nicht von dieser Welt und hätte auch nicht hier sein sollen, aber ich hatte es aus einem Portal von Licht treten sehen, gefühlt, wie es aus mir herausbrach … fühlte seine Schreie.

»In dieser Nacht … dieses Ding?« Ich hielt ihn dicht an meinen Mund und flüsterte in sein Messing. »Das fühlst du?«

Der Kakophon starrte mich an und grinste. Ich knirschte mit den Zähnen und hätte ihn gern gewürgt. Pistolen sollten nicht so rätselhaft sein, schon gar nicht *sprechende* Pistolen.

»Was ist da unten?«, flüsterte ich. »Was meinst du?« Ich war so wütend, dass ich vergaß, wo ich war und weswegen ich hier war. »Was meinst du?«, schrie ich.

»Achtung!«

Unter mir ertönte ein lauter Schrei. Ich erstarrte, es verschlug mir den Atem. Hatten sie mich gehört? Unmöglich, die Maschinen waren zu laut. Und ich hatte nicht so laut gebrüllt, oder?

Ich blickte hinab. Auf dem Deck waren plötzlich alle erstarrt. Die Soldaten präsentierten respektvoll ihre Bajonettgewehre, und die Paladine standen stramm. Die Draakentöter-Schleudern wurden gesenkt. Jeder Arm war zum Gruß angewinkelt, als eine winzige, hutzelige Gestalt über das Deck schritt.

Ein Mann. Alt. Runzlig. Kahlköpfig bis auf ein paar graue Strähnen und mit so gekrümmtem Rücken, dass er als Kuhfuß hätte fungieren können. Er sah aus, als würde ein starker Windstoß ihn über die Reling pusten können. Verflucht, selbst die Orden an seinem Mantel schienen ihn runterzuziehen.

Und doch befehligte dieser zerbrechliche Hampelmann eine ganze Flotte. Ich kniff die Augen zusammen. Ich hatte gerade seine eingefallenen strengen Gesichtszüge erkannt, als sein Name mir in den Kopf schoss.

Loyal. Culven Loyal. Dieser Hurensohn ist einer der Vertrauten des Großen Generals.

Dieser hutzelige Greis kannte jedes Geheimnis, hatte jede Verschwörung durchschaut, jeden Namen jeder Stadt ausgesprochen, die jemals von den Revolutionären Kanonen in Stücke geschossen wurde. Und jeder Soldat an Deck wusste das und stand stocksteif stramm, während der Alte über das Deck schlurfte.

Aber Loyal schien es nicht zu interessieren, ja, er schien es nicht einmal zu bemerken. Die Hunderte von Soldaten, die bereit waren, auf seinen Befehl hin zu töten und zu sterben, wurden nicht einmal eines flüchtigen Blickes gewürdigt. Seine Augen waren auf das Heck des Luftschiffes gerichtet, die große Kajüte, in der das Steuerhaus lag.

Er ging langsam und gelassen weiter … Und kam genauso langsam zum Stehen … Er drehte sich bedächtig um, hob den Kopf und richtete einen bösartigen Blick aus seinen tief in den Höhlen liegenden Augen in die Wolken … direkt auf mich.

Oh, verfickt!

Angst durchströmte mich, als hätte ich gerade ein Gift geschluckt. Meine Muskeln versteinerten, und mein Blut gefror mir in den Adern. Alles in mir schmerzte wie in einer Erinnerung aus tausend Jahren Pein.

Und trotz der großen Entfernung an dem grauen Himmel, die zwischen uns lag, wusste ich, dass Loyal mich sah. Ich konnte tatsächlich seine Augen erkennen, pechschwarz und glühend von einer

Wut, die ich bei keinem der Hunderte von Menschen erlebt hatte, die ich an den schwarzen Tisch geschickt hatte. Diese Augen waren in einer verächtlichen Grimasse auf mich gerichtet. Ich fühlte die Lippen, die düster ein Wort flüsterten, und spürte seine Stimme …

Du.

Es hallte in mir wider.

Stirb.

Ich nahm etwas neben mir wahr, und schlagartig verließ mich die Furcht ebenso schnell, wie sie mich überkommen hatte. Ich fühlte mich müde und erschöpft, konnte aber den Kopf wenden und sah, dass Jero heftig gestikulierte und mich aufforderte, weiterzufliegen.

Als ich hinabsah, bemerkte ich Bewegungen auf Deck. Neben Loyal hob ein Soldat seinen Draakentöter, ein Motor sirrte und spannte die riesigen Sehnen, während die Maschine einen großen Bolzen lud.

Draakentöter war wie gesagt nur ein Name. Diese Waffe konnte zwar keine Drachen töten, aber, wie sich herausstellte, einen Vogel sauber in zwei Teile tranchieren.

37. KAPITEL

DIE EISERNE FLOTTE

Der Wind heulte. Die Wolken schienen sich verängstigt zu teilen. Metall kreischte.

Ich sah den Tod auf mich zufliegen. Ich riss am Zügel meines Oyakai, der scharf über den Flügel abkippte. Dann kreischte er erschreckt, als die Harpune des Draakentöters an uns vorbeipfiff und ein Federbüschel aus seinen Schwingen riss, bevor er hinter uns im Himmel verschwand.

Er hatte mich gesehen. Loyal hatte mich gesehen. Aber wie? Wir waren so hoch und hinter so viel Dunst verborgen. Benutzte er dafür eine Maschine? Oder eine Art von Magie?

Hatte der Kakophon ihn gewittert?

Fragen über Fragen, die beantwortet werden mussten. Aber im Moment war keine Frage für mich drängender als die, wie ich vermeiden sollte, in dem verfickten Harpunenhagel abgeschossen zu werden, der plötzlich durch die Luft zischte.

Motoren sirrten und Sehnen knallten. Metall kreischte. Die Harpunen der Draakentöter zerrissen die Wolken, und unsere Vögel prallten kreischend zusammen, während wir versuchten, uns vor den Salven zu retten.

Jero schrie etwas. Ich verstand es zwar nicht, aber das spielte auch keine Rolle. Wir wussten, was zu tun war, falls wir gesichtet wurden. Ich schob den Kakophon in das Futteral und riss an den Zügeln. Vogel tschirpte, als ich ihn abbremste und das Flaggschiff davonfliegen ließ. Ich sah mich um. Die anderen folgten seinem Beispiel.

Jero und ich wechselten einen gereizten und ernüchterten Blick. Das lief nicht nach Plan. Allerdings hatte der Plan auch nicht vorgesehen, dass ich von irgendeinem absonderlichen alten Greis mit pechschwarzen Augen erblickt werden sollte, der in meinem Schädel sprach.

Aber wir konnten die Sache noch geradebiegen. Jero hatte jahrelang an diesem Plan gebastelt. Er würde sich nicht von einem kleinen Rückschlag besiegen lassen, nein, er würde sich etwas ausdenken. Jedenfalls hätte er das getan, wenn in dem Moment nicht eine Harpune ein mannsgroßes Loch in seinen Oyakai gerissen hätte.

Der Nebel wurde plötzlich rot, und entsetztes Kreischen gellte in unseren Ohren. Jero schrie, als er aus dem Sattel taumelte, und sein Vogel fiel in zwei Teilen neben ihm in die Tiefe.

»Jero!«, kreischte Agne, als er in den Wolken verschwand. Yria und Urda schrien uns an, irgendetwas zu unternehmen. Tuteng beobachtete die ganze Angelegenheit, und ich?

Wahrscheinlich bin ich einfach romantisch veranlagt.

Ich riss an Vogels Zügeln und ging in den Sturzflug. Der Oyakai reagierte, faltete die Schwingen, und wir brausten durch die Wolken in die Tiefe. Der Wind drohte mich aus dem Sattel zu reißen, Tränen quollen mir aus den Augen und gefroren auf meinen Wangen. Ich sah nur endloses Grau, während ich in die Tiefe stürzte, bis …

Da. Ich sah ihn. Ein schwarzer Schatten gegen das Grau. Er spreizte Arme und Beine, um die Geschwindigkeit seines Sturzes zu verlangsamen. Schlau – wenn er nicht trotzdem schneller gestürzt wäre, als mein Vogel fliegen konnte.

Jero sah mich im selben Moment wie ich ihn. Er streckte eine Hand nach mir aus und ich nach ihm. Aber der Abstand zwischen uns war zu groß. Ich knirschte mit den Zähnen und trat Vogel in die Flanke. Der kreischte und flog noch schneller. Mein Herz hämmerte, und meine Muskeln waren nicht mehr erstarrt vor Furcht, sondern pulsierten vor Verzweiflung. Ich war von einem einzigen Bedürfnis erfüllt, einem Gedanken, der sich wie ein Messer in meinen Verstand grub.

Bitte, bitte lass mich nicht noch einen verlieren! Ich betete zu einem mir unbekannten Gott.

Er kam näher, als wir schneller fielen. Ich sah die Furcht auf seinem Gesicht, seine aufgerissenen Augen, die Finger, die zitternd nach mir griffen. Ich beugte mich so weit aus dem Sattel, wie ich konnte, und meine Füße rutschten aus den Steigbügeln. Der Wind riss meine Beine hinter mir hoch. Vogels Zügel strafften sich und verhinderten, dass ich im Himmel verschwand.

Jero streckte die Hand aus und schrie mir einen Namen zu. Ich griff nach ihm, schrie auch irgendetwas, aber der Wind verwehte unsere Worte.

Ich schloss die Augen und fühlte, wie seine Hand meine packte.

Ich packte sein Handgelenk und schwang ihn um mich herum. Er hielt sich mit einer Hand am Sattel fest, packte meinen Gürtel mit der anderen und zog mich wieder auf den Rücken von Vogel. Dann schlang er seinen Arm um mich, während ich meine Füße in die Steigbügel schob. Zusammen zogen wir an den Zügeln, der Oyakai beendete den Sturzflug und stieg hoch. *Puh!*

»Alles klar?«, schrie ich.

»Ja!«

»Hast du dich vollgeschissen?«

»Würdest du es mir verübeln?«

»Nein«, erwiderte ich. »Aber ich würde dich wieder runterwerfen.«

»Zur Kenntnis genommen.«

»Halt dich fest.« Ich ließ Vogel weiter steigen, weiter, weiter. Wir sahen bereits die Silhouette des Flaggschiffes in den Wolken. »Wir fliegen dorthin zurück.«

»Nein! Wenn wir das tun, eröffnen sie erneut das Feuer, nur diesmal mit Kanonen.« Er deutete auf ein kleineres Schiff etwas weiter von uns entfernt. »Bring uns zu dem da.«

»Aber die anderen …«

»Tuteng kennt den Plan. Flieg einfach!«

Ich fluchte. Was hätte ich auch sonst tun können?

Versteht mich nicht falsch, allmählich gewöhnte ich mich daran, dass Pläne scheiterten. Aber das hier war anders als das, was in Terassus passiert war. Jero konnte nichts von Culven Loyal gewusst haben, von diesen schwarzen Augen, von der Furcht, die mich durchströmte. Verflucht, Zwei-Einsame-Alte-Männer hatte es wahrscheinlich nicht gewusst.

Aber ein gewisser Jemand hatte es gewusst …

Ich blickte auf meine Hüfte. Der Kakophon steckte sicher in seinem Futteral. Was auch immer da oben passiert war, er hatte es gespürt, es gewusst. Und ihm hatte gefallen, was er gesehen hatte.

Und das machte mir mehr Angst als alles andere an diesem Desaster heute.

*

Wir sahen die anderen kurz darauf; ihre Schatten hoben sich deutlich vor dem Himmel ab. Ich lenkte Vogel in ihre Richtung und setzte mich an die Spitze, als Jero sich vorbeugte und auf einen fernen Umriss zeigte.

»Da«, sagte er. »Das da.«

Es war das kleinste Luftschiff, das ein wenig hinter der Flotte zurückgeblieben war. Selbst aus großer Entfernung konnte ich erkennen, dass es längst nicht so viele Kanonen und Soldaten hatte wie das Flaggschiff. Was mir aber kein Anlass zu großer Freude schien. Der Bruchteil einer riesigen Menge Kanonen war immer noch eine riesige Menge Kanonen.

Ich lenkte Vogel auf unser Ziel zu und glitt tief unter die Luftschiffe. Mein Blick blieb auf ihre Schatten über mir gerichtet, und ich suchte nach dem Aufblitzen von Feuer und lauschte auf den Donner, der Kanonenschüsse verkündete.

Aber ich sah nur Wolken und die Schatten und hörte nichts anderes als das Donnern der Maschinen. Während wir auf das Schiff zuschwebten, wurde kein einziger Schuss auf uns abgefeuert. Das kam mir sonderbar vor. Nun, ich wollte mich mal nicht beschweren.

Das Heck des Schiffes war mit einer Kanonenplattform ausgestattet, aber die Waffen standen unbemannt da. Jero deutete dorthin, und ich lenkte den Oyakai in die Richtung. Sobald wir nahe genug waren, sprang Jero aus dem Sattel auf die Plattform. Er stieß eine Tür auf, hinter der eine dunkle Kabine war, warf einen Blick hinein, drehte sich um und bedeutete mir, ihm zu folgen.

»Was?« Ich runzelte die Stirn. »Was wird aus den Vögeln?«

»Mach dir keine Sorgen darum und komm jetzt!«

Ich wollte protestieren, aber das war irgendwie nicht der richtige Moment. Immerhin wusste die ganze Flotte, dass wir hier waren. Also zog ich meinen Schal fester um mich und sprang. Die anderen folgten uns kurz danach. Yria sprang als Erste und landete polternd auf dem Deck. Dann drehte sie sich um, und nach etwas Ermunterung sprang ihr Bruder ebenfalls, wenn auch mit geschlossenen Augen. Sie verfluchte seine Blödheit, als sie ihn auffing, klar. Agne kam einen Moment später und landete geschickt neben Yria. Mit einer Hand hob sie Yria und ihren Bruder auf das Deck hoch und schleuderte sie in die Kabine, bevor sie selbst hineinging.

Tuteng flog an uns vorbei und nickte Jero knapp zu, bevor er abdrehte. Mit einem kurzen Kreischen folgten die anderen Vögel ihm und verschwanden in den Wolken.

»Wie soll er uns wiederfinden?«, erkundigte ich mich.

»Muss er nicht«, knurrte Jero. »Er kommt nicht zurück.«

»Was? Was soll …?«

»Wir können uns nicht zurückziehen, weil wir nicht versagen dürfen. Und jetzt beweg dich.«

Er nahm meine Hand, zog mich in die Kabine und schlug die Tür hinter uns zu.

»Aber wie …?«

»Ruhe«, flüsterte er.

»Was für ein verfickter Plan …?«, knurrte Yria.

»Ruhe!«

Wir verstummten, und ich sah, wie er mit leerem Blick auf den Boden starrte. Er lauschte.

»Keine Schüsse«, flüsterte er. »Und kein Alarm.«

»Das ist doch … ganz gut, oder?«, erkundigte Urda sich heiser. »Keine Schüsse hört sich gut an.« Er warf einen Blick auf seine Schwester. »Stimmt doch?«

»Wie haben diese Schraubenheinis uns überhaupt entdeckt?« Sie sah finster von Jero zu mir. »Die Wolken waren so dicht, dass ich kaum meine eigenen Titten sehen konnte, aber sie haben uns problemlos aufgespürt. Wenn ihr mich fragt …«

»Loyal.«

Sie verstummte, als ich sprach, und als ich den Namen aussprach, durchströmte mich wieder dieses Gefühl von Furcht.

»Es war Culven Loyal. Er hat uns entdeckt.«

Schweigen machte sich breit, während die anderen versuchten, daraus schlau zu werden. Jero sprach es aus.

»Wie?«

»Ich weiß es nicht. Er hat …«

Was hat er getan? Seine Augen schwarz gemacht? In meinem Kopf gesprochen? Mir im Innersten Schmerzen bereitet? Ich schüttelte den Kopf. »Ich weiß es nicht.«

»Revolutionäre machen keine großen Unterschiede, sondern schießen auf alles.« Agne klang ziemlich unbekümmert dafür, dass wir völlig am Arsch waren. »Vielleicht haben sie uns einfach für Vögel gehalten.«

»Sie hätten niemals so viele Harpunen für Vögel vergeudet. Sie wussten, wer wir waren.« Jero sah sich auf dem dunklen Schiff um. »Stellt sich die Frage, warum wir nicht längst von Soldaten massakriert worden sind.«

»Vielleicht dachten sie, sie hätten uns erwischt, als wir abgetaucht sind.« Yria knurrte und kratzte sich ausführlich zwischen den Beinen. Sie ging in der Kabine umher, die eigentlich ein kleiner Frachtraum war, und trat beiläufig gegen eine Kiste. »Oder wir sind vielleicht auf dem falschen Schiff. Was ist das hier für ein Scheiß?«

Yria hatte recht, auch wenn sie widerlich war. Der dämmrige Lagerraum wurde nur von dem gedämpften Licht einer schlecht gewarteten alchemistischen Kugel erhellt. Ich hätte erwartet, dass ein revolutionäres Luftschiff von Waffen nur so strotzte und zumindest ein paar Blutflecken aufwies.

Aber davon war hier nichts zu sehen.

Stattdessen gab es Werkzeuge im Überfluss, angefangen von Spitzhacken und Schaufeln bis zu winzigen Pinseln und Lupen sowie mechanische Monstrositäten, die ich nicht kannte. Sie waren an den Wänden aufgereiht, in Kisten gestopft und lagen überall verstreut herum. Karten, Tabellen und andere Diagramme, angefangen von Geografie bis hin zu uralter Historie waren an die Wände genagelt. Zudem gab es Berge von Büchern in Regalen und auf jeder horizontalen Oberfläche. Jedes war so dick wie mein Arm und hatte ellenlange Titel.

Hätte diese Buchsammlung jemand anderem gehört, hätte ich sie beeindruckend gefunden. Aber bei der Revolution, deren Lesematerial ausschließlich aus Propaganda bestand, fand ich es unmöglich.

»Freimacher«, murmelte ich. »Das sind Freimacher-Werkzeuge.«

»Bist du da ganz sicher?« Agne nahm einen Bohrer vom Tisch und betrachtete ihn. »Ich hatte bisher den Eindruck, dass diese Barbaren nicht mit Freimachern zusammenarbeiten.«

»Das ist ihnen laut Revolutionärem Gesetz auch verboten.« Jero nahm ihr den Bohrer ab und betrachtete ihn. »Aber Sal hat recht. Diese Fanatiker interessieren sich nur für Dinge, mit denen sie andere in die Luft sprengen können.« Dann betrachtete er die anderen Werkzeuge. »Was sind das für Grabewerkzeuge?«

»Das sind *Aus*grabungswerkzeuge«, korrigierte ich ihn.

»Was ist der Unterschied?«

Dieselbe Frage hatte ich auch einmal gestellt.

Die einen dienen dem sorgfältigen Studium der Archäologie, der Herkunft einer Spezies und der antiken Welt. Mit den anderen verscharrst du deine Scheiße.

»Makellos' Aufzeichnungen.« Urda klang atemlos. »Wisst ihr noch? Ich sagte, dann gäbe es Sigillen, die ich nicht verstehe. Die Sigillen eines Freimachers.« Er kratzte sich am Kinn. »So langsam fügt sich das alles zusammen.«

»Ach ja?«, knurrte Yria. »Zu was?«

»Zu … zu …« Er verzog das Gesicht. »Zu etwas. Halt die Klappe.« Er rieb sich die Schläfen. »Hätte ich mehr Zeit gehabt, dann würde ich diese Sigillen bereits kennen und wir wären besser informiert. Aber nein, keiner hat Zeit für Urda vom Wilden Federkiel, und jetzt bezahlen wir die Rechnung.« Er schniefte. »Ich würde eine Entschuldigung akzeptieren, wenn ihr so weit seid.«

»Was du akzeptieren wirst, ist meine Faust in deinem verfickten Gemächt, wenn du nicht …«

»Haltet die Klappe!«

Jeros Zischen schnitt dieses Wortgefecht ab, und wir verstummten. Das Schweigen wurde nur durch das Knarren von Holz und das schwache Summen der Schiffsmotoren unterbrochen. Er verzog nachdenklich das Gesicht, als er versuchte, Dinge zu verstehen, die keinen Sinn ergaben.

Ich war darauf vorbereitet, dass die Sache schiefging – so was passierte immer. Dass jemand gefangen oder getötet wurde, dass man uns aufspürte oder sogar darauf, dass wir die Eiserne Flotte verpassten und uns einfach besoffen.

Aber auf das hier war ich nicht vorbereitet gewesen.

Hier waren mehr Soldaten, als man hätte erwarten können, mehr Feuerkraft, als selbst ein Schiff in der Eisernen Flotte brauchte, und dann war da noch Culven Loyal ... Wer oder was auch immer es sein mochte, er war mehr als nur ein Offizier. Vielleicht sogar mehr als ein Mensch. Menschen hatten keine pechschwarzen Augen.

»Auch wenn kein Alarm gegeben wurde«, sagte Jero leise, »heißt das nicht, dass man nicht nach uns sucht. Was auch immer wir als Nächstes tun, wir müssen davon ausgehen, dass sie von unserer Anwesenheit wissen, und sehr vorsichtig sein. Klar?«

Wir nickten alle, bis auf Urda, der zögernd die Hand hob.

»Also ... was machen wir als Nächstes?«

»Unser Ziel ist nach wie vor dasselbe. Wir beschaffen das Relikt, hindern sie daran, uns zu verfolgen, und verschwinden. Der Plan gilt immer noch, nur dass wir auf einem anderen Schiff sind. Also müssen wir als Erstes die Maschinen aller Schiffe sabotieren.« Er sah die Zwillinge an. »Kriegt ihr das auch jetzt noch hin?«

»Natürlich!« Urda zog ein Bündel Papiere aus einem Beutel und hob ihn triumphierend hoch. »Annullierungssigillen, von Zwei-Einsame-Alte-Männer persönlich. Mit etwas Hilfe von eurem Kumpel Urda. Sobald ich sie an den Maschinen dieses Schiffes angebracht habe, wissen die nicht mehr, wo vorn und hinten ist. Und zwar im wörtlichen Sinn. Diese Sigillen überzeugen das Luftschiff nicht davon, etwas zu sein, was es nicht ist, sondern reden ihm ein, es wüsste nicht, was es ist und was es kann, und ihr hört mir sowieso nicht zu, also warum mache ich mir überhaupt die Mühe ...«

»Was ist mit dir?« Jero hatte sich zu Yria herumgedreht. »Kannst du uns von einem Schiff zum anderen bringen?«

»Das ist schwierig.« Yria kratzte sich an der Tätowierung an ihrem Kinn. »Springen, also teleportieren zwischen zwei festen Punkten, ist ein Kinderspiel. Zwischen zwei sich bewegenden Punkten hin- und herzuspringen ist möglich. Aber es mit zwei anderen Leuten zu machen und genug Tribut zu zahlen, um mit einem Relikt hier herauszukommen, ist ...«

»Ja oder nein?«

»Selbstverständlich kann ich das, verfickt noch mal!«, knurrte sie und ging dann zu einer freien Fläche, wo sie ihre Kreide herausholte. »Ich wollte euch nur Gelegenheit geben, die Komplexität dieses Vorgangs wertzuschätzen. Außerdem dauert das. Ich brauche Urdas Sigillen, um die Punkte zu verankern, zwischen denen wir springen.«

»Na, das wird er wohl noch hinkriegen«, knurrte ich.

»He!«, beschwerte sich Urda, folgte dann jedoch seiner Schwester, weil die beiden sich um das Portal kümmern mussten.

»Wir wissen nicht, was hier los ist, wie Loyal uns entdeckt hat oder wie weit das Flaggschiff von uns entfernt ist«, sagte Jero zu uns anderen. »Aber jemand auf diesem Schiff weiß es. Diese Person zu finden, hat für uns andere höchste Priorität.« Er deutete auf Agne und mich und zeigte dann an die Decke.

»Etwa zwei Decks über uns am Heck des Schiffes ist das Ruderhaus. Dort befinden sich der Kapitän, der Navigator und der Kommandant. Ihr beide geht, so leise ihr könnt, dorthin.« Er dachte kurz nach. »Extrem leise. Wir müssen zum Flaggschiff kommen, und das geht nur mit diesem Schiff. Tötet alle anderen, wenn ihr wollt, aber lasst den Kapitän und den Steuermann so lange am Leben, bis ich wieder bei euch bin.«

»Wieso glaubst du, dass sie mit uns zusammenarbeiten werden?«, wollte Agne wissen. »Revolutionäre gehorchen schließlich ausschließlich ihrem Großen General.«

»Fanatiker zerbrechen wie alle anderen Menschen«, entgegnete Jero düster. »Ihr müsst einfach nur mehr Druck ausüben. Er kann das Schiff auch mit einem Arm steuern.«

»Meine Güte! Es wäre einfacher, wenn du mitkämst.«

Jero schüttelte den Kopf. »Wir brauchen Informationen, und die bekommen wir nicht, wenn wir alle gemeinsam herumstolpern. Wir müssen in die Schiffsarchive und das Kapitänsquartier. Ich suche sie, während …«

»Warte.« Sie dachte nach. »Woher weißt du das alles?«

Erwischt. Er öffnete den Mund, und ich sah, wie seine Falten sich wie immer bewegten, wenn er lügen wollte. Da wir es eilig hatten, ersparte ich ihm die Mühe.

»Weil du schon auf diesem Schiff warst«, sagte ich.

Er warf mir einen fast verletzten Blick zu. Aber deshalb war ich ihm nicht böse. Er hatte mich nicht belogen, sondern mir nur ein Geheimnis verschwiegen. Das verstand ich.

»Ja«, gab er zu. »Einmal.«

Ich nickte. »Mit wie vielen Soldaten müssen wir rechnen?«

»Mit vielen.«

»Was ist mit Paladinen und Draakentötern? So eine Operation braucht doch auch einen Reliktwächter?«

»Es sollten welche hier sein, aber sie erholen sich zurzeit von den Magenschmerzen in der Siedlung, in der sie gewartet hatten. Gern geschehen.« Er schüttelte den Kopf. »Dieses Schiff ist zu klein für schweres Gerät. Erwartet normalen Widerstand.«

Ich suchte nach Worten, nach einer anderen Frage oder einem Fluch, fand aber nichts dergleichen. Erst als er mir zunickte, mich anlächelte und durch eine Tür im Schatten verschwand, wusste ich, was ich ihm hatte sagen wollen. Und warum es mir nicht leichtfiel. Als wir abgestürzt waren … hatte ich nicht *seinen* Namen geschrien.

Eine Hand legte sich auf meine Schulter. Agne lächelte mich an und strich mir eine Haarsträhne aus dem Gesicht.

»Machen wir uns an die Arbeit?«

»Klar.« Ich griff an meine Hüfte. »Eine Frage …« Ich zog den Kakophon, und sein Messing leuchtete so hell in der Dunkelheit, dass ich mein Grinsen darauf sehen konnte. »Wie leise, schätzt du, ist *extrem* leise?«

38. KAPITEL

DIE EISERNE FLOTTE

Zehn ... Nein, warte, zwölf? Oder mehr?« Agne runzelte die Stirn und streckte die Zungenspitze heraus, während sie konzentriert lauschte. »Etwa zwölf«, sagte sie dann. »Ich bin mir sicher. Und ich höre ... metallisches Klappern. Becher. Kauen.« Sie sah mich an. »Kann das eine Küche sein?«

»Die Revolution nennt so was eine Messe«, gab ich zurück.

»Eine Messe?« Agne sah mich konsterniert an. »Beten sie beim Essen zu ihren Göttern?«

»Na klar doch.« Ich holte eine Patrone aus meiner Tasche. »Heißt etwa zwölf mehr oder weniger als zwölf?«

Sie drückte noch einmal das Ohr an die Tür. »Weniger«, sagte sie dann.

Nickend fischte ich eine andere Patrone aus meinem Beutel, schob sie in die Kammer und schloss die Trommel. Dann spannte ich den Hahn, trat von der Tür zurück, packte den schwarzen Griff mit beiden Händen und zielte.

Ich warf einen Blick in den Gang, aus dem wir gekommen waren. Das Summen der Schiffsmaschinen war das einzige Geräusch. Kein Hinweis auf einen Hinterhalt. Ich sah Agne an, die neben der Tür stand und die Hand auf den Griff gelegt hatte, und nickte.

»Leise?«, fragte sie.

»In etwa so leise, wie jemand sein kann mit einer Waffe, die nicht Ballermännchen, sondern Kakophon heißt.«

Die Antwort missfiel Agne sichtlich, aber sie konnte von mir aus gern einen anderen Vorschlag machen. Stattdessen zuckte sie mit den Schultern, drehte den Knauf, stieß die Tür auf und sprang zur Seite.

Etwa ein Dutzend Männer und Frauen sahen verwirrt und mit vollem Mund von den Tischen hoch. Erst als sie die Waffe in meinen Händen sahen, begriffen sie, was passierte, und fischten schreiend nach den Bajonettgewehren, die neben ihnen an den Tischen lehnten.

Allerdings hatte ich da schon abgedrückt.

Die Patrone explodierte in einem hellblauen Blitz. Das Geschrei und der Lärm erstarrten in einem kristallenen Klirren und einem Zischen, und eine blendend weiße Wolke erfüllte den Raum.

Als die eisige funkelnde Wolke aus der Messe quoll, zog ich mir den Schal übers Gesicht. Ein paar Eiskristalle legten sich auf meine Schultern, und die Kälte fraß sich durch den Mantel bis in meine Knochen. Ich musste zugeben, dass ich beeindruckt war. Eine solche Kälte hatte ich weder im Tal noch am Himmel jemals gespürt. Meister Messing hatte sich wirklich ins Zeug gelegt.

Die Kälte verwandelte sich in einen eisigen Nebel, und ich betrat die Messe. Die Soldaten standen erstarrt da, einige mit den Händen an ihren Bajonettgewehren, und einer der armen Teufel versteckte sich vergeblich hinter seinem erhobenen Teller. Sie rührten sich nicht.

Wie auch, da sie erfroren waren.

Das Eis knirschte unter meinen Füßen, als ich jeden Soldaten untersuchte, an dem ich vorbeikam. Ihre Haut war weiß, da Raureif sie wie eine zweite Schicht bedeckte, und ihre Gesichter verrieten weder Schmerz noch Furcht. Die Raureif-Patrone hatte sie erwischt, bevor sie begriffen, was da passierte.

Zumindest war es schnell und schmerzlos gewesen. Die einzige Gnade, die ich ihnen bieten konnte.

Ich zählte ihre Gesichter, als ich an ihnen vorbeiging, und als ich bei einem Dutzend angekommen war … *Warte!* … knirschte Eis links neben mir. Ich wirbelte herum und blickte in die Mündung eines Bajonettgewehrs, das von zwei eindeutig nicht gefrorenen Händen gehalten wurde. Die Revolutionärin drückte ab.

»Zehntausend Jahre«, knurrte sie.

»Pass auf!«

Eis knackte, es klickte – Mündungsfeuer und Severiumrauch schlugen mir ins Gesicht, ein schneller und schmerzloser …

… wäre da nicht im selben Moment eine sehr große Frau zwischen mir und dem Bajonettgewehr aufgetaucht.

Ich hob den Kopf vom Boden, auf den Agne mich so unsanft gestoßen hatte. Die Revolutionärin blinzelte und glotzte ungläubig die Frau an, die gerade eine Severiumladung in die Brust bekommen hatte und trotzdem noch stand. Agne betrachtete einen Moment das Bajonettgewehr und sah dann auf das schwarze Loch in ihrem Hemd, unter dem ihre unversehrte Haut zu sehen war. Dann hob sie den Blick zu der Soldatin.

»Wie unhöflich«, stellte sie konsterniert fest.

Sie riss der Soldatin mit einer Hand das Bajonettgewehr aus den Händen und packte mit der anderen ihre Kehle. Die Frau zappelte einen Augenblick, und ihr Schrei erstickte unter Agnes Fingern. Dann schlug ihr die Belagerungsmagierin mit dem Bajonettgewehr den Schädel ein. Es knackte eklig.

Die Soldatin sank auf die Knie, bevor sie umkippte. Die Waffe in ihrem Schädel landete mit einem metallischen Knall auf dem Boden.

»Weniger als zwölf, hast du gesagt«, murrte ich, als ich mich aufrappelte und den blutigen Frost von meinem Mantel klopfte.

»Ach, du armes Liebchen. Wenn dich doch nur eine erstaunlich hinreißende Frau, die immun gegen Kugeln ist, hätte retten können.« Agne betrachtete finster das Loch in ihrem Hemd. »Sie hat meine Lieblingsbrust erschossen.«

Ich blinzelte. »Du hast eine Lieblingsbrust?«

Sie blinzelte. »Du etwa nicht?«

Ich beschloss, diese Frage tunlichst nicht zu beantworten, drehte mich um und marschierte steif zu der Tür auf der anderen Seite der Messe.

Die Sache hätte besser laufen können. Ich konnte zielen und abdrücken, aber der Kakophon wirkte die Magie. Sie alle zu vereisen, war eine präzise Aufgabe, die er tadellos hätte erledigen können, wenn man ihm genaue Zahlen gegeben hätte. Da aber niemand von uns gestorben war und nur eine Brust erschossen worden war, war ich bereit, es einen Erfolg zu nennen.

Dass wir auf dem Schiff bisher nur auf dreizehn Soldaten gestoßen waren, war sogar ein Riesenerfolg, auch wenn mir im Moment nicht danach war, ihn zu feiern. Denn ich hatte im Kampf gegen die Revolutionäre eines gelernt: Sie kamen mit voller Wucht, kreischend und in endloser Zahl. Zu sehen, dass es auf einem ihrer so großartigen Luftschiffe nicht von Wachen wimmelte, war beunruhigend. Aber längst nicht so beunruhigend wie das, was ich noch alles gesehen hatte.

Karten. Werkzeuge. Tabellen. Und … Bücher.

Jede Kabine war in eine winzige Werkstatt verwandelt worden, eine winzige Bibliothek oder eine winzige Kombination aus beidem. Überall an den Wänden hingen Skizzen. Einige zeigten Dinge, die ich kannte, bei anderen taten mir schon beim Anblick die Augen weh. Überall lagen Karten von Regionen und Erhebungen herum, und auf jeder horizontalen Fläche lagen aufgeschlagene Bücher über unterschiedliche Themenbereiche, von denen ich keins verstand.

Überall sonst wäre das ein Hinweis auf die Existenz einer interessanten Person gewesen, mit der sich ein Gespräch lohnte. An Bord eines revolutionären Luftschiffes … war es besorgniserregend.

Was nicht hieß, dass die Revolution nur aus geschwätzigen Idioten bestand, aber sie haben kaum Opern, der Unterricht besteht nur aus Propaganda, und selbst ihre anzüglichsten Romane lesen sich wie Instruktionshandbücher. Sie sind nicht dumm, aber sie wissen Wissen nicht zu schätzen. Jedenfalls nicht genug, um Hunderte Soldaten zu verlegen, nur um Platz dafür zu schaffen. Und ich kannte niemanden, der Bücher so sehr liebte, um genau das zu verlangen.

Außer ihr.

Verflucht noch mal! Ich schüttelte den Kopf. *Du hast gerade zwölf Leute in Eissäulen verwandelt. Jetzt benimm dich auch entsprechend, verfickt noch mal!*

Richtig. Sollte Jero doch Mysterien lösen. Wir mussten ein Schiff entführen.

Wir hatten uns gedacht, dass die Messe sowohl der schnellste Weg als auch der effizienteste Weg zum Steuerhaus sein würde, um einen Haufen Soldaten umzubringen, die uns auf dem Rückweg einen Hinterhalt hätten legen können. Als wir zwischen den Tischen mit ihren vereisten Speisen hindurchgingen, schien es so, als wäre unser Plan aufgegangen. Wie übel die Sache auch angefangen hatte, das Fähnchen drehte sich zu unseren Gunsten.

»Hast du das gespürt?«

Ich holte eine Patrone aus dem Beutel und lud den Kakophon, als die Stimme an meine Ohren drang. Ich zielte auf die Tür am anderen Ende der Messe und wartete darauf, dass der Körper, der zu der Stimme gehörte, hindurchgestürmt kam. Tat er nicht.

»Es fühlte sich an wie … Magie?«

Aber die Stimmen drangen hindurch.

»Sal.«

Agne kniete neben einem dünnen Kupferrohr an der Wand der Messe. Das Ende spreizte sich zu einem Trichter. Sie hob einen Finger an die Lippen, als ich näher kam.

»Ich hab gar nichts gespürt.«

Eine andere, weibliche Stimme drang durch die Röhre. Ich vermutete, bei dem Gerät handelte es sich um eine Art Kommunikationssystem, mit dem die Leute auf dem Oberdeck die Soldaten in der Messe anschreien konnten. Sehr praktisch. Vor allem für uns.

»Warum sollte es hier Magie geben?«, fragte die sanfte, tadelnde Stimme der Frau. *»Dies ist ein Revolutionsschiff.«*

»Ich will verdammt sein, wenn ich das weiß.« Die andere Stimme war rau und männlich. *»Es könnte ein anderer Vagrant sein. Diese Nullen haben niemals nur uns beide angeheuert.«*

Agne sah mich erstaunt an. *Vagrant?*, formte sie mit den Lippen.

Ich dachte an Makellos' Haus zurück, wo Urda die Notizen des Meisterspions durchsucht hatte. Er hatte gesagt, der Mann hätte Vagranten aufgespürt, und das war durchaus einleuchtend. Es zahlte sich aus, zu verfolgen, wo magisch begabte Kriminelle hingehen. Aber das hier musste der wahre Grund gewesen sein.

Die Revolution hatte Vagranten angeheuert. Was auch immer sie auf ihrem Schiff transportierten, es rechtfertigte offenbar, die erste und wichtigste Regel der Lehren ihres Großen Generals zu brechen.

Und das war nicht nur besorgniserregend, sondern Furcht einflößend. Warum ich mir vor Angst nicht in die Hose machte?

»Durchaus möglich.«

Wegen dieser Stimme, wegen dieser weiblichen Stimme, die so leise und gelassen klang und sich wie ein warmer Mantel um mich legte. Ich kannte sie, hatte sie gefühlt, hatte mich von ihr in den

Schlaf tragen lassen wie von einer warmen Decke in einer kalten Nacht.

Aber jetzt … Jetzt drang sie wie ein Messer in meinen Rücken.

»Des ungeachtet erinnere ich dich daran, dass wir als Wache angeheuert wurden, nicht um herumzulungern«, fuhr sie fort. *»Bleib wachsam.«*

»Weswegen?«, knurrte die andere Stimme. *»Wir sind auf einem verdammten Luftschiff. Das Einzige, was uns hier oben erwischen könnte, sind Magier. Und wenn die auftauchen, sind diese Nullen sowieso am Arsch.«*

Hätten sie von unserem Scharmützel mit dem Flaggschiff gewusst, hätten sie nicht so geredet. Das war tröstlich.

»Wegen allem«, sagte sie. *»Und nichts. Was auch immer du über diese … Kooperation denken magst, die Nullen haben das Relikt. Und das Relikt hat die Welt, wenn man der Freimacherin glauben kann.«*

Freimacher. Relikte. Vagranten.

Ich hätte darüber nachdenken und mir deswegen Sorgen machen sollen. Aber je länger ich die Stimme hörte, desto tiefer grub sich das Messer in meinen Leib. Meine Narben schmerzten, und ich dachte an jene dunkle Nacht, als ich meine Liste verfasste.

»Klar!«, höhnte die männliche Stimme. *»Wenn ich glaubte, dass eine Null die Welt verändern könnte, wäre ich bei dem Null-Imperator geblieben.«*

»Die Freimacherin sagt … «

»Ich gebe einen Scheiß darauf, was die Freimacherin sagt. Wenn du nicht jede Nacht von ihrem Bett träumen würdest … «

Es schepperte, und etwas krachte gegen eine Wand. Die Röhre erzitterte heftig, als etwas dagegenprallte. Die Stimme, die daraus drang, war kalt und barsch.

»Sprich nie wieder so über sie.«

»Fick … dich … « Die männliche Stimme klang erstickt.

Es krachte wieder, ein Schrei ertönte, und etwas fiel zu Boden. Und stand nicht wieder auf.

»Du kannst über die Nullen sagen und über diese Mission denken, was du willst. Schnapp dir hinterher dein Geld und kriech in die Schenke zurück, wo du es verprassen willst. Aber solange du hier bist, wirst du nichts Respektloses mehr über sie sagen, ist das klar?«

Die Klinge drehte sich in meinem Körper, und ich fühlte nur noch den brennenden Ärger der Waffe in meiner Hand.

»Ist das klar?«

Ich hatte nächtelang wach gelegen und geplant, was ich tun würde, wenn ich ihren Namen wieder hörte. Ich hatte hundert Ansprachen und hundert verschiedene Szenarien entworfen, in denen ich ihr sagte, was sie mir angetan hatte und warum sie sterben musste.

Und an dem Tag, an dem ich ihren Namen hörte?

»Ja … ist klar, Darrish.«

Sagte ich kein Wort.

»Sal!«

Agne schrie mir nach, aber ich hörte sie nicht, fühlte nicht das Eis auf meinem Gesicht, als ich die Tür eintrat, durch den Gang ging und eine Treppe hochtrampelte. Ich konnte nur an ihren Namen denken.

Darrish die Steinerne.

Die so zärtlich zu mir gesprochen … mich berührt hatte …

Die aber nur zugesehen und nichts gesagt hatte, in jener Nacht, als man mir meine Magie nahm!

Agne schrie mir immer noch nach, als ich die Treppen hochstürmte und versuchte, Darrish einzuholen. Aber ich hörte sie nicht. Alles an mir war kalt, bis auf meine Narben, meine Füße und meine Finger, die Patronen in die Trommel des Kakophon stopften.

Die Stufen endeten an einer Stahltür, hinter der sie sein musste. Wenn ich sie öffnete, würde ich in diese Augen sehen, die in jener Nacht in meine gestarrt hatten, in der sie mich verraten hatte. Wenn ich sie tötete und endlich ihren Namen von der Liste strich … würde ich kein einziges Wort sagen.

Ich packte den Kakophon mit beiden Händen, holte tief Luft und trat die Tür ein.

Ein Augenpaar richtete den Blick auf mich.

Es gehörte nicht Darrish.

»Wer verflucht bist du?«

Es gehörte einem Kerl mit einem dicken Schädel und einem großen Maul. Er überragte mich um Haupteslänge, hatte einen massigen, muskulösen Körper und war nur mit Hose und Stiefeln bekleidet. Auf seiner hellen Haut waren die blauen Flecken von den

Prügeln, die er gerade bezogen hatte, deutlich sichtbar. Sein unordentliches dunkelbraunes Haar wurde von einem roten Kopftuch zurückgehalten, dessen Farbe zu dem roten Speer passte, den er auf dem Rücken trug.

Beides passte zu der Vagranten-Tätowierung auf seiner Brust, einem animalischen, zu einem grauenvollen Grinsen aufgerissener Kiefer.

»Scheiße.« Er rieb einen der blauen Flecken. »Haben die Nullen dich auch gedungen? Kennen wir uns nicht? Oder …«

Sein Blick glitt von meinen Augen zu der Waffe, die ich in meinen Händen hielt. Als der Kakophon ihn mit seinem Messinggrinsen anstarrte, dämmerte es ihm.

»Heilige Scheiße«, flüsterte er. »Du bist …«

»Tenka?«, sagte jemand hinter mir, während eine große Hand mich sanft zur Seite schob. Agne trat vor und lächelte den jungen Mann strahlend an. »Tenkalogones?«

Die Furcht auf seinem Gesicht verwandelte sich plötzlich in Freude. »Agnestrada«, flüsterte er atemlos und lächelnd. »Agne der gepuderte Hammer!«

»Ich liebe es, dass du immer noch eine kleine Obszönität in meinen Namen einflechten kannst.« Agne legte lächelnd die Hände auf ihre Hüften. »So schaffst du es immer wieder, dass ich mich mächtig fühle.«

»Entschuldige mal …« Der kalte Ärger und meine Entschlossenheit versickerten in mir und wurden von einer weit weniger entschlossenen Verwirrung ersetzt. »Krieg ich da irgendwas nicht mit?«

»Meine Güte, wo habe ich nur meine Manieren gelassen?« Agne deutete auf den jungen Vagranten. »Sal Kakophonie, ich habe das aufrichtige Vergnügen, dir Tenkalogones yun Gorathi vorzustellen, offiziell bekannt als Tenka der Albtraum.« Sie zwinkerte mir zu. »Wir waren eine Weile zusammen.«

»Soll heißen, sie hat mir nachts den Verstand weggeblasen.« Ich habe schon heilige Männer gesehen, die mit nicht annähernd so viel Hingabe ihre Götter angebetet hatten, wie Tenka Agne ansah. »Scheiße, weißt du noch in Grünfluss? Mit den Ketten? Ich konnte eine ganze Woche lang nicht laufen, nachdem du mich …«

»Ich liebe es, in Erinnerungen zu schwelgen.« Agne beendete barmherzigerweise dieses Gespräch mit erhobener Hand. »Aber ich bin geschäftlich hier.«

»Echt jetzt?« Tenka legte den Kopf auf die Seite. »Du bist mit dieser Kakophonie zusammen? Nett, wirklich nett. Was führt dich den weiten Weg hierher?«

»Ich bin hier, um dieses Schiff zu entführen! Was machst du hier?«

»Ich bin hier, um zu verhindern, dass dieses Schiff entführt wird!« Er lachte bitter. »Heiße Sache, was?«

»Ziemlich heiß.« Agnes Stimme wurde kälter.

Tenka nickte etwas verlegen, während sich Schweigen zwischen uns aufbaute. Dann räusperte er sich und zog den Speer von seinem Rücken.

»Kleine«, sagte er. »Dann werd ich dich wohl mal umlegen.«

39. KAPITEL

DIE EISERNE FLOTTE

Lassen wir mal außer Acht, welche Regeln bei der Namensgebung von Vagranten greifen. Leute, die andere Leute mit einem Gedanken platzen lassen können, können sich letztendlich nennen, wie sie wollen. Aber es wird trotzdem als höflich und auch ästhetisch angemessen betrachtet, wenn ein Vagrant einen Namen wählt, der etwas mit seiner praktizierten Kunst zu tun hat. Ein Belagerungsmagus ist zum Beispiel der Hammer, ein Quickmagus ist die Rasierklinge und so weiter. Es ist keine eiserne Regel, aber wir halten uns daran, weil man sonst in Situationen kommt wie …

»Warum nennst du dich ›der Albtraum‹? Du bist ein Himmelsmagus, du Wichser!«

Ja, wie diese. Ich teilte zwar Agnes Kummer, aber ich schrie ihn nicht heraus, wie sie es tat. Außerdem hörte Tenka mich sowieso nicht. Dafür war der Wirbelsturm zu laut, mit dem er uns angriff.

Das Lied der Lady Merchant ertönte und winkte dem heulenden Wind. Er rauschte durch die offenen Luken, kreischte, als er sich an der Spitze des Speeres sammelte, und wurde eine heulende Windböe, die durch den Gang fegte. In seinem Zentrum stand Tenka der Albtraum, der trotz seines unpassenden Namens den Himmel auf uns herunterfallen ließ.

Die Macht eines Himmelsmagus ist ebenso launisch wie die Winde, die ihn lieben. Einige wenige genossen sehr wenig Zuneigung des Windes und mussten sich damit zufriedengeben, ein paar Meter über dem Boden zu schweben. Andere – und zwar deutlich mehr – wurden genug geliebt, um den Wind zu rufen und alles fliegen zu lassen, was nicht niet- und nagelfest war. Und Leute wie Tenka …

Irgendetwas musste er an sich haben, denn der Wind liebte ihn.

Die Planken knarrten und wurden hochgerissen, Röhren erzitterten und wurden aus den Wänden gezogen. Metallbrocken, Möbel, Kisten, Waffen … alles, was nicht festgenagelt war, auch einige festgeschraubte Dinge, wurden Teil des wilden Liedes des Windes und stürzten sich in einem disharmonischen Chorus auf uns. Das heißt auf eine von uns.

Agne stemmte sich gegen den Hurrikan, verschränkte schützend die Arme vor ihrem Gesicht, als die Trümmer sie trafen. Ein Leitungsrohr zerbrach an ihren Armen, eine Kiste wurde von ihrem Körper zertrümmert, und die Kleidung darin zerstreute sich in alle Winde. Ein Bajonettgewehr prallte gegen sie und explodierte.

Das Lied der Lady ertönte und verstärkte ihre Macht. Die Belagerungsmagierin schüttelte jeden Schlag vollkommen unbekümmert ab. Jedenfalls hoffte ich, dass sie unbekümmert war, denn mein Plan bestand im Moment darin, mich an ihrem Bein festzuklammern, während der Rest meines Körpers im Wind flatterte, der versuchte, mich in diesen Mahlstrom aus Trümmern zu ziehen. Das Einzige, was das verhinderte, war sie. Trotzdem …

»Mach was!«

Scheiße, mir waren die Ideen ausgegangen.

»Wenn ich näher herangehe, fliege ich weg!«, schrie sie.

»Benutze mehr Magie! Werde … schwerer oder so was, ich habe keine Ahnung! Zahl ihr mehr Tribut!«

Ihr kalter Blick sagte mir zwei Dinge: Dazu würde es erstens nicht kommen, und wenn ich noch mal fragte, würde sie mich zweitens als Schild benutzen. Mehr Magie hätte ihr erlaubt, seinen Wind und seinen blöden Namen zu vernichten, aber welche Emotion die Lady Merchant auch als Tribut verlangte: Agne wollte sie ihr nicht geben.

Wir steckten hier fest, bis Tenka uns getötet oder genug Lärm gemacht hatte, dass jemand anderes kam und uns tötete.

Also blieb es mal wieder an mir hängen. Genauer, an uns.

Ich flüsterte ein Gebet und nahm eine Hand von Agnes Bein, um in meinen Beutel zu greifen. Meine Beine flatterten wie Schilf hinter mir, als ich meine Finger über die Patronen gleiten ließ.

Diskordanz? Nein. Damit würde ich den Rumpf zerfetzen, und wir würden alle davonfliegen. Nur konnte er tatsächlich fliegen. Höllenfeuer? Keine gute Idee, wenn man es in einem Schiff losließ, das aus Holz gebaut war. Raureif? Nein. Sonnenblitz? Nein.

Stahlpython? Auf keinen Fall! Nicht mal, wenn wir sterben mussten. *Verflucht, was ist noch da?*

Meine Finger berührten eine Patrone, die letzte, und sie war keine vollkommen schlechte Idee. Mit einem resignierten Seufzer schloss ich meine Augen, fischte sie heraus und stopfte sie in die Kammer der Kakophon-Trommel.

Ich zielte, geklammert an Agnes Bein. Tenka sah wie ein unmögliches Ziel am anderen Ende des Gangs aus, während sein Speer den Sturm gegen uns richtete. Ein unmögliches Ziel, das noch unmöglicher durch den Sturm wurde, der meinen Arm hin- und herschleuderte und die Barriere aus Müll zwischen uns.

Was konnte ich sonst tun? Ich hatte keine Wahl. Ich kniff ein Auge zusammen, spannte den Hahn und drückte ab.

Die Patrone schoss aus dem Maul des Kakophon und war stärker als der Wind, angetrieben von der wie auch immer gearteten magischen Macht der Pistole. Sie explodierte in einem Sprühnebel aus blauer Elektrizität. Blitze zuckten über die Wände des Schiffes, über die Rohre, in den Boden.

Ich schloss die Augen und hielt den Atem an.

Und dann …

… passierte nichts.

Agne warf mir einen fragenden Blick zu. Selbst Tenka sah mich über die Entfernung hinweg verblüfft an. Der Kakophon war kein richtiger Magier, er war ein Künstler. Und jede Kunst kennt Philister, die sie nicht verstehen. Bis es so weit ist.

Die Rohre in den Wänden begannen zu zittern. Die Metallstreben des Rumpfs zitterten und knirschten. Selbst die Schrauben und Nägel begannen zu vibrieren.

Gegen die meisten Feinde ist Schockgriff keine besonders wirksame Patrone. Abgesehen von den seltenen Gelegenheiten, dass ich jemanden mit einer starken Rüstung und dem Bedürfnis, mich zu töten, treffe, nutzt sie gegen die Bestien und Banditen der Scar nicht viel. Aber zum richtigen Zeitpunkt am richtigen Ort ist eine Patrone, die jedes Stück Metall in einem Umkreis von fünfzehn Schritt magnetisiert, ziemlich praktisch.

Wie sich herausstellte, ist der Bauch eines mit Metall vollgestopften Schiffes weder der richtige Ort, noch gab es den richtigen Zeitpunkt dafür.

»Heilige Scheiße!«

Ich hörte Tenkas Schrei trotz des Sturms. Dann übertönte ihn das Geräusch von etlichen Zentnern Metall, die aus den Wänden gerissen wurden.

Rohre, Platten, Streben und Schrauben. Ganz gleich, ob Messing, Kupfer oder Eisen – Schockgriff riss sie los und schickte sie in den Mahlstrom aus Wind. Das Ächzen des Metalls verstärkte das Brüllen des Hurrikans, als die Metallstücke gegeneinanderprallten, Funken schlugen und sich mit ihren scharfen Kanten wieder in den Mahlstrom stürzten.

Ich kauerte mich hinter Agnes Bein und zuckte jedes Mal zusammen, wenn eine Metallscheibe sie traf. Sie knurrte und grunzte, schrie sogar, gab aber keinen Fingerbreit nach. Was man von unserem Feind nicht behaupten konnte.

Himmelsmagier sind nicht für ihre Selbstbeherrschung berühmt, und ein Kerl mit einem so albernen Namen wie Tenka der Albtraum machte da auch keine Ausnahme.

Die Metallplatten waren zu schwer, als dass sein Wind sie hätte kontrollieren können. Die Stücke flogen in alle möglichen Richtungen, auch in seine. Eine Scherbe streifte seine Schläfe, und Blut sprühte in den Strudel. Sein Schrei wurde vom Lied der Lady begleitet, als er eine weitere Böe beschwor und einen anderen Wind ausschickte, um zu verhindern, dass die Metalltrümmer ihn töteten.

Zugegeben, die genaueren Zusammenhänge der windigen Wissenschaften sind mir verschlossen. Ich habe keine Ahnung, was den Wind dazu bringt, zu tun, was er tut. Aber an diesem Tag lernte ich zumindest, dass es eine sehr schlechte Idee ist, wenn man zwei Hurrikans in gegensätzliche Richtungen aufeinander loslässt.

»Nein, nein, nein!«

Tenka schrie, als er vom sicheren Sieg in den sicheren Tod gerissen wurde. Er fuchtelte mit seinem Speer herum und lenkte die Winde in einem vergeblichen Versuch, das Metall daran zu hindern, ihn zu treffen, überallhin. Dadurch wurde der Mahlstrom noch chaotischer, und der Gang erzitterte, als die Winde Rohre und Platten gegen die Wände und den Boden und gegeneinander schleuderten.

Als mein Auge nur knapp einem Eisendorn von der Größe meines Unterarms entkam, vermutete ich, ich hätte mir etwas Besseres einfallen lassen sollen.

Aber die Sache konnte immer noch funktionieren. Agne war unversehrt, auch wenn ihre Kleidung zerrissen war. Tenka war panisch, benutzte zu viel Macht. Himmelsmagier mussten ihren Atem als Tribut an die Lady Merchant zahlen, damit ihre Magie funktionierte, und er benutzte sie hemmungslos.

Entweder versiegte seine Magie, oder ein Trümmerstück würde ein Loch in ihn reißen. Jedenfalls musste er bald aufhören, dann konnten wir uns um ihn kümmern.

In dem Moment knarrte etwas drohend, und der Rumpf erzitterte. Metall kreischte.

Oder alles geht den Bach runter, dachte ich. *Auch gut.*

Schrauben und Funken explodierten, und ein Metallstück von der Größe eines Mannes riss sich aus dem Schiffsrumpf. Die spitzen Ecken wurden vom Wind gebogen, und es riss ein großes Loch in das Deck, bevor es vom Wind gepackt und … direkt auf uns zugeschleudert wurde.

»Agne!«

Mein Schrei verwehte im Wind. Das Lied der Lady ertönte, und Agne knurrte, spreizte die Beine, ballte die Fäuste … und schlug zu.

Ihr Schlag zerteilte es in zwei Hälften und verwandelte ein gigantisches Stück Metall in zwei gigantische Klingen. Eine davon prallte vom Boden hoch und schnitt über meinen Arm. Ich kreischte und blutete, und Schmerz schoss durch meinen Arm. Ich ließ los.

Und flog.

Vom Wind wurde ich unbarmherzig hin- und hergeschleudert, während mein Blut wie ein Schleier hinter mir herwaberte. Ich schrie, schlug um mich, versuchte Halt zu finden, als ich von den Wänden, dem Boden, der Decke abprallte und meine Knochen bei jedem Aufschlag erzitterten.

Gerade als ich wieder zur Decke hochschlug, sah ich Bewegung unter mir. Der Boden zitterte, als Agne sich auf ihren Feind stürzte, unbeeindruckt von Wind und Müll. Ich erwischte sie an der Schulter und flatterte hinter ihr her wie eine Fahne aus Fleisch, als sie sich auf Tenka stürzte. Aber ich hatte zu viel Blut verloren, und mein Körper schmerzte zu sehr. Selbst mich an ihren Kleidern festzuhalten, war zu anstrengend. Ich ließ los, brach auf dem Boden zusammen und rollte weiter. Dann fiel ich.

Die Splitter des Lochs rissen an mir, als ich hinabstürzte und auf etwas krachte. Glas und Holz splitterte, und irgendetwas Nasses, Stinkendes schlug über mir zusammen.

Ich befahl meinem Körper aufzustehen. Der schrie mir zu, dass er es nicht könnte. Ich wollte mit ihm streiten, konnte mich aber nicht denken hören, weil mir das Heulen des Windes und das Lied der Lady in den Ohren lag. Aber es wurde schwächer. Mir verschwamm alles vor den Augen, und es wurde schwarz. Der einzige Sinn, der nicht von Qualen überwältigt wurde, war der Geruchssinn.

Weshalb ich leider das nasse Zeug identifizierte, das mich bedeckte. Auf eine anrüchige Weise passte das irgendwie.

Sal Kakophonie, die aufgebrochen war, den größten aller Kriege zu beenden, hatte es geschafft, durch ihre eigene Inkompetenz zu sterben. Von Kopf bis Fuß mit Scheiße bedeckt.

*

Bist du da?

Eine Stimme. Ein Traum. Oder die Person, die am schwarzen Tisch auf mich wartete.

Ich fühle dich.

Ein Echo in der Dunkelheit. Kein Geräusch. Ein Gefühl.

Welch ein fragiles Ding. So leicht zu zerbrechen.

In meinen Knochen. Meinem Blut. In meiner Haut.

Wieso willst du wieder dort hinauf? Warum ist das wichtig?

Es griff nach mir, packte mich, erforschte mich.

Sag es mir.

Verseuchte mich.

Sag es.

Schrie.

Sag es!

In einem Schwall von Licht, Geräuschen und Farbe kam alles wieder zu mir zurück. Mit einem rasselnden Keuchen richtete ich mich auf und holte tief Luft. Ich konnte sehen, und mein Herz schlug wieder, pumpte Blut in meine Adern, begleitet vom Schmerz, diesem langsamen, dumpfen Schmerz, der mir sagte, dass ich verletzt war.

Aber noch am Leben.

Doch als ich dasaß, spürte ich es immer noch. Diese Stimme. Das Gefühl. Dieses laute Zucken, das durch meinen ganzen Körper gekrochen war. Das Kribbeln, die wispernden Krallen, das verzweifelte Bedürfnis darin … Ich fühlte es, wie ich mein eigenes Blut fühlen konnte.

Wie lange war es in mir gewesen? Und wie lange war ich bewusstlos gewesen?

Ich blickte hoch. Das gezackte Loch in der Decke wirkte wie eine stumme, offene Wunde. Das Heulen des Windes war verstummt, das Lied der Lady ebenfalls, und man hörte nur das ferne Summen der Schiffsmaschinen. Und Agne …

»Agne«, flüsterte ich. »Agne!« Ich schrie zur Decke.

Hatte sie gewonnen? Oder Tenka? Hatte überhaupt einer der beiden überlebt? Ich wusste weder, was passiert war, noch, was in mir gewesen war oder wie ich hier gelandet war. Ich musste sie finden, wenn sie noch lebte, nur wusste ich nicht, wie. Das alles fühlte sich wie ein endloser Albtraum an.

Außer dass ich von Kopf bis Fuß von Scheiße bedeckt war. Das fühlte sich sehr real an und stank auch so.

Ich rappelte mich langsam hoch und schüttelte mich angewidert, weil ich nicht zum ersten Mal mit weit mehr Flüssigkeiten als erträglich bedeckt war. Schillernde Pfützen bedeckten den Boden, zertrümmerte Phiolen, Becher und anderer wissenschaftlicher Mist lagen daneben, zusammen mit den Bruchstücken des Tisches, den ich gerade zerschmettert hatte.

Und Bücher. Überall waren noch mehr beschissene Bücher. Es sah aus, als wäre ich auf einen Haufen Alchemisten gefallen, die eine Orgie feierten. Oder auf ein Laboratorium.

Es gefiel mir nicht. Agne war weg, die anderen waren weg, ich blutete, war am ganzen Körper zerschlagen und weit von dem Ruderhaus und der Entführung des Schiffes entfernt, wo ich eigentlich hätte sein sollen.

Außerdem gefiel mir überhaupt nicht, was ich hier gesehen hatte. Die Revolution war zumindest verlässlich, wenn schon sonst nichts. Man konnte darauf bauen, dass ihre von Propaganda zermatschten Hirne vorhersagbar reagierten: Sie mochten Feuerwaffen, sie hassten Dissidenten, ergo liebten sie es, ihre Feuerwaffen auf Dissidenten abzufeuern. Und nirgendwo in meiner langen Geschichte mit ihnen hatten sie Wert auf Wissen gelegt.

Und doch stand ich hier in einem Luftschiff voller Werkzeuge eines Freimachers, alchemistischer Laboratorien und Bücher.

Ich mochte es nicht, und vor allem wusste ich auch nicht, was hier vorging. Wie die meisten Leute, die sich wütend und dämlich fühlen, beschloss ich, es wäre am besten, jemanden zu suchen, dem ich wehtun konnte.

Ich wischte mir die Scheiße und das Blut so gut ab, wie ich konnte, unterdrückte den Schmerz in meinem Bein und ging zur Tür. Die Umstände mochten sich geändert haben, aber das Ziel nicht: Geh zum Ruderhaus, übernimm die Kontrolle über das Schiff und warte auf Jero und Agne. Wenn sie noch am Leben waren, würden sie auch dorthin kommen.

»Du setzt erstaunliches Vertrauen in sie.«

Kein Schmerz war so schlimm, dass ich nicht trotzdem die Stimme des Kakophon hören konnte.

»Wenn sie jetzt gefangen genommen wurden? Oder getötet?«

»Und wenn schon«, knurrte ich. Normalerweise versuchte ich, nicht zu antworten, wenn er anfing zu reden, denn das öffnete ihm nur Tür und Tor. Aber ich war zu wütend, und ich hatte zu viele Schmerzen, um nachzudenken.

»Dann sieht es so aus, als wäre die ganze Mission verwirkt. Also sollten wir eine neue Herausforderung suchen.«

»Ja klar, ich bitte die Revolutionäre, das Luftschiff mal kurz zu landen, damit wir in der nächsten Schenke einkehren können. Hast du vollkommen den Verstand verloren?«

»Viele haben das schon geglaubt. Sie sind jetzt natürlich tot.« Er kicherte, und Dampf quoll aus dem Futteral. *»Aber das muss nicht unser Schicksal sein. Ich habe einen Plan.«*

»Nein.«

»Du hast ihn doch noch gar nicht gehört.«

»Bist du eine sprechende Knarre?«

»Ja ... ?«

»Dann müsste ich den Verstand verloren haben, wenn ich auf dich höre.« Ich verzog vor Schmerz das Gesicht, als ich den Türgriff packte und Anstalten machte, die Tür aufzuschieben. »Kein Plan, den du dir ausdenken könntest, kann uns alle hier herausbringen.«

»Und?«

»Niemand soll mir nachsagen, dass Sal Kakophonie ihre Leute im Stich lässt.«

»Pah! Das hat dich früher nie gekümmert. Aber jetzt ist es etwas anderes, stimmt's? Du hast sie lieb gewonnen. Igitt. Was für ein ekliges Klischee.«

Ich ignorierte ihn und drückte mein Ohr an die Tür. Keine Geräusche. Bis auf seine Stimme.

»Du gefährdest mehr als nur den guten Geschmack, wenn du ihnen nachgibst. Wir haben einen Deal, du und ich. Deine Neigung, erbärmliche Missetäter ins Herz zu schließen, behindert zunehmend unsere Bemühungen.«

Das ignorierte ich ebenfalls und stieß die Tür auf.

Zwei dunkle Augen sahen mich an.

Sie sah noch genauso aus wie in meiner Erinnerung. Dasselbe kleine, schlanke Ding in schmutziger, praktischer Kleidung. Dieselben Federkiele steckten in ihrem schwarzen Haar, dieselben Schriftrollen und Tintenfässer hingen an ihrem Gürtel. Dasselbe schlanke Gesicht mit denselben großen Augen hinter derselben großen Brille mit demselben Ausdruck von Wut und Schock und Schmerz, den sie immer aufsetzte, wenn ich zu ihr zurückkam.

Die Erinnerung an sie gehörte zu mir wie meine Narben.

Aber sie in dem Moment anzusehen, das fühlte sich an, als hätte mir jemand eine frische Wunde zugefügt.

»Sal«, flüsterte Liette.

Der Kakophon kicherte in seinem Futteral.

»Ich hab dich gewarnt.«

40. KAPITEL

DIE EISERNE FLOTTE

Ein Geist.

Eine Halluzination.

Ein schlechter Traum, ein Kater, ein Nervenzusammenbruch – was auch immer! Sie konnte nicht hier sein. Sie konnte nicht real sein.

Ich starrte Liette an, während die Zeit grausam zäh verstrich und ich darauf wartete, dass sie etwas Drohendes sagte, mich angriff, mysteriös lachte und wieder in meinem durchgeknallten Schädel verschwand wie die anderen Male, die sie gekommen war.

Aber je länger ich sie ansah, desto mehr erkannte ich in den großen Augen denselben Schmerz, den sie jedes Mal zeigten, wenn ich sie verlassen hatte, wenn ich gelogen hatte. Und je länger das dauerte, wünschte ich mir, sie hätte mich angegriffen. Sollte sie mich töten, solange ich nicht wieder in diese Augen blicken musste.

Aber sie griff mich weder an noch verschwand sie. Und mit jedem Moment wurde sie realer. Ich spürte das leichte Vibrieren der Planken, als sie näher kam, roch das Aroma von Kaffee und Tee in ihrem Atem, als sie mir in die Augen blickte. Ich spürte den Schmerz, den ich jedes Mal empfand, wenn sie mich berührte, als sie ihre Hand auf meine Wange legte und mit dem Daumen nachdenklich über die Narbe über meinem Auge strich.

Sie sah mir in die Augen, wie sie es all die Male getan hatte, wenn sie sagte, sie verzeihe mir, was mich fast umbrachte. Ihre Lippen, die immer nach Staub und Schweiß schmeckten, öffneten sich, und sie fragte mit der lieblichen Stimme, die ich immer in meinen Träumen hörte:

»Was zum Teufel hast du mit meiner Werkstatt angestellt?«

Sie war es wirklich!

Liette ließ ihre Hand sinken, schob mich mühsam zur Seite und betrat das Trümmerfeld, das ihr Laboratorium gewesen war. Sie rückte ihre Brille zurecht, brummte gereizt, während sie den Schaden begutachtete, und drehte sich dann zu mir herum.

Ich stand da, von Kopf bis Fuß mit Scheiße bedeckt. *Verfickt, sag was!*

»Das …« Ich deutete auf meine mit Fäkalien beschmierte Garderobe. »… ist nicht von mir.« *Wundervoll!*

»Offensichtlich«, gab sie zurück, während sie müde eine Phiole und ein Skalpell aus ihrem Gürtel zog. »Ich bin zwar mit deinen Heldentaten vertraut, aber ich kann mich nicht daran erinnern, dass du dich schon einmal gänzlich bekleidet derartig vollgeschissen hättest.«

Ich blinzelte.

»Du bist mit etwas sehr Wertvollem bedeckt, und möglicherweise ist es die einzige Probe, die wir davon bekommen. Also sei bitte so freundlich, einen Moment stillzuhalten.« Sie kratzte seufzend den Dreck in die Phiole. »Es wäre allerdings etwas voreilig, diese Substanz als Fäkalien zu bezeichnen, trotz des Geruchs und … der Konsistenz. Wir wissen, dass es von unserem Kandidaten stammt, aber es ist unmöglich, seine Natur festzustellen, abgesehen davon, dass es giftig ist, wenn man es schluckt.« Sie hielt inne und sah mich entsetzt an. »Du hast doch nichts davon in den Mund bekommen?«

Mein Mund stand weit offen. »Was?«

»Da du zurzeit weder explodierst, dich auflöst noch irgendwelche Elektrizität absonderst, können wir wohl annehmen, dass dem nicht so ist. Es sei denn natürlich, es wäre eine neue Reaktion, die wir noch nicht kennen.« Sie musterte mich prüfend durch ihre Brille, bevor sie in ihr zertrümmertes Laboratorium ging und einen kurzen Blick auf das Loch in der Decke warf, durch das ich gestürzt war. Sie schnalzte missbilligend. »Meine alchemistischen Apparaturen wurden zerstört, natürlich, meine Notizen ebenfalls, sonst hätte ich eine klare Vorstellung, was …« Sie verstummte und riss entsetzt die Augen auf, als ihr Blick auf ein mit Asche bedecktes Buch fiel.

»Nein! Das hast du nicht gewagt!«, flüsterte sie. Sie stürzte sich auf das Buch und untersuchte es sorgfältig, um sich zu vergewissern, dass weder der Deckel noch eine Seite oder die Bindung beschädigt worden waren. »Sei froh, dass du dem Buch nicht wehgetan hast.« Sie warf mir einen Blick über die Schulter zu. »Wenn du zur Abwechslung einen Raum durch die Tür betreten könntest wie jede normale Person, würde ich nicht ständig am Rand eines Herzinfarkts stehen, sobald du dich meinen Büchern näherst. Ehrlich, Sal, ist es wirklich zu viel verlangt …?«

Ich legte ihr eine Hand auf den Mund und brachte sie zum Schweigen. Mit der anderen Hand drückte ich sanft ihre Schulter. Dann senkte ich so gefasst wie möglich den Kopf und sah ihr in die Augen.

»Liette«, flüsterte ich, so sanft ich konnte. »Bin ich zugedröhnt?«

Sie blinzelte, als ich meine Hand sinken ließ. »Nein.«

Ich legte nach: »Was *verfickt* geht dann hier vor?«

Zornig pflückte sie meine Hand von ihrer Schulter. »Das sollte eigentlich auf der Hand liegen. Ich hörte Geräusche, die sich meiner Werkstatt näherten, und wollte nachsehen. Weil ich offensichtlich die Einzige bin, die hier etwas bewegen will.«

»Nein, ich meine …« Ich war hierhergekommen, um viele Leute zu töten, ein Luftschiff zu entführen und ein uraltes Objekt von ungeheurer Macht zu stehlen. Aber nicht, um sie hier zu sehen. »Was machst du hier?«

»Dasselbe könnte ich dich fragen. Bist du allein hergekommen?« Sie rückte erneut die Brille zurecht.

»Nein …« Mein Blick glitt zu dem Loch im Rumpf … Agne. Ich schüttelte den Kopf und konzentrierte mich. Im Moment war nur Zeit für ein Problem. »Ich hatte ein paar Leute dabei.«

»Das ist klar, weil du natürlich gekommen bist, um dieses Luftschiff zu entführen.«

»Woher weißt du das?«, fragte ich finster.

Sie lächelte mich traurig an. »Weil«, flüsterte sie schmerzhaft leise, »du immer nur auftauchst, um etwas kaputt zu machen.«

In ihren Worten lag weder Bösartigkeit noch Hass, nur Schmerz. Ich hätte mir vor Mitleid am liebsten das Herz herausgerissen, aber das alles war Vergangenheit. Ich unterdrückte das Gefühl.

»Ja«, erwiderte ich. »Deshalb bin ich hier. Willst du mich aufhalten?«

Sie sah mich starr an. »Könnte ich das denn?«

Ich erwiderte ihren Blick. »Ja.«

Sie konnte alles tun, wenn sie es nur entschieden genug wollte. Früher einmal wäre ich von diesem Schiff gesprungen, wenn sie mich darum gebeten hätte, und ich sah in ihrem Blick, dass sie sich fragte, ob das immer noch so war. Vielleicht war das so.

Stattdessen nahm sie die Brille ab und rieb sich die Augen. »Du solltest nicht hier sein, Sal.«

»Du auch nicht«, gab ich zurück.

Sie sah mich scharf an. »Im Gegenteil, ich bin genau da, wo ich sein sollte. Wo ich sein muss. Die Zukunft befindet sich an Bord dieses Schiffes, und sie wird nur eintreten, wenn ich sie anleite.«

Ich runzelte die Stirn. »Du meinst das Relikt?«

Als ihre Augen fast aus ihren Höhlen traten, wurde mir klar, dass ich etwas Falsches gesagt hatte. Mit einem Schritt stand sie neben mir. »Woher weißt du von dem Relikt?« Ihre Stimme schwankte zwischen Ehrfurcht und Furcht. Bevor ich antworten konnte, ging ihr ein Licht auf. »Sal, willst du es etwa stehlen?«

Nicht zum ersten Mal überlegte ich, wie man am elegantesten ein geplantes Verbrechen zugibt. »Ich werde versuchen, es nicht zu vernichten.«

»Nein!« Sie schrie und schlug mit ihren Fäusten auf mich ein. »Nein, nein! Das darfst du nicht, Sal! Nicht diesmal! Diesmal ist es zu wichtig! Es ist zu … zu … !«

»Zu was?« Ich hielt ihre Handgelenke fest, damit sie mir nicht die Augen auskratzte. »Was ist es? Was hast du vor damit? Liette!« Ich sah sie an. »Rede mit mir.«

Ihre Augen wurden weich, wie immer, wenn sie mir eine Chance gab, die ich nicht verdient hatte. Sie seufzte tief und strich über eine Schnittwunde auf meinem Unterarm.

»Du kommst nie unverletzt zu mir, stimmt's?« Sie drehte sich um und wühlte in den Trümmern ihrer Werkstatt. »Ich bezahle ein paar Revolutionäre, die mich über die Vorgänge in der Hauptstadt ihres Großen Generals auf dem Laufenden halten. Vor ein paar Monaten hat sich einer von ihnen halb tot und schwer verletzt in meine zeitweilige Residenz geschleppt, in die ich nach der mutwilligen Zerstörung von Lohstaff ausgewichen bin …« Sie sah mich netterweise nicht dabei an. »Er hat mir wichtige Informationen überbracht. Die Revolutionäre haben tief in den Bergen etwas sehr Großes entdeckt.« Jetzt sah sie mich an. »Das Relikt.«

Was sonst?, dachte ich, unterbrach ihren dramatischen Vortrag aber nicht. Sie gab sich solche Mühe.

»Ich nehme an, dass du die Einzelheiten kennst.« Sie hob eine nicht zerstörte Phiole hoch, schnupperte an dem Inhalt und warf sie dann entsetzt weg.

»Im Großen und Ganzen«, erwiderte ich. »Groß, wichtig, noch nie gesehen, könnte uns alle töten und so weiter.«

»Was für eine wundervoll stumpfsinnige Art und Weise, zuzugeben, dass du nicht die geringste Ahnung hast.« Sie zog die Nase hoch. »Das Relikt selbst ist nicht wichtig.«

»Ich bin ziemlich sicher, dass Dinge, die uns alle töten können, zumindest ein kleines bisschen wichtig sind.«

»Uns möglicherweise töten können«, verbesserte sie mich. »Oder aber möglicherweise die Welt verändern. Die Revolution wusste in etwa so viel darüber wie du, als sie es ausgruben. Obwohl sie normalerweise als Einzige Relikte benutzen, überstieg dieses ihren Horizont. Ein von Propaganda vollgepumptes Gehirn formt bewundernswerte Soldaten, aber vollkommen ungeeignete Gelehrte. Folglich …«

»Folglich haben sie dich aufgetrieben.« Wut durchströmte mich, und die Bereitschaft, jedem alle Knochen zu brechen, der sie auch nur angerührt hatte. »Sie haben dich verfolgt, gefangen genommen und dich gezwungen, für sie zu arbeiten.«

»Redest du von mir? Ich habe mich von der Revolution, dem Imperium und den Aschmäulern sowie sämtlichen Fraktionen ferngehalten, deren Anführer dümmer sind als ich – sprich von allen. Die Revolution hätte mich noch nicht mal auf einem Plumpsklo gefunden, geschweige denn im Tal.« Sie lächelte sanft. »Nein, Sal, ich bin zu ihnen gegangen.«

»Was? Warum?«

»Die interessantere Frage ist ›wie‹«, gab sie zurück. »Die Revolution hat ihre Inkompetenz ausnahmsweise schneller erkannt, als ich es ihnen zugetraut hätte. Als ich ihnen ein Angebot unterbreitete, hatte sie bereits andere Gruppierungen um Hilfe gebeten, Freimacher und eine Handvoll Vagranten.«

Das erklärte so einiges. Jetzt wusste ich zumindest, warum hier so viele Freimacher-Werkzeuge herumlagen. Aber was konnte so wichtig an dem Relikt sein, dass die Revolution die Hilfe ihrer verhassten Feinde suchte? Sicher, es war groß, aber Größe und Macht korrelieren nicht immer. Oder doch?

»Ihre Untersuchungen des Relikts mündeten nur in verbrannten Soldaten und einem unseligen Freimacher, der von innen nach außen gestülpt wurde ...« Sie räusperte sich. »Jedenfalls hatte ich auch nicht sehr viel mehr Erfolg, bis ich hörte, dass es ein Geräusch von sich gab. Ein Lied. Misstönend und unglücklich. Ich habe mich an eine Beschreibung dieses Liedes erinnert.« Sie machte eine kleine Pause. »Du hast mir mal beschrieben, wie es klingt.«

Das Lied der Lady Merchant. Das hatte ich. Damals.

»Aber es klang nicht so, wie du es beschrieben hast.« Sie schnupperte an einer anderen Phiole und nickte zufrieden. »Es war zu ... rau. Wütend. Ich verstand es nicht.« Sie trat zu mir und entkorkte die Phiole. »Aber ein Magier verstand es.«

»Er verstand das Lied?«, fragte ich, als sie meinen verletzten Arm nahm. »Wie kann das sein? Wie ist es möglich, dass ... Heilige Scheiße!«

Ich schrie, als die Alchemie, die sie in meine Wunde träufelte, zu zischen und zu dampfen begann. Ich riss meinen Arm weg und starrte sie anklagend an. Sie verdrehte die Augen und warf die leere Phiole weg.

»Das ist eine wilde Mischung aus wohltuenden Säuren und dem Erregerstamm einer fleischfressenden Seuche, die ich gezüchtet habe. Also sei nicht so ein Baby.« Sie packte meinen Arm und wickelte ein Tuch darum. »Du hattest offene Wunden, als du hier hereingeplatzt bist, und alles in diesem Laboratorium kam aus diesem Relikt. Ich möchte nicht, dass du mich für mögliche Krankheiten verantwortlich machst, die das bei dir verursacht.«

»Warte mal, das kam aus dem Relikt? Dinge kommen nicht aus Relikten, außer wenn Relikte Dinge explodieren lassen.«

»Und das tut es, wie ich bereits erläuterte.«

»Was ist es?«

»*Wer* ist es«, verbesserte sie mich. »Es hat keinen für uns verständlichen Namen, und wir haben erst kürzlich herausgefunden, dass man es freisetzen kann.« Sie sah mich lächelnd an, während sie den Verband verknotete. »Das Relikt ist kein Relikt. Es ist eine Zelle.«

Als hätte dieses Wissen den Schmerz ausgelöst, kroch er mit seinen kalten schwarzen Fingern durch die Knochen in meiner Brust. Schon davon zu hören, genügte, um die Furcht in mir zu wecken. Die mich fast erstickte, als ich sprach.

»Eine Zelle?«, fragte ich. »Für wen?«

*

Ein Tumor? Ein Felsbrocken? Irgendeine Art von ... Fleisch ... Scheiße ... Ding?

Ich war nicht sicher, was ich da vor Augen hatte. Und ich hatte keine Ahnung, was dieser braunrote Klumpen an sich hatte, dass sie Freimacher und Vagranten rekrutierten und es von der gesamten Eisernen Flotte bewachen ließen.

Aber da sie eine ganze Armee abgestellt hatten, um es geheim zu halten, schien es mir etwas unklug zu sein, es in einem Glas aufzubewahren.

Ich hielt es hoch und betrachtete das Ding durch das Glas. Es war ein rot geäderter Klumpen von unschönem Braun, kaum größer als meine Faust. Ich hätte es einen Stein genannt, aber ich hatte noch nie einen Stein mit solchen Farben gesehen. Außerdem schwebten Steine nicht. Das Ding schon.

Es war eindrucksvoll, dass es mitten in dem Glas schwebte, aber ansonsten rührte es sich nicht. Ich war angemessen beeindruckt und vollkommen gelangweilt.

»Was?« Ich warf einen Blick über die Schulter. »Du hast mich hergeschleppt, um einen fliegenden Scheißhaufen zu betrachten?«

Liettes Miene sagte mir, dass ich schon wieder hineingegriffen hatte. Wir standen in ihrem winzigen Quartier, das durch die unzähligen aufgeschlagenen Bücher noch kleiner wurde. Aber ihr Zorn machte sie größer, als sie mich anfunkelte.

»Es fliegt nicht, und es ist kein Scheißhaufen«, antwortete sie streng. »Es schwebt mittels einer uns nicht bekannten Magie in der Luft und reagiert auf Reize und auf Versuche, es zu zerstören, in einer uns unbekannten Weise.«

»Es ist also ein … sehr trockener schwebender Scheißhaufen?« Ich klopfte an das Glas. »Macht es noch was?«

»Wir dachten nein«, erwiderte sie. »Aber dann … wurde Gnadenlos eines Besseren belehrt.«

»Wer?«

»Gnadenlos. Leutnant Gnadenlos. Bruder von Agent Gnadenlos … Du erinnerst dich an ihn, hoffe ich?«

Oh, ich erinnerte mich an Agent Gnadenlos. Er hatte mir drei Narben gewidmet. Oder vielmehr die Missgeburt, die Agent Gnadenlos' Haut übergestreift hatte, als ich in einer verlassenen Mine gefangen war und er versuchte, mir das Fleisch von den Knochen zu schlagen.

»Er litt unter einer Krankheit – Höhlenfieber. Es dauert unglaublich lange, sich von dieser Krankheit zu erholen. Als er zur Bewachung des Relikts abgestellt wurde, bemerkten wir, dass sich seine Symptome rapide verbesserten.« Sie schnalzte mit der Zunge. »Ich habe ihn natürlich versuchsweise sofort mit einem Skalpell geschnitten.«

»Natürlich … Moment mal, was?«

»Zu meinem Erstaunen heilte die Wunde augenblicklich. Weitere Experimente förderten weitere Wirkungen zutage. Pflanzen wuchsen und verwelkten in seiner Nähe erheblich schneller. Speisen veränderten ihren Geschmack. Wasser fing Feuer.« Sie grinste.

Ich musterte das Glas. »Ein magischer Scheißhaufen?«

Sie riss mir das Glas aus der Hand. »Es vollbringt unglaubliche Dinge, die wir nicht einmal im Ansatz verstehen. Seine genaue Natur ist uns bisher nicht klar, aber ich bin sicher, es weiß nicht zu schätzen, dass du es verspottest.«

»Ich verspotte es nicht! Ich weiß nicht einmal, was es ist, geschweige denn, warum du dafür den ganzen Weg hierhergekommen bist. Du verachtest die Revolution.«

»Ich verachte viele Dinge, was ich für einen höheren Zweck zu übersehen fähig bin.« Sie betrachtete mich gelassen. »Ich war es nur müde, dir das immer wieder zu erklären.«

Autsch. Das tat weh.

»Wie kommst du darauf, es Scheißhaufen zu nennen?« Sie hob das Glas hoch. »Es sieht überhaupt nicht wie einer aus.«

»Es ist braun. Und rot. Klumpig. Wenn du noch nie so einen Scheißhaufen gesehen hast, bist du zu beneiden.«

Sie verzog das Gesicht. »Was? Das ist kein …« Sie riss die Augen auf. »Warte … Du siehst einen Klumpen?«

»Klar. Weil es einer ist.«

»Unglaublich.« Sie betrachtete den Klumpen ehrfürchtiger, als so ein Klumpen es verdient hatte. »Wir wussten, dass es die Wahrnehmung beeinflussen kann, aber wir dachten, das wäre allein auf die Form beschränkt. Dass es auch seine Beschaffenheit verändern kann …«

Und das klang ganz sicher ehrfürchtiger, als irgendein Klumpen es verdient hatte.

»Liette«, sagte ich, »was zur Hölle ist das?«

Sie setzte das Glas mit einer fast schon ängstlichen Behutsamkeit ab, und ich hatte den Blick noch darauf gerichtet, als sie antwortete.

»Wir machten nur schleppende Fortschritte mit dem Relikt, obwohl ich mich nach Kräften bemühte. Monatelange Arbeit und der Einsatz der klügsten Geister konnten nicht herausfinden, was es war oder was es vermochte. Vor etwa zwei Wochen dann nahmen wir es uns wieder vor und entdeckten das.« Sie deutete auf das Glas. »Es schwebte mitten in der Luft vor dem Relikt. Ich konnte es nicht fassen. Aber da war es … eine vollkommen glatte, glänzende Kugel aus pechschwarzem Material.«

»Aber das ist …«

»Ein anderer beschrieb es als einen rauen, spitzen Kristall. Wieder andere sahen einen grauen Fels oder einen Quader aus Kalkstein. Wir alle sahen in demselben Objekt etwas vollkommen Unterschiedliches.«

»Es ist also …«

»Wenn du noch einmal ›magischer Scheißhaufen‹ sagst, dann würge ich dich, bis meine Hände taub werden, und benutze dann meine Füße.« Ohne mit der Wimper zu zucken, richtete Liette ihre Aufmerksamkeit wieder auf den Klumpen. »Dieses Ding kann sein, was es will. Oder vielmehr, es kann sein, was der Betrachter sehen möchte.« Sie lächelte. »Weißt du, was das bedeutet, Sal?«

Als sie sich umdrehte und mich ansah, lag in ihrem Blick kein Hass oder ein anderes der schrecklichen Gefühle, die ich in ihr auslöste. Ihre großen Augen glänzten. Diesen Glanz hatte ich erst dreimal darin gesehen. Als ich ihr meinen wahren Namen verriet. Als ich das erste Mal meine Waffe ablegte und sie dachte, ich meinte es ernst. Und jetzt.

Es kam sehr selten vor, so selten, dass ich mir geschworen hatte, diesen Glanz nie wieder sehen zu wollen. Aber wenn er dann erschien und ich ihn sah … vergaß ich, wie dunkle Orte aussahen.

»Wir können alles verändern«, flüsterte sie. »Kein Krieg mehr. Kein Töten. Keine …«

Sie unterbrach sich, und das Licht in ihren Augen wurde gedämpft. Sie brauchte den Satz nicht zu beenden, denn ich wusste, was sie hatte sagen wollen. *Keine Leute mehr wie du.*

Es schmerzte mich, die Worte zu denken, verdammt, es tat schon weh, sie nur anzusehen. Wäre sie ein Geist oder ein schlechter Traum gewesen, hätte ich sie mit irgendeinem Fusel weggespült. Aber das war sie nicht. Und das konnte ich nicht.

Nicht, nachdem ich sie gesehen hatte und wusste, dass sie ihren Hass auf die Revolution unterdrückt hatte, um eine Welt ohne mich zu erschaffen. Das konnte ich ihr nicht verübeln, und ich konnte nicht verhindern, dass es wehtat. Das erklärte vielleicht meine nächsten Worte.

»Wie kommst du darauf«, flüsterte ich bösartig, »dass die Revolution es dich benutzen lässt?«

Sie blinzelte und das Licht erlosch. »Sal.«

»Du hast es selbst gesagt. Von Propaganda verseuchte Hirne.«

»Ein ›von Propaganda vollgepumptes Gehirn‹, sagte ich genau.«

»Das ändert gar nichts!«, fuhr ich sie an. »Was machst du, wenn du es erst geöffnet hast? Wenn dieses Ding, was es auch sein mag, herauskommt? Wie willst du einen Haufen gehirnmanipulierter Killer daran hindern, jeden auszulöschen, der versucht, an ihrer Stelle dieses Ding da drin zu benutzen, um alle anderen auszulöschen? Willst du an ihre Menschlichkeit appellieren?«

Ihre Lippen zitterten. »Ich habe einen Plan.«

»Vogelkacke. Würde das stimmen, würdest du es schon irgendwo da draußen in einer deiner Werkstätten untersuchen.«

»Die gehen mir zunehmend schneller aus«, erwiderte sie kühl. »Nachdem du die letzte zerstört hast.«

»Du wirst gar keine mehr haben, wenn du zulässt, dass die Revolution das Ding in die Finger bekommt«, behauptete ich. »Sie werden über die Scar hinwegfegen, über deren Bewohner, über alles! Was könnte der Große General mit diesem winzigen Ding in dem Glas anfangen?«

»Sie haben das Relikt bereits, Sal.« Sie klang zunehmend gereizter. »Ich kann von hier aus mehr Einfluss nehmen, als wenn ich einfach zulasse, dass sie es allein zu öffnen versuchen. Was hätte ich sonst tun sollen?«

»Ich weiß es nicht. Es jemand anderem überlassen?«

»Wie dir?« Sie sah mich scharf an.

»Wenigstens hätte ich es den Wahnsinnigen vorenthalten.«

»Und es dann anderen Wahnsinnigen in die Hände gespielt. Oder einer Wahnsinnigen.«

»Verflucht, ich will das nicht für mich selbst! Was soll ich mit einem magischen Scheißhaufen im Glas?«

»Es ist eine bislang unentdeckte, realitätsverändernde Form von Energie, die bis jetzt uns Sterblichen unbekannt war, du Arschgeige!« Jetzt endlich klang sie lebhaft, und ihre ganze Höflichkeit wurde von der Wut weggespült. »Wem wolltest du es bringen? Dem Imperium? Einem Vagranten? Oder einem reichen Arschloch mit zu viel Geld, dass er sich damit zu etwas Dummem verleiten lassen konnte?«

»Einem Freimacher«, gab ich zu.

»Einem Freimacher.« Sie hielt inne. »Welchem Freimacher?«

Da es eine topgeheime Operation war, wäre es ideal gewesen, nichts zu sagen. Aber ich war angepisst.

»Zwei-Einsame-Alte-Männer.«

»Der?« Sie riss die Augen auf. »Was hat er dir geboten?«

Ich sagte nichts.

»Geld, Whiskey, Waffen?«

Ich biss die Zähne zusammen.

»Oder … Nein, sag es nicht … Deine Liste!«

Ich antwortete nicht. Ich rührte mich nicht. Ich blinzelte nicht einmal.

Trotzdem wusste sie es, irgendwie.

»Natürlich.« Kalt. Scharf. Grausam. Knapp. »Selbst*verfickt*ständlich geht es um deine Liste. Um sie. Um all die Leute, die du töten musst. Selbst jetzt, am Scheitelpunkt der Veränderung der Welt, geht es dir nur darum, Leute umzubringen.«

»Da hast du verflucht noch mal recht! Es geht immer noch darum, Leute umzubringen!«

Sie anzuschreien, war eine schlechte Idee, ebenso wie auf sie zuzustürmen. Ich hatte in letzter Zeit schlechte Ideen im Überfluss.

»Es geht immer noch nur darum, Leute umzubringen, weil es immer darum gegangen ist, Leute umzubringen. Selbst wenn es darum geht, die Welt zu verändern. Vor allem, wenn es darum geht, die Welt zu verändern. Denn was, verflucht, glaubst du, tun Leute, wenn sie die uneingeschränkte Macht haben, die Welt zu verändern?«

Sie wich zurück und schluckte. »Ich … weiß nicht …«

»Ach nein?« Ich öffnete den obersten Knopf meines Mantels und packte den Kragen meines Hemdes. »Du weißt es nicht?« Ich riss es auf. »Ich schon.«

Meine Narben schmerzten in der kalten Luft, von den ganzen Kämpfen und weil sie zum ersten Mal, seit wir uns kannten, den Blick abwandte.

»Ich habe es gewusst. Ich hatte jahrelang Zeit dafür. Seit irgendein Arschloch, das glaubte, die Welt ändern zu können, mir die Narbe zugefügt und meine Magie genommen hat.«

Ich zog mein Hemd wieder hoch und ging zur Tür. Es gab noch mehr zu sagen und zu verstehen, und ich bin sicher, dass sie ihre Gründe hatte, die sich vielleicht gar nicht so sehr von meinen unterschieden. Vielleicht hätten wir uns mit etwas Geduld und Gesprächen verstehen können. Wäre ich nicht so wütend gewesen, hätte ich das vielleicht sogar irgendwann geschafft. Aber ich war wütend. Ich kochte. Und ich war verletzt.

»Bleib hier, wenn du willst«, murmelte ich. »Spiel mit deiner

Magie-Vogelkacke herum und tu so, als würde es nicht so enden wie immer.« Ich legte die Hand auf den Türgriff. »Aber du bist zu schlau, um wirklich zu glauben, Liette, dass du etwas anderes bewirken wirst als weitere Massaker, wenn du das Ding der Revolution gibst.«

»Sal, warte«, antwortete sie. »So einfach ist das nicht. Wir haben nicht …«

»Und noch was.« Ich stieß die Tür auf, während ich über die Schulter zu ihr zurücksah. »Was soll dieses verfickte Gerede von ›wir‹? Wollen die Revolution und du eure Verlobung vielleicht öffentlich verkünden? Sollte ich vielleicht beim nächsten Mal eine Flasche Wein für euch beide mitbringen?«

»Mach dich nicht so verdammt lächerlich!«, fuhr sie mich an. »Ich rede von meiner Partnerin.«

Ich hatte einen Kloß im Hals. »Welche Partnerin?«

Jemand flüsterte einen Namen in der Türöffnung hinter mir. »Salazanca?«

Wenn man lange genug lebt und häufig genug die falschen Entscheidungen und die richtigen Fehler macht, dann trifft man irgendwann jemanden, der einen dazu bringen kann zu vergessen, wer man ist. Ich meine nicht so eine tragische Opernnummer, sondern ich meine das Echte, bei dem all die schrecklichen Dinge, die Wunden und der Groll, die einen ausmachen, wie eine Schlangenhaut von einem abgestreift werden und etwas Schimmerndes, Reines zurücklassen. Ich hatte vor langer Zeit mal eine solche Person getroffen. Und jetzt stand sie direkt vor mir.

Klein, blass und gertenschlank stand sie da. Ihre Augen waren müder als früher, ihr Haar heller und zu einem unordentlichen Zopf geflochten, und jetzt war sie nicht schlank, sondern … hager. Ihr Mantel und ihre Hose schlackerten um ihren Körper, und sie stand verlegen und sichtlich unbehaglich da, vollkommen deplatziert in einer so kalten dunklen Welt. Ich hätte sie fast nicht erkannt.

Wäre da nicht ihr Lächeln gewesen.

Daran erinnerte ich mich. Ich erinnerte mich an die Tage, an denen ich daneben aufwachte, die Scherze, mit denen es belohnt wurde, die Nacht, in der ich danach suchte und es nicht da war.

Ich erkannte es, und in dem Moment glitten all die Dinge von mir ab, und was darunter zum Vorschein kam … gefiel mir nicht. Es schmerzte zu sehr. Aber es war ich, ganz gleich, wie sehr ich mich anstrengte, es zu vergessen.

»Salazanca.« Ihr Lächeln verstärkte sich, und sie trat auf mich zu. »Ich bin so froh, dich zu sehen.« Sie streckte eine Hand nach mir aus.

Darrish die Steinerne hielt mir eine Hand hin.

Ich starrte lange darauf. Dann nahm ich sie und zog mit der anderen mein Schwert. Und rammte es ihr in den Leib.

41. KAPITEL

DIE EISERNE FLOTTE

Trotz all der vielen durchgestrichenen Namen weiß ich nie vorher, wie es sich anfühlt, wenn ich einen von ihnen umbringe. Ich erwarte immer, dass es dramatisch ist wie in einer Oper, und ich frage mich, wer bettelt, wer droht oder wer jammert, bevor ich ihn mit dem Schwert durchbohre. Jedes Mal frage ich mich, ob ich mich danach besser fühle, normaler.

Tue ich nicht.

Jedes Mal, wenn ihr Blut auf den Boden spritzt und sie von meinem Eisen herunterrutschen, fühle ich nur ein kurzes Brausen und eine lange große Leere. Aber dieser kurze Moment, in dem ich empfinde, dass dieser eine Name genügt, wenn es auch nur eine Sekunde anhält, ist das alles wert. Das fühlt sich gut an.

Das hätte es auch diesmal getan. Nur war sie eben eine Heilmagierin.

Die Spitze meines Schwertes stockte einen Fingerbreit vor Darrishs Bauch, statt sich in ihren Körper zu graben. Ich hob den Kopf und sah das violette Leuchten in ihren Augen und hörte das Lied der Lady.

»Du bist wütend.« Sie sprach leiser als jeder andere, den aufzuschlitzen ich versucht hatte. »Das verstehe ich, und …«

Wenn ihr Satz nicht mit »… *mein Kopf wird gleich in zwei Teile gehackt*« weiterging, dann hatte sie nichts verstanden.

Mein Schwert sauste in einem wilden Hieb hinab. Sie hob die Hand, die Lady sang, die Luft schimmerte, als mein Schwert die nächste Barriere traf. Ich knurrte, griff sie seitlich an, mit dem gleichen Effekt.

»Sal!« Liette schrie. Glaubte ich jedenfalls.

Ich hörte nichts und sah auch nichts, hatte all meine Wunden und die Tränen und das Blut vergessen, alles, was sie zu mir gesagt hatte, als wir uns noch verstanden, bis nur noch das Schwert in meiner Hand übrig war, mit dem ich versuchte, eine Lücke zu finden.

Das Schwert und sie.

»Sal, hör auf!«

Darrish die Steinerne, die ihren Kopf auf meine Brust gelegt und meinem Herzschlag gelauscht hatte.

»Hör auf! Hör auf, bitte!«

Darrish die Steinerne, der erste Mensch, an dessen Meinung über mich mir etwas lag.

»Bitte, bitte hör auf!«

Darrish die Steinerne, die mir den Rücken zugekehrt hatte, als man mir den Himmel nahm, und nichts tat.

Ich hatte sie geliebt, und damit sich am Ende alles ausglich, musste ich sie töten.

Also hörte ich nicht auf, auf ihre unsichtbaren Barrieren einzuschlagen und mich dagegenzuwerfen. Sie hielten, aber sie wurden jedes Mal schwächer. Und sie wich jedes Mal einen Schritt zurück.

Heilmagie ist keine hohe Kunst. Die Fähigkeit, undurchdringliche Mauern zu errichten, ist beeindruckend, aber die Lady Merchant verlangt einen hohen Preis: die Fähigkeit zu heilen. Sie nimmt dir die Fähigkeit, zu vergeben, zu vergessen, weiterzumachen … Jede Klinge und jede Kugel, die von deinen Mauern abprallt, macht eine Erinnerung unvergesslich, macht einen Fehler unverzeihlich. Das verändert den Verstand der Menschen, und sie sehen nur noch, wie alles schiefgehen kann. Für einige Heilmagier ist das Trauma zu groß. Je öfter sie ihre Magie anwenden, desto schwerer fällt es ihnen, es aufrechtzuerhalten. Und Darrish hatte das bereits sehr lange gemacht.

Also schlug ich weiter auf sie ein, während Liette mich flehentlich anschrie.

»Du hasst sie, warum? Sag es mir, sag mir, was sie getan hat! Wer sie ist!«

Ich schlug zu, ohne auch nur daran zu denken.

»Sag es mir, zeig es mir. Ich muss es wissen. Sal!«

Ich war zu müde, um weiter zuzuschlagen, als die Erschöpfung schließlich durch die Kälte in mir drang. Ich wusste nur, dass ich eine Minute innehielt und diese Minute genügte, dass ich wieder alles wahrnahm.

Darrish lag keuchend am Boden und hatte die Augen zugekniffen. Liette hing an meinem Arm und bemühte sich verzweifelt, mein Schwert zurückzuhalten.

»Lass los, Liette!«, forderte ich sie auf.

»Das kann ich nicht, Sal!«, keuchte sie. »Bitte, du darfst sie nicht töten!«

»Du kennst sie nicht.«

»Sie hilft uns, Sal. Sie kann …«

»Du kennst sie nicht!«

Ich wirbelte zu ihr herum, und das Schwert landete klappernd auf dem Boden, als ich sie an den Schultern packte. Ich zog sie so dicht an mich, dass ich meine Spucke auf ihrer Brille sehen konnte.

»Du weißt nicht, wer sie ist!«, schrie ich. »Du weißt nicht, wer sie war, was sie getan hat!«

»Was?«, kreischte Liette. »Was hat sie getan, Sal?«

»Sie …« Es schmerzte, das zu sagen, überhaupt zu sprechen oder darüber nachzudenken. Alles schmerzte, außer das Schwert aufzuheben. »Sie hat nichts getan!«

Darrish lehnte an der Wand. Ihr Atem kam stoßweise, als sie sich aufrappelte. Ihr Gesicht war schmerzverzerrt, sie zitterte am ganzen Körper, als sie mich mit glanzlosen Augen vollkommen erschöpft anblickte.

»Ich habe nichts getan«, bestätigte sie. Es waren dieselben schimmernden Augen, die ich damals in jener dunklen Nacht gesehen hatte. »Obwohl ich alles Menschenmögliche hätte tun sollen.«

Ich packte mein Schwert und kniff die Augen zusammen. Ich hatte dieses erbärmliche Geschwafel schon Hunderte Male aus hundert verschiedenen Mündern gehört, und mit jedem Mal wurde es ermüdender. Manchmal geben sie wimmernd den Umständen die Schuld oder ihren Müttern oder ihren Frauen und den Geliebten, weil sie es ihnen schuldeten. Manchmal bettelten sie auch nur. Aber ganz gleich, wie schön sie auch flehten, sie endeten immer auf dieselbe Art, so wie diese hier.

Der einzige Trost, den Darrish die Steinerne mit an den schwarzen Tisch nehmen konnte, war das Wissen, dass sie dieses Schicksal verdient hatte. Und das war gut für sie.

Ich hob das Schwert mit beiden Händen hoch über meinen Kopf, als sie ihren senkte, und war bereit, es so oft in sie zu hacken, bis ihr Blut bis auf den letzten Tropfen den Boden bedeckte und sie leer bis auf ihre Reue dort lag.

»Warte!«

Klar, irgendjemand musste es mir vermasseln. Meine Klinge kam zwei Fingerbreit vor Liettes Brust zum Halten. Sie hatte sich zwischen Darrish und mein Eisen gestellt, die Arme weit ausgebreitet, und ich sah in ihren aufgerissenen Augen das Entsetzen, mit dem sie mich anblickte.

Als wäre ich ein Vieh, als glaubte sie, ich hätte sie tatsächlich getötet.

»Ich brauche sie.« Liette fand ihre Fassung wieder, und ihr Blick wurde hart. »Ich brauche sie, Sal. Sie kann das Lied hören.«

Ich biss die Zähne zusammen und ließ mein Schwert nicht sinken. Aber ich erstach sie auch nicht. Immerhin.

»Die Revolutionäre hören es nicht und ich auch nicht«, fuhr Liette fort. »Aber Magier können es, sie kann es. Als sie anfing zuzuhören, waren wir in der Lage, dieses Ding …«, sie deutete auf das Glas, »… rauszuholen. Ich brauche sie, Sal. Wir brauchen sie.«

»Du kannst dir einen anderen Vagranten suchen«, knurrte ich. »Ich bin auf dem Weg hierher an einem vorbeigekommen.«

»Mit Tenka geht das nicht.«

»Warum ist er dann hier? Ist er gut im …«

»Nein.« Erschöpft und zitternd rappelte Darrish sich auf und warf mir einen scharfen Blick zu. »Er kann das Lied nicht hören, nicht so wie ich.« Darrish deutete kurz auf ihr Ohr. »Er hört etwas, aber es ist nicht … nicht richtig.«

Ich war daran weniger interessiert als daran, sie zu durchbohren. Aber Liette rührte sich nicht.

»So, wie wir es anders sehen, hören wir es auch anders«, fuhr Darrish fort. »Er hörte etwas Wütendes und Tödliches, einen Fluch. Und ich …« Sie legte eine Hand auf die Brust und holte tief Luft. »Ich hörte etwas Kaltes, als würde etwas in mich greifen und …«

Sie zögerte, und ihre Lippen zitterten, dann schüttelte sie den Kopf.

»Das ist keine Magie, Salazanca«, sagte sie leise. »Es geht nicht um Explosionen oder darum, zu fliegen oder Albträume zu erzeugen. Es ist … mehr. Es zerstört nicht einfach – es verändert. Geräusche, Anblicke, sich selbst. Es gibt keine Magie oder Maschine in der Scar, bei der Revolution oder im Imperium, die das vermag.«

Sie lächelte, aber nicht für mich. Nie wieder.

»Was du über das Relikt gehört hast und was du weißt oder nicht weißt«, flüsterte sie, »ist nicht genug. Nichts, was wir wissen, ist genug. Aber mit dem, was in ihm ist, können wir die Dinge verändern.«

Sie sah mich an, nein, an mir vorbei. Durch mich hindurch. Auf etwas, das nicht so schrecklich gebrochen war, etwas, dem sie nicht in der Nacht etwas vorgesungen hatte.

»Wir können diese Welt verändern.«

Wenn man etwas so lange macht wie ich, dann trifft man alle möglichen Arten von Schurken. Aber man muss nur einen treffen, um zu wissen, dass sie alle Großes wollen, natürlich auch Gold und Waffen, aber jeder Kriegsherr, Baron, Mörder und Wilderer und Vagrant will die Welt verändern. Sie wollen eine Spur hinterlassen, die tiefer geht, als ihre Schwerter schneiden können, und versuchen das mit allem Möglichen – mit Magie, Alchemie, Wohltätigkeit, Eroberungen. Aber am Ende …

»Wen interessiert das?«

Niemand ist mehr als die Leichen, die er zurücklässt.

»Sal.«

Noch vor einer Stunde hätte ich getötet, um zu hören, wie Liette meinen Namen sagte. Aber jetzt hatte ich mein Schwert und meinen Blick auf Darrish gerichtet, und in meiner Brust herrschte Kälte.

»Was, glaubst du, wirst du ändern?«, wollte ich wissen.

»Mit dem Relikt«, antwortete Darrish, »können wir …«

»Scheiß auf das Relikt und das, was darin sein mag! Was willst du, Darrish die Steinerne, ändern?«

Sie runzelte die Stirn. »Ich weiß nicht …«

»Was? Willst du Kriege beenden? Die Hungernden speisen?« Meine Lippen zitterten, und meine Augen wurden feucht. »Willst du das zurücknehmen?«

Ich zog meinen Kragen herunter und ließ sie auf meine letzte Erinnerung an sie blicken.

Sie fuhr zurück, als schmerzte es sie, die Narbe zu betrachten. Gut. Es sollte ihr wehtun, damit sie sie jeden Tag nach dem Aufwachen sah.

»Sieh mich an, Darrishana!«, knurrte ich.

Sie sah mich an, zitternd, schwach.

»Du hast ihr vielleicht einreden können, dass dir etwas an der Welt liegt ...«

»Ich habe niemandem etwas eingeredet«, protestierte sie.

»Unterbrich mich nicht, wenn ich rede!«, schrie ich. »Du kannst allen einreden, was du willst, du kannst alle Kinder retten, alle Kriege beenden, und trotzdem würde das nichts ändern!«

Mein Gesicht glühte, und mir rollten Tränen über die Wangen.

»Du hast mir den Himmel geraubt«, flüsterte ich. »Du hast mir alles genommen. Nichts kann das ändern.«

Sie schluckte und wollte antworten, aber kein Wort kam über ihre Lippen. Ich wusste, dass der Tribut, den sie gezahlt hatte, bedeutete, dass sie alle Wunden wie frische Wunden spürte, auch die uralten. Aber das kümmerte mich nicht. Nichts davon tat so weh wie meine. Und selbst das würde nicht so wehtun wie das, was jetzt kam.

»Außer das hier.« Ich holte aus, und Darrish trat entsetzt einen Schritt zurück. Als ich zuschlagen wollte, konnte ich es nicht, weil eine kleine wütende Frau an meinem Oberarm hing.

»Lauf!« Liette warf Darrish einen auffordernden Blick über meine Schulter hinweg zu. »Verschwinde hier!«

Darrish schien sich einmischen zu wollen, aber vielleicht begriff sie, dass das keine gute Idee war. Stattdessen rannte sie hinaus und schlug die Tür zu. Als ob mich das hätte aufhalten können.

Doch bevor ich nach der Türklinke greifen konnte, sprang Liette vor mich, zog einen Federkiel aus ihrem Haar und ein Tintenfass vom Gürtel. Ihre Hände bewegten sich schneller als meine Füße, als sie ein paar blasslila Sigillen auf den Türrahmen kritzelte. Sie erwachten summend zum Leben, und ich erkannte sie. Von damals, als wir in dieser Herberge in Murmelweich nicht gestört werden wollten.

Es war eine Schlosssigille. Nichts würde durch diese Tür kommen, ohne sie vollkommen zu zertrümmern. Was ich tun würde. Sobald sie aus dem Weg ging.

»Sal.«

Ein leises Wort und zierliche Hände, die von mir verlangten, stehen zu bleiben. Ein kleiner, schlanker Körper, der sich an die Tür drückte. Mehr stand nicht zwischen mir und einem Namen auf meiner Liste, damit der Schmerz in meiner Brust endlich weniger wurde. Ich hatte Mörder, Generäle, Monster und Schlimmeres getötet, um an meine Beute zu kommen. Ich hätte nicht einmal mein Schwert benutzen müssen, um an ihr vorbeizukommen. Meine Wut wollte, dass ich sie packte und beiseiteschleuderte, zerbrach.

Das hätte ich auch getan, aber ... Weder Mörder noch Generäle noch Monster hatten mich so angesehen, wie sie das jetzt tat. So, dass ich mich fühlte, als könnte ich tiefer atmen und alles vollbringen ... wenn sie mich nur so ansah.

»Hier steht mehr auf dem Spiel als ...«

»Als was?« Meine Stimme klang hart und kalt. So hatte ich noch nie mit ihr geredet. »Als ich?«

Sie fuhr zurück, als hätte ich ihr ins Gesicht geschlagen. Ihre Hände fuhren durch die Luft, und ihre Lippen zitterten, als sie nach Worten suchte, um mich zu überzeugen.

»Als wir alle«, flüsterte sie. »Als alles. Verstehst du das nicht?«

»Was soll ich verstehen? Die magische Welt, die du erschaffst, die großen Dinge, die du vollbringst?« Ich trat drohend näher. »Siehst du mich in dieser Welt?«

Sie sah mit feuchten Augen zu mir hoch, und ich wäre am liebsten aus dem Fenster gesprungen.

»Nein«, sagte sie. »Ich verstehe, dass du aufgebracht bist, aber ...«

»Ich bin nicht aufgebracht«, unterbrach ich sie. »Ich bin Sal Kakophonie, und niemand, und ich meine *niemand,* kommt Sal Kakophonie in die Quere.«

Ein tiefer, gereizter Seufzer antwortete mir. *»Ermüdend.«*

»Damit hast du verfickt recht!« Ich versuchte Liette zur Seite zu schieben. »Geh mir aus dem Weg!«

»Nein!« Liette klammerte sich an meinen Arm, winzig und hartnäckig, stemmte ihre Absätze in den Boden. »Ich lasse nicht zu, dass du das kaputt machst, Sal! Nicht wie alles andere!«

»Was mache ich kaputt? Deine perfekte Welt? Oder deine perfekten Pläne?«

»Du zerstörst alles! Mit deiner Pistole! Deiner Liste! Mit deiner blödsinnigen Vergeltung!«

Ein langes, gereiztes Brummen ertönte. *»Erbärmlich.«*

»Von wegen!« Ich versuchte sie abzuschütteln. »Lass mich los, Liette!«

»Das kann ich nicht.«

»Von wegen du kannst nicht! Lass los!«

»Oder was, Sal?«, schoss sie herausfordernd zurück. »Oder *verfickt* noch mal was?«

»Oder ich verbrenne dieses Schiff, alle anderen Schiffe und jedes letzte Stückchen deines ach so kostbaren Relikts und stopfe jeden Aschekrümel in jeden Arsch von hier bis nach Cathama!«

Damit erntete ich ein amüsiertes Kichern. *»Interessant.«*

»Und wenn du nicht endlich aufhörst, durch diese blöden Quasselröhren zu quasseln, dann fange ich sofort damit an und beende es mit Darrishs Arsch. Ich komme gern zwischendurch auf einen Tee vorbei.«

Das war eine wirklich gute Drohung. Vielleicht sogar meine beste.

Aber Liette starrte mich einfach nur verwirrt an. »Was für blöde Quasselröhren?«

»Ich meine diese blöden Röhren auf diesem Schiff, durch die du redest.« Ich knurrte, als ich sie nachahmte. »›Ermüdend‹, ›erbärmlich‹, ›interessant‹. Wenn ihr nicht endlich aufhört zu quatschen und mich in Ruhe massakrieren lasst, dann werde ich … ich werde …«

Ich verstummte. Liette hob eine Braue, hin- und hergerissen zwischen Neugier und dem Gedanken, dass ich jetzt auch den letzten Rest meines Verstandes verloren hatte.

»Hier gibt es solche Röhren nicht«, sagte sie. »Ich habe sie blockiert, als man mir diese Kabine gegeben hat.«

Ich blinzelte. »Wirklich?«

Sie rückte die Brille zurecht. »Wirklich.«

Ich will nicht prahlen, aber ich durchschaue Lügner sofort. Ihre Emotionen sind eingeübt, ihre Worte sind makellos, und sie haben immer diesen Blick in den Augen, als fürchteten sie, dass man ihnen die Zähne einschlüge. Davon war in Liettes Augen nichts zu sehen. Dazu war sie nicht fähig.

Was auch immer ich gehört hatte, *sie* hatte es nicht gehört.

Nur war das nicht logisch. Wenn ich es nicht gesagt hatte und sie es auch nicht gesagt hatte, dann war das einzige Ding im Raum, das es gesagt haben könnte …

Mein Blick wurde unwiderstehlich von dem Glas angezogen. Und hinter dem Glas spürte ich eine gewisse Präsenz wie …

»Ah, ich habe wohl gestört.«

Es redete. Dieser schwebende Scheißhaufen redete mit mir. Was irgendwie auf der Hand lag. Schließlich starrte er mich ja auch mit einem riesigen blutunterlaufenen Auge an.

42. KAPITEL
DIE EISERNE FLOTTE

Was das Überleben in der Scar angeht, halte ich mich für eine Expertin.

Es gibt sicher etliche, die dieser Einschätzung widersprechen würden. Aber die sind alle kürzlich verstorben. Und ich bin der Einladung an den schwarzen Tisch bisher nur deshalb entkommen, weil ich drei einfache Regeln befolge.

Erstens: Wenn jemand dich ruft, antworte nicht.

Zweitens: Stell dich nie in den Weg von etwas Größerem als du.

Drittens: Wenn du nicht auf den ersten Blick erkennen kannst, wie du es umbringen kannst, lauf weg.

Sicher, die Regel: »Rede nicht mit einem fliegenden magischen Scheißhaufen« ist oben nicht ausdrücklich aufgeführt, aber irgendwie berührt es alle drei Regeln, und außerdem ist es ein guter Ratschlag. Jedenfalls war ich nicht darauf vorbereitet, einen grotesken Klumpen Fleisch zu sehen, der mich mit einem starren Auge musterte, und da ich überhaupt nicht darauf vorbereitet war, damit klarzukommen, war es ein guter Grund, sich umzudrehen und den Raum zu verlassen. Das hätte ich auch getan, hätten nicht zwei andere Gründe dagegengesprochen.

Der erste war das magische Bannschrieb-Schloss, das Liette auf die Tür gekritzelt hatte, und der zweite Grund …

»O du süßer wissenschaftlicher Prozess, ich bin ein Genie.« Genau.

Liettes Zorn und Furcht, was mich betraf, verpuffte innerhalb eines Wimpernschlags, zusammen mit jeglicher Aufmerksamkeit, was meine Person betraf. Sie machte die Tür frei und rannte zu dem

Glas, presste ihre Nase dagegen wie ein Kind, das einen besonders fetten, ekelhaften und feucht schimmernden Welpen in einem Schaufenster anhimmelt.

Ich hätte die Tür eintreten oder in die Luft sprengen können, sie hätte es nicht bemerkt. Aber … Ich würde sie niemals mit diesem Ding allein lassen.

»Un-glaub-lich!« Sie keuchte. »Es besitzt nicht nur die Fähigkeit, sein Erscheinungsbild je nach Betrachter zu verändern, sondern kann auch willkürlich sein Äußeres wechseln. Das ist eine unglaubliche Anpassungsfähigkeit, die noch nie an einem Raubtier festgestellt wurde. Es hat ein Auge! Oder jedenfalls … Ich sehe ein Auge. Siehst du auch ein Auge? Ich sehe ein Auge!«

»Ja, ich sehe ein Auge«, murmelte ich und näherte mich mit der angemessenen Zurückhaltung gegenüber einem fliegenden Scheißhaufen. »Ich habe auch eine Stimme gehört.« Ich schluckte und sah Liette an. »Du auch?«

»Hat sie nicht.«

Seine Stimme, wenn man es denn so nennen konnte, war nicht angenehm. Das lag vermutlich daran, dass ich sie nicht wirklich »hörte«. Jedenfalls nicht so, wie ich sie hätte hören sollen. Es gibt Momente, wenn sich einem die Brust zusammenschnürt, der Atem kürzer wird und man nicht weiß, warum. Es ist ein Moment, den der Körper längst geschnallt hat und den wahrzunehmen das Gehirn am längsten braucht. So ein Gefühl war es, nur wurde es diesmal von einem Stück Scheiße ausgelöst.

»Meine Präsenz ist ausschließlich auf dich ausgerichtet.« Jedes Wort kam mit einem Herzschlag, jeder Atemzug war ein Rauschen meines Blutes. *»Meine Präsenz auf jemand anderen auszuweiten, wäre banal, denn du allein hast meine Aufmerksamkeit erregt, obwohl die Pracht aller Welten jenseits dieser es nicht konnten. Ich gewähre dir meine Wertschätzung, nur dir allein.«*

Ich starrte das Objekt an. Oder war es eine Kreatur? Ein Wesen? Eine Entität? Ich räusperte mich und rieb mir den Nacken. »Schon okay«, antwortete ich. »Aber könnte sie dich auch hören? Das würde die ganze Sache erheblich vereinfachen.«

Pause. Ein langer, überdrüssiger Seufzer. *»Na schön.«*

Liette riss die Augen auf. »Ich habe es gehört.« Sie fuhr atemlos zu mir herum. »Ich habe es gehört! Weißt du, was das bedeutet?«

Ich wusste es nicht, ebenso wenig wie sie. Deshalb stellte sie diese Frage. Ihre Begeisterung hätte ansteckend sein können, aber ich wusste nicht, ob sie die Stimme dieser Kreatur so fühlen konnte wie ich. Meine Ohren, mein Blut, mein ganzer Körper wurde von seiner Belustigung erfüllt. Ich mochte diese Empfindung gar nicht.

»So viele Emotionen aufgrund einer winzigen Geste.« Das Auge drehte sich in der Höhle und betrachtete uns, mich. *Ist es wirklich so einfach? Was lauert sonst noch in euren zerbrechlichen Kokons? Welche Schrecken? Welche Begeisterung? An welche Schönheiten erinnert ihr euch noch?«*

Ich kannte dieses Gefühl von Unbehagen, das seine Stimme in mir auslöste. Es fühlte sich an, als würde ich in eine dunkle Stelle starren, in der ich verschwinden würde, wenn ich zu genau hinsah. Im Angesicht des Unbekannten und Überwältigenden neige ich für gewöhnlich dazu, Flüche und Drohungen auszustoßen. Aber das würde diesmal nichts bringen. Trotzdem fiel mir nichts Besseres ein.

»Wenn du nicht sehen willst, was jenseits der Reling dieses Schiffes lauert«, knurrte ich, »dann solltest du uns lieber sagen, was verfickt du eigentlich genau bist!«

»Sal!«, tadelte Liette mich. »Wir haben es ganz eindeutig mit etwas Intelligentem zu tun, also heißt es: ›*wer* verfickt du eigentlich genau bist!‹« Sie betrachtete es scharf. »Das heißt … Bist du überhaupt ein ›wer‹? Hast du ein Alter? Ein Geschlecht? Ein …«

»Das spielt keine Rolle«, antwortete der Haufen. *»Vielleicht war es einmal von Bedeutung, aber ich kann mich nicht mehr daran erinnern.«* Das Auge sah sich grotesk gelassen um. *»Ebenso wenig erinnere ich mich an dieses Land. Oder an eure Brut.«*

»Du bist also … uralt?«, flüsterte Liette. »Ein Urahn?«

Das Auge zog sich beleidigt oder vielleicht amüsiert zusammen. Oder war es Wut? Keine Ahnung. Der Gesichtsausdruck eines Fleischhaufens ist schwer zu interpretieren.

»Einst stand ich hier und bereiste dieses Land. Ich habe es hinter mir gelassen.« Es machte eine nachdenkliche Pause, während es uns anstarrte. *»Ihr hättet mich eine Person genannt. Oder etwas dem so Ähnliches, dass ihr keinen Unterschied hättet erkennen können.«*

»Hattest du einen Namen?«

»Das spielt keine Rolle.«

»Nein, wohl nicht.« Liette kratzte sich am Kinn. »Aber für meine Aufzeichnungen wäre es hilfreich, wenn wir dich irgendwie benennen könnten.«

Ich wollte einen Vorschlag machen, aber sie hob eine Hand.

»Nein. Nicht Scheißhaufen.«

»Trotzdem hattest du recht, es spielt keine Rolle. Es verarscht uns«, murmelte ich. »Niemand, der etwas Bedeutendes zu sagen hat, redet in so kryptischer Vogelkacke.«

»Wenn es dich besänftigt: Ich war einst als Ältester bekannt.«

»Ältester.« Liette schien den Namen zu schmecken, was eigentlich ganz normal war. Aber die Art und Weise, wie der Haufen ihn ausgesprochen hatte, war beunruhigend. »Vor wie langer Zeit warst du hier, Ältester?«

»Vor ungeheuren Äonen, unsagbaren Zeitspannen.«

»Siehst du?«, sagte ich. »Was habe ich …?«

»Seit sechshunderttausend Jahren, zehn Monaten, zwei Wochen, vier Tagen, zehn Stunden, achtundvierzig Minuten und achtundfünfzig Sekunden«, sagte Ältester plötzlich. *»Wenn du es wirklich genau wissen willst.«*

»Sechshunderttausend …« Liette flüsterte, und ihre Augen wurden so groß, dass sie kaum noch den Mund aufbekam. »Das würde bedeuten … Moment.«

Sie drehte sich um, stürmte zu einem Stapel Bücher und blätterte sie durch. Sie ignorierte mich völlig, ganz im Unterschied zu diesem … Haufen. Er starrte mich weiter durch das Glas an. Ich wusste zwar nicht genau, wie dieses Ding redete, aber ich wollte mir nicht nachsagen lassen, dass Sal Kakophonie dem Blick eines schwebenden Scheißhaufens auswich.

»Und du weißt das alles ganz genau, was?«, erkundigte ich mich. »Einfach so?«

»Dies, noch mehr, alles. Ich kenne jede Sehne, jeden Knochen, jeden Nerv eines menschlichen Körpers. Ich kenne die tiefen Dinge, die zwischen den Sternen schlafen. Ich kann einem Blutstropfen von einem Körper in die Erde, durch die Jahre und in die Fasern der Blätter des Baumes folgen, den er tränkte. Mein Wissen ist grenzenlos. Und lästig.«

Ich runzelte die Stirn und warf einen Blick über meine Schulter. »Genau, siehst du? Dieses Ding ist voller …«

Sie sah mich nicht an, sondern blätterte weitere Bücher durch und legte sie zur Seite. Sie hatte mich nicht einmal gehört.

»Sie verletzt dich.«

Aber Haufen hatte es gehört.

Als ich zurücksah, war das Auge von Ältester weit offen. Eine geschlitzte Pupille weitete sich zu einem schwarzen Kreis und wurde mit jedem Atemzug größer.

»Sie nur anzusehen, verursacht dir Schmerzen. Was siehst du? Woran erinnerst du dich?«

Es wurde immer größer, bis das Auge nur noch ein dunkler, undurchdringlicher und düsterer Fleck war.

»Sag es mir. Sag mir alles.«

Ich hatte kein Wort für das, was ich empfand, als ich in diese Schwärze blickte. Alle Furcht und die schleichende Kälte, die seine Stimme auslöste, schien im Vergleich zu dem, was ich in seinem Blick sah, vollkommen unbedeutend. Der Haufen war zu … verschlingend, zu aufmerksam, ein Abgrund, der mich anstarrte, ganz gleich, wohin ich mich wendete. Ich hatte nichts über dieses Ding gewusst, als ich es zum ersten Mal sah, und jetzt hatte ich das Gefühl, ich wüsste noch weniger als nichts.

Deswegen konnte man glauben, es wäre eine schlechte Idee, es zu zerschmettern. Aber verflucht, mir fiel nichts anderes ein. Ich konnte an gar nichts denken, außer an diesen starren Blick und dass ich ihm unbedingt entkommen wollte.

Liette blätterte immer noch in ihren Büchern und sah nicht, wie ich zum Kakophon griff. Was dieser Haufen auch immer war, eine magische Pistole hatte sicherlich eine größere Chance, es kaputt zu machen, als ein Schwert. Aber als ich ihn aus dem Futteral ziehen wollte, gehorchte er nicht.

Das war noch nie zuvor passiert.

Ich zerrte an seinem Griff, aber die Waffe ließ sich nicht zücken. Ich wartete auf eine bissige Bemerkung, ein Zeichen, dass ich ihn beleidigt hatte. Das wäre nicht überraschend gewesen, stattdessen jedoch blieb er ruhig, kalt und so nutzlos wie ein Klumpen Messing.

Wenn man mit einer magischen Pistole, die sich von der Essenz von Magiern ernährt, einen Deal macht, lernt man, sich nicht von allzu viel Sachen beeindrucken zu lassen. Aber das hier war etwas anderes.

Es war das erste Mal, dass ich den Kakophon verängstigt erlebte.

»Ah, hier ist es.«

Liette kam zurück. Sie blies dabei eine Staubschicht von einem ziemlich dürftig aussehenden Buch, das mit Tierhaut und Holz gebunden zu sein schien.

»Was zum Henker ist das?«, fragte ich. »Ein Handbuch für fliegende Scheiße?«

Sie sah mich kurz an. »Was? Nein. Wie sollten … Wie würden die Parameter von so etwas überhaupt aussehen und …« Sie wischte den Gedanken mit einer Handbewegung beiseite. »Nein, das ist ein Geschichtsbuch.«

»Hä? Das ist viel zu dünn für ein Geschichtsbuch.«

»Ich werde sowohl deine Beobachtung als auch die Tatsache zur Kenntnis nehmen, dass du nur Bücher gelesen hast, die das Wort *Pochen* großzügig verwenden.« Sie blätterte summend durch die spröden Seiten. »Wir haben zahllose Aufzeichnungen über die Geschichte von Nationen, Bräuchen und Königen. Über die Geschichte von dem, was davor gewesen ist, besitzen wir weniger Quellen. Aber …« Sie tippte auf eine Seite. »Hier, schau.«

Ich betrachtete die Seite. Die verblasste Tinte zeigte eine Illustration von Gebäuden. Die, die nicht vollkommen zerstört waren, wiesen eine unverständliche Geometrie und einen undeutbaren Zweck auf. Ich kannte ihre Funktion nicht, aber ich kannte die Gebäude.

Man sah solche Ruinen immer wieder in der Scar – uralte Siedlungen, die überall gefunden wurden, in offener Landschaft oder versteckt in Höhlen. Manchmal errichteten die Menschen Freistätten um sie herum. Meistens jedoch wurden sie von Plünderern oder Banditen oder während der Schlachten zwischen der Revolution und dem Imperium zerstört. Gelegentlich verschwanden sie auch einfach, über Nacht, und tauchten später woanders auf, als hätten sie schon immer dort gestanden.

Sicherlich war das merkwürdig. Aber in der Scar achte ich weniger auf Dinge, die nur merkwürdig sind und nicht versuchen, mich umzubringen. Ich hatte diese Gebäude gesehen, aber nie über sie nachgedacht. Angesichts des dünnen Buchs bezweifelte ich auch, dass jemand anders es getan hatte.

Außer Liette, wie es schien.

»Das ist das Werk der Freimacherin ›Kalter-Trost-für-eine-sterbende-Witwe‹«, sagte sie. »Sie hat ihr Leben der Geschichte jener gewidmet, die vor uns die Scar bewohnten. Dass sie nur so wenig sammeln konnte, legt Zeugnis über die Schwierigkeit dieser Aufgabe ab. Aber sie war in der Lage, die Zerstörung dieser Kultur exakt festzulegen.«

Liette starrte mich an, so wie sie es immer tat, wenn sie ein Rätsel löste. Oder einen Hund ansah. Sie liebt diese Scheißköter.

»Besagte Zerstörung fand vor über fünfhunderttausend Jahren statt. Verstehst du das?« Sie deutete auf den Scheißhaufen. »Diese Entität ist ein Urzeitler.«

Ich sah zu dem Haufen. »Nennst du dich selbst so?«

»Es gibt kein Volk, das sich mit einem solchen Anspruch schmückt, aber wenn es dir Freude bereitet, das zu tun, möchte ich dir dieses triviale Vergnügen nicht versagen. Dennoch ist deine Information zutreffend. Diese Struktur wurde von unserer Hand geschaffen.«

»Unglaublich«, flüsterte Liette atemlos. »Wer hat es gebaut? Wer von euch? Und wie?«

»Das spielt keine Rolle.«

»Was? Wieso nicht? Es ist uns nicht einmal annähernd gelungen, die Funktion dieser Gebäude zu begreifen.«

»Das spielt aus demselben Grund keine Rolle, aus dem ihre Funktion bedeutungslos ist. Wir wollten, dass es sie gab, also gab es sie. Wir wollten, dass sie uns dienten, also taten sie das. Wir haben es ganz und vollständig von der Stelle, an der es war, entfernt und es dort hingesetzt, wo es sein musste.«

»Wie … wie ist das möglich? Mittels Magie?«

»Wenn du das gerne so nennen möchtest. Wir hatten keine Worte für das, was wir taten, sondern taten es einfach. Wir waren einfach.« Ältester kniff sein Auge etwas zusammen. *»Und als das nicht mehr genügte, hörten wir auf zu sein.«*

Liette wollte weitere Fragen stellen, das sah ich an ihrem Zittern.

Aber meiner Erfahrung nach erzählte etwas, was blöderweise in kryptischem Blabla sprach, einem sowieso alles, ob man fragt oder nicht.

»*Als diese Welt noch jung war …* «

Sag ich doch.

»*… waren wir euch nicht unähnlich. Wir strebten danach, Wissen zu sammeln, das Land zu verstehen, in dem wir wanderten, die Luft, die wir atmeten, die Sterne, die wir betrachteten. Damals waren wir mit solch armseligen Dingen beschäftigt, und unser Wissen war dieser Armseligkeit auf der Spur. Wir entdeckten auf unserem Feldzug nach Allwissenheit Möglichkeiten, dem Alter zu trotzen, uns von Hunger oder Verlangen zu befreien, unsere Schwächen auszumerzen. Und eines Tages … wussten wir es einfach.*«

»Alles?« Liette rümpfte die Nase. »Das ist unmöglich.«

»*Alles ist unmöglich. Bis es das nicht mehr ist. Für uns war nie etwas unmöglich. Und als nichts mehr unmöglich war, sahen wir keine Notwendigkeit, hierzubleiben. Also stiegen wir auf.*«

»Aufsteigen …« Ich blinzelte. »Wohin?«

»*Wir haben keinen Namen für den Ort, wohin wir gingen. Es war für uns einfach bedeutungslos. Irgendwann erkannten wir, dass dieser Ort nicht so weit von dieser Welt entfernt war, wie wir angenommen hatten. Während die Zeit verstrich, begriffen wir, dass er ihr sogar schmerzhaft nah war. Schon bald hörten wir ein Flüstern ohne Münder, hatten Visionen von Leben, die nicht unsere waren.*«

»Unsere«, flüsterte Liette. »Ihr saht uns. Ist eure Welt so dicht an unserer?«

»*Noch dichter. Wenn die Zeit stimmt und wir eingeladen werden, kommen wir vielleicht hinüber.*«

Ich riss die Augen auf, es verschlug mir die Sprache, und ich bekam keine Luft mehr.

Die Erkenntnisse strömten in mich hinein, und mein Blut wurde kalt. Die Empfindung von Furcht, die seine Stimme auslöste, die Leere in seinem Blick, das schreckliche Gefühl von Vertrautheit, wenn ich es ansah. Ich kannte dieses Ding. Ich hatte dagegen gekämpft. Es hätte mich fast getötet. Zweimal.

Ich packte Liette an der Schulter, und sie schrie auf, als ich sie zurückriss, mich zwischen das Glas und sie stellte. Sie warf mir einen wütenden Blick zu, aber damit konnte ich leben. Jedenfalls besser, als wenn sie von diesem Ding zerfetzt wurde.

»Sal!«, fuhr sie mich an. »Was machst du da?«

»Ich beschütze dich!«, gab ich zurück. »Verschwinde hier, bevor es sich bewegt.«

»Das ist unnötig«, sagte Ältester.

»Dem stimme ich zu«, warf Liette ein. »Was glaubst du eigentlich, was …«

»Ich glaube gar nichts!« Ich fuhr zu ihr herum. »Ich weiß, was dieses Ding ist.« Ich deutete mit einem Finger auf Ältester. »Es ist zwar das kleinste, das ich je gesehen habe, aber ich erkenne ein verficktes Scrath, wenn ich es sehe.«

Ich spurte, wie Liette hinter mir nach Luft schnappte. Welche Einwände sie auch gegen meine Reaktion gehabt haben mochte, sie waren verpufft. Wenn es um Scraths ging, gab es keine Überreaktion.

Wir wussten nicht viel über diese Kreaturen, die von irgendwo anders herkamen und die Realität mit jedem unnatürlichen Atemzug verzerrten. Sie *trugen* quasi Menschen wie Kleidung und wechselten sie ebenso schnell. Und was wir wussten, stammte von unserem Herumgestochere in den Körperteilen, die sie zurückließen.

Wir wussten zum Beispiel, dass sie von wenigen Auserwählten in unsere Welt gerufen werden konnten, von Auserwählten weniger eins, nachdem ich Vraki getötet hatte. Sie konnten nur überleben, wenn sie einen Menschen als Wirt besetzten. Man konnte sie nicht aufhalten, töten, gefangen nehmen, mit ihnen diskutieren, sie anflehen, bestechen, verführen, man konnte nichts tun, um sie daran zu hindern, alles zu zerfetzen, das ihnen in die Quere kam.

Jedenfalls wussten wir jetzt, dass sie imstande waren zu tun … was dieser verfickte Ältester hier tat.

»Stimmt das?«, flüsterte Liette. »Ältester, bist du …«

Sein Auge vibrierte kurz. *»Ja.«*

»Siehst du?« Ich griff nach dem Glas. »Wir hätten kostbare Zeit und Energie sparen können, wenn du mir erlaubt hättest, dieses Ding zu zerschmettern. Machst du bitte ein Fenster auf?«

»Und nein«, fuhr Ältester fort. *»In euren Augen bin ich ihnen ähn-*

lich. Aber es gibt einen Unterschied zwischen mir und denen, die vorher hierhergekommen waren.«

Zugegeben, ein gutes Argument. Aber ich war bereits aufgeregt, weil ich dieses Ding zerstören konnte, also …

»Warte.« Liette, ganz die hinreißende Nervensäge, packte meinen Arm, um mich aufzuhalten. »Was meinst du damit?«

»Eure Herzen schlagen, pumpen Blut durch eure Adern und treiben euch an. Dieser Prozess ist bei allen Tieren derselbe. Und doch seid ihr nicht dasselbe wie ein Vogel oder eine Katze?« Wenn ein Augapfel hätte selbstgefällig aussehen können, dann dieser Ältester. *»Das Prinzip ist dasselbe. Wir haben eine gemeinsame Herkunft, die Scrath und ich. Aber wir sind keine Geschwister.«*

»Aber wenn Scrath nur hierherkommen können, wenn sie beschworen werden«, flüsterte Liette, »wie bist du denn hierhergekommen?«

»Sprich nicht mit ihm, Liette«, warnte ich sie.

»Ganz einfach. Ich wurde ausgestoßen.«

»Was? Von wem?«

»Das spielt keine Rolle, Liette!«, knurrte ich.

»Ihr würdet es Familie nennen. Getrieben von Neid. Oder Widerwillen. Das weiß ich nicht. Und die Äonen, die ich in diesem Gefängnis zugebracht habe – das Relikt, wie ihr es nennt –, hat meine Neugier über ihre Beweggründe merklich verringert. Ich denke jetzt nur noch an eines.«

»Unglaublich.« Liette trat ergriffen näher. »Wie konntest du dich aus dem Relikt befreien? Gibt es noch mehr von dir in anderen Relikten? Was willst du?«

»Ich will … «

Das Auge von Ältester wurde größer. Ich schrie ihren Namen. Ich riss sie zurück. Das Ding stieß ein Wort hervor.

»Raus!«

Schmerz. Keine Furcht oder Unbehagen. Bei seiner Stimme durchströmte mich Schmerz, schoss durch meine Knochen und meine Muskeln … meine Narben.

Ich presste meine Faust auf die Brust und rang nach Luft. Qualen überwältigten meine Sinne, mir wurde schwarz vor Augen, mein Körper war gefühllos, in meinen Ohren hörte ich ein disharmonisches Kreischen, das meinen ganzen Schädel vibrieren ließ. Ich konnte nicht denken, atmen, nicht hören …

»Sal.«

Bis auf diese eine Stimme.

»Nein, nein, nein. Nicht so.«

Sie flüsterte, drängend und verängstigt.

»Ich war so kurz davor.«

Und sie linderte den Schmerz. Ein bisschen.

Das Gefühl kehrte zuerst zurück, die Empfindung ihrer Hände auf meinen Wangen, und alles andere folgte ihren Fingerspitzen. Ich hörte den Lärm des Luftschiffes, fühlte das zersplitterte Deck unter mir – wann war ich gestürzt? Meine Sehkraft kehrte zurück.

Sie stand über mir.

»Geht es dir gut?«, flüsterte sie. »Es hat … gesprochen … und du bist einfach …«

»Ja.« Mich aufzurappeln, kostete beträchtliche Mühe. »Das bin ich. Und deshalb müssen wir es zerstören.«

»Ich … Ich weiß nicht …« Sie sah von mir zu Ältester, dem Scrath, und Zweifel machte sich auf ihrem Gesicht breit. »Es ist … so …«

»Liette!« Ich presste ihren Namen zwischen den Zähnen hervor. »Es ist ein Scrath! Du weißt, was sie tun, du hast es gesehen!«

»Das habe ich.« Sie sah mir nicht in die Augen. »Und ich habe noch nie eins sprechen hören. Jedenfalls nicht so.«

»Verflucht!« Ich wimmerte fast. »Du bist viel zu klug, um nicht zu kapieren, dass eine unnatürliche Mordmaschine, die nett plaudern kann, trotzdem eine unnatürliche Mordmaschine bleibt. Werde es los, Liette.«

Sie schloss die Augen und schluckte. »Das kann ich nicht. Das Zweite Gesetz. Es hat mir geholfen. Jetzt kann ich ihm nicht den Rücken zukehren.«

»Von wegen du kannst nicht. Dann geh zur Seite und lass mich es erledigen.«

»Das kann ich auch nicht.« Als sie es ertragen konnte, mich anzusehen, sah ich den Schmerz in ihren Augen. »Sal, was auch immer es auch ist – Scrath oder nicht –, es vermag Dinge zu bewerkstelligen, die wir für unmöglich gehalten haben. Es heilt Krankheiten, es erschafft Materie, es verändert sogar die Zeit. Stell dir vor, was wir alles damit machen können.«

»Genau daran denke ich ja«, gab ich zurück. »Ich denke an die Krankheiten, die es verursachen kann, die Materie, die es vernichten kann, und wie verflucht schwachsinnig es ist, zu versuchen, die Zeit zu verändern. Du könntest verblüffende Dinge damit anstellen, das bezweifle ich nicht.« Ich tippte mit dem Finger gegen ihren Kopf. »Und jetzt denk an all die schrecklichen Dinge, die es mit dir anstellen könnte.«

Sie schlug meine Hand weg. »Ich denke immer. Ich habe alles bedacht und jede Eventualität mit einbezogen, die auftreten könnte und die ich auf die Art handhaben werde, die meinem …«

»Hör dich doch reden! Ganz gleich, wie gerissen du bist, dieses Ding ist ein Scrath. Damit kannst du nicht argumentieren. Du kannst es nicht überlisten. Und vor allem kannst du es nicht benutzen.«

»Hör auf, mir zu sagen, was ich nicht tun kann!«, fuhr sie mich an. Sie ballte die Fäuste. »Ich bin Zweiundzwanzig-Tote-Rosen-in-einer-angeschlagenen-Porzellanvase! Ich habe mit einer Formel ganze Städte dem Erdboden gleichgemacht und Barone mit einem Satz getötet. Wenn in diesem Ding irgendetwas ist, das man für etwas Nützliches gebrauchen kann, und wenn irgendjemand auf der Welt dazu fähig ist, es zu benutzen, dann ich. Also erinnere dich gefälligst daran, dass du mit einem ›verfickten‹ Genie sprichst. Das wäre ungeheuer nett.«

»Das ist ein verfluchtes Monster!«, schrie ich mit sich überschlagender Stimme.

»Das bist du auch!«, kreischte sie.

Ich fuhr zurück und starrte sie mit offenem Mund an. Man hatte mich mit Messern durchbohrt, auf mich geschossen, mich gewürgt, verprügelt, blutig geschlagen, gebissen, verbrannt, herumgeschleudert und gebrochen. Ich würde lieber jeden einzelnen dieser Tage noch einmal durchmachen, solange ich auf dieser dunklen Erde gehe, als sie das sagen zu hören.

Schock zeichnete sich auf ihrem Gesicht ab, Schock und Schmerz. Aber keine Entschuldigung. Das war auch nicht nötig. Wir wussten beide, was ich getan hatte, um diesen Namen zu verdienen. Und wir wussten beide, dass sie ihn nicht zurücknehmen konnte.

»Sal«, flüsterte sie. »Ich …«

»Nicht.« Ich schüttelte den Kopf. »Kein Wort mehr.«

Das sagte ich mehr zu mir als zu ihr. Hätte ich noch etwas gesagt oder auch nur den Mund aufgemacht … Niemand sollte sagen, dass Sal Kakophonie heulend zusammengebrochen war.

Es war ein Fehler, ihr hierher zu folgen. Ein Fehler, ihr wieder in die Augen zu blicken. Ein Fehler, zu glauben, dass dies etwas anderes war, als es immer gewesen ist: ein Haufen von Leuten, die ich umbrachte, damit wir etwas stehlen und es benutzen konnten, um noch mehr Leute zu töten. Das wusste ich jetzt. Vielleicht hatte ich es immer schon gewusst.

Ich zog mir den Schal um das Gesicht und ging zur Tür. Ignorierte ihren Blick, die Worte, die ihr auf der Zunge lagen, als sie danach suchte, nach dem perfekten Wort, um das hier besser zu machen. Meine Hand lag auf dem Türgriff, als wartete ich darauf, dass sie es fand.

Sie war die klügste Person in der ganzen verschissenen Scar und wusste genau, dass ein solches Wort nicht existierte.

Also machte ich mich auf, sie wieder zu verlassen. Vielleicht würde ich mir die nächste Schwadron Revolutionäre suchen und anfangen zu schießen und auf das Beste zu hoffen. Oder ich ging einfach zum Rand des Decks und stürzte mich über die Reling in die Tiefe. Jedenfalls würde ich sie hier zurücklassen.

Sie, dachte ich, als ich zurücksah, *und dieses verfickte Stück …*

Ich hielt inne. Ältester im Glas starrte mich an. Und … lächelte. Mit dem Mund, der ihm plötzlich gewachsen war.

Wie hatte es das geschafft? Konnte es das immer tun? Warum hatte es das getan? Fragen überschwemmten mich, aber als ich ihm ins Auge blickte und sah, wie diese gierige, leere Pupille es verdunkelte, begriff ich die Antwort.

Und in dem Moment explodierte die Tür in einer Eruption von Lärm und Rauch. Der scharfe Gestank einer Severiumladung brannte in meiner Nase. Holz splitterte, die Metallangeln flogen durch die Luft, als eine Kugel durch die Tür krachte und meinen Bauch traf.

Liette kreischte, als ich zurückflog. Es verschlug mir den Atem, und mein Körper brannte vor Schmerz. Aber ich war noch am Leben … Ich sah noch die Sigillen auf meinem Schal hell aufglühen, bevor sie wieder erloschen. Die Glücksschrieb-Magie auf dem Schal hatte mich gerettet.

Ich rutschte über den Boden. Durch den Severiumrauch stürzte sich eine Gestalt auf mich. Ich riss mein Schwert heraus, um den Angreifer zu durchbohren. Aber eine andere Klinge war schneller, schlug meine Waffe zur Seite und hämmerte einen Griff gegen mein Kinn.

Ich stürzte zu Boden, und ein Fuß setzte sich auf mein Handgelenk. Die Spitze eines Schwertes drückte gegen meine Kehle. Und eine Stimme, scharf und schartig wie ein primitiver Dolch, drang in meine Ohren.

»Sal Kakophonie«, schnarrte eine Stimme. »Im Namen des Großen Generals und der Glorreichen Revolution von der Faust und von der Flamme verurteile ich dich hiermit zum Tode.«

Ich hob den Kopf und blickte in ein paar dunkle Augen, die mich genauso angepisst musterten wie bei unserem ersten Treffen. An jenem Tag hatte sie mich das erste Mal zum Tode verurteilt.

»Tretta Stern«, antwortete ich und hustete Blut. »Hätte ich gewusst, dass du auch hier bist, hätte ich Blümchen mitgebracht.«

43. KAPITEL

DIE EISERNE FLOTTE

Also gut. Der erste Angriff auf die Luftschiffe lief nicht ganz nach Plan. Was letztlich schlecht ist.

Das Relikt, hinter dem wir her waren, ist eigentlich eine Art Zelle für ein außerweltliches Wesen, das die Realität verändern kann? Das ist sehr schlecht.

Dieses außergewöhnliche Wesen ist eigentlich eine Kreatur unvorstellbarer Schrecken und unaufhaltsamer Macht. Das ist so richtig schlecht.

Es klingt vielleicht etwas kurzsichtig, aber ich hielt es trotzdem für das Allerschlechteste, die ganze Zeit über Ex-Geliebte zu stolpern.

»Ich habe Monate auf die Chance gewartet, dich umzubringen, Sal Kakophonie.«

Zugegeben, Tretta Stern, die Frau, von der ich gefangen genommen wurde und die mich hinrichten wollte – ein Schicksal, dem ich entkam, indem ich ihre Stadt in Brand setzte –, war nicht direkt eine ehemalige Geliebte. Aber sie fesselte mich gerade. Immerhin.

»In jedem wachen Moment und in jedem Traum sehe ich dein Gesicht.«

Sag ich doch.

Sie zischte schärfer als der Hanfstrick, mit dem sie meine Hände auf den Rücken fesselte. »All diese Monate nach meinem Scheitern hat mich nur der Gedanke an deine Visage aufrecht gehalten. Und der Gedanke, eine Kugel hineinzujagen.«

»Hättest du mir eine Adresse hinterlassen, hätte ich dir geschrieben.« Ich überprüfte meine Fesseln. Offensichtlich hatte sie in all den Monaten, die sie davon geträumt hatte, mich zu töten, Knoten geübt. »Ich habe sie verloren, seit … du weißt schon.«

Sie packte meine Schultern, drehte mich um und rammte mich gegen die Korridorwand. Die Luft fuhr aus meiner Lunge, und im nächsten Moment schnürte sie mir mit dem Unterarm an der Kehle den Atem ab. Viele Leute werfen mir hasserfüllte Blicke zu, aber Tretta Stern war etwas Besonderes.

Als ich sie an jenem schicksalhaften Tag getroffen hatte, an dem sie mich exekutieren wollte, war sie das Musterbeispiel einer energischen Frau gewesen: Sie hatte Haltung und eine hervorragende Frisur. Kein Härchen tanzte aus der Reihe. Jetzt jedoch erkannte ich nur die Wut in ihren Augen wieder. Ihr schwarzes Haar war lang und ungepflegt, ihr dunkles Gesicht eingefallen und den tiefen Furchen nach zu urteilen ständig missmutig verzogen. Statt ihrer einst so prächtigen Uniform mit den Orden einer Milizgouverneurin trug sie jetzt … es sah furchtbar aus.

»Seit du geflüchtet bist«, fuhr sie fort, »ich also nicht verhindern konnte, dass du dir deinen Weg durch die Scar gekämpft und gemordet hast, sondern degradiert wurde, um auf dem unbedeutendsten und elendsten Wrack der Eisernen Flotte Dienst zu tun und konterrevolutionäre Freimacher zu verhätscheln, seitdem habe ich alles verloren. Deinetwegen.«

Ihr Arm schnürte mir die Luft ab, und mir blieb kaum Atem für ein paar Worte, um sie zur Vernunft zu bringen.

»Stinkt … ganz … nach … dir.«

Warum tust du so was, Sal?

»Ich sollte dich töten.« Mir wurde kalt, und meine Lunge fühlte sich wie Eis an. »Für jeden, den du nach deiner Flucht getötet hast, für jeden, den ich nicht beschützen konnte, für jeden, der weint, wenn er deinen Namen hört.«

Normalerweise folgt auf solche Reden ein »… mach ich aber nicht«. Sie ließ sich damit allerdings Zeit.

Als sie schließlich den Arm von meiner Kehle nahm, sank ich auf die Knie und kippte um. Ich hatte zwei Atemzüge geschafft, bevor sie ihren Stiefel auf meine Brust pflanzte.

»In all diesen Monaten, Sal Kakophonie, hat mich der Gedanke wach gehalten, ob du dich jemals gefragt hast, was du da verbrochen hast. Hast du über die Städte nachgedacht, die du niedergebrannt hast? Die Leute, die du getötet hast?«

Ja, hatte ich. An Morgenden, an denen meine Narben grundlos schmerzten und ich keinen Grund fand, aufzustehen, dachte ich daran. Manche Tage waren schlimmer als andere, aber an jedem Tag wusste ich nicht genau, warum ich aufstand. War es die Liste? Oder die Pistole? Oder vielleicht … jemand anders? Aber ich hütete mich, ihr das zu sagen.

»Und, hast du es herausgefunden?«

Sie musterte mich. »Ja. Es ist dumm, ein Feuer zu fragen, warum es brennt. Man löscht es einfach aus.« Sie nahm den Stiefel von meiner Brust und legte die Hand vielsagend auf den Griff eines breiten Schwertes an ihrem Gürtel. »Wäre da nicht eine Sache, würde ich auch genau das tun.«

Weil ich so hübsch bin?, dachte ich. Ich bin geistreich, wollte aber nicht dreimal am selben Tag Prügel beziehen.

»Wärst du einfach nur in eine Siedlung oder eine Freistatt gekommen, würde ich dich auf der Stelle umbringen, ohne auch nur einen Gedanken daran zu verschwenden«, sagte sie. »Aber du bist auf der Eisernen Flotte, dem Stolz der Revolution. Du hast etwas geplant und musst gewusst haben, dass wir kommen. Außerdem hast du eine Möglichkeit gefunden, auf die Schiffe zu gelangen. Bis ich nicht weiß, wie, werde ich dich nicht töten.«

»O Tretta«, gab ich zurück. »Hat der Verlust des Kommandos dich noch sentimentaler gemacht?«

Ihr Stiefel in meinen Rippen bedeutete wohl nein.

»Ich werde dich nicht umbringen.« Sie packte meinen Arm und drehte mich auf den Bauch. Ich stöhnte. »Egal ob mit Eisen, Blut oder Stiefel, ich werde die Antworten aus dir herausbekommen. Ob du willst oder nicht, deine letzte Tat auf dieser elenden Erde wird es sein, Menschen zu helfen.« Sie zog mich unsanft hoch und beugte sich so dicht zu mir, dass ich ihre Spucke auf meiner Wange fühlte. »Und bin ich der Meinung, ich hätte dich aufgehalten, werde ich dir das Privileg gewähren, am schwarzen Tisch Platz zu nehmen.«

Ich unterdrückte die Qualen, die mich bei jedem Herzschlag durchströmten, starrte sie unerschrocken an und presste die Lippen zusammen. Das Stöhnen von vorhin war das Letzte, was sie von mir hören würde.

Alle Typen, die mich in meinem Leben angegriffen haben, kann man in zwei ganz unterschiedliche Kategorien einteilen: die Zielstrebigen und die Cleveren. Man kann nur zu einem von beiden gehören, und da Tretta mich so häufig verprügelt hatte, ordnete ich sie der ersten Gruppe zu. Sie hatte weder Jero noch die anderen oder auch nur Liette erwähnt.

Vor allem hatte sie nichts über dieses außergewöhnliche Grauen im Glas verlauten lassen.

Sie weiß nichts darüber, sagte ich mir. *Sie weiß es nicht, sonst würde sie reden.*

Und ich würde es ihr ganz gewiss nicht sagen. Ob Ältester die Wahrheit sagte oder ob er wirklich einfach nur ein Scrath war – er besaß eine Macht, wie ich es noch nie gesehen hatte. Diese Macht durfte auf keinen Fall in die Hände von einem Haufen Fanatiker mit einer Vorliebe für Schusswaffen fallen.

Wenn die einzige andere Person, die etwas über Ältester wusste, Liette war … Nun, besser ich als sie.

»Sergeant!«

Ein kleiner Zug Revolutionäre trampelte mit den Bajonettgewehren in der Hand durch den Gang. Sie blieben vor Tretta stehen und salutierten hastig, dann erstattete einer atemlos Bericht.

»Wir haben das Schiff wie befohlen durchsucht«, sagte der junge Bursche an der Spitze. Sein Gesicht hatte mit vielen Fäusten enge Bekanntschaft geschlossen. »Wir haben Spuren von einem Kampf gefunden, aber keine anderen Eindringlinge.«

Was? Wie war das möglich? Jero mochte vielleicht, wie soll ich sagen, *verstohlen* sein, aber Agne und die Zwillinge waren es ganz bestimmt nicht.

»Keine Eindringlinge, Soldat?«, fragte Tretta scharf nach. »Und auch keine Spur von Eindringlingen?«

Die Soldaten sahen sich nervös an, bevor eine Frau mittleren Alters vortrat. »Wir haben Vierecke aus Kreide im Lagerraum gefunden, Sergeant. Nichts Ungewöhnliches, aber …«

»Aber wenn du klüger wärst, wüsstest du, wie die Magie eines Portalmagus aussieht«, brummte Tretta. »Es gab also Eindringlinge, und wenn sie jetzt nicht hier sind, werden sie sehr bald zurückkommen. Setz dich mit dem Rest der Flotte in Verbindung. Melde, dass wir geentert wurden und Verstärkung brauchen.« Sie warf mir einen bösartigen Blick zu. »Und sie sollen einen Verhörspezialisten schicken. Ich habe eine Gefangene, die etwas weiß.«

Der junge Mann salutierte, bevor er davonrannte. Die anderen nahmen Haltung an, als Tretta sie ansah.

»Ihr anderen geht wieder in den Lagerraum zurück«, sagte sie. »Behaltet diese Kreidevierecke ununterbrochen im Auge. Sobald etwas durch dieses Portal kommt, tötet es.«

»Töten, Sergeant?«, wollte die Frau wissen.

»Tötet, zerstückelt und enthauptet es und werft es über Bord, wenn es sein muss.« Trettas Stimme klang hart wie Eisen. »Wir werden keinen weiteren Soldaten auf diesem Schiff mehr verlieren.« Sie salutierte. »Zehntausend Jahre.«

»Zehntausend Jahre!«, brüllten die Soldätchen, bevor sie losstürmten und ihre Befehle ausführten.

Das war gar nicht gut, gelinde gesagt.

Ich hatte keine allzu hohe Meinung von der Tüchtigkeit dieser gehirngewaschenen fanatischen Revolutionäre, aber selbst sie hätten Jero oder die Zwillinge finden können oder zumindest Agne. Es gab nicht viel Platz auf einem Schiff, um sich zu verstecken. Wenn es keine Spur von ihnen gab, waren sie eindeutig weg.

Das bedeutete, ich war eine Gefangene auf einem Luftschiff, auf dem es von Leuten wimmelte, die mich umbringen wollten. Zusammen mit einem Scrath, das die Realität verändern konnte und nur darauf wartete, endlich freizukommen und damit anzufangen. Und ich war allein.

Mein Herz hämmerte, und ich keuchte. Panik zog mir den Hals fester zusammen, als ein noch so guter Strick es hätte tun können. Ich musste eine Fluchtmöglichkeit finden, irgendwie von diesem Schiff kommen und Liette hier herausholen, bevor sich der Vorhang dieser dystopischen Scheißoper hob.

Aber ich konnte einfach keinen klaren Gedanken fassen. Es war zu viel. Ich hatte zu viel Blut verloren, hatte zu viele Feinde gegen mich und war von zu vielen Freunden verlassen worden. Ich konnte keinen Ausweg erkennen, mir keinen Plan überlegen, ja, mir fiel nicht einmal irgendetwas Geistreiches ein. Als Tretta mich grob am Arm packte und mich durch den Korridor zerrte, dämmerte mir, dass es auch keine Rolle spielte. Immerhin sollte ich gefoltert und ermordet werden.

*

»In Gefangenschaft zu geraten, ist gar nicht so schlimm«, hatte mir ein alter Vagrant mal gesagt. »Sie mögen dich fesseln, knebeln, dir die Augen ausstechen. Aber sie können niemals deinen Geist in Ketten legen oder deine Instinkte fesseln. Solange du die hast, gibt es kein Gefängnis für dich, das sein Metall wert ist.«

Gute, verlässliche Worte, und jedes Mal, wenn ich dumm, betrunken oder ungeschickt genug war, um jemandem in die Hände zu fallen, fielen sie mir ein. Nur diesmal nicht.

Diesmal dachte ich nur daran, dass der Kerl, zwei Tage nachdem er mir das gesagt hatte, exekutiert wurde. Den Schädel hatten sie anschließend mit einer Kanone weggepustet.

Als die Zellentüren mit einem in der klaustrophobischen Enge gedämpften Knall zuschlug, schoss mir durch den Kopf, dass man manchmal einfach am Arsch war, wie geistreich man auch sein mochte.

Tretta sicherte die Zelle. Schweigend nahm sie mir meine Waffen ab. Den Kakophon hielt sie angewidert mit zwei ganz schön kräftigen Fingern, als sie ihn in einen Beutel fallen ließ. Ich erhaschte nur noch einen kurzen Blick in seine bösartigen Messingaugen, bevor er darin verschwand.

Keine Waffen, kein Werkzeug. Nichts, womit ich meine Exekution hätte verhindern können, um Liette zu retten.

Ganz ruhig, sagte ich mir. *Du bist schon aus schlimmeren Klemmen herausgekommen. Tatsächlich? Egal. Denk nach.* Ich musterte Tretta. *Sie ist jähzornig. Bring sie zum Reden.*

»Heho«, sagte ich, »meine Hübsche?«

»Schenk dir das!«, fuhr Tretta mich an, ohne mich anzusehen. »Keine Lügen, keine Beleidigungen, keine schlauen Wortspielchen. Stell dich deinem Tod wenigstens mit einem Rest von Würde.« Sie warf mir einen flüchtigen Blick zu. »Oder weiß Sal *Kacke*phonie nicht, wie das geht?«

»Sal Ka-ko-pho-nie«, presste ich heraus, »sieht dem Tod nicht ins Gesicht! Denn der Tod kann ihren Anblick nicht ertragen.« *Verfickt, bin ich gut!*

»Genau die Art von sinnloser Rhetorik, die ich von dir erwarte«, gab sie zurück. »Es war zu viel verlangt, dass du deinen Opfern diese albernen Posen ersparst. Nur ihretwegen halte ich meine revolutionäre Wut im Zaum, sonst …«

»Ach, hör doch mit dem Scheiß auf!«

Niemand hat sich wirklich unter Kontrolle, ganz gleich, was sie auch sagen. Und die Härtesten haben die größten Schwächen. Man muss sie nur finden und darauf herumtrampeln.

Als Tretta sich mir zuwandte, fiel diese professionelle, kalte Haltung von ihr ab wie Asche und Schlamm im Wasser.

»Es ist zwar schon Monate her, Tretta, aber hast du vergessen, dass ich nicht schwachsinnig bin?« Ich presste mich an die Stangen. »Glaubst du wirklich, dass du das für irgendwelche Opfer tust? Für Leute, die dir völlig gleichgültig waren, bis ich vorbeikam und dich gedemütigt habe?«

Sie verzog die Lippen und kniff die Augen zu Schlitzen zusammen. »Die Revolution beschützt alle«, leierte sie herunter. »Die Niedergeschlagenen, die Unterdrückten, die unter dem Stiefel der Dekadenz und Korruption leiden, der …«

»Frau, deine Revolution hat mehr Menschen getötet als selbst ich in den lächerlichen Geschichten, die man sich über mich erzählt.« Ich stützte mich auf die Querstangen der Zellentür und ließ meine Arme hinaushängen, scheinbar absichtslos. Bis sie in Reichweite kam. »Du gibst einen Scheiß auf sie, wie du dich einen Scheiß für die interessierst, die ich getötet habe. Wenn du an mich denkst, siehst du nicht sie, sondern du siehst dich selbst.«

Sie bewegte sich nicht und sagte nichts. Aber sie ging auch nicht. Ich leckte mir die Lippen und beugte mich noch weiter vor. Ich musste sie nur nahe genug heranlocken.

»Du siehst dich selbst, wie ich dir die Visage poliert habe, als ich mich befreit habe«, flüsterte ich. So leise, dass sie näher kommen musste, wenn sie mich verstehen wollte. »Du siehst dich selbst, gefesselt und als menschlicher Schild missbraucht, als ich aus deinem beschissenen Gefängnis und deiner beschissenen Stadt geflüchtet bin. Du siehst dich selbst, Tretta Stern, so pflichtbewusst, ausgetrickst von dieser erbärmlichen Vagrantin, die du so verabscheut hast.«

Sie verzog wütend das Gesicht. Gut. Sie trat einen Schritt auf mich zu. Noch besser.

»Rede dir nur ein, du tust all das für die Opfer.« Ich grinste und lud sie förmlich ein, mir ins Gesicht zu schlagen. »Oder für die Revolution. Aber all das ändert nichts an dem, was passiert ist. Ich habe dich ausgetrickst. Du hast dich von mir hereinlegen lassen.« Ich beugte mich noch weiter vor, um ihr freie Schussbahn zu bieten. »Und das werde ich immer und immer wieder machen.«

Ihr Körper zitterte.

Ja.

Ihre Hand glitt zum Schwert an ihrer Hüfte.

Nur los.

Sie packte den Griff.

Nun mach schon, verflucht!

»Du hast recht.«

Moment, was?

Ihr Griff um das Schwert lockerte sich, und sie ließ mit einem tiefen Seufzer den Kopf hängen. »Du hast recht«, wiederholte sie. »Ich dürste nach Vergeltung, wegen der Demütigung, wegen allem, was du getan hast. Und wegen allem, was du hättest tun können, weil mein Leben in deinen Händen lag.« Sie blickte mich an, weder kalt noch herzlich, sondern nur verletzt. »Du hast mich beschämt, meinen Rang, meinen Kader. Ich würde alles dafür geben, dich dafür tot zu sehen.«

»Ach ja?« Ich lachte spöttisch. »So gut bist du nicht.«

»Nein, bin ich nicht.«

Verflucht, was muss ich noch machen?

»Und das muss ich auch nicht sein.« Sie richtete sich auf, verschränkte die Hände hinter dem Rücken und betrachtete mich kühl. »In einer Stunde werden alle Verhörspezialisten, die wir haben, mit allen Instrumenten, die sie brauchen, um dich auseinanderzunehmen, hier eintreffen. Du wirst uns sagen, was wir wissen wollen, und dann wirst du sterben.«

Sie drehte sich auf dem Absatz herum, nahm den Beutel und trat in den Gang. Ich schlug wütend gegen die Stangen.

»Ach ja?«, schnarrte ich. »Aber es wirst nicht du sein, die es geschafft hat!« Verzweiflung sickerte in meine Stimme. »Du wirst nur eine Zuschauerin sein, eine Zeugin deines eigenen Scheiterns, erneut! Alle werden erfahren, dass Tretta Stern Sal Kakophonie nicht einmal töten konnte, als sie sie zum zweiten Mal in einer Zelle eingesperrt hatte!«

»Keiner wird es erfahren.« Sie warf mir einen Blick über die Schulter zu. »Wir werden deine Leiche verbrennen und deine Asche im Wind zerstreuen. Mit jedem Jahr, die der Wind sie verweht, werden sich die Menschen weniger an dich erinnern, bis du nur noch ein schlechter Traum bist. Und irgendwann bist du verblasst.«

»Aber du wirst diese Ehre nicht bekommen! Das Vergnügen! Du wirst nicht … He! He!«

Ich war so kurz davor gewesen, sie zu packen und sie zu benutzen, um rauszukommen. Aber solche Provokationen helfen nicht viel gegen eine Tür, die zufällt.

Ich schrie ihr eine kreative Variation von Flüchen nach, als sie aus dem Zellentrakt verschwand. Ich schlug gegen die Stangen, trat gegen die Wände, aber sie kam nicht zurück. Und mein Ärger löste sich nicht auf. In Ermangelung eines anderen Ziels trat ich wütend gegen den Eimer in der Ecke der Zelle. Zwei Liter Gründe zeigten mir, warum das eine schlechte Idee gewesen war.

Ich war so wütend, dass ich hätte töten oder heulen können, aber nichts hätte geholfen. Und dass ich auch noch an einem Tag sterben würde, an dem ich zweimal wortwörtlich in der Scheiße gesteckt hatte, war weniger beunruhigend als die Wahrheit. Tretta hatte recht.

Ich würde hier sterben. Ich würde nichts bewirken, niemanden retten und aus keinem besonderen Grund verrecken. Die Leute würden mich vergessen; das hatten sie eigentlich schon. Ich meine nicht die dumpfen Trottel, die sich gegenseitig umpflügen. Ich meine …

Liette hatte mir nicht vergeben. Sie wollte eine Welt ohne mich, und sie würde sie errichten.

Das schmerzte. Das schmerzte schlimmer als Scheiße oder Wunden, schlimmer als alles.

»Hast du versucht, sie zu erwürgen?«

Gut, schlimmer als fast alles.

Natürlich liebte das verfluchte Schicksal Opern und gewährte mir eine letzte Demütigung. Die stand müde und gebrochen in der Tür.

»Darrishana«, murmelte ich.

»Ich nenne mich jetzt Darrish«, antwortete sie. »Darrish die Steinerne.« Sie runzelte die Stirn. »Aber das wusstest du, stimmt's? Ich stehe immerhin auf deiner Liste.«

Ich zog Rotz hoch. »Liette hat dir davon erzählt.«

»Ich hatte es gehört. Es gibt Geschichten. Aber ... ja, sie hat es mir auch erzählt. Oft.«

Ich weiß nicht, warum ich die Frage stellte, warum ich noch mehr verletzt werden wollte. Aber ich tat es.

»Du und sie«, sagte ich. »Habt ihr ...?«

Ein kalter Blick und ein Anflug von Missmut. »Und wenn?«

Darauf hatte ich keine Antwort. Sie hatte recht. Es ging mich nichts an.

»Aber ... nein.« Die Antwort kam knapp und ein bisschen traurig. »Wir ... haben es versucht, eines Nachts.« Sie sah mir nicht in die Augen. »Wir kamen ins Reden, dein Name fiel ...«

»Schon gut, ist gut.« Ich seufzte, schlurfte zu der Pritsche in meiner Zelle und ließ mich darauf fallen. »Die Lage ist schon beschissen genug, auch ohne dass du mir erzählst, dass mein Name die Stimmung gekillt hat.«

»Sie hat sie nicht gekillt«, entgegnete Darrish. »Aber sie hat geblutet, das ganz sicher.«

»Du bist nicht komisch.«

»Deswegen bin ich auch nicht hergekommen.«

»Ach nein? Auch nicht, damit ich dir die Zähne einschlage, sonst kämst du näher. Warte, bis ich die Scheiße wieder in den Eimer gekratzt habe, damit ich sie dir ...«

»Ich bin hier, weil ich mich entschuldigen wollte, Sal.«

Sie stand breitbeinig da, die Hände zu Fäusten geballt. Ihr Mund war verzerrt und zitterte, als wollte sie eine sechs Tage alte Kugel aus sich herauspressen. Ich weiß nicht, welche Erinnerung die Lady Merchant sie nicht vergessen lassen wollte, aber sie sah mich an, ohne zu blinzeln. In ihren Augen war nur Schmerz.

»Wofür?«

Sie senkte den Blick. »Ich … ich weiß es nicht.«

»Du bist hier heruntergekommen, um mir das zu sagen?« Ich legte mit gespieltem Schock eine Hand auf meine Brust. »Aber Liebes, dann ist alles verziehen. Ich komme mir direkt kleinlich vor, weil ich dir ein bisschen böse war, als du mich sterbend auf dem Boden hast liegen lassen.«

Sie zuckte zusammen. »Das habe ich verdient.«

»Du verdienst weit Schlimmeres.«

»Das auch.« Sie schloss die Augen und verzog die Lippen. »All die Jahre habe ich an nichts anderes denken können. Ich habe immer wieder gegrübelt, was ich hätte tun können, was …«

»Verflucht, glaubst du, das macht es besser?«

Ich sprang auf, stürmte zur Tür und packte die Stangen, als könnte ich sie nur mit meiner Wut verbiegen. Wut ist aber nur dann großartig, wenn sie von Eisen und Flammen begleitet wird. Sonst ist sie nur das, was einem bleibt, wenn man keine Tränen mehr hat.

»Was hast du dir gedacht? Dachtest du, das wäre irgendeine Seifenoper? Dass ich nur eine schlaue Entschuldigung hören wollte? Dass du ein hübsches Liedchen davon zwitschern könntest, wie mies du dich fühlst, und dann würde ich dir schon verzeihen?«

Sie sagte nichts. Ihr Schweigen verstärkte das Klappern der Stangen, als ich dagegenschlug.

»Hast du das?«

»Nein!«, schrie sie. »Das habe ich nicht gedacht! Ich habe nicht … Ich habe nicht daran gedacht …«

»Woran denn?«, brüllte ich. »Daran, was du mir genommen hast? Daran?« Ich deutete auf die Narbe auf meiner Brust. »Es war meine Magie, Darrishana, sie gehörte mir. Und du hast einfach zugesehen, wie sie sie mir nahmen, ohne ein Wort zu sagen. Du konntest mir nicht einmal in die Augen sehen.«

So wie sie es auch jetzt nicht konnte, sondern ihre Arme um sich schlang, als wollte sie darin verschwinden. Einst fand ich das hinreißend, jetzt wünschte ich mir nur, ich hätte ein Schwert.

»Sie gehörte mir«, knurrte ich. »Und du hast sie mir genommen, hast mir den Himmel genommen. Ich war Rote Wolke, und du hast es mir gestohlen. Warum, Darrish?« Schweigen. Ich schlug wieder gegen die Stangen. »Warum?«

»Weil ich schreckliche Angst vor dir hatte!«

Jetzt sah sie mich an. Nicht mit Tränen in den Augen, aber ihre Beine zitterten so schrecklich, dass sie sich an die Wand lehnen musste. Und ihr Blick schien zu sagen, dass es ihr lieber gewesen wäre, wenn ich sie geschlagen hätte.

»Vor dir«, flüsterte sie, »Rote Wolke. Ich habe gesehen, wie du durch den Himmel flogst und Menschen verbranntest, und jedes Mal, wenn du zurückkamst, kannte ich dich etwas weniger. Ich fürchtete den Tag, an dem Salazanca verschwunden und nur noch Rote Wolke da war. Ich dachte wohl, als Vraki sagte, dass er dir deine Macht nehmen könnte … Ich dachte …«

Das Fundament der Welt unter dem Geld, dem Krieg und dem Sex sind Lügen. Wir brauchen sie. Kleine Lügen, um uns vor unseren Pflichten zu drücken, und große, um Leute dazu zu bringen, zu tun, was wir wollen. Die kalten und grausamen, mit denen wir uns dazu zwingen, weiterzumachen. Lügen sind wie Schnaps – selbst die schlechten machen ein gutes Gefühl.

Bis sie es nicht mehr tun.

Denn die Wahrheit ist viel schlimmer, härter, ekliger und hässlicher. Ganz gleich, wie gut sie auch sein mag, eine schlimme, harte, eklige und hässliche Wahrheit hört niemand gern. Es war einfacher, als ich sie noch für eine Schurkin gehalten hatte, als ich annahm, es wäre ihr gleichgültig, und dass ich nur ihren Namen durchstreichen müsste, damit die Sache erledigt wäre. Das hier …? Das war viel schlimmer.

»Wie lange hast du darüber nachgedacht? Wie lange hast du dir eingeredet, dass diese Worte alles besser machen würden?«, schnarrte ich. »Es war meine Macht, Darrish. Meine ganz allein. Es ist mir egal, wie viel Angst sie dir gemacht hat, du hattest nicht das Recht, sie mir zu nehmen!«

»Ich weiß, ich wusste es schon immer.« Sie sank auf den Boden. »Ich wusste nicht, wie ich es wiedergutmachen sollte, Sal.« Sie starrte lange ins Nichts. »Ich bin Vagrantin geworden, weil ich nicht wusste, was ich sonst hätte tun sollen. Dann erfuhr ich die Sache mit dem Relikt, und als ich hörte, zu was es fähig war, dachte ich …«

»… dass ich dir verzeihen würde? Weil du einen fliegenden Scheißhaufen im Glas gefunden hast?«

»Ehrlich gesagt hatte ich gehofft, dass sie mich auf der Stelle erschießen.«

Ich hielt inne. Damit hatte ich nicht gerechnet.

»Die Revolution, die Nullen, die Hilfe bei Magiern suchten? Bei Vagranten? Ich dachte, es wäre eine Falle. Ehrlich … Es war mir egal. Aber als sich herausstellte, dass es keine war, als ich Liette traf, als sie mir von der Welt erzählte, die sie erschaffen könnte …«

Ich sank auf die Pritsche. Meine Wut war verraucht. Liettes Worte kamen mir in den Sinn und legten sich schwer wie ein Stein auf meine Schultern. Die so tief herabsanken, dass ich das Gefühl hatte, mein Kopf fiele mir ab.

»Ihre Welt ohne mich«, flüsterte ich.

»Du hast es also schon gehört«, gab Darrish leise zurück.

»Hat sie es dir gesagt?«

»Oft. Hat der Gedanke dich verängstigt?«

»Mich ängstigt nichts.«

»Das sagt häufig jemand, der Angst hat.«

»Und wie verdammt würdest du dich fühlen, wenn jemand wie sie dir sagt, dass jemand wie du nicht in ihre Welt gehört?«

Sie blickte auf ihre Füße. »Erleichtert.«

Die Tusse hatte wirklich ein Talent, mich dazu zu bringen, sie zu ohrfeigen. Woher sie das wohl hatte?

»Genießt du dieses Leben, Sal?«, fragte sie. »Als Vagrantin? Die Kämpfe, das Morden, all …« Sie fuhr mit der Hand durch die Luft. »All das hier?«

»Ich bin gut darin.«

»Das habe ich nicht gefragt, und das hat auch Liette nicht gesagt.« Sie starrte so angelegentlich auf den Boden, als erwartete sie, dass er sich öffnete und sie verschlang. »Liette möchte eine Welt erschaffen, in der du nicht töten musst. Wo du niemandem Schmerzen bereiten musst, wo du nicht Sal Kakophonie oder Rote Wolke oder …« Seufzend hob sie den Blick. »Du könntest sein, wer du willst. Jemand anders. Mit ihr. Ohne sie. Egal. Das wollte sie. Für dich.«

Etwas brannte in meinem Hals. »Warum hat sie das dann nicht so gesagt?«

»Weil sie dickköpfig, halsstarrig und so stolz ist, dass ein Löwe neidisch auf sie wäre, warum sonst?« Darrish zog geräuschvoll die Nase hoch. »Einer der vielen Gründe, warum wir nicht … na ja, du weißt schon.« Sie wurde blass. »Außerdem ist sie wirklich von … Zeugs begeistert, das aus anderem Zeugs kommt. Ich meine, sie ist wirklich aufgeregt. Es ist sonderbar.«

»Fick dich!«, knurrte ich. »Sie ist hinreißend, wenn sie das tut.«

Sie lächelte mich an wie früher. Ich erinnerte mich an die Zeit, als es nicht so schmerzte, ihr Gesicht zu sehen.

»Vermutlich bin ich deshalb hier bei ihr geblieben«, fuhr sie fort. »Ich wollte diese Welt sehen, wollte Dinge besser machen. Ich wollte …« Sie schüttelte den Kopf. »Scheiße. Ich wollte dir etwas Gutes tun.«

»Ich hätte dir nicht verziehen.«

»Ich weiß.«

»Es hätte nichts geändert.«

»Ich weiß.«

»Du wärst immer noch, wer du bist. Und ich wäre immer noch, wer ich bin.«

»Verflucht, ich weiß es!«, fuhr sie mich an. »Ich habe jahrelang mit diesem Wissen gelebt. Ich weiß es, und es ist mir egal, und ich will es immer noch tun.«

»Warum?«

Sie runzelte so stark die Stirn, dass es aussah wie eine Narbe. Ihre Augen waren zu traurig, als dass sie mich hätten ansehen können. Dann drehte sie sich auf dem Absatz um.

»Du und sie wart füreinander bestimmt«, murmelte sie leise, als sie zur Tür ging.

Wahrheiten bereiten einem keine angenehmen Gefühle. Nicht wie in der Oper. Es gibt keine gewaltige Enthüllung, wenn der Himmel aufreißt und einer Gesellschaft ein unveränderliches Gesetz aufzwingt, die dankbar dafür ist, dass sie nicht mehr nachdenken und eigene Entscheidungen treffen muss.

Wenn du Glück hast, lügst du einfach weiter, bis du weit genug weg bist, wenn das Konstrukt zusammenbricht. Aber häufiger erwartet einen so etwas wie das hier – keine Lösung. Keine Befriedigung. Nur die Erkenntnis, dass manche Narben zu tief sind, als dass die Wahrheit sie heilen könnte, und sich nichts wirklich ändert.

Wenn du schlau bist, schließt du deinen Frieden damit. Das macht dich nicht glücklich, aber es schenkt dir Ruhe.

»Darrish.«

Zu diesen Leuten gehöre ich nicht.

Sie blieb stehen und neigte aufmerksam den Kopf.

»Ich werde dir nicht verzeihen«, sagte ich.

»Sal, ich hab's kapiert«, gab sie zurück. »Wenn du mir das weiter unter die Nase reiben willst, solltest du vielleicht mal eine andere Formulierung benutzen.«

»Lass mich ausreden!«, fuhr ich sie an. »Ich werde dir nicht verzeihen ... aber du musst mir einen Gefallen tun.«

Sie rührte sich nicht. »Ich kann dich nicht rauslassen.«

»Das könntest du wohl, wenn ich wirklich nett fragen würde, aber das will ich gar nicht.«

Sie drehte sich um. Ihr Blick war nach wie vor schmerzlich, verriet aber auch unverkennbar Neugier.

Vielleicht hatte Liette recht. Ich war eine Killerin, eine Zerstörerin, eine Gesetzlose ... Und vielleicht konnte sie eine Welt erschaffen, in der Leute wie ich nicht existierten. Aber mit diesem Scrath würde es nicht dazu kommen. Das wusste ich. Meine Narben sagten mir das.

»Hör zu.« Ich seufzte. »Was zwischen uns passiert ist, ist durch nichts wiedergutzumachen. Ich glaube dir, dass du es versuchen möchtest. Solltest du das nach dieser Scheiße hier immer noch wollen, dann tu mir jetzt einen Gefallen.«

Sie sagte nicht Ja. Aber sie blieb und spuckte mir nicht ins Gesicht. In unserem Geschäft nannte man das einen Sieg.

»Halte sie auf«, bat ich sie. »Überzeuge sie, einen anderen Weg zu suchen, zerstöre ihre Forschungsergebnisse, erledige diese verfickte Kreatur in dem Glas, wenn es sein muss, aber lass sie auf keinen Fall frei.«

»Sal, Liette ist sich sicher ...«

»Das weiß ich. Sie ist viel zu schlau, um sich nicht sicher zu sein. Und vielleicht kann sie dieses Wesen tatsächlich kontrollieren, aber nicht ewig und schon gar nicht, bevor es anfängt, die Revolution zu kontrollieren. Du musst sie daran hindern, es freizulassen.« Ich leckte meine Lippen. Wann waren sie so trocken geworden? »Bitte.«

Während ich redete, fingen meine Narben an zu schmerzen. Es war ein Gefühl, als würde etwas in mich greifen, in mir herumkriechen. Als würde es genügen, über das Scrath zu reden, um seine Aufmerksamkeit zu erregen. Und je länger es dort lauerte, durch meine Adern glitt, desto klarer erkannte ich es. Es war dasselbe Gefühl, das ich hatte, als ich dieses Götzenbild in Terassus angesehen hatte.

Dasselbe Gefühl, das ich hatte, als ich vor langer Zeit gegen das Scrath in der Dunkelheit gekämpft hatte. Dasselbe Gefühl, das ich in jener Nacht hatte, in der ich alles verlor …

Das durfte nicht wieder passieren. Nicht ihr.

»Darrish!« Ich hämmerte gegen die Stangen.

»Ich versuch's!«, entfuhr es ihr. »Ich werde es versuchen, Sal. Aber … Was wirst du tun?«

»Mach dir keine Sorgen um mich.« Ich rieb mir den Nacken und sah mich um. »Ich lasse mir schon was einfallen.«

»Und was?«

»Wenn ich das wüsste, hätte ich nicht gesagt: ›Ich lasse mir was einfallen.‹« Ich wedelte mit der Hand. »Manchmal muss man einfach auf die richtige Gelegenheit warten.«

Darrish verzog das Gesicht. »Gelegenheiten springen nicht einfach aus den Requisiten wie in einer billigen Oper …«

Die Tür flog auf. Tretta Stern humpelte herein, hielt sich die blutige Seite. Sie war verwundet, atemlos und wirkte verzweifelt. Ich verschränkte die Arme und warf Darrish ein selbstgefälliges Grinsen zu.

»Ach nein?«

»Sergeant!« Darrish ignorierte meine geniale Replik und trat zu Tretta, um sie zu stützen. »Was ist los?«

»Eindringlinge …« Tretta sank keuchend auf ein Knie. »Sie haben mir aufgelauert …«

»Das wäre nicht passiert, wenn du dir die Mühe gemacht hättest, dich umzusehen, Kommandeur.«

Er trat gemächlich aus dem dämmrigen Gang, ein blutiges Messer locker in der Hand. Obwohl ich geglaubt hatte, ich hätte all seine Gesichter schon gesehen, das Lachende, das Liebende, das Verletzte, erkannte ich diesen Mann kaum, der jetzt in das Schiffsgefängnis trat. Seine Augen waren klar und ruhig, er wirkte kühl und gelassen, und seine Miene war hinter der blutigen Maske vollkommen ausdruckslos.

Ich erkannte seine Stimme, obwohl sie vollkommen leidenschaftslos und bar jeden Humors war.

Als er in das Gefängnis trat, den Sack mit meinen Waffen über die Schulter geschlungen, erkannte ich auch ihn.

»Aber ein Fanatiker kann nur dorthin blicken, wo man es ihm befiehlt, stimmt's?« Jeros Stimme war scharf wie ein Messer. »Das hast du nicht getan, Kommandeur. Du hast nicht zurückgeblickt, als man dir den Rückzug befahl. Du hast nicht zurückgeblickt, als mein Bruder sich ins Getümmel warf.« Er schüttelte Trettas Blut von seiner Klinge. »Du hast seine Leiche keines Blickes gewürdigt.«

»Einstmals!« Tretta rappelte sich auf und griff nach ihrer Waffe. »Deserteur. Konterrevolutionär! Verräter!«

»Und am Leben«, entgegnete Jero. »Jandi dagegen nicht. Erinnerst du dich überhaupt an seinen Namen, Hauptmann?«

»Ich erinnere mich an die Brüder Standhaft«, gab Tretta wütend zurück. »Ich weiß, dass einer der tapferste Revolutionär war, den ich jemals zu befehlen die Ehre hatte, der sein Leben für seine Sache gab, für seine Kameraden und für deinen Kader. Und ich erinnere mich an dich, Einstmals. Du warst nicht würdig, seinen Namen zu teilen. Das wusste der Große General, als er ihn dir nahm.«

»Und du bist nicht würdig, ihn auszusprechen«, schnarrte Jero. »Aber das spielt keine Rolle. Denn deine Farce von Revolution wird sich für seinen Tod verantworten. Für jeden einzelnen Toten.«

»Jero?«, flüsterte ich hinter meinem Zellengitter.

»Tut mir leid, dass ich jetzt erst komme, Sal.« Er lächelte traurig. »Ich musste erst einige Dinge außerhalb des Schiffes erledigen.«

»Sal?« Darrish sah mich entsetzt an. »Du kennst ihn?«

Drei Menschen unter einem Dach, die dich entweder geliebt oder versucht haben, dich umzubringen oder beides, erzeugen eine unglaublich peinliche Situation. So peinlich, dass ich alles gegeben hätte, wenn irgendetwas diese Lage …

Eine Explosion. Das Deck unter meinen Füßen bebte. Und dem Kreischen von Vögeln folgte das Heulen von Sirenen.

»Alle Mann an Deck! Alle Mann an Deck! Alle Mann sofort auf ihre Positionen! Imperialer Angriff! Imperialer Angriff!«

Ja! Das zum Beispiel.

44. KAPITEL
DIE EISERNE FLOTTE

Es stimmt, die Schlachten zwischen der Revolution und dem Imperium haben die Scar verwüstet, Millionen aus ihren Häusern vertrieben und mündeten in der größten Verheerung der Menschheit. Aber sie haben auch positive Aspekte.

Zum Beispiel bieten sie eine ausgezeichnete Tarnung für ungesetzliche Aktivitäten – in diesem Fall der Flucht aus einer Gefängniszelle.

»Da sind sie! Eröffnet das Feuer!«

Das Beben der Planken unter meinen Füßen wurde von dem scharfen Knall der Bajonettgewehre untermalt. Funken stoben um mich herum, als Severiumkugeln in die Rohre und den Rumpf des Flurs einschlugen. Ich zog mir meinen Glücksschrieb-Schal über den Kopf, als ein Geschoss ein Stück aus der Hülle riss. Es war eine verirrte Kugel, und ich hatte überlebt, aber angesichts der Großzügigkeit, mit der die Revolutionäre Kugeln verteilten, wollte ich mein Glück nicht überstrapazieren.

»*Alle Mann an Deck! Alle Mann an Deck! Ruhm dem Großen General! Ruhm der Revolution!*«

Die Sirenen heulten unablässig weiter und schienen sich gegenseitig zu überbieten zu wollen, während Befehle gebellt wurden, denen Soldaten hastig Folge leisteten. In dem Lärm und Aufruhr verlor ich Darrish und Tretta aus den Augen. Und meine Suche nach beiden wurde unvermittelt unterbrochen …

»Stirb, imperialer Abschaum!«

Ein Revolutionär sprang hinter einer Ecke hervor, und ich konnte gerade noch mein Schwert hochreißen, als das Bajonett heruntersauste. Ich erwischte die gezackte Klinge mit meinem Schwert, aber er hatte Gewicht, Schwung und Jahre fanatischer Propaganda auf seiner Seite. Ich ging unter seinem Hieb in die Knie, der zweite schlug mir das Schwert aus der Hand und der dritte hätte mich durchbohrt.

Wenn Jero ihm nicht zuvorgekommen wäre. Er sprang hinter mir aus den Schatten, packte den Gewehrlauf am Bajonett und kam so dicht an den Soldaten heran. Im nächsten Moment bohrte er ein Messer in den Hals des Soldaten.

»Alles in Ordnung?«, erkundigte Jero sich etwas atemlos, als er mir die Hand hinhielt.

»Ganz und gar nicht!«, erwiderte ich, als er mich auf die Füße zog. »Wo zum Teufel hast du gesteckt?«

»Ich war beschäftigt.«

»Womit?«

Das Heulen der Sirenen wurde von weiteren Schüssen übertönt. Jero packte meine Hand und lief mit mir durch die gewundenen Korridore des Luftschiffes. Schließlich erreichten wir eine Nische mit einem Gewirr aus klappernden Rohren. Er zog mich hinein und legte mir einen Finger auf die Lippen.

Die Schritte ließen nicht lange auf sich warten. Eine Gruppe Revolutionäre trampelte an uns vorbei, ohne auch nur einen Blick in die Nische zu werfen. Jero wartete, bis sie weg waren, dann drehte er sich zu mir um und grinste.

»Nicht schlecht, stimmt's? Ich habe hier auf Patrouille immer geraucht, als …«

Meine Faust an seinem Kinn unterbrach seinen Satz. »Wohin verfickt bist du verschwunden?«, fauchte ich ihn an. »Ich wäre fast verreckt, und du hast mich erneut allein gelassen!«

»Bist du eigentlich in der Lage, irgendetwas ohne Anwendung von Gewalt klarzustellen?« Jero rieb sich das Kinn.

»Das ist genauso möglich, wie es dir gelingt, etwas zu tun, ohne die Leute dazu zu bringen, dir Gewalt anzutun!« Ich stieß ihn wütend zurück. »Du sagtest, es gäbe keine Lügen mehr! Du sagtest, du würdest etwas auf dem Schiff erledigen!«

»Das habe ich auch!«, fuhr er mich an. »Ich bin in die Waffenkammer gegangen und in den Maschinenraum … Und habe es erledigt.« Er spuckte Blut auf den Boden. »Die Sigillen mussten schließlich angebracht werden, schon vergessen? Die Zwillinge und ich sprangen von Schiff zu Schiff, um das zu erledigen. Das und ein paar andere Dinge.«

Ich sah ihn argwöhnisch an. »Welche Dinge?«

Er erwiderte meinen Blick ungerührt. »Die ich erledigen musste.«

Ich sah es in seinen Augen, in die ich in jener Nacht geschaut hatte, als ich mich von ihm halten ließ, die mir seine Geheimnisse verraten hatten. Die Lügen, all das, was er mir nicht erzählt hatte. Sie gehörten zur selben Wunde, wegen der er tat, was er tat. So wie meine Lügen mich weiter töten ließen. War das alles, was wir uns geben konnten?

»Rückzug, ihr Narren! Rückzug!«

Stiefel trampelten durch den Korridor, aber es wurden weniger. Schließlich bog eine letzte Revolutionärin um die Ecke, blutend, keuchend. Sie zog ihr Bajonettgewehre hinter sich her und erreichte gerade unser Versteck, als etwas hinter ihr durch die Luft flog – vielmehr jemand. Der die gleiche Uniformjacke trug wie sie und schrie.

Der Schrei verstummte, als er auf seine Kameradin prallte und sie zu Boden riss. Es gelang ihr, sich auf den Hintern zu setzen, ihr Bajonettgewehr in beide Hände zu nehmen und das Bajonett zitternd in den Gang zu richten.

»Bleib zurück!«, schrie sie. »Beim Großen General … !«

Ich hörte das Lied der Lady in meinen Ohren. Dann hörte ich ihren Schrei, als jemand ihr das Gewehr entriss, und dann das dumpfe Krachen, als ihr Körper erst gegen eine Wand und dann an die Decke geschmettert wurde.

Eine schlanke Gestalt in der prachtvollen violett-bronzefarbenen Rüstung eines imperialen Magus schlenderte herein. Er hatte die Hand in einer fast schon beiläufigen Geste ausgestreckt und betrachtete durch seine emotionslose Bronzemaske sein Opfer.

»Zehn … «, keuchte sie, während Blut aus ihrem Mund lief, » … tausend Jahre.«

Er seufzte etwas blechern hinter der Maske. »Typisch.«

Dann bewegte er die Finger, und sie wurde erst zu Boden, danach erneut gegen die Wand und schließlich gegen die Rohre geschleudert.

Ich hasste alle Magier. Aber diese Greifmagier hasste ich so richtig.

»Habe ich da Propaganda gehört?« Eine andere Magierin in einer ähnlichen Rüstung, deren Fingerspitzen Funken sprühten, gesellte sich zu ihm. »Kein Flehen um Gnade?«

»Eine Null ist nur ein Papagei, der gelernt hat, eine Waffe zu halten«, erwiderte der Greifmagus zutiefst verächtlich. »Und sie käuen nur die Worte wieder, die sie gehört haben.«

»Barbaren«, murmelte die Funkenmagierin. »Da oben kämpfen sie wie die Wilden. Was auch immer sie auf diesen mechanischen Monstern transportieren, ihre Herren wollen es unbedingt bekommen.«

»Dann müssen wir uns beeilen.« Der Greifmagus starrte gleichgültig in den Gang. »Ihre sämtlichen Nachforschungen über das Relikt befinden sich auf diesem Schiff. Die Imperatrix will alles haben, bis zum letzten Fetzen.«

Mir gefror das Blut, und mir stockte der Atem.

Woher wussten sie von dem Relikt? Und der Forschung? Und woher wussten sie, wo sie diese Schiffe finden konnten?

»Die Nachforschungen«, sagte die Funkenmagierin gerade. »Glaubst du, dass jemand sie für die Nullen angestellt hat?«

»Hast du je eine Null getroffen, die etwas anderes schreiben konnte als Propaganda?« Der Greifmagus winkte seiner Gefährtin zu und ging weiter durch den Korridor. »Falls ich mich irre … auch gut.«

»Und wenn es ein Geschäftspartner ist?«, fragte die Funkenmagierin und folgte ihm.

»Unsere Befehle lauteten, alle Nullen zu töten«, antwortete er. »Wir wollen die Imperatrix doch nicht enttäuschen, oder?«

Liette! Meine Angst verpuffte und mit ihr Schmerzen und Sorgen. *Liette!* Sie würden sie finden, foltern und töten!

»Es sei denn …«

Das heiße Flüstern des Kakophon drang aus seinem Futteral, und sein Griff brannte, als meine Hand ihn streifte. Ich packte ihn, und dann verschwand selbst ihr Name aus meinem Kopf.

»Wir halten sie auf.«

Ich hatte nur noch ihn. Er sprang mir förmlich in die Hand, und seine Hitze verbrannte alle Kälte, jeden Schmerz. Seine Stimme flüsterte mir in einer Wolke aus Asche und Blut, Lüge und Wahrheit zu, ich solle mir um die Schäden keine Sorgen machen, um die Furcht, mit der man mich betrachtete, um gar nichts. Nur um die Leute, die wir finden und die sterben mussten. Der Gedanke fühlte sich gut an.

»He!« Jero hielt mich auf, als ich aus der Nische glitt. »Was zum Teufel hast du vor?«

Ich antwortete nicht. Sal Kakophonie musste niemandem sagen, er sollte sich ihr lieber nicht in den Weg stellen.

»Die Imperialen werden sie in einen zähen Kampf verwickeln«, zischte er. »Die meisten Soldaten werden von dem Relikt abgezogen. Eine bessere Chance bekommen wir nicht.«

Unwillig riss ich mich los. Ich hätte ihm sagen können, dass wir nichts über das Relikt wussten und ich auf keinen Fall wollte, dass irgendjemand das, was darin war, in die Hände bekam. Auch Zwei-Einsame-Alte-Männer nicht.

Ich warf ihm einen Blick zu und trat aus der Nische. Er hielt meine Schulter fest.

»Wenn du jetzt gehst, lässt du alles hinter dir«, warnte mich Jero. »Deine Rache, eine bessere Welt, alles, was Zwei-Einsame-Alte-Männer dir versprochen hat. Wenn du das wirklich willst ...«

Knochen knackten, und Blut spritzte, als er mit einem lauten Schrei zurückfiel und die Hände auf seine blutige Stirn drückte, die ein Pistolengriff zerschmettert hatte.

Die Stimme flüsterte immer noch zu mir.

»Schade«, zischte der Kakophon. *»Ich mochte ihn.«*

Ich achtete nicht auf ihn, als ich zu Liette rannte. Dabei lud ich Patronen in seine Kammern.

Diskordanz. Laut. Wütend. Hasserfüllt.

»Aber wir alle werden unserer Spielzeuge müde, stimmt's?« Er lachte. *»Erst die Arbeit, dann das Vergnügen.«*

Raureif. Eisig. Rachsüchtig. Qualvoll.

»Hörst du ihr Lied? In den Sirenen und den Schreien. Es müssen Hunderte sein. Die Lieder klingen wunderschön, Kind.«

Die letzte. *Höllenfeuer.* Ich würde nicht genug übrig lassen, um es begraben zu können.

»Überlegst du manchmal, wie viele von ihnen wissen, wer wir sind? Wie viele mitten in der Nacht hochschrecken und unsere Namen schreien?«

Ich klappte die Trommel zu. Packte seinen Griff fester und bog um eine Ecke. In die Hölle.

Ich hörte ihr Lied, bevor ich sie sah. Die Funkenmagierin stand mit verschränkten Armen neben Liettes Tür und wartete ungeduldig darauf, ihre Macht loszulassen. Der Greifmagus stand davor, mit gekrümmten Händen. Die Luft schimmerte, als sie seinen Versuchen widerstand, sie aus den Angeln zu heben.

»Das dauert ja ewig.« Die Funkenmagierin seufzte.

»Ich kann nichts dafür«, erwiderte der Greifmagus. »Die Tür ist mit Bannschrieb versiegelt. Wer auch immer da drin ist, benutzt ...«

Vielleicht hatte er das Klicken des Hahns gehört oder ein Prickeln im Nacken gespürt, jedenfalls blickte er hoch. Und seine Augen hinter der Maske weiteten sich. »Heilige Scheiße«, flüsterte er. »Ist das die verfickte Kako ...?«

Ich drückte ab. Er spuckte Diskordanz aus.

Der Schrei der Funkenmagierin vermischte sich mit dem Lied der Lady. Sie schleuderte einen Blitz auf das Geschoss. Ein guter Trick, der bei normalen Kugeln funktionierte. Aber nicht bei solchen, die explodierten.

Diskordanz heulte durch den Gang, Planken zerbrachen und Rohre barsten. Die beiden Magier wurden in entgegengesetzte Richtungen geschleudert. Er prallte gegen die nächste Treppe, und sie flog schreiend in den dunklen Korridor.

Ich nahm mir einen Moment Zeit, um mich zu überzeugen, dass Liettes Tür bei der Explosion nicht zerstört worden war. Ein Fehler, wenn man gegen einen Greifmagus kämpft.

Es kreischte. Wind brauste, und ein riesiges Stück Holz und spitzes Metall fegte polternd durch den Gang und prallte dabei gegen die Wände. Ich warf mich zu Boden, und Späne regneten auf mich herab, während das Geschoss über mir hinwegrauschte.

Der Greifmagus schwebte über dem Boden. Seine Maske war zerbrochen und enthüllte sein wütendes Gesicht. Er streckte die

Hände aus, und ich fühlte, dass er versuchte mich hochzuheben. Ich rollte mich rasch zur Seite. Greifmagier sind nicht besonders präzise mit ihrer Magie, weshalb sie sich lieber auf unbelebte Objekte konzentrieren. Wie dieses Riesenstück Holz, das er auf mich zuzog, um es mir in den Rücken zu rammen.

Ich hob den Kakophon und schoss. Raureif fegte durch den Gang auf den Magus zu. Aber es gab keine Frostexplosion.

Die Patrone blieb zitternd mitten in der Luft stehen, als der eisige Dampf versuchte, sich aus dem magischen Griff zu befreien.

»Was glaubst du, mit wem du dich hier angelegt hast?«, schnarrte der Greifmagus. Mit einer Handbewegung riss er Holz und Metall aus der Wand und bildete einen Kokon aus Trümmern um die Patrone. Ich fiel zu Boden, als die Patrone harmlos in dem Kokon explodierte.

»Im Namen der Imperatrix und zur Ehre des Imperiums.« Er hob die Hände, und das Lied der Lady ertönte. »Es ist mir ein außerordentliches Vergnügen, dich zu zerfetzen, Kakophonie.«

»Er hat von uns gehört«, flüsterte meine Pistole. *»Nett.«*

Holz ächzte, Metall kreischte, der Gang wurde zerlegt, als Bruchstücke in einem unerträglichen Lärm herausgerissen wurden und in einem Mahlstrom aus Trümmern auf mich zufegten. Und ich lief hinein. Im Kampf gegen einen Greifmagus gibt es nur zwei Regeln.

Erstens: Bleib nicht stehen. Dann kann er dir nicht mit seiner telekinetischen Magie die Rippen zerquetschen. Deshalb stürzte ich mich mit gezücktem Schwert in die Welle aus Trümmern, den Blick auf seine Kehle gerichtet, die seine zerbrochene Maske frei ließ.

Zweitens: Geh nah ran. Sie können zwar Felsbrocken hochheben, aber im Nahkampf sind sie wehrlos.

So wie der Kerl. Ich sprang über ein paar Rohre und zielte nach seiner Kehle. Es war ein heldenhafter Stoß, fantastisch durchgeführt. Wenn er ihn nicht mit einem Schwert abgewehrt hätte.

Er sah meine Verwirrung und lachte. »Du bist schon zu lange aus dem Spiel, Vagrant.« Er stieß mich zurück und nahm Duell-Position ein. »Hast wohl zu lange nur mit Trunkenbolden und Banditen gerangelt.«

Er stieß zu und zog mir die Klinge über die Wange. Der Angriff überraschte mich, er nutzte das aus und setzte nach. Ich war erschöpft und blutüberströmt, er war frisch und hatte einen Haufen Magie zur Verfügung. Plötzlich ließ er seine Klinge los und hielt sie mit seiner Magie in der Luft, während er zurückwich und sie mit den Fingern steuerte.

Was für ein gerissener Mistkerl! Mit jedem Schlag trieb er mich weiter zurück, weg von den Trümmern, den Wänden ... von jeder Deckung. Da fiel mir ein, dass sie zu zweit waren!

Das Lied der Lady ertönte hinter mir. Es knisterte, und meine Haare standen zu Berge. Die Funkenmagierin. Der Greifmagus hatte mich nicht einfach nur zurückgetrieben, sondern gab ihr freie Schussbahn. Die Magier des Imperiums wurden ausgebildet, zusammenzuarbeiten. Dadurch hatten sie die Welt erobern, ihre Feinde auslöschen und eine Möglichkeit finden können, mir ein elektrisches Loch ins Kreuz zu bohren.

Mir blieb nur eine Wahl, etwas völlig Dummes.

Ich duckte mich und stürmte vor. Der Greifmagus fluchte, und seine ferngesteuerte Klinge schnitt mir in die Schulter. Ich rannte an ihm vorbei, und seine Wut verwandelte sich in Verwirrung. Dann packte ich seine Schulter und stieß ihn zurück. Er begriff es erst, als er hinter sich das Knistern des Blitzes hörte.

Die Funkenmagierin hatte zu viel Macht in ihren Blitz gelegt, um ihn zurückrufen zu können. Der Greifmagus schrie eine Warnung und bildete einen primitiven Schild aus Trümmern vor sich. Ihr Blitz zuckte über das Holz und das Metall und tauchte den Gang in blendend blaues Licht. Deshalb sah keiner von beiden, wie ich meine Waffe hob und den Hahn spannte. »*Eres va atali*«, flüsterte ich und drückte ab.

Höllenfeuer explodierte und verzerrte das blaue Licht, Trümmer, Holz und Metall. Und Fleisch.

Der Greifmagus schrie und schlug um sich, als die Flammen seine Uniform verbrannten. Dadurch flogen die brennenden Trümmer wie wild durch die Luft, aber Höllenfeuer war hartnäckig – und Fleisch entzündlich.

Schließlich brach er zu einem qualmenden Haufen zusammen, und hinter ihm wurde die Funkenmagierin sichtbar. Sie starrte entsetzt auf den brennenden Leichnam ihres Partners.

»Nein.« Die Stimme hinter ihrer Maske bebte. »Du wagst es,

dich der Imperatrix zu widersetzen?« Sie bedachte mich mit einem rachsüchtigen und hasserfüllten Blick. »Ich schwöre bei allen Heiligen, dass du dafür …« Auch für eine Magierin ist es schwierig, einen Satz mit einem Schwert in der Kehle zu beenden.

Während sie die Hände auf das Loch in ihrem Hals presste, mit blutigen Händen nach mir griff, auf die Knie sank und umfiel, zog ich die Klinge heraus.

Ich sah mich in dem verbrannten, zertrümmerten Gang um. Kalter Wind pfiff durch die Löcher in der Wand, und man hörte Kampfgeräusche. Mein Körper flehte mich an, mich hinzulegen und einfach nur aufzuhören. Die Idee war verlockend. Fast hätte ich nachgegeben.

»Heilige Scheiße.«

Aber natürlich hat jemand was dagegen. Ich blickte hoch. Liette stand in der geöffneten Tür. Die magischen Sigillen verschwanden, als sie das Siegel brach. Sie ließ den Blick über das Gemetzel gleiten und sah mich dann an.

Ich zog geräuschvoll die Nase hoch und spuckte Blut aus. »He«, sagte ich. »Wir … verschwinden wohl besser.«

45. KAPITEL
DIE EISERNE FLOTTE

Im Imperium gibt es mit Magie und Farbe erschaffene lebendige Porträts, die zeigen, wie heroische, imperiale Legionen ihre Null-Widersacher mit Magie und Geräuschen niederwerfen. Auf dem Gebiet der Revolution gibt es meilenlange Wandgemälde, auf denen Tausende von Künstlern mit gruseliger Genauigkeit den Kampf gegen die imperialen Unterdrücker darstellen. Selbst die Freistätten zeigen Gemälde, auf denen – zumeist reiche – Personen Monster oder Banditen tapfer zurückschlagen.

Niemand liebt den Krieg mehr als jene, die nicht darin kämpfen müssen. Die Kollateralschäden jedoch, das ganze Blut zum Beispiel, empfinden sie als abstoßend. Also bezahlen sie Künstler, die dafür sorgen, dass sie ihre eigene Lüge glauben: dass der Krieg ein großes Abenteuer ist. War man im Krieg, konnte man diese Gemälde nicht mehr sehen.

Der junge Mann, über den ich steigen musste, als ich in den kalten Wind an Deck trat, wirkte nicht einmal mehr menschlich. Sein Gesicht war vor Wut und Entsetzen vollkommen entstellt, erstarrt in dem Moment der Erkenntnis, dass alles, was man ihm erzählt hatte, eine Lüge war. Irgendwie unterstrich das Loch in seiner Brust das.

Überall auf dem Deck lagen Leichen von Magiern und Revolutionären wie Überreste einer Orgie. Jeder von ihnen starrte in den grauen Himmel, und alle hatten dasselbe verzerrte Gesicht wie der arme junge Kerl.

Und unablässig riefen die Sirenen Soldaten in die Schlacht. Wenn man in den von Feuer und Rauch verhangenen Himmel blickte, hätte man schwören können, dass es ein Grabgesang war.

Nur wussten die Leute, die ihnen folgten, nicht, dass es ihre Totenklage war. Soldaten rannten über das riesige Deck, das dreimal so groß war wie das jedes Schiffes, auf dem ich je gewesen war, und starben dort. Revolutionäre standen in Rudeln zusammen und feuerten Bolzen in den Himmel, während ihre Kameraden sie ständig mit Munition versorgten. Magische Blitze und Flammen zuckten über das Deck und mischten sich mit den Severiumexplosionen, wenn Revolutionäre mit Bajonettgewehren die Entermannschaften der Imperialen bekämpften, die wiederum versuchten, ihre Kameraden zu massakrieren. Und die ganze Zeit erhob sich das Lied der Lady Merchant in einer einzigen klaren Note und wurde mit jeder Leiche, die auf das Deck fiel, lauter.

Das war kein Kunstwerk, kein glorreiches Gemälde, sondern ein bitterer Witz irgendeines unersättlichen Gottes, der ihn immer wieder zu seiner eigenen Belustigung wiederholte.

»Wie?« Das Zittern in Liettes Stimme kannte ich. Es war der Versuch einer gebildeten Person, den Anblick von etwas vollkommen Schwachsinnigem zu verstehen. Vergeblich.

»Wie haben sie uns gefunden?« Sie trat auf das Deck. »Unsere Pläne waren so genau, wir waren so vorsichtig.« Sie biss die Zähne zusammen. »Wir waren so kurz davor! Sie dürfen das nicht einfach so ruinieren …«

Sie wollte hinaustreten, aber ich packte sie an der Schulter und zog sie in den Gang zurück. Sie protestierte schwach. Ich legte einen Finger an die Lippen und deutete dann in den Himmel.

Aus dem die kreischende Hölle auf Schwingen herabfiel.

Ein riesiger Schatten flog über das Deck und glitt über einen Zug Schützen hinweg, die ihm ihre Bolzen und entsetzte Schreie nachschickten.

Zuerst sieht man immer die Krallen: vier schwarze Dolche, die einen hilflosen Mistkerl packen. Dann sieht man die Schwingen, riesige, elfenbeinfarbene Federn mit roten Tropfen. Wenn man das Kreischen hört, ist es zu spät.

Der riesige Tamkai mit seinem spiralförmigen Schnabel und dem imperialen Reiter auf seinem Rücken krachte in die Gruppe von Armbrustschützen und riss sie vom Deck. Die anderen rannten weg oder feuerten vergeblich auf den gigantischen Vogel, der unbeeindruckt mit ihren Kameraden in den Krallen in den Wolken verschwand. Einen Moment später traten sie einen entsetzten Rückzug an, als die Vögel ihre Kameraden fallen ließen. Bröckchenweise.

»Tamkai.« Ich sah die dunklen Silhouetten, die auf den Decks der anderen Luftschiffe landeten. »Sie waren vorbereitet.«

»Aber wie?«, fragte Liette. »Woher wussten sie es? Niemand wusste davon!«

Niemand außer mir. Und die Leute, die es mir erzählt haben.

Weitere Soldaten wurden von einem Tamkai weggeschleppt. »Ich könnte sie fragen, oder wir verpissen uns hier.« Ich warf einen Blick über das Deck. »Die haben doch Rettungsboote, oder?«

»Ich ...« Liette sammelte sich mit einem scharfen Atemzug. »Ja. Jedes Luftschiff hat ein Himmelsskiff.«

»Großartig, schnappen wir uns eins!«

»Das geht nicht.«

Sie deutete auf die Reling und zwei Flaschenzüge, an denen ein kleineres Skiff hängen sollte. Mit dem sich bereits jemand davongemacht und damit unsere Flucht vereitelt hatte.

»Entzückend.« Ich seufzte ansatzweise.

»Auf dem Flaggschiff gibt es noch mehr«, erklärte Liette. »Mindestens sechs.«

»Falls die nicht auch bereits benutzt werden.«

»Bestimmt nicht«, behauptete Liette. »Die Mannschaft des Flaggschiffes wurde vom Großen General handverlesen wegen ihrer unbedingten Loyalität und Bereitschaft, mit ihrem Schiff unterzugehen.« Sie rückte die Brille zurecht. »Jedenfalls gibt es keine andere Möglichkeit, von diesem Schiff zu entkommen, außer der, in einem brennenden Wrack elend zu verrecken.«

Ich spähte aus dem Gang zu dem Flaggschiff. Es schwebte bedrohlich am Himmel, gleichgültig gegenüber den Angriffen um es herum. Seine Kanonen erhellten den Himmel, als es Entertrupps abwehrte. Das war unser Ausweg.

Zwischen der Rettung und uns lagen nur ein paar Meilen freier Himmel, in dem es vor riesigen Killervögeln wimmelte.

»Schön. Wenn du eine bessere Idee hast, als nur hier herumzusitzen und auf den Tod zu warten, ich bin ganz Ohr.«

»Lass mich nachdenken.« Liette rieb sich die Schläfen. »Wir

fliegen noch in Formation, das heißt, der Kapitän lebt noch. Das Imperium hat also das Ruderhaus nicht erobert.« Sie deutete auf die Kabine. »Aber wir könnten es.«

»Weißt du, wie man dieses Ding landen kann?«

Sie warf mir einen indignierten Blick zu. »Es ist ein kolossales Schiff, das durch eine unverständliche Technik die unmögliche Macht verleiht, zu fliegen. Selbstverständlich kann ich es landen.« Sie schob erneut ihre Brille die Nase hoch. »Aber wir sind über den Bergen. Ich kann nicht landen, ohne dass alles explodiert. Allerdings könnte ich uns dichter zum Flaggschiff bringen.«

»Das genügt.« Ich öffnete die Trommel des Kakophon und schob eine Patrone in die Kammer. »Wenn wir keine Aufmerksamkeit erregen, sollten wir es schaffen. Bleib in Deckung und dicht bei mir …«

Wärme. Druck. Ein vertrautes Gefühl. Fünf zierliche Finger, die meine Hand ergriffen. Ich sah sie an. Sie erwiderte den Blick auf die Art, die ich so schrecklich vermisst hatte.

Ich mochte in ihren Augen ein Monster sein, und vielleicht würde es eine Welt ohne Leute wie mich geben, eine bessere Welt. Noch aber tränkte ich diese Welt mit Blut. Und wenn ich schon ein Monster war … dann eines, das sie vor noch größeren Monstern beschützte.

Wir nickten uns zu und rannten über das Deck. Severiumkugeln und Armbrustbolzen zischten um uns herum, Blitze zuckten herab, und Körper wurden durch magische Kräfte herumgeschleudert. Wir hielten uns fest, und ich hielt die Waffe fest. Das Steuerhaus tauchte vor uns auf.

Du schaffst das!, sagte ich mir. *Du schaffst das!*

Ich war wohl abgelenkt, denn ich sah den Mann mit der riesigen Armbrust erst, als er feuerte. Der Draakentöter surrte, und ein harpunengroßer Bolzen bohrte sich vor uns in das Deck. Ich riss Liette hinter einen toten Tamkai, und ein weiterer Bolzen bohrte sich in den Kadaver.

Vorsichtig spähte ich über den Rand des Leichnams. Drei Draakentöter, von denen zwei ihre Waffen nachluden, während der dritte seine auf mich gerichtet hielt, standen auf dem Steuerhaus. Wieso hatte ich sie nicht bemerkt?

»Kein Problem«, murmelte ich. »Draakentöter sind gemacht, um Vögel abzuschießen, nicht Menschen. Sie sind zu ungenau, um uns zu treffen.« Ich spannte mich an und spähte erneut über den Vogel hinweg. »Auf mein Zeichen …«

»Nein!« Liettes Schrei, als sie mich zurückriss, wurde vom Pfeifen des Bolzens begleitet, der zwei Fingerbreit an meinem Gesicht vorbeizischte und sich neben mir in das Deck grub. Ich sah entsetzt von dem Bolzen zu ihr.

»Eigentlich sollten sie dazu nicht in der Lage sein!«

»Das waren sie auch nicht.« Liette lächelte mich so verlegen an, dass ich ihr am liebsten eine geknallt hätte. »Ich habe sie rekalibriert.«

»Was hast du gemacht?«

»Sie waren ineffizient!«, protestierte sie. »Und ich hatte nichts zu tun! Hätte ich sie nicht verbessern sollen?«

»Ja, du blöde Gans! Genau das hättest du tun sollen!« Ich blickte erneut um den toten Vogel herum. Die Draakentöter luden neu. Sie würden irgendwann den Kadaver zerfetzen, selbst wenn wir hier hocken blieben. »Verfickt! Verfickt, verfickt, verfickt!«

»Das spielt keine Rolle«, zischte der Kakophon in meinem Kopf. *»Selbst die glorreichste Waffe ist in den Händen eines Primaten nur ein gefährliches Stöckchen. Gestatte mir, mich ihrer anzunehmen.«*

»Du zerstörst nicht das Ruderhaus.« Ich flüsterte, damit Liette nicht hörte, wie ich mit meiner Waffe redete. »Wir brauchen es.«

»Ich verspreche, genug übrig zu lassen, um es zu nutzen.« Er machte eine Pause. *»Ich verspreche, es zu versuchen …«*

»Nein!«, schnarrte ich.

»Hast du eine bessere Idee?«

Hatte ich nicht. Aber es musste eine bessere Lösung geben, als einfach nur abzudrücken und die Finger zu kreuzen.

»Also gut.« Ich packte den Griff mit beiden Händen und hielt den Atem an. »Ein Schuss. Dann rennen wir. Kapiert?«

»Kapiert«, sagte Liette.

»Oh, geil!«, zischte der Kakophon.

Ich hatte den Hammer gespannt und sprang hoch, in der Erwartung, von einem Harpunenhagel begrüßt zu werden. Aber keiner der drei sah nur in meine Richtung. Ihre Draakentöter waren leer, ihre Münder aufgerissen, und ihre Augen waren auf den großen Schatten gerichtet, der auf sie herabsank.

Sie schrien einander wilde Instruktionen zu, verfluchten die langsamen Motorwinden ihrer Waffen, als sie neu luden, zielten schreiend mit den gewaltigen Armbrüsten in den Himmel, feuerten drei Harpunen ab … und duckten sich, als die drei Bolzen von etwas in den Wolken abprallten und auf das Deck zurückfielen.

Ich habe behauptet, dass der Name Draakentöter vollkommen übertrieben wäre. Aber bis zu diesem Moment wusste ich nicht, wie vollkommen. Ein Draakentöter kann zwar einen Vogel in zwei Teile teilen, aber gegen einen leibhaftigen Draaken kann er gar nichts ausrichten. »Hei-li-ge Schei-ße!«

Schwarze, amethystfarben gesprenkelte Schuppen schimmerten über mir, und gefiederte Schwingen rauschten. Ein lautes Brüllen ertönte, und ein langer, mit Stacheln gespickter Schweif peitschte über das Deck. Mehr sahen wir nicht, bevor die drei Draakentöter und das gesamte Ruderhaus unter sechs Tonnen wütenden, rothäutigen räudigen Reptils zusammenbrachen.

»Ein Draake …« Ich sprach das Wort genauso ehrfürchtig aus, wie jemand den Namen eines Gottes äußern mochte. »Sie haben einen verfickten Drachen angeschleppt.«

Je nachdem, von wem man imperiale Geschichte gelernt hatte, wurden die schmerzlich seltenen imperialen Drachen entweder als ein Geschenk an die Erste Kaiserin betrachtet, als sie das Territorium eroberte, aus dem sie stammten, oder als Kreaturen, die die Lady Merchant geschickt hatte, um ihre Gunst dem Imperium gegenüber zu zeigen. Ihre genaue Anzahl: ein imperiales Geheimnis. Woher sie kommen: ebenfalls ein imperiales Geheimnis. Aber ihr Zweck war allgemein bekannt, sowohl beim höchsten imperialen Adeligen wie auch der niedrigsten Null.

Die Imperatrix schickte einen Draaken nicht, wenn sie jemanden töten wollte. Sondern dann, wenn sie wollte, dass dieser Jemand so gründlich verbrannt wurde, dass sie Tinte aus seiner Leiche machen konnte. Um damit zu schreiben: *Legt euch nicht mit mir an.*

In einem Sprühnebel aus Blut und Splittern hockte die Bestie auf der zerstörten Kabine des Ruderhauses. Ihr langer schlangenartiger Hals reckte sich nach oben, Hörner und Schuppenpanzer umrahmten die bösartigen, geschlitzten Augen, als sie das Deck musterte. Sie riss ihr mit spitzen Zähnen gespicktes Maul auf, ein Sack darunter blähte sich auf, als sie tief Luft holte und ... Scheiße!!!

»*Lauf!*«

Ich riss Liette einfach mit, als ich zum Niedergang sprintete. Das Deck ging im Chaos unter. Die imperiale Entermannschaft rannte zu der Reling und sprang in die heulende Tiefe. Sie vertrauten darauf, dass ihre Vögel sie auffingen. Die wenigen restlichen Revolutionäre scharten sich zu einem schreienden Häufchen zusammen. Ich bahnte mir mit Schlägen und Tritten den Weg durch sie hindurch und zog Liette in den Niedergang. Dort warf ich mich über sie, hüllte meinen Schal über uns und umschlang sie mit beiden Armen. Ich schloss die Augen.

Aber meine Ohren konnte ich nicht verschließen.

Das Brausen des Feuers aus dem Hals der Bestie war ohrenbetäubend, konnte aber trotzdem die qualvollen Schreie jener nicht übertönen, die von seinem mächtigen Odem eingeäschert wurden. Ich fühlte die Hitze auf meinem Rücken, und der Zauber meines Schals hielt uns nur gerade so am Leben. Ich weiß nicht, wie lange es dauerte, bis dieses grauenvolle Geräusch endlich aufhörte. Danach jedenfalls hörte ich nur eine Stimme.

»Glorreich!«

Ich warf einen Blick über das Deck. Flammen loderten, und rußige Kadaver lagen herum, und der Drache betrachtete seine grauenvolle Arbeit. Durch den Rauch sah ich Gestalten, die in speziellen Harnischen auf dem schuppigen Rücken der Bestie hockten. Und auf der Krone seiner Hörner saß sie. Ihr weißes Haar bildete einen starken Kontrast zu dem schwarzen Schwert in ihrer Hand, während zwei gebieterische violette Augen finster auf mich herabsahen.

»Kakophonie!« Die Wut der mir bekannten Stimme übertönte selbst das Brüllen des Draaken. Ich hatte eigentlich gehofft, dass Velline nicht ganz so schnell zurückkam, um mich zu töten. Aber ich hatte größere Probleme als dieses kolossale, feuerspuckende Höllenmonster oder die bösartige, magische, rachsüchtige und entsprechend mordlüsterne Hexe. Diese Mistkerle hatten gerade das Ruderhaus zerstört. Was wir dringend brauchten, um nicht abzustürzen.

Eine Hand legte sich auf meine Schulter. Das war nicht die von Liette! Ich wirbelte mit dem Kakophon in der Hand herum. Die Augen, die entsetzt in die Drachenmündung starrten, waren auch nicht ihre. Und nie hätte sie so mädchenhaft gekreischt, als die Augen hinter zwei tintenverschmierten Fingern verschwanden.

»O Scheiße, Scheiße, schieß nicht!«, kreischte Urda. »Ich schwöre, ich dachte, du wärst direkt hinter uns!«

Urda? Ich ließ die Waffe sinken. Ich würde ihn gewiss erschießen, weil er mich im Stich gelassen hatte, aber das wollte ich in Ruhe genießen. »Wo um alles in der Welt warst du?«

»Eine ausgezeichnete Frage.« Er spähte zwischen den Fingern hindurch, glücklich, dass ich ihn nicht sofort umbrachte. »Die ich nur zu gerne ausführlich beantworte …«

Das Deck vibrierte unter unseren Füßen, als das Luftschiff sich daranmachte, abzustürzen.

»Genau. Wollen wir?« Er deutete auf die Treppe.

Wir hatten keine andere Möglichkeit, also rannten wir durch die Gänge, während die Planken zersplitterten und sich der Boden unter unseren Füßen neigte. Der Wind kreischte, als das Luftschiff immer schneller in die Tiefe stürzte. Schließlich kamen wir an eine Kreuzung und liefen weiter. Bis ich merkte, dass Liette mir nicht folgte.

Ich drehte mich um. Sie stand an der Kreuzung und blickte in einen Gang. Der zu ihrem Raum führte.

»Liette!«, schrie ich. »Komm schon!«

»Aber …« Sie hörte sich verzweifelt an. »Die Proben. Das Glas. Meine Arbeit!«

»Du kannst sie nicht mehr retten! Komm jetzt!«

»Aber ohne all das kann ich nicht …« Sie starrte mich mit tränennassen Augen an. »Ich muss doch heilen …«

Ich packte sie am Handgelenk. »Du kannst mich nicht heilen!«, zischte ich. »Aber ich kann dich retten!«

Eine kühne Behauptung, die mich nicht daran hinderte, sie mir über die Schulter zu werfen und hinter Urda herzurennen, während sie mich anflehte, umzukehren. Ob sie mir hinterher verzieh oder nicht, zumindest konnte sie diese Entscheidung dann noch treffen.

»Endlich, *verfickt*!« Yria keuchte, als wir um eine Ecke bogen.

Die Portalmagierin lehnte an der Wand, kaum in der Lage, sich auf den Beinen zu halten. Was ihre Flüche nicht beeinträchtigte. »Hast du da oben eine Häkelstunde abgehalten?«

»Wir haben wirklich keine Zeit für …«

Urda brauchte sein Argument nicht weiter auszuführen, das übernahm das Luftschiff. Der Boden unter unseren Füßen verschwand, als das Luftschiff in einen Sturzflug ging, und wir fegten kreischend auf die Trümmer am Ende des Gangs zu.

Das heißt: Urda kreischte. Yria fluchte, Liette jammerte. Ich schwieg. Und zog sie dicht an mich, wickelte den Schal um uns und flüsterte ihr etwas zu, das ich selbst nicht hören konnte. Weil das Lied der Lady Merchant ertönte.

Im Verlauf eines Wimpernschlags klaffte plötzlich ein wirbelndes Portal aus violettem Licht zwischen uns und dem Haufen Trümmer auf. Wir verschwanden darin, ohne etwas anderes zu hören als ihr Lied, ohne etwas anderes zu sehen als den Mahlstrom aus violettem Licht um uns herum. Meine Sinne verabschiedeten sich. Bis auf meinen Tastsinn.

Liette hielt meine Hand, als wir im Nichts verschwanden.

46. KAPITEL

DAS FLAGGSCHIFF

Ich hasse Portalmagie.

Ein Portal zu durchschreiten fühlt sich an, als würde man seine Eingeweide ausscheißen, sie runterspülen und hoffen, dass sie auf der anderen Seite in einigermaßen korrekter Reihenfolge wieder herauskommen. Wenn ja, ist es ein Grund zum Feiern. Wenn du jedoch von Kugeln, Klingen, Fäusten und Magie malträtiert worden bist, fühlst du dich wie Vogelfraß.

Ich kam in den glühend heißen Innereien einer großen Bestie heraus. Nach Severium stinkender Dampf zischte aus Rohren und erfüllte die Dunkelheit mit einem explosiven Aroma. Kolben arbeiteten und pumpten kostbares Blut durch ein Skelett aus Holz und Tuch. Die riesige Kreatur erzitterte, als würde sie alle paar Herzschläge tief Luft holen. Die Dunkelheit war so klaustrophob, dass sie wohl jedem Angst gemacht hätte. Allerdings hatte ich zu viel Schmerzen, um irgendetwas anderes zu empfinden, und konnte mich kaum bewegen.

Das Adrenalin, das mich bis jetzt vorangetrieben hatte, sickerte aus meinen zahllosen Wunden heraus. Meine Lederkleidung war, wo sie nicht zerfetzt war, klebrig von geronnenem Blut, und in meinen Ohren klingelte noch das Brüllen des Draaken. Aber ich lebte. Immerhin.

»Wo bin ich?«, erkundigte ich mich.

»Auf einem Luftschiff«, flüsterte eine Stimme im Dunkeln.

»Schon wieder?« Ich stöhnte.

»Tut mir leid, Baroness Zickenhöschen«, erwiderte eine keuchende Stimme böse. »Ich war so abgelenkt von unserem unmittelbar bevorstehenden Tod und dem Scheitern des Plans, dass ich vergaß, dich zurate zu ziehen, wohin unser verficktes lebensrettendes Portal führen sollte. Verzeih!«

Gut. Yria war noch am Leben.

»Falls du andere Wünsche hast, kannst du …« Yrias Stimme wurde undeutlich. Ich hörte, wie Urda zu ihr kroch.

»Yria, du hast zu viel Macht eingesetzt, stimmt's? Du bist wieder betäubt.«

»Nicht vor ihr!«, zischte sie ihm leise zu.

Aber ich hörte ohnehin nicht mehr hin. Yria ging es gut, Urda ging es gut. Blieb also nur … Ich tastete im Dunkeln umher, fand aber nur den Holzboden. *Nein!* Ich hatte sie schon wieder verloren. Yria hatte es vermasselt. Ich auch!

»He.« Die Stimme war weich, und die schwieligen Finger ihrer Hand packten meine Schulter und zogen mich hoch.

»Du lebst noch«, flüsterte ich erleichtert. Auch wenn ich das eigentlich nicht hatte zeigen wollen.

»Du auch.« Liettes Worte klangen fast wie ein Stoßgebet.

»Moment mal.« Urdas Stimme folgte das Knarren von Leder und das Kratzen auf Holz. »Lass mich nur … Ah, jetzt!«

Ein Funken erhellte die Dunkelheit, und dann kroch ein grünes Schimmern von kleinen Sigillen die Wände hinauf. Es wurde immer heller, bis es wie eine Fackel Urdas Lächeln beleuchtete, mit dem er sein Werk bewunderte.

»Nicht schlecht, oder?«, erkundigte er sich. »Es ist eine unkomplizierte Sigille. Man darf sie nur nicht auf wichtige Teile des Schiffes schreiben.« Er stockte und riss die Augen auf. »Habe ich das etwa … O nein, wir werden alle sterben! Ach nein, ich habe sie nur …«

Ich weiß nicht, ob er noch mehr sagte, denn ich hatte aufgehört, ihm zuzuhören, und konzentrierte mich auf die Innereien des Schiffes. Es war eine riesige Maschinerie aus Kolben und Zahnrädern, die nur die revolutionären Ingenieure verstanden, die sie gebaut hatten. Selbst im Licht von Urdas Sigillen war kein Ende abzusehen. Sie schien sich bis ins endlose Dunkel zu erstrecken. Riesig, größer als der Rumpf des Luftschiffes, auf dem sie waren. Was bedeuten musste …

Ich fuhr herum. »Wir sind im Flaggschiff!«

»Was du nicht sagst.« Yria humpelte in das grüne Licht, das hässliche Schatten auf ihr finster dreinblickendes Gesicht warf. »Während du woran auch immer gelutscht hast, haben wir Portale errichtet.«

Ich kniff die Augen zusammen. »Was soll das denn heißen? Ihr Wichser habt mich im Stich gelassen!«

»Ich verstehe, dass es so aussehen könnte.« Urda trat schützend vor seine Schwester. »Aber nachdem wir unsere Beute gefunden hatten, war es sinnlos, vor der Flotte der Luftschiffe zu flüchten, weil sie uns verfolgt hätten. Also sind wir von Luftschiff zu Luftschiff gesprungen und haben …«

»… Sigillen angebracht.«

Liette flüsterte, aber ihre Stimme hatte so viel Gewicht, dass Urda vollkommen den Faden verlor. Jedenfalls wandten wir uns zu ihr herum, als sie zwischen den sich bewegenden Teilen der Maschinerie umherschlenderte. Sie rückte die Brille zurecht und stellte sich auf die Zehenspitzen, um ein sonderbar umhersirrendes Teil zu betrachten. In dem grünen Schein erkannte ich gerade noch, worauf sie blickte. Die Sigillen eines Bannschreibers. Sie schimmerten auf dem Metall und wiederholten sich tausendfach auf anderen Teilen.

»Ausgezeichnete Arbeit«, sagte sie mehr zu sich selbst. »Vor allem in Anbetracht des schwierigen Materials.« Sie sah zu uns zurück. »Deine, nehme ich an?«

»Ja, meine.« Urda schritt aufgeblasen zu ihr. »Danke, nett, dass du es erwähnst!«

»Exquisit.« Liette betrachtete die Sigillen. »Eine nahezu fehlerlose Handschrift.« Sie rückte die Brille zurecht. »Das Muster, das du anwendest … ist es die Cillusian-Schrift?«

»Das dachte ich auch zuerst.« Urda lächelte verlegen. »Also die Handschrift ist meine Arbeit, aber das Muster stammt auf besonderen Wunsch von unserem Klienten.«

»Selbstverständlich. Dummköpfe sind die zweitgrößte Bedrohung für den Fortschritt, dicke Geldbörsen die größte. Entschuldige mich einen Moment.« Sie zog ein Blatt Papier aus ihrem Beutel und einen Federkiel aus dem Haar und kritzelte etwas. Die Schrift glühte kurz und ging in Flammen auf.

»Das sind keine universellen Sigillen«, sagte sie unbeeindruckt von Urdas verblüfftem Keuchen. »Sie sind speziell angefertigt für dieses Schiff, das du vermutlich noch nie zuvor gesehen hast. Wie hast du es also geschafft?«

»Der größte Teil der Sigillen sind meine eigene Arbeit, aber ich muss zugeben, dass ich Hilfe hatte. Das Muster wurde speziell angefertigt, nachdem wir die Baupläne des Luftschiffes studiert hatten. Unser Arbeitgeber hat …«

»Halt dein loses Maul!« Yria humpelte zu ihrem Bruder. »Willst du jedem auf die Nase binden, was wir hier machen?«

»Ich habe nur die Komplexität meines Handwerks jemandem erklärt, der es zu schätzen weiß«, schoss Urda zurück.

»Individualisierte Sigillen. Eine Aufforderung, speziell für eine Maschine geschrieben und nur für eine einzige Maschine. Mühsam. Unlogisch. Aber beeindruckend. Gut gemacht.« Liette warf einen kurzen Blick auf Urda. »Wie ist dein Name?«

»Oh! Ich bin Urda. Urda von den …«

»Nein. Wie nennen die anderen Freimacher dich?«

Er rieb sich verlegen den Hals. »Ich bin kein Freimacher, sondern arbeite mit meiner Schwester. Darf ich deinen Namen erfahren?«

»Zweiundzwanzig-Tote-Rosen-in-einer-angeschlagenen-Porzellanvase«, antwortete sie, ohne ihn anzusehen. »Sehr erfreut.«

Urda vom Wilden Federkiel schien sich gleich in die Hose machen zu wollen. »Zwei… Zwei…« Er kämpfte damit, sein Erstaunen auszudrücken und nicht umzufallen. »Zweiundzwanzig-Tote-Rosen-in-einer-angeschlagenen-Porzellanvase«, hauchte er. »Du bist Zweiundzwanzig-Tote-Rosen-in-einer-angeschlagenen-Porzellanvase.« Er packte seine Schwester am Arm und schüttelte sie. »Sie ist Zweiundzwanzig-Tote-Rosen-in-einer-angeschlagenen-Porzellanvase!«

»Ich habe sie gehört!« Yria schob ihn weg. »Hätte Mom gewusst, dass ellenlange Namen dich aufgeilen, hätte sie dir einen besseren gegeben.«

Aber Urda schien sie nicht zu hören, geschweige denn, dass er ihre Beleidigung mitbekommen hatte. »Entschuldige«, schmeichelte er Liette. »Ich will dich nicht beleidigen, aber ich stehe total auf deine Arbeit. Das hörst du bestimmt dauernd, aber … Ich habe nur einen Bruchteil deiner Handschrift nach der Zerstörung der Unsterblichen Gewölbe von Linchvin gesehen, und ich … Ich meine, wer außer dir wäre auf die Idee gekommen, eine Sigille zu erfinden, die den Stein überzeugt, er wäre Stroh, um ihn dann in Brand zu setzen?«

In dem Dämmerlicht war es kaum zu erkennen, aber ein winziges Lächeln kräuselte ihre Lippen. Ich merkte es, schließlich war ich mit ihr zusammen gewesen. Jetzt verdrehte ich die Augen. Sie liebte es, wenn die Leute das machten.

»Es war in der Tat eine komplizierte Aufgabe. Aber wie du so treffend festgestellt hast, ist jede Sigille einzigartig, und nachdem ich von der Tyrannei des Musters befreit war, war der Aufwand weniger monumental. Natürlich war es trotzdem monumental. Immerhin sind die Unsterblichen Gewölbe nicht so benannt, weil man einfach so in sie einbrechen kann.«

Urda nickte eifrig. »Natürlich nicht. Aber bei dir hat es so … mühelos ausgesehen. Meine Schwester und ich waren auf der anderen Seite der Scar, und trotzdem ist die Nachricht bis zu uns gedrungen. Wir sind sechs Tage pausenlos geritten, damit ich eine erhaltene Sigille erbeuten konnte.« Er spreizte die Hände. »Allein, dass du, Zweiundzwanzig-Tote-Rosen-in-einer-angeschlagenen-Porzellanvase, nur einen Blick auf meine Arbeit wirfst, ist eine Ehre …«

»*Verfickt*, Urda!« Yria seufzte genervt. »Das ist wirklich der unpassendste Moment, um in deine Hose zu kommen!«

»Würde es dich umbringen, einmal die Klappe zu halten?«

»Ich würde mit Vergnügen sterben, wenn ich deinem Gesabber nicht zuhören müsste!«

Natürlich stritten sie sich. Wahrscheinlich typisch für Zwillinge oder Geschwister oder idiotische Paare. Aber ich hatte nur Augen für Liette. Aber sie war nicht mehr da! Also folgte ich den Sigillen. Sie wiesen einen Pfad durch die komplexe Maschinerie, und dann leuchtete vor mir ein sanftes Licht auf, das wie ein Herzschlag pulsierte.

Dort fand ich sie. Und das Relikt.

Auf einem kleinen Podest, angeschlossen an einen Apparat, dessen Funktion ich nicht einmal erraten konnte, stand ein Objekt aus

Stein und Licht, dessen Strahlen in den Apparat gespeist wurden. Eine Relikt-Maschine, eine winzige Version von der, hinter der wir her waren, pumpte ihre Macht in das Luftschiff und trug die ganze Monstrosität. Ich mochte mir nicht vorstellen, was ein Relikt von der Größe, das wir erbeuten wollten, antreiben konnte.

Liette inspizierte das Podest. Urda war ebenfalls hier gewesen. Seine Schriftzeichen auf dem Apparat waren so dicht, dass ich das Metall darunter kaum sehen konnte. Aber Liette sah mehr, wie immer.

Ihre Miene und ihr aufmerksamer Blick, ihre Konzentration, die Angst, ein Detail zu verpassen, wenn sie auch nur blinzelte, mochte ich nicht auf ihrem Gesicht sehen. Ich hatte den Blick bisher erst einmal erlebt: Als ich sie das erste Mal verlassen hatte, als ich das erste Mal zurückgekommen war und als sie zum ersten Mal begriffen hatte, dass das keine Zufälle gewesen waren. Als ich ihren Blick jetzt sah, bekam ich Angst. Denn diesen Ausdruck hatte sie immer, wenn sie begriff, dass die Dinge viel schlimmer standen, als sie gedacht hatte.

»Gibt es ein Problem?« Ich trat zu ihr.

»Nein. Ein Problem kann man das nicht nennen.«

Ich spitzte die Lippen und wartete.

»Es ist nur so, dass eine vollkommen diskrete und höchst geheime Mission so gründlich kompromittiert worden ist, dass eine Bande hergelaufener Diebe und die imperiale Armee sie haben aufdecken können.«

Aha.

Sie biss sich auf die Lippen und betrachtete die Sigillen. »Wie konnte er so viel schreiben?«

»Er hat ein Talent dafür«, erwiderte ich. »Aber darüber musst du dir nicht den Kopf zerbrechen.«

Der Rumpf vibrierte, es gab eine leise Explosion, und wir hörten Geschrei. Liette warf mir einen finsteren Blick zu.

»Ich habe nicht gesagt, dass gar kein Anlass zur Sorge besteht«, konterte ich. »Die Sigillen sollen nur die Luftschiffe aufhalten, während wir entkommen. Für den Notfall, sozusagen.«

»Sehen diese Sigillen aus wie Notfall-Sigillen?«

»Ich … weiß nicht.«

»Natürlich weißt du es nicht!«, zischte sie boshaft. »Denn ganz gleich, worum es geht und wie wenig du weißt, du löst es, indem du hereinpolterst und deine dreckige Pistole abfeuerst und einen Scheiß darauf gibst, was passiert oder was zerstört wird, solange du bekommst, was du willst. Oder?«

Ich holte tief Luft. »Das hier ist eine Flotte von Luftschiffen, vollgestopft mit Kanonen, Bomben und fanatischen Fickern, die scharf drauf sind, beides zu benutzen. Mit meiner Waffe hier hereinzustürmen, war ganz offensichtlich richtig!«

»Ja, und es hat ja auch ganz wundervoll geklappt.«

»Das *hätte* es, richtig!«, knurrte ich zurück. »Wenn du nicht hier gewesen wärst!«

»Ach? Das hier ist also meine Schuld?«

»Das hier? Nein. Das ist meine Schuld. Aber ein Scrath, ein verficktes Scrath, Liette, an die Revolution ausliefern? Das ist deine Schuld! Unabhängig davon, ob ich gekommen wäre oder nicht, war das eine blöde Idee, und das weißt du!«

»Ich habe eine Pflicht zu erfüllen. Die Pflicht, Wissen zu suchen, das Unverständliche zu verstehen …«

»Vogelkacke!«, brüllte ich. »Es ging nie um Pflicht. Sondern immer nur darum, zu tun, was andere nicht können, zu beweisen, dass nur du es kannst!« Ich sah sie herausfordernd an. »Oder liege ich falsch, Liette? Wolltest du hier wirklich eine bessere Welt schaffen?«

»Ich gebe einen Scheiß auf die Welt!«, schrie sie mich an. »Ich bin hierhergekommen, um …«

»Um was zu tun?«

Ihre Lippen bebten, und Tränen stiegen ihr in die Augen.

»Weshalb, Liette?«, drängte ich sie.

Sie suchte nach einer Erklärung, die nicht existierte. Eine Träne fiel von ihren Wimpern, und sie wandte sich ab.

Da waren wir wieder. An der Stelle, als sie mir zum ersten Mal sagte, ich solle gehen. Als ich sie zum letzten Mal verließ.

Die Oper behauptet, Liebe entsteht und vergeht in dramatischen Momenten. Das ist eine Lüge. Liebe stirbt wie alles andere. Leise und unauffällig. Und niemand bemüht sich, sie zu retten.

Ich hätte etwas tun sollen, das wusste ich. Ich wusste nur nie, was denn nun genau. Sollte ich sie umarmen, mich entschuldigen? Es fühlte sich an, als wäre jedes Wort, das ich ihr gesagt hätte, hohl und leer und bedeutungslos. Vielleicht hätte ich mir etwas Besseres ausdenken sollen. Aber verflucht, es tat so schrecklich weh.

»Wenn es dich interessiert«, murmelte ich und drehte mich von ihr weg. »Diesmal ging es nicht ums Töten. Wir hatten einen Plan. Zwei-Einsame-Alte-Männer und die anderen …«

Ich blieb stehen und versteifte mich, als ich ihre Finger warm auf meinen Schultern spürte. Sie griff nach mir. Sie …

»Was hast du gesagt?« Sie drehte mich herum und starrte mich eindringlich an.

»Was?« Ich war verblüfft. »Du meinst wegen des Tötens? Ist es so schwer zu glauben, dass ich …?«

»Ich habe es nicht durchschaut«, unterbrach sie mich. »Zwei-Einsame-Alte-Männer. Du arbeitest mit ihm zusammen, und es war sein Plan?«

»Ich habe ein bisschen geholfen, aber …«

Sie hörte nicht mehr zu, sondern studierte wieder die Sigillen im Licht ihrer selbst gemachten Fackel. »Jetzt ergibt das alles Sinn«, stieß sie hervor. »Er ist Spezialist in Relikt-Studien. Natürlich musste ich annehmen, dass es eine Cillusianische Schrift ist. Er wollte, dass es so aussah. Aber …« Ihre Lippen bewegten sich, als würde sie mit sich selbst reden. Doch dann riss sie die Augen auf, fuhr zurück und schlug die Hand auf den Mund.

Mein Blut gefror. Es gibt nichts Schrecklicheres, als wenn jemand, der alle Antworten kennt, sprachlos ist.

»Das sind keine Annullierungssigillen«, flüsterte sie und sah mich an. »Sie sollten nur so aussehen, aber es sind keine. Es sind Befehlssigillen.«

»Befehlssigillen?«

»Diese Zeichen verzögern nichts, sondern sie zwingen das Material dazu, etwas zu tun, was es kann. Zum Beispiel eine Tür, sich von allein zu öffnen oder …« Sie schüttelte den Kopf. »Nur Zwei-Einsame-Alte-Männer ist dazu fähig …«

»Bist du sicher?«, fragte ich überflüssigerweise.

»Das ist vollkommen logisch. Urda hat gesagt, euer Auftraggeber hätte das Muster zur Verfügung gestellt – Zwei-Einsame-Alte-Männer. Er hat es getan, damit sie wie Annullierungssigillen aussehen. Urda hat es nicht bemerkt. Selbst mir wäre es fast entgangen.«

»Befehlssigillen?« Ich runzelte die Stirn und blickte in den Gang. »Was sollen sie bewirken?«

»Ich bin mir nicht sicher. Zwei-Einsame-Alte-Männer ist der Einzige, der weiß, wie das funktioniert. Seine Zeichen sind zu komplex. Ich weiß nicht, was sie bewirken sollen, aber …«

Sie verstummte, und ihr Blick richtete sich in die Dunkelheit. Ich folgte ihrem Blick. Dann bückte ich mich, nahm ihre Fackel, und wir gingen weiter ins Dunkle.

Sie sahen zuerst aus wie Tintenflecke, kleine Schattenhaufen, die in der Dunkelheit hockten. Aber mit jedem Schritt nahmen sie mehr Form an. Das gebogene Metall. Das Gewicht am Ende, damit sie schnell fielen. Die revolutionären Sprüche auf ihren Stahlhäuten. Und der Gestank – der Gestank, der mir auf jedem Schlachtfeld in die Nase gestiegen war, über das ein Revolutionär gegangen war.

Severium. Zusammengepresst und bereit zu explodieren.

Seite an Seite starrten wir in die Halle.

Hundert Bomben gluckten behaglich auf Urdas Sigillen und erwiderten unseren Blick.

47. KAPITEL
DAS FLAGGSCHIFF

Menschen fürchten, was sie nicht verstehen. Das ist eine unabänderliche Tatsache und wurde von allen möglichen Leuten benutzt, um alle möglichen schrecklichen Dinge allen möglichen anderen Leuten anzutun. Es ist also immer besser, sich dem Unbekannten zu stellen und es zu verstehen. Mit einer Ausnahme.

Wenn dabei ein Haufen Bomben eine Rolle spielt.

»Wir verschwinden.«

Liette wollte etwas erwidern, aber ich rannte einfach los, zum Heck des Schiffes, und ich hörte nur das Hämmern meines Herzens in meinen Ohren. Nichts anderes.

Befehlssigillen! Es waren beschissene Befehlssigillen! Sie waren Hunderte Male auf den Rumpf gemalt, genug Bannschrieb, um mit nur einer einzigen Interpunktion eine Stadt in Schutt und Asche zu legen. Und ich wusste nicht einmal, wie genau der Befehl lautete. Aber das war nicht das Schlimmste.

Er hat uns verarscht. Ich hatte nicht genug Kraft, um es laut auszusprechen. *Dieser verfickte Freimacher hat uns verarscht. All die Lügen, alles, was er mir verschwiegen hat, und es ging die ganze Zeit nur um dies hier. Er wollte das Relikt gar nicht, sondern nur diese Sigillen auf diesem Luftschiff bei diesen Bomben. Aber wofür? Was ist sein Plan? Warum habe ich auf ihn gehört …*

Ich konnte den Tumult meiner Gedanken, die mir Kopfschmerzen bereiteten, nicht unterdrücken. Was auch immer Zwei-Einsame-Alte-Männer plante, ich würde mich darum kümmern, sobald ich aus dieser Todesfalle entkommen war.

Sie, sagte ich mir. *Denk an sie. Es gibt noch genug Zeit zu jammern, wenn sie erst in Sicherheit ist.*

Richtig. Wenn ich schon nichts anderes schaffte, konnte ich sie zumindest hier herausholen. In dem grünen Schimmer vor mir sah ich ein wild ruderndes Gewirr von Gliedmaßen – die Zwillinge.

»Wie kannst du es wagen, mich vor meiner Kollegin zu demütigen!« Urda schlug etwas weibisch, aber wütend auf seine Schwester ein.

»Du hast überhaupt niemanden beeindruckt!«, erwiderte Yria und klatschte ihm eine. »Weil dir keiner zugehört hat!«

Ich hatte keine Lust, mich darüber zu amüsieren, sondern schnappte beide am Kragen und riss sie unsanft hoch. »Wir verschwinden hier«, erklärte ich. »Öffne ein Portal!«

»Was?« Yria funkelte mich an. »Ein Portal wohin? Die anderen verfickten Luftschiffe haben wir doch bereits erledigt.«

In meiner Magengrube breitete sich eiskalte Furcht aus. Die Sigillen waren auch auf den anderen Luftschiffen!

»Egal wohin«, erwiderte ich. »In die nächste Stadt, auf einen Berggipfel, jedenfalls weit weg von diesem explodierenden Luftschiff.«

»Ich will ja nicht auf das Offensichtliche hinweisen«, mischte Urda sich ein. »Aber den Kampfgeräuschen nach zu urteilen, ist der Rumpf dieses Schiffes unversehrt, sodass wir in keinerlei Gefahr …«

»Befehlssigillen!« Ich riss Urda zu mir her. »Du hast Befehlssigillen geschrieben, keine Annullierungssigillen.«

»Wa … was?« Urda blickte sofort auf seinen Beutel, als ich ihn losließ. »Nein. Ich habe Zwei-Einsame-Alte-Männer …«

»Wenn du glaubst, du könntest die Arbeit meines Bruders mit deinen Frechheiten beschmutzen, dann mach dich darauf gefasst, mir und Zwei-Einsame-Alte-Männer Rechenschaft …«

»Es war Zwei-Einsame-Alte-Männer!«, schrie ich sie nieder. »Begreift ihr Idioten das denn nicht? Wie konnte das Imperium uns finden? Wieso wusste Jero, was hier los war, und wir wussten es nicht? Die Sache mit den Edenern, die Pläne, all das kam von Zwei-Einsame-Alte-Männer. Es ging nie darum, ein Relikt zu stehlen. Sondern nur darum, diese Sigillen in diese Luftschiffe zu bringen!«

Yria wollte zweifellos irgendetwas Obszönes über meine Zeugung von sich geben, aber da ging ihr ein Licht auf. »Ich meine … Irgendwas stank, aber ich habe es seinem exzentrischen Genie zugeschrieben. Diese Freimacher sind alle etwas anrüchig.« Sie sah Liette an. »Nichts für ungut.«

»Klar doch.«

»Außerdem zahlte er gut.« Yria verzog das Gesicht. »Aber warum ein so komplizierter Plan, wenn er nur irgendetwas auf irgendwelche Bomben gekritzelt haben wollte? Es wäre einfacher …«

»Sie hat recht.« Urda klang auf morbide Weise endgültig. Er stand neben den Sigillen, die er auf den Rumpf gekritzelt hatte, und hielt ein paar Blätter Papier in der Hand. Akribisch verglich er beides miteinander und wurde mit jedem Blick blasser. »Sie hat recht.« Er atmete hastig. »Es sind Befehlssigillen. Ich … Ich wusste nicht … Ich habe sie nicht überprüft! Ich dachte …« Er ließ die Blätter fallen und sank auf die Knie. Dann umklammerte er seinen Kopf. »Nein, nein, nein!«, keuchte er entsetzt. »Ich war … Ich hätte …«

»Immer mit der Ruhe.« Yria war im Nu neben ihm und packte seine Schultern. »Tief atmen.« Sie warf einen Blick auf die Sigillen. »Was für einen Befehl geben sie denn?«

»Ich weiß nicht.« Urda bemühte sich, seine Schnappatmung zu kontrollieren. »Sie sind speziell für dieses Luftschiff gemacht worden, und es ist mechanisch …« Er massierte seine Schläfen. »Mit etwas Zeit kann ich vielleicht …«

»Unwahrscheinlich.« Liette hatte einige Sigillen analysiert. »Zwei-Einsame-Alte-Männer ist ein unglaublich fähiger Bannschreiber, und er hat die Befehlssigillen unter den Annullierungssigillen versteckt. Ich kann nicht herausfinden, was sie bewirken, und folglich zweifle ich aus guten Gründen daran, dass jemand anders dazu fähig ist.« Sie nickte Urda zu. »Nichts für ungut.«

»Kannst du sie auslöschen?«, fragte Yria. »Sie ausradieren oder überschreiben oder so?«

»Was für eine faszinierende Art und Weise zu verdeutlichen, dass du keine Ahnung hast, wie es funktioniert.« Liette schüttelte den Kopf. »Die Sigillen sind hochkomplex und mit anderen Sigillen verschränkt. Ich könnte sie neutralisieren, aber das würde Tage dauern, und so viel Zeit haben wir nicht.«

Urdas Miene verfinsterte sich. »Was dann? Sollen wir einfach darauf warten, bis sie sich aktivieren?«

»Na klar«, antwortete ich. »Aber wir sollten das siebenhundert Meilen von hier entfernt tun.« Ich sah Yria an. »Kannst du uns rausbringen?«

Die Zwillinge wechselten einen Blick, und Yria rieb sich den von der Nutzung ihrer Magie noch tauben Arm. »Hör zu, ich habe noch Kraft für etwa einen guten Sprung für vier, einschließlich mir und meinem Bruder. Mehr als vier … Ich weiß nicht, was dann passiert, aber es hinterlässt auf jeden Fall eklige Flecken.«

Ich seufzte. Vier Leute. All das, das Töten, die Leichen, die Lügen, und es würden nur vier von uns entkommen.

Ich hätte es wissen sollen. Ich hätte verschwinden sollen, als das Anwesen niedergebrannt ist. Oder nach der ersten Lüge von Jero. Was hast du dir nur dabei gedacht? Ein paar Extranamen auf deiner Liste wären all das hier wert? Der nächste Gedanke fühlte sich wie ein Eisennagel an, der in meinen Schädel gerammt wurde. *Oder warst du wirklich so unglaublich dämlich zu glauben, dass irgendetwas von dem hier die Welt besser machen würde?*

Wahrscheinlich hatte ich genau das getan. Ich hatte es vielleicht sogar gewollt. Gehofft, dass ich mehr tun könnte, als Namen auf einer Liste auszustreichen und die Erde mit Blut zu tränken. Vielleicht hatte ich gehofft, etwas Gutes tun zu können … das ich Liette hätte zeigen können. Und ihr damit bewiesen hätte, dass ich …

Ich seufzte. *Hat dir jedenfalls nicht viel gebracht, stimmt's? Wollen wir?*

»Also gut«, sagte ich. »Scheiß drauf. Wir haben keine Wahl. Wenn du vier mitnehmen kannst, gehen wir vier. Öffne ein Portal, lass uns verschwinden und überlegen, was wir als Nächstes machen.«

»Was? Aber was ist mit den anderen?«, stieß Urda hervor. »Mit Agne und Jero und …?«

»Agne ist eine Belagerungsmagierin«, antwortete ich. »Falls sie nicht tot ist, hat sie eine Möglichkeit gefunden zu überleben. Und Jero …« Ich schnalzte. »Wenn er nicht tot ist, muss ich einen mehr erledigen, wenn wir unten sind.«

»Klingt vernünftig. Ich werde auch nicht hierbleiben und für sie sterben.« Yria kratzte die Tätowierungen an ihrem Kinn und musterte mich aufmerksam. »Aber bist du wirklich sicher? Denn wen du zurücklässt, der wird es nicht schaffen.«

Darrish. Ihr Name pochte in meinem Kopf wie ein Herzschlag. *Was hatte sie gesagt? War da Trauer in ihrem Blick? Willst du nicht mit mir reden? Willst du nicht … ?*

»Ich bin mir sicher«, gab ich zurück. »Wir verschwinden jetzt oder verrecken. Also, kommt näher und … «

»Nein.«

In Opern gibt es den *Raicu yu onodoria,* einen dramaturgischen Punkt, der etwa bedeutet »verschleierter Grund«, also der Moment, in dem ein Charakter seinen wahren Grund für sein Verhalten enthüllt und die Geschichte eine neue und sehr komplizierte Wendung nimmt. Das ist in der Oper meine Lieblingsstelle. Im echten Leben ist diese Nummer verdammt nervig.

»Was meinst du mit nein?« Ich fuhr zu Liette herum.

Sie stand mit geballten Fäusten da, ein Püppchen von Frau. »Ich meine«, antwortete sie ernst, »nein. Ich werde nicht die wichtigste Forschung meines Lebens zurücklassen.«

»Liette, hör zu … «

»Nein!«, fuhr sie mir über den Mund. »Du hörst zu. Wir reden hier nicht über irgendeine mechanische oder alchemistische Banalität. Sondern über eine Veränderung. Diese Kreatur kann die Realität verändern! Auf eine Art und Weise, die wir kaum wahrnehmen, geschweige denn verstehen können.« Sie deutete in die Dunkelheit, auf etwas, das nur sie sah. »Die Kriege. Die Imperien. Das Leiden. Mit dem, was sich auf diesem Schiff befindet, können wir das alles verändern. Ich könnte den Krieg beenden, ich könnte … «

Sie sah mich an und blickte direkt auf diese dunkle Stelle in mir, die ich vor ihr zu verstecken suchte. Die unablässig blutete, seit ich nicht mehr Rote Wolke war. Das bereitete ihr solche Schmerzen, dass ich getötet hätte, um es zu beenden.

»Ich kann heilen, Sal«, flüsterte sie. »Lass es mich tun.«

Wenn sie mich so ansah, glaubte ich ihr, aber ich kannte den Krieg, wusste, was auf dem Spiel stand, wusste Dinge, von denen sie nicht wusste. Ich würde nicht zulassen, dass etwas davon sie verletzte. Also trat ich seufzend zu ihr.

»Ich weiß«, flüsterte ich. »Es ist schrecklich, und natürlich ist es dann nicht mehr dasselbe. Aber wir können das regeln. Ich durchsuche die Trümmer und finde, was du brauchst. Ich kann damit leben, dass du mich dafür hasst …« Ich packte ihre Schultern. »Aber ich kann dich nicht hierlassen.«

Sie öffnete den Mund, überlegte es sich anders und seufzte. Dann senkte sie den Kopf und legte ihre Hand auf meine. »Das weiß ich«, sagte sie. »Und deshalb …«

Sie packte mein Handgelenk fester, und bevor ich wusste, was geschah, hatte sie ihren Federkiel herausgezogen und kritzelte etwas auf meinen Arm. Dann warf sie mir einen entschuldigenden Blick zu. »Ich kann das nicht zurücklassen.«

Ich wollte nicht schreien, aber als sie ihre Finger auf die Sigillen drückte, hatte ich keine Wahl. Ein elektrischer Strom schoss durch meinen Körper, meine Muskeln verkrampften sich, und ich kippte um, steif wie eine Statue.

»Es tut mir leid.« Liette drehte sich zu den Zwillingen herum und verbeugte sich. »Unter einem Baum unmittelbar vor einer Stadt namens Gründung, zwei Tagesreisen südlich von Terassus, liegt eine Truhe mit einem Schatz. Er gehört euch, als Entschädigung für eure Mühe, wenn ihr sie mitnehmt.«

Dann verschwand sie in der Dunkelheit, bereit, sich selbst einer ganzen Armee zu stellen, wenn sie dadurch Wissen retten konnte.

Dafür konnte ich sie eigentlich schwerlich hassen. Wenn dieses Scheißerchen mich nicht gerade gelähmt hätte.

»Habt ihr das gesehen?« Urda kam zu uns gestolpert, die Hände vor Furcht vor den Mund geschlagen. »Habt ihr das gesehen? Wie geschickt sie geschrieben hat, wie schnell! Ich wusste nicht mal, dass man Annullierungssigillen auf menschliche Haut schreiben kann, ohne die Person auszulöschen. Aber das ist ›Zweiundzwanzig-Tote-Rosen-in-einer-angeschlagenen-Porzellanvase‹! Ich hätte mir ein Autogramm geben lassen sollen. Glaubt ihr, dafür ist noch Zeit? Ob sie sich an meinen Namen erinnert?«

»Moment mal kurz.« Yrias Gesicht tauchte in meinem Blickfeld auf. »Lebt sie noch? Wenn ja, blinzle zweimal.«

Mit Mühe schaffte ich es, meine Muskeln zu überreden.

»Verfickt, sie lebt«, stellte Yria mürrisch fest. »Ich hatte schon gehofft, es würde einfach werden.« Sie sah ihren Bruder an. »Was sollen wir machen?«

»›Zweiundzwanzig-Tote-Rosen-in-einer-angeschlagenen-Porzellanvase‹ hat uns gebeten, sie mitzunehmen.« Urdas Gesicht schob sich neben Yrias. »Es wäre unhöflich, sich zu weigern, aber …« Er musterte mich. »Sie ist von sehr vielen Flüssigkeiten bedeckt.« Dann musterte er meinen Arm. »Ich könnte die Sigillen neutralisieren.«

»Moment, sie hat uns eine Menge Gold dafür geboten, wenn wir genau das nicht tun.« Yria bohrte sich in der Nase. »Aber wenn wir sie mitnehmen, wird Sal uns wahrscheinlich totschlagen.« Sie sah mich an. »He, zweimal blinzeln, wenn du das tust.«

Meine Muskeln gehorchten. Bereitwillig.

»Siehst du, ich wusste es. Das lohnt sich nicht.« Yria seufzte. »Besser wir neutralisieren sie. Sollen diese beiden doch ihren Scheiß selbst klären.« Sie verzog das Gesicht. »Hör zu. Wir warten so lange auf dich, wie wir können, aber wenn die Scheiße hochkocht, dann werden wir sozusagen …«

Sie brauchte nicht weiterzureden. Ehrlich gesagt war ich fast ein wenig gerührt, weil sie überhaupt warten wollten. Aber als Urda anfing, Neutralisationssigillen zu kritzeln, war mir klar, dass sie das nur aus Höflichkeit gesagt hatte. Beim ersten Anzeichen von Schwierigkeiten waren sie verschwunden, und ich musste so schnell wie möglich Liette finden, ohne zwischen die beiden sich massakrierenden Armeen zu geraten. Und auf keinen Fall über einen der zahllosen Leute stolpern, die mich umbringen wollten. Und irgendwie diese unheilige Missgeburt beschaffen, die Geist und Realität verändern konnte, und hoffen, dass sie meinen Körper nicht als Wirt benutzte. Aber ich wollte lieber nicht über all das nachdenken. Es klang allmählich ziemlich ehrgeizig.

48. KAPITEL

DAS FLAGGSCHIFF

Vagranten fallen auf. Das liegt daran, dass wir jedem im Umkreis von hundert Meilen durch Tätowierungen und allem anderen sagen wollen, dass es Ärger gibt und es am klügsten wäre, uns zu geben, was wir wollen. Bis auf einige wenige erlesene Ausnahmen lieben Vagranten es, bemerkt zu werden.

»Feuer! Feuer! Schickt dieses Ding in die Hölle zurück!«

Ein Kampf zwischen einem Draaken und einem Luftschiff ist eine solche Ausnahme. Ich trat aus dem Gang auf das Deck und sprang eine Sekunde später wieder in den Gang zurück.

Eine Schwadron Revolutionäre schleppte Munitionskisten an mir vorbei, angetrieben von Offizieren, die gelegentlich mit ihren Handkanonen in die Luft schossen, um jeden Gedanken an Desertion zu unterbinden. Sie rannten zur Reling, wo lange Reihen riesiger schimmernder Kanonen standen. Die Kanoniere waren ebenso präzise wie ihre Waffen, als sie luden, zielten und auf Befehl des Kommandeurs schossen.

Im violetten Mündungsfeuer sah ich das große geflügelte Reptil am Himmel. Es brüllte wütend, und die Luft rauschte, als es einatmete.

»Deckung! Schilde hoch!«

Mit einstudierter Genauigkeit sanken die Kanoniere auf ein Knie und schüttelten ihre Handgelenkschilde aus. Gerade noch rechtzeitig, bevor die Flammen über sie hinwegfegten. Wer die Nerven behielt, überlebte, die anderen fielen brennend in die Tiefe, während die Kommandeure neue Soldaten an die Geschütze beorderten. Die Männer rannten über die verkohlten Kadaver ihrer

Kameraden, während der Himmel brannte und das Deck in Blut schwamm.

Greifmagier schleuderten Trümmer und verbogene Waffen in Gruppen von Soldaten, ganze Schwadrone verschwanden unter Feuer und Kälte, als Glut- und Frostmagier sich in den Kampf stürzten. Im Mittelpunkt des Gewühls stand ein imperialer Belagerungsmagus, der methodisch Soldaten in der Luft zerriss, während er unbeeindruckt von Kanonenschüssen und Bajonettgewehrkugeln dastand.

»Seht ihr nicht die Vergeblichkeit eures Tuns?«, schrie der Belagerungsmagus und hielt den zerfetzten Oberkörper eines Revolutionärs hoch. »Gebt euren Widerstand auf, ihr Nullen. Euer Großer General kann euch nicht retten …«

Das mochte wahr sein, aber ein riesiger Paladin konnte es. Der gepanzerte Hüne fegte mit heulenden Motoren über das Deck und krachte mit den zwei Tonnen Gewicht seiner immensen Rüstungen in den Belagerungsmagus. Der stürzte zu Boden und sprang in dem Moment auf, als eine gigantische Hellebarde mit dem Durchmesser eines kleinen Baumes auf ihn zuschoss. Die wirbelnden Messer zerfetzten ihn, und im nächsten Moment war von dem Magus nur noch ein feuchter Fleck auf dem Deck übrig.

Der schlanke Pilot klappte das Visier hoch. »Zehntausend Jahre!«, brüllte er, und der Ruf wurde von den Soldaten aufgenommen, als sie sich mit frischem Mut gegen die Magier stemmten. Vögel schossen von oben herab und rissen Soldaten aus dem Gewühl, bevor sie von den mechanischen Armbrüsten niedergemäht wurden. Kanonen feuerten in den Nebel, und der feurige Odem des Drachen antwortete.

Es herrschte das blanke Chaos, als die restlichen Luftschiffe ebenfalls feuerten, um die imperialen Angreifer zurückzuschlagen. Der Lärm war ohrenbetäubend.

»Liette!« Aber ich musste es versuchen. Ich schrie ihren Namen und stürzte mich mit dem Schwert in der Hand in die Hölle. Niemand hielt mich auf, obwohl ich gelegentlich Blicke auf mich zog, aber blutüberströmt, wie ich war, passte ich nahtlos in dieses Gemetzel.

»Lie …« Das Wort wurde mir abgeschnitten, als das Deck unter meinen Füßen sich neigte und ich auf die Knie fiel. Das Luftschiff schwenkte hart nach Backbord ab, so elegant, wie eine derartig kolossale mechanische Monstrosität das vermochte, und strich haarscharf an einem zerklüfteten Gipfel vorbei, der plötzlich aus den Wolken auftauchte.

Wir flogen viel zu tief, wahrscheinlich, um die Vögel abzuschütteln oder sie zu zwingen, näher zu kommen, damit die Kanonen sie erwischten.

Ich suchte das Deck nach Liette ab, suchte mir den Weg zwischen verkohlten Leichen, den von Harpunen durchbohrten Kadavern von Vögeln, durch Trümmer und die erstickenden Wolken von Severiumrauch. Ich hielt die Augen nach dieser kleinen zierlichen Person auf, die nicht an einem derartig blutigen Ort sein sollte.

Ich fand eine. Aber es war nicht sie.

Der alte Mann stand gebückt in seinem viel zu großen Mantel mitten in dem Gemetzel. Er achtete nicht auf die Leichen, die sich um ihn herum auftürmten, ebenso wenig wie auf den brennenden Himmel. Gebückt unter der Last seiner Orden beobachtete er den Kampf fast gleichgültig.

Loyal. Culven Loyal.

Er bellte keine Befehle, hatte die Hände hinter dem Rücken verschränkt und sah überhaupt nicht aus wie ein revolutionärer Befehlshaber, schon gar nicht wie einer der engsten Vertrauten des Großen Generals. Und doch …

Wohin er auch blickte, erschien einen Moment später ein Feind. Wenn er blinzelte, donnerten die Kanonen. Mit einem Blick schickte er Soldaten, um die Munition nachzuladen, gefallene Kanoniere zu ersetzen, einen neuen Feind abzufangen. Es schien, als würde er seine ganzen Soldaten wortlos nur mit Gedanken dirigieren.

Töte ihn.

Die Idee kam ungebeten wie die meisten schlechten Einfälle. Wenn ich den Einzigen tötete, der diesen ganzen Schwachsinn unter Kontrolle zu haben schien, würde das Schiff untergehen … Aber zuerst würden ihm alle Soldaten zu Hilfe kommen, und ich hatte Platz, um Liette zu suchen. Es war eine schrecklich schlechte Idee, aber ich hatte keine andere. Und den Messingtyp an meiner Hüfte.

Ich fischte eine Patrone aus meiner Tasche und griff nach dem Kakophon. Ich fühlte die Hitze durch meinen Handschuh, und während ich den Blick auf den Rücken von Loyal gerichtet hielt, zog ich den Kakophon aus dem Futteral … vergeblich. Ich fluchte und riss an dem Griff, aber die Waffe wollte nicht nachgeben. Genauso wie in dem Moment, als wir …

»*Nein*«, zischte der Kakophon. »*Nicht jetzt.*«

»Was soll das heißen?«, fuhr ich ihn an. »Ist dir das nicht glamourös genug?«

»*Er wird mich sehen*«, flüsterte er. »*Und wenn er mich sieht, sehen mich alle.*«

Das war der falsche Moment für Schüchternheit. »Was redest du da für einen Scheiß?«, knurrte ich. »Wie …?«

Du.

Ich weiß nicht, wie ich es beschreiben soll, die Stimme war eine Empfindung, ein Gedanke. Ein Wort, das in meinem Kopf widerhallte, das sich lebendig anfühlte, kalt, hasserfüllt, giftig. Das durch meine Adern in meine Knochen strömte und mein Blut in Eis verwandelte, sodass ich Schwierigkeiten hatte, mich auf den Beinen zu halten.

Ich wusste, dass du kommen würdest.

Ich suchte nach der Quelle dieser Stimme und sah mich um, aber der Lärm des Gemetzels verebbte, und in meinem Kopf war kein Platz für Entsetzen oder für den Wunsch, überleben zu wollen, sondern nur für diese Stimme.

Wofür? Was begehrst du?

Mein Blick wurde unwiderstehlich zur Mitte des Decks gezogen, zu der gebeugten Gestalt von Culven Loyal. Er starrte mich an. Mit pechschwarzen Augen.

Was suchst du? Ah, da ist es ja.

Seine Stimme drang tiefer in meinen Kopf ein, und ich schrie, als seine Worte wie Krallen durch meine Gedanken fuhren, während er mich hasserfüllt anstarrte.

Ein Mensch. Eine Frau. Er suchte murmelnd weiter in meinem Schädel. *Was bedeutet sie dir? Was gibt sie dir? Sag mir, wer sie ist. Zeig es mir. Gib es mir.*

Ich wehrte mich, aber meine Gedanken kamen an die Oberfläche.

Gib mir alles.

Bilder. Gerüche. Erinnerungen. Räume. Seine Stimme riss eine Wunde in meinem Kopf auf, durch die sie hinaussickerten. Ich konnte nicht mehr trennen, was davon ich gelebt, was ich erhofft und was ich mir gewünscht hatte. Aber sie handelten alle von ihr.

Das erste Lächeln, das sie mir schenkte. Ihr schallendes, schnaubendes Lachen über derbe Witze, von denen ich dachte, dass sie sie hassen würde. Ihr Geruch nach Öl und Maschinen und Alchemie, den ich jede Nacht einatmete, bevor sie ins Bett kam. Ihre großen hellen Augen, die mir verrieten, was sie nie sagte. Ihr Haar. Ihre Berührung. Ihre Ideen. Alles von ihr, tief in mir begraben.

»Liette.«

Ihr Name. Er zwang mich auf die Knie, und ich fiel. Ich hörte nicht, wie ich auf den Planken aufschlug, sah auch die Mündungsblitze der Kanone nicht. Kälte durchströmte mich und saugte mich aus, bis ich leer war.

»Es tut mir leid«, keuchte ich. »Es tut mir leid … ich wollte es so sehr … für uns …«

Ah, Bedauern. Seine blutige, scharfe Stimme. *Wie schrecklich gewöhnlich. Ich bin enttäuscht. Ist das alles, was du in deiner Zeit hier gelernt hast, mein Bruder?* Loyal lächelte grausam. *Du warst immer der Ehrgeizigere von uns.*

Sein Kopf drehte sich langsam, und sein Blick richtete sich auf einen Trümmerhaufen.

Aber sag mir, diese Frau, von der du geträumt hast … Was, glaubst du, kann sie mir bieten?

Mein Blick folgte seinem. Liette kauerte dort zwischen einer zerstörten Kanone und dem qualmenden Leichnam eines Belagerungsmagus. Ihr Blick zuckte von dem Chaos auf Deck zu dem Ruderhaus des Schiffes, als sie einen Weg dorthin suchte. Sie saß in der Falle.

»Nein«, flüsterte ich.

Ich fühle, wie sie dich stimuliert, mein Bruder, stellte Loyal fest. *Was hat sie, was du begehrst? Sag es mir.*

Die Soldaten auf dem Deck, die gerade dabei waren, Befehle auszuführen, hielten plötzlich inne.

Sag mir, was sie hat. Zerfetze sie und suche es.

Mit steifen, ruckartigen Bewegungen drehten sie sich um und richteten ihre Blicke auf Liette.

Bring es mir.

Sie griffen an.

Liette kreischte.

Und ich …

Ich tötete. Ich fühlte meine Beine nicht unter mir, als ich aufsprang, und ich wusste nicht, was ich ausrichten wollte, als ich mich auf hundert Soldaten stürzte, die Liette angriffen. Aber es kümmerte mich nicht. Ich hatte mein Schwert in der Hand, und meine Lunge füllte sich mit kalter Luft. Mehr brauchte ich nicht, mehr wusste ich nicht. Nur dass ich zu ihr musste.

Ein Soldat tauchte vor mir auf, und ich schlitzte ihm die Kehle auf. Andere kamen, einige trafen mich, andere verfehlten mich. Ich spürte es, aber es kümmerte mich nicht. Ich hörte nicht auf zu töten. Sie sollten wissen, dass Sal Kakophonie gekommen war und niemand diese Begegnung überleben würde.

Ein Schild krachte gegen mein Kinn, und ich stolperte. Eine Klinge schlitzte meinen Arm auf. Ich schlug nach jemandem und verfehlte ihn, ich brüllte, aber sie stürzten sich weiter auf mich. Hunderte? Tausende? Ich wusste es nicht, und es kümmerte mich nicht. Sie durften mich nicht aufhalten.

Ich griff nach der Pistole an meiner Seite. Er wollte immer noch nicht herauskommen und widersetzte sich, aber wir hatten einen Deal, wir beide. Quälender Schmerz durchzuckte meinen Arm, als ich den Kakophon aus dem Futteral riss. Aber das war nicht schlimm, ich brauchte den Arm nicht. Ich musste am Ende der ganzen Sache nicht mehr atmen, solange nur sie lebte.

Mühsam öffnete ich die Trommel, schob drei Patronen in die Kammern, drehte mich zu den Soldaten herum und drückte ab. Höhnisch lachendes Höllenfeuer fegte über das Deck und durch die Soldaten, die verbrannt zu Boden fielen. Ich wirbelte zu einer anderen Gruppe herum. Raureif explodierte, Eiszapfen durchbohrten Brustkörbe, Rückgrate und zerfetzten Sehnen und Lenden. Aufgespießt und kreischend fielen sie.

Ich drehte mich um. Wieder drückte ich ab. Diskordanz fegte zwischen die Soldaten und schleuderte sie über das Deck. Wer

Glück hatte, flog über die Reling und wurde an den Bergen zerschmettert. Die Unglücklichen krachten gegen die Kanonen und die Trümmer.

Sie fielen und fielen. Leben um Leben. Und es kümmerte mich nicht. Weder ob es Männer oder Frauen waren, noch ob sie Familien hatten oder nicht, ob sie an ihre Sache glaubten oder nicht, ich wusste es nicht, und es kümmerte mich nicht. Ich dachte nicht an meine Wunden, an das Schiff oder daran, wie wir hierhergekommen waren.

Die ganze Zeit dachte ich nur an sie. Und dass sie entkommen musste. Dem Blut. Dem Feuer. Mir. Und selbst wenn ich die ganze Erde verbrennen musste.

Ich wusste nicht einmal, ob ich alle vernichtet hatte oder ob ich schon tot war. Erst als ich abdrückte und es klickte und ich mein Schwert schwang und nur leere Luft traf, erst dann hörte ich auf und holte tief Luft, die nach meinem eigenen Blut schmeckte. Erst dann sah ich mich um.

Ich war umgeben von Haufen glühender Asche, von Leichen auf Eiszapfen, von kreischenden Soldaten, die ihre Hände auf Löcher in ihrem Körper pressten. Einige versuchten zu verstehen, was passiert war, während sie in der Dunkelheit versanken. Einige lagen regungslos da, vergessene Fußnoten eines hässlichen Konflikts, der noch in der Ferne toste.

Ich hatte es geschafft. Ich hatte ihr Leben beendet. Was auch immer hier passieren würde, man würde immer davon reden, dass Sal Kakophonie gekommen war und nur Leichen ihren Weg gepflastert hatten. Und es kümmerte mich nicht.

»Sal.«

Nicht, solange sie in Sicherheit war.

Ich wollte mich nicht umdrehen, sie sehen, von ihr gesehen werden, im Zentrum dieses Gemetzels, genau das Monster, das sie fürchtete, der Fehler, den sie vor so langer Zeit gemacht hatte. Ich wollte weglaufen, über die Reling springen, hinfallen und sterben. Ich fühlte, wie meine Beine unter mir nachgaben, mir alles vor den Augen verschwamm, mein Atem kalt in meiner Lunge brannte.

Aber der Gedanke, mich einfach nur in die Dunkelheit fallen zu lassen – ohne sie noch einmal zu sehen …

Ich drehte mich um. Da stand sie, zierlich und schlank und zu gut und zu schön, um hier zwischen all diesen Monstern zu sein. Ihr Mund stand offen, und sie blinzelte nicht. Sie starrte auf jeden Tropfen Blut, jede Narbe, mein Eisen, und ich wusste, was sie sah. Dasselbe, was jeder sah und sagen würde, wenn der Tag vorbei war. Stand eine Armee zwischen Sal Kakophonie und jemandem, der sie brauchte, würde sie Erstere vernichten. Ohne ein Wort darüber zu verlieren.

»Wollten sie … « Sie flüsterte. » … mich töten?«

»Ja.«

»Wir haben doch zusammengearbeitet. Sie sollten … «

»Ja.« Ich spuckte Blut aus. »Bist du unversehrt?«

»Ich … Ja, mir geht es gut.«

Ich nickte. »Gut.«

Dann fiel ich. Meine Beine gaben nach. Ich hatte zu viel Blut verloren, oder Loyal hatte etwas mit mir gemacht, oder ich sah einfach keinen Grund mehr, stehen zu bleiben. Ich war zu erschöpft und zu schwer verwundet, um mir darüber Gedanken zu machen. Solange nur Liette gesund war … Das Deck kam mir entgegen.

Dann hielt es an. Ich fühlte Arme um mich, Hände auf meinem Körper. Der Geruch von Öl und Blumen stieg mir in die Nase. Ich wurde sanft von dieser Berührung und dem Duft auf das Deck heruntergelassen. Ich fühlte sie schwach, aber sie waren da. Ihre Finger. Ihr Duft. Ihre großen Augen, als sie meinen Kopf hielt und in meine blickte. Und mich anlächelte.

»Wenn du hier stirbst, werde ich dir das nie verzeihen.«

Also hütete ich mich, das zu tun.

»Komm mit mir«, stieß ich hervor. »Wir sollten nicht hier sein, Liette. Keiner von uns.«

Das Lächeln erlosch, und der Anblick schmerzte mich.

»Das kann ich nicht«, flüsterte sie. »Meine Forschung … «

»Nicht.« Ich schüttelte den Kopf. »Stirb nicht dafür. Das ist es nicht wert, ganz gleich, was du geschworen hast.«

»Es – hier geht es nicht um Schwüre. Es geht um dich.« Sie stützte mich. »Dieses Ding im Relikt kann die Realität verändern. Ich kann damit eine neue Welt erschaffen.«

»Eine neue Welt ist das hier nicht wert.«

»Das ist sie, Sal. Das hier ist hundert Welten wert.« Tränen traten ihr in die Augen. »Ich würde sie alle niederreißen und wiederaufbauen. Immer wieder.«

Sie zog mich an sich und drückte ihre Stirn an meine. Sie war so warm wie ihre Stimme. »Bis ich eine erschaffen habe, die dir keine Schmerzen bereitet.«

Das Leben ist keine Oper, klar. Wenn die Leute sterben, scheißen sie sich voll, statt geistreiche letzte Worte abzusondern. Liebe hält nicht ewig an, und keiner kämpft für Romantik, wenn er stattdessen um Geld kämpfen kann. Aber es gibt da gewisse Momente. Momente, wo all die Kämpfe sich zu lohnen scheinen. Wo man gern für jemand anderen blutet, wo die Tränen und das Lächeln einer Person reichen, um einen dazu zu bringen, sich aufzurappeln und weiterzuleben. Momente wie diesen.

In dem ich stürzte und sie mich auffing, als unsere Lippen sich fanden, meine Hände durch ihr Haar strichen und ihre Arme meine Taille umschlangen. Und wir einen langen Moment mit angehaltenem Atem in diesem wilden Himmel verschwanden. Ein Moment, in dem alles nicht so wehtat.

Das Deck schüttelte sich unter uns, und das Kreischen von Metall drang durch die Luft. Wir blickten hoch. Ein riesiger Paladin war kaum zehn Meter von uns entfernt. Er riss mit seinen gigantischen Pranken seine Hellebarde aus einem Feind und starrte uns mit seinem schwarzen Visier an.

Seine Maschinen heulten und stießen Rauch aus, als er auf uns zurannte.

Ich rappelte mich zittrig auf und trat vor sie, hob mein Schwert. Ich sah, wie dieses Schwert zitterte, und auch sie sah es, als sie neben mich trat, mich mit ihren Armen umschlang und ihr Gesicht an meinem Hals vergrub. Wir atmeten uns gegenseitig ein, in dem Wissen, dass ich dieses Ding niemals würde aufhalten können.

Wir waren uns einig, wortlos. Wenn keiner von uns entkommen wollte, gingen wir zusammen. Sie grub ihre Finger in meine Haut.

Der Paladin hob seine Waffen, und Funken sprühten, als die wirbelnden Klingen aneinanderschlugen. Ich schloss die Augen und machte meinen Frieden. Ich flüsterte ihren Namen und wartete auf das Ende.

Das Deck unter meinen Füßen vibrierte bis in meine Knochen, derweil der Paladin näher und näher kam. Ich hörte das Heulen der Motoren und fühlte die Funken auf meiner Haut, als er die gigantische Hellebarde herabsausen ließ.

Mehr fühlte ich nicht.

49. KAPITEL
DAS FLAGGSCHIFF

Ich hörte knirschenden Stahl, donnernde Motoren, die blecherne Stimme des Piloten im Paladin, der irgendetwas knurrte. Ich fühlte Funken, die auf mich herabregneten. Aber ich fühlte keinen Schmerz, kein Blut, kein …

»Madame.«

Beim Klang der vertrauten Stimme öffnete ich die Augen. Mein Blick fiel auf zwei perfekt manikürte Hände, an denen allerdings ein paar Nägel fehlten. Sie umklammerten den Schaft der Hellebarde und zitterten, als sie zwei Maschinen in einem Gehäuse aus drei Tonnen Metall zurückdrängten. Zitternd und mit zusammengebissenen Zähnen blickte Agne der Hammer mich flehentlich an.

»Würde es dir sehr viel ausmachen, einzugreifen?«

Sie lebte. Wir lebten!

Der Paladin drängte Agne einen Schritt zurück. »Und könntest du dich vielleicht ein ganz kleines bisschen beeilen?«

Ja, klar! Ich nahm ein paar Patronen aus meinem Beutel, schnippte die Trommel des Kakophon auf, schob sie hastig in die Kammern und … Der Kakophon kochte, als er die Magie von Diskordanz formte. Die Schallmauer schleuderte uns von dem Paladin weg, konnte jedoch die metallene Monstrosität nur drei, vier Schritte zurückdrängen. Die Metallrüstung ächzte, als die Maschine ihre Hellebarde zum nächsten Angriff senkte.

Ich feuerte erneut. Diesmal lief es besser. Diskordanz schleuderte den Paladin zurück, der mit einem metallenen Kreischen zusammenbrach. Der Helm öffnete sich, und der Pilot rollte heraus und rührte sich nicht mehr.

»Wirklich.« Agne stand auf. »Ich sehe keinen Sinn in solchen mechanischen Missgeburten. Sie sind so … unpersönlich.« Sie klopfte sich ein Stäubchen von ihrer zerfetzten Kleidung. »Warum machen sie nicht mehr Geräte wie diese Voccaphone? Die sind wirklich entzückend.« Sie drehte sich grinsend zu mir herum. »Wie auch immer, ich nehme an, du …«

Ich warf mich auf sie, umschlang sie und zog sie so dicht an mich, wie das bei einer Frau, die fast doppelt so groß war wie ich, möglich war. Sie lachte und streichelte mir das Haar.

»Aber Sal«, sagte sie. »Muss ich jedes Mal fast sterben, wenn ich von dir umarmt werden will?«

Ich ignorierte ihren Seitenhieb und nahm ihr Gesicht zwischen meine Hände, um mich zu vergewissern, dass sie real war. »Wie … Wie hast du es geschafft zu überleben?«

Sie zwinkerte mir zu. »Ich bin ziemlich gut in meinem Gewerbe.« Dann blickte sie über meinen Kopf auf Liette und reichte ihr die Hand. »Wie unhöflich von mir. Wie geht es dir, Madame? Ich bin Agne der Hammer. Sal und ich ziehen manchmal ein bisschen um die Häuser und morden.«

Liette starrte mit großen Augen auf ihre Hand, bevor sie sie nahm und vorsichtig schüttelte. »… Hallo …«

»Angenehm.« Sie blickte hoch. »Entschuldigt mich kurz.«

Bevor eine von uns auch nur Piep sagen konnte, wirbelte sie herum und stürzte sich auf eine Gruppe von Soldaten, die uns angriffen. Die Klingen prallten wirkungslos von ihrer Haut ab, während sie den Revolutionären mit gezielten Schlägen sämtliche Knochen brach.

»Sie kämpft mit dir?«, erkundigte sich Liette.

»Tut sie.«

Wir bestaunten Agne. »Sie ist groß«, flüsterte Liette.

»Ist sie.« Ich lockerte meine Schulter und packte mein Schwert fester. »Warte hier. Ich sollte ihr helfen.«

Als ich sie erreichte, hatte sie nicht nur die Lage im Griff, sondern auch zwei Revolutionäre an der Kehle gepackt. Sie schleuderte sie achtlos zur Seite, als ich näher kam, und betrachtete das Massaker um uns herum. Die Revolution hatte die Oberhand gewonnen und die letzten verzweifelten Magier in eine Ecke gedrängt.

Aber sie würden sicherlich nicht ohne ein paar Explosionen aufgeben.

»Die Sache ist wirklich gründlich den Bach runtergegangen, oder?«, stellte Agne fest.

»Zwei-Einsame-Alte-Männer hat uns betrogen«, gab ich zurück. »Er hat die Luftschiffe und ihre Bomben manipuliert, damit sie … irgendwas tun. Wahrscheinlich explodieren.«

»Ah, ich habe schon vermutet, dass irgendetwas nicht stimmte. Wie kann jemand so viel über die Luftschiffe wissen, ohne zu bemerken, dass Vagranten an Bord sind?«

»Wo wir von Vagranten sprechen, wie geht es Tenka?«

Er antwortete im selben Moment. Drahtig, mächtig und kreischend fegte er vom Himmel herunter und landete krachend auf dem Deck, im Mittelpunkt eines Wirbelwindes, der die Revolutionäre in die Luft fegte. Mit jeder Bewegung seines Speeres wischte die nächste Böe eine Schwadron über Bord. Und jedes Mal sah er dabei Agne grinsend an, als suchte er ihre Bestätigung. Sie schenkte sie ihm, mit einem Winken ihrer Finger und einem milden Lächeln.

»Wir hatten eine … Diskussion«, erklärte sie. »Es gab ein paar Drohungen, ein paar Tränen, ein bisschen Leidenschaft, und schließlich einigten wir uns, dass er mich hierherflog, um zu helfen.«

Ich blinzelte. »Ernsthaft? Das hast du bewerkstelligt?«

Sie zwinkerte mir erneut zu, diesmal erheblich lasziver. »Ich bin *wirklich* ziemlich gut in *allem*, was ich tue.« Aber ihr Lächeln hielt nicht lange. »Dennoch, unsere Operation ist gescheitert, und wir sollten verschwinden.«

Ich deutete auf den Niedergang, aus dem ich aufgetaucht war. »Da unten sind die Zwillinge. Folge den Sigillen. Yria hat noch genug Kraft, um vier von uns hier rauszubringen.«

Sie schloss die Augen, schluckte und nickte dann ernst. »Dann gehst du. Ich bleibe. Mit meiner Magie überlebe ich.«

Ich schüttelte den Kopf. »Nein, du gehst.«

»Ich bin eine Belagerungsmagierin, Schätzchen.« Sie seufzte und starrte in den Himmel. »Klingen können mich nicht schneiden, Kugeln kitzeln mich nur, und ich kann nicht …«

»Du kannst nicht bleiben«, unterbrach ich sie, »ohne aufzugeben, was dich ausmacht.«

Ihre finstere Miene wurde weich. Sie wusste, dass ich recht hatte. Denn die Gefühle, die sie der Lady Merchant als Tribut zahlen musste, um zu überleben, würden sie verändern. Zu etwas Entsetzlichem.

»Aber du kannst nicht überleben«, flüsterte sie. »Sal, wenn du hierbleibst …«

»Mir fällt schon was ein.« Ich schüttelte den Kopf. »Wir haben Zwei-Einsame-Alte-Männer und diesem Krieg schon zu viel Blut geopfert. Keiner bekommt noch einen Tropfen mehr.«

Sie öffnete den Mund, widersprach aber nicht. Stattdessen warf sie einen Blick über meinen Kopf auf Liette und lächelte traurig. »Ist sie …?«

»Ist sie«, bestätigte ich.

»Und du bleibst … ihretwegen?«

Ich nickte. »Für sie tue ich alles.«

»In keiner der Geschichten, die ich gehört habe, wird Sal Kakophonie als so großherzig geschildert.«

»Du wirst auch nie so eine Geschichte hören. Ich schenke dir nichts, sondern ich verlange dafür etwas.« Ich deutete auf das Gemetzel. »Ich muss zum Ruderhaus! Und du musst sie ablenken.«

»*Ocumani oth rethar!*« Tenkas Gelächter wurde vom Wind verweht wie seine Opfer. »Agne! He, Agne! Hast du den gesehen?«

»Ich glaube, dieser Bursche und ich können für ein bisschen Ablenkung sorgen.« Sie lockerte die Schulter. »Wie viel Zeit brauchst du? Eine Stunde?«

»Weniger. Wenn wir durch diese Tür verschwinden, dann rennst du, so schnell du kannst, zu den Zwillingen. Sie werden nicht warten, wenn irgendwas passiert.«

»Also schikanieren wir sie ein bisschen.« Agne betrachtete grinsend das Gemetzel. »Ein paar Kanonen und ein paar Revolutionäre. Wenn das alles ist, werden wir …«

Zu früh gefreut. Ein lautes Brüllen zog meine Aufmerksamkeit zum Himmel. In den Wolken sah ich, wie der Drache wendete und herunterschoss. Kanonen schossen brennende Blüten in den Himmel, aber sie alle verfehlten die große Bestie. Es gab eine Lücke in der Feuerlinie. Ich sah es im selben Moment wie Agne und das gesamte Luftschiff. Drei Kanonen an der Reling waren nur noch ein

Haufen verbogenes Alteisen und die Kanoniere entweder über Bord gegangen oder auf dem Deck zerschmettert. Wer dafür verantwortlich gewesen war, spielte keine Rolle. Wir würden sterben.

Der Drache brüllte, als er tief über das Deck hinwegfegte und mit seinen großen Schwingen revolutionäre Soldaten zurückschlug. Die Soldaten öffneten ihre zusammenklappbaren Schilde und scharten sich zusammen, um sich vor dem Feuer zu schützen. An sich ein guter Plan. Nur hatte das Imperium einen ganz anderen.

Denn der Drache flog nur einen kurzen Moment langsamer und stieg dann erneut auf. Er kreischte, als Kanonenkugeln in seine Haut schlugen und qualmende Wunden hinterließen. Aber in diesem kurzen Moment erreichte er sein Ziel. Von seinem Rücken sprangen imperiale Soldaten. Sie trugen purpurne Uniformen und Bronzemasken. Es waren nur vier, eigentlich zu wenige, angesichts der vielen Revolutionäre. Letztlich jedoch brauchten sie nur eine.

Die sprang vom Rücken der Bestie und löste sich in Luft auf, als Armbrustbolzen genau diese Luft durchbohrten. Das Lied der Lady übertönte das Massaker, als sie wieder auftauchte.

»Lasst keine Null am Leben!«, schrie Velline und hob die Hand. »Alle dort unten brauchen unseren Sieg!«

Ich hätte sie gefragt, was sie meinte, wenn sie nicht damit beschäftigt gewesen wäre, Leute niederzumetzeln.

Die Bajonettgewehre knallten, und das Lied der Lady wurde lauter. Velline verschwand, tauchte wieder auf und war so schnell, dass man nur die Funken sah, wenn sie mit ihrer Klinge die Severiumkugeln parierte. Sie schlug sich mit grotesker Effizienz durch die Gruppen von Soldaten. Ab und zu landete einer einen Glückstreffer mit seinem Bajonett und wurde von einem Schmerzensschrei belohnt. Dann ertönte erneut das Lied der Lady, und ihre Wunde heilte.

Suchend sah ich mich auf dem Deck um. Dalthoros, dessen Stirnplatte vom Schweiß glänzte, hatte die Hand ausgestreckt, und seine Augen glühten, während seine Magie die Wunde seines Hauptmanns heilte. Shenazar zischte wie irre lachend von oben herab und ließ Sturmböen über das Deck fegen.

Zwei ihrer Teufelsbraten, stellte ich fest, als die drei sich in den Kampf stürzten. *Aber wer sind die beiden anderen?*

Die beiden kämpften nicht, sondern liefen zu den Wänden des Ruderhauses. Saboteure? Nein, Magier – ihr Lied war leise, kam mir aber vertraut vor. Ich kannte es. Ich kapierte es aber erst, als sie Kreide herausholten.

»Portalmagier!«, flüsterte ich. »Scheißportalmagier!«

»Was? Wo?« Agne hatte sie nicht gesehen. Aber ich hatte keine Zeit, sie ihr zu zeigen, und ich durfte sie nicht gewähren lassen.

Ich rannte los, durch das Getümmel. Vor mir zielte eine Soldatin mit einer mechanischen Armbrust in den Tumult. Ich lief hinter sie, und als sie sich herumdrehte, landete der Griff des Kakophon in ihrem Gesicht. Sie ging zu Boden, und ich schnappte mir ihre Waffe.

Dann zielte ich auf das Ruderhaus und drückte ab. Doch der Motor der Armbrust surrte, und die Waffe verriss ihr Ziel. Der Portalmagier blickte nicht einmal hoch, während er seine Portale zu Ende zeichnete. Das Lied der Lady steigerte sich zu einem Crescendo, als Lichtpunkte unter seinen Händen aufglühten und größer wurden.

Ich fluchte und zielte genauer. Diesmal durchbohrten die Bolzen den Rücken des Magiers. Das Licht erstarb zusammen mit ihm, und er brach auf dem Deck zusammen.

Nummer 1.

Ich atmete aus und zielte auf den anderen. Das Licht in dem Rechteck wurde immer größer und erfüllte die von der Kreide umrissene Fläche. Ich drückte ab. Es klickte.

Ich drückte erneut ab, und der Motor surrte, aber die Sehne peitschte nur durch leere Luft. Es waren nicht genug Bolzen im Magazin gewesen. Ich hasste diese Scheiß …

Ein Klingeln in meinen Ohren unterbrach den Gedanken. Es war kein Lied. Es waren hundert unterschiedliche Chorusse, die gleichzeitig ertönten und in meinen Knochen vibrierten.

Ich sank auf ein Knie, Liette sprang zu mir und stützte mich. Agne schrie auf und presste die Hände an den Kopf, und selbst Velline und Dalthoros zuckten bei dem Lärm zusammen. Aber schlimmer als das Geräusch war der entsetzliche Anblick.

Sie sprangen und flogen aus dem Viereck, Greifmagier, Belagerungsmagier, Himmelsmagier. Magier, die ich noch nie zuvor gesehen hatte. Umhüllt von Flammen und dem Vibrieren von Holz, dem Heulen des Windes und einem vielfachen Echo ihres Liedes stürmten sie aus dem Portal. Alle stürzten sie sich in die Schlacht, ein Meer aus violett leuchtenden Augen, dessen Brandung das Lied der Lady war. Sie versammelten sich hinter Velline, die ihr blutiges Schwert hob und auf die Revolutionäre richtete. Ihre Stimme war kalt wie Stahl.

»*Ontori tun vatala!*«

50. KAPITEL
JAMMERTAL

Das Leben als Apotheker war noch nie leicht gewesen, ungeachtet dessen, was Meret daran zu bemängeln hatte.

Sicher, es war nicht so herausfordernd wie der Beruf eines revolutionären Feldschers oder eines imperialen Heilmagus, aber alle Heilkünste erfordern Präzision. Um einen gebrochenen Knochen zu heilen, musste man wissen, wie man ihn richtet, eine Wunde musste präzise genäht werden, und man musste wissen, wie viel Seidengras benötigt wurde, um Schmerz zu lindern, statt ihn zu verstärken. Ein Fehler konnte den Unterschied zwischen Leben und Tod bedeuten.

Meret hatte dieses Wissen, trug es wie eine schwere Kette um seinen Hals, als er seine Situation sorgfältig mit der Methode diagnostizierte, die er gelernt hatte.

»Also.« Er räusperte sich und sah Sindra an. »Wir sind am Arsch?«

»Sind wir, ja«, knurrte sie.

Sie blickten wieder auf die Straße vor sich. Das heißt, es war eine Straße gewesen, bevor sie unter Schnee und Eis versunken war. Der Winter im Tal hatte etwas von verhassten Verwandten: Er kam zu schnell, richtete sich ungefragt häuslich ein und ließ andere lange für sich arbeiten.

Meret blickte zum Himmel. Aus den Wolken rieselte Schnee herab, rußig durch den Rauch der Scheiterhaufen, die Sal errichtet hatte. In ein paar Stunden würde er nicht einmal mehr fünf Meter weit sehen können. Aber die Vögel sah er.

Sie kamen und gingen wie üble Gedanken. Sie schossen durch

die Wolken am Rand seines Blickfeldes und waren verschwunden, bevor er sie richtig erkennen konnte. Manchmal vergingen Stunden, bevor sie auftauchten. Aber jedes Mal kamen sie näher. Er sah Einzelheiten, die Spitzen ihrer Schwingen, ihre Schnäbel ... ihre Reiter.

Er wusste, dass sie bald hier sein würden. Viele von ihnen. Mit Waffen und Magie.

Da die Straße stark verschneit war, brauchten sie einen schnellen Vogel, ein solides Fuhrwerk oder viel Glück, um ihnen entkommen zu können. Das Fuhrwerk hatte Sindra mit viel Gefluche und Gehämmer so weit repariert, dass es nur so klang, als würde es auseinanderfallen. Das Glück war ebenfalls ein Rohrkrepierer. Schließlich hatte alles damit angefangen, dass ein Luftschiff aus dem verfluchten Himmel gefallen war. Blieb noch der Vogel.

Xanthippe. Einst der Stolz von Rodics Schwarm. Ein preisgekrönter Zugvogel. Früher einmal.

Warum konnte ich nicht einen richtigen Vogel bekommen? Er beobachtete verächtlich die müde alte Kreatur, die an den Karren gespannt war. Ein Auge war durch Rheuma erblindet, ein Bein zitterte unter Arthritis, viele Federn waren dem Alter zum Opfer gefallen, und der Schnabel war blutig von seinem Blut, als er ihm fast das Ohr abgerissen hätte. *Warum musste ich dieses alte Miststück bekommen?*

Xanthippe blickte hoch und musterte ihn böse mit ihrem gesunden Auge. Er sah sie erstaunt an. Ein Vogel, der seine Gedanken lesen konnte, war in jeder anderen Situation vielleicht nützlich. Aber was sollte er ihr vermitteln, wo Jammertal bereits brannte?

»Rodic sagte, sie könnte mich von hier wegbringen«, meinte Meret finster.

»Vor ein paar Stunden hätte sie das vielleicht noch gekonnt.« Sindra seufzte. »Allerdings hatte Rodic auch vor ein paar Stunden nicht geglaubt, dass du ein bescheuerter Idiot bist.« Sie warf ihm einen Seitenblick zu. »Ich meine immer noch ...«

»Wir lassen sie nicht zurück!«

Sie seufzte noch einmal. »Gut.« Sie schlug ihm kurz auf den Rücken, bevor sie zu ihrem Haus zurückmarschierte. »Ich packe so viel ein, dass wir allein zurechtkommen, falls es nötig ist. Dann hoffen wir auf das Beste und ...«

Der Wind rauschte leise, und sie blickten hoch. Vor den Wolken hob sich ein schwarzer Schatten ab. Es war kein Vogel, sondern ein Mensch. Schlank, lachend und mit einem Schwert bewaffnet. Ein Himmelsmagus. Sie würden bald hier sein.

»Wir hoffen einfach«, murmelte Sindra. »Wir hoffen.«

Er sah ihr nach, wie sie im Schneetreiben verschwand, und wartete, bis auch ihre Spuren unter dem Weiß verdeckt wurden.

Sechs Minuten, achtundvierzig Sekunden, sagte er sich. *So lange hat es gedauert, bis ihre Spuren verschwunden sind. Also, wenn du da draußen stirbst, dauert es weniger als eine Stunde, bis auch deine Leiche verschwunden ist.* Er nahm die Brille ab und putzte sie. *Vorausgesetzt, es bleibt überhaupt etwas von dir übrig.*

Er war vor einigen Wintern in das Tal gekommen, und der Panzer war das Erste gewesen, was er gesehen hatte. Er hatte uralt gewirkt, war verrostet und überwuchert unter dem Schnee in einem Trichter, der sein Grab geworden war. Aber ein Einwohner hatte ihm erzählt, dass das Imperium ihn erst vor zwei Jahren zerstört hatte.

Es war Tradition im Tal, abzuwarten, welche Kriegsrelikte im Frühling aus dem Schnee auftauchten. Aschmäuler und unabhängige Sammler kreuzten dann auf, um sich die besten Teile zu sichern. Die Kinder im Tal verdienten ihr erstes Geld für gewöhnlich damit, Maschinenteile oder imperiale Waffen an durchreisende Käufer zu verscherbeln.

Was sie wohl bei seiner Leiche fanden, wenn er auftaute? Und für wie viel würden sie seinen Medizinbeutel verkaufen? Hoffentlich erzielte er wenigstens einen guten Preis.

»Und mehr, als wir für dich bekommen, nehme ich an.« Er sah Xanthippe nicht an, als er das sagte. »Bestimmt zahlt keiner einen guten Preis für einen Gedanken lesenden Vogel.«

»Da muss ich widersprechen.«

Liettes Stimme ertönte so unvermittelt, dass er schrill aufschrie. Aber sie war zu höflich, um es zu erwähnen. Oder sie hatte es gar nicht bemerkt. Denn als er sich umdrehte, stand sie neben Xanthippe und streichelte sanft den Hals des Vogels.

Wie war sie so schnell hierhergekommen? Dann blickte er in den Schnee und wollte es plötzlich nicht mehr wissen. *Keine Spuren.* Er schluckte. *Sie hat keine Fußspuren hinterlassen.*

»Ein Vogel, der Gedanken wahrnimmt, wäre außerordentlich wertvoll.« Liette betrachtete den Vogel. »Denn das würde die Schwierigkeiten bei der Ausbildung mindern und eine weit harmonischere Existenz mit einer Spezies ermöglichen, die uns ungeheuer nützlich ist. Außerdem würde das unser Wissen über ihr Wesen vergrößern.«

»Ich ...« Meret hüstelte verlegen. »Ich meinte nicht ... Ich habe nur einen Scherz gemacht.«

»Ich auch«, gab Liette zurück. »Deshalb habe ich auch mein lustiges Gesicht aufgesetzt.«

Meret wollte etwas sagen, doch angesichts ihres finsteren Ausdrucks und des ernsten Blickes, aus dem offenbar ihr lustiges Gesicht bestand, überlegte er es sich anders.

Er kämpfte gegen den Heilerreflex an, sie wieder ins Bett zu schicken. Ihre Prellungen und Verletzungen waren noch frisch, und die Kälte war nicht gut dafür. Aber als er sie ansah, fürchtete er, dass er nicht genug Mut dazu hatte.

Sie stand pfeilgerade da, vollkommen ernst, und weder ihr Ausdruck noch ihre Haltung verrieten Schmerz. Dabei musste er sich schon zusammenreißen, wenn er nur auf ihre Verletzungen blickte. Sie schien so wenig Schmerz zu spüren, dass sie ihn nicht einmal registrierte.

Der Schnee fiel nicht auf ihre Schultern. Sie hinterließ keine Fußabdrücke. Die Kälte, der Wind, die Natur selbst war ihrer Aufmerksamkeit nicht würdig. Der Gedanke flößte ihm Angst ein.

»Ich mochte Vögel nie sonderlich«, unterbrach Liette seine Gedanken und kraulte Xanthippe unter dem Schnabel. »Ihre Hygiene ist grauenvoll, ihr Verhalten erbärmlich, und sie ...«

»... stinken?«, schlug Meret vor.

»Das dürfte wohl unter meine Kritik an ihrer Hygiene fallen.« Liette warf ihm einen Blick zu. »Nein, ich fand sie zu unberechenbar. Eine Maschine tut, wofür sie entworfen wurde. Eine Sigille macht, was du geschrieben hast. Aber selbst wenn man alles über einen Vogel weiß, ist der immer noch launisch und hat Bedürfnisse. Und kreischt, wenn man gerade etwas besonders Anspruchsvolles machen möchte, wobei dieser Lärm nicht hilft.«

He, genau das machst du, dachte er und warf Xanthippe einen vorwurfsvollen Blick zu, den der Vogel mit seinem schrecklichen Auge erwiderte. Er sah weg und räusperte sich.

»Aber jetzt magst du sie?«, fragte er Liette.

Sie schnitt eine Grimasse. »Wenn ich ehrlich sein soll: Ich weiß es nicht genau. Sie stinken, sind laut und übellaunig, aber auch liebenswert.« Sie streichelte lächelnd Xanthippes gespreizte Federn. »Wenn du freundlich zu ihnen bist. Sie sind stark und nach einer Weile … schätzt du vermutlich Unberechenbarkeit.«

Meret brauchte etwas, bis er seinen Mut zusammengenommen hatte. »Reden wir immer noch über Vögel?«

»Ganz offenkundig wollte ich diskret und politisch auf ein anderes Thema zu sprechen kommen.« Sie zuckte zusammen. »Eigentlich möchte ich darüber nicht reden, also weiß ich nicht genau, was ich wollte, außer mein Unbehagen kundtun.« Sie sah ihn fast verblüfft an. »Klingt das einleuchtend?«

»Ja, schon. Die Leute machen ständig so was. Sie reden über Dinge, ohne darüber zu reden.« Er hustete verlegen. »Das wusstest du natürlich, aber …«

Sie starrte ihn so lange an, dass er erst nach einer Weile ihre heruntergezogenen Mundwinkel bemerkte.

»Ich kann nicht gut … mit Menschen«, sagte sie. »Sie sind wie Vögel. Ich kann ihre Muster berechnen, wohin sie gehen und was sie wollen, und es ist fast so, als würde ich sie verstehen. Aber dann fällt mir wieder ein, dass es riesige Dinge sind, die mich vernichten können, wenn es sie überkommt …« Sie wandte sich ab. »Ich will wohl nur sagen, dass ich froh bin, weil du ihr hilfst.«

»Klar. Aber ich helfe euch beiden.« Er blickte auf ihre Wunden. »Nichts für ungut, aber du siehst aus, als bräuchtest du meine Hilfe mehr als sie.«

»Oh.« Sie warf einen Blick auf die große Schnittwunde auf ihrer Hand und schien erst jetzt auch den blutigen Verband zu bemerken, was sie aber nicht zu bekümmern schien. »Oberflächlich betrachtet stimmt das.«

»Oberflächlich betrachtet? Du hast … viel Blut verloren.«

»Das ist korrekt, aber ich kann Blut heilen. Ebenso Wunden und gebrochene Knochen. Aber sie … Sie kann nicht heilen.« Sie drehte sich zu ihm um. »Aber du kannst es. Und das ist wichtig. Ich habe deine Fähigkeit dazu erkannt.«

Eine sonderbare Art, sich zu bedanken, aber mehr Dank würde er wahrscheinlich nicht bekommen.

»Darüber bin ich auch froh.« Er wagte es, einen Schritt näher zu ihr zu treten. Xanthippe strafte diese Frechheit mit einem Schnappen ihres Schnabels, und er wich so weit wie möglich zurück. »Aber ich hätte gerne das Talent, gebrochene, übellaunige Vögel zu heilen.« Er räusperte sich nervös. »So wie du eine Verbindung mit dem hier hergestellt hast.«

Er sah sie an und hoffte noch eine Spur von dem Lächeln zu erhaschen. Sie blickte woandershin, und er fand sich plötzlich in der Kategorie der Dinge wieder, die bedeutungslos waren.

Sie sah den Vogel an, ohne zu blinzeln.

»Heile«, flüsterte sie. »Nein, nicht heile. *Verstehe.*«

Das letzte Wort hatte sie nicht gesprochen, und er hatte es nicht gehört, sondern gefühlt. Als hätte es jede Sehne in ihm wie eine Geigensaite angerissen.

»Arthritis im Bein«, flüsterte sie, während ihr starrer Blick abschätzend über Xanthippe glitt. »Knochen und Muskelverlust. Grauer Star macht das Auge nutzlos. Sechsundsechzig beschädigte Nerven, zweiundvierzig Muskeln verkümmert …«

Sie murmelte Worte und Zahlen, denen er nicht folgen konnte. Aber ihre Augen blieben starr, während sie auf einen Horizont blickte, den nur sie sehen konnte. Und der sich immer weiter zu entfernen schien. »Ah, jetzt verstehe ich«, sagte sie plötzlich.

Neben Xanthippe beugte sie sich nach unten, bevor er sie daran hindern konnte. Der alte Vogel neigte dazu, zu treten. Aber Xanthippe zuckte nicht einmal mit der Wimper, als Liette ihre Handfläche auf das zitternde Bein des Vogels legte. Bevor Meret blinzeln konnte, strich sie mit der Hand über das Bein des Vogels und … es hörte auf zu zittern.

Mehr noch, es war größer, kräftiger, stark. Xanthippe schien es selbst nicht glauben zu können und belastete das Bein zunächst vorsichtig, dann zuversichtlicher. Liette hatte es geheilt. Als hätte sie einfach hineingegriffen und … es repariert.

Aber das war …

»Das andere muss gleich stark sein.« Liette trat auf die andere Seite des Vogels und berührte das Bein. Es kräftigte sich ebenfalls. »Das Auge als Nächstes.«

»Warte, Liette, was geht hier …?«

Xanthippe ruckte etwas und wich zurück, als Liette zum Kopf des Vogels griff. Aber sie erlaubte trotzdem, einen Kreis um das rheumatische Auge zu ziehen. Der Vogel blinzelte, und als er das Lid öffnete, war das Auge ebenso perfekt und gelb wie das andere.

»Heilige Scheiße!« Das war vielleicht nicht der angemessenste Ausdruck für seine Bewunderung, aber mehr brachte er nicht zustande. »Was hast du …?« Er lächelte und klatschte in die Hände. »Kein Tribut, keine Explosion … Liette, was ist das für eine Magie?«

»Das ist keine Magie.« Liette betrachtete Xanthippe weiter, während der Vogel sich in seiner neuen Kühnheit sonnte. »Es ist Verstehen. Ich sehe, wie jeder Muskel, jeder Nerv funktioniert …« Sie sah Meret an. »Du meinst, sie ist wütend?«

»Ihr Name ist Xanthippe, also …«

»Das kann ich auch heilen.«

Bevor er protestieren konnte, machte sie eine Handbewegung. Das Leuchten von Xanthippes Augen erlosch, und sie schien kaum noch zu atmen.

»Moment, das geht nicht …« Meret legte eine Hand auf den Hals des Vogels. Sie zuckte nicht einmal zusammen. »Was hast du mit ihr gemacht?« Liette hörte nicht zu, sondern betrachtete den Vogel immer noch aufmerksam. Ihre Finger zitterten. Und Xanthippe veränderte sich.

»Weißes Gefieder wäre besser, um im Schnee einer Entdeckung zu entgehen«, flüsterte sie. »Das ist einfach.«

»Liette, warte.«

Sie wartete nicht, sondern machte eine Handbewegung, und Xanthippes Federn erstrahlten neu und elfenbeinfarben.

»Diese ganze Spezies ist ohnehin für unsere Zwecke schlecht geeignet. Ich weiß etwas Besseres.«

»Liette, halt!«

Nach einer Handbewegung dehnte sich die Haut von Xanthippe,

ihre Knochen knackten, und sie wurde von einem alten Zugvogel zu einem großen, majestätischen imperialen Kriegsvogel.

»Aber warum sollten wir uns darauf beschränken?« Ihre begeisterte Stimme klang sonderbar, gepresst, spröde. »Warum nicht längere Beine? Breitere Schwingen …«

»Liette!«

Sie hörte nicht, sondern fuhr unaufhörlich mit den Händen durch die Luft und veränderte die Form von Xanthippe immer und immer wieder.

»Halt!« Meret packte Liette an den Schultern. »Ich weiß nicht, was du da tust, aber bitte …«

Als sie sich herumdrehte, ließ er sie los und wich atemlos zurück. Ihre Augen waren so schwarz wie Pech.

Er wollte weglaufen, aber seine Beine gehorchten ihm nicht, er wollte schreien, aber seine Lunge schrumpfte in seiner Brust. Er konnte nicht einmal blinzeln unter ihrem Blick. Die Haare auf seinen Armen richteten sich auf, und plötzlich spürte er, wie seine Knochen sich dehnten, veränderten. Blut lief ihm aus der Nase, und seine Finger verlängerten sich zu Tentakeln. Er schloss die Augen und öffnete seinen Mund. Dann hörte er einen Schrei. Aber es war nicht sein eigener.

Als er die Augen wieder aufschlug, war seine Haut ganz, seine Finger waren wieder Finger, und sein Körper fühlte sich wieder wie sein eigener Körper an, bis auf ein unangenehmes Kribbeln. Selbst das Nasenbluten hatte aufgehört.

Du bist wieder heil. Er konnte wieder atmen. Er sah Xanthippe an, die ziemlich durcheinander, aber jetzt wieder ein alter wütender Vogel war. *Ihr seid beide heil. Wie …?*

»Es tut mir leid.«

Liette kniete, hatte die Arme um sich geschlungen und zitterte. Der Schnee fiel auf ihre Schultern wie ein Leichentuch auf einen Körper, der noch nicht begriffen hatte, dass er tot war. Sie weinte, und ihre Tränen liefen über ihre Wunden und fielen rot gefärbt in den Schnee.

»Es tut mir leid«, flüsterte sie. »Ich wollte nicht …«

Meret sprang zurück, als sie zu ihm hochsah, und verfluchte sich dafür.

Die Augen hinter ihrer Brille waren groß und braun, menschlich und voller Tränen.

»Ich weiß nicht, was mit mir passiert.« Ihre sachliche Stimme war verschwunden, und sie sprach schluchzend. »Ich kann etwas in mir fühlen. Es redet und redet, verrät mir Geheimnisse, die ich nicht wissen will, gibt mir Antworten, die ich nicht hören will ...«

Sie sah ihn verzweifelt an und hielt ihm die Hand hin. Dieselbe Hand, die Xanthippe in etwas anderes verwandelt hatte und fast dasselbe mit ihm gemacht hätte.

Er wollte immer noch weglaufen, jeder seiner Instinkte forderte ihn dazu auf. Was auch immer Sal hier mitgebracht hatte, war etwas, womit er nicht klarkam. Verdammt, er hatte noch nie so etwas gesehen, oder?

Kreaturen neu zu formen und zu verändern, das war ... keine Magie. Und auch keine Technologie. Er war nicht religiös, aber er wusste, dass eine solche Macht nicht existieren sollte. Nirgendwo.

Er hätte weglaufen sollen, bis er Jammertal nicht mehr sehen und sich auch an nichts mehr erinnern konnte. Eines Tages würde er vielleicht wissen, warum er es nicht tat.

»Ganz ruhig.« Er nahm sanft ihre Hand und kniete sich dann neben sie. »Atme langsam und tief durch.« Er zeigte es ihr, indem er langsam ein- und ausatmete. So wie es Apotheker tun sollten. Nur machte er das diesmal bei einer Frau, die Dinge mit einem Gedanken schaffen und rückgängig machen konnte, und nicht mit einem Kind, das wegen eines verstauchten Knöchels panisch war. Aber das Prinzip war dasselbe. Hoffte er.

»Was ich getan habe ...« Sie keuchte. »Ich hätte fast ...«

»Darüber machen wir uns später Gedanken.« Er holte tief Luft. »Komm, mach mit.«

Sie atmete mit ihm, immer wieder, und dann wich das Entsetzen aus ihr. Aber ihre Tränen hörten nicht auf.

»Ich kann dir nicht einmal sagen, was passiert ist«, flüsterte sie. »Ich kann mich an nichts erinnern.«

Er nickte. »Weiß Sal es?«

Ihr Blick schwankte zwischen Gekränktheit und Entsetzen. »Sag es ihr nicht.«

Er runzelte die Stirn. »Warum nicht? Was auch immer hier passiert, wenn sie etwas weiß, sollten wir …«

»Es geht nicht um uns – es geht um sie.« Ihre Miene verfinsterte sich. »Hast du sie behandelt?«

Er schüttelte den Kopf. »Ich wollte es, aber …«

»Sie hat es nicht zugelassen, weil sie glaubt, dass man ihr nicht wehtun kann. Aber das kann man. Sie ist verletzt. Du hast es gesehen, oder? Ihre Narben schmerzen.« Sie schüttelte sich. »Jeden Tag geht sie in eine feindlich gesonnene Welt hinaus, und selbst wenn sie keinen einzigen Feind sieht, kommt sie mit schmerzverzerrtem Gesicht zurück und ich …« Sie schluckte. »Ich darf nicht auch etwas sein, das ihr wehtut.«

»Du glaubst, ihr das zu verschweigen, schmerzt sie nicht?«

»Weniger, als es ihr zu verraten. Ich kann mit ihrer Verachtung leben, aber nicht damit, ihr zur Last zu fallen.«

Er kannte die beiden nicht. Er wusste nur, wer sie waren. Sal Kakophonie, die gefürchtetste Vagrantin in der Scar, die nur Trümmer und Asche zurückließ. Und Zweiundzwanzig-Tote-Rosen-in-einer-angeschlagenen-Porzellanvase, berühmt unter den Freimachern, ein Genie, schon bevor sie diese schreckliche Stärke gewonnen hatte. Zwei Menschen, die die Macht hatten, die Erde zu erschüttern und den Himmel zum Weinen zu bringen.

Meret fand es irgendwie tröstend, dass selbst die sehr Starken so dumm sein konnten. Er seufzte und setzte sich neben sie. Dann blickte er auf denselben matschigen Schneefleck wie sie.

»Sal hat es mir erzählt«, sagte er. »Auf dem Luftschiff sagtest du, du würdest die Welt für sie niederbrennen.« Er hielt inne. »Hast du das wirklich gesagt?«

Sie nickte. »Das habe ich.«

»Und hast du es auch wirklich gemeint?«

Sie sah ihn an. »Habe ich.« Er lächelte sie traurig an. »Was willst du machen, wenn du wirklich alles niedergebrannt hast und nur noch die Asche und sie übrig sind und ihr beide nicht miteinander reden könnt?«

Sie sah ihn erstaunt an und suchte nach Worten. Dann seufzte sie müde. »Es wird wehtun«, flüsterte sie. »Allen.«

»Wahrscheinlich.« Meret blickte in einen Himmel, in dem keine

Schatten zu sehen waren. Vorläufig. »Aber irgendwann tut alles weh.«

Er spürte etwas Warmes. Ihre Hand, mit der sie ihn fast getötet hatte. Sie lag auf seiner, und sie drückte seine Finger sanft.

»Danke, Meret, für alles.«

Er lächelte. »Ist das der Freimacher-Kodex?«

»Das ist für dich.« Sie erwiderte das Lächeln. »Da deine Hilfe nicht erbeten wurde und sie auch nicht zur Sammlung alles menschlichen Wissens beigetragen hat, fällst du nicht direkt unter die Entschädigungsvorschrift des Zweiten Gesetzes.« Sie stand auf und zog ihn hoch. »Trotzdem … danke.«

Er sah ihr nach, als sie zum Haus und zu Sal zurückging. Zu den Schmerzen, die sie und ihn erwarteten. Die meisten dieser Schmerzen hatte er nie verstehen können, geschweige denn heilen. Aber dieser Schmerz … es fühlte sich gut an, ihr bei diesem geholfen zu haben.

»Gut gemacht«, sagte jemand hinter ihm. Sindra lud weitere Vorräte auf den Karren.

»Du hast es mitgekriegt?« Er machte sich Sorgen, denn es war schon schwierig genug, sie auf seine Seite zu ziehen, auch ohne dass sie wusste, was Liette vermochte.

»Nur den Schluss«, knurrte sie und zurrte die Ladung fest. »Da du offenbar dazu übergehst, die Probleme aller Leute zu lösen, dachte ich, lobe ich dich einfach dafür.«

»Danke.«

»Danke mir noch nicht.« Sie deutete zum Himmel. »Es wird bald aufhören zu schneien. Es wird schon schwierig genug, wenn wir jetzt aufbrechen, aber wenn wir warten, ist es bald unmöglich. Wenn wir nicht …«

Ihre Worte wurden von einem Vogelschrei abgeschnitten. Ein Schatten glitt tief über ihnen durch die Wolken. Die Silhouette eines großen Reitvogels, der den Kopf hob, den Schnabel aufriss und kreischte. Der Schrei wurde aufgenommen und wiederholt. Immer und immer wieder, am ganzen Himmel.

»Wir brechen in einer Stunde auf«, knurrte Sindra. »Oder wir nutzen die Zeit, um uns Grabstellen auszusuchen.«

*

Meret war müde, sogar erschöpft. Die Aussicht, im nächsten Moment ausgelöscht zu werden, setzte ihm zu. Am liebsten hätte er sich zusammengerollt und wäre gestorben, stapfte aber durch den Schnee zu seinem Haus zurück, keuchend, angestrengt und wie wild um sich schlagend.

Als er sein Haus erreicht hatte, wollte er gerade hineinstürmen und rang nach Luft, um die Nachricht zu verkünden, dass sie bald losmussten. Doch die Tür wurde aufgestoßen und knallte ihm ins Gesicht, was ihm seinen Auftritt vermasselte.

Er stürzte zu Boden und presste die Hände auf die Nasenwurzel, wo die Kante der Tür ihn schmerzhaft getroffen hatte. Dann hob er den Kopf und sah in zwei große braune Augen hinter einer großen Brille, die von zwei winzigen Händen zurechtgerückt wurde.

»Du solltest wirklich mehr auf deine Umgebung achten«, tadelte Liette ihn. »Da diese Tür nach außen aufgeht, ist es wahrscheinlicher, in einen Unfall verwickelt zu werden, wenn man sie von außen öffnet. Das ist einfache Mathematik.«

»Vielen Dank, wirklich.« Inzwischen verstand Meret, warum alle möglichen Leute die beiden Frauen umbringen wollten.

Sie reichte ihm die Hand, und er zuckte zurück, als er sich daran erinnerte, was diese Hand getan hatte. Dann fiel sein Blick auf den schmutzigen Verband und auf die anderen Verbände, die ihre zahllosen Verletzungen bedeckten.

»Ja.« Sie bemerkte sein verlegenes Zögern und deutete auf ihre Verbände. »Sal hielt es für klug, das heißt, wir beide hielten es für klug, meine Verletzungen etwas gründlicher zu behandeln, um … weitere Zwischenfälle zu vermeiden.« Sie räusperte sich. »Was ich vorläufig bevorzugen würde.«

Das sollte eine Entschuldigung sein? Aber er wollte nicht meckern, also ließ er sich von ihr hochhelfen. Dann klopfte sie ihm den Schnee vom Mantel und hielt plötzlich inne.

»Wir haben miteinander geredet«, sagte sie dann. »Sie und ich. Ich bin froh, dass du diese Idee hattest.«

»Gut. Darüber bin ich auch froh … ich meine, dass ihr geredet habt, aber …« Er seufzte. »Wir können nicht länger hierbleiben. Also wenn ihr noch etwas erledigen wollt …«

»Alles, was ich noch erledigen muss, werde ich erledigen«, unterbrach sie ihn. »Angefangen beim Fuhrwerk. Ich nehme an, dass ich es so weit reparieren kann, um dem Vogel, der es zieht, seine Last zu erleichtern.«

Er sah sie düster an.

»Durch ganz gewöhnliche Maßnahmen«, versicherte sie ihm hastig. »Wie gesagt, es wird keine Zwischenfälle mehr geben.«

Erschöpft lachte er. »Großartig, denn es wird schon schwierig genug für vier Leute und einen wütenden Vogel sein, hier ohne Zwischenfälle herauszukommen.« Er nahm die Brille ab und entfernte den Schnee. »Je weniger Federn gerupft werden, desto besser.«

Auf eine schreckliche Weise fand er seine Bemerkung ganz amüsant, aber Liette lächelte nicht, sondern sah ihn finster an. Tränen quollen ihr aus den Augen.

»Entschuldigung«, sagte er. »Ich wollte damit nicht sagen, dass deine … Zwischenfälle …«

»Sie ist drinnen«, sagte Liette leise und wandte sich dann zum Fuhrwerk. »Du solltest …« Sie überlegte kurz, was sie sagen wollte, seufzte jedoch nur und ging zum Wagen.

Als Meret stirnrunzelnd die Tür öffnete, begrüßte ihn ein unerwarteter Anblick. Seine Weinflaschen, einschließlich der Flasche *Letztes ZwieLicht,* die er sich hatte aufsparen wollen, lagen mehr oder weniger geleert auf dem Tisch herum. Ebenso seine letzten Verbände und Salben, zumindest die, die nicht bereits um tätowierte Muskeln gewickelt worden waren. Und er sah eine Hand, die langsam Patronen in die Kammer einer grinsenden Messingpistole schob.

»Sal!«, stieß Meret hervor. »Wir müssen los. Es hat gerade aufgehört zu schneien und wir …«

»Du hast einen Vogel gehört.« Sal blickte nicht hoch. »Ein lautes Kreischen? Er flog tief?«

»Ja …«

»Ein Kundschafter-Vogel«, knurrte sie. »Lästige Viecher!«

»Sie werden bald zurückkommen, um anzugreifen. Wir …«

»Hätten sie mit Vögeln angreifen wollen, hätten sie das längst getan.« Sie schüttelte den Kopf. »Sie haben nicht genug Vögel, um aus der Luft zu kommen. Außerdem würden sie ihnen bei diesem Schneetreiben nichts nützen. Nein, sie kommen über Land.« Sie schloss die Trommel mit einem vernehmlichen Klicken. »Und am Boden werde ich sie töten.«

Er riss die Augen auf. »Was? Dafür haben wir keine Zeit! Wir müssen sofort verschwinden!«

»Du verschwindest, ja.«

»Nein, wir, Sal. Was auch immer da kommt …«

»… wurde eingeladen«, fiel sie ihm ins Wort. »Seit ich hier angekommen bin, habe ich mit Rauch parfümierte Einladungen versendet. Sie werden kommen, sie werden Freunde mitbringen, und sie werden erwarten, mich anzutreffen.« Sie warf der Waffe einen fast unanständigen und viel zu langen Blick zu. »Und ich will mir nicht nachsagen lassen, ein schlechter Gastgeber zu sein.«

Es wäre einfacher zu verdauen gewesen, wenn die Erkenntnis aus dem Nichts gekommen wäre, wie ein Hieb mit einem Vorschlaghammer, aber dann begriff er, dass er es immer schon gewusst hatte. Ihre Drohungen, die Scheiterhaufen, die Menschen, die sie verjagt hatte – jetzt begriff er, was dahintergesteckt hatte. Auch wenn er sich einreden wollte, es hätte einem höheren Zweck gedient.

»Du willst gegen sie kämpfen«, flüsterte er. »Und Jammertal in ein Schlachtfeld verwandeln.«

Sie stand mühsam auf. »Das ist jedenfalls meine Absicht.«

Er hätte wütend, nein, außer sich sein sollen. Er hätte sie verfluchen sollen, Sindra verwünschen sollen, weil sie ihn nicht nachdrücklicher gewarnt hatte, und sich selbst, weil er all das hatte geschehen lassen. Er hätte es tun sollen, aber …

»Du kannst nicht gegen sie kämpfen!«

»Nein«, antwortete sie. »Kann ich auch nicht.«

»Du bist zu schwer verletzt, um gegen das Imperium und die Revolution …«

»Du hast recht. Ich bin zu verletzt.« Sie lockerte die Schulter und zuckte zusammen. »Aber ein bisschen aufhalten kann ich sie. Und vielleicht sogar ein bisschen länger, wenn sie das tun, was ich erwarte.«

»Aber du wirst sterben!«

»Die anderen aber nicht!« Sie klang endgültig. »Zumindest haben sie eine bessere Chance zur Flucht, wenn die Soldaten nicht das ganze Tal, sondern nur ein kleines Dorf heimsuchen. Kein wasserdichter Plan, aber, he, ich habe ihn geschmiedet, als ich mit einem brennenden Luftschiff abgestürzt bin.«

Er hätte einfach nur aufgeben und verschwinden sollen, sie, Liette und Jammertal hinter sich lassen sollen. Das hätte er schon vor einer Ewigkeit tun müssen. Es gab keinen nachvollziehbaren Grund, warum er sich Sorgen um sie machen sollte. Trotzdem …

»Sal, das ist … Nein.« Er schüttelte den Kopf. »Komm mit. Wir haben eine bessere Chance, wenn wir zusammenhalten.«

Sie grinste ihn an. »Eine fröhliche Rasselbande von Gesetzlosen?«

»Von Menschen«, gab er zurück. »Die versuchen, sich gegenseitig zu helfen, am Leben zu bleiben.«

Sie hob die Brauen. »Das war fast inspirierend, Meret.«

»Vielen Dank. Ich meine, du benimmst dich dumm, und du musst mit uns kommen, aber trotzdem vielen Dank.«

Sie ging auf ihn zu. War sie schon immer größer gewesen als er? Sie legte die Hand auf den Griff des Kakophon und blickte Meret hochmütig mit ihren starren blauen Augen an. Dann hob sie die Hand, und er wäre fast zusammengezuckt, als sie sie auf seine Schulter fallen ließ.

»Deshalb musst du überleben«, sagte sie. »In der Scar gibt es zu viele Menschen wie mich und nicht genug Leute wie dich. Wie sie. Wie diese mürrische Lady mit dem Schwert.«

»Sindra. Sie heißt Sindra.«

»Netter Name. Auch sie hat nicht verdient, was ich in dieses Tal gebracht habe. Aber das ändert nichts. Im ganzen Tal wimmelt es bald von Soldaten. Sobald die Bomben fallen und die Magie die Luft sättigt, kommt niemand mehr aus dem Tal raus.«

Er wollte protestieren, doch sie legte ihm einen Finger auf die Lippen.

»Sag jetzt nichts mehr! Je mehr du redest, desto logischer klingt es, und das kann ich mir im Moment nicht leisten.« Sie seufzte schwer. »Denn du hast recht, zusammen hätten wir eine größere Chance. Aber nicht mit mir. Dieses Messing an meiner Hüfte ist wie rohes Fleisch, Meret. Sie wittern seinen Geruch aus etlichen Meilen Entfernung. Es kann uns vielleicht ein- oder zweimal retten, wird uns am Ende aber umbringen.« Sie tippte auf den Griff der Waffe. »Dafür lebe ich, Meret. Ich zerstöre. Du hast mir bisher vertraut, vertrau mir noch einmal. Lass mich zerstören, was zerstört werden muss.«

Das war jetzt der Moment in den Geschichten und Opern, wo er eine mitreißende Rede halten und sie packen musste, bis sie nachgab. Sollte er sie küssen? In Geschichten war das oft so.

Allerdings würde es vermutlich so enden, dass sie ihm das Gesicht zu Brei schlug, also tat er, was er immer tat und was Leute wie er in den Geschichten taten. Er blieb stumm und starrte auf seine Schuhe. Als sie an ihm vorbei durch die Tür in den Tod ging.

Komm schon, du Idiot! Tu was!, schalt er sich. *Mach irgendetwas!* Er knirschte mit den Zähnen und ballte die Fäuste. *Du kannst das nicht einfach zulassen.* Er seufzte. *Aber du kannst doch nicht gegen sie kämpfen. Du bist kein Held oder ein Vagrant. Und das ist keine Geschichte. Du bist Meret, und das ist eine Freundin.*

Er holte tief Luft. »Ich vertraue dir.«

Sie war bereits durch die Tür und blieb jetzt mit der Hand auf der Waffe stehen. Sie warf ihm einen Blick zu, als hätte sie nicht erwartet, dass das funktionierte. Er wusste selbst nicht genau, was er jetzt gerade machte. Trotzdem.

»Ich vertraue dir«, wiederholte er. »Ich halte es für eine schlechte Idee, aber ich glaube an dich.« Er warf sich in die Brust, so gut er konnte. »Aber du musst mir auch vertrauen.«

»Klar«, sagte sie. »Aber ich bitte dich ja bereits, Liette hier wegzuschaffen, also …«

»Das ist ein Gefallen, kein Vertrauen. Ich werde dir keinen Gefallen tun, Sal, aber ich werde einer Freundin, so gut ich kann, helfen, hier lebendig rauszukommen.« Er hielt ihrem Blick stand. »Vorher musst du es mir allerdings sagen. Sag mir, was auf diesem Schiff passiert ist. Was mit Liette passiert ist.«

Als er ihre Miene sah, war er sich sicher, dass sie ihm gleich die Nase zertrümmern würde. Er mochte sie beleidigen, wie er wollte, ohne eine Reaktion bei ihr hervorzurufen, aber wenn es um Liette ging …

Tu nicht so, als hättest du das nicht gewusst, dachte er, während er mit geschlossenen Augen auf den Schlag wartete.

Aber seine Nase blieb heil. Vielleicht dehnte sie sich vorher noch ein bisschen oder zog ihre Pistole oder …

»Also gut.«

Die Tür fiel ins Schloss, und er öffnete die Augen. Sie stand vor ihm.

»Ich erzähle es dir«, sagte sie. »Wenn du sie hier wegschaffst, verrate ich es dir.«

Er nickte. »Ich verspreche es.«

»Versprich mir nichts. Noch nicht.« Sie rieb sich seufzend ihre Narben. »Sondern erst, wenn du alles weißt.«

51. KAPITEL
DAS FLAGGSCHIFF

Alle Schwadronen an Deck, alle Schwadronen an Deck!« Feuer. Donner. Leiber wurden zerfetzt, Metall ächzte, das Lied ertönte, und Vögel kreischten.

»Die imperialen Schweine haben das Flaggschiff geentert! Alle Schiffe sofort zum Flaggschiff!«

Es stank nach Severiumpulver, Blut spritzte, Gewehre knallten, und Holz zersplitterte, während Schreie ungehört verhalten.

»Im Namen des Großen Generals und der Glorreichen Revolution von der Faust und der Flamme! Die Zukunft der Revolution liegt in euren Händen! Zehntausend Jahre!«

Dazwischen das Heulen der Sirenen und die Befehle von Menschen, die andere Menschen in den Tod schickten. Hat man genug Kämpfe überlebt, hat eine Schlacht ihren eigenen Chorus. Ich sagte mir, es ist nur ein Lied, ein Tanz, dessen Schritte ich kannte. Ich musste sie ausführen, dann überlebte ich. Das sagte ich mir. Aber meine Augen glaubten mir nicht.

Wohin ich auch blickte, sah ich Leichen. Magier schleuderten Soldaten durch die Luft oder zerschmetterten sie, Vögel schnappten sich Opfer aus dem Gewühl, Wellen aus Feuer und Eis fegten über das Deck.

»Zehntausend Jahre!«

Eine Flut aus blauen Uniformen strömte aus den Niedergängen, Paladine wateten in dem Meer aus Soldaten dem imperialen Feind entgegen. Ihre Repetierkanonen zerfetzten Magier, andere versanken in dem Meer von Revolutionären.

Leichen. Blut. Lärm. Wut. Hass.

Ich kannte die Noten, aber nicht dieses Lied. So ein blutiges, sinnloses blankes Morden hatte ich noch nie erlebt.

»Sal.«

Ich hörte ihre Stimme und spürte ihre Hand in meiner. Und ihre Augen … fick mich, was für Augen!

Das Leben ist für gewöhnlich keine Oper. Kriege werden aus niederen Gründen geführt, und Menschen sind Unkraut, Liebe erobert nicht alles. Aber es muss nicht so sein. Sie muss nichts erobern, sondern einem nur das Gefühl geben, dass man leben will. Für sie. Für uns. Für die Welt, die sie erschaffen wollte. Die Welt, die ich ihr geben werde. Selbst wenn es mich das Leben kostet.

Ich packte ihre Hand fester, nahm das Schwert in meine freie Hand und sah sie an. »Ganz gleich, was passiert«, sagte ich. »Lass mich nicht los.«

Sie nickte.

Ich blickte über das Deck. »Bist du bereit?«

»Ja«, log sie.

Ich holte tief Luft und schmeckte mein eisiges Blut auf den Lippen. Die Hitze der Waffe sickerte in meine Haut.

»Übrigens, falls wir hier sterben sollten: Ich liebe dich.«

Sie lächelte. »Ich liebe dich, auch wenn wir nicht sterben.«

Ich nickte, lächelte, und wir rannten los in die Hölle.

Kopf runter, Schwert hoch, immer in Bewegung bleiben. Die Schritte des alten Tanzes fielen mir wieder ein, als ich loslief. Mein Instinkt unterdrückte Schmerz und Furcht. *Augen geradeaus, atmen, denk nicht an das Blut.*

Um uns herum stürzten die Toten auf die Planken, Explosionen erhellten den Himmel, Severiumwolken waberten über das Deck, Kampfvögel schossen mit ausgestreckten Krallen hindurch, das Lied der Lady vibrierte in meinem Schädel und in meinen Knochen.

All das kümmerte mich nicht. Ich hatte keinen Blick für die Sterbenden übrig, für das Leiden, seine Sinnlosigkeit – mein Blick war auf die Kajüte und die Eisentür darin gerichtet. Ich hörte nur das Geräusch ihrer Schritte hinter mir, als ich sie weiterzog. Ich fühlte weder meine Wunden noch meine Narben, sondern nur meine Finger, mit der ich ihre Hand hielt, so fest ich konnte.

Ich schlug zu, wenn es sein musste, ich sprang, wenn jemand im

Weg war, ich fing einen Schlag ab, der ihr gegolten hatte. Und wir liefen weiter, schafften es schließlich durch den Rauch und das Blut und das Feuer bis zur Treppe zur Kajüte. Wir rannten die Stufen hoch, und in meinen Ohren hallten die Schritte, das Pochen meines Herzens und das Lied der Lady … das sich zu einer einzelnen kristallklaren Note steigerte.

Vor mir schimmerte die Luft, und eine Klinge blitzte auf. Ich schob Liette im Fallen zurück, und der Stahl zischte einen Fingerbreit an meiner Kehle vorbei. Dort, wo eben noch Luft gewesen war, stand eine Frau, die mich über die Klinge ihres Schwertes mit hasserfüllten violetten Augen ansah.

»Jedes Desaster«, sagte Velline ki Yanatoril, Schwert der Imperatrix. Dann verschwand sie, und ich riss Liette zur Seite, unmittelbar bevor Vellines Klinge einen Fingerbreit an meinem Herz vorbeizischte. »Jede Zerstörung«, fuhr sie fort, und ich konnte nichts sagen, bevor sie verschwand. Wieder schob ich Liette zur Seite und wehrte in letzter Sekunde den nächsten Schlag von Velline ab. »Jeder Krieg«, fuhr die Quickmagierin mit hasserstickter Stimme fort, während ich die Treppe hinunterstürzte und ihr Schwert die Stufen durchtrennte. »Jedes Leid, das dieses gottverlassene Land ereilt, geschieht in deiner Gegenwart.« Velline zog die Augen zu Schlitzen zusammen. »Wieso bist du immer da, Sal?«

»Geh mir verfickt noch mal aus dem Weg, Velline!« Leider fiel mir nichts Geistreiches ein.

»Das gesamte Imperium, die Revolution und jeder noch so miese Halunke, der auch nur ein Schwert halten konnte, hat sich dir in den Weg gestellt!«, fuhr Velline mich an. »Und nicht nur, dass du dein blutiges Werk fortsetzt, du besitzt auch noch die Frechheit zu glauben, dass ich zur Seite treten würde, während du dem Imperium an die Gurgel gehst.«

»Ich habe keine Zeit für dein Gequatsche.« Ich hob mein Schwert.

Das war nicht gelogen. Ich hatte keine Zeit, denn ich wollte nicht auf diesem Luftschiff sein, wenn die Sigillen von Zwei-Einsame-Alte-Männer aktiviert wurden. Aber es fiel mir schon unglaublich schwer, mein Schwert auch nur zu heben, denn ich war nachlässig gewesen und hatte zu viele überflüssige Treffer eingesteckt. Ich konnte nicht gegen sie kämpfen, sondern nur Zeit schinden, bis mir etwas einfiel. »Kannst du es nicht in einem Pamphlet für mich zusammenfassen, das ich dann später lese?«

»Was hat die Revolution dir geboten, Sal?« Sie ignorierte meine Bemerkung. »Geld? Whiskey? Oder bist du so tief gesunken, dass allein die Aussicht auf Blutvergießen genügt?«

»Ich arbeite nicht für die Revolution.« Ich wich vor ihr zurück, als sie auf mich zukam.

»Erwartest du wirklich, dass ich dir glaube, du wärst nur zufällig an Bord dieses Schiffes, das vorhat, Bürger des Imperiums abzuschlachten?«

»So was passiert mir dauernd …« Ich kniff die Augen zusammen. »Moment, was hast du da …?«

»Beleidige mich nicht mit gespieltem Unwissen. Und auch nicht die Menschen, die du vernichten willst.« Velline richtete ihr Schwert auf mich. »Dieses Luftschiff fliegt direkt auf Labsal zu.«

»Labsal?« Liette rappelte sich hoch. »Die imperialen Siedlungen? Nein, das muss ein Fehler sein.«

»Es gibt viele Fehler auf diesem Schiff. So wie dich, wenn du mit der Kakophonie verbündet bist.« Vellines Augen blitzten violett. »Und ich werde euch alle korrigieren.«

Ihr Blick fiel auf Liette, und sie verschwand. Ich unterdrückte meinen Schmerz und meine Erschöpfung, sprang zu ihr, und Liette kreischte, als meine Klinge die von Velline ablenkte. Dann hielt ich ihr das Schwert an die Kehle. Ich durfte nicht zulassen, dass sie verschwand. Sie drängte sich an mich, damit ich mein Schwert nicht gegen sie einsetzen konnte. Sie wusste, dass ich müde war und sie nur warten musste. Ihr hasserfüllter Blick sagte mir, ich hätte es verdient und könnte sie nicht besiegen. Und ich … sah auf die Gestalt mit der absurd riesigen Waffe hinter uns.

Dann sprang ich zurück und warf mich über Liette. Damit überrumpelte ich Velline, die nicht erwartet hatte, dass dieser Kampf so enden würde. Ebenso wenig hatte sie das laute Surren der Repetierkanone erwartet, die wütend Kugeln spuckte.

Mitten auf dem Deck stand blutüberströmt Tretta Stern. Ihre Muskeln traten hervor, als sie die gewaltige Repetierkanone eines Paladins hielt. Sie kniff die Augen zusammen, als die Mündung sich drehte. »Zehntausend Jahre!«, brüllte sie. Dann sprach die Kanone.

Die Severiumgeschosse der Waffe strichen über das Deck, eine unerbittliche Welle aus Metall und Severium, die auf Velline zuschoss. Sie verschwand und tauchte eine Sekunde später wieder auf, aber die Kugeln der Kanone verfolgten sie. Velline flüchtete, so schnell sie konnte, aber Tretta hörte nicht auf zu schießen.

Diese Kanone war für einen Paladin geschaffen, und ohne die Rüstung würde Tretta Stern irgendwann davon in Stücke gerissen. Ich hätte mich geschmeichelt fühlen sollen, dass sie sich so große Mühe machte, um Velline das Vergnügen zu verwehren, mich zu töten. Das sie offenbar für sich selbst beanspruchte.

»Komm schon!« Ich riss Liette hoch, zog sie die Stufen zum Ruderhaus hinauf und stieß sie vor die eiserne Tür. »Mach sie auf, los!«

»Ja, ja!« Sie nahm einen Federkiel und ein Tintenfass.

Ein Blick über meine Schulter verriet mir, dass Tretta Velline verjagt hatte. »Ich sagte, mach auf! Wie lange dauert das?«

»Ich habe keinen Schlüssel!«, fuhr sie mich an. »Ich muss sie aufschreiben. Moment noch!«

Sie kritzelte etwas auf die Angeln der Tür.

Das Rattern der Repetierkanone wich einem lauten Rasseln, als die Munition verschossen war. Tretta fluchte, zog das leere Magazin heraus und rammte ein neues Magazin mit Patronen in die Kammer.

»Würdest du dich endlich beeilen!«, schrie ich Liette an.

»Man kann die Dinge schnell oder richtig machen«, antwortete sie, ohne von ihrer Kritzelei aufzublicken. »Warum wollen dich eigentlich so viele Frauen töten?«

»Ich habe keine Zeit, dir das zu erklären!«

»Hast du mit ihnen … Kennst du sie … näher?«

»Wir haben keine Zeit dafür!«

Das Magazin rastete mit einem lauten Klappen ein, und der Lauf der Repetierkanone sirrte erneut.

»Und …« Liette machte eine unerträglich lange Pause. »Fertig.«

Die Sigillen leuchteten auf, und etwas klickte hinter der Tür.

Mündungsfeuer blitzte auf, als ich die Tür aufstieß. Liette taumelte hinein. Splitter regneten auf mich herab, als die Kugeln über das Deck furchten. Ich sprang in den Raum und schlug die Tür hinter mir zu.

Dann presste ich mich mit geschlossenen Augen dagegen, und mein Körper wurde durchgerüttelt, als Hunderte von Kugeln gegen die Tür prasselten.

Du lebst noch, sagte ich mir. Ich war blutüberströmt, zerschlagen, mein Skelett vibrierte in meinem Körper, aber ich lebte noch. Erst als ich mir das so oft gesagt hatte, dass ich es glaubte, erlaubte ich mir, zusammenzubrechen.

»Sal«, flüsterte Liette.

Und legte mir eine Hand auf die Schulter.

»Mir geht es gut. Ich kotze mir nur kurz die Eingeweide raus.«

Sie hob mein Kinn sanft vom Boden hoch. »Sieh doch.«

Ich sah hin. Zehn leere Augenpaare erwiderten meinen Blick. Instinktiv setzte ich mich auf und griff nach einer Waffe. Ich hatte nur an die Personen auf der anderen Seite der Tür gedacht, die mich umbringen wollten, und vergessen, dass auf dieser Seite der Tür ebenfalls Leute danach lechzten, mich zu töten.

»Nein, Sal.« Liette packte meine Handgelenke. »Sieh genauer hin!«

Das Ruderhaus war in zwei Ebenen unterteilt. Auf der einen Ebene standen Kartentische und Apparate für die Navigation, auf dem oberen, das von großen Bullaugen dominiert wurde, befanden sich der Stuhl des Kapitäns, das Steuerrad … und das Relikt.

Das Relikt. Es war größer als drei Zugvögel, hatte eine unmögliche Geometrie und schwebte zwischen einer Reihe von hastig zusammengestellten mit Bannschrieb bedeckten Apparaturen, die es hielten. Es hing gelassen da, als wäre es ein Leichtes, der Gravitation zu trotzen, und pulsierte in einem schwachen Licht, das im Rhythmus eines Herzschlags heller und dunkler wurde.

Meines Herzschlags.

Es war ein unerträglicher Anblick, aber ich konnte die Augen nicht davon abwenden. Es war auf groteske Weise faszinierend! Je länger ich es ansah, desto weniger wollte ich wegsehen. Und je genauer ich hinsah, desto klarer wurde mir, dass es mich anstarrte.

Eine Ewigkeit verstrich, bevor mir dämmerte, dass niemand schoss oder ein Schwert zog. Wir waren von Feinden umzingelt, und niemand hatte versucht, uns aufzuhalten oder ein Wort gesagt. Dann bemerkte ich das Blut.

Sie lagen überall herum, ihr Blut bedeckte den Boden und die großen Fenster auf der Rückseite des Ruderhauses. Einige hatten sich ihre Dolche in die Kehle gerammt, andere hatten blutige Löcher von ihren Handkanonen in den Köpfen.

»Sie haben sich selbst getötet!«, stieß Liette hervor.

Es war zwar übel, aber nicht überraschend. Ich hatte viele Kommandeure gesehen, die bei einer verlorenen Schlacht den schnellen und schmerzlosen Ausweg wählten. Aber das hier war das Flaggschiff. Es waren Culven Loyals Soldaten, die Elite des Großen Generals. Und die Schlacht lief nicht schlecht für sie. Warum also …?

»Bei den Heiligen!« Liette rief nur dann eine Macht an, die sie nicht sehen konnte, wenn sie zu bestürzt war, um klar zu denken. Sie hockte neben der Leiche einer Frau am Kartentisch, die sich einen Dolch in die Kehle gerammt hatte. »Das waren … Ich kannte sie! Was ist … Warum?«

»Ich bitte um Verzeihung.«

Die Antwort war ein schwacher Gedanke, den ich im Kopf und im Blut fühlen konnte. Als Liette mit mir zusammen hochsah, wusste ich, dass sie es ebenfalls empfand.

Wir blickten auf das Relikt. Ältester sah zurück.

»Ältester?«, flüsterte Liette. »Du warst das?«

»Es tut mir leid, ich hatte keine Wahl. Die Zeit ist begrenzter, als du weißt.«

Ich zuckte zusammen. Das war das Zweitschlimmste, was man auf einem Luftschiff hören konnte, das möglicherweise gesprengt werden sollte.

»Sie kommen.«

Das war das Schlimmste.

»Wer kommt?« Liette stieg die Treppe zum Relikt hoch.

»Kräfte, die du nicht zu begreifen, geschweige denn aufzuhalten vermagst.«

»Klar«, knurrte ich. »Das habe ich schon mal gehört.«

Liette warf mir einen finsteren Blick zu, und ich hob die Hände.

Sie hatte recht. Nachdem wir so weit gekommen waren, sollte ich die wenige Zeit, die uns blieb, nicht mit dummen Sprüchen gegen einen magischen Scheißhaufen verschwenden. Trotzdem hätte sie etwas mehr Dankbarkeit zeigen können.

»Wir müssen hier weg.« Liette wandte sich wieder zu dem Relikt. »Wir bringen dich hier raus, Ältester.« Plötzlich überkam sie Verzweiflung, als sie die ungeheure Aufgabe begriff, etwas von dieser Größe hier wegzuschaffen. »Aber ich weiß nicht …«

»Wenn du gestattest.«

Ein Riss bildete sich im Relikt, eine perfekte Linie in der wilden Geometrie des Relikts. Ich trat mit gezücktem Schwert vor Liette, als die Linie zu einem Netz wurde. Stein knirschte, als die einzelnen Teile langsam auseinanderglitten. Nebliger Dunst, der nach vor langer Zeit gestorbenen Dingen und Orten stank, trat aus. Erst zischend, dann heulend.

Ich zog Liette an mich und hüllte uns in meinen Schal. Der Dunst quoll über den Boden, bewegte sich wie etwas Lebendiges, als er aus den Ritzen des Ruderhauses hinausströmte. Ob er giftig war, war unsere geringste Sorge.

Als ich den Schal senkte, hatte sich das Relikt geöffnet. Die einzelnen Teile hatten sich zusammengeschoben, und das Innere glänzte wie eine offene Wunde. Als der Nebel sich verflüchtigte, enthüllte er …

»Heilige Scheiße!«, flüsterte ich. Ich wusste nicht, wie ich es oder ihn oder sie beschreiben sollte. Verdrehtes und verknotetes Fleisch vom Grau eines schon lange abgestorbenen Baumes lag zitternd im Inneren des Relikts. Es pulsierte in einem scheinbar uralten und unnatürlichen Leben. Und im Inneren der zahllosen Fleischlappen sah ich … Dinge.

Insektenartige Flügel, Gesichter, mit geschlossenen Augen und Mündern, schlummernd. Der lange zierliche Arm einer Frau, das pummelige Bein eines Neugeborenen. Ein Auge, das sich wie verrückt in seiner Höhle drehte. Monströse Organe. Und die Spitze dieser Masse aus Haut und Knochen, als wäre er daraus entwachsen, krönte … Ältester.

Was auch immer er sein mochte. Die linke Hälfte seines Körpers war mit der grotesken Masse verbunden, der Rest war eine nahezu perfekte androgyne Form mit einer bronzen strahlenden Haut. Sein Gesicht … Ätherisch? Uralt? Engelhaft? Furcht einflößend? All das stimmte.

Und doch schienen Worte zu begrenzt und banal, um zu beschreiben, was uns aus dem Relikt ansah, lebendig und bewusst.

»Konntest du …« Liette näherte sich Ältestem mit einer Ehrfurcht, die sie noch nie irgendetwas gegenüber gezeigt hatte. »Hättest du das schon immer tun können?«

»*Nein.*« Außerhalb des Relikts drang die Stimme von Ältester tiefer in mich, als würde jede Silbe eine Ader in mir wie eine Harfensaite anschlagen. »*Erst in diesem Moment.*«

»Warum?«

»*Weil das der Moment ist, in dem ich dich brauche.*«

»Schön …« Ich trat vor und betrachtete die entsetzliche Masse so genau, wie ich es ertragen konnte. »Ich bin nicht sicher, dass uns dies hier hilft, dich hier wegzuschaffen. Du bist nicht kleiner geworden, sondern nur schwabbeliger …«

»*Ein Körper ist eine Hülle. Nichts weiter. Ich brauche sie ebenso wenig, wie ihr Kleidung braucht. Erforderlich ist nur das.*«

Ich wollte weder über seine Worte nachdenken noch zusehen. Aber ich konnte den Blick nicht abwenden.

Mit einem Arm griff Ältester zu seiner Brust. Die Haut kräuselte sich, als er die Finger hineinschob. Die ganze Masse zitterte und spannte sich an, als würde sie die Luft anhalten. Langsam zog er die Hand heraus und steckte sie Liette entgegen, während er die Finger öffnete. Sie betrachtete sie kurz, bevor sie ihre Hände zusammenlegte und er etwas hineinfallen ließ.

Etwas Wunderschönes. Ein Licht, das in Farben erstrahlte, die ich noch nie gesehen hatte. Sie wirbelten und schimmerten in einem unaufhörlichen, lebendigen Tanz aus strahlender Helligkeit.

»Das ist …« Liette stockte. »Ist das dein Herz?«

»*Wenn du das möchtest.*« Die Stimme von Ältester schien aus dem Licht zu kommen. »*Das ist alles, was ich je gewesen bin und jemals sein werde. Alles, was ich jemals wollte … Und alles, an dessen Verwirklichung ich gescheitert bin.*«

Ihre Finger zitterten, als sie das Licht in die hohlen Hände nahm. Langsam ließ das Strahlen nach, sickerte zwischen ihren Fingern heraus, bis nur noch eine perfekte Kugel übrig war, glänzend, schillernd und winzig.

»*Du wirst …*«, die Stimme von Ältester wurde immer leiser, »… *mir verzeihen … eines Tages …* « Er verstummte.

Der Körper von Ältester erstarrte plötzlich vollkommen, wurde dunkel und knisterte. Das Geräusch lief über die ganze Hülle, und in ihrem Kielwasser versteinerte alles. Das ätherisch wunderschöne Gesicht von Ältester senkte sich, und ich hatte das Gefühl, es nähme einen Ausdruck von Trauer an, bevor es für immer erstarrte.

Ich atmete aus. Dann wurde Ältester ein uraltes Ding wie alle uralten Dinge. Er war verschwunden, ohne eine Antwort zu geben. Und hatte viel zu viele Fragen hinterlassen und nicht genug Zeit, um sie zu beantworten.

Was hatte Ältester gemeint? Wer kam? Und wobei war er gescheitert? Was für ein Grauen lauerte da draußen, vor dem selbst ein verficktes Scrath Angst hatte? Vielleicht war es ja unrealistisch zu erwarten, dass ein uraltes Grauen, das bis vor Kurzem noch ein fliegender Scheißhaufen gewesen war, etwas Logisches sagte, aber trotzdem …

»So was. Es war also real.«

Eine Stimme, die vor Erschöpfung und unterdrücktem Schmerz nur so troff. Und perfekt zu dem Mann passte, der mich ansah, als ich mit der Pistole in meiner Hand herumwirbelte.

Jero Einstmals stand auf der unteren Ebene, ein langes Messer in der Hand und mit blutverschmiertem Gesicht. Er blickte an mir und Liette vorbei auf die versteinerte Hülle von Ältester.

»Ich hatte keine Ahnung«, gab er zu.

52. KAPITEL

DAS FLAGGSCHIFF

Jero«, flüsterte ich. Ich senkte die Pistole und schob sie auf den Rücken, verborgen, aber bereit.

Ich spürte die Frage, die Liette auf der Zunge lag, als sie zurückwich, so wie sie die Antwort fühlte, als ich vor sie trat und mein Schwert fester umklammerte.

»Wie ist er hier hereingekommen?«, flüsterte Liette.

»Wusstet ihr, dass die Revolution Fluchtwege für ihre Kommandozentren einbaut? In Kaderbüros, Garnisonsposten und ... Luftschiffkabinen.« Jero lächelte freudlos. »Sie lassen sich immer ein Hintertürchen offen, damit sie entkommen können – während sie ihren Soldaten befehlen, für sie zu sterben.«

»Wie hast du überlebt?«, erkundigte ich mich.

»So wie du«, gab er zurück und humpelte langsam vorwärts. »Ich durfte einfach nicht sterben, bis ich hier war.« Er blickte immer noch auf das Relikt. »Verflucht, wir hätten damit wirklich etwas Magisches anfangen können, stimmt doch, oder?«

»Nun, es ist der einzige Grund, warum wir hier sind.«

»Der einzige Grund für unsere Anwesenheit hier ist, Imperien zu stürzen«, antwortete er. »Das Relikt hätte uns eine sehr schöne Möglichkeit dazu gegeben, richtig? Ein Objekt unvorstellbarer Macht und unbekannten Ursprungs, das nur Zwei-Einsame-Alte-Männer nutzen kann? Eines, das Brücken bauen und die Welt verändern könnte?« Er grinste freudlos. »Selbst in einer Oper findet man keine bessere Geschichte.«

Erst als ich den Schmerz in meinen Muskeln spürte, wurde mir klar, dass ich seit seinem Eintreffen angespannt war. Bei jeder seiner

Bewegungen, jedem Blick hielt ich meine Klinge etwas fester. Ob es an dem Blut auf seinem Gesicht lag, dem leeren Ausdruck in seinen Augen oder seinem hässlichen Grinsen … Ich erkannte ihn nicht wieder.

»Es war also eine Lüge«, flüsterte ich. »Dieser ganze Plan, der ganze Mist war erlogen, nur um hierherzukommen.«

»Ein bisschen, ja«, gab er zu. »Jedenfalls hatten wir das beabsichtigt. Zwei-Einsame-Alte-Männer hatte Spuren gefunden, die wir nur für Propaganda der Revolution gehalten hatten.« Er lachte. »Verflucht, wenn er hier wäre und das sähe, was er wohl sagen würde.« Sein Lächeln erlosch. »Würde es ihn interessieren? Das Relikt war jedenfalls nie das Ziel.«

»Was dann?«

Er lächelte wie in jenen dunklen Nächten, als er mich damit begrüßt hatte. Als ich es sah, starb etwas in mir.

»Was wir gesagt haben«, erwiderte er. »Imperien zu stürzen. Indem wir der Welt zeigten, wie viel Blut sie vergießen.«

Er war weg, der Mann, den ich vor all diesen Nächten getroffen hatte. Der lachende Mann, der seinen Schmerz in seinen Lachfalten versteckte. Stattdessen stand ein Killer vor mir, dessen viele Gesichter abgefallen und darunter … nichts entblößt hatten. Jero war verschwunden. Das war nicht Jero. Und fast hätte ich es geglaubt.

Ich wünschte, ich hätte sagen können, dass dieser Mann mit den leeren Augen nicht wirklich er war, sondern der Mann, mit dem ich meinen Schmerz geteilt hatte, der ebenso litt wie ich, der zu klug, komisch und gut war, um diese Person zu sein. Nur … Er war es, er war der, der er immer war. Das Gelächter, die sanfte Stimme und die zärtlichen Hände … Das war nur Schau gewesen. Unter all seinen Lachfalten war er immer schon so gewesen.

So wie ich auch. »Rache«, murmelte ich. »Für ZwieLicht, seine kostbare zerstörte Stadt.«

»Ja, ich fand es auch sonderbar. Er hätte einfach eine neue bauen können. Er ist der größte Freimacher, den die Welt je gesehen hat.« Er nickte Liette zu. »Nichts für ungut.«

Die wich vor ihm zurück, und ich zog sie etwas dichter zu mir. Sie kannte mein Gesicht, meinen Blick zu gut, um sich zu entspannen. Sie hatte beides bei mir schon zu oft gesehen.

»Aber dann sagte er mir etwas, das ich verstehen konnte.«

Er trat einen Schritt vor. Wir einen Schritt zurück.

»Er sagte, eine Stadt ist nicht nur Stein, Wasser und Holz. Sondern Imagination, Ideen, ein Traum. Man gibt alles hinein, was man hat, dann entsteht etwas Eigenes.«

Er trat eine weitere Stufe hoch. Mein Puls beschleunigte sich, meine Brust zog sich zusammen, und der Kakophon kochte.

»Er sagte, eine Stadt kann zerstört und wieder aufgebaut werden. Aber dann ist sie etwas anderes. Und wenn sie zerstört wird … ist das für immer verloren. All die Träume, Erinnerungen, alles, was sie ausmachte … war einfach weg.«

Er kam auf die zweite Ebene. Ich sah ihn unverwandt an, aber sein Blick war auf einen Ort gerichtet, wo er einst glücklich gewesen war, wo er etwas verzweifelt festgehalten hatte, was ihm schließlich doch zwischen den Fingern zerrann.

»Selbst wenn du eine neue baust, bekommst du nie zurück, was du hattest. Menschen, Kinder. Eine Mutter. Ein … Bruder.«

Jetzt war nur noch dieser Mann geblieben. Diese Klinge. Und sonst nichts. Seine Mundwinkel zitterten, und seine Augen flackerten. Das letzte Aufbäumen eines guten Menschen, der mit seinem Bruder gestorben war.

»Sie nehmen, Sal, das ist alles, was diese Fanatiker tun. Sie nehmen deinen Verstand, deinen Körper, deine …« Seine Augen schwammen in Tränen. »Sie haben ihn mir genommen. Er war alles, was ich hatte, und sie haben ihn Stück um Stück zerrissen. Sein Herz, seine Stimme. Und als nichts mehr von ihm übrig war, haben sie ihn hinausgeschickt, um eine Kugel abzufangen, damit sie entkommen konnten.«

Seine Tränen versiegten und hinterließen nur dunkle Kälte.

»Er bekam keine Bestattung. Dafür haben sie nicht genug übrig gelassen. Deshalb wird dies hier sein Grab, dieses Luftschiff. Das Relikt. Die ganze verdammte Scar.«

»Töten wird ihn nicht wieder zurückbringen, Jero.«

»Verschone mich mit diesem Zwei-Groschen-Oper-Sermon, Sal. Dass es ihn nicht zurückbringt, interessiert mich nicht.« Er sah mich höhnisch an. »Oder darf man nur morden, wenn man Tätowierungen und eine schicke Pistole hat?«

»Die habe ich, klar.« Ich öffnete den Kragen meines Hemdes und zeigte das knotige Fleisch meiner langen Narbe. »Und die habe ich auch. Morden macht sie nicht weg.«

»Das weiß ich …«

»Nein, weißt du nicht! Es hält sie nicht auf. Ich habe so viel Blut in der Scar vergossen, und jeden Morgen schmerzt sie höllisch, sie schmerzt bei Kälte, und wenn ich in den Spiegel sehe, bin ich trotzdem nicht Rote Wolke.« Ich schüttelte den Kopf. »Wir töten und tun Gutes damit, aber es macht uns nicht glücklich.«

»Scheiße, Sal.« Er grinste. »Du bist im falschen Gewerbe, wenn du nach Glück strebst, oder? Es gibt kein Glück mehr. Ebenso wenig wie ZwieLicht, Jandi und Rote Wolke. Auch sie alle sind weg. Wir können die Schmerzen nicht lindern, und wir holen sie nicht zurück …« Er hob die Klinge und deutete über unsere Köpfe hinweg auf die großen Panoramafenster. »Aber wir können sie mitnehmen.«

Ich drehte mich um. Als die Wolken aufrissen, sah ich es.

In weiter Ferne sah ich sie. Die Höfe, die Häuser, die Siedlungen und die Dörfer auf der endlosen Ebene. Die Labsal. Das Stück Land, um das während des Borrus-Krieges so erbittert gekämpft worden war.

Menschen, Tausende von Menschen. Sie waren über das ganze Land verteilt und wirkten aus dieser Höhe so winzig wie Insekten, die man einfach zertreten konnte. Und wir flogen direkt darauf zu.

»Sie hatte recht.« Die Worte waren so eisig und scharf, dass ich Angst hatte, sie würden mir den Mund zerreißen, wenn ich sie aussprach. »Velline hatte recht. Wir fliegen auf imperiales Land zu.« Plötzlich begriff ich. »Weil jemand ihnen den Kurs der Luftschiffe verraten hat.«

»Ehrlich gesagt hat es mich überrascht, dass sie den Köder geschluckt haben«, antwortete Jero. »Aber was ist ein Imperialer anderes als ein Revolutionär mit umgekehrten Vorzeichen? Ein Fanatiker ist ein Fanatiker, ganz gleich, in welcher Uniform.«

Ich fuhr zu Jero herum. Ich hatte die Fäuste geballt, und mein Blut kochte.

»Das war also der Plan!«, fauchte ich. »Der eigentliche Plan. Wir sollten die Eiserne Flotte in die Labsal umleiten, das Imperium dazu bringen, anzugreifen, und dann …«

Die nächste Erkenntnis traf mich wie ein Schlag. Die Sigillen im Bauch der Schiffe, Befehlssigillen. Auf den Relikten, den Hüllen, auf den Bomben.

»Die Bomben«, flüsterte ich. »Die Sigillen lösen die Bomben aus.«

Jero lächelte freudlos. »Diese Welt hat sich so sehr an den Stiefel der Fanatiker in ihrem Nacken gewöhnt, dass sie ihn nicht mehr bemerkt, Sal. Und wir gehören dazu. Vagranten, Gesetzlose, Mörder ... Jemand muss es ihnen zeigen. Jemand muss etwas tun.«

Er griff in seinen Beutel. Ich versuchte, meine Waffe zu ziehen. Da spürte ich Liettes Hand auf meinem Handgelenk. So behutsam, dass ich es kaum merkte, öffnete sie die Trommel des Kakophon.

Ich hatte eine Waffe erwartet, nicht aber die kleine von Sigillen bedeckten Zinnpfeife, die Jero zutage förderte.

»Urdas Pfeife.« Ich erkannte sie vom Krähenmarkt.

»Fast. Urda ist zu sensibel, um zu erfahren, was wir hier oben machen, aber das Prinzip ist dasselbe. Zwei-Einsame-Alte-Männer hat die Befehlssigillen an den Klang dieser Pfeife gebunden, so wie Urda die Magie seiner Schwester an seine. Ich bin mir nicht sicher, warum unser Gönner es mit einer Pfeife machte – vielleicht eine Hommage?«

Ich sah ihm in die Augen und bannte seinen Blick, während ich mich ansonsten nicht bewegte. Er durfte nicht bemerken, wie Liette ihre Hand in meinen Beutel schob.

»Zwei-Einsame-Alte-Männer sagte, er könnte es nicht verstehen«, knurrte ich.

»Zuerst konnte er das auch nicht. Aber er ist der größte Freimacher in der Scar. Er hat es herausgefunden. Ich persönlich halte es nicht für notwendig, denn wenn man sich auf etwas verlassen kann, dann darauf, dass die Revolution Menschen ohne Grund umbringt. Wir mussten es vorbereiten und dann darauf setzen, dass sie den Rest erledigten.« Er seufzte. »Aber wir wollten nichts dem Zufall überlassen.«

»Das war es also? Dieser Mist über die Erschaffung einer besseren Welt, darüber, die Menschen vom Imperium und der Revolution zu befreien, war nur eine Lüge?«

»Nichts davon war eine Lüge, jedenfalls keine richtige. Diese

Welt wird wiedergeboren werden, wunderschön und ohne die Krankheit, die sie heute plagt. Es wird einfach nur etwas schmutziger, als wir es erwartet haben.«

Ich spürte, wie Liette eine Patrone aus meinem Beutel nahm und in die Kammer des Kakophon schob.

»Aber es lohnt sich, Sal«, fuhr er fort. »Ich weiß, dass es nicht so aussieht – ich hatte zuerst auch Schwierigkeiten, es zu glauben. Sobald wir einen Schlag gegen das Imperium und die Revolution führen, gegen alle Fanatiker da draußen, einen Schlag, von dem sie sich nicht mehr erholen, können wir von vorne anfangen. Sobald wir der Welt zeigen ...«

»Nein.«

Er verstummte.

»Du bist dabei, Tausende zu töten, Jero«, sagte ich. »Es gibt keinen Plan, kein Ideal, keine Magie, die das beschönigen könnte. Du tötest Tausende, nur aus dem Grund, weil jeder so leiden soll wie du. Wenn du sie schon töten willst, dann schuldest du es ihnen, ehrlich zuzugeben, aus welchem Grund.«

Ich hätte gern eine schlagfertige Bemerkung von ihm gehört oder eine große Rede. Ich wollte unbedingt, dass er mir zeigte, dass ich mich irrte und dass es nicht alles so einfach war. Aber als ich in seine leeren Augen blickte, wusste ich, dass ich recht hatte. Genauso wie er.

Er warf einen Blick aus dem Panoramafenster. Die Berge wichen Hügeln mit Siedlungen. Wir waren da.

»Du hast recht, Sal«, flüsterte er. »Du hast verdammt recht. Du verdienst Ehrlichkeit, genauso wie sie.«

Er setzte die Pfeife an die Lippen, und Liette schloss die Trommel des Kakophon.

»Also glaub mir, wenn ich sage, dass es mir leidtut.« Die Sigillen auf der Pfeife glühten.

»Ich glaube dir. Und mir tut es auch leid.« Ich zog die Waffe und drückte ab. Die Schallmauer von Diskordanz fegte auf ihn zu.

Aber er hatte gesehen, wie ich zog, und klappte seinen tragbaren Schild auf. Er war schnell, zu schnell.

Aber dem Kakophon ist es gleichgültig, wie schnell oder klug du bist. Er zerbricht dich trotzdem. Diskordanz zertrümmerte die

Fenster. Leichen und Ausrüstungsgegenstände flogen wie Spielzeug herum. Der Brustschild schützte ihn zwar, sodass er nicht flog, sondern nur rollte, aber es hatte ihn überrumpelt. Und er hatte die Pfeife fallen lassen.

Ich stürzte darauf zu und ignorierte meine Schmerzen. Darum konnte ich mich kümmern, wenn wir später noch am Leben waren. Aber wenn ich jetzt zögerte, überlebte keiner von uns.

Jero kam erheblich schneller hoch, als mir lieb war. Seine eigenen Verletzungen schienen ihn kaum zu beeinträchtigen, als er zu der Pfeife rannte. Wir sprangen beide gleichzeitig los und landeten darauf. Er auf mir. Und ich auf der Pfeife.

»Jero, nicht …«

Noch bevor ich den Satz beendete, rammte er mir die Faust in die Seite. Ich krümmte mich vor Schmerz um die Pfeife, aber Jero machte sich nicht einmal die Mühe, danach zu greifen. Er schlug immer weiter zu und wusste genau, wie er mir die meisten Schmerzen bereiten konnte.

»Geh runter von ihr!«

Zwei Schreie ertönten, ein Wutschrei und ein Schmerzensschrei. Keinen von beiden hatte ich ausgestoßen.

Liette sprang ihm auf den Rücken und rammte ihm einen angespitzten Federkiel in den Hals. Sie hatte nach einer Hauptschlagader gesucht, aber dafür kämpften wir zu heftig. Sie zog ihm nur eine lange Schnittwunde vom Kinn bis zur Schulter. Hässlich, aber nicht tödlich. Schade.

Es wäre sicher wirkungsvoller gewesen, hätte sie irgendeinen Bannschrieb mit dem Federkiel machen können, der ihn lähmte oder ihn explodieren ließ. Aber ich war ihr wichtiger als eine vernünftige Reaktion. Erst jetzt, schmerzerfüllt und blutend, begriff ich das endlich.

He, vielleicht war das Leben doch eine Oper. Jedenfalls manchmal.

Jero rammte ihr knurrend den Ellbogen in die Rippen, genau an die richtige Stelle. Es knackte, sie schrie und landete auf dem Boden.

Ich brüllte und schlug ihm ins Gesicht, krallte nach seinen Augen und fand seine Verletzung. Er schrie und schlug mir mit der Faust ins Gesicht. Immer wieder, bis mir dunkel vor Augen wurde … und ich schlaff zu Boden fiel.

Er zerrte mich am Kragen hoch und sah mich an. Ohne Mitleid und ohne Bedauern. Stahl blitzte, als er seine Klinge packte und sie auf mich richtete. Dort hielt er sie eine lange, atemlose Ewigkeit.

»Scheiße.« Ich hatte Mühe, Luft zu holen. »Willst du jetzt etwa eine Rede halten?«

»Nein«, gab er zurück. »Wir wissen beide, wie das endet. Ich will dir nur sagen, dass es nicht so sein müsste. Ganz gleich, mit welchen Methoden und aus welchen Gründen – es wird eine neue Welt geben. Eine bessere Welt. Du hättest ein Teil davon sein können, wir beide hätten es sein können.« Er packte das Messer anders und hob die Klinge, bereit, zuzustoßen. »Ich will nur, dass du weißt, Sal, dass es sich lohnt.«

»Klar.« Mir wurde langsam schwarz vor Augen, aber ich war froh, dass ich sein Gesicht sehen konnte, als ich weitersprach. »Ich erzähle das Jandi, wenn ich ihn am schwarzen Tisch treffe. Ich wette, er versteht das.«

Alles an ihm schien sich vor Wut zu verzerren, dann war es verschwunden, und es blieb nur Leere. Aber einen glorreichen Moment lang wusste er genau, was für ein Monster er werden würde. Dieses Wissen würde ihn ewig verfolgen.

Ein wahrhaft schwacher Trost. Immerhin. Sein Griff verstärkte sich, und ich schloss die Augen. Die Klinge sauste herab.

53. KAPITEL

DAS FLAGGSCHIFF

Wer sie auch gewesen war, Rote Wolke war ich.

Schlächterin. Kriminelle. Kriegerin. Treue Dienerin des Imperiums. Ich würde keinem dieser Titel widersprechen. Sie hatte sie alle verdient, und wir mussten beide damit leben.

Aber sie war auch Salazanca ki Ioril. Sie liebte Opern, Wein und bestimmte Leute, die sie auch liebten. Sie liebte Malerei, hatte aber nicht genug Geduld, um gut darin zu werden. Sie mochte eigenwillige Katzen und anhängliche Hunde, bewunderte widerliche Vögel. Wenn sie ihren Bann wirkte, ertönte das Lied der Lady Merchant so klar und schön wie sonst nie.

Vielleicht denkt das jeder Magus über seine Magie. Ich weiß es nicht. Aber meine Zauber, alle, auch die, die ich nicht zurücknehmen kann, erzeugten ein Lied, wie ich es nie wieder hören werde. Selbst wenn ich nur mit den Fingern wackelte, wenn ich nur daran dachte, meine Magie zu benutzen, hörte ich sie – so klar wie eine Glocke, die über einem Feld kurz vor Sonnenuntergang angeschlagen wird. Eine Note, die nur mir galt. Ich fühlte mich nicht mächtig, wenn ich sie hörte, oder mörderisch, wie man es Rote Wolke nachsagte.

Ich fühlte mich dem Himmel so nah.

Ich hatte mich schon immer gefragt, ob ich, wenn ich irgendwann starb und an den schwarzen Tisch gerufen wurde, an dem Platz, der schon so lange für mich gedeckt war … würde ich dann ihr Lied hören? Nur noch einmal? Nur für mich?

Ich dachte, ich hätte es gehört. Als ich die Augen schloss und darauf wartete, dass Jeros Klinge mich durchbohrte, hörte ich es. Von ferne, leise. Ruhig und zurückhaltend wie die Zweitbesetzung einer

Opernsängerin in ihrer ersten Nacht. Ich kannte das Lied. Ich war damit eingeschlafen, in Nächten, in denen ich nicht aufhören konnte zu weinen, war damit aufgewacht an Morgen, an denen ich nicht hätte aufwachen wollen, und hatte darauf gelauscht, in jener dunklen Nacht, als man mir für immer das Lied der Lady nahm. Ich kannte das Lied und liebte es.

Nur war es nicht meins.

Ich öffnete die Augen. Jeros Klinge schwebte über mir, blutüberströmt. Einen Fingerbreit von meinem Auge entfernt. Ein Blutstropfen lief über die Schneide und fiel mir auf die Wange.

Das war alles.

Er ließ mich los und glitt von mir herunter. Ich kroch sofort zu Liette, trotz meiner Schmerzen, und warf mich über sie. In Erwartung, dass der Schlag jetzt kam. Er kam immer noch nicht.

Was hatte er vor? Ich wirbelte zu ihm herum und erwartete dieses hässliche Grinsen und das leere Gesicht. Aber ganz sicher nicht die Tränen in seinen Augen.

»Sal«, sagte er leise. »Ich … zwing mich nicht dazu. Geh, wohin du willst, und nimm mit, wen du mitnehmen musst. Lass mich und uns andere hier sterben. Aber …« Er schluckte. »Bring mich nicht dazu, dich zu töten.«

Ganz gleich, wie viele Narben man auch davongetragen hat, es gibt Worte, die einen durchbohren, die manchmal genau die richtige Stelle dafür finden. Und manchmal kommt es nicht auf die Worte an, sondern nur auf den Mund, der sie ausspricht.

Wie konnte er das tun? Wie konnte er mir dieses Gesicht zeigen, das Gesicht, das er mir am Feuer gezeigt hatte, das zärtliche Gesicht unter der Trauer? Wie konnte er mir Gnade erweisen?

Ich wurde wütend, aber nicht aus albernem Stolz. Sondern wegen der Arroganz, mit der er mir Gnade erwies. Er tat nicht einmal so, als würde er das für mich tun.

»Dich dazu bringen?« Als ich lachte, schmeckte ich mein Blut. »Ich bringe dich zu gar nichts! Niemand zwingt uns, diese Dinge zu tun, Jero. Wir tun sie, weil wir es brauchen!«

Er konnte meinen Blick nicht ertragen und sah zu der leeren Hülle des Relikts.

»Es ist überlebenswichtig für diese Welt, dass die Revolution verschwindet«, murmelte er. »Dass das Imperium verschwindet, die Aschmäuler, Eden, die Freimacher – alle müssen verschwinden. Und wenn dieses Relikt einem von ihnen in die Hände fällt …« Er richtete seinen kalten Blick wieder auf mich. »Aber für dich muss es nicht so enden, Sal. Lass die Pfeife fallen. Und geh. Lass es mich zu Ende bringen.«

Ich hatte keine Worte mehr für ihn und auch keinen vielsagenden Blick. Ich hoffte nicht mehr, dass er sich änderte, dass seine letzte Maske fiel und mir die Person enthüllte, die ich in dem dunklen Zelt gesehen hatte.

Und er bot mir auch nichts an. Das Gesicht, das er mir jetzt zeigte, sei es eine Maske oder auch nicht, war leer bis auf die Kälte in seinen Augen.

Wir hatten nur noch den Stahl in den Händen für uns übrig. Blut auf unserer Haut. Und das Geräusch von Schritten auf dem eisernen Boden.

Nicht seine Schritte. Und auch nicht meine.

Ich blickte in den Schatten der Kabine. Etwas tauchte daraus auf. Ich riss die Augen auf, fühlte, wie ein Blutstropfen über meine Schläfe lief, meine Wange, einen Moment an meinem Kiefer zitterte und zu Boden fiel. Mit ihm fiel mein Herz.

54. KAPITEL
WOANDERS

In meinen Träumen sind ihre Gesichter immer unterschiedlich. Manchmal ähneln sie Opernmasken: spitze Nasen, große Augen, die Lippen in einem grotesken Lächeln erstarrt. Manchmal sind es Schatten mit so dunklen glatten Gesichtszügen, dass ich nicht einmal Menschen in ihnen erkenne. Aber alle sind in meinen Träumen Monster. Alle Gesichter sind monströs. Bis auf ihres.

Ich erinnere mich in meinen Träumen an ihr Gesicht. Es war nie eine Maske, ein Schatten oder das eines Monsters. Ihre Augen sind mit Tränen benetzt, ihre Lippen sind trocken, und ihr Atem ist wie Sand. Sie wirkt weder pervers noch feindlich, nicht einmal traurig. In meinen Träumen sieht Darrishana müde aus. So wie in jener Nacht …

»He.«

In dieser Nacht war es still in den imperialen Gärten. Die großen Vögel, die den ganzen Tag durch den Himmel geflogen waren, waren in ihre Horste zurückgekehrt. Die abendlichen Vergnügungen waren nur kurz und nüchtern gewesen und schon lange vorbei. Die Fenster rund um das Dickicht aus Blumen und Pflanzen waren dunkel, und nur das Zirpen der Insekten war zu hören.

»Darrishana, hier drüben«, flüsterte ich ihrem Schatten zu.

Ich wollte, dass sie reagierte, dass sie mich verfluchte oder mich anschrie. Ganz gleich, Hauptsache, sie zeigte mir, dass ich noch für sie existierte, dass sie mich so sah, wie ich war. Vor dem Tag, an dem sie gegangen war. Um, wie ich hörte, als Schild an der endlosen Front zu dienen. Gerüchte schwirrten in meinem Kopf, von denen ich einige von anderen Soldaten gehört und andere mir selbst ausgedacht hatte.

War sie auf Befehl der Generäle in eine andere Einheit versetzt worden, weil sie sie dort brauchten? Oder meinetwegen? Schrieb sie mir keine Briefe, weil die Botenvögel abgefangen worden waren, oder hatte sie mir nichts mehr zu sagen? Machte sie sich genauso viele Sorgen um mich wie ich mir um sie? Ich wusste es nicht. In all der langen Zeit seit ihrem Verschwinden wusste ich nur, dass sie irgendwo weit weg kämpfte und nicht mehr mit mir redete.

Vigil lag Monate zurück, Monate, seit sie mit mir gesprochen hatte und mich angesehen hatte, als wäre ich ein Monster. Seit sie den Namen Rote Wolke ebenso furchtsam und hasserfüllt ausgestoßen hatte wie meine Feinde.

Was auch immer wir gehabt hatten, war verschwunden, das wusste ich jetzt. Vielleicht hatte ich es damals auch schon gewusst. Ich akzeptierte, dass sie mich nicht mehr ansah, und fand andere Arme, in die ich mich schmiegen konnte, redete mir ein, es würde mir nichts mehr ausmachen.

Bis zu jener Nacht, als ich nach ihr rief und sie kam.

Darrishana blieb gerade am Rand meines Blickfeldes stehen, unter dem südlichen Bogeneingang zu den Gärten. Wir waren einer nach dem anderen hier aufgetaucht, und man hatte uns eingeschärft, nicht zu trödeln, weil es Aufmerksamkeit hätte erregen können. Obwohl die Imperatrix keinen Anlass hatte, an unserer Loyalität zu zweifeln. Ich war dennoch in der Nähe des Südtors geblieben, wo sie wohnte – und durch das sie ganz gewiss kommen würde, um sie zu sehen.

Sie zögerte einen Moment, doch dann kam sie zu mir. Und als sie aus dem Schatten auftauchte … war es immer noch Darrishana mit den weichen Händen und den sanften Augen. Aber es war nicht mehr die Frau, die ich gekannt hatte. Nicht einmal jene aus der Zeit vor unseren gemeinsamen Nächten.

Es gibt keine echten Kriegshelden. Das ist nur ein Operntrick, mit dem das Imperium eine andere Realität unterdrückt. Wie bei jedem Konflikt geht es nur ums Überleben.

Die Glücklichen verlieren etwas, ohne das sie leben können. Sie werden zurückgeschickt und leben mit dem Preis, den sie gezahlt haben. Die weniger Glücklichen geben alles, aber am Ende können sie keinen Tribut mehr zahlen. Und es bleiben nur noch Staub und ein paar ernsthafte, aber halbherzig heruntergeleierte Worte von irgendwelchen Würdenträgern in schicken Klamotten. Die Unglücklichsten jedoch … sehen aus wie sie.

Es war ihr Körper, aber sie ging gebückt. Es war ihr Gesicht, aber es war schlaff. Es waren ihre Augen, aber ihr Blick war leer.

Manchmal höhlt der Krieg die Menschen aus, verbrennt das Wissen, dass jemand da draußen, den du nicht einmal kennst, dich zu töten versucht, nimmt die Teile von dir, die du eigentlich für andere Dinge verwenden solltest. Manchmal spürst du, dass es geschieht, und du hältst inne. Manchmal nicht. Und manchmal merkst du es erst, wenn es zu spät ist.

»Sal.« Es war immer noch ihre Stimme. Aber es schwang kein Lächeln mehr darin. »Wir sollten gehen. Wir werden uns verspäten, und Vrakilaith sagte …«

»Vraki kann warten.« Damals unterbrach ich sie häufig. »Ich habe dich schon Ewigkeiten nicht mehr gesehen und hoffte …« Nein, so nicht. »Ich wollte …« Das auch nicht. »Wo warst du?«

Ich hatte etwas anderes sagen wollen, aber aus meinem Mund kamen nur diese Worte. Sie sah mich mit leeren Augen an.

»Im Krieg«, antwortete sie leise. »Ich war im Krieg.«

»Ja …« Ich verzog den Mund. »Das war hart.«

Sie antwortete darauf nicht, sondern starrte ins Nichts.

Die letzten Reste meiner Diplomatie verschwanden mit einem Seufzer. »Hör zu«, sagte ich. »Es tut mir leid, was passiert ist.« Frustriert stieß ich die Luft aus. »Ich bin in so etwas nicht gut, weil ich das nie zuvor gemacht habe. Ich bin geflogen, ich habe verbrannt, bin zurückgekommen, und alles war gut. Vielleicht hast du das gemeint, vielleicht brauchte ich nie zu lernen, wie …«

Ich verstummte wütend. Das war immer der Moment, in dem sie meine Hand nahm und mir half. Dann sagte sie etwas Aufmunterndes, ich erwiderte etwas Geistreiches, und wir machten weiter wie zuvor. Ich habe wohl gedacht, es würde immer so weitergehen.

Aber so war es nicht. Das ist mir erst jetzt klar geworden. Sie war nicht mehr Darrishana, und vielleicht war ich nicht einmal mehr Rote Wolke. Denn die löste die Probleme mühelos, und wenn sie es nicht konnte, flog sie davon, bis alle Probleme und alle Menschen, die welche hatten, Ameisen auf dem Boden waren. Das hätte ich auch tun können, und es hätte mir wahrscheinlich viel Schmerz erspart. Stattdessen …

»Ich weiß nicht, wie ich es dir sagen kann.« Meine Stimme klang schmerzhaft leise in meinen Ohren. »Ich kenne die richtigen Worte für so etwas nicht, und ich weiß auch nicht, ob ich es jemals lernen werde. Aber … « Ich schluckte Galle runter. »Du musst mir helfen. Du musst mir sagen, was ich tun soll und wie oft, damit … « Ich konnte sie nicht ansehen. »Du darfst mich nicht hassen, Darrishana.«

»Ich hasse dich nicht, Sal.«

Ihre Stimme klang in jener Nacht traurig. Nicht gramvoll, wie man es oft nach einem Verlust erlebt. Sondern es war ein leeres, mechanisches Echo von etwas, das einst lebendig gewesen war. Und wie sie ins Nichts starrte, als ich sprach …

Ich hätte aufmerksamer darauf achten sollen.

»Ich weiß nicht, ob ich noch Hass in mir habe, nach allem, was ich gesehen habe«, fuhr Darrishana fort. »Ich weiß nicht mehr, wer meine Feinde und wer meine Verbündeten sind. Ich weiß nicht, wen ich schützen soll, und ich verstehe nicht, wie das Töten dabei helfen soll. Dieser Krieg, das Imperium … die Imperatrix.« Ihre Augen weiteten sich, und ich sah einen Anflug von Furcht darin. »Und es ist überall an jedem Ort, an den ich komme. Es ist überall dasselbe. Ganz gleich, wie sehr ich versuche, ihnen zu helfen.«

Bei diesen Worten hätten Tränen fließen sollen oder ein Schluchzen zu hören sein, damit ich sie hätte umarmen und ihr helfen können. Stattdessen stieß sie einen unendlich müden Seufzer aus.

Der Tribut, den Heilmagier bezahlen, ist nicht dramatisch. Sie machen keine physische Veränderung durch wie Himmelsmagier, die ihren Atem verlieren, oder eine Veränderung der Persönlichkeit, wie bei Belagerungsmagiern, die ihre Empfindungen verlieren.

Aber wenn man die Fähigkeit verliert, sich sicher zu fühlen, kein Heim zu kennen, ohne die Furcht, es verlieren zu können … Wie ist es wohl, sollte ich mich irgendwann fragen, wenn man auf die Welt blickt und nur sieht, wie sie einen verletzen kann?

Hätte ich mich das in jener Nacht gefragt, wären die Dinge vielleicht anders gelaufen.

»Sal«, flüsterte sie. »Verzeihst du mir?«

Ich fuhr zurück. Die Frage fühlte sich wie eine Ohrfeige an. »Was?«

Sie schluckte. »Alles.«

Hätte ich damals gewusst, worum sie wirklich bat und was geschehen würde, hätte ich dann dasselbe gesagt, hätte ich ihre Hand in meine genommen und sie angelächelt?

»Gib mich nie auf«, sagte ich. »Und ich gebe dich nie auf.«

Ich weiß es nicht, und ich werde es nie wissen. Ich sagte es, damit sie lächelte, damit ich tun konnte, als würde es wieder wie früher werden. Aber sie lächelte nicht, sie sagte nichts, und sie tat nichts. Sie starrte mich nur an.

Bis ich ihre Hand losließ und mein Lächeln erlosch. Sie ging davon wie betäubt, und ihr Umriss wurde undeutlicher, bis ich sie nicht mehr sehen konnte.

Ich weiß nicht mehr, wie lange ich dort gestanden und ihr nachgeschaut habe, aber ich wurde vom Lied der Lady Merchant aus meiner Erstarrung gerissen, als jemand hinter mir auftauchte.

»Geht es dir gut?«, fragte er.

»Ja«, log ich und wischte mir mit dem Handrücken über das Gesicht. »Ihr geht's gut, und mir geht's gut.«

»Ihr geht es nicht gut«, widersprach er. »Sie hat alles dem Krieg der Imperatrix geopfert und ihrem Null-Sohn. Und jetzt ist nichts mehr übrig.«

Bis vor ein paar Wochen war es noch unser Krieg.

»Aber wir werden eine bessere Welt erschaffen – für sie.«

Er legte mir die Hand auf die Schulter, und ich lehnte mich hinein, atmete den Duft seiner Finger ein, den Geruch nach Leder und geöltem Eisen. Er zog mich dichter an sich, und ich gab nach.

»Für uns«, flüsterte er mir ins Ohr.

»Für uns«, erwiderte ich.

Wir blieben so lange, wie es ging, so stehen. Bis er meine Hand packte und mich tiefer in den Garten zog. »Wir sollten gehen«, meinte er. »Vraki und die anderen warten.«

Ich nickte, drückte seine Hand, folgte Jindu aus dieser Nacht. An diesen dunklen Ort.

*

Sie sah nicht gesund aus. Sie hatte die Hand auf eine Wunde in ihrer Seite gepresst, sie keuchte, und ihr Gesicht war eingefallen. Ihre Beine schienen zu zittern, und sie konnte kaum die Augen offen halten. Sie war nicht mehr das Monster von meiner Liste, der Schatten aus meinen Träumen, die Frau aus meiner Vergangenheit.

Sie war Darrishana, stand lebendig vor mir, und ihr liefen die Tränen über die Wangen.

»Wie sollte es deiner Meinung nach enden?«, fragte sie.

Jero verzog das Gesicht, und mir klappte vor Verblüffung der Mund auf. Ich wusste nicht, wen von uns beiden sie fragte, und hätte auch keine Antwort gewusst.

»Wie endet es in deinen dunkelsten Träumen«, fuhr sie fort, »wenn du gewonnen hast und wenn jeder, der bestraft werden musste, tot ist, wenn alle Probleme, die dich verfolgen, gelöst sind?«

Ihr verzweifelter Blick richtete sich auf mich, und ich war nicht darauf vorbereitet. Ich suchte nach einer Antwort, nach einem Traum, in dem ich fliegen konnte … vergeblich.

»Du bist die Vagrantin«, bemerkte Jero gelassen. »Du hast diesen Fanatikern geholfen. Ich habe zwar Beweise für deine Anwesenheit gefunden, aber ich hätte nicht gedacht …«

»Wie endet es?« Darrishana überschrie ihn und zuckte zusammen. Ihre Beine drohten nachzugeben, und sie lehnte sich an die Wand. Ich musste den Impuls unterdrücken, zu ihr zu laufen und ihr zu helfen. Aber Liette hielt mich fest, keuchend, als hätte sie Angst, dass ich sie allein ließ.

»Glaubst du, das endet mit der Revolution? Oder dem Imperium?«, erkundigte sich Darrish. »Oder mit einem erschöpften Volk, das aus den Trümmern kriecht und vor Dankbarkeit dir gegenüber weint, du, der sie getötet hat?« Sie sah ihn mit tränennassen Augen an. »Endet es überhaupt in deinen dunkelsten Träumen?«

»Wir sind hier, eben weil es enden muss!«, fuhr er sie an. »Weil es irgendjemand der Welt zeigen muss, weil irgendjemand sie aufhalten muss.«

»Aber das wirst nicht du sein.« Darrish sprach ohne Zorn und Verachtung. »Du wirst gar nichts aufhalten. Ich kenne deinen Plan und deine Absichten. Du träumst von einer Welt, die wieder normal ist.« Ihr Entsetzen war ihr ins Gesicht geschrieben. »Aber das wird sie nicht.«

»Das wird sie«, widersprach Jero. »Die Überlebenden werden …«

»… dich hassen«, beendete Darrish den Satz für ihn. »Alle, die nicht an der Verzweiflung sterben, werden nur von dir träumen. Von deinem Gesicht, deiner Stimme, deinen Träumen und wie sie dir das alles nehmen können. Und sie werden sich niemals ein normales Leben vorstellen können, in dem du am Leben bist.«

Jero zuckte zusammen, als hätte sie ihn geohrfeigt. Einen Moment lang schien er es zu glauben. Aber halt nur für einen Moment.

»War es das?« Seine Miene wurde härter, wurde zu Schatten und Falten und Leere. »Irgendeine banale Beobachtung zum Zyklus des Hasses? Oder willst du mir eine Rede über die Macht der Freundschaft und über einen liebenden Gott halten?« Er lachte höhnisch. »Glaubst du tatsächlich, dass ich eine Lektion ausgerechnet von einer Vagrantin annehmen würde?«

»Ich belehre dich nicht.« Sie schüttelte langsam den Kopf. »Ich zeige es dir.« Sie legte die blutige Hand auf ihre Brust. »Ich bin Darrishana ki Kaltua. Ich habe für das Imperium gekämpft und es verraten. Ebenso wie ich …« Sie warf mir einen kurzen Seitenblick zu, »… jemanden verraten hatte, den ich nicht hätte verraten sollen. Ich wollte, dass sie wieder zu dem Menschen wird, den ich kannte, dass wir die Menschen werden, die wir sein wollten. Ich wollte, dass alles wieder normal ist.« Sie deutete mit einem blutigen Finger auf mich. »Und was ich ihr angetan habe … hat sie einem anderen angetan.«

Mein Herz erstarrte in meiner Brust. Es verschlug mir den Atem, und ich konnte mich nicht rühren. Ich hatte diesen Blick nie wieder sehen wollen, ich wollte, dass sie mich als Monster betrachtete, als eine Killerin, nicht so …

»Es tut mir leid, Salazanca.«

Nicht, als würde sie es ehrlich meinen.

»Es tut mir leid, was ich dir angetan habe und was du der Scar angetan hast.« Die Tränen hinterließen eine Spur auf ihrem schmutzigen Gesicht, und ihr Körper schüttelte sich unter Schluchzern so sehr, dass ich es nicht ertragen konnte. »Es tut mir leid, dass ich hier bin, dass du wieder an mich denken musst, aber ich kann das nicht zulassen.«

»Wenn du das tust«, sie sah zu Jero zurück, »dann machst du mehr. Mehr Killer, mehr Hass und Verrat. Wenn du gehst ...« Sie rang nach Luft. »Deine Sünden sind nur deine Sache, und du musst damit leben. Aber hier sind sie zu Ende.«

Ich hatte von solchen Augenblicken geträumt, in denen Darrish blutüberströmt und gebrochen war und weinend um Gnade bat. Manchmal tötete ich sie dann schnell oder auch langsam. Aber immer wenn ich aufwachte, rauschte das Blut in meinen Ohren, und ich hatte die Zähne zusammengebissen und war begierig, hinauszugehen und sie zu suchen, sie alle zu suchen und sie zahlen zu lassen. Aber jetzt ... Ich war auf alle möglichen Worte von ihr vorbereitet, ihre Lügen, ihr Flehen, ihre Flüche. Aber nicht darauf ... sie so leiden zu sehen.

Liette stöhnte leise neben mir und presste ihre Hand auf die Lippen. Ich schlang meinen Arm um sie und hielt sie fest. Jero hatte sie härter getroffen, als ich gedacht hatte.

»Einfach weggehen.« Jero blickte zu Boden. »Die Welt retten.«

»Die Menschen retten«, verbesserte Darrish ihn. »Rette alle, die ansonsten in Mörder verwandelt werden.«

»Weggehen ... es hier enden lassen«, flüsterte Jero. Dann hob er den Blick. Seine Augen waren kalt wie der Winter. »Und meinen Bruder für nichts und wieder nichts sterben lassen.« Er packte seine Klinge fester.

»Sal!«

Er bewegte sich schneller, als ich ihm mit den Augen folgen konnte. Sein Blick war auf die Pfeife in meiner Hand gerichtet, und er zielte mit seinem Schwert nach meiner Kehle. In seinem Blick lag nur das Bedürfnis, die Pfeife zu bekommen und jemandem wehzutun. Ich war nicht schnell genug, um seinen Stahl abzuwehren.

Ich konnte mich nicht mit Liette im Arm verteidigen, und ich … hörte nur das Lied der Lady Merchant.

Die Luft neben Jero schimmerte, und eine unsichtbare Wand stieß ihn heftig zurück. Er landete krachend auf dem Boden der Kabine. Ich sah zu Darrish. Sie hatte die blutige Hand ausgestreckt, und ihre Augen leuchteten violett.

»Lauf!«, schrie sie.

Ich zog Liette so eng an mich, wie ich es wagte, und rannte mit ihr Richtung Tür. Aber ich hörte, wie Jero sich aufrappelte und uns folgte. Ich lief weiter zur Tür. Wir konnten es schaffen, wir mussten nur rauskommen, bevor …

Ich spürte einen Ruck an meinem Hals. Jero hatte meinen Schal gepackt und zog daran. Ich hustete und konnte ihn nicht abschütteln. Erneut ertönte das Lied der Lady, und wieder schleuderte eine Wand Jero zurück. Als ich mich umdrehte, starrte er die blasse Gestalt vor sich wütend an.

Darrish hatte die Arme ausgebreitet, und das Lied der Lady strömte aus ihr heraus. Jero schlug mit seinem Schwert auf sie ein, aber ihr Schild hielt. Sie zuckte jedoch bei jedem Schlag zusammen.

»Darrishana!«, schrie ich.

»Verschwinde, Sal!« Sie sah mich nicht an. »Schnell!«

»Du kannst ihn nicht aufhalten, du bist keine Kämpferin.«

»Nein, aber du.« Sie blickte über ihre Schulter auf Liette. »Beschütze sie, Sal. Du musst sie hier wegbringen.«

»Darrish, ich …« Ich suchte nach den richtigen Worten. »Ich möchte dir verzeihen, aber …«

»Es geht nicht um Verzeihung.« Sie lächelte mich an, wie sie es früher immer getan hatte und es in meinen Träumen auch noch tat. »Es geht um Liebe.«

Der Schild erzitterte, und Jero stieß einen hasserfüllten Schrei aus. Darrish gab mir flehentlich mit dem Blick zu verstehen, zu verschwinden. Ich hielt den Blick, solange ich konnte, und fragte mich, ob ich ihn in meinen Träumen wiedersehen würde. Liette stöhnte neben mir. Ich packte sie fester und drehte mich zur Tür herum, ignorierte, dass das Lied der Lady hinter mir schwächer wurde.

Ich mühte mich mit dem Schloss ab und weiß immer noch nicht, wie wir es hinaus geschafft hatten. Erst als mir der Wind ins Gesicht schlug, wusste ich, dass wir draußen waren. Er heulte so laut, dass ich nicht einmal das Lied der Lady oder Jeros Schreie hören konnte.

Aber etwas hörte ich … Eine verzweifelte Stimme im Wind.

Als Stahl aufblitzte und blutroter Stoff an der Reling des Luftschiffes auftauchte.

»Blicke auf mich, o Sehender Gott!«, schrie einer der Edener, als er sich mit hoch erhobener Machete über die Reling schwang. Sein Schrei wurde aufgenommen, von einem anderen wiederholt. Dann von zehn.

Von Hunderten.

55. KAPITEL
DAS FLAGGSCHIFF

Nein!

»Haut sie in Stücke, Brüder! Sie sollen mit ihrem Leben für ihre Sünden büßen!«

Nein!

»Lasst nicht nach, Töchter und Söhne des Imperiums! Metzelt alle Nullen nieder!«

Nein!

»Vernichtet die Fanatiker! Merzt die Korrupten aus! Der Große General ist mit euch!«

Das konnte nicht wahr sein! Wir waren so kurz davor zu entkommen, ich hatte alles geregelt! Wir waren so kurz davor!

Der Lärm war unbeschreiblich. Menschen schrien und wetteiferten darum, in dem Dröhnen der revolutionären Hymne gehört zu werden, in dem Sirenengeheul, in dem Lied der Lady Merchant und dem grölenden Triumphgeschrei der Edener.

Das Deck war ein einziger Schlachthof; zertrümmerte Waffen und Maschinen und zermalmtes Fleisch bildeten eine Barriere des Gemetzels, die ich nicht einmal in unversehrtem Zustand überwunden hätte.

Wie? Wie konnte das passieren?

Die Antwort gab mir ein Berggipfel, der plötzlich aus dem Grau auftauchte. Wir flogen immer tiefer, heißt: Die Edener warfen von den Klippen aus Enterhaken auf die Luftschiffe, enterten das Deck und begannen ein wahnsinniges Gemetzel. Plötzlich waren Revolutionäre und Imperiale gezwungen, gemeinsam gegen die Edener zu kämpfen.

Es herrschte heilloses Chaos. Es war ein beispielloses Massaker. Es war unmöglich.

Wie sollten wir entkommen? Wie sollten wir hier wegkommen? Wir waren zu verletzt, es waren zu viele, das war …

»Brenne, Heide!«

Ein Edener stürmte auf mich zu und schwenkte eine Fackel und seine Klinge. Sein Schlachtruf war ein wahnsinniges Gelächter, obwohl er zahllose Wunden am Körper hatte. Er sprang auf mich zu und grinste. Bis er den Kakophon sah.

Ich drückte ab. Diskordanz erwischte ihn mitten im Gesicht, und sein zerfetzter Körper flog schlaff wie ein Fisch zurück ins Gewühl, wo er verschwand.

»Wie dumm!«

Das Zischen des Kakophon war kaum zu hören, aber ich spürte seine Verachtung trotzdem. Natürlich hatte er recht – es war dumm, einen Schuss auf einen einzelnen Menschen zu verschwenden, aber ich hatte keine Wahl. Ich war zu erschöpft, zu blutig, konnte nicht weglaufen, konnte gar nichts tun. Außer abzudrücken.

Ich ließ den Blick über das Schlachtfeld gleiten, die geladene Pistole in der Hand. Einzelne Personen waren gar nicht mehr zu erkennen, ich sah nur eine Welle, eine alles überflutende Welle aus Stahl und Blut, von der Soldaten und Fanatiker und Magier zermalmt wurden. Das waren keine Menschen, das war auch keine Schlacht. Es war ein Ozean aus Gewalt. Der mich schon bald von den Füßen reißen und über mir zusammenschlagen würde.

Ich ließ den Kakophon sinken, und mich verließ der Mut. Es braucht schon etwas, um eine Frau mit einer magischen Waffe dazu zu bringen, alle Hoffnung fahren zu lassen. Aber das hier war hoffnungslos. Selbst wenn die Zwillinge und Agne nicht schon längst durch ein Portal gesprungen wären, würde ich nicht durch dieses Gemetzel kommen. Es gab nicht die geringste Hoffnung auf eine Flucht in letzter Sekunde. *Ich kann nicht entkommen, ich kann nicht kämpfen …*

Der Gedankengang wurde von sengender Hitze in meiner Handfläche unterbrochen. Ich blickte auf das Messing in meiner Hand. Und es erwiderte grinsend den Blick. Ohne Worte sagte er mir, wie das hier enden würde. Wie immer.

Ich nickte ernst und lud die Waffe. Dabei drückte ich sie jetzt dicht an mich. Dann blickte ich auf die Schlacht und wartete, bis sie uns aufsog.

»Bug.«

Liettes Stimme. Sie klang verzweifelt und klammerte sich an meinem Arm fest, sah mich mit schmerzverzerrtem Gesicht an, während sie das perfekte Herz von Ältester an ihre Brust drückte.

»Zum Bug!«, stieß sie zwischen den Zähnen hervor. »Wir müssen zum … zum …«

Sie konnte den Satz nicht beenden, entweder vor Schmerz oder weil sie nicht wusste, was hier überhaupt los war. Es spielte auch keine Rolle. Wenn das hier unsere letzten Momente waren und das das Letzte war, was ich für sie tun konnte, hätte ich es mit jedem Killer in der Scar aufgenommen, um ihn ihr zu schenken.

Ich schlang meinen Schal um uns beide und hielt meine Waffe ausgestreckt, als ich mit ihr die Treppe zum Deck hinunter und um die Kajüte des Ruderhauses ging.

Jeder Schritt schmerzte, und selbst ein harscher Blick hätte mich umgeworfen. Aber ich ging weiter, trat über Leichen hinweg und an Menschen vorbei, die erschüttert vor Entsetzen teilnahmslos dasaßen. Ich wich Gruppen von Kämpfenden aus und einem Paladin, der eine blutige Spur in der Schlacht hinterließ. Edener klammerten sich an seine Metallhaut und hackten vergeblich darauf ein.

Schritt um Schritt löste ich uns aus dem Gemetzel und näherte mich dem Bug.

Dort herrschte eine fast schon morbide Ruhe. Hier war das Deck nicht mit Leichen und Waffen übersät. Das Brummen der Motoren des Luftschiffes übertönte den Kampflärm hinter uns. Die Galionsfigur des Großen Generals mit seiner ausgestreckten Hand als Warnung an die Welt, über die wir flogen, wirkte beinahe heiter und barmherzig ahnungslos, was die Gräuel anging, die in seinem Rücken stattfanden. Vielleicht interessierte ihn aber auch einfach nur mehr das, was vor ihm lag.

Wir hatten die Berge fast hinter uns gelassen, und die Wolken rissen auf und gewährten uns einen Blick auf das Land unter uns. Die grünen Felder und Hügel von Labsal erstreckten sich unter uns.

Dörfer tupften das Land wie Pflanzen, wie Pilze, die im Schatten gewaltiger Bäume wuchsen.

Das hatten Jero und Zwei-Einsame-Alte-Männer zerstören wollen, und ich hatte geholfen, den Krieg hierherzubringen.

Ich sah die anderen Luftschiffe weit vor uns. Eines war bereits abgestürzt, und die Hüllen der anderen wurden von Vögeln und von Magie zerfetzt. Die letzten Luftschiffe der Eisernen Flotte segelten über die Labsal, über ihre Felder … über ihre Dörfer.

Ich habe Jero aufgehalten. Ich rang nach Luft. *Ich habe die Pfeife erbeutet und ihren Plan vereitelt. Ihre Sigillen funktionieren jetzt nicht. Du hast sie aufgehalten und alle gerettet.*

Hoffnung ist quälend, wenn lange kalte Furcht deine Brust erfüllt, weil du verzweifelt willst, dass etwas besser ist, als es wirklich ist. Sekunden ziehen sich zu Stunden hin, zu Tagen. Und während du darauf wartest, dass etwas geschieht, ist jeder Atemzug die reinste Qual.

So wie es bei mir war, als ich die Flotte beobachtete. Ich wusste nicht mehr, ob ich sie Minuten, Stunden oder Tage beobachtete, wartete und den Atem anhielt.

Bis schließlich, so weit entfernt, dass man es fast für irreal hätte halten können, das erste Luftschiff seinen Bauch öffnete und ein winziger, nichtssagender Gegenstand hinausfiel.

Und ein Haus in einer aufblühenden Feuerwolke verschwand. Dann das nächste. Und noch eins. Schließlich erblühte ein Garten aus Flammen in der Labsal.

Ich konnte mich daran erinnern, wie es war, von hoch oben auf ein Meer aus Flammen zu blicken.

»Nein.« Ich klang atemlos und schwach. »Nein.« Meine Stimme wurde vom Wind verweht. Und die Worte schnitten mir in den Mund. »Sie haben es getan!«, flüsterte ich. »Diese verfickten …«

Was nutzten jetzt noch Worte? Sie konnten die Bomben nicht zurücknehmen und auch nicht erklären, welchen Sinn es machte, dass die Revolution ein Dorf angriff, um eine Armee zu bestrafen. Sie konnten nichts heilen. Dennoch …

»Das ist nicht fair«, sagte ich. »Ich habe ihn aufgehalten.« Ich knirschte mit den Zähnen. »Sie können das nicht machen!«

Das hast du dir so gedacht, was?

Eine Stimme? Ein Gedanke? Nein …

Es bedarf so wenig, sie dazu zu bringen, sich gegenseitig zu verletzen.

Ein Herzschlag.

Die Zeit verstreicht, Berge zerfallen, Flüsse vertrocknen, und trotzdem töten sie sich immer noch grundlos.

In meinem Kopf. In meinem Körper. In meinem Blut.

Nun denn.

In den Wolken vor mir tauchte ein großer Gipfel direkt vor uns auf. Riesig, zerklüftet, übersät mit Dingen, die wie Gliedmaßen aussahen.

Vielleicht faszinieren sie uns deshalb so sehr.

Erst als ich die Ansammlung von riesigen Tierschädeln sah, die als Kopf diente, begriff ich, dass es kein Berg war. Da hatte es uns allerdings schon gepackt.

Das Luftschiff kam mit einem gewaltigen Ruck zum Stehen und schleuderte uns über das Deck. Wir prallten gegen die Reling, und Schmerz explodierte in meinem Körper. Ich konnte gerade noch von der Seite des Schiffes zurückkriechen, als eine gewaltige Hand aus Gestrüpp, Bäumen und Zweigen den Rumpf des Schiffes packte und es festhielt. Die riesigen Finger, jeder doppelt so groß wie ich, zertrümmerten die Reling. Eine morbide Ansammlung von Schädeln und Knochen, die mit Draht und Seil zusammengebunden waren, spähten über den Rand des Luftschiffes.

Ich starrte es fassungslos an und umklammerte Liette.

Das Götzenbild erwiderte meinen Blick.

Es war größer als das in Terassus, wütender, hatte mehr Schädel und Gliedmaßen, aber den Blick kannte ich. Ich kannte die Feuer, die in seinem Körper aus Knochen und Holz brannten, und kannte das Geräusch des Herzens, das perfekt synchron mit meinem schlug.

»*Ich fühle dich!*«, brummte der hölzerne Körper. Die Stimme war so beruhigend und vollkommen deplatziert bei einer so tödlichen Kreatur. »*Ich fühle, wie dein Körper zerfällt. Wie deine Gedanken sich überschlagen.*« Die Ansammlung von Schädeln kippte in einer fragenden Geste zur Seite. »*Ist das Furcht? Liebe? Beides? Oder bist du so langweilig, dass du nur daran denken kannst, wie ich dich gefun-*

den habe? Ich würde dir gern eine Antwort geben, die dich nicht zermalmt.«

Splitter und Zweige flogen aus seinem kolossalen Körper, als das Götzenbild sich bewegte. Die Schädel drehten sich zu Liette herum, und die Feuer in den leeren Augenhöhlen der Schädel wurden angefacht.

»Wenn einer von uns die Zeit hätte.«

Ohne nachzudenken, trat ich vor Liette und streckte den Kakophon aus, richtete sein Grinsen auf die Köpfe des Götzenbildes, das jedoch nicht sonderlich beeindruckt zu sein schien. Allerdings war das bei all diesen verfickten Schädeln schwer zu erkennen.

»Ah, ich erkenne das Gefühl, das dich verzehrt.« Es stieß einen sehnsüchtigen, von Rauchwolken untermalten Seufzer aus, die aus seinen vielen Löchern drangen. *»Die Dämmerung der Vergeblichkeit. Die aufkeimende Erkenntnis, dass alles, was du besitzt und kannst und bist, nicht genügt. Und nie genügen wird. Sie lauert in jedem Gebet und jeder verzweifelten Hoffnung.«*

Ich beugte mich über die Reling. Liette nahm meine Hand, und wir wichen beide vor dem Schauer aus Blut und Splittern zurück, als der Schatten des Götzenbildes über uns fiel.

»Meine Gläubigen strahlen es ebenfalls aus«, zischte es. *»Ich wünschte, ihr könntet sie fühlen, wie ich sie fühle. Ihre fieberhafte Hingabe, der Rausch ihrer Angst, die reine Ekstase zu spüren, wie beides gleichzeitig bricht. Wie ich ihnen Erlösung angeboten habe, biete ich sie auch euch an.«*

Der Sehende Gott starrte mich an und reichte mir einladend eine seiner riesigen Hände.

»Gebt mir, was mir gehört, und ich gebe all das euch«, sagte das Götzenbild. *»Sicherheit. Schutz. Was auch immer ihr braucht, um euch einzureden, dass solche Dinge erreichbar sind. Alles, was eure schwächliche Existenz begehrt und was ihr euch nicht eingesteht. Es kann euch gehören. Gebt mir einfach nur mein Geschwister zurück.«* Seine hölzernen Finger knackten, als er die riesige splitternde Handfläche ausstreckte. *»Gebt mir Ältester zurück.«*

Ältester? Geschwister? Scheiße.

Scheiße, Scheiße, Scheiße.

Ein zehn Stockwerke hohes Monster aus flammenden Knochen

war eigentlich schon Furcht einflößend genug, aber ein zehn Stockwerke hohes Monster aus flammenden Knochen, das ein Scrath war, setzte noch eins drauf. Dieses Ding, der Sehende Gott, das Götzenbild, war kein Gott, kein Erlöser. Es war ein Parasit, der das Blut seines Wirtes soff. Was hatte er den Edenern angeboten, dass sie ihm folgten? Wussten sie es überhaupt?

Ich wusste jedenfalls, was ihr Gott mir anbot.

Mein Herz schlug synchron mit dem Flackern seiner Flammen. Ich fühlte seine Stimme in mir, und meine Gedanken und meine Gefühle waren wie eine Schrift an der Wand für ihn. Ich fühlte, dass er seine Versprechungen ernst meinte. Es wäre leicht, die Hand auszustrecken und sein Angebot anzunehmen. Aber dafür hätte ich sie loslassen müssen.

Ich sah Liette an. In ihrem Blick lag weder Schmerz noch Furcht noch Zorn. Offensichtlich sprach der Parasit zu ihr genauso wie zu mir. Ob sie an mich dachte, so wie ich an sie?

Unsere Blicke begegneten sich. Sie lächelte mich an, so sanft und zärtlich wie beim ersten Mal, und drückte meine Hand.

Ich wusste, wie unsere Antwort lautete. Ich drehte mich zu dem Götzenbild herum und fletschte die Zähne. Dann schloss ich die Augen, hob die Hand und … drückte ab.

Diskordanz fegte Knochen und Holz von seinem Körper und etliche Schädel weg. Die restlichen hohlen Augenhöhlen starrten mich irgendwie enttäuscht an. Vielleicht …

Aber in der gigantischen Faust, mit der er ausholte und die er auf uns herabsausen ließ, lag keinerlei Enttäuschung.

Ich hatte mir immer vorgestellt, mein Tod würde in einem Lied gefeiert werden, ein Tod in großen Feuern oder blutigen Kriegen, von denen in Schenken gesungen wurde. Oder in ernsten Balladen der Barden an den Straßenecken, nachdem ich mein Schwert abgelegt und ins Reich der Legenden verschwunden war.

Jetzt wurde mir klar, dass für ein Lied nicht genug von mir übrig bleiben würde. Und wenn doch … Ich hoffte, es würde ein langsames Lied sein, zart und behutsam. Wie es junge Frauen ihren Geliebten vorsangen oder Mütter als Schlaflied für ihre Kinder. Das davon handelte, wie Sal Kakophonie mit dem Duft des Haares ihrer Liebsten in der Nase, mit dem Gefühl der Hand ihrer Geliebten in ihrer, die sanft mit einem Finger über eine Narbe auf ihrer Handfläche strich, dem Tod ins Auge geblickt hatte, der, als er endlich kam … überhaupt nicht schmerzhaft gewesen war.

Ich kniff die Augen zusammen und atmete den kalten Wind ein. Wärme durchströmte mich, und mit ihr neben mir wartete ich.

Das Deck unter mir neigte sich, Wind brauste, und dann … fühlte ich einen Schrei. Ein großes Wehklagen strömte durch mein Blut, ein Schmerz, größer, als jeder Mensch ihn ertragen konnte. Ich öffnete die Augen und sah die zitternde Faust des Götzenbildes, die einen Meter über mir in der Luft verharrte.

Das Holz der Hand veränderte sich. Das tiefe Rot verblasste zu einem schwachen Grau. Das Holz knarrte und stöhnte, als es spröde wurde und dann verkalkte. Zweige und Äste verwandelten sich in hellen Stein und zerfielen zu Staub. Wie der Körper von Ältester.

»Trotz all deiner vielen Äonen und einer großen Weisheit muss ich annehmen, dass du immer noch keine Ahnung hast, wie diese Dinge hier laufen.«

Die Stimme war höhnisch und schneidend und stach mir in die Ohren. Ich wirbelte herum. Ein Mann näherte sich mit ausgestreckter Hand, zerbrechlich und gebeugt in einem revolutionären Uniformmantel. Seine Augen waren pechschwarz.

»Also wirklich«, knurrte Culven Loyal, Kommandeur der Eisernen Flotte, dem Götzenbild zu. »Deine Maßstäbe sind gesunken.«

Loyal ballte die Faust. Die Faust des Götzenbildes explodierte und wurde zu Steinstaub, der vom Wind davongetragen wurde. Es blickte dem Staub nach und starrte dann auf den zersplitternden Stumpf. Als es seine Schädel zu Loyal wandte, brannten Feuer in den Augenhöhlen.

»*Geschwister*«, grüßte es.

»Geschwister.« Loyal senkte den Kopf.

»Geschwister?«, kreischte ich und blickte zwischen den beiden hin und her. »Ihr seid eine verfickte Familie?«

»Wir haben gemeinsame Vorfahren.« Loyal lächelte säuerlich. »Wir sind keine Familie.« Unbeeindruckt von dem gewaltigen Grauen, das auf ihn herabblickte, ging Loyal weiter, die Hände hinter dem Rücken verschränkt. Er betrachtete das Götzenbild und schnaubte angewidert, als würde er einen Müllhaufen auf der Straße ansehen.

»Ich muss also davon ausgehen, dass du dich gegen alle Erfahrung und Weisheit entschlossen hast, mich herauszufordern?«, wollte er von dem Götzenbild wissen. »Oder möchtest du einfach nur die Verbindung wiederherstellen?«

»Ich habe kein Verlangen, deine unerfreuliche Gegenwart zu ertragen und auch nicht die von deiner fehlgeleiteten Familie«, rumpelte das Götzenbild. *»Doch sehe ich da Arroganz in deiner Haltung? Wann hast du sie dir angeeignet?«*

»Sie geht Hand in Hand mit Macht.« Loyal grinste boshaft. »So wie Hass, Verachtung, Terror. Alles, was wir für sie geopfert haben und was sie uns vorenthält, blutet dieses Land aus. Jede einzelne Kreatur auf dieser öden Dreckschicht.« Sein Lächeln erlosch. »Aber das hast du sicherlich bereits begriffen. Ich habe deine Manege gesehen.«

»Manege?« Ich war fasziniert. »Du meinst die Edener?«

»Meine Anhänger bedeuten mir nicht viel«, antwortete das Götzenbild. *»Weder sie noch ich haben Interesse an dir oder deinen schwachsinnigen Handlangern.«*

»Tatsächlich?«, erkundigte sich Loyal. »Ich schließe etwas anderes daraus: dass deine Anhänger zurzeit versuchen, meine abzuschlachten.«

»Scheiße«, flüsterte ich Liette zu und trat einen Schritt zurück. »Scheiße. Eden, die Revolution ... werden beide von diesen ...«

»Ich bin wegen Ältester hier«, erklärte das Götzenbild. *»Wenn mir unser Geschwister zurückgegeben wurde, kannst du deine Spielzeuge nehmen und sie herumscheuchen, wie es dir gefällt.«*

»Ich hatte es für offenkundig gehalten, dass ich nicht die Absicht habe, das zu tun!«, fuhr Loyal es an. »Aber du hast meine Erwartungen noch nie erfüllt. Vielleicht liegt der Irrtum bei mir. Warum sollte ich dir unser Geschwister geben, wo ich ihn doch gerade eben erst aus seiner Zelle befreit habe, Weisester?«

»Verwechsele deinen Hochmut nicht mit Intellekt, Stärkster!«, erwiderte das Götzenbild wütend. *»Du stehst hier nur durch das Verdienst, als Erster ausgestoßen worden zu sein. Das Wissen von Ältester wäre an deine verfaulende Hülle verschwendet.«*

»Ausgestoßen?«, platzte ich heraus. »Weisester? Stärkster? Was verflucht soll …?«

»Im Gegensatz zu deiner Einschätzung …« Loyal richtete seinen schwarzen Blick auf mich. Seine Miene war eine Fratze der Verachtung. »… sind deine verwirrten Einwürfe weder charmant noch erhellend oder wünschenswert. Hast du uns nichts anderes anzubieten?«

»Zufällig«, ich hob meine Pistole, »hätte ich da was.«

Ich drückte ab, und Diskordanz flog direkt in Richtung seiner faltigen Fresse. Und wurde langsamer. Bis sie anhielt.

Die Patrone stoppte zwei Fingerbreit vor seiner Nase und hing in der Luft, ohne zu explodieren. Loyals linke Augenbraue zuckte, als die Patrone auseinanderfiel. Sie landete in einem Haufen von nutzlosem Metall und Staub auf den Planken.

»Scheiße«, flüsterte ich.

»Wohl wahr«, antwortete Loyal.

Er hob eine Hand, richtete einen Finger auf mich und krümmte ihn.

Feuer durchströmte mich, floss durch meinen Körper, in jede Faser meiner Muskeln und jeden Tropfen meines Blutes. Meine Beine gaben nach, ich fühlte meine Arme nicht mehr, und mein Gehirn hörte auf zu denken. Ich hatte nur noch meine Lunge und genug Luft für einen Schrei. Also schrie ich.

»Zweihundertsechs Knochen, etwas mehr als siebenhundert Schichten Muskeln«, Loyals Stimme troff vor Verachtung, »ein Bündel empfindsamer Nerven, eine Ansammlung von Gasen und Flüssigkeiten, und das alles in einem weichen grauen Hautsack.« Er krümmte den Finger noch etwas. Ich hatte keine Stimme mehr.

»Das ist alles, was es braucht, euch zu erschaffen. Eine Ansammlung von schimmernder, organischer Materie und … Zufall.«

Noch etwas mehr Druck, und ich bekam keine Luft mehr.

»Und um dich auszulöschen«, wieder krümmte er den Finger, »braucht es noch weniger.«

Mein Herz hörte auf zu schlagen. Ich starb, atemlos, konnte nicht denken, konnte nicht nach ihr rufen, nach ihr greifen. Da meine Hände mir nicht länger gehorchten.

Als ich mich vor Schmerz versteifte, erstarrte das Götzenbild ebenfalls. Sein gigantischer Körper ächzte, und die Feuer in ihm erloschen. Rauch und Glut flogen im Wind davon. Hätte ich noch denken können, hätte ich das seltsam gefunden. Und hätte ich etwas anderes fühlen können als meinen panischen Versuch, mich aus meinem nutzlosen Körper zu befreien, wäre das auch schön gewesen. Konnte ich aber nicht. Mein Körper gehorchte nicht, meine Lunge nahm keine Luft auf, und mein Herz pumpte kein Blut. Ich würde …

»Halt!«

Ein Wort. Ein Wimpernschlag. Und alles hörte auf. Schmerz. Feuer. Ich konnte wieder atmen, fühlen. Liette stand mit ausgebreiteten Armen vor mir. Mit einer Hand umklammerte sie Ältester.

»Wirklich?« Loyal hob eine Braue. »Mehr braucht es nicht? Vorhersehbar, aber akzeptabel.« Er streckte die Hand aus. »Gib Ältester zurück, dann nimm deinen Sack aus Fleisch und Knochen und verschwinde. Betrachte das als barmherzige …«

»Zweites Gesetz.«

»Ich werde nicht …«

»Zweites Gesetz!«, wiederholte sie mit zusammengebissenen Zähnen. »Wenn die Hilfe eines Freimachers akzeptiert wird, muss dieser angemessen für besagte Hilfe entschädigt werden, was auch immer dafür notwendig ist.« Sie kniff die Augen zusammen und ballte die Faust um Ältester. »Ich lasse niemanden, der mir hilft, im Stich.« Sie beugte sich zu mir runter und zog mich an sich. Ihre Wärme durchströmte mich, und ihr Geruch stieg mir in die Nase. »Niemals.« Ihr liefen die Tränen über die Wangen. »Was es auch kosten mag.«

Loyals höhnische Miene verwandelte sich in Enttäuschung. »Der Zweck hinter der menschlichen Neigung zu sinnloser Dramatik ist mir nach wie vor schleierhaft. Muss ich annehmen, dass du Ältester nicht herausgibst?«

Liettes Gesicht brannte vor Ärger, den sie für gewöhnlich für mich aufsparte. Sie öffnete den Mund, um etwas zu erwidern, aber was auch immer sie sagen wollte, sie brachte es nicht heraus. Ihr Ärger verpuffte, sie schloss die Augen, drückte Ältester fest an ihre Brust und flüsterte die zwei Worte, die ich nie aus ihrem Mund hatte hören wollen.

»Verzeih mir.«

Loyal grinste verzerrt. »Ich bin sicher, dass diese Empfindung geschätzt werden würde, wäre Ältester dazu fähig.«

»Ich habe weder mit Ältester geredet noch mit dir.« Sie drehte sich zu mir um und lächelte mich an. Weich, zärtlich, entschuldigend.

»Nein!«

Ich schrie. Ich griff nach ihr, als sie Ältester über ihren Kopf hob. Ich versuchte sie aufzuhalten. Vergeblich.

Loyal riss die Augen auf. Er streckte seine schreckliche Hand aus und starrte sie mit seinen schrecklichen Augen an, aber das machte keinen Unterschied.

Im nächsten Moment konnte ich ihn nicht sehen oder sie. Ich sah gar nichts.

Alle Geräusche erstarben, der Wind, das Gemetzel, das Luftschiff. Sämtliche Farben verschwanden, das Grau des Himmels, das Rot auf meiner Hand. Die Welt verschwand, verschlungen von einem gewaltigen Licht, einem Spektrum aus Farben, das zu schön war, um es ansehen zu können, und zu schrecklich, um den Blick abzuwenden. Ein kleineres Leuchten erschien auf Ältester.

Dann zuckte das Licht aus ihm heraus.

Ein gewaltiger Pfeiler aus wirbelnden Farben und Strahlung brach aus der perfekten Kugel, schlängelte sich durch den Himmel und malte einen Ring über uns. Ich starrte es an, und meine Augen brannten, weil ich nicht blinzeln konnte, mein Mund war zu einem geräuschlosen Schrei geöffnet angesichts seiner Majestät. Es war wunderschön. Es war unglaublich. Es war unbeschreiblich.

Ältester. Ein Scrath. In seiner reinsten Form.

Es hing in der Luft, wie lange? Weiß ich nicht, es könnten Jahre gewesen sein. So strahlend, dass nichts seine Schönheit hätte beschmutzen können. Und obwohl ich es nicht verstand, glaubte ich ein Lied zu hören, das zu einer einzelnen, perfekten Note verdichtet war. Die irgendwie … traurig klang.

Dann zuckte diese riesige Lichtsäule und donnerte in einem gewaltigen Strahl herab, aus dem Himmel, auf die Welt.

In Liette.

Das Licht strömte in sie, durch ihren Mund, ihre Augen, durch alle Poren. Die Strahlung schien sie in ihrer Pracht fast zu zerfetzen. Sie riss den Mund auf, und das Lied stieg in den Himmel hinauf. Aber ich hörte nur ihren Schrei.

Ich zwang mich, aufzustehen, ohne darauf zu achten, wie schmerzhaft das war. Ich zwang mich, zu laufen, zu springen.

Als das Licht und das Lied erloschen, als die Welt zurückkehrte, fiel sie bewusstlos in meine Arme.

»So dumm!«, schnarrte ich, als ich sie an mich drückte. Tränen liefen mir heiß über die Wangen, und meine Hände schmerzten, als ich nach einem Weg suchte, das zu heilen. »Du bist so dumm, so verfickt dumm. Warum hast du das gemacht? Wieso hast du gedacht, dass das funktionieren könnte?«

»Eine sehr vernünftige Frage.«

Loyal stand mit hinter dem Rücken verschränkten Händen hinter mir. Vollkommen unberührt von dem, was er gerade gesehen hatte. »Ältester hat immer gezögert, einen Wirt zu besetzen«, bemerkte er. »Unser teures Geschwister war immer zu empfindlich. Sie müssen zusammen zu dieser Entscheidung gekommen sein, Ältester und die Frau.« Er zuckte mit den Schultern und streckte eine Hand aus. »Trotzdem, sie zu trennen, macht kein Problem, nur eine Schweinerei.«

Ich konnte nicht aufstehen und gegen ihn kämpfen, konnte nichts tun, als sie noch dichter an mich zu drücken, mein Gesicht gegen ihres zu legen und darauf zu warten, dass die Dunkelheit uns beide verschlang.

»Geschwister.«

Ich blickte hoch, ebenso Loyal. Wir sahen beide die gigantische Faust des Götzenbildes durch den Himmel zischen.

»Auf ein Wort.«

Dem Aufprall folgte eine Explosion aus Flammen und Holz. Ein metallisches Heulen durchdrang Himmel, Haut und Holz.

Die Faust des Götzenbildes krachte durch das Deck und riss ein gigantisches Loch in die Hülle. Die Galionsfigur des Großen Generals bohrte sich durch die Brust des Götzenbildes, Flammen loderten auf, und der Körper brach zusammen.

Als das Götzenbild zerfiel, glaubte ich, eine Lichtsäule herauszucken zu sehen.

Das Deck unter uns wankte, während das Luftschiff, eine eiserne Bestie, verrückt vor Schmerz, weiter durch den Himmel raste. Wir wurden gegen die Reling geschleudert. Ich spürte die Erschütterungen von Explosionen, als das Schiff in Stücke gerissen wurde. Die empfindlichen Maschinen kreischten, als sie eine nach der anderen in schmelzendes Metall aufgingen.

Holz und Rohre zertrümmerten den Rumpf von innen, flogen durch die Luft. Propeller und Flügel verschwanden in dem grauen Himmel. Körper, schlaff und um sich schlagend, fielen wie Schneeflocken in die Tiefe, die man von seiner Schulter geklopft hatte. Das Luftschiff schrie mit einer gequälten Stimme aus kreischendem Metall, als der Boden uns entgegenraste. Oder wir dem Boden?

Ich hatte immer gedacht, ich würde in einem Lied sterben. Aber vielleicht dachte ich das nur, weil ich mir nicht vorstellen wollte, dass es so endete – zwei weitere Leichen in einem Haufen, bedeutungslos und anonym. Aber es fühlte sich falsch an, so zu sterben, das, was Liette getan hatte, was sie bedeutete, nicht zu besingen.

In einer Oper. Einer Ballade. Oder auch nur in einem einfachen Lied. Also hielt ich sie an mich gedrückt, schloss die Augen und flüsterte das einzige Lied, das mir einfiel.

»*Aias va Indaria*«, flüsterte ich ihr ins Ohr. Das alte Imperial fühlte sich sonderbar auf meiner Zunge an. Aber das Lied erklang trotzdem, in dieser trällernden Melodie, die ich aus glücklicheren Zeiten erinnerte, bevor ich Sal Kakophonie war oder Rote Wolke.

Als ich jemand anders war … jemand, von dem ich mir wünschte, dass sie ihn kennengelernt hätte.

»Sal?«

Ihre Stimme? Aber … Ihre Lippen hatten sich nicht bewegt. Und doch fühlte ich es. Wie einen Herzschlag.

Sie hob die Arme, steif wie eine mechanische Puppe. Um uns herum begann die Hülle zu zittern, sich zu verändern. Sie öffnete schlagartig die Augen.

In ihnen sah ich nur Sterne.

Bevor ich fragen konnte oder weinen, schreien oder fluchen, veränderte sich das Deck unter mir. Das Holz wurde Wasser, weich und flüssig, einladend. Wir glitten, sie in meinen Armen, hinein, wurden davon umhüllt. Die Flüssigkeit umgab uns, die Rohre und das Metall und das Holz und die Flammen veränderten sich, wurden etwas Warmes, Weiches wie eine Decke.

Sie legte sich um uns. Machte sie das? Oder etwas anderes oder … Wahrscheinlich spielte es keine Rolle.

Lebe oder stirb. Im Lied oder in Flammen. Mit all den Sternen in ihren Augen und dem Lächeln, das sie mir schenken würde. Solange sie bei mir war, war ich furchtlos.

Als ich sie an mich zog und darauf wartete, dass die Erde uns aufnahm, wusste ich, dass es, wenn es passierte, nicht schmerzen würde.

56. KAPITEL
JAMMERTAL

Du blutest.«

»Ich blute immer.«

»Weil du immer so einen blöden Scheiß machst wie diesen blöden Scheiß.«

»Ich weiß.«

Sie verstummte. Der Wind murmelte besorgt.

»Du könntest mehr Rüstung verwenden.«

»Wenn ich welche finde, benutze ich sie.«

»Hier draußen wirst du keine finden, du dumme …«

Der Wind heulte und verwehte den Rest ihrer Worte. Das war gut so, denn was sie sagten, war nichts, was sie sich gegenseitig sagen wollten.

»Dein Haar ist durcheinander. Warte, ich mach das schon.«

»Liette …«

»Halt doch mal einen Moment still.«

»Liette, du kannst mich nicht dadurch aufhalten, dass du mir die Haare schön machst.«

Sie biss die Zähne zusammen und zitterte, hin- und hergerissen zwischen Wut und Tränen. Dann legte sie die Hände um Sals Gesicht, weit ungestümer, als sie beabsichtigt hatte.

»Ich weiß, dass ich dich nicht aufhalten kann«, flüsterte sie. »Und du lässt mich dir nicht helfen. Also erlaube mir wenigstens, das für dich zu tun, einverstanden?«

Sal runzelte die Stirn. Sie würde sich nicht helfen lassen, denn das ging nicht. Sie konnte nicht zulassen, dass die Soldaten und diese sonderbaren Kreaturen, die sie kommandierten, nach Ältester suchten und Liette fanden, um sie aufzuschneiden oder was auch immer sie vorhatten, um an dieses Ding in ihr zu kommen. Liette durfte nicht hierbleiben, das wussten sie beide. Darauf hatten sie sich geeinigt. Es war kein guter Plan, aber er funktionierte vielleicht.

Also stand Sal Kakophonie, Mörderin und Zerstörerin, vollkommen regungslos da und ließ sich von Zweiundzwanzig-Tote-Rosen-in-einer-angeschlagenen-Porzellanvase, einer der berühmtesten und gefürchtetsten Freimacherinnen in der Scar, das Haar schön machen.

Sal blickte zu Liette hoch, als sie ihr eine Locke glatt strich, und grinste angestrengt. »Wie sieht es aus?«

Liette runzelte die Stirn. »Schrecklich.«

Sals Grinsen verstärkte sich. »Danke für den Versuch.«

Sie blickten beide zum Fuhrwerk. Es stand nur zehn Schritte entfernt, eine klapprige Karre, trotz Liettes Bemühungen, aber es kam ihnen vor wie aus einer anderen Welt. Zu weit weg, um ihm auch nur nahe zu kommen, und zu nah, um es zu ignorieren.

Sindra und Meret waren immer noch damit beschäftigt, die Sachen darauf zu befestigen, die sie aus den Häusern gerettet hatten. Sie unterhielten sich leise und blickten dabei immer wieder erwartungsvoll zu den Frauen hinüber.

Wie lange haben sie schon hier gestanden?, dachte Sal. Sie spürte diesen Schmerz, den alten Instinkt, der einem sagte, dass man jemanden das letzte Mal sah, ohne es zu wissen. Doch sie hatte keine Zeit mehr, Liettes Hände in ihren Haaren zu spüren, ihren Duft einzuatmen …

»Ich wünschte, wir hätten das nicht gemacht«, flüsterte Liette mit erstickter Stimme. »Ich wünschte, ich hätte nicht für die Revolution gearbeitet und wäre nicht auf dieses Luftschiff gegangen.«

»Nein, das stimmt nicht«, widersprach Sal. »Hättest du es nicht getan, wärst du wütend auf dich gewesen, weil du nie erfahren hättest, was dort war. Wahrscheinlich hättest du es irgendwie doch versucht, es abgeschossen, um die Trümmer zu durchsuchen, und dann würde man dich trotzdem verfolgen.«

»Das weißt du nicht.«

»Aber ich kenne dich. Und du kennst mich. Wir wären auf jeden

Fall hier gelandet.« Sie nahm Liettes Hand und drückte sie an die Lippen. »Es ist gut.«

»Das ist es nicht. Es ist das völlig beknackte Gegenteil von gut.«

»Ich weiß.«

»Wenn ich nur etwas mehr Zeit zum Nachdenken hätte …«

»Der Sturm hat nachgelassen!«, rief Sindra vom Kutschbock. Xanthippe zirpte zustimmend. »Wir fahren, jetzt oder nie.«

Das war es. Keine Aufschübe, Wünsche oder Klagen mehr und keine Worte – außer denen, die sie nicht über die Lippen brachte.

Sal streckte die Hand aus, und Liette nahm sie. Nebeneinander gingen sie durch den Schnee. Wie sie es immer hatten tun wollen und wozu sie nie gekommen waren. Zum ersten Mal. Und zum letzten Mal.

Sal half ihr auf die Pritsche. Sie suchte sich einen Platz zwischen einem Sack mit Proviant und ein paar Büchern aus Merets Haus. Medizinische Texte von etwa jeweils sechshundert Seiten. Sie würde noch vor morgen Abend damit durch sein. Das würde ihr helfen.

Sindra saß auf dem Bock und nahm Xanthippes Zügel, warf Sal einen Blick zu und nickte kurz. Die Verachtung für Sal lag immer noch in ihrem Blick, wurde aber von Entschlossenheit überdeckt. Sie mochte Sal für den Rest ihres Lebens hassen, aber sie würde Liette hier sicher wegbringen, und nur das zählte.

Sal drehte sich zu Liette herum und sah sie schweigend an. In der Oper sagte man immer irgendetwas Poetisches und Geistreiches, bevor der Vorhang fiel. Aber jetzt gab es zu viele Worte, die gesagt werden mussten, und zu viele, die nie gesagt worden waren. Sie nahm Liettes Hände, die schwieligen, aber dennoch weichen Hände, die sie so unvorstellbar sanft berührt hatten. Die Worte kamen von allein.

»Scru vo talati.«

Liettes Augen schwammen in Tränen, und ihre Lippen zitterten. »Du hast bis jetzt gewartet, um mir das zu sagen?«, flüsterte sie.

»Ich werde keine andere Chance mehr dazu bekommen.«

Sie zitterte am ganzen Körper. »Du bist ein Arschloch, Sal.«

»Ich weiß.« Sie beugte sich vor und küsste Liette auf die Stirn. »Pass auf dich auf.«

Zügel knallten, und der Vogel zwitscherte gereizt. Das Fuhrwerk pflügte durch den Schnee die Straße hinunter und verschwand in dem kalten Grau. Sal blickte ihm nach. Keine Worte. Kein Winken. Nur ein Blick, der anhielt, bis der Wagen im Schneetreiben verschwand.

Mit ihr.

Der Schnee knirschte, als Meret sich anschickte, ihm zu folgen. Er trug einen Rucksack auf dem Rücken. Sal fiel auf, dass er ziemlich kräftig war. Wäre er nicht so nett gewesen, hätte er sogar lernen können, mit dem Schwert umzugehen. Meret trat auf die Straße und drehte sich dann zu Sal herum.

»Was ich für dich tue, ist kein Geschenk, Sal«, sagte er knapp. »Es ist ein Darlehen. Was auch immer du hier vorhast und was auch immer du zerstörst, bedeutet nichts, wenn du nicht zurückkommst.« Er straffte sich. »Also komm zurück.«

»Ich werde es versuchen«, erwiderte sie.

»Du wirst es tun.« Er sprach so nachdrücklich, wie er es mit seiner sanften Stimme konnte. »Oder soll man Sal Kakophonie nachsagen, dass sie ihre Schulden nicht bezahlt?«

»Oha.« Sie grinste. »Du bist ein echter Wichser, Meret, oder?«

»Ja.« Er nickte. »Entschuldigung.«

Sie grinste ihn an, bis er sich umdrehte und dem Fuhrwerk nacheilte. Sie würde sie alle vermissen, sogar die schlecht gelaunte Vogeldame. Ihr schoss der Gedanke durch den Kopf, ob sie hier vielleicht mit Liette in einem eigenen kleinen Haus hätte glücklich werden können, wenn sie früher hierhergekommen wäre. Sie hätte Nachbarn besuchen und Kekse für Kinder backen können. Sie erwartete, bei dieser Vorstellung zusammenzuzucken, aber jetzt … kam sie ihr plötzlich nicht mehr so unattraktiv vor. Dann schalt sie sich dafür, dass sie sich sehnsüchtigen Träumen hingab. Fast hätte sie vergessen, dass sie in einem glorreichen Feuersturm sterben würde.

Der Wind heulte, und es war eiskalt, aber sie fühlte nur das Brennen an ihrer Hüfte. Sie zog den Kakophon aus dem Futteral und begegnete seinen Messingaugen und seinem breiten Grinsen.

»Wollen wir?«, fragte sie die Pistole.

Die antwortete mit Hitze, stummem Gelächter und einem breiten messingnen Grinsen.

Mit dem Griff in der Hand ging sie zusammen mit der Pistole

durch das verlassene Jammertal. An einem Haus blieb sie stehen und nahm einen kleinen Hocker von der Veranda. Die dunklen Fenster des Hauses wirkten wie gläserne Augen, die flehentlich der Frau und ihrer Waffe folgten, die auf den schneebedeckten Dorfanger zuhielten.

Sal sah sich um. Der Schnee überzog die Gassen und Straßen mit einem grauen Nebel. Hier gab es keine Deckung und keine Fluchtmöglichkeit, wenn es übel wurde. Und es würde übel werden. Aber es musste genügen. Dann richtete sie den Blick auf den wirbelnden Schnee, hob den Kakophon, wandte den Kopf ab, schloss die Augen und drückte ab.

Die Patrone flog hoch in den Himmel, und die Wolken schienen zu flüchten. Sonnenblitz explodierte. Eine winzige, wütende Sonne brannte trotzig in dem eisigen Grau. Erneut drückte sie ab. Die nächste Sonnenblitz-Patrone explodierte, und sofort folgte ihr die dritte. Die Explosionen übertönten sogar das Heulen des Windes. Und eine Weile war es hell, warm, und die Dinge schienen nicht so schlecht zu stehen.

Aber das Licht hielt nur kurz an, die Kälte sickerte zurück, und das Grau kroch langsam wieder in die Lücke, aus der der Kakophon es verjagt hatte. Es war wieder kalt und dunkel, aber das schien ganz in Ordnung zu sein. Denn jene wenigen Momente lang war alles hell gewesen, und mehr hatte sie nicht gebraucht. Das redete sie sich jedenfalls ein. Sie nahm den Hocker, setzte sich und wartete.

Die Zeit verstrich. Sie hoffte, es waren Stunden, fürchtete aber, es wären nur Minuten. Ohne die Sonne zu sehen, konnte man das nicht genau sagen. Sie wartete trotzdem in dem gedämpften, sonnenlosen Schweigen.

Sie hasste Stille, als hätte sie es schon immer getan. Für gewöhnlich kündigte Stille an, dass es schlimmer wurde. Und vor allem war sie dann allein mit ihren Gedanken.

»Kannst du ein bisschen heißer glühen? Es ist eiskalt.«

Normalerweise redete sie nicht mit der Pistole, das sollte man sich nicht angewöhnen. Aber verflucht, was sollte sie mit ihren letzten Minuten sonst anfangen?

Der Kakophon antwortete nicht, weder mit Wärme noch mit Worten. Das hatte sie erwartet.

»Ich weiß, dass du das nicht wolltest«, sagte sie. »Ich halte meinen Teil der Abmachung nicht ein. Es ist meine Schuld, das gebe ich zu. Ich habe das hier nicht erwartet.«

Eine schwache Entschuldigung. Das wussten sie beide.

»Du bekommst keinen Körper und kannst das Werk der Zerstörung nicht vollenden. Und ich bekomme meine Rache nicht. Also ist keiner von uns glücklich.« Sie starrte in das Schneetreiben. »Aber daran wird sich auch niemand erinnern.«

Sie lehnte sich auf dem Hocker zurück und nahm die fast leere Flasche mit Merets Wein aus ihrem Beutel.

»Sie werden sich nicht daran erinnern, ob wir bekamen, was sie wollten, nicht einmal, ob wir es verdienten oder nicht. Wenn sie über Sal und den Kakophon reden, werden sie nicht nach den Gründen forschen. Sie werden die Geschichte nicht ruinieren, indem sie sich fragen, ob wir einen guten Grund für unser Handeln hatten. Aber was sie sagen werden ...« Sie fuhr mit dem Daumen über die Narbe oberhalb ihres Auges. »Sie werden sagen, dass Sal und der Kakophon, die nur einander hatten, jeden aufriefen, der glaubte, er könnte töten. Als sie dann gemeinsam zum schwarzen Tisch gingen, nahmen sie jeden armen Teufel mit, der die schlechte Idee gehabt hatte, sich ihnen anzuschließen.« Sie blickte auf die Waffe und lächelte müde. »Das klingt doch gar nicht so schlecht, was?«

Er antwortete nicht, jedenfalls nicht mit Worten, dafür war er zu stolz. Er war der Kakophon, die schreckliche Waffe, von der man sich düstere Geschichten zuraunte. Deshalb wurde der Griff nur ein klein wenig wärmer ... damit konnte sie sich begnügen.

Dann tätschelte sie so liebevoll, wie er es zuließ, seinen Griff, öffnete die Flasche Wein und trank die letzten Schlucke. Es schmeckte immer noch nach Stinktierpisse.

Sie warf die Flasche beiseite und wartete. Stunden, Minuten, vielleicht Sekunden.

Dann tauchten sie auf.

Sie hörte es in dem heulenden Wind, zu rein und zu schön, um sich von so etwas Trivialem wie aufgewühlter Natur beeinträchtigen zu lassen.

Das Lied der Lady. Laut und hallend.

Sal hob den Kopf. Es waren Schatten, die aus dem Schneetreiben auftauchten. Einige standen stolz und hünenhaft da, schienen dem Gemetzel unbeschadet entkommen zu sein. Andere waren schlank und hielten Waffen in der einen und Magie in der anderen Hand. Etliche schwebten in der Luft, und ihre Uniformen wehten im Wind.

Einige waren verwundet, andere nicht – jedenfalls konnte Sal keine Verletzungen sehen. Was sie jedoch in dem eisigen Wind erkennen konnte, waren die kalten, ausdruckslosen Masken auf ihren Gesichtern. Zahllose majestätische imperiale Magier umringten sie.

Sie waren in den Gassen, auf den Dächern, säumten die Straßen. Belagerungsmagier, Greifmagier, Himmelsmagier und noch viele mehr. Sie tauchten aus dem Grau auf, gerufen von ihr und ihrer Waffe. Und warteten. Sie hätte spekulieren können, auf wen, aber das war überflüssig.

Velline tauchte einen Moment später auf. Ein Schatten sank aus dem Himmel herunter, Shenazar, deren Uniform fleckig und zerfetzt war. Aber sie hatte noch genug Kraft, um ihren Hauptmann zu tragen. Sie landete, und Shenazar bedachte Sal mit einem finsteren Blick, als Velline mit dem Schwert in der Hand auf sie zutrat. Ihre Augen schwammen in Tränen.

Sal blickte sie an und musterte dann die versammelten Magier. »Hast dir verdammt viel Zeit gelassen.«

Velline erwiderte nichts. Sie zitterte am ganzen Körper, wollte jedoch nicht ihre Tränen sprechen lassen. Das würde eine Frau wie sie nie tun, ein Hauptmann des Imperiums.

Ihr Schwert würde das Sprechen übernehmen. Einen Moment fragte Sal sich, ob sie genau das einfach tun würde – sie mit einem Wimpernschlag niederstrecken. Sie packte den Griff des Kakophon fester. Das durfte nicht geschehen. Noch nicht.

»Du warst Rote Wolke.«

Velline sprach leise, war in dem Wind kaum zu hören. Und dennoch brannte der Name auf Sals Haut, voller Ehrfurcht ausgesprochen, voller Furcht und Verachtung für den Verrat.

»Du warst die Beste von uns«, flüsterte Velline. »Die Beste des Imperiums. Du hast uns in der Scar angeführt und beschützt.« Sie suchte nach einer Formulierung, die die nächsten Worte nicht zu schmerzhaft machte. »Und du hast uns getötet.«

»Dafür lebe ich.« Sal musste Velline wütend machen, musste ihren Blick auf sich bannen. »Und ich tue es auch wieder …«

»Weißt du, wie viele?«, brachte Velline sie zum Schweigen. »Wie viele Menschen in diesem Tal leben? Und weißt du, wie viele wegen dieses Krieges sterben? Deinetwegen?«

Sal verzichtete auf eine schlagfertige Bemerkung. Es gab nichts zu sagen.

Velline schüttelte den Kopf. »Warum? Was hat dich dazu gebracht, wieso hast du dein Volk so gehasst?«

Sie hätte hundert Antworten geben können, und jede hätte Velline bis ins Mark getroffen und sie wütend gemacht. Aber keine ging so tief wie die kalte Wahrheit.

»Ich weiß es«, antwortete Sal. »Ich konnte sie von hoch oben zwar nicht alle zählen, aber ich erinnere mich.« Sie schloss die Augen. »Es waren schwarze Gestalten in dem Feuer und dann … nichts. Sie sind verbrannt.«

»Ich rede nicht über die Feinde des Imperiums. Ich …«

»Ich weiß, worüber du redest«, fiel Sal ihr ins Wort. »Du glaubst, jeder, den Rote Wolke tötete, hätte es verdient. Vielleicht bist du bereit zuzugeben, dass nur fast alle es verdient hatten. Aber du weißt nicht, wen ich verbrannt habe. Ich schon.« Der Blick, den sie Velline zuwarf, war so kalt und ruhig wie der Schnee auf dem Boden. »Du sagst, ich wäre die Beste von euch gewesen, und dann weinst du um die Leben, die ich nahm? Ob ich Rote Wolke war oder Sal Kakophonie, ich war immer nur eine Killerin. Du bist doch bloß angepisst, weil du jetzt nicht mehr so tun kannst, als würden wir aus denselben Gründen töten.« Sie kniff die Augen zusammen. »Nämlich nur, weil die Imperatrix es uns befohlen hat.«

Das Lied der Lady ertönte, und Shenazar erhob sich mit dem Schwert in der Hand. Wut verzerrte ihr Gesicht, und die anderen Magier erhoben sich ebenfalls.

»Du wagst anzudeuten, unser Hauptmann wäre so korrupt wie du!«, schnarrte die Himmelsmagierin. »Ich werde deine verlogene …«

»Nein.« Velline hob die Hand und trat einen Schritt vor. Die Magier verharrten, und Velline nahm ihr Schwert in beide Hände. »Ich werde es tun.«

»Aber Hauptmann«, drängte Shenazar. »Wir sind alle …«

»Sie ist seit Stunden hier, Shenazar«, antwortete Velline. »Sie kann alle möglichen Tricks vorbereitet haben, und ich werde kein Leben mehr an dieses Monster verlieren.« Sie deutete mit dem Schwert auf Sal. »Steh auf, Kakophonie!«, befahl sie. »Stelle dich seinem Urteil. *Ontori tun vatala.*«

Sal erhob sich mühsam. All ihre Wunden flehten sie an, einfach nur sitzen zu bleiben und auf den Tod zu warten. Aber das ging nicht. Noch nicht. Also tippte sie salutierend mit dem Kakophon an ihre Stirn. *»Eres va atali«,* flüsterte sie.

Sal blinzelte, und Velline verschwand.

Funken sprühten, und Sal knirschte mit den Zähnen, als sie Vellines Klinge abwehrte. Ihr Arm schmerzte unter der Wucht des Schlags, und sie konnte die Schneide erst eine Handbreit vor ihrer Kehle aufhalten. Das war zu dicht, sie war zu langsam, zu verwundet.

Und Velline war schnell, stark und voller Wut.

Dann schnarrte Sal und schlug nach ihr, aber zu ungenau und zu langsam. Sie riss den Kakophon hoch, aber er war so schwer, und sie hatte kaum genug Kraft, um den Hahn zu spannen. Als das Messing klickte, war Velline bereits verschwunden.

»Eidbrecher.«

Sal fuhr bei den geflüsterten Worten herum und erwischte die Klinge diesmal zwei Fingerbreit vor ihrer Kehle. Sie riss den Kakophon herum, aber Velline verschwand mit einem Luftzug.

»Mörder.«

Diesmal griff Velline sie von der Seite an, und die Klinge landete einen Fingerbreit vor ihrer Kehle.

»Ich habe Worte für dich gesucht, für das, was du diesem Land und diesen Menschen angetan hast.« Ihre Stimme schien aus dem Nichts zu kommen. Sal suchte die leere Luft um sich herum ab, die Klinge dicht am Körper, den Kakophon ausgestreckt. Aber das Eisen und Messing war zu schwer, um es zu halten, und als ihre Hände zu zittern begannen, dachte sie, *ich schaffe es nicht.*

»Doch jedes Wort, das mir einfiel, war zu bedeutungslos, zu trivial«, ertönte Vellines Stimme. »Und alle Qualen, die ich dir bereiten konnte, waren zu gering für deine Taten.«

Ich kann sie nicht einmal aufhalten. Die Gedanken strömten förmlich aus ihrem Kopf. *Sie wird mich töten und Liette finden. Sie wird alle finden, und all das hier ist …*

»Wie soll ich ihnen gerecht werden?«, flüsterte Velline aus dem Nichts. »Wie schütze ich diese Welt, sie alle, vor dir?«

»Das kann ich dir sagen.« Sal spie die Worte aus. »Tu nicht so, als würden sie oder das Imperium dich interessieren, denn dich interessiert nichts als das Schwert in deiner Hand.« Sie musste Velline aus Wut zu einem Fehler verleiten, um sie etwas länger aufzuhalten. Aber Velline antwortete nicht, und kein Lied ertönte.

»Hast du dir das so vorgestellt?«, schrie Sal. »Ein wunderschönes, tragisches Duell, eine eitle Farce, die tut, als ginge es nur um dich und mich?« Sie deutete auf die anderen Magier. »Ihr glaubt, ihr beschützt sie? Wie lange willst du sie das glauben machen? Wie lange willst du verschweigen …«, ihre Stimme klang hasserfüllt und brannte wie der Griff in ihrer Hand, »dass es dir nur um die Befriedigung geht, mich zu töten?«

Der Wind flüsterte, und eine Gestalt tauchte vor ihr auf. Sal schlug zu, aber Velline war schneller und schlug ihr die Waffe aus der Hand. Eine messingene Stimme zischte. »*Jetzt.*«

Sie hob den Kakophon und drückte ab. Höllenfeuer fegte fauchend aus der Mündung und verschluckte Velline. Eine Dampfwolke aus geschmolzenem Schnee und Eis erhob sich, und Sal hielt die Waffe auf die Stelle gerichtet, bis der Dampf sich verzog und …

Sal gefror das Blut in den Adern.

Keine Leiche. Auf dem Boden hätte eine Leiche liegen müssen. Aber da war nichts. Stattdessen traf sie ein Windhauch, und sie fiel auf die Knie, bevor sie auch nur merkte, dass sie blutete. Sie wurde schwach, und Blut lief ihr aus der Wunde in ihrem Rücken.

In ihrem Blickfeld tauchten auf Hochglanz polierte Stiefel auf, und eine Klinge hing von einer Hand herunter, mit ihrem eigenen Blut bedeckt. Sie konnte weder die Hände heben noch Luft holen.

»Ja.« Velline legte die blutige Klinge unter Sals Kinn und hob ihren Kopf, damit sie in die kalten violetten Augen der Frau blicken konnte, die ihr diese Wunde zugefügt hatte. »Ich wollte dir ein Ende machen. Ich wollte diejenige sein, die Sal Kakophonie, die verräterische Rote Wolke, erledigt.«

In ihrem violetten Blick lag kein Hass mehr. Sie starrte Sal mit der kalten Klarheit einer Frau an, die nur töten wollte, um die Kränkung in ihrem Herzen zu lindern.

Und Sal sah in ihren Augen die Reflexion ihrer eigenen Augen – ebenso kalt und leer.

»Und wenn du tot bist, werde ich es genießen, Sal.« Vellines flüsternde Stimme troff vor Bosheit. »Nicht einmal der Geruch meiner Geliebten duftete so süß wie dieser Moment.« Sie holte scharf Luft. »Und ich werde sie beschützen, und wegen dem hier werden Leben gerettet werden. Ganz gleich, aus welchen niederen Instinkten ich gehandelt habe, es wird etwas Gutes daraus entspringen.« Sie steckte ihr Schwert in die Scheide. »Wenn dir das ein Trost ist.«

Sal grinste einfach nur. »Und das glaubst du also?«

Velline hielt inne und kniff die Augen zusammen.

»Du glaubst nicht, dass ich das genauso geplant habe?« Sal zwang sich zu lachen. »Du weißt nicht mehr, dass ich Freunde hatte?«

Velline verzog die Lippen und schob ihr Kinn vor.

»Warum sollte ich dich in diese miese Siedlung locken und mich von dir verprügeln lassen, wenn ich keinen Plan hätte? Zum Beispiel einen perfekt getarnten Hinterhalt von meinen Verbündeten. Du erinnerst dich an sie, richtig? Die, die auf dem Luftschiff bei mir waren? Sie sollten angreifen, wenn du den Sieg für sicher hältst.«

Velline musste sich zwingen, sich nicht umzusehen.

»Wäre das nicht einfach eine perfekte Dramaturgie?«

Vellines Klinge schwebte in der Luft, aber ihre Miene war undurchdringlich. Sal grinste einfach. Sie war verwundet, blutete und war zu müde, um sich zu bewegen. Sie lächelte, als wäre das nur ein Teil des Plans.

Und vielleicht lag es an dieser schrecklichen Zuversicht oder daran, dass Velline an ihre eigene Vogelkacke glaubte, dass sie Leute beschützte. Sie drehte sich um.

Um sie herum gab es nur grauen Nebel und kalte Maskengesichter. Keine Über-raschungsangriffe, keine glorreichen Schlachtrufe. Es gab nur die verzweifelte Lüge einer zerbrochenen Übeltäterin. Mehr nicht.

»Eine Lüge«, murmelte Velline bösartig. »Und dazu eine erbärmliche.« Sie drehte sich zu Sal herum. »Wirklich, was wolltest du damit …?« Sie konnte den Satz nicht beenden, weil ein Pistolengriff ihr die Zähne einschlug.

Blut spritzte aus Vellines Mund, als sie zurücktaumelte. Sie blickte Sal erstaunt an, als die sich aufrappelte und schwach grinste.

»Was sollte das?«, zischte Velline wütend und höhnisch durch das Blut. »Eine Finte? Weshalb?«

Sal zuckte mit den Schultern. »Keine Ahnung. Einfach nur, weil du jetzt ziemlich blöd aussiehst.«

»Das wird dich nicht retten.«

»Nein«, sagte sie lächelnd. »Aber wenn du das nächste Mal jemanden küsst und an mich denkst, wirst du Blut schmecken.«

Sie breitete lächelnd die Hände aus. Das war alles. Sie hatte keine Tricks mehr, konnte nicht mehr kämpfen, hatte nicht einmal eine geistreiche Bemerkung auf Lager. Oder die wütenden Gedanken, die sie so lange verfolgt hatten. Aber es war gut. Denn sie würde langsam sterben, weil Velline sich Zeit lassen würde. Und jeder Moment, der verstrich, war einer, den Liette weiter aus der Gefahrenzone entkam.

Kein schöner Tod, aber der beste, den sie geben konnte. Und das, sie schloss die Augen, musste genügen.

Sie hielt die Luft an und wartete auf den Schlag. In ihren Ohren erklang das Lied der Lady. Eine einzelne kristalline Note ertönte, schmerzhaft schön. Wärme durchströmte sie, und dann erklangen andere Töne.

Blecherne, dröhnende Töne eines höchst unerfreulichen Liedes. Unelegant und fanatisch. Und sehr vertraut.

»Endlich, verfickt!«, stieß sie keuchend hervor.

»Zehntausend Jahre!«

Ein Schrei ertönte, Lärm erhob sich, und der Wind rauschte. Dann ergab sich alles so, wie sie es beabsichtigt hatte, nur viel, viel schlimmer. Alle sahen hoch, als rot glühendes Kanonenfeuer aus dem Himmel zuckte. Alle rannten, als es auf dem Boden einschlug und heiße, feuchte Erde hochspritzte. Und aller Augen richteten sich auf die andere Seite der Siedlung.

Wo ein Schatten aus der Kälte auftauchte. Dann zehn. Hunderte.

»Zum Ruhm des Großen Generals!«, kreischte ein Revolutionär. »Zum Ruhm der Revolution! Zehntausend Jahre!«

»Zehntausend Jahre.« Der Schrei wurde von Hunderten Kehlen wiederholt, von einer Salve von Gewehrschüssen, dem Donnern von Kanonen und den heulenden Motoren der Rüstungen von Paladinen untermalt. Er klang hasserfüllt, qualvoll, voller Schmerzen, die nur von Stahl und Feuer gelindert werden können. Noch bevor sie ihre zerfetzten Uniformen und ihre blutigen Gesichter sah, sah sie ihre Augen. Weit aufgerissen vor Entsetzen und Qual stürzten die Revolutionäre heran. Es gab keine Strategie außer dem reinen Bedürfnis, den Feind vor sich leiden zu lassen.

Sal war klar, dass sie vielleicht nicht ganz oben auf ihrer Liste stand, aber vermutlich unter den ersten zehn rangierte. Also rannte sie so schnell los, wie ihre müden Beine sie trugen und ihre Verletzungen es zuließen. Und hinter ihr brach die Hölle los.

Der Magie von Belagerungsmagiern, Glutmagiern und Funkenmagiern antworteten Salven von Bajonettgewehren und das Donnern von Repetierkanonen. Himmelsmagier griffen aus der Luft an, und Harpunen von Draakentötern pflückten sie aus den Wolken.

Sal rannte keuchend weiter und starrte auf die schmale Lücke, die sich durch die Siedlung wand, wo nicht gekämpft wurde. Ihr Ausweg. Der einzige Ausweg. Sie rannte so schnell, wie ihre Lunge es erlaubte. Bis sie nicht mehr konnte.

Sie fiel zu Boden, und ihr Körper kreischte vor Schmerz, als sie über die verschneite Ebene rollte. Sie betrachtete den Tumult um sich herum, als sie sich hingesetzt hatte. Sie konnte nicht mehr kämpfen und auch nicht weglaufen. Also hielt sie sich an das Einzige, was sie noch hatte.

»Zusammen?«, fragte sie den Kakophon.

»Wie immer«, antwortete dieser. Sie drückte ab. Raureif traf die Erde, und Eiszapfen zuckten heraus, spießten angreifende Revolutionäre auf.

Sie drückte wieder ab. Diskordanz riss ein Loch in das Grau und stürzte kreischende Himmelsmagier ins Nichts.

Sie lud den Kakophon erneut und drückte ein weiteres Mal ab.

Höllenfeuer schwärzte einen Paladin, eine Rauchwolke quoll aus dem Cockpit, und der Pilot fiel keuchend heraus.

Immer wieder drückte sie ab, bis ihre ganze Welt aus den Flammen der Kakophon-Mündung und fallenden Körpern zu bestehen schien. Bis sie nicht mehr sah, wer starb und was sie traf. Bis sie abdrückte und nur noch ein Klicken hörte. Bis sie in ihren Beutel griff und ihre Finger nur Leder fanden.

Ihr wurde klar, dass dies das Ende war. Nicht mit Glanz und Gloria, sondern mit leerem Messing und blankem Leder.

»Sal.«

Und einer blutgetränkten Klinge. Velline stand vor ihr. Ihr leeres Gesicht war blutüberströmt, und sie hatte das Schwert gehoben.

»Velline«, sagte sie. »Ich dachte …«

»Nein.« Das Schwert der Imperatrix holte aus, und ihr Lied ertönte. Ihre Augen blitzten violett. »Nicht mehr und nie wieder.«

Sal hätte gern ein besseres Ende gehabt und dramatischere Worte. Man würde nie davon singen, dass Sal Kakophonie sitzend gestorben war, durch die Hände einer Frau, die sie unbedingt umbringen wollte. Aber das spielte keine Rolle. Nichts spielte eine Rolle, weder das Imperium noch die Revolution, noch die Namen auf ihrer Liste. Das Einzige auf dieser Welt, das sich zu retten lohnte, war bereits geflüchtet. Damit tröstete sie sich, als sie die Augen schloss und wartete.

Eine Klinge klatschte auf Haut.

»Also wirklich, Madame.«

Die vertraute, tröstliche Stimme bat sie, die Augen zu öffnen.

Flammen und Blut konnten ihr nichts anhaben. Obwohl ihr Mantel in Fetzen um sie hing und sie blutüberströmt war, war alles an ihrem Körper unversehrt; sie hatte nicht einmal einen Kratzer davongetragen. Selbst als sie die Klinge von Vellines Schwert mit der bloßen Hand festhielt, sah Agne der Hammer makellos aus.

»Du musst wirklich aufhören, dich immer wieder in eine solch missliche Lage zu manövrieren.«

»Du!«, fauchte Velline und versuchte ihr Schwert aus dem Griff zu reißen. »Du verräterisches, eidbrüchiges Miststück von …«

»Verzeihung, Allerwerteste«, fiel Agne ihr ins Wort. »Ich bin sicher, das wäre noch eine höchst geistreiche und giftige Bemerkung gewesen, aber bedauerlicherweise …« Sie holte fast beiläufig aus, und ihre bloße Hand traf Vellines Schulter. Die Quickmagierin flog kreischend durch die Luft, hinweggefegt von vier perfekt manikürten Fingern. »… bin ich etwas in Eile.«

Sal glotzte verständnislos, als Agne zu ihr kam, sie mit einer Hand hochhob und vergeblich versuchte, den Dreck von der Kleidung zu klopfen.

»Agne«, flüsterte Sal atemlos. »Ich …«

»… habe keine Sekunde nachgedacht, bevor ich auf alles geschossen und auf das Beste gehofft habe, ich weiß. Und ich stimme dir zu. Es sei denn natürlich, diese drei funkelnden Feuerwerksraketen, die du in den Himmel geballert hast, galten mir.«

»Ich hätte nicht erwartet, dass du noch lebst«, bestätigte Sal. »Und noch weniger, dass du kommen würdest.«

»Nun, das tue ich und das tat ich«, erwiderte Agne. »Und noch einmal, ich stecke mitten in einem schlecht geplanten, erbärmlichen Disput wegen deiner …«

Sal drohte zusammenzubrechen und schlang deshalb ihre Arme um Agne. Sie hatte das eigentlich nicht tun wollen, ebenso wenig wie sie hatte schluchzen wollen. Und ganz sicher wollte sie nicht, dass Agne ihr tröstend eine Hand auf den Scheitel legte, sie an sich zog und liebevoll lächelte. Aber sie war froh, dass sie es tat.

»Also wirklich, Madame Kakophonie«, gurrte Agne im Lärm der Schlacht. »Was wird man sagen, wenn man dich so sieht?«

»Das Fuhrwerk«, sagte Sal. »Mit meinen Freunden, meiner …« Sie leckte sich die trockenen Lippen. »Wir müssen dorthin.«

»Ein Fuhrwerk?« Agne warf einen Blick über die Schulter. »All das hier wegen eines Vogelgespanns?«

»Ich habe versucht, das Imperium und die Revolution abzulenken, bis sie entkommen konnten.«

Agne zuckte zusammen, als der Blitz eines Funkenmagus ihre Schulter traf. Sie drehte sich um und warf dem verdatterten Mann einen bösen Blick zu, bevor sie ein Bajonettgewehr vom Boden aufhob und es dem Angreifer in die Brust schleuderte.

»Das ist dir gelungen«, murmelte sie.

Sal runzelte die Stirn. Wieso hatte Agne überlebt, wieso hatte sie nur bei dem Blitz eben gezuckt? »Deine Magie«, flüsterte sie. »Du zahlst zu viel Tribut. Du darfst sie nicht für …«

»Ich versichere dir, dass ich es kann und auch getan habe«, unterbrach Agne sie. »Für dich.« Sie tätschelte lächelnd Sals Wange. »Ich bin sicher, dass du bereits einen entzückend schuldbewussten

Monolog ausgearbeitet hast, aber ich lebe lieber mit ein paar Gefühlen weniger als ohne dich.«

Sal schluckte und lächelte unter Tränen. »Danke.«

»Du träumst, wenn du glaubst, dass du das mit einem netten Wort wiedergutmachen kannst.« Agne drehte sich um und blickte finster auf das Schlachtfeld. »Aber bevor wir darüber diskutieren, wie viel Wein du mir dafür kaufen musst, müssen wir hier verschwinden.«

»Das können wir nicht«, sagte Sal. »Ich habe beide Parteien hierhergelockt und keinen Fluchtplan gemacht.«

»Glücklicherweise für uns«, Agne warf einen Blick in den Himmel, »ist nicht jeder so kurzsichtig wie du.«

Er fiel aus dem Grau, verwundet, blutig, auf dem letzten Loch pfeifend, aber lebendig. Tenka der Albtraum brach fast vor Agne zusammen und straffte sich, als sie nach ihm griff. Er atmete schwer. Der schmerzhafte Tribut, den die Lady von ihren Himmelsmagiern fordert, hätte ihn fast erstickt.

»Ganz ruhig«, flüsterte Agne und hielt ihn fest. »Atme langsam.«

»Ich versuche es …« Tenka bemühte sich zu sprechen. »Die Schiffe … sind nah.«

»Und die Zwillinge?«, hakte Agne nach.

»Fast.«

»Moment, die Zwillinge?«, fragte Sal. »Was …?«

»Und du selbst, mein lieber kleiner Mann?« Agne ignorierte Sal.

»Ich kann nicht fliegen«, krächzte Tenka. »Nicht mehr. Zu viel Magie … Zu wenig …«

Er fiel, aber Agne hielt ihn mit einem kräftigen Arm hoch und hob ihn wie ein Kind auf die Arme, als er um Luft rang.

»Schon gut.« Sie strich ihm übers Haar. »Ich erledige den Rest.«

Welchen Rest?, fragte sich Sal.

Kaum hatte sich dieser Gedanke gebildet, passierte es. Der Schnee stob hoch, und die Erde ächzte. Rund um das Schlachtfeld, das einst Jammertal gewesen war, erhoben sich gewaltige Steinplatten und Erde. Unnachgiebig erhoben sie sich aus dem blutgetränkten Schnee und riegelten die Wildnis in isolierte Zwinger des Gemetzels ab.

»Scheiße, das war es nicht wert.«

Sal wirbelte herum. Yria und Urda taumelten auf sie zu. Urdas Finger waren mit Tinte beschmiert, und in seinem Gürtel steckten ausgefranste Federkiele. Yrias Arm baumelte schlaff herunter.

»Wir haben gemacht, was du gesagt hast«, wandte Urda sich atemlos an Agne. »Mit etwas mehr Zeit und richtiger Planung hätten wir natürlich mehr als ein paar brüchige Barrieren herstellen können. Sollte jemand fragen, möchte ich betonen, dass das nicht meine beste Arbeit …«

»Wie lange, Urda?«, fiel Agne ihm ins Wort.

»Ein paar Minuten«, antwortete er. »Dann werden sie durchbrechen.« Er lächelte ihr zu und winkte. »Hi, Sal! Wir sind nicht tot. Ist das nicht großartig?«

»Und das haben wir nicht dir zu verdanken!« Yria musterte Sal wütend. »Hast du eine Ahnung, wie verfickt schwierig es ist, auf einem Schlachtfeld voller magischer Arschlecker herumzuhüpfen?« Sie schüttelte ihren betäubten Arm. »Es ist überhaupt nicht einfach, falls du es wissen willst!«

»Dein Arm«, sagte Sal. »Du hast deine Magie …«

»Genau, Prinzessin Schmollmuschi, für dich.« Yria blickte auf ihren Arm und rieb ihn. »Das hat einen dauerhaften Nervenschaden hinterlassen, und vielleicht habe ich ein paar Finger verloren, aber … Scheiße, wir haben den Job verloren, alles andere auch, also …«

»Sie will sagen«, warf Urda hilfreich ein, »wir sind alles, was wir haben.« Er lächelte seine Schwester an. »Stimmt's?«

Sie grinste. »Du bringst mich noch zum Heulen, wenn du dir diesen sentimentalen Scheiß nicht in den Arsch schiebst.«

»Ihr seid alle …« Die Worte sprudelten aus Sals Mund, während sie ungläubig dastand. »… meinetwegen zurückgekommen?«

»Dass dich das überrascht, legt nahe, dass du da ein paar Komplexe auszubügeln hast.« Agne erzitterte, als eine Explosion den Boden erschütterte. »Was du aber leider in deiner Freizeit machen musst.« Sie sah die Zwillinge an und nickte. Die verzogen ihre Gesichter. Dann richteten sich alle Augen auf Sal, die Killerin, die Mörderin, die Eidbrecherin, für die sie zurückgekommen waren. Yria trat auf ihre linke und ihr Bruder auf ihre rechte Seite, und sie legten sich Sals Arme über die Schultern. Alles schmerzte etwas weniger.

»Wollen wir?«, fragte Agne.

Sie holte tief Luft, der Wind rauschte, und sie rannten. Die Erde bebte und wurde aufgerissen, als Zaubersprüche und Kanonen gefrorenen Boden hochrissen. Sie rannten weiter. Der Himmel leuchtete von Blitzen der Himmelsmagier und von Salven von mechanischen Armbrüsten. Leute kämpften, bluteten und starben um sie herum, aber sie rannten weiter.

Sal hörte es nicht. Sie fühlte es nicht. Sie hatte alles zurückgelassen, als sie sich mit dem Tod abgefunden hatte, fühlte nur den kleinen Teil von ihr, den sie mit an den schwarzen Tisch hatte nehmen wollen.

Aber sie musste Liette wiedersehen. Sie musste ihre Schuld bei Meret zurückzahlen. Sie musste leben.

Urdas Mauern fielen schließlich, und die Schlachtreihen vermischten sich wieder. Agne stürmte durch Gruppen von Kämpfern, Yria fluchte, während sie und Urda Sal trugen. Sie rannten.

Erst als sie atmen konnte, ohne Rauch zu schmecken, wusste sie, dass sie es geschafft hatten. Sie sah zurück. Die Häuser von Jammertal stürzten ein, und Leichen pflasterten die Straßen der Siedlung, und sie konnte nicht glauben, dass sie es geschafft hatten. Sie wollte es nicht glauben. Nicht, bis sie wirklich frei waren, bis sie …

»Eidbrecher.«

Na klar. Agne kam rutschend vor ihnen zum Stehen. Die Zwillinge prallten mit Sal zwischen sich gegen ihren Rücken. Vor ihnen stand ein Mann in einer makellosen Uniform. Die Knochenplatte seiner Stirn verzerrte sein Gesicht zu einem strengen Runzeln. Dalthoros stand, die Klinge in der Hand und ein Quartett von Magiern hinter sich, zwischen ihnen und der verschneiten Ebene.

Eine Nachhut. Natürlich hatte Velline eine Nachhut zurückgelassen.

»Sonderbares Ungeziefer, das in diesem Land herumkreucht.« Seine Worte wurden vom Lied der Lady begleitet. »Ihr scheut das Licht, scheut die Wärme der Zivilisation, sucht in jeder Sekunde eurer erbärmlichen Leben nach Aas, um euch vollzufressen. Und jetzt, wo ihr ein wahres Massaker seht, an dem ihr euch satt fressen könntet, bis ihr platzt, huscht ihr weg.«

Er trat vor, hob sein Schwert, und die Magier hinter ihm beschworen ihre Magie. Bereit zu töten.

»Die Natur verabscheut Heuchler, Vagranten«, erklärte Dalthoros. »Gewährt mir die Ehre, sie zu beschwichtigen.«

Sal blinzelte. Wow! Das war Oper!

Auch wenn er sie töten würde, musste sie diese dramatische und metaphorische Beleidigung anerkennen. So etwas hörten die atemlosen Zuschauer in Cathama auf der Bühne, Momente vor dem großen Duell. Und dabei sah man eigentlich keinen riesigen Vogel, aber Sal war begeistert, als einer auftauchte.

Mit einem lauten Kreischen stürzte sie sich aus dem Schnee und auf Dalthoros. Sein Schrei erstickte, als sie ihn mit ihrem Schnabel und ihren riesigen Krallen traktierte. Als Seelenverwandte schließlich aufblickte, glänzten ihre Augen, und ihr Schnabel war rot. Triumphierend hob sie den Kopf und krächzte über dem blutigen Leichnam von Dalthoros.

Die anderen Magier wirkten erstaunt. Das konnte ihnen Sal nicht verübeln. Wie oft bekam man so etwas schon zu sehen? Ebenso wenig verübelte sie es Agne, dass sie die Gelegenheit ergriff, vorzustürmen, einem den Hals zu brechen und die anderen in den Schnee hinauszutreiben, als sie gerade Seelenverwandte Dalthoros' Leichnam aus den Klauen reißen wollten. Der Vogel machte Anstalten, sie zu verfolgen, aber eine Hand auf ihrem Hals hielt ihn auf.

»Guter Vogel.« Sal streichelte die schlaffe Haut an ihrer Kehle, bevor sie sich mühsam in den Sattel zog.

»Endlich.« Yria seufzte und lockerte ihre Schulter. »Nicht genug damit, dass ich meinen verfickten Arm verloren habe, weil ich für dich zurückgekommen bin, du hast mir auch noch meine beschissene Schulter ausgerenkt. Soll dein verfickter Vogel von hier aus deinen kleinen knackigen Hintern herumschleppen.«

Sal blickte über Yrias Kopf zu der Schlacht in Jammertal. »Wir haben nur so lange Zeit, bis der eine von ihnen den anderen erledigt hat. Es ist leichter, wenn wir uns trennen. Vor uns auf der Straße ist Liette mit einem Fuhrwerk. Wir treffen uns dort.« Sie sah die Portalmagierin an. »Danke für das Kompliment über meinen Arsch.«

»Das ist klug.« Agne rückte Tenka auf ihrer Schulter zurecht.

»Wir finden uns wieder.« Sie zwinkerte Sal zu. »Du schuldest mir noch Wein.«

»Passt mir auch.« Yria nahm ein Stück Kreide, strich Schnee von der Erde und zog ein Portal. »Aber glaub ja nicht, dass ich mit Wein zufrieden bin. Du wirst mir den Arsch polieren, bevor wir quitt sind.«

»Sie meint …«, versuchte Urda zu helfen.

»Ich weiß, was sie meint«, unterbrach ihn Sal. »Danke. Euch beiden.«

Die Zwillinge wechselten einen Blick. »Siehst du«, sagte Urda. »Ich sagte doch, sie wird froh sein, uns zu sehen.«

»Ja, ja.« Yria schnippte mit den Fingern. Ein Ton erklang, und ein Portal öffnete sich. Sie packte die Hand ihres Bruders und sprang. »Bis später, ihr verdammten Arschgesichter.«

Sie verschwanden, und Agne sah Sal an. »Diese Frau«, sagte sie. »Liette. War sie all das wert?«

Blut tropfte von Sals Lippen, als sie lächelte. »Wir sind alles, was wir haben.«

Agne sah nicht sonderlich überzeugt aus, als sie sich umdrehte und mit dem Nachtmagus auf ihrer Schulter im Schnee verschwand. Aber was bitte spielte das für eine Rolle?

Sie hatte es geschafft. Sie lebte. Und …

In der Ferne bebte Jammertal. Ein Haus krachte zusammen und verschwand in dem Tumult. Ein anderes Überbleibsel eines anderen Krieges, das unter dem Schnee und der Erde und dem Blut verschwand, bis alles weg war und niemand sich auch nur noch daran erinnern würde.

Und alles, was es gekostet hat, war … nun ja, nicht mehr, aber auch nicht weniger als … alles.

Die Geräusche von Gewehrschüssen und Magie verstummten. Der Wind trug ein schwaches Hornsignal heran, und sie wusste nicht, ob es von Imperialen oder von der Revolution kam. Ebenso wenig wusste sie, zu wem die dunklen Umrisse gehörten, die sich aus Jammertal erhoben. Aber das Geräusch, das ihnen folgte, kannte sie. Das Geräusch von Eisen und Öl, das Rumpeln von Metall. Das Geräusch von Heuschreckenflügeln.

Ein Luftschiff sank aus den Wolken herab. Die schwarzen Schwingen hoben sich gegen die Wolken ab, und die Propeller wirbelten den Schnee durcheinander. Zum ersten Mal sah Sal es so, wie es gesehen werden sollte. Riesig. Unmöglich. Ein schwarzer Schatten über dem Himmel. Aus dem Feuer regnete.

Kanonen schossen, Feuer zuckte von seiner Reling herab. Jammertal verschwand in Wolken aus Rauch und Flammen. Die Schrapnelle gruben Gräber. Hunderte von strahlenden Flammen rissen die Wolken auf und fielen wie Sternschnuppen zu Boden.

Sal trieb ihren Vogel an. Seelenverwandte wirbelte den Schnee hoch, als sie losrannte. Während die Flammen und die Vernichtung hinter ihr schrumpften, wuchs die Wolke aus Schwarz und Rot immer höher. Sie blieb über der Stadt stehen, wo einst ein paar Menschen gelebt hatten, die niemals erfahren würden, warum ihnen das zugestoßen war. Von dort oben verfolgte die Wolke Sal leidenschaftslos und unheilvoll mit glühendem Blick. Lange nachdem sie davor geflohen war. Bis sie schließlich verschwand.

57. KAPITEL
DAS TAL

Es war das alles wert.

Die Worte waren wie Balsam, und es spielte keine Rolle, ob es die Wahrheit war oder eine Lüge. Sie brauchte sie. Sie wiederholte sie so lange, bis ihre Lippen schmerzten, und dann dachte sie sie. Sie behandelte damit ihre Wunden und ihre schmerzenden Muskeln, bis sie sich wieder auf den Beinen halten konnte.

Aber sie konnten sie nicht trösten, als sie durch den Schnee stapfte, Seelenverwandte am Zügel hinter sich herziehend. Der Schnee peitschte in dichten Schleiern um sie herum, wurde zu einem Ozean, der Geräusche und Sicht und Sonne verschlang. Die Kälte biss an ihren Narben, und das Gehirn marterte sie mit einer Frage, die sie nie befriedigend beantworten konnte. *Es war das alles wert.*

Die Worte wurden zu einem Mantel, den sie so eng um sich zog, dass sie kaum Luft bekam. Sie hielten sie nicht warm, aber das brauchten sie auch nicht. Sie sollten die Geräusche ersticken.

Sie hörte sie trotz des Windes, konnte sie aber nie sehen. Schreie, panische und verzweifelte Schreie, von Kutschern, die versuchten, ihre Passagiere im Blick zu behalten, von Familien, die in dem blendenden Weiß nacheinander suchten. Und manchmal auch einfach nur verzweifeltes Anflehen eines jeden, der es hörte. Aber sie sah keine Umrisse von Gestalten in dem Schnee und suchte auch nicht danach. Sie hörte Brüllen, animalisch und wild und schmerzhaft menschlich. Das Jammern der Besiegten, die ihren letzten Atem herausstießen, bevor sie für immer verstummten. Wahnsinnige Rufe der Sieger, so trunken von Hass und Blutvergießen, dass sie nicht mehr zwischen Triumph und Qualen unterscheiden konnten.

Es gab Explosionen, rote Blitze, die wie Kerzen erloschen. Feuersäulen, die trotzig gegen den Schnee anheulten. Rußige Flocken, die sich wie blaue Flecken auf die Erde legten.

Es war das alles wert.

Jetzt wurden die Worte ihre Krücke, die sie aufrecht hielten, weitergehen ließen. Sie glauben machten, dass alles etwas zu bedeuten gehabt hatte, Jammertal, Terassus.

Es war das alles wert.

Sie ging im Rhythmus der Worte, stützte sich darauf, und sie zersplitterten bei jedem Schritt etwas mehr. Seelenverwandte zirpte müde. Vor ihnen tauchte ein Schatten auf, der näher kam.

Liette.

Aber es war nicht Liette, das wusste Sal. Die Gestalt, die aus dem Weiß heranhumpelte, war einsam, zu groß, und sie schleppte etwas Langes hinter sich her. Dennoch brannte dieses Wort klein und leise und heiß. Einen Moment lang.

Tretta Stern tauchte aus dem Schneetreiben auf, ausgemergelt und blutüberströmt, von Wunden übersät und mit zerfetzter Uniform, und sie zog ein zerbrochenes Bajonettgewehr hinter sich her, als wäre es eine Liebe, die sie nicht zurücklassen wollte. Sie keuchte. Sal fragte sich, wie lange sie wohl schon hier draußen gewesen war und wie sie überlebt hatte. Aber sie fragte nicht, und Tretta antwortete auch nicht.

Sie blickte Sal mit einem Auge an. Das andere war so blau angelaufen und geschwollen, dass das Auge selbst unsichtbar war. Sie riss den Mund auf, fletschte die Zähne, schrie, packte das Bajonettgewehr mit beiden Händen und griff an.

Sal bewegte sich nicht, zog nicht blank und blinzelte nicht einmal. Sie sah zu, wie Tretta sich ihr näherte, wie sie die Waffe hob und schrie, wie sie das Bajonett schwang, vergeblich. Zu langsam. Zu weit weg. Zu schwach.

Die Frau fiel vor ihr auf die Knie. Sie hatte keine funktionierende Waffe, ihr Körper trug sie nicht mehr, sondern nur noch Wut trieb sie an. Sie rammte das Bajonettgewehr in die Erde und stützte sich darauf, den Kopf gesenkt und heftig keuchend. Am Ende. Besiegt.

Sal wartete auf den Impuls, ihre Waffe zu ziehen und Tretta zu erledigen. Darauf, dass Tretta die Kraft fand, aufzustehen und sie zu töten. Aber als sie in ihrem Herzen suchte, fand sie nichts. Und in ihrem Kopf …

Es war das alles wert.

Auf der splitternden Krücke dieser Worte ging sie weiter, durch den Schnee und den Wind. Vorbei an Tretta.

»Du wirst mich nicht töten.«

Es war weder eine Frage noch eine Bitte. Sie sprach mit einer bebenden, vom Wind gepeitschten Stimme eine Wahrheit aus, die sie beide kannten. Und ihre brennenden und hasserfüllten Augen sagten dasselbe.

»Aber ich werde dich töten«, versprach sie Sal. »Ich werde so lange warten, wie ich muss. Und tun, was ich tun muss. Ich werde jeden Tropfen Blut sammeln, den du vergossen hast, jedes Leid, das du hinter dir gelassen hast. Jedes Leben, das du zerstört hast. Und dann werde ich es auf dich herabregnen lassen, Sal Kakophonie, mit allem, was ich habe. Bis du nur noch Asche und Staub bist, den ich im Wind verstreue.« Sie senkte den Kopf, erschöpft von dieser Rede. »Das schwöre ich. Bei der Revolution. Dem Großen General. Und bei dir, ich schwöre es, Sal.«

Es war weder eine Drohung noch ein Versprechen. Tretta hieß die Wahrheit, die sie ausgesprochen hatte, willkommen, den großen Schmerz, der diesen großen Hass geboren hatte. Sie presste ihn in ihre Brust, ließ ihn in sich hineinbrennen. Vielleicht würde dieser Hass sie in ihren letzten Momenten trösten. Oder er würde auskühlen und erlöschen wie so viele andere Dinge.

Aber es war nicht an Sal, ihr diesen Hass zu nehmen oder ihr Feuer auszulöschen. Sie ließ Tretta damit zurück im Schnee, im Wind.

Es war das alles wert.

Mit fünf Wörtern, die mit jedem Schritt in ihrem Kopf leiser wurden.

*

Sie hörte die Musik etwa zwei Stunden außerhalb von Jammertal. Es war das leise Knistern eines Voccaphons, das süße Lied einer

Oper, deren Namen sie nicht erinnerte und das vom Wind herangetragen wurde, schwach und flüchtig.

Als sie sicher war, dass sie sich das nicht einbildete, ging sie darauf zu. Durch das dichteste Schneetreiben einen steilen Hügel hinauf, bis der Wind nachließ und das Schneetreiben nicht mehr so dicht war.

Als sie wusste, dass es weder Liette noch Meret war oder irgendjemand, den sie sehen wollte, war sie schon zu nah heran, um umzukehren. Sie erklomm den Hügelkamm und entdeckte ein kleines Zelt in der Mitte eines grasigen Fleckens. Der Schnee wurde von der Wärme einer alchemistischen Kugel ferngehalten. Das Voccaphon, das eine ihr unbekannte Oper spielte, stand auf einem Teakholztisch neben einer Flasche Wein mit zwei Gläsern. Daneben saß ein Mann in einem Stuhl und starrte von dort oben auf sie herab. Auf der anderen Seite des Tisches stand ein leerer Stuhl.

Als Sal erkannte, dass es Zwei-Einsame-Alte-Männer war, hatte sie sich bereits neben ihn gesetzt.

Er blickte nicht hoch, als sie Platz nahm, und er sagte nichts, während sie beide über das Borrustal blickten, das sich unter ihnen ausbreitete. Er griff einfach nur nach der Weinflasche, schenkte ein Glas ein und schob es ihr hin. Zusammen beobachteten sie das Feuer.

Aus dieser großen Entfernung konnten sie nichts hören, weder die Explosion der Bomben noch das Dröhnen der Heuschrecken oder die Schreie der Schlacht. Sie beobachteten es, stumm und klein wie eine miniaturisierte, aber selbstredend maßstabgetreue Replik. Sieben Luftschiffe glitten stumm über das Tal wie dunkle Fische in einem grauen Meer und warfen Schatten auf den Boden.

Rote Wunden platzten auf, wo die Bomben landeten. Und in diesen Wunden verschwanden Siedlungen. Rauchsäulen bedeckten den Himmel wie schwarze Grabsteine, kolossal und neblig, markierten die Ruinen von Heimen und Gräber von Familien. Über hundert solcher Säulen quollen in die Höhe, und es wurden immer mehr, während die Eiserne Flotte weiterglitt.

»In Wahrheit habe ich dir nie vergeben.«

Die Stimme von Zwei-Einsame-Alte-Männer war schwächer als bei ihrer letzten Begegnung.

»Oder ihnen«, sagte er. »In meinem Kopf schon. Ich benutzte meinen Verstand, um zu erklären, warum sie ZwieLicht vernichtet haben. Und warum ich es hätte loslassen und neu erschaffen sollen. Aber in meinen Träumen …« Er verzog die Lippen. »In meinen Träumen war es niemals ZwieLicht. Es war meine Stadt. Meine! Und sie hatten sie mir genommen. *Du* hattest sie mir genommen.«

Sal nippte an dem Wein. Er schmeckte süß und duftete. Im Tal verschwand das nächste Dorf in einer Feuerwand. Winzige Schatten wurden von dem Rot verschlungen.

»In meinen Träumen habe ich gelitten«, fuhr er fort. »Überlegungen spielten keine Rolle, ebenso wenig, dass ich mir sagte, es hätte nicht vermieden werden können. In meinen Träumen konnte ich nicht sehen, welchem Zweck es diente oder welches Wissen daraus gewonnen werden konnte. Ich sah nur meine Stadt, ihre Türme und Lichter, wie sie eines nach dem anderen untergingen. Was blieb, war der Schmerz.«

Vom Talboden zuckte eine Salve aus Blitzen und Frostmagie in den Himmel und prallte vom Rumpf eines Luftschiffes ab. Kanonen erwiderten das Feuer, und die nächste Siedlung verschwand.

»Ist es nicht sonderbar?«, fragte er. »Dass Träume die Realität diktieren? Jetzt kommt es mir sonderbar vor, aber damals … fühlte es sich an, als würde ich schlafen, als würde ich weiterschlafen, bis ich eines Tages nicht mehr erkennen konnte, ob ich wach war oder nicht.« Er trank einen Schluck Wein. »Vielleicht haben meine Träume sich das ausgedacht. Das Imperium und die Revolution für das zu bestrafen, was sie meiner Stadt angetan hatten. Und dich dafür zu benutzen. Dafür entschuldige ich mich, Sal.«

Sie akzeptierte die Entschuldigung nicht. Die nächste Feuerwalze rollte über den Boden.

»Jero wusste es«, sagte sie leise.

»Das tat er.«

»Und Tuteng?«

»Er auch. Er nahm das Geld, das ich ihm zahlte, und verschwand. Zurück in sein Heim, rede ich mir ein. Aber Agne, die Zwillinge … du …« Zwei-Einsame-Alte-Männer seufzte und lehnte sich in seinem Stuhl zurück. »Jero begriff die Klugheit meines Handelns. Er begriff, dass das Imperium und die Revolution und all die anderen schrecklichen Mächte dieser Welt niemals freiwillig ihren Einfluss aufgeben würden. Wir mussten sie dazu bringen, sich gegenseitig zu zerstören. Wir mussten der Welt zeigen, wie schrecklich sie waren. Jero war meiner Meinung, und er glaubte, du würdest es ebenfalls so sehen.«

Das tat sie nicht. Der nächste Grabstein aus Rauch erhob sich in die Luft.

»Bist du gekommen, um mich zu bestrafen?«, fragte er. »Ich fürchte … Du kommst zu spät.« Sie warf einen Blick auf den Tisch neben ihn, wo das Voccaphon stand. Neben der Weinflasche lag eine winzige leere Phiole. Blut lief Zwei-Einsame-Alte-Männer aus der Nase. Er tupfte es diskret weg.

»Großmutters Kuss«, sagte er. »Wusstest du, dass ich es erfunden habe? Vor langer Zeit. Die Aschmäuler wollten ein schmerzloses Gift von mir haben, das sie für irgendwelche ruchlosen Zwecke brauchten. Ich stellte keine Fragen, und mir war sogar das Gold gleichgültig, das sie mir anboten. Ich wollte nur wissen, ob ich es schaffen würde. Und ich schaffte es. Es ist ein sehr starkes Gift, das erst die Nerven lahmlegt und dann die Organe.« Er versuchte eine Hand zu heben, vergeblich. »Meine Nerven werden gefühllos. Jeder Schrecken, den du mir möglicherweise angedeihen lassen willst, wäre fruchtlos. Ich fand dieses Ende für mich passend. So passend wie jedes andere.«

Sie hob fragend eine Braue, und er lächelte.

»Ich habe deinen Wein nicht vergiftet«, sagte er. »Das wirst du bald merken, falls du mir nicht glaubst. Ich habe dir nicht verziehen … Aber ich gebe dir nicht die Schuld.« Sein Blick glitt zu ihren Narben. »Du weißt, wie sich das anfühlt, oder? Mit etwas leben zu müssen, das du weder ignorieren noch heilen kannst. Das war mein Schmerz, und ich konnte nichts dagegen ersinnen. Außer sie dafür zahlen zu lassen. Ihnen zu zeigen, dass ich sie schlimmer verletzen konnte als sie mich. In meinen Träumen sah ich keinen Weg, wie ich mich wieder ganz fühlen könnte.«

Er griff nach dem Weinglas, aber seine gefühllosen Finger stießen es um.

»Du wirst mir nicht glauben, denke ich«, flüsterte er. »Du glaubst nicht, dass dies einer großen Sache diente oder dass ich wusste, was ich tat. Sei dem so. Jedenfalls ist es nicht das, was du den Leuten sagen solltest.«

Er sah wieder auf das Tal und runzelte die Stirn, als der Rauch unaufhörlich emporquoll. Die Sängerin im Voccaphon stimmte eine Arie an.

»Aber was du ihnen über Zwei-Einsame-Alte-Männer sagen solltest«, sagte er, »über den Mann, der die Welt niederbrannte, um die Fäulnis darunter aufzudecken ...« Er holte tief Luft. »Sag ihnen, dass ein zerbrochener, müder Mann sich gegen die zwei stärksten Streitkräfte der Welt gestellt hat und sie mit ein paar klugen Worten und etwas Tinte zerschmetterte. Sag ihnen, dass Zwie-Licht es wert war, gerächt zu werden. Sag ihnen, dass die Menschen ...«

»Nein.«

Sal unterbrach ihn, ohne ihn eines Blickes zu würdigen. Das Voccaphon knisterte, und sie trank einen Schluck Wein.

»Du hast nichts davon getan«, sagte sie. »Ebenso wenig wie wir. Wir haben nur sehr viele verfluchte Leute getötet, das ist alles. Wir sind keine großen Menschen oder gebrochene Persönlichkeiten.« Sie nahm einen Schluck und spuckte ihn in den Schnee. »Wir sind Killer, du und ich. Was auch immer wir getan haben, das ist alles, was wir waren. Und es hat uns nicht interessiert, wen wir noch verletzt haben. Dich nicht. Jero nicht. Und mich nicht.« Der Himmel über dem Tal war jetzt schwarz vor Rauch. Schwarz von fliegenden Maschinen, aus denen Tod regnete. Erfüllt von den Schreien, die sie nicht hören konnte. Sal stellte ihr Glas auf die Armlehne des Stuhls und stand auf.

»Die Scar ist voll von Menschen wie uns«, sagte sie. »Die Menschen werden sich nicht an uns erinnern, und das sollten sie auch nicht. Das haben sie nicht verdient. Und wir auch nicht.«

Der Wind murmelte, und sie blickte hoch. Die Wolken über ihr rollten über den Himmel, und es fing wieder an zu schneien.

»Was auch immer wegen dem passiert, was wir getan haben«, flüsterte sie, »was auch immer es bedeuten wird ... Das entscheiden sie. Die Menschen, die eine bessere Welt erschaffen konnten als wir. Das obliegt ihnen. Du und ich jedoch ...«

Sie sah Zwei-Einsame-Alte-Männer an. Er starrte blicklos in den

Himmel, den Kopf in den Nacken gelegt, den Mund offen, und Schnee fiel auf seine glasigen Augen.

»Wenn es so etwas wie Gnade auf dieser dunklen Welt gibt, dann werden du und ich vergessen werden.«

Sal Kakophonie warf noch einen letzten Blick über das Tal, über die schwarzen Grabsteine aus Rauch und die leuchtend roten Gräber. Dann zog sie den Schal etwas fester um ihr Gesicht und nahm die Zügel ihres Vogels in eine Hand. Die andere legte sie auf einen heiß gewordenen Griff an ihrer Taille.

Sie drehte sich um und ging den Hügel hinab, fort vom Tal. Fort vom Krieg. Sie ging weiter, während der Schnee auf ihre Fußspuren fiel, sie ausfüllte und keine Spur davon hinterließ, dass sie jemals hier gewesen war.

Und die traurige Arie einer Oper, die sie gar nicht kannte, erklang weiter.

Noch lange, nachdem sie verschwunden war.

GLOSSAR

Bezeichnungen

Aschmaul, -mäuler – Diebe und Assassinen in der Scar (s. auch: Treia)
Bluthunde – andere Bezeichnung für die Edener, die darauf versessen sind, alles und jeden in Brand zu setzen, der nicht ihres Glaubens ist
Blutlunge – Droge der Edener
Buschnester – imperiale Reitvögel
Der schwarze Tisch – das Jenseits der Vagranten
Diskordanz – magische Patrone (Kakophon)
Donnerbogen – Bogen mit spezieller Magie
Draakentöter – Waffe der Revolution
Eiserner Keiler – Panzerfahrzeug der Revolution
Feuerlunge – Droge der Edener
Flammengleve(n) – schwertähnliche Stangenfeuerwaffe(n) der Revolution
Flammenmauer – s. Eden
Fokus(-Objekt) – Relikt zur Verstärkung von Magie
Freimacher – Unabhängige, oft Künstler oder Handwerker
Glücksgespinst – aus Dem Staub gewonnen (s. auch: Ödtrunk)
Großmutters Kuss – Nervengift, ebenso schmerz- wie auch gnadenlos
Grukai – riesiger, eulenartiger, bösartiger Vogel
Höllenfeuer – magische Patrone (Kakophon)
Hornschädel – wilde Bestie in der Scar
Hundszahn-Rebellion – s. Vagrant(en)
Imperiale – auch eine Art Reitvogel

Kakophon, der – magische Pistole mit Drachenkopfmündung und eigenem Bewusstsein
Kodex (der Vagranten) – Achtung der alten Sitten
Konzil der Magier – Geheimtreffen der Magier in einer imposanten Krypta
Krikai – große Vögel, Wappenzeichen von Cathama
Nullen – alle Menschen ohne magische Gabe
Ödtrunk – aus Dem Staub gewonnener Trank (s. Staub, Der)
Oyakai – große schwarz- und elfenbeinfarbene Reitvögel; wertvoll
Paladin – menschgesteuerte Kriegsmaschine mit enormem Waffenarsenal (Revolution)
Rassler – Waffe der Revolution
Raureif – magische Patrone (Kakophon)
Repetierkanone – eine der Waffen des Paladin
Rotgunst – ein Gefallen-Unterpfand der Vagranten, eine Art Ehrenschuld
Rothac – ein behuftes Lasttier
Schockgriff – magische Patrone (Kakophon)
Schrieb – z. B. Glücks-, Haut-, Leichen-, Bannschrieb usw.; wird mit Tinte und Feder ausgeführt, ein Privileg der Freimacher
Scrath – von Vraki heraufbeschworene Kreatur; Bestie
Severium – sehr explosives Mineral; Munition der Revolution
Silberklumpen – allgemeine Währung in der Scar
Sonnenblitz – magische Patrone (Kakophon)
Stahlpython – magische Patrone (Kakophon)
Staub, Der – Asche toter Magier (was die Lady Merchant von ihnen übrig lässt)
Tamkai – Riesenvogel des Imperiums
Tangbraut – eine Art monströse Seejungfrau (Gestaltwandlerin)
Thesha – eine Droge
Tribut – eine Art Tauschhandel, den Magier mit der Lady Merchant schließen
ÜBERDRÜSSIGE MUTTER – Schiff der Aschmäuler
UnHund – Mischwesen aus Tier- und Menschenteilen
Vagranten – Abtrünnige; Magier, die sich nach Thronerbe des Null-Imperators von der Krone losgesagt haben (= Hundszahn-Rebellion bzw. Kronenverschwörung)

Voccaphon – eine Art Grammophon
Windweh(n) – geisterhafte Kreatur(en) in den Karkassen
Wohlklingende Faust der Unausweichlichen Wahrheit – Reliktwaffe der Revolution
Wunderkind(er) – besondere Magier; Lieblinge der Lady Merchant
Zunderholz/-zweig – Streich-, Zündholz

Personen

Alothenes ki Nadaga – Imperialer Meisterspion; Maskenmagus
Althoun – designierter Imperator des Imperiums (Null; s. d.)
Athaka – Knödelköchin; Alothenes' Alias
Athura – Imperatrix (Mutter von Althoun)
Avonin, Renita – Erbin einer Whiskey-Fabrik in der Freistatt ZwieLicht
Blinde (Ehrenwerte) Schwester – kann durch magisches Licht in ihren Augenhöhlen sehen, d. h.: Sie kann alles Magische erschnüffeln, egal, ob einen Magus, Den Staub oder eines der vielen Relikte wie z. B. den Kakophon (s. auch: Bluthunde/ BEZEICHNUNGEN)
Cavric Stolz – Untersergeant der Revolution
Dalthoros – Magus (in Vellines Gefolge)
Derimi »Vierzig-Pfund-Rohr« – Freimacher
Erel – entführtes Mädchen (aus Starks Murmeln)
Gan – Aschmaul-Anführerin
Jandi – getöteter Bruder von Jero
Jero (Einstmals) – Allround-Genie und Killer
Keltithan yun Attoro – Adeliger in Terassus
Lady Merchant, die – Göttin der Vagranten
Liette – Sals Freundin und Freimacherin; ursprg. Name: »Zweiundzwanzig-Tote-Rosen-in-einer-angeschlagenen-Porzellanvase«
Loyal, Culven – Vertrauter des Großen Generals der Revolution (und eines der drei Ältesten-Wesen, die diese Welt beherrschen)

Madame Faust – Herbergswirtin und Stallbesitzerin in Terassus
Makellos, Ereth – Meisterspion der Revolution
Mathenica – Tochter von Daiga
Meret – Apotheker und Heiler in Jammertal
Pui – Aschmaul-Anführerin
Ralp – Besitzer einer Schenke in Rins Sumpf
Rishas – Handlanger in Cassas Diensten
Rodic – schlauer Bauer in Jammertal
Rudu die Keule – streitlustiger Wegabschnittsgefährte von Sal
Seelenverwandte – Sals Reitvogel
Sehende Gott, der – s. Bluthunde
Shenazar – Kampfgefährtin von Velline
Sindra – Soldatin, kriegsversehrt; früher bei der Revolution
Treia – die Drei, Anführerinnen der Aschmäuler
Tretta Stern – Milizgouverneurin der Revolution
Tuteng – hörnerbewehrter Rukkokri-Clan-Angehöriger
Urda – autodidaktischer Bannschreiber; Bruder von Yria
Yoc – Aschmaul-Anführerin
Zwei-Einsame-Alte-Männer – Freimacher in ZwieLicht

(Einige der) Vierunddreißig des Imperiums sowie Vagrantenmagier

Agne(strada ki Dondoril) der Hammer – Vagrantin und Belagerungsmagierin
Aschehauch-Drei, die – Vagranten und Wunderkinder
Calto(thos) Hartstein – Vagrant und Belagerungsmagus
Cassa(nara yu Althama) die Traurige – Glutmagierin
Daiga(lothenes ki Yanturi) das Phantom – ein Magier
Dorukana – Magierin der Vierunddreißig
Galta(thamora ki Zhandi) die Dornige – Wunderkind, Heilmagierin
Grishoktha – Magus der Vierunddreißig
Inferno – Magus der Vierunddreißig
Jindu(namalar) die Klinge – Vagrant und Wunderkind
Korthanos – Magus der Vierunddreißig

Kresh(tharan) der Sturm – Himmelsmagus, urspr. Name: Kreshtharan ki Nazjuna
Moraccus – Magus der Vierunddreißig
Necla(damius ki Samoria) das Leichentuch – Aschmaul, Nachtmagus
Riccu(loran) der Klopfer – Portalmagus
Rinatana – Magierin der Vierunddreißig
Rogonoroth – Magus der Vierunddreißig
Sal Kakophonie – Vagrantin und ehemaliges Wunderkind, urspr. Name: Salazanca ki Ioril (Rote Wolke)
Shorakaia – Magierin der Vierunddreißig
Taltho(nanac) die Geißel – Nachtmagus, Vagrant
Tenka(logones) yun Gorathi – Vagrant und Himmelsmagus
Torle aus dem Nichts – Vagrant und Wunderkind
Vraki(laith) das Tor – Vagrant und Wunderkind
Yria die Zelle – Vagrantin und Portalmagierin; Schwester von Urda
Zanze(malthanes) die Bestie – Gestaltwandler

Orte und Städte

Borrustal, das – Landschaft im Norden der Scar
Cathama – Hauptstadt des Imperiums
Die masochistische Kröte – Lokalität in Terassus, geführt von Madame Faust (s. d.)
Edania Alcari – Das Blaue Versprechen; frühere Paradieslandschaft in der Scar
Eden – unwirtlicher, fast lebensfeindlicher Landstrich, grenzt an die Scar; umgeben von einer Flammenmauer, die eine Art Schutz darstellt für die dort lebenden degenerierten und modifizierten Kreaturen
Großmutter Athakas Klöße – Esslokal in ZwieLicht
Hundszahn – Kastell (zerstört)
Jammertal – Ort in der Scar; Wohnstätte des Heilers Meret
Karkassen – unwirtliche Gegend im Norden
Labsal, die – schöne Gegend … bis Sal auftaucht

Lohstaff – Freistatt in der Scar
Ödland(e) – anderer Name der Scar
Ralps Letzte Zuflucht – Kneipe in Rins Sumpf
Schneehuhn – Kneipe in Terassus
Starks Murmeln – Siedlung in der Scar; zerstört
Terassus – besonders schöne Stadt in der Scar
Tranquilität – Festung in der Scar
Vigil – Stadt und Festung in den Karkassen; zerstört
Wehrturm – Freistatt in der Scar; Hauptstadt der Revolution
Weiless – Zentrale der Revolution in der Scar
Yental – großer Fluss
ZwieLicht – berühmteste Freistatt in der Scar

Ausdrücke

»Aias va Indaria.« Kryptischer Spruch in altimperialer Sprache
»Auf roten Schwingen fliegen wir.« Auch: »Ontori tun vatala.«
»Beim Wohlwollen des Generals!« Ausspruch der Revolutionäre zu Ehren des Führers
»Bleibt achtsam. Bleibt wachsam. Bleibt sicher. Zehntausend Jahre.« Motto der Revolution
»Blicke auf mich und erzittere!« Auch: »Ocumani oth rethar!«
»Guter Grund für Wut!« Auch: »Raisu ath naccori!«
»Heilige Eier!« Auch: »Scion!«
»Ich konnte einst fliegen.« (Sal); auch: »Eres va atali.«

DAS BOR
Terassus
Hier leben Arschlöcher!
Jammertal
Entschuldigung, Merett!
Cassas Versteck
Autsch! Verflucht sollst du sein und auch dein süßer Arsch, Sall!

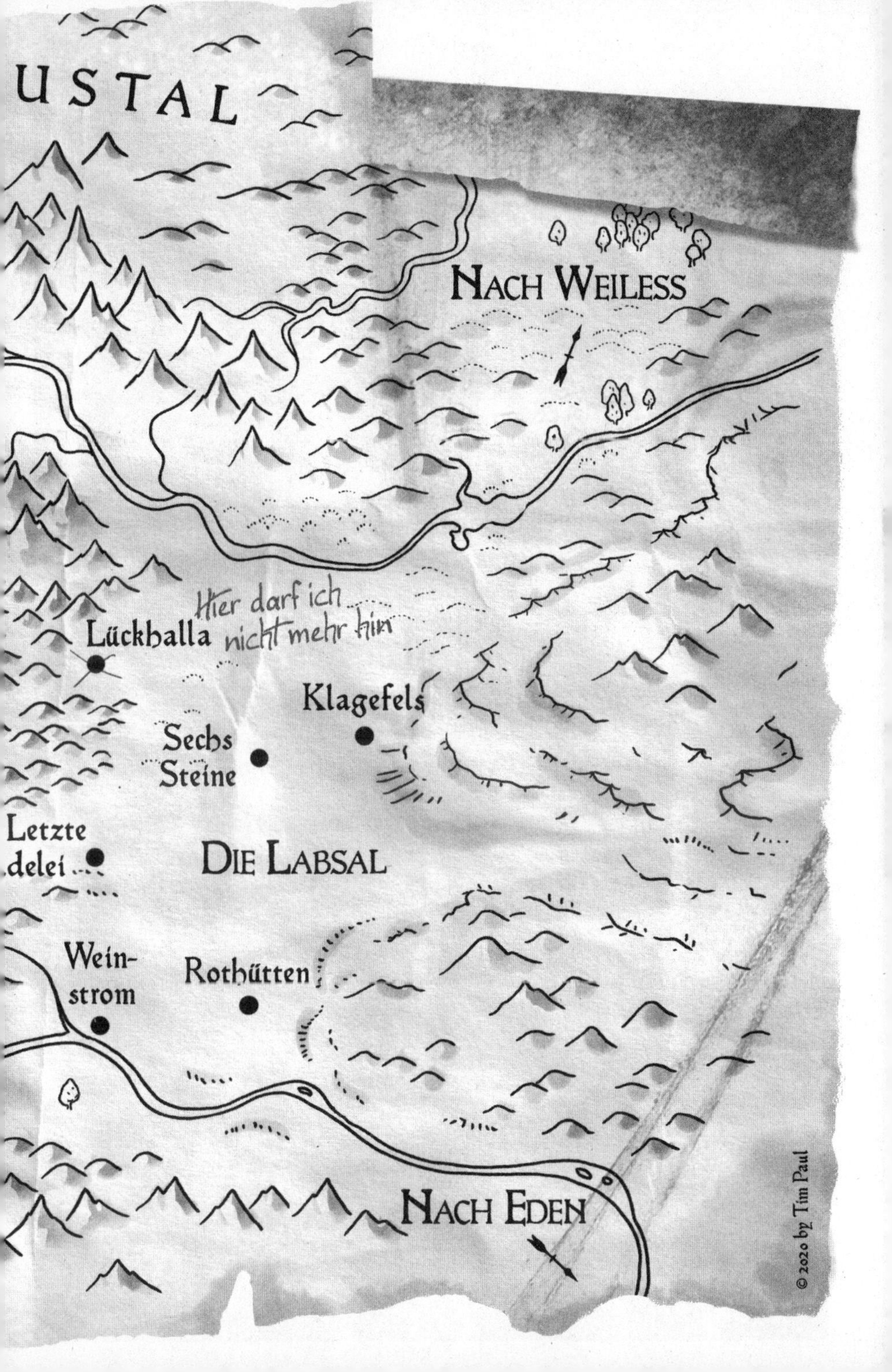
USTAL
NACH WEILESS
Hier darf ich nicht mehr hin
Lückhalla
Klagefels
Sechs Steine
Letzte
delei
DIE LABSAL
Wein-strom
Rothütten
NACH EDEN
© 2020 by Tim Paul